今人說古話

文言文趣味典源

■潘麗珠 總策畫
■潘麗珠 陳秉貞 孫貴珠 蔡明蓉 簡彥妗
■張嘉珊 張守甫 施小琴 曾家麒 楊君儀 合著

五南圖書出版公司 印行

編撰委員簡介

潘麗珠 教授 總策畫

學歷：國立臺灣師範大學國文研究所博士

任職：國立臺灣師範大學文學院國文學系教授

經歷：熱愛文學的教育工作者，古典詩詞、新詩、散文皆有創作，推動詩歌吟誦不遺餘力！曾任臺灣師大人文教育研究中心主任、教育部語文領域第三階段教科用書審查委員、國立編譯館（部編本）國小國語組編審委員、教育部「九年一貫語文領域第三階段國文學科詩歌吟誦創意教學行動研究」計畫主持人、國科會「國中教師課程意識及教學實踐之研究」計畫主持人，二〇〇四年二月榮獲教育部創造力中程計畫「最佳創意教師獎」第二名、二〇〇四年擔任台北市中小

學國語文教師輔導團之輔導教授，二〇〇〇年開始擔任教育部中央輔導團輔導教授，二〇〇四～二〇〇五年荷蘭萊頓大學訪問學人、二〇〇四年三月及二〇〇六年九月應新加坡教育部之邀，擔任新加坡中小學華語創意教學研討會的大會主講嘉賓、二〇〇九～二〇一〇年韓國啟明大學客座教授、二〇一一年二月至七月新加坡華文教研究中心訪問教授。

著作：《現代詩學》（增訂版，五南圖書公司）、《古韻新聲：潘麗珠吟誦教學》、《經典語文教學》、《統整課程的探討與設計》、《國語文教學有創意》、《國語文教學活動設計》、《雅歌清韻：吟詩讀文一起來》、《台灣現代詩教學研究》、《清代中期燕都梨園史料評藝三論研究》、散文集《青春雅歌》、《我的玉玩藝兒》等等。所策畫編撰的《圍攻錯別字》，榮獲第59梯次好書大家讀／知識性讀物組、榮獲二〇一一年新聞局推薦青少年優良讀物。

陳秉貞

學歷：國立臺灣師範大學國文研究所文學博士

曾任：世新大學、國立臺北教育大學、國立臺灣師範大學兼任助理教授授

孫貴珠

學歷：國立臺灣師範大學國文研究所博士

任職：大同大學通識教育中心專任助理教授

蔡明蓉

學歷：臺北市立教育大學中國語文學系博士班

任職：國立臺灣科技大學、景文科技大學、臺灣警察專科學校兼任講師

簡彥姈

學歷：國立臺灣師範大學國文研究所文學博士

任職：國立空中大學、崇右技術學院、醒吾技術學院兼任助理教授

張嘉珊

學歷：國立臺灣師範大學國文研究所博士班

曾任：世新大學中國文學系兼任講師

張守甫

學歷：輔仁大學中文研究所博士班

任職：天主教輔仁大學全人教育中心兼任講師

施小琴

學歷：國立臺灣師範大學國文教學碩士

任職：臺北市立中山女子高級中學國文教師

曾家麒

學歷：國立臺灣師範大學國文教學碩士

任職：國立中壢高級商業職業學校國文教師

楊君儀

學歷：國立政治大學中文系碩士班

曾任：國立政治大學中文系國科會專案研究兼任助理

序言

閱讀成爲悅讀，說古話感到得意！

幾年前，為了中學國文教科書的白話文和文言文應該佔多少比例，話題喧騰一時，甚至勞動了大詩人余光中先生與散文家張曉風女士挺身而出，發表意見。此事雖然學界看法不同，見仁見智，但許多人似乎沒有察覺，我們日常生活中多到數不清的用語，根本就是古話，我們其實一直在使用文言文的語詞，很難不受到影響！畢竟，歷史的根源、文化的底蘊，在我們的生活圖版中，老早就烙下了血脈的模印。如果有人想要自外於歷史、文化的影響，若非懵懂無知，便是痴人說夢！

不相信嗎？隨手舉些例子看看：「賢伉儷上哪兒去啊？」、「你這人真是狗咬呂洞賓，不識好人心！」、「說你啊，夠鄉愿了！」、「豪小子終究不是池中物。」……，其中的「伉儷」、「狗咬呂洞賓」、「鄉愿」、「池中物」等語詞，都是歷史悠久的文言古話，連卡通動畫《火影忍者》裡，男主角木葉村的漩渦鳴人，身上封印了「九尾狐」，這「九尾狐」一詞也是文言文用語。哇——究竟是怎麼回事呢？

語言、用詞，本來就是潛藏的、活生生的歷史影象，只不過我們習而不察、用而不知。現在，撰稿時間超過兩年的《今人說古話——文言文趣味典源》，正是可以幫助我們了解古人話語跟我們有多麼接近的一本誠懇策畫的實用書！

無論你的身分是國小高年級學生、中學生、中小學教師，或是社會人士、外籍朋友，都能自在地悠遊其中，藉由典源所帶來的趣味故事內容，清楚地認識文言文詞彙，理解詞彙意義的來龍去脈，以及正確的使用方法，進一步現學現用，功夫日積月累，提升國語文能力便指日可待。

本書撰稿的初衷，是想要透過淺顯易懂的文字、柔軟輕鬆的筆調，改變一般人視為畏途的文言語詞的刻板印象，讓大家明白文言語詞不但鮮活、可親近，而且運用起來再自然不過了。基於這樣的理念，全書有了如下的專欄設計：

一、出處：交代語詞來自何處，引出原文語句，藉此親近、觸碰古代經典。

二、解釋：以深入淺出的方式說明語詞的現代意義。

三、近義、反義詞：羅列意義相近或相反的語詞或鄉土俚語，幫助讀者繫連語詞資料庫，觸類旁通。

四、放大鏡：以輕靈的筆調寫出文言語詞的典源與相關故事，點出文化的意蘊與衍繹的脈絡。

五、用法說明：舉出容易混淆的語詞，分析其間相異之處，再以例句呈現它們不同的使用方法。此例句即為「現學現用」，明示如何將文言語詞的典源意涵融入現代生活中，賦予其鮮活的生命，並提示讀者如何正確地加以運用。

親愛的讀者，對您而言，閱讀本書具有以下幾點重大意義：

一、了解語詞的古今意義及其變化。某些語詞，古人今人都在使用，但是意義並不相同，透過本書的閱讀，可以避免「只知其一，不知其二」的毛病。

二、對提升閱讀、寫作能力具有實質效益。時人經常感嘆現今兒童、青少年的語文能力日漸低落，如何讓我們感到閱讀有趣，寫作不難，不會對閱讀和寫作望而卻步，是語文教育工作者責無旁貸的事。任何一位讀者，經由本書的閱讀，可以在這兩方面獲得實質的提升。

三、根著歷史、親炙文化。藉著本書的閱讀，能夠熟悉與歷史文化息息相關的語詞，並且自然而然地靈活運用它們，將之融為生命、生活的一部分，可以張揚我們醇厚的文化素質！

衷心祝福每一位讀者：閱讀成為悅讀，說古話感到得意！

臺灣師範大學國文系 潘麗珠 寫於中正品園

目錄

編撰委員簡介

潘麗珠教授　總策畫

孫貴珠　陳秉貞　蔡明蓉

簡彥伶　張嘉珊　張守甫

施小琴　曾家麒　楊君儀

序　言：閱讀成為悅讀，說古話感到得意！　潘麗珠教授
總筆畫順序索引……1～2
文言文趣味典源總筆畫索引……1～12
正　文……1～616

總筆畫順序索引

一畫 ◆ 2
二畫 ◆ 2
三畫 ◆ 2
四畫 ◆ 3
五畫 ◆ 4
六畫 ◆ 5
七畫 ◆ 6
八畫 ◆ 6
九畫 ◆ 7
十畫 ◆ 8
十一畫 ◆ 9
十二畫 ◆ 10
十三畫 ◆ 10
十四畫 ◆ 11
十五畫 ◆ 11
十六畫 ◆ 11
十七畫 ◆ 12
十八畫 ◆ 12
十九畫 ◆ 12
二十畫 ◆ 12
二十一畫 ◆ 12
二十二畫 ◆ 12
二十三畫 ◆ 12
二十五畫 ◆ 12
二十六畫 ◆ 12

文言文趣味典源總筆畫索引

一畫

一女不嫁二夫 1
一不做二不休 2
一夫當關 3
一去不復還 4
一失足成千古恨 5
一本正經 6
一年之計在於春 7
一竹竿打到底 8
一佛出世，二佛涅槃 9
一抔土 10
一動不如一靜 11
一問三不知 12
一飯三吐哺 13
一概而論 14
一舉兩得 15
一竅不通 16
一觸即發 17

二畫

七十二變 18
七件事 20
九尾狐 20
二手 22
人不可貌相 23
人心不足蛇吞象 24
人去樓空 25
人生七十古來稀 26
人生自古誰無死 27
人生何處不相逢 28
人生得意須盡歡 29
人為刀俎，我為魚肉 30
人要衣裝 31
人善被人欺 32
人無橫財不富 33
人琴俱亡 33
人盡可夫 34
入寶山空手而回 35
八九分人 36
八仙過海，各顯神通 37
八字還沒一撇 38
八拜 39
十八般武藝 40
十年修得同船渡，百年修得共枕眠 41
十室九空 42
十惡 43
十萬八千里 44

三畫

三折肱為良醫 45
三長兩短 45
三思而後行 46
三徑 47
三緘其口 48
上下其手 49
上流 50
上報 51

上駟 52
下里巴人 53
下流 54
下馬威 54
下榻 55
于歸 56
亡命之徒 57
千里姻緣一線牽 58
千里送鵝毛 59
千變萬化 60
口是心非 61
口碑 62
口實 63
土木形骸 64
土芥 66
夕陽無限好 67
大丈夫 68
大千世界 69
大方之家 70
大同 71
大同小異 72
大名鼎鼎 73
大哉問 74
大庭廣眾 75
大發雷霆 76
大雅 77
大意失荊州 78
大義滅親 79
女色 80
寸步不離 81
寸陰 82
小不忍則亂大謀 83
小巫見大巫 84
小康 85
尸位素餐 85
川流不息 87
巾幗 88
干隔澇漢子 89

四畫

不毛之地 90
不刊之書 91
不名一錢 91
不如意事常八九 92
不足為外人道 93
不夜城 94
不知所云 95
不是冤家不聚會 96
不看僧面看佛面 97
不恥 98
不得其門而入 99
不得越雷池一步 100
不速之客 101
不敢當 102
不登大雅之堂 103
不愧屋漏 104
不管三七二十一 105
不遠千里而來 105
不識一丁 107
不識之無 107
中饋 109
五十步笑百步 109
五斗米 110
五日京兆 111
五百年前是一家 112
五花八門 113

五福 115
井水不犯河水 115
允文允武 116
元年 117
公人 118
六月雪 119
六朝金粉 120
六賊戲彌陀 121
分杯羹 122
分庭伉禮 123
分道揚鑣 124
切磋琢磨 125
勾當 126
勾欄 127
化作春泥更護花 128
化腐朽為神奇 129
及時雨 130
及第花 131
反目 132
天之驕子 133
天文地理 134
天字第一號 135
天籟 136
太歲頭上動土 137
孔方兄 138
少年易學老難成 139
尤物 140
弔詭 141
心有餘，力不足 142
心有靈犀一點通 143
心病還須心藥醫 144
心照 145
心腹 146
文不加點 147
斗筲之人 148
方寸 148
月下老人 149
月有陰晴圓缺 150
木人石心 151
比上不足，比下有餘 152
比翼鳥 153
毛病 154
毛遂自薦 155
水落石出 156
爪牙 157
片言折獄 158
牛驥同皁 158
犬子 159

五畫

冬烘 160
出主意 161
出汙泥而不染 162
出色 163
出將入相 164
出爾反爾 165
出閣 166
出醜 167
功德圓滿 168
半瓶醋 169
半部論語治天下 170
半路殺出程咬金 171

古錐 171
只許州官放火，不許百姓點燈 172
失之東隅，收之桑榆 174
失恃 175
失真 175
左遷 176
巧言令色 177
巨無霸 178
巨擘 179
平反 180
平易近人 181
打個照面 182
打馬 183
打圓場 183
正鵠 185
母大蟲 185
民不聊生 186
玄之又玄 187
玉不琢，不成器 188
瓜代 189
瓜葛 190
瓦釜雷鳴 191
生於憂患，死於安樂 191
白衣蒼狗 193
白眼 193
白頭 194
皮裡陽秋 195
目無全牛 196
立於不敗之地 197

六畫

伏劍 198
先下手為強 199
先小人後君子 200
先天下之憂而憂 201
刎頸交 202
吃力不討好 203
吃醋 204
同是天涯淪落人 206
名刺 207
名落孫山 208
好好先生 208
如人飲水冷暖自知 209
如喪考妣 210
如描似削 211
式微 212
成也蕭何，敗也蕭何 213
有子萬事足 214
有志者，事竟成 214
有其父必有其子 215
有氣無煙 216
有腳書廚 218
朱衣點頭 218
死有重於泰山，或輕於鴻毛 219
江郎才盡 221
池中物 221
百姓 222
百戰百勝 223

老不死 224
老佛爺 225
自了 226
血氣方剛 227
行不改名，坐不改姓 228
行百里者半九十 229
行頭 230
衣冠塚 230
衣帶漸寬終不悔 231
衣缽 232
衣繡夜行 233

七畫

伯仲 234
佔鰲頭 235
佛也眉兒聚 236
作俑 237
作則 237
冷宮 238
利市 239
君子之交淡如水 240
君子有成人之美 242
君子愛財，取之有道 242
君子遠庖廚 243
吳市吹簫 244
吹毛 245
吹牛 246
孝順 247
局外人 248
弄瓦 249
形而上 250
快刀斬亂麻 251
扯淡 251
批逆鱗 252
抓周 253
投名狀 255
投機 256
折柳 257
杏壇 257
杜康 258
杜撰 259
束脩 260
決雌雄 261
沒了期 262
沒把鼻 263
沒來由 264
沒戲唱 265
良裘 266
見獵心喜 267
言歸於好 268
走馬燈 269
足不出戶 270
身懷六甲 271
阮囊羞澀 271

八畫

乖違 272
兩舌 273
取之不盡，用之不竭 274
呼應 275
和氏璧 276
夜郎自大 277
夜遊 278

夜臺 279
奇貨可居 280
妻子 281
孟母斷織 282
往者不諫，來者可追 283
怪物 284
抱佛腳 285
抱柱信 286
拍馬 287
拒人於千里之外 287
拙荊 288
招架 290
招搖過市 291
放浪形骸 292
放蕩 293
斧正 294
斧鑿痕 295
明哲 295
易簀之際 296
服膺 297
杯中物 298
東山再起 299
東西 300
東床 300
東施效顰 301
東窗事發 302
東道主 303
杵臼之交 304
板蕩 304
河東獅吼 305
泣血 306
泥菩薩過江 307
物情 308
狗豬不食其餘 309
知心 310
知其不可而為之 311
空穴來風 313
空空兒 314
股肱 315
虎毒不食子 316
近朱者赤，近墨者黑 316
金屋藏嬌 317
金龜婿 318
金蟬脫殼 319
金蘭 320
長袖善舞 321
門外漢 322
阿堵物 323
附驥尾 324
侯門深似海 325

九畫

前車之鑑 326
哀兵必勝 326
垂青 327
幽微 328
幽靈 330
待價而沽 330
後生 331
拜路塵 332
指日 333
既來之，則安之 334
春秋鼎盛 335
春聯 336

是可忍，孰不可忍 337
是非成敗轉頭空 338
染指 339
殃及池魚 340
洗耳 341
洛陽紙貴 342
流水帳 342
為人作嫁 343
狡兔三窟 344
矜持 345
秋毫之末 346
約法三章 347
紅娘 348
紅得發紫 348
紅淚 349
紅頂 350
紈褲 351
缸面酒 352
胎教 354
胡同 355
致仕 356
苟合 357
若要人不知，除非己莫為 357
若要好，問三老 358
茅塞 360
負薪 361
風流 362
風馬牛不相及 363
風骨 364
風過耳 365
風騷 366
飛蠅垂珠 367
食不二味 367
食日萬錢 368
食言 369
首當其衝 370

十畫

庭訓 371
捋虎鬚 372
料理 373
旅進旅退 374
書中自有黃金屋 375
桃李 376
桃符 377
桑梓 378
殷鑑 378
氣短 379
泰斗 380
浪子回頭金不換 381
涇渭 382
烈士 383
烏紗帽 384
烏龍 385
狼子野心 386
狼狽 387
狼煙 388
狼藉 389
留得青山在，不怕沒柴燒 390
破天荒 391
祝融 392
秦樓 393

胭脂 395
馬子 396
馬扁 397
骨氣 397
骨董羹 398
骨醉 399
高山流水 401
高臥 402
高標 403
高舉 404
鬼才 405
鬼見愁 406
鬼門關 407

十一畫

參政 408
問津 409
問鼎 410
啟發 411
執牛耳 412
堂奧 413
奢侈 414
宿世冤家 415
崢嶸 415
從心所欲 416
從善如流 417
悠悠 418
患得患失 419
捲鋪蓋 420
掃眉才子 421
掉以輕心 422
掉書袋 423
掛冠 424
掛劍 425
掠美 427
教頭 428
梧鼠技窮 429
欲加之罪 429
欲速則不達 430
殺青 431
淑女 433
深居簡出 434
烽火 434
率性 435
異端 436
眼不見為淨 437
眼波 438
眾人皆醉我獨醒 438
眾叛親離 439
細膩 440
荳蔻 441
荼毒 442
莘莘學子 443
莞爾 444
莫須有 444
貧賤夫妻百事哀 445
逍遙 446
逐客令 447
逝者如斯 448
造物者 449
連環計 450
野火燒不盡 451
閉門羹 452
陵遲 453
陸沉 454
魚與熊掌不可兼得 454

鳥獸散 456
鹿鳴宴 457

十二畫

荒誕 458
敝帚自珍 459
勝敗乃兵家常事 460
唾手 461
唾面自乾 462
喜怒不形於色 463
喪明之痛 464
掌上明珠 464
插科打諢 465
揚眉吐氣 466
換帖 467
揭竿 468
敢怒不敢言 469
智囊 470
曾幾何時 471
曾經滄海難為水 471
渾沌 473
渾家 474
無可奈何 474
無妄 475
無所不用其極 476
無的放矢 477
無毒不丈夫 478
無恙 479
無腸公子 479
無賴 480
無顏見江東父老 481
登科 482
登徒子 483
登堂入室 484
程門雪 485
稍候 486
童蒙 486
結束 487
絕響 488
詠絮之才 489
鄉愿 489
閒人 490
黃泉 491

十三畫

幹事 492
愁紅慘綠 493
意志 494
感遇 495
感激 496
慈母 497
搗鬼 498
會心 499
楷模 500
滅門 501
當務之急 502
矮子看戲 503
禁臠 504
腳本 505
萬人空巷 506
萬事俱備，只欠東風 507
萬綠叢中一點紅 508
落拓 509
落草 510
葛藤 510

葫蘆裡賣什麼藥 511
解手 512
解鈴還須繫鈴人 513
詭譎 514
賈禍 515
跳槽 516
過猶不及 517
過聽 518
道不同，不相為謀 519
違和 520
隔山觀虎鬥 521
雷同 522
鼓刀 523
鼠輩 523
筵席 524

十四畫

寡人 525
寡合 526
對策 527
歌鳳 528
瑰麗 529
綠林 529
綠肥紅瘦 530
綠葉成陰 531
蒲柳之姿 532
說項 533
遠水救不了近火 534
遠親不如近鄰 535
酷吏 536
銅臭 537
閣下 539
閣揆 539

十五畫

噴飯 540
墨守成規 541
履尾 542
彈冠相慶 543
敷衍 544
樂融融 545
盤桓 546
蓬生麻中，不扶自直 547
蓬髮 548
談何容易 549
請纓 550
賠了夫人又折兵 551
賦閒 552
銷魂 553
駙馬 554
魯男子 555
麾下 556

十六畫

豎子 557
壁上觀 557
燕雀安知鴻鵠之志 559
親炙 560
親者痛，仇者快 561
選賢與能 561
醍醐灌頂 562
錯愛 563
黔驢技窮 564

龍戰 565

十七畫

優伶 566
優孟衣冠 567
壓歲錢 568
彌封 569
應聲蟲 570
斂跡 571
濫觴 573
糟糠妻 573
聰明反被聰明誤 575
臨財毋苟得 575
謙謙 576
鍥而不捨 577
鴻門宴 578
尷尬 579
臨文 580
臨池 581

十八畫

壘塊 582
翻臉 583
覆巢之下無完卵 584
雙鯉魚 585
顏色 586
鯉魚躍龍門 587

十九畫

壞事傳千里 588
懷橘 589
爆竹 590
羅織 591
藝人 591
蟾宮折桂 592
識荊 593
鏡花水月 594
鏡裡孤鸞 596
關節 597
麒麟兒 598

二十畫

瀟灑 599
懸羊頭賣狗肉 599
懸魚 601
懸壺 601
獻殷勤 602
飄飄欲仙 603
齟齬 604

二十一畫

蠟鎗頭 605
護短 606
露出馬腳 607
顧名思義 608
顧影 609

二十二畫

囊括 610
權衡 610

二十三畫

戀棧 611
戀舊 612
變泰 613

二十五畫

觀棋不語真君子 614

二十六畫

驢券 615

【一 畫】

一女不嫁二夫

ㄧˋ ㄋㄩˇ ㄅㄨˋ ㄐㄧㄚˋ ㄦˋ ㄈㄨ

出處 《左傳・莊公十四年》：「吾一婦人而事二夫，縱弗能死，其有奚（何）言？」

解釋 一個女子不嫁兩個丈夫；比喻恪（音ㄎㄜˋ，誠敬謹慎）守婦道，忠貞不二。

近義 忠貞不二、貞節烈女

反義 水性楊花、紅杏出牆

放大鏡

還君明珠雙淚垂

唐朝詩人張籍曾寫過一首〈節婦吟〉：「君知妾有夫，贈妾雙明珠。感君纏綿意，繫在紅羅襦（絲質短衣。襦，音ㄖㄨˊ）。妾家高樓連苑起，良人執戟明光里。知君用心如日月，事夫誓擬同生死。還君明珠雙淚垂，恨不相逢未嫁時。」詩中道盡一段相見恨晚的愛情，以女子口吻，寫出她心中的掙扎，既明白那人一片真情至意，如日月般聖潔美好，又想與自己的夫君長相廝守一輩子，該如何抉擇呢？真教她左右為難，好像選擇了誰都不對，放棄了誰又都心有不捨。

最後，她終究還是「發乎情，止乎禮義」，毅然以「還君明珠」作為故事的結局，為這段邂逅劃下淒麗的休止符。或許愛情之所以美，就美在它虛無縹緲，既不夠完美，也未必永恆！

用法說明 古代封建社會要求女子「一女不嫁二夫」，而男人卻可以三妻四妾，享盡齊人之福，這是不公平的。另有一詞「忠臣不事二主」意思相近，但是針對君臣倫理而言，說一個忠貞不二的臣子，終其一生只效忠於一位君主，絕不改變心意，跑去投靠其他的國君或主子。例一：傳統婦女遵守「一女不嫁二夫」的閨訓，即使丈夫過世了，也堅決不再改嫁。例二：如今李總垮臺了，他堅持「忠臣不事二主」，毫不猶豫遞上了辭呈。

一不做二不休

出處 唐．趙元一《奉天錄》卷四：「傳語後人，第一莫作，第二莫休。」

解釋 本義是說不然就不要叛變，既然已經造反，索性就做到底。後世用來比喻一件事情不做便罷，一旦做了，乾脆就做到底的意思。

近義 破釜沉舟

反義 猶豫不決、舉棋不定

放大鏡

叛將死前的話

唐德宗時，安祿山舉兵叛變，而盧龍節度使朱泚和其部將張光晟也跟著一起造反。當德宗皇帝聞知此消息，既吃驚又震怒，於是派出將領李晟出兵討伐叛賊。李晟率領王師，旗開得勝，一舉活捉了叛將張光晟。此時的張光晟，為了保住一條小命，只好表示願意效忠朝廷，從此不再有二心。德宗也想饒他不死，但朝中大臣反對聲浪四起，最後只能下令將他處死。據說張光晟在臨刑前，曾經十分懊惱地說：「第一不要做，第二做就要做到底！」

用法說明 「一不做二不休」含有負面意義，「破釜沉舟」則趨向正面意義，由於兩者都有堅持到底的意思，故為近義詞。例一：他本來只偷了一塊麵包，見老闆遲遲未回來，一不做二不休，索性又多偷了好幾包泡麵。例二：他這次抱著破釜沉舟的決心，發誓如不成功絕不還鄉。

一夫當關
一ˋ ㄈㄨ ㄉㄤ ㄍㄨㄢ

出處 西漢・劉安《淮南子・兵略訓》：「一人守隘（音ㄞˋ，險要的地方），而千人弗敢過也。」唐・李白〈蜀道難〉：「劍閣崢嶸（音ㄓㄥ ㄖㄨㄥˊ，山勢高峻突出）而崔嵬（音ㄘㄨㄟ ㄨㄟˊ，高峻），一夫當關，萬夫莫開。」

解釋 用以比喻地勢險要，易守難攻。

搭配詞 一夫當關，萬夫莫敵、一夫當關，萬夫莫開

放大鏡
號稱「一夫當關，萬夫莫敵」的函谷關

函谷關地處峽谷，「深險如函」，最窄處只能容一輛馬車通行，所以稱為「函谷」關。函谷關始建於春秋戰國，西據高原，東臨絕澗，南接秦嶺，北塞黃河，是東去洛陽，西達長安的咽喉，素有「天開函谷壯關中，萬谷驚塵向北空」、「雙峰高聳大河旁，自古函谷一戰場」之稱，為兵家必爭之地。

西元前三一八年，楚懷王率六國軍隊伐秦，秦依靠函谷天險，使六國軍隊「伏屍百萬，流血漂櫓（音ㄌㄨˇ，大盾）」。秦始皇六年，楚、趙、衛等五國軍隊犯秦，「至函谷，皆敗走」，可見函谷關的地勢險要，易守難攻，真可說是「一夫當關，萬夫莫敵」。

用法說明 「一夫當關，萬夫莫敵」是比喻地勢險要，易守難攻，重點在於「地勢」。而「一人拚命，萬夫莫當」則是說一個人拚命時，就變得非常勇猛，誰也無法抵擋，強調拚命的那個「人」。兩者看起來相似，

但強調的重點不同。例一：此處地形險要，真是一夫當關，萬夫莫敵。例二：俗話說：「一人拚命，萬夫莫當。」他經過極其猛烈的博鬥，終於殺開血路，衝出重圍。

一去不復還
ㄧ ㄑㄩˋ ㄅㄨˋ ㄈㄨˋ ㄏㄨㄢˊ

出處 西漢・司馬遷《史記・刺客列傳》：「風蕭蕭兮易水寒，壯士一去兮不復還。」

解釋 原指荊軻此去刺秦王，終將功敗垂成，慷慨就義，不再回來的意思。後來引申為一去不返、有去無回之意。

近義 一去不返、有去無回

反義 往返二地、昔往今還

放大鏡
荊軻刺秦王

秦王政接見燕國派來的使者荊軻和隨行的秦舞陽。荊軻捧著裝了樊於期頭顱的盒子，秦舞陽則捧著督亢的地圖，兩人一步步走上秦國朝堂的臺階。

由於秦舞陽沒見過大場面，早已嚇得四肢發抖。讓秦王不禁起了疑心，於是吩咐荊軻一個人把頭顱與地圖呈上來即可。荊軻接過地圖，捧著木匣，給秦王獻上。當秦王打開木匣，果然是樊於期的頭顱；又叫荊軻拿地圖來。荊軻把一卷地圖慢慢打開，到全都打開時，一把預先藏在地圖裡的匕首就露了出來。

秦王一見，嚇了一大跳。荊軻連忙抓起匕首，左手拉住秦王的袖子，右手向他的胸口刺過去。秦王向後一轉身，袖子斷了，跳過一旁的屏風，剛要往外跑。荊軻卻拿著匕首追了上來，兩人就繞著朝堂上的大銅柱子跑。

秦國官員上朝禁止攜帶武器，而武士未經國王命令也不能進入朝堂，所以群臣手無寸鐵，急得六神無主。突然，有個御醫急中生智，拿起手裡的藥箱對準荊軻扔了過去。這時，秦王向前一步，拔出寶劍，砍斷了荊軻的左腿。荊軻倒在地上，秦王又上前砍了幾劍。不久，終於想到宣武士上殿，結束了荊軻的性命，連秦舞陽也一起殺了。

用法說明 「一去不復還」，是說離開之後就不再回來，亦作「一去不返」；後用以形容人離去後音訊全無，抑或事物消逝無蹤的意思。例一：他遠赴澳洲求學，從此一去不復還，我們再也沒有聯絡了。例二：隨著時間的流逝，我們的青春歲月一去不返。

一失足成千古恨

出處 明・楊儀《明良記》：「唐解元寅既廢棄，詩云：『一失腳成千古笑，再回頭是百年人。』」

解釋 一旦犯錯墮落，便遺憾終身。失足，失腳摔倒，比喻墮落或犯重大錯誤。

近義 追悔莫及

搭配詞 一失足成千古恨，再回頭是百年身

放大鏡

古今「失足」涵義不同

「失足」一詞出自《禮記・表記》：「子曰：『君子不失足於人，不失色於人，不失口於人。』是故君子貌足畏也，色足憚（音ㄉㄢˋ，畏懼）也，言足信也。」意思是：君子不在別人面前喪失進退的節度，不在別人面前喪失容色的嚴謹，不在別人面前喪失說話的分寸。這樣，君子的外貌

就足以使人敬畏，容色足以令人畏懼，言論足以使人相信。

依照孔子的意思，所謂「失足」就是君子在他人面前喪失了進退的節度，也就是舉止不莊重。這在今天來說，並不是非常嚴重的事，至少不用承擔什麼刑事責任。用「失足」來代指犯了重大錯誤，甚至是犯罪行為，這是後人將詞彙意義向外擴展的結果。

用法說明 「失足」有兩個意思，一是「失腳摔倒」，一是「墮落或犯重大錯誤」，因此「一失足成千古恨」也有兩種用法。例一：行駛中橫公路的危險路段時，一定要精神專注，以免一失足成千古恨。例二：青少年對於毒品千萬不要輕易嘗試，否則「一失足成千古恨」，後果不堪設想。

一本正經（ㄧˋ ㄅㄣˇ ㄓㄥˋ ㄐㄧㄥ）

出處 東漢・鄭玄〈詩譜序〉：「本之由此〈風〉〈雅〉而來，故皆錄之，謂之《詩》之正經。」

解釋 形容人態度莊重、舉止合宜，或指行事規矩、不隨便。

近義 正正經經、不苟言笑、一板一眼

反義 嘻皮笑臉、油嘴滑舌

放大鏡

正經是一本還是兩本？

我們常說一個人非常端莊正經，但原先的「正經」指的是《詩經》這部書內的詩歌從〈國風〉跟大、小〈雅〉出來的部分，因為內容典雅莊重而切合時情，因此被鄭玄稱為「正經」，即是「正式的經典」之意。後來則逐漸演化成為形容一個人的態度、舉止就向一本經

典一樣典重端莊。

用法說明 本來「正經」的用法是指正式的經典，但因為正式的經典帶有莊重典雅的含意，所以後來被人拿來形容為態度莊重，個性規矩且舉止合宜。但後來又有人將「一本正經」拿來形容人過於嚴謹、嚴肅，成為一種反諷的形容方式，挖苦人毫無幽默。例一：退之好學勤勉，曾勸諫後學努力進取，在〈進學解〉中，便端出為人師表一本正經的樣子，告誡學生「業精於勤，荒於嬉；行成於思，毀於隨」，確實一番苦心哪。例二：這個同學實在太嚴肅、老實了，每次跟他開玩笑，他都一本正經的回答我們的問題，真是敗給他了！

一年之計在於春

出處 明・馮應京《月令廣義》：「一日之計在於晨，一年之計在於春，一生之計在於勤，一家之計在於身。」

解釋 勉勵人要把握時光，尤其春天是一年的開始，更應該努力耕耘，將來才會有好收穫。

近義 一寸光陰一寸金、愛惜光陰

反義 虛擲光陰

放大鏡

難忘的春神之歌

想到春天，耳畔一直有個旋律不覺蠢蠢欲動起來：「春神來了怎知道？梅花黃鶯報到。梅花開頭先含笑，黃鶯接著唱新調。歡迎春神試身手，快把世界改造。」沒錯，就是這首〈春神來了〉！在兒時記憶中，應是小學老師彈著教室裡的風琴，伴隨一群活蹦亂跳的學童高歌著，也許那合唱出的歌聲不夠和諧、不盡優美，但卻成為許多人童年的快樂回憶。

用法說明 「一年之計在於春」與「虛擲光陰」兩句意義相反，前者指愛惜春光；後者為浪費時光之意。例一：一年之計在於春，所以我們要好好把握時間用功讀書。例二：小王近來沉迷於線上遊戲，虛擲光陰，不務正業，令父母頭痛萬分。

一竹竿打到底

出處 元末明初・施耐庵《水滸傳》第四十五回：

「我爹娘把我嫁王押司，只指望『一竹竿打到底』，誰想半路相拋！」

解釋 一開始就抱定永遠不改變的決心。

近義 有始有終、始終如一

反義 心猿意馬、半途而廢

放大鏡

蘇東坡愛竹情深

大文豪蘇東坡曾說：「可使食無肉，不可使居無竹。無肉令人瘦，無竹令人俗。人瘦尚可肥，俗士不可醫。」我們固然知道他愛吃肉，「東坡肉」成為一道家喻戶曉的名菜，但相較之下，他似乎更愛竹子，對竹子情有獨鍾。

例如，他曾在〈記嶺南行〉中寫到竹子，並為竹子抱不平，以為嶺南人應該對竹子感到抱歉才對。怎麼說呢？嶺南人飯桌上擺著竹筍，屋頂上蓋著竹瓦，而載貨用的是竹筏，燒飯用的是竹燃料，連寫字用的都是竹做的紙，腳上穿的也是竹做的鞋，真是不可一日無竹子！

用法說明 另有「一竹竿打翻一船人」的說法，語義同於「天下烏鴉一般黑」，引伸為不能明察秋毫、辨別是非，而一味牽怒於人之意。「一竹竿打到底」，則強調堅持到底、永不改變的決心。例一：雖然有錢人家子弟大多奢侈成性，但也有少數例外，請不要一竹竿打翻一船人。例二：這次我是一竹竿打到底，絕不改變心意了。

一佛出世，二佛涅槃

出處 元末明初・施耐庵《水滸傳》第三十九回：「打得宋江一佛出世，二佛涅槃，皮開肉綻，鮮血淋漓。」

解釋 死去活來。出世，佛家稱出生；涅槃，佛家指死亡。

放大鏡

宋江寫反詩

封建時代有所謂五刑：「笞、杖、徒、流、死」，指的是鞭打、杖打、坐監、流放和死刑。

《水滸傳》第三十九回裡，外號「及時雨」的宋江，所受的就是「杖」打的刑，並且是往「死裡頭打」，才會被打得「皮開肉綻，鮮血淋漓」，死去活來。這是因為宋江被流放江州，一天趁著酒興在潯陽樓上題下一首「反詩」，被奸人告了，江洲知府蔡九便下令緝拿，杖刑後下了斬令。

後來梁山眾好漢連夜兼程趕往江洲營救，有的裝扮成弄蛇的行丐者，有的假作使槍棒賣藥品，還有的以挑夫、商人等面目出現，他們暗中圍住法場，當監斬官下令行刑時，梁山好漢馬上衝出，把官兵殺得人仰馬翻，兩個裝扮成客商的好漢趁著混亂救出宋江和戴宗兩人。

用法說明 這兩句話也可以寫做「一佛出世，二佛升天」，意思都是「死去活來」。例一：她得知家人在這一次的地震中喪命，頓時哭得一佛出世，二佛涅槃，悲慟萬分！例二：她在產房裡因腹部陣痛叫得一佛出世，二佛升天，所有的護士都對她印象深刻。

一抔土（一 ㄆㄡˊ ㄊㄨˇ）

出處 西漢・司馬遷《史記・張釋之傳》：「假令愚民取長陵一抔土，陛下何以加其法乎？」

解釋 一把土。抔，音ㄆㄡˊ，量詞，相當於「把」。

放大鏡

張釋之執法

漢文帝在位時，有人因盜取宗廟的器物被捕。文帝非常生氣，命令廷尉治竊賊的罪。廷尉張釋之依法律判處罪犯死刑，並奏報皇上判決結果。皇上大怒說：「我把他交給你判決，是希望你判他滅族，而你卻依法處理，這與我的想法不合。」釋之除去官帽，頓首謝罪說：「依法律如此判定已經足夠了。罪名即使相同，情節輕重也可能有差異。如果現在竊取宗廟器物而被滅族，假如有愚昧的民眾取走長陵的一抔土，陛下要如何處分他呢？」一段時間之後，文帝與太后討論到這件事，才許可了廷尉的判決。

用法說明 「一抔」是「一把」或「一捧」的意思；「一杯」是「一茶杯」的意思。例一：他把故鄉的一抔土裝進小瓶子裡，隨身攜帶。例二：他倒了一杯水給我。

一動不如一靜

出處 南宋・張端義《貴耳集》卷上：「孝宗幸天竺及靈隱，有僧輝相隨。見飛來峰，問輝曰：『既是飛來，如何不飛去？』對曰：『一動不如一靜。』」

解釋 指若要採取行動，不如靜觀其變以不變應萬變。

放大鏡

─飛來或飛去？

南宋孝宗對於參禪相當感興趣，有一天到了靈隱寺時，僧人淨輝陪伴他遊覽山水。孝宗見到了飛來峰時，便問淨輝：「這山叫做『飛來』，為何不叫『飛去』呢？」淨輝回答：「一動不如一靜。」

後來，孝宗見到一座觀音像手裡拿著念珠，便問：「觀音要做什麼？」淨輝回答：「要念觀音菩薩。」孝宗又問：「念自己的法號做什麼？」淨輝再答：「求人不如求己。」孝宗聽了回答感到相當高興。

用法說明 一動不如一靜這句話，可以用在許多面向上。在出處中，淨輝向孝宗打禪語，告訴孝宗動與靜兩者，要以靜為上。因為靜中能觀動，也能在靜中觀察，頗有「以不變應萬變」安然自適的味道。但在行軍打仗中，一動不如一靜，指的則是面對眼前局勢，必須採取守勢，以靜制動，等待時機。例一：面對升學模擬考，大家莫不驚慌失措，但考前一天隨手拿本陌生的補充講義亂做題目，一動不如一靜，寧可把先前錯的題目再重新檢視一遍，矯正原先錯誤的觀念才是上策。例二：用兵如神者，莫如足智多謀的諸葛亮。即使首次出兵祈山而街亭失手，他並未躁進，而是採取一動不如一靜的守勢，重整軍容再度出發。

一問三不知（ㄧˋ ㄨㄣˋ ㄙㄢ ㄅㄨˋ ㄓ）

出處《左傳・哀公二十七年》：「君子之謀也，始、衷（音ㄓㄨㄥ，即中，指事情中間的發展過程）、終皆舉之，而後入焉。今我三不知而入之，不亦難乎！」

解釋 怎麼問都說不知道。三不知，指對於事情的起因，經過和結果都不知道。

近義 一竅不通、茫然無知、一問搖頭三不知

反義 無所不知、無所不曉

放大鏡

何謂「三」不知？

所謂「三」不知，是指事情的「起因」、「經過」和「結果」三方面。戰國時（西元前四六八年），晉國的荀瑤率兵攻打鄭國，齊國為防止晉國強大，就派陳成子帶兵援鄭。

有個名叫荀寅的部將報告陳成子說：「有一個從晉軍來的人告訴我說，晉軍打算出動一千輛戰車來襲擊我軍的營門，要把齊軍全部消滅。」陳成子聽了，罵他說：「出發前，國君曾命令我：『不要追趕零星的士卒，不要害怕大批的人馬。』就算晉軍出動超過一千輛的戰車，我也不能避而不戰。你方才竟然講出壯敵人威風、滅自己志氣的話，回國以後，我要把你的話報告國君。」

荀寅自知失言，於是感慨說：「聰明人謀畫一件事情，對事情的開始、發展、結果這三方面都要弄清楚，然後才向上報告。現在我對這三方面都不知道，就向上報告，難怪老是碰壁。」

用法說明 「一問三不知」

可以是真的不知道，也可以是假裝不知道。例一：事情發生時他並不在場，實情如何，他當然一問三不知。例二：他打算只要有人問起這件事，就來個一問三不知，推個乾淨。

一飯三吐哺（ㄧˊ ㄈㄢˋ ㄙㄢ ㄊㄨˇ ㄅㄨˇ）

出處 西漢・司馬遷《史記・魯世家》云：「周公戒伯禽曰：『吾一沐三握髮，一飯三吐哺（音ㄅㄨˇ，在口中咀嚼的食物），以待天下之賢士，我恐失天下之賢人。』」

解釋 是說周公攝政時，勤於政務，禮賢下士，忙到連吃飯時間都有人來洽公，經常一餐飯要連續吐出多次，處理完正事後，才能回來繼續吃飯。後世用來比喻勤於政事、禮賢下士，忙得一刻不得閒的意思。

近義 禮賢下士、吐哺待賢、握髮吐餐、吐哺握髮

反義 蔽賢、廢賢失政

放大鏡

周公告誡伯禽要禮賢下士

周公姓姬名旦，曾輔佐武王消滅商紂；武王死後，由於成王還是個孩子，所以由他輔政，代替成王管理天下。

周朝把魯地封給周公，周公派兒子伯禽前去管理。伯禽臨行前，周公告誡他：「我是文王的兒子，武王的弟弟，成王的叔叔，對天下人來說，我的地位也算很高了。可是我經常洗一次頭時，要中斷好幾回去接待賢士；吃一頓飯，也要吐出好幾回去迎接來訪的賢才；即使已經做到這樣，我還害怕做不好，而讓天下人感到寒心。希望你到了魯國，不要以自己的身分地位高，就覺得可以驕縱行事，目中無

人。」

用法說明 無論「吐哺待賢」、「握髮吐餐」、「吐哺握髮」均有禮賢下士的意思，與「一飯三吐哺」同意。都是指周公惟恐失去天下賢人，所以洗頭時，曾多次握著尚未梳理的頭髮；吃飯時，亦數次吐出口中食物，總是迫不及待地去接待賢士。例一：老董效法周公一飯三吐哺的精神，禮賢下士，不遺餘力，終於打造出如今的企業王國。例二：總統先生吐哺待賢，贏得人民一致的愛戴。

一概而論（ㄧ ㄍㄞˋ ㄦˊ ㄌㄨㄣˋ）

出處 戰國・屈原《楚辭・九章・懷沙》：「同糅（音ㄖㄡˋ，混合）玉石兮，一概而相量。」

解釋 指不區別狀況，而以同一標準看待事物。概，本是古代量穀物時，刮平斗斛的器具，此處代指量具。

近義 等量齊觀、相提並論、一概而言

反義 天壤之別

放大鏡

屈原〈懷沙〉的感慨

懷沙，是懷抱著沙石沉入水中的意思，為屈原在投汨（音ㄇㄧˋ）羅江自殺前所寫的絕命詞。詩人感慨當時賢愚不分、是非不明，於是寫下幾句詩：「變白以為黑兮，倒上以為下。鳳皇在笯（音ㄋㄨˊ，鳥籠）兮，雞鶩（音ㄨˋ，野鴨）翔舞。同糅玉石兮，一概而相量。」

這幾句詩的意思是，把白的顏色看作黑的，又把上下顛倒。被關在籠子裡的是美麗的鳳凰，而家雞和野鴨子反倒得意地飛翔。寶玉和頑石混雜在一起，毫無區別地予以等價相量。屈原無法改變現實，又不肯放棄自己的理想，所以他最後唱道：

「知死不可讓，願勿愛兮。明告君子，吾將以為類兮！」讀來實在令人悲慨而泫然欲泣。

用法說明 「一概而論」和「相提並論」雖然都有「把不同的人或性質不同的事放在一起談論或看待」的意思，但是「一概而論」是強調以同一標準看待事物的不當，「相提並論」則是著重在兩者的比較。例一：外國人學習日語時都會遇到某些困難，但這些困難會因學習者的母語而有所不同，無法一概而論。例二：這兩件事情的性質完全不同，是無法相提並論的。

一舉兩得（ㄧˋ ㄐㄩˇ ㄌㄧㄤˇ ㄉㄜˊ）

出處 西漢・劉向輯錄《戰國策・秦策二》：「今兩虎諍（音ㄓㄥ，爭執、競爭）人而鬥，小者必死，大者必傷。子待傷虎而刺之，則是一舉而兼兩虎也。無刺一虎之勞，而有刺兩虎之名。」

解釋 比喻作一件事，同時有兩方面的收穫。

近義 一箭雙鵰、一石二鳥

反義 得不償失、兩頭落空

放大鏡 「一舉兩得」得什麼？

「一舉兩得」本來是一則寓言故事：管與和管莊子看到有兩隻老虎為了爭食一個人而相鬥，管莊子正要將牠們殺死，管與卻勸他等等：「兩隻老虎互相爭鬥，結果必定是大的受傷，而弱小的死亡。既然如此，你等老虎受了傷再殺牠們，就可以只做一個動作，而同時得到兩隻老虎了。」

戰國時，因為楚國斷絕與齊國的盟友關係，所以齊國打算出兵攻伐楚國。楚王派陳軫（音ㄓㄣˇ）前往秦國求援，陳軫就以這個故事來遊說秦王。對秦王來說，出兵可獲得「救齊」和「弱楚」兩個好處，算是「一舉兩得」。陳軫的計謀不僅讓秦國得到好處，也同時為楚國解除了危機，也算是「一舉兩得」。

用法說明 「一舉兩得」和「一箭雙鵰」都有做一件事有兩種收穫的意思，但是「一舉兩得」側重於取得兩種好處，「一箭雙鵰」則側重於達到兩個目標。例一：種花既可美化環境，又可怡情養性，真是一舉兩得。例二：這次緝凶行動一箭雙鵰，不但逮捕到殺人犯，同時也破獲了販毒集團。

一竅不通（一ˋ ㄑㄧㄠˋ ㄅㄨˋ ㄊㄨㄥ）

出處 戰國・呂不韋等《呂氏春秋・貴直論・過理》：「孔子聞之曰：『其竅通，則比干不死矣。』」

解釋 一個心竅都沒有通。後比喻人昏昧不明事理，或對某事完全不懂。竅，音ㄑㄧㄠˋ，原義是孔穴，這裡指要點、方法。

近義 一無所知

反義 無所不知

搭配詞 開竅

放大鏡

莊子寓言「渾沌開竅」

在《莊子・內篇・應帝王》裡有一個神話故事：南海的神名叫儵（音ㄕㄨˋ），北海的神名叫忽，中央的神名叫渾沌。儵和忽時常到渾沌的地方碰面聊天，渾沌對他們很好。於是儵和忽商量要報答渾沌的恩惠，說：「人都有七個孔竅，用來看、聽、吃和呼吸，偏偏渾沌沒有，我們不妨替祂來挖鑿。」儵和忽這兩個神每天幫渾沌鑿一個孔，到了第七天，渾沌竟然就因此死了。

這個故事以儵和忽比喻人為的開發與建設，以渾沌比喻大自然。天地事物皆有其自然本性，人們須尊重並順從其發展。不能單憑主觀的熱情。否則即使出於一番好意，也會導致相反的結局。就這個故事來說，「一竅不通」並非壞事。

用法說明　「一竅不通」和「一無所知」都有完全不知道的意思。「一竅不通」側重於心智方面的不通達，「一無所知」則側重於對具體事實的不知情。例一：他只是個讀書人，對作生意可以說是一竅不通。例二：你對他一無所知，怎麼放心讓他負責這些事？

一觸即發（ㄧ　ㄔㄨˋ　ㄐㄧˊ　ㄈㄚ）

出處　明・李開先〈原性堂記〉：「近城園有一堂，已名之曰『面山』矣。客有過而謂予，何不改稱『原性』。乃愴然（悲傷哀痛。愴音ㄔㄨㄤˋ）有感於前事，而欣然即易其舊名。予方有意，觸而即發，不知客何所見，適投其機乎？」

解釋　原指一經觸動就立即有所感發或反應。後演變為比喻情勢緊張。

近義　箭在弦上、劍拔弩張

反義　相安無事

放大鏡

由「觸而即發」到「一觸即發」

「一觸即發」典源作「觸而即發」，出自李開先《李中麓閑居集・原性堂記》。指一經觸動而立即有所感發或反應，多用於感情方面。李開先是明代中葉著名的文學家和戲曲家。他認識一位前輩朋友張龍湖，張氏曾私下託付他，將畢生心血〈原命〉、〈原性〉二文流傳後世。二十幾年來，他謹記在心。

李開先有一間屋子，本來名為「面山」。有一次，來訪的客人問他，為何不改稱「原性」？李開先一聽，有感於和張龍湖的往事，立刻就把屋子改名了。他在文章中說，他的內心本來即存有「原性」之念，被客人之言觸動而發，因而改屋名。「一觸即發」這句成語就從這裡演變而出，並轉用來比喻很緊張的情勢或很危險的時刻。

用法說明 「一觸即發」及「劍拔弩張」都可用來形容形勢非常緊張。「一觸即發」指衝突隨時會發生，側重於形容局勢的緊繃。「劍拔弩張」則是已在備戰狀態，側重於形容氣勢的逼人。例一：這場貿易戰，大有一觸即發之勢。例二：雙方就這樣劍拔弩張地對峙著，誰也不肯先讓步。

【二畫】

七十二變（ㄑㄧ ㄕˊ ㄦˋ ㄅㄧㄢˋ）

出處 明．吳承恩《西遊記》第二回：「你要學那一般？有一般天罡數，該三十六般變化；有一般地煞數，該七十二般變化。」

解釋 原指《西遊記》中孫悟空的七十二種變身法術，今則用來形容一個人懂得隨機應變。

近義 機伶、見機行事

反義 板板六十四（古代鑄錢的模子，可製六十四文，這是鑄錢定數，不能私增。後用來比喻個性呆板固執，不知變通）

搭配詞 孫悟空七十二變、看我七十二變、現象七十二變

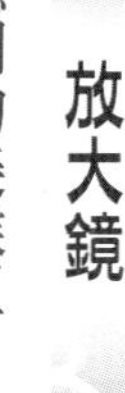

放大鏡

聰明的美猴王

祖師開講，但見一旁的孫悟空手舞足蹈，便問：「怎麼不聽我說話？」悟空答：「因為喜不自勝，所以手舞足蹈起來了。」接著，祖師又問他想學什麼？悟空回答：「全聽您的意思」，但祖師連說了好幾種道法，他都搖頭說：「不學，不學！」最後，祖師手持戒尺，在他頭上打了三下，然後背著手，走進裡面，關上中門。

和悟空一起聽講的人，莫不嗤之以鼻，但他卻不以為意，甚至喜形於色，原來——祖師打他三下，是約他三更時分見面；倒背著手走入裡面，又將中門關上者，則是教他從後門出來。三更時分，悟空依約前來，但祖師卻睡著了，悟空不敢驚動，跪在床榻前，直到祖師醒來，才說：「弟子，在這跪了很久了。」祖師披衣盤坐，傳授他長生之道，直到天色微亮才結束。

三年後，祖師登寶座說法，要悟空防備雷、火、風三災，悟空一聽立即叩請祖師傳授躲避的方法，祖師問他：「你要學那一種？天罡數，三十六般變化；地煞數，七十二般變化。」悟空回答「地煞變化」，但聰明如他靠著自修自煉，無師自通，竟也學會了天罡數。

用法說明

「七十二」是指「多」、「無窮」的意思，因此，「七十二變」意指「變化多端」或「變化無窮」。同樣的道理，所謂「七十二行」，並不是只有七十二種行業，而是各種行業的總稱。例一：懂得七十二變的孫悟空，無論他再怎麼會變，也逃不出如來佛的手掌心。例二：只要肯努力，七十二行均有出頭天。

七件事（ㄑㄧ ㄐㄧㄢˋ ㄕˋ）

出處 元・武漢臣《玉壺春》第一折：「早晨起來七件事，柴、米、油、鹽、醬、醋、茶。」

解釋 泛指日常生活，不可或缺的物品。

近義 柴米油鹽醬醋茶、柴米油鹽、七事家、七事子、七事兒

搭配詞 開門七件事

放大鏡

首創開門七件事的人是？

南宋吳自牧《夢粱錄》第十六卷認為：每天不可或缺的物品有八件：「柴米油鹽醬醋酒茶」，合稱為「八件事」。但「酒」對大部分的人來說，不能算是生活必需品，所以到了元朝時，「酒」就被剔除了，成為現在大家所熟知的「七件事」。因吳自牧是最早列出生活必需品，故他就是首創開門七件事的人。

用法說明 「七件事」是泛指日常生活，不可或缺的物品，只是不同朝代、國家、階層的人，有不同的看法。而「七色板」則是指有紅、橙、黃、綠、藍、靛、紫七種顏色的光學儀器。例一：山上沒有超級市場，購買日常所需的「七件事」，一定得要下山才能購買。例二：急速旋轉七色板，可證明七種色光合成白光的原理。

九尾狐（ㄐㄧㄡˇ ㄨㄟˇ ㄏㄨˊ）

出處 東晉・郭璞注《山海經・南山經》：「有獸焉，其狀如狐，而九尾，即九尾

狐。」

解釋 傳說中，有九條尾巴的狐狸。後也比喻奸佞陰險的人。

放大鏡

《山海經》中的異獸：九尾狐

《山海經》是我國古代重要的一本神話總集，內容包含了遠古時代的地理、動物、植物等，其中包含了山經五卷與海經十一卷，分別是南山、西山、北山、東山與中山經五卷，以及海外南、海外西、海外北、海外東、海內南、海內西、海內北、海內東、大荒東、大荒南、大荒西經十一卷。

其中，在〈南山經〉、〈海外東經〉、〈東山經〉、〈大荒東經〉等卷記載的「九尾狐」是形狀如狐，但有九條尾巴的神異動物。一般說來，動物的異相在上古時代都具有特殊意涵，具有九尾的動物不僅止於狐狸，還有虎或羊，但出現較多次的，則是「九尾狐」。「九尾狐」是一種神聖動物，出現時帶有祥瑞的徵兆，且在漢代時期，是神祇西王母的重要配屬動物之一。

用法說明 「九尾狐」是一種現實生活中並不存在的動物，九往往是種虛指，不一定是動物身上真的有九條尾巴，僅僅是一種神異的象徵。而「九命怪貓」則可用來形容具有特異能力的人或動物，往往指人大起大落，歷經困難與危難卻依然能夠存活。雖然「九尾狐」與「九命怪貓」兩者都是神異的動物，但「九尾狐」通常用來指神聖動物，而「九命怪貓」則是形容人們的運氣非常好。例一：少年漫畫往往一派熱血，《火影忍者》就是其中之一。主角漩渦鳴人雖然身上被封印了一隻「九尾狐」，也因此歷經波折與磨難，卻也拜這隻神獸所賜，擁有龐大力量。例二：該名槍擊要犯經過大規模的跨國追捕，依然逍遙法外。前陣子才聽到新聞，警方明明派出大隊人馬進行圍捕，聽說他身受重傷，仍舊無法緝捕到案，真是頭「九命怪貓」。

二手（ㄦˋ ㄕㄡˇ）

出處 清・吳趼（音ㄧㄢˊ）人（字沃堯）《二十年目睹之怪現狀》第九十回：「幸得帶來的家人曾貴，和一個欽差大臣帶來的二手廚子認得。」

解釋 原意是指助手，現在則用來表示舊的、用過的或間接的。

近義 助手、助理

反義 主力

搭配詞 二手貨、二手傳播、二手菸、二手煙、二手書店

放大鏡

差一點就露宿街頭的伯芬

不學無術的葉伯芬希望擔任欽差大人的大舅子，能幫他找一份工作，於是遠渡重洋來到國外，沒想到欽差大人見到他的第一話竟是：「你來做什麼？」伯芬說自己特地來請安時，大人立即應道：「撒謊！」使得他不得不厚著臉皮，說出此行目的：「求一個差事。」

欽差予以拒絕，並說：「你以為可以隨時調派私人的差事嗎？」又見一堆行李，說：「沒地方放。」伯芬不知如何是好，幸好僕人曾貴和欽差大人的二手廚子相識，才能在他的幫忙下找到客店，盤纏用盡後，沒有工作的伯芬只能硬著頭皮向欽差大人借錢，才得以回國。

用法說明 「二手」原可指助理，後來指舊的，並非全新的，「新手」則是初次從事某種工作的人。例一：二手書店有許多便宜的書籍，吸引許多年輕學子前往挖寶。例二：他是新手，為了讓事情進行的更快速、順利，她更加努力練習。

人不可貌相（ㄖㄣˊ ㄅㄨˋ ㄎㄜˇ ㄇㄠˋ ㄒㄧㄤˋ）

出處 明・凌濛初《初刻拍案驚奇》卷十：「這正是凡人不可貌相，海水不可斗量。只是論女婿的賢愚，不在論家勢的貧富。」

解釋 不能憑外貌判斷人的好壞高低。

搭配詞 人不可貌相，海水不可斗量

放大鏡

不貌相的公孫龍

趙國學者公孫龍為人驕傲自負，他曾對弟子說他絕不和沒有本領的人交往。某天有個衣衫襤褸的人請求他收自己為徒弟，公孫龍打量了那人一番，冷冷地問道：「你有何本領？」那人說：「我的聲音非常洪亮。」公孫龍問弟子說：「你們當中有沒有聲音洪亮的？」弟子都說沒有，於是公孫龍便收那人為徒，弟子們在旁竊竊嘲笑著聲音洪亮能有什麼用。

過了幾天，公孫龍有事要到燕國去。他們來到大河前，可是岸邊卻沒有渡船，只見唯一的一艘停泊在遠遠的對岸。公孫龍令新弟子施展其技，新弟子欣然答允，便大喊一聲。不久，那艘船就划過來載他們渡河。

用法說明 人不可貌相是說明不能單憑外貌來判斷人秉性好壞的道理。例一：他看起來不起眼，沒想到身懷絕

技，真是人不可貌相。例二：我們都知道人不可貌相，不論貧富美醜，都應該受到平等的對待。

人心不足蛇吞象（ㄖㄣˊ ㄒㄧㄣ ㄅㄨˋ ㄗㄨˊ ㄕㄜˊ ㄊㄨㄣ ㄒㄧㄤˋ）

出處 《楚辭・天問》：「一蛇吞象，厥大何如？」《山海經・海內南經》：「巴蛇食象，三歲而出其骨。」

解釋 比喻人貪心不足，像蛇一樣想要吞食大象。

近義 貪得無厭、巴蛇吞象

反義 知足常樂

放大鏡

南海的巴蛇

古代傳說南海有一種蛇叫做巴蛇，它身長約八百尺，能吃象。巴蛇把大象連骨頭都吞下肚去，三年後才把骨頭吐出來，被吐出的骨頭據說可以醫治腸胃疾病。這個傳說廣為流傳。屈原〈天問〉裡提到巴蛇，就算能夠吞象也不過就是那樣，還能再怎麼呢？但為什麼人的慾望就是永遠無法滿足？

元代無名氏的雜劇作品《冤家債主》一開始有四句詩：「得失榮枯總在天，機關用盡也徒然。人心不足蛇吞象，世事到頭螳捕蟬。」顯然用的就是「巴蛇吞象」的典故，說的正是人們就算機關算盡，到最後還是逃不出老天爺的掌握。

俗話說「光說不如計畫，計畫趕不上變化」，這變化有時候就是時機問題，而時機呢，必須慢慢等待，不能貪心，不能操之過急，否則老天爺是會看不過去的！

用法說明 「人心不足蛇吞象」這句話的後三個字，以非常形象的方式表現了前四

個字的意義。所以有時候我們說話或寫文章時，省略前四字，也能表達整句話的意思。例一：自古以來，能夠知足常樂的人不多，通常都是成功還要再成功，富有還要更富有，所謂人心不足蛇吞象，結局可能算盡了性命。例二：你已經賺了很多錢，還想賺更多的錢，豈不是蛇吞象嗎？

人去樓空（ㄖㄣˊ ㄑㄩˋ ㄌㄡˊ ㄎㄨㄥ）

出處 唐・崔顥〈黃鶴樓〉：「昔人已乘黃鶴去，此地空餘黃鶴樓。黃鶴一去不復返，白雲千載空悠悠。晴川歷歷漢陽樹，芳草萋萋鸚鵡洲。日暮鄉關何處是，煙波江上使人愁。」

解釋 表示舊地重遊時人事已非，或對故人的思念。

近義 景物依舊，人事已非、室邇人遐

放大鏡

「人去樓空」古今情感不同

崔顥〈黃鶴樓〉藉由仙人乘鶴歸去的傳說，點出仙人黃鶴早已渺無蹤跡，一去不復返，只留天際的白雲，千載悠悠，表達出對於世事茫茫的感慨。因此，「人去樓空」這句成語顯現的是一種惋惜、失落的情感，用來表示舊地重遊時人事已非，空留遺跡，或對故人的思念。

如清朝納蘭性德〈念奴嬌・人生能幾〉詞：「怕見人去樓空，柳枝無恙，猶掃窗間月。」用的就是這個意思。這個成語現在有另一種用法，是形容畏罪潛逃，不知去向，大多是使用於社會事件的報導上，說明犯罪者因為畏罪而潛逃，不在原住屋裡。例如：警方接獲線報，等趕到現場時，歹徒已聞風而逃，人去樓空。

用法說明 「人去樓空」有兩種涵義，一、表示舊地重遊時人事已非，或對故人的思念。二、形容畏罪潛逃，不知去向。例一：來到以前的故居，只覺人去樓空，物是人非。不知不覺中，感傷之情油然而生。例二：老闆捲款潛逃後，公司就人去樓空，鐵門深鎖，使得員工們都喪失了賴以維生的工作。

人生七十古來稀（ㄖㄣˊ ㄕㄥ ㄑㄧ ㄕˊ ㄍㄨˇ ㄌㄞˊ ㄒㄧ）

出處 唐・杜甫〈曲江詩〉二首之二：「酒債尋常行處有，人生七十古來稀。」

解釋 自古以來活到七十高齡的人並不多見，指得享高壽不易。

放大鏡

古代七十歲可以享受的特別待遇

在《禮記・內則》中，規定「七十致政」。致政亦即還君事、還祿位於君。「致政」也稱「致仕」、「致事」，就是今天所說的「退休」。《禮記》還記載了七十歲應該享受的待遇，包括：「大夫七十而有閣」**（可以有自己存放美食的菜櫃）**；「七十養於學」**（年七十以上的可以在大學裡養老）**；「七十杖於國」**（七十歲可以在國都拄拐杖）**；「六十宿肉，七十二膳」**（六十歲的人應該隔一天吃一次肉，七十歲的人除了吃肉外還要另外再加上一樣美食）**……。

把這些待遇合在一起，那就是，一個人到了七十歲，就被國家供養在大學之內，在他的房間裡有專用的食櫃，櫃子裡放著各式各樣的美食，每兩天可以吃一餐肉，同時還有精美的點心和小吃，吃飽後可以拄個拐杖在首都四處視察……。

只不過在當時，「人生

七十古來稀」，能享受到這麼高規格待遇的人一定少之又少。因此，所謂「七十致政」，雖說到了七十歲要退休，其實和終身制也沒什麼兩樣了。

用法說明 「人生七十古來稀」用於表示得享高壽的不易。例如：雖然古人說：「人生七十古來稀」，但臺灣人民由於生活安定富足，因此活到七十歲已不稀奇。

人生自古誰無死（ㄖㄣˊ ㄕㄥ ㄗˋ ㄍㄨˇ ㄕㄟˊ ㄨˊ ㄙˇ）

出處 南宋・文天祥〈過零丁洋〉：「惶恐灘頭說惶恐，零丁洋裏嘆零丁。人生自古誰無死？留取丹心照汗青。」

解釋 是說人生到頭來難免一死，只要能死得其所，雖死而無憾！

近義 死得其所、死而無憾

反義 苟且偷生

放大鏡

留取丹心照汗青

文天祥，字宋瑞，又字履善，號文山，宋・吉州（今江西吉安）人。官拜左丞相，受封為信國公。抵抗元兵，愈挫愈勇，後為元人所擒，拘留燕京三年，誓死不降，最後遇害。有《文文山集》傳世。他曾賦〈過零丁洋〉：「辛苦遭逢起一經，干戈寥落四周星。山河破碎風飄絮，身世浮沉雨打萍。惶恐灘頭說惶恐，零丁洋裏嘆零丁。人生自古誰無死？留取丹心照汗青。」

人，難免一死，豈可為了短短數十寒暑，而葬送自己的人格與氣節？生前，遭人唾棄辱罵；死後，又讓子孫蒙羞，遺禍後世。所以，文天祥選擇捨生取義，把一片赤膽丹心，留在史冊上，以一死喚醒民族忠魂，真是死得其所，雖死無憾！

用法說明 「人生自古誰無死」與「死得其所」、「雖死無憾」同義，皆有誓死如歸，把死亡看成是生命最終的歸屬，一旦面臨死亡，可以坦然接受，毫無恐懼。例一：「人生自古誰無死」，只要為公理、正義而死，便能雖死猶生。例二：軍人為國捐軀，警官因公殉職，可謂死得其所，又何憾之有？

人生何處不相逢

ㄖㄣˊ ㄕㄥ ㄏㄜˊ ㄔㄨˋ ㄅㄨˋ ㄒㄧㄤ ㄈㄥˊ

出處 北宋・晏殊〈金柅（音ㄋㄧˇ）園〉：「臨川樓上柅園中，十五年前此會同。一曲清歌滿樽（音ㄗㄨㄣ，酒器）酒，人生何處不相逢。」

解釋 即使與人、事、物相別離，但終究會有再度重逢得一天。

放大鏡

金柅園

金柅園在今日江西省撫州市臨川區，是以前撫州府衙的後花園，現在在撫州臨川中學的校地內。當時撫州府衙位於兩條河流交會之處，分別是東南來的汝水與西北來的臨水。

東南方屬巽卦，西北方屬乾卦，乾巽兩卦相疊則成「姤（音ㄍㄡˋ）卦」，「金柅」二字即來自此卦。其中「金」來自「乾卦」中的最下一位，而「柅」則來自「巽卦」的最下一位。金柅同在，代表一種貞吉之兆，故把這座花園命名為「金柅」。

晏殊在園中留下〈金柅園〉詩，紀念故地重遊的感受，再次踏上十五年前的亭台樓閣，也許物換星移，但是無論人、事、物，總有再度相逢的一天。

用法說明 晏殊在〈金柅園〉中抒發了故地重遊的感受，與同一地點闊別十五年，再度踏上時，這種「會有再見的一天」的感受令他寫下「人生何處不相逢」一語。但此句話後來也指許多事有再度發生的可能，人生往往巧合極多，勸人應該要謹慎小心之意。例一：失聯三年的異地朋友，在他回到求學之處時，竟然意外再度遇見，真是人生何處不相逢啊！例二：常言道「冤家路窄」，人生何處不相逢，勸你還是別與他結怨吧！

人生得意須盡歡

ㄖㄣˊ ㄕㄥ ㄉㄜˊ ㄧˋ ㄒㄩ ㄐㄧㄣˋ ㄏㄨㄢ

出處 唐・李白〈將進酒〉：「人生得意須盡歡，莫使金樽空對月。」

解釋 人生不過數十寒暑，何其短暫，所以當人處於得意時，應該盡情歡樂。含有勸人樂天知命的意思。

近義 今朝有酒今朝醉

反義 生於憂患死於安樂

放大鏡

李白與酒

我們都知道，大詩人李白對杯中物情有獨鍾，尤其在他筆下描寫「酒」的詩篇，更是不勝枚舉。如〈將進酒〉中，他熱情地邀請岑夫子、丹丘生一同飲酒作樂，即使把珍貴的五花馬、千金裘都拿去換美酒回來，他亦在所不惜，畢竟人生苦短，知音難得，而今與好友相聚一堂，怎能不好好乾一杯？把所有不如意事全都拋至九霄雲外。

用法說明 「人生得意須盡歡」與「生於憂患死於安樂」意思相反，前者勸人樂天知命，及時行樂；而後者強調人要有憂患意識，一味貪圖逸樂的結果，將會自取滅亡。例一：你如今已經功成名就了，「人生得意須盡歡」，何必老是愁眉苦臉呀！例二：自從中樂透後，他再也不肯好好工作，沒多久竟落得家徒四壁，這就是「生於憂患死於安樂」的最佳例證。

人為刀俎，我為魚肉（ㄖㄣˊ ㄨㄟˊ ㄉㄠ ㄗㄨˇ，ㄨㄛˇ ㄨㄟˊ ㄩˊ ㄖㄡˋ）

出處 西漢・司馬遷《史記・項羽本紀》：「如今人方為刀俎（音ㄗㄨˇ），我為魚肉。何辭為！」

解釋 受制於人，任人擺布。

近義 任人宰割

反義 從心所欲

放大鏡

切魚用的工具

刀俎是宰割魚肉所用的工具，俎，就是砧（音ㄓㄣ）板。古人吃魚，多吃生魚，稱之為「鱠（音ㄎㄨㄞˋ，切細的魚肉）」。西晉時的張翰在秋天時，忽然想起家鄉的「鱸鱠」，因而辭官回家，留下了「秋風鱸鱠」的典故，比喻對故鄉的思念。「鱸鱠」也成為歷史知名的料理。

「鱠」這種料理方法首重刀工。好的廚師可以把魚肉切得薄如蟬翼，輕可吹起。在唐人段成式的《酉陽雜俎》裡記載，南孝廉切魚的刀工驚人，有一天，他所切的魚片，居然在眾人面前變成蝴蝶飛走。這個故事雖然荒誕，卻可令人想見料理「鱠」的情景。

用法說明 「人為刀俎，我為魚肉」和「聽憑處置」意思相近，但用法略有差異。「人為刀俎，我為魚肉」意同「任人宰割」，是被動受人擺布。「聽憑處置」是主動地把決定權交給對方。例一：雖然長官新頒布的命令極不合理，可是人為刀俎，我為魚肉，身為下屬的我也只能無條件接受。例二：這件事完全是我的錯，所以我一切聽憑處置，絕無怨言。

人要衣裝（ㄖㄣˊ ㄧㄠˋ ㄧ ㄓㄨㄤ）

出處 明・陸人龍《型世言》第三十回〈張繼良巧竊篆，曾司訓計完璧〉：「自古道：人要衣裝，馬要鞍裝。這一裝束，便弄得絕好了。」

解釋 指人需要衣裝打扮才能凸顯自己的優點。

放大鏡

花美男張繼良

張繼良是一個「花美男」，雖然從小沒有父母親，在外漂泊，但因為長得俊俏，不乏人照顧。有一次，他沒有地方住，朋友推荐他到錫山寺投宿，因為月公相當喜歡男孩子，去那裡一定會受到妥善照顧。

當張繼良到了錫山寺，月公一見，相當喜歡，替他訂製了許多衣服。等張繼良穿上新衣，更顯俊美，月公忍不住稱讚說：「人要衣裝，馬要鞍裝。只要仔細裝扮，就會變得非常吸引人。」

用法說明 現在常說「人要衣裝，佛要金裝」，但「人要衣裝」一語卻是出自明代的短篇小說，而且原先搭配的話是「人要衣裝，馬要鞍裝」。意思都是指人必須好好打扮，經過打扮後才能凸顯自己的優點，就像馬匹必須上馬鞍才能表現，而佛相必須鍍金身才能更顯尊貴一樣。例如：大家都說「天下只有懶女人沒有醜女人」，妳總是這樣疏於打扮，難怪沒人搭理妳。人要衣裝，佛

要金裝，其實妳的眼睛非常漂亮，只要略施薄粉，相信會電倒不少人的。

人善被人欺（ㄖㄣˊ ㄕㄢˋ ㄅㄟˋ ㄖㄣˊ ㄑㄧ）

出處 明・馮夢龍《古今譚概・談資部》：「馬善被人騎，人善被人欺。」

解釋 善良的馬匹容易被駕馭，而善良的人則容易被欺侮，用意是告誡聽者做人不可以太過善良。

放大鏡

拆字行酒令

馮夢龍的小說中，〈梅郭二令相同〉一篇，談到蜀地朝紳杜渭江和鄉紳梅西野等人共同行酒令，使用了拆字法套入俗語。無獨有偶，在蘇州錢兼山與郭劍泉兩人在行酒令時，也使用了拆字法套入俗語。這中間出現了不少經典的俗語拆字解，例如：「單奚也是奚，加點也是溪，除卻溪邊點，加鳥卻為雞。俗語云：『得志貓兒雄似虎，敗翎鸚鵡不如雞。』」或是：「單相也是相，加點也是湘，除卻湘邊點，加雨卻為霜。俗語云：『各人自掃門前雪，莫管他家瓦上霜。』」

至於「人善被人欺」，則是來自兩場行酒令都提到的「其」字拆字解：「其字本是其，加水也是淇，除卻淇邊水，加欠便成欺。語云：『馬善被人騎，人善被人欺。』」

用法說明 我們常形容一個人無論對人、對事都不太有主見，並且總是答應不推辭的為「濫好人」。但過度氾濫的好心往往容易被人利用或被欺侮，這時他人往往會給予勸諫。例如：你總是如此好心，但「人善被人欺」，那些不懂得感恩的人，不幫也罷！

人無橫財不富
ㄖㄣˊ ㄨˊ ㄏㄥˊ ㄘㄞˊ ㄅㄨˋ ㄈㄨˋ

出處 明・洪楩《清平山堂話本・曹伯明錯勘贓記》：「人無橫財不富，馬無夜料（夜裡添給馬吃的草料，能使馬匹肥壯）不肥」。

解釋 意指人的富貴來自意外的錢財。

放大鏡
意外之財

曹伯明在妻子死後喜歡上青樓女子謝小桃，卻沒想到謝小桃與倘都軍兩人相好，只是倘都軍沒有錢財，謝小桃只好在青樓賣身。後來曹伯明依舊把小桃娶回家，而小桃仍舊與倘都軍暗通款曲，甚至密謀要害曹伯明。

在某天夜裡，曹伯明在路上巧遇獨行虎宋林，而且在路上拾得一個包袱。當曹伯明將包袱拾回家時，便相當興奮地跟小桃說起自己得了一筆「意外之財」。於是，後來我們便用「人無橫財不富，馬無夜料不肥」一語形容因為「意外之財」而富貴的情形。

用法說明 有時候，某些人的富貴與發跡是來自一些不甚正當的手段，這時，我們就會用「人無橫財不富」來形容，這種因為意外之財或不正當手段變得富有的情形。例如：貪官汙吏往往撈盡油水，即使到了民主政治的時代，依然上演「朱門酒肉臭，路有凍死骨」的戲碼。只能嘆一聲：「人無橫財不富，馬無夜料不肥」啊！

人琴俱亡
ㄖㄣˊ ㄑㄧㄣˊ ㄐㄩˋ ㄨㄤˊ

出處 唐・房玄齡等《晉書・王羲之傳》：「嗚呼子敬，人琴俱亡！」

解釋 原意指王子敬死後，

其琴之弦音也不再協調，形同與主人一起死去。後用作哀悼友人逝世之辭。

近義 人琴俱杳（音ㄧㄠˇ，毫無消息）。

放大鏡

兄弟情深

根據《晉書》記載，王子猷（音ㄧㄡˊ）與弟弟王子敬同時生重病，王子猷認為弟弟才華比自己高，甚至希望如果有辦法的話，能以自己的餘生換得弟弟的存活。最後，子敬還是先哥哥而死了。子猷奔喪時沒有哭泣，直接坐到靈床上，取子敬的琴來彈。彈了很久，琴音卻不協調。他悲嘆的說：「子敬啊！你的人和琴一起死了！」一個多月後，王子猷也過世了。

用法說明 「人琴俱亡」一詞現多用來哀悼朋友之死；「人財兩失」則是指同時失去人與財物。例一：他去世以後，家裡的鋼琴積了層厚厚的灰，嚴重走音，真可謂人琴俱亡，令人感傷不已。例二：不幸的婚姻讓他人財兩失，身心俱疲。

人盡可夫（ㄖㄣˊ ㄐㄧㄣˋ ㄎㄜˇ ㄈㄨ）

出處 《左傳・桓公十五年》：「人盡夫也，父一而已，胡可比也？」

解釋 原指父親的地位遠比丈夫重要，後人從字面上解釋，比喻女子生性淫蕩，無論是什麼樣的人，女子都可以把他當成自己的丈夫。也指妓女。

近義 水性楊花

放大鏡

「人盡可夫」的女人

古人允許一夫多妻，但若是一個女人同時和多名男性交往，就會被罵為「人盡可夫」。雖然如此，仍有一些例外，而且往往與權力有關。武則天是唐代的女皇帝，宮中養有多名男性「妃嬪」，由於她擁有至高無上的權力，所以當時沒有人敢批評她。

南朝宋的山陰公主，曾向她的哥哥前廢帝劉子業說：「你的後宮有那麼多妃子，為什麼我只能有一個駙馬？」劉子業聽了妹妹的話，就送給她三十個男人當小白臉。雖說女男平等，但山陰公主的做法實在令人咋舌。

用法說明 「人盡可夫」和「水性楊花」都可以用來形容生性淫蕩的女子，但「人盡可夫」可以用於指所有的妓女，「水性楊花」卻不一定可以，因為有些女子成為妓女，是迫於生計，而不是因為生性淫蕩。例一：亂世中，無一技之長的女子，往往只能出賣靈肉，過著人盡可夫的生活。例二：她同時和好幾名男同事交往，所以女同事經常在背後說她是個水性楊花的女人。

入寶山空手而回（ㄖㄨˋ ㄅㄠˇ ㄕㄢ ㄎㄨㄥ ㄕㄡˇ ㄦˊ ㄏㄨㄟˊ）

出處 南宋・劉克莊《後村集》卷四十四，〈釋老〉六言十首：「聞丹竈（音ㄗㄠˋ，即灶）有聲裂，入寶山空手回。」

解釋 比喻進入一個資源豐富的地方，離開時卻沒有收穫。

放大鏡

煉丹失敗了

劉克莊〈釋老〉組詩共有十首，每一首都是六言體裁。「入寶山空手而回」這句話源自第十首：「參請燒丹方士，瞻相多寶如來，聞丹竈有聲裂，入寶山空手回。」這組詩整體說來都與佛教思想密切相關，藉由佛教的出世思想，描寫年紀老大卻又超脫生死的達觀態度。

此首則說要請燒煉丹藥的方士，像瞻看多寶如來佛一般燒煉丹藥，但是煉製丹藥的丹竈卻出現了迸裂的聲音，最後就像是進入了寶山，卻空手而回一樣，並沒有成功。

用法說明 我們形容一個人進入了資源豐富的地方，卻什麼也沒有獲得時，往往會用「入寶山空手而回」這句話來說他。例一：期中、期末考時期，進入圖書館讀書的學生特別多，但大多只是臨時抱佛腳，卻忽略了圖書館有相當多元豐富的館藏，入寶山空手而回實在有點可惜啊。例二：出國一趟是難得的經驗，要盡量與當地人相處，絕對不能入寶山空手而回。

八九分人（ㄅㄚ ㄐㄧㄡˇ ㄈㄣ ㄖㄣˊ）

出處 清・唐訓方《里語徵實》：「邵康節見司馬溫公忠、厚、友、悌、恭、儉、正、直曰：『若此人者腳踏實地八九分人也。』」

解釋 修養接近圓滿、無缺點的人。

近義 完人、良人（有德行的人）

反義 無完人、不良人

放大鏡

司馬光只有八、九分？

司馬光五、六歲時，請姊姊幫忙削胡桃外皮，但遭到拒絕，後婢女用熱湯幫他去除外皮，姊姊問：「誰幫你做的？」他騙姊姊說是自己做的，父親知道後，訓斥他：「怎敢說謊。」司馬光把這件事寫到紙上，策勵自己：「平生所為，未曾有不可對人言者耳」。

這種「自少到老，語未嘗妄」的道德修養，受到邵雍的稱讚，認為司馬光「忠、厚、友、悌、恭、儉、正、直」，是道德修養接近完美的「八九分人」。

用法說明 「十」是一圓滿完美之數，「八九分人」即是接近完美的人。清代乾隆皇帝有「十全武功」，曾志得意滿地稱自己是「十全老人」。例一：他期許自己能像司馬光一樣，成為八九分人。例二：自詡為「十全老人」的乾隆皇，對於清康熙、唐太宗、宋仁宗的政績十分佩服。

八仙過海，各顯神通

ㄅㄚ ㄒㄧㄢ ㄍㄨㄛˋ ㄏㄞˇ，ㄍㄜˋ ㄒㄧㄢˇ ㄕㄣˊ ㄊㄨㄥ

出處 明・吳元泰《八仙出處東遊記》第四十八回：「卻說八仙來至東海……洞賓言曰：『各顯神通而過何如？』」

解釋 相傳八仙過海時不用舟船，各有一套法術。比喻各自有一套辦法，或各自施展本領，互相競賽。

近義 各憑本事

放大鏡

八仙過海，顯何神通？

「八仙」一般是指鐵拐李、漢鍾離、張果老、藍采和、何仙姑、呂洞賓、韓湘子、曹國舅等八位仙人。傳說中，八仙各有不同的法器，鐵拐李有鐵杖及葫蘆，張果老有紙驢，漢鍾離有芭蕉扇，藍采和有花籃，何仙姑有蓮花，呂洞賓有長劍，韓湘子有橫笛，曹國舅有玉板。八仙過海是八仙最膾炙人口的故事之一，最早見於雜劇《爭玉板八仙過海》中。

故事以白雲仙長的邀宴開始。有一回，蓬萊仙島牡丹盛開，白雲仙長就邀請八仙及五聖前來共襄盛舉。回程時，呂洞賓建議不得乘雲而是要以寶物的神通來渡海。李鐵拐率先把拐杖投入水中。七仙跟著把紙驢、芭蕉扇、花籃、蓮花、長劍、橫笛等法器也投入水中，逐浪而渡，所以才說「八仙過海，各顯神通」或「八仙過海，各憑本事」。

用法說明 比喻為達目的，各自施展本領。例一：每位侯選人為了當選，無不卯足了勁全力動員，真可說是八仙過海，各顯神通！例二：參加舞蹈比賽的各隊代表，正以自創的舞步，各盡所能，八仙過海，各顯神通，博得滿堂喝采。

八字還沒一撇（ㄅㄚ ㄗˋ ㄏㄞˊ ㄇㄟˊ ㄧˋ ㄆㄧㄝ）

出處 南宋・朱熹〈與劉子澄書〉：「聖賢已是八字打開了，人自不領會，卻向外狂走耳。」

解釋 比喻事情還沒有眉目。

近義 言之過早

反義 木已成舟

搭配詞 八字沒見一撇、八字都沒一撇

放大鏡

「八字還沒一撇」的由來

「八字還沒一撇」的由來有四種說法：

一、《續傳燈錄》卷二十九：「若問是何宗，八字不著丿。」「八字不著丿」意思是不露端倪。

二、朱熹〈與劉子澄書〉：「聖賢已是八字打開了，人自不領會，卻何外狂走耳。」「八」字形似兩扇門，聖賢已經開了門，人們卻還無法領會，因此八字沒

一撇，即是沒有門，沒有門當然走不得，也就是不可能的意思。

三、傳統婚禮的六大步驟稱為「六禮」，其中第二步驟「問名」，就是「合八字」，要看看男女雙方的年庚八字是否相配。而八字連首撇都尚未成筆，那有「八字」一事可言。

四、八字筆畫極簡，總共只有「撇」和「捺」兩畫，若連撇筆都未見，正可喻事情連點影兒都沒有。

用法說明 「八字還沒一撇」和「言之過早」都指事情尚未有眉目。不過「八字還沒一撇」通常是說自己的事情，而「言之過早」則通常是指責別人在事情還沒定案或完成之前，就預先說出。例一：過去討論國文加考作文，都經過長時間研發。但談到加考英聽，則是八字都還沒一撇。例二：尚未收到錄取通知，他就到處宣揚自己已經上榜，未免言之過早。

八拜 ㄅㄚ ㄅㄞˋ

出處 北宋・邵伯溫《聞見前錄》卷十：「韓魏公留守北京，李稷以國子博士為漕，頗慢公。……久之，公著道服出，語之曰：『而父，吾客也。只八拜。』稷不獲已，如數拜之。」

解釋 原指拜見好友父親的禮節，現則多用來指涉異姓結拜的兄弟。

近義 四起八拜

搭配詞 八拜交、四起八拜、八拜之交、金蘭之交

放大鏡

拜八次

待人傲慢的李稷聽說文彥博擔任北京守備，於是前往拜會他，但文彥博故意讓

李稷在客廳空等一段時間，出來時說：「你父親曾是我的門人，按照輩分，你就對我拜八次吧。」李稷不敢造次，便向文彥博行禮八次。事情傳開後，人們稱文彥博以長輩的身分挫了李稷的傲氣，為「八拜之交」。

用法說明 「八拜」指異姓結義的兄弟姐妹，而「八敗」則是指八字不好。例一：中國廣為人知的八拜交故事，即是桃園三結義的劉備、關雲長、張飛。例二：永不放棄，即使是八敗人生，也能有所成就。

十八般武藝（ㄕˊ ㄅㄚ ㄅㄢ ㄨˇ ㄧˋ）

出處 元・楊梓《功臣宴敬德不伏老》第一折：「憑著俺十八般武藝，定下了六十四處征塵，都是神烏馬踏成了這唐社稷。」

解釋 意指各種武術或技藝。

近義 十八般兵器、十八般武器

反義 碌碌無能、碌碌庸才、庸常

搭配詞 十八般武藝，樣樣精通

放大鏡

裝瘋賣傻，也是技藝的一種？

精通十八般武藝的尉遲恭（字敬德）是唐代開國第一大功臣，但太宗設宴款待開國功臣時，他不敢居功厥偉，謙稱：「秦瓊才是第一功臣」。此時，趾高氣揚的李道宗卻以首功自居，並與尉遲恭爭論，最後一言不和打了起來。兩人被架開後，房玄齡依唐代律法決定賜死尉遲恭，但大家為他求情，最後裁定：免除死罪，但降為庶民百姓，不能享有俸給。

鄰近國家高麗得知尉遲被貶為百姓、秦瓊又臥病在床後，便派大將鐵肋金牙率領十萬甲兵前來，唐皇要尉遲掛印親征，但餘怒未消的尉遲不願前往，在家裝瘋賣傻，徐茂公看出端倪後，派軍士扮成高麗士兵，到尉遲家擾亂，使其露出破綻，經徐茂公曉以大義後，尉遲率兵親征高麗國，生擒大將鐵肋金牙，得勝還朝。

用法說明 「十八般武器」與「十八般武藝」不同，前者是傳統兵器的總稱，後者則是運用「武器」所施展出來的「技藝」，使用時需將兩名詞區別，才不致貽笑大方。例一：新年新希望，小明期許自己：能成為十八般武藝樣樣精通的人。例二：最近，國家藝廊有「十八般武器」特展，歡迎各界前往參觀。

十年修得同船渡，百年修得共枕眠

（ㄕˊ ㄋㄧㄢˊ ㄒㄧㄡ ㄉㄜˊ ㄊㄨㄥˊ ㄔㄨㄢˊ ㄉㄨˋ，ㄅㄞˇ ㄋㄧㄢˊ ㄒㄧㄡ ㄉㄜˊ ㄍㄨㄥˋ ㄓㄣˇ ㄇㄧㄢˊ）

出處 《增廣賢文》：「百世修來同船渡，千世修來共枕眠」。

解釋 意指人與人之間相遇的緣分難能可貴。

近義 有緣千里來相會，無緣對面手難牽

放大鏡

緣分難得

現行的說法為「十年修得同船渡，百年修得共枕眠」，但在明清之際，《增廣賢文》與《中華聖賢經》都出現過「百世修來同船渡，千世修來共枕眠」一語，用以形容人與人之間相遇的緣分難得，必須經過幾輩子的修練才能有這樣的結果。

此外，以白蛇傳故事為主的彈詞《義妖傳》中，也

曾出現過類似詞句。另外，坊間流傳著兩首詩，同樣提到這句話：「搖船搖過斷橋邊，月老祠堂在眼前，十世修來同船渡，百世修來共枕眠」、「短短人生一照面，前世多少香火炎。十世修來同船渡，百世修來共枕眠」，同樣都是形容緣分難得的意思。

用法說明 當我們要勸告人們珍惜與他人之間相遇的難得時，便會以「十年修得同船渡，百年修得共枕眠」來說明緣分的難能可貴。而當我們想要形容緣分的可遇不可求時，則較常用「有緣千里來相會，無緣對面手難牽」。例一：在人生的旅途上，總會遇上許多人，常言道：「十年修得同船渡，百年修得共枕眠」，一定要好好珍惜這份機緣，善待身旁的人。例二：現在這個時代單身貴族很多，想要找到適合的對象，並不是非常容易的事。有緣千里來相會，無緣對面手難牽，緣分這東西，可遇不可求啊！

十室九空（ㄕˊ ㄕˋ ㄐㄧㄡˇ ㄎㄨㄥ）

出處 晉・葛洪《抱朴子・外篇・用刑》：「天下欲反，十室九空。」

解釋 十戶人家，有九戶無人居住。形容亂世之後，人民離散的蕭條景象。

近義 滿目荒涼

反義 人煙稠密

放大鏡

秦朝的覆滅

秦國在歷代君王的努力之下，不斷地開疆拓土，網羅人才。秦始皇即位後，終於殲滅六國，建立了大一統的帝國。始皇在位期間實施高壓統治，焚書坑儒，箝制思想；徵調百姓，修築長城；連年征戰，民不堪命。

晉朝葛洪在《抱朴子》一書中，就以「十室九空」來形容當時百姓離散、死亡的慘況，由此也不難理解秦朝迅速覆滅的原因。

用法說明 「十室九空」一詞是用來形容人禍或天災後人民離散的慘況；「室如懸磬」則是形容家中一無所有，十分貧窮。兩者所描摹的狀況有所不同。例一：在暴政統治之下，該國十室九空，民不聊生。例二：他的家境貧困，室如懸磬，亟待善心人士伸出援手。

十惡（ㄕˊ ㄜˋ）

出處 唐・魏徵等《隋書・刑法志》：「又置十惡之條……，一曰謀反，二曰謀大逆，三曰謀叛，四曰惡逆，五曰不道，六曰大不敬，七曰不孝，八曰不睦，九曰不義，十曰內亂。」

解釋 意即十種重大的罪行。

近義 罪惡滔天、滔天大罪、罪大惡極

反義 十美

搭配詞 十惡不赦

放大鏡

「十惡」的發展

周、秦、漢代律法，均有關於「十惡」的部分條目，但北齊制定《北齊律》時，將各個條目歸結一起，名為「重罪十條」：「一反逆，二大逆，三叛，四降，五惡逆，六不道，七不敬，八不孝，九不義，十內亂」。其後，隋開皇定律時，因應社會情況，將前三條文字，各加一「謀」字，成為「謀反」、「謀大逆」、「謀叛」，意即只要商議即構成犯罪事實；在不

敬條上加「大」字，成為「大不敬」；將「降」、「逆」合併，另增「不睦」一條，定名為「十惡」，從此以後，沿用至今。

用法說明 「十」是用以表示最高的頂點，意即全、滿。「十惡」是泛指重大的罪行。「十善」則是指佛教的不殺生、不偷盜、不邪淫、不妄語、不兩舌、不惡口、不綺語、不貪欲、不瞋恚、不邪見，十種善良的德性。例一：接受宗教的洗禮後，十惡不赦的壞人誠心悔悟，希望能彌補自己所犯下的過錯。例二：「十善」是為人處事的基本法則。

十萬八千里（ㄕˊ ㄨㄢˋ ㄅㄚ ㄑㄧㄢ ㄌㄧˇ）

出處 明・吳承恩《西遊記》第七回：「會駕觔斗雲，一縱十萬八千里，如何坐不得天位？」

解釋 意即兩者差距很大或很遠。

近義 一丈差九尺

反義 毫釐之差

搭配詞 相差十萬八千里

放大鏡

有觔斗雲駕照的孫悟空

「齊天大聖」孫悟空有一雙火眼金睛，能看穿妖魔鬼怪的偽裝；還具有駕馭筋斗雲的能力，可翻十萬八千里；手握如意金箍棒，能隨心變化，或大或小。因此，常自以為是打架鬧事，後與如來佛祖鬥法，被壓在五行山下，經觀世音菩薩點化，保護唐僧取經，歷經九九八十一難，取回真經終成正果。

用法說明 「十萬八千里」是指距離或程度差距很遠。「毫釐之差」則是指差距很小。例一：只要有愛，兩人即使相隔十萬八千里，天涯也咫尺；沒有愛，即使人在身邊也惘然。例二：他以毫釐之差，贏得這次的比賽，成為金牌得主。

【三　畫】

三折肱為良醫（ㄙㄢ ㄓㄜˊ ㄍㄨㄥ ㄨㄟˊ ㄌㄧㄤˊ ㄧ）

出處 《左傳・定公十三年》：「三折肱，知為良醫。」

解釋 多次折斷胳膊，體會到有效的治療方法，進而成為這一方面的良醫。比喻閱歷深廣，取得豐富的經驗，自然造詣精深。肱，手臂。

近義 三折肱

放大鏡

三折其肱的晉定公

春秋時期，晉國內部范氏和中行氏兩個集團，正準備起兵攻打晉定公，當時天下人對這件事有著很多不同的看法。很多人認為，屢戰屢敗的晉定公，此次恐怕註定又要失敗；有人認為范氏起兵屬於反叛行為，百姓一定不會支援，況且晉定公已經失敗多次，只要好好總結經驗，就像「三折肱為良醫」的道理一樣，這次一定能成功。

用法說明 「三折肱為良醫」多用來比喻經過磨鍊而經驗豐富，此外，「折肱」一詞有曲臂為禮之意，也可用來比喻來往結交。例一：小陳因為過去累積不少挫折的磨練，讓他三折肱為良醫，成為這方面的專家。例二：我常常在國際會議中折肱結交許多異國好友。

三長兩短（ㄙㄢ ㄔㄤˊ ㄌㄧㄤˇ ㄉㄨㄢˇ）

出處 《禮記・檀弓上》：「棺束，縮二，衡三；衽，每束一。」

解釋 多指疾病或死亡等意

外的變故。

近義 一差二錯

反義 平安無事、安然無恙

放大鏡 「三長兩短」的由來

根據《禮記》記載，古時蓋棺不用釘子，而是使用皮條把棺材底與蓋綑合在一起。橫的方向綑三道，縱的方向綑兩道。橫的方向木板長，縱的方向木板短，「三長兩短」即源於此。

《禮記．檀弓上》又提到：「衽，每束一。」衽，原本指衣服的縫合處，此指連接棺蓋與棺底的木楔，兩頭寬中間窄，插入棺口兩旁的坎中，使蓋與棺身密合。衽與皮條聯用，是為了緊固棺蓋。

後來，人們用釘子釘棺蓋，既方便又快捷，衽也就逐漸被淘汰，而三長兩短的綑棺材皮條也隨之消失。但是，這個詞語卻一直流傳下來，並且用來指與死亡、疾病相關的意外變故。

用法說明 「三長兩短」和「一差二錯」都有意外的意思。不過「三長兩短」比較是指意外死亡，而「一差二錯」比較是指出了差錯。例一：萬一我的妻兒有個什麼三長兩短，那我也活不下去了。例二：我把這件事情交代給你了，倘若有個一差二錯，你可要負全責。

三思而後行（ㄙㄢ ㄙ ㄦˊ ㄏㄡˋ ㄒㄧㄥˊ）

出處 《論語．公冶長》：「季文子三思而後行。子聞之曰：『再，斯可矣。』」

解釋 反覆考慮後再去做。三，再三，表示多次。

近義 三思而行、前思後想

反義 莽撞行事、冒昧從事

放大鏡

孔子並未主張「三思」

季文子姓季孫，名行父，諡文，是魯國的大夫。季文子做事情總是「三思而後行」，一件事情，想了又想，想了又再想叫「三思」。孔子聽到他這種做事的態度，便說：「再，斯可矣！」也就是認為作人做事誠然要小心，但「三思而後行」，是考慮太多了。

碰到有事情要處理的時候，考慮一下，再考慮一下，就可以了。如果第三次再考慮一下，很可能就猶豫不決，再也不會去做了。遇事當然要謹慎，但過分謹慎就變成了小器，所以孔子主張，不必三思而後行，再思就可以了。

用法說明 多用以勸人不要冒失從事，也用以說明人做事極為謹慎小心。例一：凡事三思而行，才能減低發生錯誤的機率。例二：學者呼籲，養狗前要三思而後行，量力而為，而且愛牠，就不要拋棄牠。

三徑 ㄙㄢ ㄐㄧㄥˋ

出處 晉・陶淵明〈歸去來辭〉：「三徑就荒，松菊猶存。」

解釋 庭園間的三條小路。漢代蔣詡隱居後，曾在屋旁竹林下，開闢一條三岔的小徑，只供自己和求仲、羊仲二人往來。後用來比喻隱士的居處。

近義 陶潛五柳

反義 出仕、求仕、仕宦、仕進

放大鏡

陶淵明辭官的原因

陶淵明做了八十一天彭澤縣令後，毅然高歌〈歸去來辭〉，辭官歸隱。關於淵明隱退的原因，歷來有二種說法：其一，據《晉書・陶潛傳》記載，他是不屑向鄉里小人折腰，所以掛冠求去。其二，在〈歸去來辭・序〉中，他自己卻說此次辭官是因為他嫁到武昌程家的妹妹過世了，他要前往奔喪，所以辭去官職。到底哪一說較貼近事實？我們都知道，如果真為了奔喪，奔完喪即可銷假上班，又何須辭職呢？可見史書上的記載，是有其根據的。

何況從陶淵明作品中，如「誤入塵網中，一去已十年」、「悟已往之不諫，知來者之可追。實迷途其未遠，覺今是而昨非」等，不難看出他厭倦虛偽的官場生涯，而為妹妹奔喪不過是藉口罷了。

用法說明 「陶潛五柳」意謂東晉詩人陶潛（淵明）辭官歸隱後，在門前栽種五棵柳樹，並自號五柳先生。後世用以比喻隱士歸隱，與「三徑」意思相近。例句：我常想找個地方隱居，可是連開闢三徑的錢都籌不出。

三緘其口（ㄙㄢ ㄐㄧㄢ ㄑㄧˊ ㄎㄡˇ）

出處 《孔子家語・觀周》：「孔子觀周，遂入太祖後稷之廟。廟堂右階之前有金人焉。三緘其口，而銘其背曰：『古之慎言人也。』」

解釋 比喻他人緘默不語或因有所顧忌而閉口不言。

近義 金人三緘、緘口不言、緘口無詞

反義 滔滔不絕、高談闊論

放大鏡

「金人三緘」的由來

相傳春秋時期，有一次孔子到周朝的首都，參觀太

廟，無意間看到太廟右側的臺階前，立有一個銅像，銅人的嘴上貼了三張封條，背後還刻著一行字：「這是古時候說話最謹慎小心的人」。孔子以此例告誡弟子：「無多言，多言多敗」。「金人三緘」，就是從此而來。

不過，現今較為人熟知者，乃係「三緘其口」一語，多用於形容一個人說話極為謹慎，或始終不願開口說話。

用法說明 「三緘其口」與「滔滔不絕」意思相反。例一：校長一問起校園塗鴉的惡作劇，同學們都三緘其口，不敢說話。例二：表妹剛從英國遊學回來，一進門就滔滔不絕地講述英國的風光美景與風俗民情。

上下其手（ㄕㄤˋ ㄒㄧㄚˋ ㄑㄧˊ ㄕㄡˇ）

出處 《左傳・襄公二十六年》：「伯州犁曰：『所爭，君子也，其何不知？』上其手，曰：『夫子為王子圍，寡君之貴介弟也。』下其手，曰：『此子為穿封戌，方城外之縣尹也。誰獲子？』」

解釋 玩弄手法，暗中作弊。現也形容帶有邪念的碰觸他人身體。

近義 高下其手、移手上下

反義 循規蹈矩

放大鏡

「上下其手」為作弊

春秋楚襄王二十六年，楚國出兵侵略鄭國。以楚國之強，弱小的鄭國，實在無力抵抗，連鄭王頡也被楚將穿封戌俘虜了。戰事結束後，楚軍中有楚王弟公子圍，想冒認俘獲鄭頡的功勞，與穿封戌發生爭執，便請伯州犁居中判定到底是誰的功勞。

伯州犁主張要知道這是誰的功勞，最好是問問被俘的鄭王。於是命人帶了鄭王頡來，伯州犁便向他說明原委，接著高舉他的手來介紹楚王的弟弟公子圍，再放下手來介紹楚將穿封戌，然後問他是被誰俘獲的。

這樣的手勢具有暗示的意味，而且鄭王頡因被穿封戌俘虜，心中懷恨，便表示是被公子圍所俘虜。「上下其手」這句成語便是出於這個故事，表示玩弄手法，暗中作弊而顛倒是非的意思。

用法說明 「上下其手」有兩個涵義，一、比喻玩弄手段，暗中作弊。二、對人做肢體上的碰觸、騷擾。例一：老闆對他非常信任，沒想到他會在公司內上下其手，圖謀私利。例二：在擁擠的公車上，最容易發生歹徒對婦女上下其手的情況。

上流（ㄕㄤˋ ㄌㄧㄡˊ）

出處 東漢・班固《漢書・劉屈氂傳》：「不顧元元（人民、百姓），無益邊穀（戍邊存糧），貨賂上流，朕忍之久矣。」

解釋 本指河流上游，後指稱社會地位尊貴。

近義 高尚

反義 下流、卑鄙、卑劣

放大鏡

上流豪門住的烏衣巷

唐代詩人劉禹錫〈烏衣巷〉：「朱雀橋邊野草花，烏衣巷口夕陽斜。舊時王謝堂前燕，飛入尋常百姓家。」烏衣巷在南京秦淮河南岸，為東晉時高門士族的聚居區，其中「舊時王謝」指的就是王導和謝安家族。

據《南史・侯景傳》記載，侯景之亂長達三年八個月，南朝世族被摧毀殆盡，江南社會殘破混亂，百姓流離失所死亡無數，千里之內罕見人煙，社會經濟遭受到巨大的破壞。傳說在叛變之前，侯景曾求婚於琅琊王氏、陳郡謝氏兩家，但梁武帝蕭衍認為王謝門第太高，譏諷侯景不自量力。後來侯景記恨報仇，不但置梁武帝於死地，並屠殺王謝兩家族，還強娶梁武帝的孫女溧陽公主。

用法說明 「上流」一詞常用來指稱社會地位較為尊貴高尚的群體，有時上流也用來指稱上等品質。例一：他自以為穿著名牌華服就能躋身上流。例二：我們這群人的詩詞創作中，他的作品文質並茂，堪稱上流。

上報 ㄕㄤˋ ㄅㄠˋ

出處 西晉・李密〈陳情表〉：「猥（音ㄨㄟˇ，鄙陋，為自謙語）以微賤，當侍東宮，非臣隕首（殞首，犧牲生命）所能上報。」

解釋 指報答皇上的恩情。上，此指皇上。

放大鏡

感人肺腑的〈陳情表〉

西晉人李密為照顧祖母，上〈陳情表〉懇求晉武帝准許他暫緩就任太子洗馬一職。李密自小由祖母帶大，沒有叔伯、兄弟，年紀大了才得子。在這種家庭狀況下，祖母只能靠李密照顧。

據《晉書》記載，李密以孝順謹慎聞名，祖母劉氏生病時，李密哭著在祖母身邊細心照料。祖母的飲膳湯藥，李密一定先嘗過之後才給祖母服用。據說晉武帝看過〈陳情表〉之後，認為李密並非空有孝順美名，於是准許了李密的請求。

用法說明 「上報」一詞原是指報答皇上的恩情；現今使用時多解釋為「被登載在報紙上」或「向上級報告」。例一：這件醜聞在狗仔隊的揭露之下上報了。例二：這個申訴案件本單位會上報長官，請求裁決。

上駟（ㄕㄤˋ ㄙˋ）

出處 西漢・司馬遷《史記・孫子吳起傳》：「今以君之下駟（馬）與彼上駟，取君上駟與彼中駟，取君中駟與彼下駟。」

解釋 上等的馬。後用來指稱表現傑出者。

反義 下駟

放大鏡

伯樂的超級相馬術

傳說天上管理馬匹的神仙叫伯樂，於是人們把精於鑑別馬匹優劣的人也稱為伯樂。第一個被稱作伯樂的人是春秋時代的孫陽，有次他受楚王的委託找馬，跑了好幾個國家，連素以盛產名馬的燕趙一帶都仔細尋訪，還是沒發現中意的良馬。

有一天，他從齊國返回，在路上看到一匹馬拉著鹽車，很吃力地在陡坡上行進，馬累得呼呼喘氣，每邁一步都十分艱難。馬見伯樂走近，突然昂起頭來大聲嘶鳴，伯樂從聲音中判斷出這是一匹難得的駿馬，於是對駕車的人說：「這匹馬在疆場上馳騁，任何馬都比不過牠，但用來拉車，牠卻不如普通的馬。」於是將馬買下帶給楚王，果然日後千里馬為楚王馳騁沙場，立下不少功勞。

用法說明 現在我們多用上駟一詞來指稱實力雄厚、表現傑出者。例一：這次比賽好手雲集，是上駟之間的爭奪。例二：他一向認真努力，是我們團隊裡的上駟。

下里巴人（ㄒㄧㄚˋ ㄌㄧˇ ㄅㄚ ㄖㄣˊ）

出處 戰國・宋玉〈對楚王問〉：「客有歌於郢（音ㄧㄥˇ）中者，其始曰下里巴人，國中屬而和者數千人。」

解釋 原指戰國時楚國的民間通俗歌曲，後用來指通俗的文藝作品。

反義 陽春白雪

放大鏡

曲高和寡，知音難尋

戰國時代，楚襄王聽到百姓們對他的臣子宋玉有一些負面的評價，於是便以此質疑宋玉。宋玉回答：「是有這樣的情況，但請大王先聽我說明。有一個郢中的歌者，他剛開始唱下里巴人這首通俗的曲子時，跟著唱和的達數千人；等到他唱到陽阿薤露這樣較不通俗的曲子時，能跟著唱和的剩下數百人；當他唱到陽春白雪這樣高雅的曲子時，能跟著唱和的不過數十人；當他變化樂音曲調，演唱更高難度的曲子時，能跟著唱和的不過數人而已。所以說，曲子越高妙，能夠跟著唱和的人就越少。……一個聖人往往是超然特立的，世俗的民眾又怎麼了解臣的所作所為呢！」

用法說明 「下里巴人」一詞是指通俗的樂曲；「鄉巴佬」則是指來自鄉下且沒有見識的人。例一：他創作的歌曲，有如下里巴人般地廣為流行。例二：他在大家眼中是個不折不扣的鄉巴佬。

下流（ㄒㄧㄚˋ ㄌㄧㄡˊ）

出處 清・吳敬梓《儒林外史》第四十四回：「我出門三十多年，你長成人了，怎麼學出這般一個下流氣質！」

解釋 本指河流下游或居於下位，後形容品格低下。

近義 卑鄙、卑劣

反義 高尚、上流

放大鏡

君子有惡

《論語・陽貨》中，記載了孔子關於「君子亦有惡乎？」的談話。這個問題是子貢提出來的，孔子回答：君子討厭稱說別人罪過的人，因為做人之道應該替人隱惡揚善，而並非宣揚他人之惡。

君子也討厭位居下位而毀謗上位的人，居在下位時，看見上級有過失，應該勸諫他改正，如果只是在背後毀謗，實在有失忠厚。此外，君子還討厭果斷勇敢卻固執不明理的人，因為這種人常因自己的愚見而使事物阻礙難行。

用法說明 下流一詞通常用來形容品格或手段低劣，我們有時也用下流來代指卑微的地位。例一：他欺善怕惡，專門使些下流的招數，欺負手無寸鐵的百姓。例二：我們這些平民老百姓，屈居下流，哪敢跟那些社會賢達比肩而坐呢。

下馬威（ㄒㄧㄚˋ ㄇㄚˇ ㄨㄟ）

出處 清・李漁《蜃（音ㄕㄣˋ）中樓》：「取家法過來，待我賞他個下馬威。」

解釋 一開始先給點顏色瞧瞧，含有示威的效果。

近義 新官上任三把火

反義 拜碼頭

放大鏡

「馬屁」要怎麼拍？

「馬屁」，指對別人阿諛諂媚、巴結奉承而言。「馬屁精」，用來譏諷那些專門逢迎諂媚、討好別人的小人。

「拍馬屁」，亦稱為「拍馬」，用以比喻諂媚阿諛、逢迎奉承之意。又有「馬屁拍在馬腿上」、「馬屁拍在馬腳上」之說，指有心逢迎討好別人，卻運氣不好，沒能奉承到恰當的地方，反而犯了人家的忌諱，碰了一鼻子灰，自討沒趣。

如清・吳沃堯《二十年目睹之怪現狀》第六十七回：「那官兒聽了，方才知道這一下馬屁拍在馬腳上去了。」

用法說明 「下馬威」是先向人示威，而「拜碼頭」則是先向人表示友善，兩者意思相反。例一：總經理剛上任，就給我們來個下馬威，明令嚴禁遲到早退。例二：他是新科立委，走馬上任前，總要到各部會去拜碼頭。

下榻（ㄒㄧㄚˋ ㄊㄚˋ）

出處 元末明初・羅貫中《三國演義》第四回：「使君寬懷（放心、安心）安坐，今晚便可下榻草舍。」

解釋 原義指對賢德者之敬重或對貴賓之禮遇。後被用來代指投宿或住宿。

近義 留宿、懸榻留賓

搭配詞 陳蕃下榻、下榻留賓

放大鏡

陳蕃與「下榻」

相傳在東漢桓帝時，南昌太守陳蕃是一位耿介高尚且不畏強權的人，因此得到許多讀書人的敬重。據說他在豫章擔任太守的時候，並不喜歡接待賓客，惟獨對博學多聞、不慕富貴的徐穉特別禮遇。甚至專門為徐穉準備一張榻（相當於現在的床），每當徐穉來訪，他就把榻放下鋪好，讓徐穉住宿，並熱情款待，促膝長談。等到徐穉離開，立刻把這張榻靠壁懸掛起來，不讓其他人使用。

所以，人們就把陳蕃此舉稱為「下榻」。只不過，沿用至今，「下榻」已從對賢德者之敬重或對貴賓之禮遇，轉變成今日投宿或住宿之意了。

用法說明 就今意而言，「下榻」意近「投宿」，但前者多用於對客人住處之尊稱，後者則偏向一般旅客出外旅遊，臨時選擇住宿之處。例一：位於中山北路二段的晶華酒店，是各國元首、政要來臺訪問，最喜歡下榻的飯店。例二：精打細算的背包客，在國外旅遊，最喜歡投宿的地方，就是經濟實惠的青年旅館。

于歸（ㄩˊ ㄍㄨㄟ）

出處 《詩經・周南・桃夭》：「桃之夭夭，灼灼（音ㄓㄨㄛˊ ㄓㄨㄛˊ，形容花茂盛鮮明）其華。之子于歸，宜其室家。」

解釋 指女子出嫁前往夫家去。于即往、至。

近義 出閣

反義 雲英未嫁

放大鏡　祝賀婚姻美滿的吉祥話

婚禮上的祝賀之詞，古代成語都說得十分典雅而含蓄，如：百年好合、永浴愛河、比翼雙飛、琴瑟和鳴、白頭偕老、珠聯璧合……。

臺語祝賀詞則淺顯易懂、生動活潑，如：「龍鳳相隨，鮐魚開嘴；夜夜相對，萬年富貴。」「茶盤圓圓，甜茶甜甜；兩姓合婚，冬尾雙生。」「食茶古例本無禁，恭賀夫妻真同心；新娘入門會致蔭，子孫發財千萬金。」

另外，《聖經》雅歌說：「我將你放在我的心上如印記，帶在我的臂上如戳記。我對你的愛，眾水不能熄滅，大水也不能淹沒。」這一段話更可成為新人間互許終生的永恆誓言。

用法說明 「于歸」謂女子出嫁之意，「雲英未嫁」指女子尚未出嫁，二者意思相反。例一：女孩子一生中最重要的日子，莫過於于歸那一天了。例二：王家小姐雖已年過半百，至今雲英未嫁，待字閨中。

亡命之徒（ㄨㄤˊ ㄇㄧㄥˋ ㄓ ㄊㄨˊ）

出處 「亡命」一詞出自西漢・司馬遷《史記・張耳陳餘列傳・張耳》：「張耳者，大梁人也。其少時，及魏公子毋忌為客。張耳嘗亡命游外黃。」

解釋 亡命之徒，原指逃脫戶籍、改換姓名而逃亡在外的人，現指不顧性命冒險作惡的歹徒。亡命，改變姓名而逃亡。

近義 不法之徒

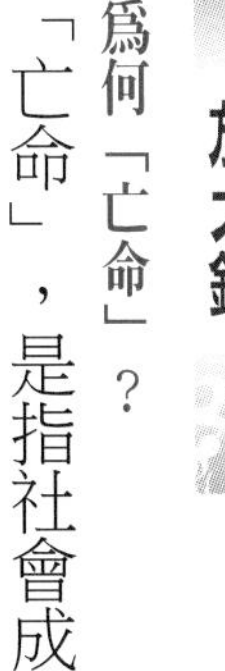

放大鏡

為何「亡命」？

「亡命」，是指社會成員沒有得到政府許可，沒有取得合法手續而改換姓名、私自離開戶籍所在地，遷徙他鄉。在秦漢時期，「亡命」的種類按照主體和原因的不同，分為政治逃亡、刑事逃亡、軍事逃亡和民眾流亡四大類。前三類是犯罪者分別因為政治、刑事犯罪、逃避兵役等原因，為了躲避懲罰而逃亡。民眾流亡則是普通民眾在沒有犯罪的前提下，因為各種原因（**例如：土地兼併、苛捐雜稅、自然災害、吏治腐敗、戰亂侵擾等**）而脫籍亡命。

為了預防和控制「亡命」的發生，秦朝以嚴厲鎮壓為主，漢代則採取了定期實行大赦、減租賦、賜爵、賜錢帛牛酒、賑貸遷徙等措施，以預防和減少逃亡。

用法說明 「亡命」與「流亡」都有離開固定的住所四處逃亡的意思，不過「亡命」強調在於改換姓名，而「流亡」沒有這樣的強調。

例一：這群盜匪在警方嚴密的緝捕下，已成亡命之徒。

例二：達賴喇嘛雖然因政治事件被迫流亡海外，卻仍心繫祖國，關懷同胞。

千里姻緣一線牽

出處 見唐・李昉《太平廣記・定婚店》。

解釋 指婚姻的緣分乃是依據月老所繫的一條紅線而來的，即使相隔再遠，有緣分的兩人必會促成一樁婚姻。

近義 天作之合

放大鏡

男女姻緣一線牽

李昉在《太平廣記》中，描寫主角韋固因為自幼就是個孤兒，希望盡早結婚，但始終沒有成功。某天，韋固來到清河想向司馬提親，在落腳的旅店西方一座隆興寺散步時，遇到一位老人，得知他手上看不懂的書文記載了世間男女的姻緣，於是便詢問此次求親的結果，老人告訴他不會成功。

韋固失望之餘，好奇的問老人身旁的囊袋裝了什麼，老人說，是紅線。只要把紅線繫在男女兩人的腳上，無論是相對的仇敵，還是身分貴賤懸殊，或相隔千里，最後都會結成連理。而牽紅線的老人，俗稱「月下老人」，據說是掌管世間男女姻緣的神仙。

用法說明 我們常用「千里姻緣一線牽」來形容無論兩個男女之間，相距多麼遙遠，只要婚姻的緣分深厚，必定會在一起。而「天作之合」除了用來祝福別人新婚之外，主要指的是兩人的結合非常完美，是一樁佳話。

例一：他的妻子是留學英國時認識的，後來他回國工作了三年以後，兩人依然感情穩定，近期內以論及婚嫁。想來真是「千里姻緣一線牽」哪！例二：這樁企業少東與珠寶大亨的掌上明珠兩人聯姻，不僅門當戶對而且也相當匹配，確實是天作之合的一件美事。

千里送鵝毛（ㄑㄧㄢ ㄌㄧˇ ㄙㄨㄥˋ ㄜˊ ㄇㄠˊ）

出處 見明・徐渭《路史》。相傳大理國遣使進貢天鵝至唐朝，經過沔陽湖時不料天鵝振翅飛走，只留下一根羽毛。特使將羽毛拾起，不得已仍獻上這根羽毛給朝廷，並賦詩：「將鵝送唐朝，山高路遠遙，沔陽湖失去，倒地哭號號。上覆唐天子，可饒緬伯高。禮輕人意重，千里送鵝毛。」

解釋 自遠方贈送輕微的禮物，又有禮物雖輕而情意深重的意思。

近義 禮輕情意重

放大鏡

愛鵝成痴的王羲之

王羲之非常愛鵝，他聽說有位老婦人養了隻極漂亮的大白鵝，就邀朋友一同前去探訪。當日，老婦人為了招待貴賓，於是殺了家裡最珍貴的大白鵝。當王羲之和他的朋友知道眼前的珍饈竟就是最愛的大白鵝，不由得大失所望，寒暄幾句後便無趣而返。

王羲之的字聞名天下，道士陸修靜為了得到他的字，便買了幾隻肥美的鵝，放養在他常經過的池子邊，果然引起王羲之的注意想將鵝買下，但陸修靜不肯，執意要請王羲之為他抄寫《黃庭經》以字換鵝，果然因此得到他珍貴的字。王羲之為鵝鑿了養鵝池，常常觀察鵝的優雅姿態，據說他寫「鵝」這個字寫得非常生動，能將鵝的形象和特點表達出來。

用法說明 「千里送鵝毛」不單只用作自遠方送來的禮物，亦常用作贈人禮物時，望人接納不推卻的謙辭。例一：雖然這份禮物不甚貴重，但千里送鵝毛，他還是欣然接受。例二：我只順手帶了家鄉的土產前來拜訪，千里送鵝毛，不成敬意，還望您不要嫌棄。

千變萬化

出處 《列子・周穆王》：「周穆王時，西極之國有化人來，……千變萬化，不可窮極。」

解釋 形容變化無窮。

近義 變化萬千

反義 一成不變

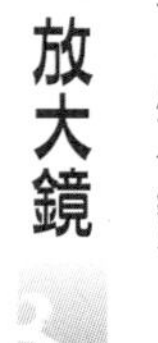

放大鏡　中國最早的魔幻師

《列子》裡有一個神話故事說：「周穆王時，西極之國有化人來。」「化人」就是懂得幻術、法術的人，換言之，也就是「超級魔幻師」。這魔幻師有何本領？

「入水火，貫金石。反山川，移城邑。乘虛不墜，觸實不礙。千變萬化，不可窮極。」他能夠跳進火裡卻不傷毛髮，會躍上高空站立雲端，能將一座城市從東方搬到西方，還能輕鬆自如地穿越牆壁。穆王簡直將他看做是天神下凡，對他言聽計從，照顧得極為周到。

有一天，魔幻師帶著周穆王神遊自己居住的宮殿，宮殿金碧輝煌，莊嚴燦爛，到處鑲嵌著珍珠和美玉。穆王在這裡所受的款待，無論是眼睛裡看的、耳中聽的，嘴裡嚐的，都非人間所有。周穆王嚐到了神遊的甜頭之後，不由遊興大發，再也不惦記百姓、處理國事，從此開始了「周穆王西遊」的故事。

用法說明 「千變萬化」和「變化多端」都可形容變化很多、很大，但「千變萬化」偏重於變化的次數極多，而「變化多端」偏重變化多而沒有一定的規律。例一：萬花筒裡千變萬化的圖案，讓小孩子們看得目不轉睛。例二：中國菜的作法真是變化多端，除煎、煮、烤、炸以外，還可清蒸。

口是心非（ㄎㄡˇ ㄕˋ ㄒㄧㄣ ㄈㄟ）

出處 晉．葛洪《抱朴子．內篇．黃白》：「道必當傳其人，得其人，道路相遇輒教之。如非其人，口是而心非者，雖寸斷支解而道猶不出也。」

解釋 口中所說與心裡所想不一致。

近義 言不由衷、心口不一

反義 心口合一、誠心正意

放大鏡

口是心非者無法得道

「口是心非」這句成語源自晉代葛洪的《抱朴子》，此書為道家典籍。道家為求長生不死而有各種煉丹方術。此外，還有一種「黃白術」。「黃白術」就是將鉛、錫等金屬冶煉成貴金屬黃金、白銀的技術，欲習此術者，必須身骨清潔、資質聰慧，再配以師傳的口訣。

故事中的程偉想學的就是這種方術，但屢試不成。他的妻子是得道的人，只用少許的藥與水銀共同煎煮，一下子就煉出了白銀。程偉想盡辦法討好妻子，要她傳授祕方，但是他的妻子說：「道術只能傳授給合適的對象。遇上這種人，就是路上偶然相遇，也可以傳給他。如果口中說的一套，心思卻充滿邪念的人，縱然把我逼死，我也不會傳的。」程偉不肯善罷甘休，仍是苦苦相逼，結果把妻子逼瘋而死。

用法說明

「口是心非」及「言不由衷」都有心口不一致的意思。「口是心非」有以言語掩蓋心中壞念頭的意思，側重於欺騙、虛偽，為貶義。「言不由衷」則常是迫於情勢而無法說出真心話，側重於敷衍、隱瞞，屬中性義。例一：我看他口是心非，只是隨便應付而已，並非誠心認錯。例二：他素來誠懇，今日言不由衷，必有隱情。

口碑（ㄎㄡˇ ㄅㄟ）

出處 南宋・釋普濟《五燈會元》：「勸君不用鐫（音ㄐㄩㄢ，雕刻）頑石，路上行人口似碑。」

解釋 眾人的口頭傳頌，有如文字鐫刻於碑石，後比喻眾人的口頭稱揚。

近義 交口稱譽、有口皆碑

反義 怨聲載道、民怨沸騰

搭配詞 口碑載道

放大鏡

太平安禪師與「口碑載道」

相傳宋代永州有一位高僧，名叫「太平安禪師」。他常常向商人勸說，做生意不論利潤多高，都不能偏離市場行情，譬如：鎮州的蘿蔔價格頗高，一把要價一文錢，盧陵的白米價格便宜，一升只要四文錢，商人就應按照市價做生意，不要煞費苦心從甲地購買便宜之物，拿到乙地高價賣出，賺取中間暴利。如此一來，社會自能祥和且國泰民安，哪裡還需要講述佛法大道理？

太平安禪師更進一步宣揚：人們不需要藉由刻石碑以記述功德善行，因為世人的嘴巴自然會四處傳揚，流播於眾人口中的稱揚，要比刻在石碑上更為有用。其後，「口碑載道」之成語即從此演變而出，用來比喻廣受好評。

用法說明

「口碑載道」和「怨聲載道」互為反義。前者形容到處都是稱頌之聲，後者則比喻群眾普遍之不滿與怨恨。例一：創店五十餘年的鼎泰豐，以其多樣豐富之美食，紅遍世界，至今仍然口碑載道，是許多國外旅客來臺的首選餐廳。例二：社子島的排水工程始終未盡完善，可說是逢雨必淹，以致鄰近居民怨聲載道。

口實 ㄎㄡˇ ㄕˊ

出處 《尚書・仲虺之誥》：「予恐來世以台為口實。」

解釋 讓人批評的依據。

近義 話柄

搭配詞 落人口實、貽（音一，留）人口實、授人口實

放大鏡
商湯的辯解

仲虺是商湯的左相，與右相伊尹一起輔佐商湯。他的祖先任氏，是黃帝二十五個兒子之一。任氏傳到第六代是奚仲，是夏朝的車正，負責管理車輛，是傳說中最早發明車的人。

奚仲的後代以仲為氏，傳到仲虺，輔佐商湯推翻夏桀。商湯害怕自己放逐夏桀一事會落人口實，遭後人批評，於是仲虺替他寫了一篇文告，即〈仲虺之誥〉，向天下解釋商湯的做法，藉此為商湯的革命行動辯解。

用法說明 「口實」指的是讓別人批評的依據，「口碑」則是指讓人讚美的事實。例一：他一選上縣長，家人就全成了縣府裡的要員，無論理由為何，總是會落人口實。例二：這家餐館不但價錢公道，而且餐點精緻，因此贏得極佳的口碑。

土木形骸（ㄊㄨˇ ㄇㄨˋ ㄒㄧㄥˊ ㄏㄞˊ）

出處 南朝宋・劉義慶《世說新語・容止》：「劉伶身長六尺，貌甚醜悴，而悠悠乎乎，土木形骸。」

解釋 形骸即是軀體，代指人的整體外貌；土、木皆樸實無華，以土木形容外貌，意指人的風貌自然、不假修飾。

近義 不衫不履、麤（音ㄘㄨ，同粗，簡陋）服亂頭

反義 著意修飾

放大鏡
土木形骸的由來

在中國，關於人物品鑑有一門歷史悠久的學問。從東漢後期，品評社會名人的風氣逐漸盛行，不論是當朝宰相、將軍、太學博士，或

是在野的公眾人物，都是品評的對象。品評，乃是從容貌、體態、言談、舉止這些外觀可察的跡象，去欣賞、評價一個人內在的品德、性格、風度。

到了曹魏時期，這種品鑑人物的方法更加成熟，配合當時社會流行的清談，使得那時候的清談名士們，成為既品評他人，又接受品評的人物代表，而其中最富盛名者莫過於「竹林七賢」。阮籍、嵇康、山濤、劉伶、阮咸、向秀、王戎這七位竹林名士，時常讓人感覺到一種放浪形骸的氣質，以及率性而為、不被一般禮教觀念所束縛的生活態度。

像阮籍聽到母親病逝時，正與人下棋，還堅持要下完這盤棋，才傷心地飲酒大醉，吐血數升，形銷骨立。劉伶在家袒身露體，來訪的客人覺得奇怪，劉伶卻告訴他：我以天地為家，屋室就是我的衣服和褲子，是你走進我的褲子裡來啊！阮咸家貧，當隔壁富貴人家掛出紗羅綢緞來晒太陽時，他竟然也跟著掛起了破褲子……諸如此類看似荒唐、誇張的事蹟不勝枚舉，彷彿愈是特異獨行，愈有成為名士的資格。

不過，竹林七賢某些看似怪誕的舉動，其實是因為當時社會充滿沽名釣譽、愛慕虛榮、過度修飾的風氣，為了抵抗這種虛浮的風氣，他們選擇以此類極端的行為展現了崇尚自然，不妥協於流俗的態度。於是，當劉伶或其他竹林名士被人品評為：「悠悠乎乎，土木形骸」的時候，正是品評者對他們崇尚自然、不假修飾的生活態度的肯定。

用法說明 「土木形骸」與「麤服亂頭」都用來形容人

的風姿天然，不假雕飾。但前者常用以指男性，後者則是形容天生麗質，不必妝容也很美麗的女性。例一：魏晉名士雖然在政治上屢屢不得志，但其土木形骸的自我風格卻樹立了中國人物美學的新典範。例二：西施是著名的大美人，傳說她即使在河邊浣著紗，麤服亂頭，也不減國色天香。

土芥（ㄊㄨˇ ㄐㄧㄝˋ）

出處 《左傳・哀公元年》：「其亡也，以民為土芥，是其禍也。」

解釋 泥土和小草。比喻微賤的東西。

近義 草芥

放大鏡　興亡之道

春秋時代，吳國攻打楚國時，吳王闔廬曾派人召見陳懷公。陳懷公於是徵詢國人，要大家決定將依附楚國，還是吳國。

陳國大夫逢滑對懷公說：「國家的興起，是因為能視民如傷，這就是國家之福；國家會敗亡，是因為視人民如泥土和小草，這就是國家之禍。楚國雖無德，但也不會濫殺民眾。吳國因戰爭而漸漸凋敝，曝屍如雜草般多，看不出這個國家有德可言。上天現在可能正在教訓楚國，但是災禍降臨吳國的日子，難道還會遠嗎？」陳懷公後來聽從逢滑的建議，沒有答應與吳國結盟。

用法說明 「土芥」一詞是指微賤之物，而「蒂芥」則是指心結，也作「芥蒂」。例一：這位暴君視民如土芥，最後政權被群眾推翻。例二：這兩人之間存有蒂芥，總是不對盤。

夕陽無限好

ㄒㄧˋ ㄧㄤˊ ㄨˊ ㄒㄧㄢˋ ㄏㄠˇ

出處 唐・李商隱〈登樂遊原〉：「夕陽無限好，只是近黃昏。」

解釋 本指黃昏夕照的景色十分美麗，可惜一天已經到了尾聲，用來暗示時光的流逝與內心的惆悵。後來用以形容一個人到了晚年，功成名就，智慧圓融，可惜生命也將耗盡，用以哀悼歲月的流逝、心中的悵然。

近義 風燭殘年

反義 青春年華

放大鏡

珍惜夕陽無限好

李商隱嘗遊漢宣帝所建「樂遊苑」，而賦〈登樂遊原〉：「向晚意不適，驅車登古原。夕陽無限好，只是近黃昏。」傍晚時，因為心中不快，便駕著馬車到樂遊原散散心。看見美麗的夕陽、晚霞即將沉落，多麼的可惜！

美好卻無常的事物，總是令人無奈，甚至是感傷。大自然如此，人生何嘗不也如此?美好的時光總是稍縱即逝，英雄易老，美人遲暮，一切事物，繁華到巔峰之後，必然要走向衰微。我們也試著挽回，但往往力不從心，或許所能做的，只有莫讓美好時光虛度而已。

用法說明 「夕陽無限好」與「風燭殘年」意思略同，前者含有眷戀人生的美好、哀傷歲月的流逝之意；後者形容老年殘餘的歲月猶如風中燃燒的蠟燭，那火燄忽明忽滅、飄搖不定，隨時可能被風吹熄，用以比愈老人所殘餘的歲月。例一：老趙夫婦退休後，到處遊山玩水，走遍世界各地，好不悠哉愜

意，真是「夕陽無限好」！

例二：在老鄧的風燭殘年裡，唯一的心願，就是找到失散多年的兒子。

大丈夫（ㄉㄚˋ ㄓㄤˋ ㄈㄨ）

出處 《孟子．滕文公下》：「孟子曰：『居天下之廣居，立天下之正位，行天下之大道；得志，與民由之；不得志，獨行其道。富貴不能淫（音ㄧㄣˊ，迷惑），貧賤不能移，威武不能屈，此之謂大丈夫。』」

解釋 指有風骨、志氣凌雲、雄毅剛健的男子。

近義 男子漢、真英雄

反義 牆頭草、軟腳蝦

放大鏡

「大丈夫」的眞諦

孟子說：「住在天下最廣大的居所裡，站在天下最正大的位置上，走在天下最廣闊的道路上；能實現志趣，就跟百姓一起去進行；不能實現志趣的話，就自行實踐這一個原則。富貴不能迫使他動搖，貧賤不能迫使他改變，武力不可以迫使他屈服，這就叫做大丈夫。」

孟子的「大丈夫」不是從體格強健或事業成功來判斷的，而是志氣、德性上的強人才稱得上！當我們有志氣、具德性時，走到哪兒都能通行無礙，所謂「有理走遍天下」，正是「居廣居、立正位、行大道」，也因為有志氣、具德性，「富貴、貧賤、威武」都不構成威脅，是真正的男子漢。

用法說明 大丈夫的「丈夫」並非相對於「妻子」而言，而是「男子漢」的意思。其次，象棋有所謂「觀棋不語真君子，起手無回大丈夫」，後一句是指一旦離手的棋子就不能後悔。此外，在日文書裡也可以看到「大丈夫」三字，但那跟有志氣差很多，是「沒關係、不要緊」的意思。例一：《三國演義》裡，曹操非常欣賞、敬重關羽，認為他是真正的大丈夫。例二：下象棋有一個重要規矩，棋一離手就不能後悔，就是常聽人家說的「起手無回大丈夫」，你怎麼可以賴皮呢？

大千世界（ㄉㄚˋ ㄑㄧㄢ ㄕˋ ㄐㄧㄝˋ）

出處 《大智度論・卷七・釋初品中放光》：「以二千中世界為一，一數至千，名三千大千世界。」

解釋 比喻廣闊無邊、千奇百怪的世界。

近義 無邊宇宙

放大鏡

廣闊無邊的三千大千世界

在佛經裡記載著一種「三千大千世界」的宇宙觀，「三千世界」是一個佛教化的世界，以須彌山（**相傳山上有三十三天諸宮殿**）為中心，七山、八海、四大洲圍繞著它，成為一個小世界。千個小世界則為「小千世界」、千個小千世界為「二千中世界」、千個二千中世界就是「三千大千世界」。三千大千世界是小世界的百億倍，是一個無窮盡的世界。

「大千世界」冠上「三千」的原因在於：它是由「小千」、「中千」、「大千」三種「千」而成。後來簡稱為「大千世界」，用來比喻廣闊無邊、千奇百怪的世界。

用法說明 「大千世界」是一個中性詞，本身並無「好」或「不好」的褒貶義，要看上下文的語境而定。例一：這是個無奇不有、廣闊無邊的大千世界。許多怪事老早就見怪不怪了。例二：這個大千世界值得你好好的去探索，去冒險，去闖一闖，開闊的世界觀是金錢怎樣也買不到的！

大方之家（ㄉㄚˋ ㄈㄤ ㄓ ㄐㄧㄚ）

出處 《莊子・秋水》：「吾非至於子之門，則殆矣。吾長見笑於大方之家。」

解釋 也說「方家」，指通曉大道的人，今多用來指精於某種知識、藝術的人。

放大鏡　河伯與北海

《莊子・秋水》篇中開頭有一段有趣的描述：秋天時百川灌河，河水盛大，河面寬闊。河伯因此欣然自喜，認為天下所有的美景都在自己這裡。順流東行到了北海，往東一看，卻看不見水的邊際。

這時候，河伯望著汪洋，讚嘆的對北海說：「鄉野間有句俗話說：『有種人聽聞百種道理，就以為沒有人比得上自己』，說的就是我吧！我曾聽說以仲尼之聞為少、以伯夷之義為輕的人，本來我不相信，現在我看見了你，是那麼的廣大無涯。我如果沒到過你這裡，就危險了，我可能會長久的被大方之家所恥笑。」

用法說明 「大方之家」一詞中的「大方」是指高明的道理；而現在「大方」一詞也可解為不吝嗇或態度從容、不扭捏。例一：他出手大方，十分海派。例二：他上台表演時從容不迫，落落大方。

大同 ㄉㄚˋ ㄊㄨㄥˊ

出處 《禮記・禮運》：「故外戶而不閉，是謂大同。」

解釋 儒家政治思想中最完美的世界，後用於指稱最和平安樂的社會情況。

近義 烏托邦、理想國

反義 亂世

搭配詞 世界大同

放大鏡

孔子心中的大同世界

「大同」是孔子心中最理想的世界，他對「大同」的描述是：「大道之行也，天下為公，選賢與能，講信修睦。故人不獨親其親，不獨子其子，使老有所終，壯有所用，幼有所長，鰥、寡、孤、獨、廢疾者皆有所養，男有分，女有歸。貨惡其棄於地也，不必藏於己；力惡其不出於身也，不必為己。是故謀閉而不興，盜竊亂賊而不作，故外戶而不閉，是謂大同。」

這段話的意思是說：最理想的政治制度施行時，天下是天下所有人所共同擁有的，賢能的人被推舉出來為大家做事，社會上也都講求信用與和平。每個人對待別人的親人都能像對待自己的親人一樣，對待別人的子女都能像對待自己的子女一樣，所以老年人都能得到安養，壯年人都能得到工作，小孩子都能得到養育，而沒有妻子的老男人，沒有丈夫的老女人，沒有子女的獨居老人，沒有父母的孤兒等，都能得到照顧，男人有職業，女人有歸宿。只在意資源能不能得到充分利用，而不在乎資源是不是一定要屬於自己的，只在意能力能不能得到充分發揮，而不在乎是不是一定是在做對自己有利的事。因此，所有的詐術都被揚棄，所有的盜匪都在世上絕跡，所以即使出外也不用關門，這就是「大同」世界。

用法說明 「大同」和「烏托邦」、「理想國」等都是指人們心中最理想的世界。除了具體內容有差異外，「大同」這個詞後來多被用於形容詞，如「大同世界」等，也可以作動詞用，如「世界大同」，而「烏托邦」、「理想國」只能作名詞用。例一：在大同世界裡，不但沒有犯罪事件發生，每個人也都擁有極高的道德。若只是用嚴格的刑罰來嚇阻人民，讓他們不敢犯罪，那也不能算是世界大同。例二：「烏托邦」存在於每個人的心中，即使每個人想像的樣貌略有不同，但終極目標都是要達到和平安樂的境界，而那就是真正的「理想國」。

大同小異（ㄉㄚˋ ㄊㄨㄥˊ ㄒㄧㄠˇ ㄧˋ）

出處 《莊子・天下》：「大同而與小同異，此之謂小同異；萬物畢同畢異，此之謂大同異。」

解釋 大體相同，但略有差異。

近義 相差不多、相去不遠

反義 迥然不同、大相逕庭（相距很遠）

放大鏡

惠施論「同異」

惠施是戰國名家的代表人物。名家就是邏輯學家，著重於辨析邏輯的是非。他認為在事物的分類方法上，一個屬類可以包括許多不同的種類，一個種類又可包括許多更小的類。一個屬類所具有的特性，這個屬類中所有的種類都具有，這樣稱為「大同」。一個種類所具有的屬性，這個種類所包含的每一個更小的類也都具有，這樣稱為「小同」。反過來說，一個種類所特有的屬性，屬類中的其他種類都不具有，這種屬與種之間的差異，便稱為「小同異」。

所有的事物類最後都可歸結為最大的類，即言所有的事物都有共同性。這就是「畢同」。反過來說，所有的事物都可以自己特有的屬性為標準構成一個類，這個類所特有的屬性其他所有的類都不具有，這就是「畢異」。萬物的這種畢同畢異，就稱為「大同異」。

用法說明 「大同小異」和「相去不遠」都有相差不多的意思。但「大同小異」是偏重內容方面的比較，「相去不遠」則是偏重程度方面的比較。例一：讀者總覺得有許多文章，似乎都大同小異，千篇一律，沒有什麼新東西。例二：這兩支球隊，實力相去不遠，冠軍之爭勢必激烈。

大名鼎鼎（ㄉㄚˋ ㄇㄧㄥˊ ㄉㄧㄥˇ ㄉㄧㄥˇ）

出處 清・李寶嘉《官場現形記》第二十四回：「你一到京，打聽人家，像他這樣大名鼎鼎，還怕有不曉得的？」

解釋 形容極有名氣。

近義 舉世聞名、名揚天下、鼎鼎有名

反義 默默無聞、無名小卒

放大鏡

「大名」為何「鼎鼎」？

鼎本來是古代用來烹煮和盛貯肉類的器具，相當於現在的鍋。最早的鼎是用黏土燒製的。商代開始用青銅鑄造銅鼎，並視為重要的禮器。傳說夏禹曾收九牧的銅鼎，置於荊山之下，以象徵九州，並在上面鐫刻魑魅魍

魎的圖形，讓人們警惕。自從有了禹鑄九鼎的傳說，鼎就從一般的炊器而發展為傳國重器，而且被賦予了「顯赫」、「尊貴」、「盛大」等引申意義。

鼎，也是旌功記績的禮器，周代的國君或王公大臣在重大慶典或接受賞賜時都要鑄鼎，以記載盛況，例如大盂鼎、大克鼎、毛公鼎和頌鼎等。鼎和其他青銅器上的銘文記載了商周時代的典章制度和冊封、祭祀、征伐等史實，而且把西周時期的鐘鼎文傳給了後世，形成了具有很高審美價值的金文書法藝術，鼎也因此更加身價不凡，成為比其他青銅器更為重要的歷史文物。

用法說明　「大名鼎鼎」和「赫赫有名」都有名聲很大的意思。不過「大名鼎鼎」多只用來形容人，而「赫赫有名」除形容人外，亦可形容事物。例一：他在業界大名鼎鼎，幾乎無人不知，無人不曉。例二：這本小說赫赫有名，因為它的作者是諾貝爾文學獎得主。

大哉問（ㄉㄚˋ ㄗㄞ ㄨㄣˋ）

出處　《論語・八佾》：「林放問禮之本。子曰：『大哉問！禮，與其奢也寧儉；喪，與其易（奢易，指注重喪禮的儀式）也寧戚（悲哀、憂傷）。』」

解釋　「大哉問」可以解釋成「好大的問題呀！」或「好偉大的問題呀！」進而引申為「問得好極了！」表示這個問題問得很有深度、問得很好的意思。

近義　問得好、妙問

反義　問道於盲

放大鏡

妙問妙答

《世說新語》記載，孔君平有一天到梁國去拜訪楊姓好友，不巧好友外出不在，家中只剩一名九歲小孩出來應門。這楊小弟見到父親的朋友來訪，立刻請客人進屋坐，並端出一盤水果招待。

孔君平看楊小弟聰明伶俐，十分惹人憐愛，故意拿起盤中楊梅捉弄他道：「這是你們家祖傳的水果嗎？不然，怎麼也姓楊？」

楊小弟不假思索的回答：「可是我沒聽說孔雀是您家祖傳的動物，怎麼牠也姓孔呢？」

用法說明 「大哉問」指問得好、問得很有深度，「妙問」指問題問得十分巧妙，二者語意相近。例一：他問到中國哲學思想中儒、釋、道三家合流的問題，老師說真是個大哉問，可見他對義理哲學方面的興趣。例二：這次天才小神童的專訪，在記者妙問之下，趣味橫生，全場笑聲不斷。

大庭廣眾（ㄉㄚˋ ㄊㄧㄥˊ ㄍㄨㄤˇ ㄓㄨㄥˋ）

出處 《公孫龍子・跡府》：「使此人於廣庭大眾之中，見侮而不敢鬥，王將以為臣乎？」

解釋 聚集很多人的公開場合。大庭，舊時指官署的廳堂，後泛指寬大的場所。也說廣庭大眾、廣眾之庭。

近義 光天化日、眾目睽睽（音ㄎㄨㄟˊ，張目注視）

反義 深宮重闈（音ㄨㄟˊ）

放大鏡

「大庭」不只是廣大的院子

古代，「大庭」為專有名詞，指外朝之廷，在庫門內，雉門外。「外朝」、「庫門」、「雉門」等名稱來自古代的宮室制度。宮殿是帝王朝會和居住的地方，為了區分帝王辦公和生活的功能需求，逐漸形成「前朝後寢」或「外朝內廷」的格局。

依《禮記》所述，三朝和五門之間的關係為：最外稱為「皋門」，再來是「庫門」，這兩門之間的空間，稱為「外朝」。「庫門」之內是「雉門」，這兩門之間的空間，稱為「大庭」。「雉門」之內是「應門」，這兩門之間的空間，稱為「中朝」。「應門」之內是「路門」，路門之內就是「內朝」了。

到了後代，「三朝五門」的具體位置及名稱已經和《禮記》的記載不同，並隨著朝代不同而有相當大的差異。

用法說明 「大庭廣眾」及「眾目睽睽」都指公開的場合。「大庭廣眾」側重於公眾的場所，「眾目睽睽」側重於眾人注視的目光。例一：他常在大庭廣眾間高談闊論，以吸引他人的目光。例二：在眾目睽睽之下，他公開向女友求婚。

大發雷霆（ㄉㄚˋ ㄈㄚ ㄌㄟˊ ㄊㄧㄥˊ）

出處 西晉・陳壽《三國志・吳書・陸遜傳》：「今不忍小忿，而發雷霆之怒，違垂堂（靠近屋簷下，比喻危險的地方）之戒，輕萬乘之重，此臣之所惑也。」

解釋 比喻大發脾氣，大聲責罵。

近義 暴跳如雷、怒不可遏（音ㄜˋ，阻止）

反義 平心靜氣、心平氣和

放大鏡

孫權因公孫淵背盟而大發雷霆

三國時，魏明帝曹叡（音ㄖㄨㄟˋ）封公孫淵為「揚烈將軍遼東太守」，但公孫淵對魏其實早有反意，曾與吳國密商抗魏之事。吳主孫權因此也派遣使者赴遼東，欲封他為燕王。可是公孫淵害怕此舉會馬上引發魏國的攻擊，於是斬了吳國來使，並將首級送予曹叡。

孫權因使者遲遲未回才知公孫淵背盟，大怒，想即刻出兵征討。當時他的手下有一大將陸遜，熟知兵法，雄才大略，頗得孫權的賞識與信賴。陸遜上書勸諫孫權不須因為這一點小事，就發那麼大的脾氣，萬一出兵不利，錯誤反而不可收拾。

孫權採納了陸遜的意見，沒有出兵。但公孫淵最終還是叛魏，魏將司馬懿帶兵平亂，公孫淵糧盡投降，與其子公孫修俱被殺害。

用法說明 「大發雷霆」及「暴跳如雷」都是用來形容非常生氣的樣子。不過「大發雷霆」側重於極度憤怒並加以喝斥。而「暴跳如雷」側重於因焦急或發怒而跺腳。例一：他這個人脾氣暴躁，只要一點小事不順心，就會大發雷霆，亂罵一通。例二：這件事已經發生，你就算暴跳如雷又有什麼用呢？

大雅（ㄉㄚˋ ㄧㄚˇ）

出處 北宋・黃庭堅〈大雅堂記〉：「使後之登大雅堂者，能以余說而求之，則思過半矣。」

解釋 原是《詩經》的篇章之一，多為貴族雅樂，後引申作風雅、高雅。

反義 粗俗、鄙陋

搭配詞 無傷大雅、不登大雅之堂

放大鏡

不登大雅之堂

黃庭堅是宋代的大詩人，也是大書法家。他有心抄錄杜甫在兩川三峽所作的詩篇，刻在碑上，放在四川，以流傳後世。丹稜的楊素翁知道黃庭堅有這個想法，特地蓋了一間房子，用來收藏那些石碑。

黃庭堅認為杜甫的詩篇寬厚雅正，可以作為後世的典範，一如《詩經》中的〈大雅〉，所以把楊素翁所蓋的房子取名為「大雅堂」。「大雅堂」裡前後共收藏了三百多塊石碑，可惜全數在戰亂中毀損了，不過，「大雅堂」的名字卻留了下來，用以稱揚寬厚雅正的作品。

用法說明 「不登大雅之堂」可以簡寫為「不登大雅」，和「無傷大雅」看來相似，但意思大不相同。前者指作品的粗俗，後者則指對整件事或整個情況沒有妨礙。例一：他那些不登大雅的作品只適合留著自己欣賞，若是被別人看見，恐怕會笑掉大牙。例二：在上課時偶而說些笑話，倒是無傷大雅，若是從頭到尾都在說閒話，那就很不恰當了。

大意失荊州（ㄉㄚˋ ㄧˋ ㄕ ㄐㄧㄥ ㄓㄡ）

出處 事見西晉・陳壽《三國志・蜀書・關羽傳》。

解釋 比喻因一時不慎疏忽，造成重大損失。

近義 粗心大意

反義 謹慎小心

放大鏡

「大意失荊州」的由來

三國時期魏蜀吳三方鼎立，荊州位處整個中國的中心位置，自古乃是兵家必爭之地，因此劉備在奪得荊州後命令關羽嚴兵把守，以便北抗曹魏、東和孫吳，然而關羽一心只急於趕快出兵將魏國消滅。

曹操採納司馬懿之計，

聯結東吳，命孫權暗襲荊州，當時吳國的大都督呂蒙接受謀臣陸遜獻計假意臥病，關羽果然中計，便帶領大批軍力前往攻打魏國的樊城，同時呂蒙便率吳軍攻破荊州。這時關羽聞訊已不及班師回頭救援，只得被迫遠走麥城。

用法說明 大意失荊州原指三國蜀將關羽鎮守荊州時，出兵攻打曹操，以至荊州沒有嚴密的防守，而被孫權趁機襲取之事。現在常引申用來比喻人因一時疏忽不察，造成難以彌補的錯誤。例一：考試時要步步為營，小心謹慎，決不可得意忘形，否則大意失荊州，就難以補救了。例二：他認為自己勝券在握，卻不想大意失荊州，拱手將煮熟的鴨子送給對手。

大義滅親（ㄉㄚˋ ㄧˋ ㄇㄧㄝˋ ㄑㄧㄣ）

出處 《左傳・隱公四年》：「君子曰：「石碏（音ㄑㄩㄝˋ），純臣（忠心耿耿的臣子）也，惡州吁而厚與焉。『大義滅親』，其是之謂乎！」

解釋 本指為君臣間的大義而斷絕父子的私情。後比喻為維護正義而不顧親屬間的私情。

放大鏡 大義滅親的石碏

衛莊公的兒子州吁生性驕縱，和大臣石碏的兒子石厚是好友。石碏常勸兒子不要和州吁往來，石厚非但不聽，還離家出走。

衛桓公時，州吁作亂篡位，石厚幫了很大的忙。州吁即位後，非常不得民心。石碏建議他到陳國，透過陳國國君的幫忙，讓周天子正式任命他為衛國國君。當州吁帶著石厚前往陳國時，石碏寫了一封信給陳國國君，要他逮捕兩人。

州吁和石厚被逮捕後，石碏派人去處死州吁和石厚，旁人說：「石厚只是幫凶，罪不至死。」石碏不願因私情而放過自己的兒子，殺了石厚。後人都稱讚石碏「大義滅親」的義舉。

用法說明 「大義滅親」指的是為了正義而捨卻私情，「義斷恩絕」指的是斷絕一切感情恩義，兩者不可混用。例一：陳檢察官見到自己的兒子加入了詐騙集團，雖然十分痛心，但仍然本著大義滅親的想法，起訴了他。例二：因為愛上了同一個女人，兩人竟然從此義斷恩絕。

女色 ㄋㄩˇ ㄙㄜˋ

出處 《荀子・樂論》：「故君子耳不聽淫聲，目不視女色，口不出惡言。」

解釋 指女子的美色，多用於負面的意思。

搭配詞 不近女色

放大鏡

不近女色的皇帝

《梁書・本紀第三、武帝下》記載，梁武帝蕭衍「五十外便斷房室」，也就是說他五十幾歲時就不近女色。他的這種行為或許是出於他的崇信佛教，但也或許因為他的節制慾望，讓他活到了八十六歲，成為歷史上第二長壽的帝王。後來，他在侯景之亂時活活餓死，不然的話，不知道他還能再多活幾年呢！

用法說明 「女色」指女子的美色，但和「美色」一詞用法有異。「美色」一詞可以單指一位女子的美麗容顏，「女色」則多著重於指

對女性的慾望。例一：醫生再三告誡他遠離女色，但是他執迷不悟，終於被送進了加護病房。例二：那位將軍垂涎皇后的美色，於是起兵造反，打算將皇后佔為已有。

寸步不離（ㄘㄨㄣˋ ㄅㄨˋ ㄅㄨˋ ㄌㄧˊ）

出處 南朝梁・任昉《述異記》：「吳黃龍年中，吳都海鹽有陸東美，妻朱氏，亦有容止（儀容舉止）。夫妻相重，寸步不相離。」

解釋 緊跟隨著，一小步也不離開。比喻關係密切，總是在一起。

近義 形影不離、片刻不離

反義 若即若離、各奔東西

放大鏡

寸步不離的「比肩人」

這是一個傳說中的愛情故事：吳黃龍年中，在吳都海鹽有一個名叫陸東美的人，娶了一位儀容舉止出眾的朱氏。夫妻倆互相敬重，非常恩愛，總是「寸步不相離」的緊緊相隨，當時的人都稱他們為「比肩人」。但由於兩人太過恩愛，朱氏死後，陸東美也了無生趣，不吃不喝地一心求死。

陸東美死後，家人便將他與朱氏合葬，不到一年，墳上長出一棵梓樹，樹根相連，樹身分成二枝但卻緊緊相抱，就好像陸氏夫婦生前那樣的形影不離。樹上常有兩隻大鳥棲息，也是相守不分離。所以孫權將那個地方封為「比肩」里，他們的墓稱為「雙梓」墓。

用法說明 「寸步不離」和「夫唱婦隨」都可以形容夫妻感情好，不過「寸步不離」後來不只形容夫妻感情好，也可以用在其他的關係上，而且是偏重實際上的跟隨。而「夫唱婦隨」只能用於夫妻，而且是偏重行事上的跟隨。例一：由於父親眼睛不好，所以出門在外時，必須有人寸步不離地跟隨照料。例二：他與妻子擁有共同的嗜好，兩人夫唱婦隨，感情十分融洽。

寸陰 ㄘㄨㄣˋ ㄧㄣ

出處 西漢・劉安《淮南子・原道》：「故聖人不貴尺之璧，而重寸之陰。」

解釋 比喻極短暫的時間。陰，日影。

近義 分陰

反義 漫漫長日

放大鏡

愛惜光陰的陶侃

晉朝大將軍陶侃擔任廣州刺史時，在州內閒來無事，每天早上把許多磚塊搬到屋外晒太陽，到天黑了，再將磚塊一一搬進屋裡來。日復一日，大家都不曉得他為什麼要這樣做，終於有個人忍不住開口問他：「陶大人，請問您每天把這些磚塊搬進搬出，到底有何用意呢？」

陶侃回答：「我這麼做是在鍛鍊身體，希望將來可以帶兵打仗，完成國家統一大業。如果現在只知道悠閒度日，恐怕等到時機成熟了，卻沒有強健的體魄可以為朝廷效力，那麼我一生的志業也將隨之落空！」

這個人聽了陶侃的話，非常感動，覺得像陶侃這樣的賢人尚且要珍惜每一分光陰，何況平凡如我們，更應該善用每分每秒的時光，絕對不可以因循怠惰、浪費生命！

用法說明 「寸陰」、「分陰」皆指極短暫的時刻，與「漫漫長日」意思相反。例

一：聖人惜寸陰，賢人惜分陰，而我們身處凡夫俗子怎能不珍惜每一分一秒呢？例二：無聊的暑假，我們就在冷氣房裡、電腦桌前度過了漫漫長日。

小不忍則亂大謀（ㄒㄧㄠˇ ㄅㄨˋ ㄖㄣˇ ㄗㄜˊ ㄌㄨㄢˋ ㄉㄚˋ ㄇㄡˊ）

出處 《論語‧衛靈公》：「巧言亂德，小不忍則亂大謀。」

解釋 在小處上不能忍耐的話，將使大計畫面臨失敗的困境。

近義 因小失大

反義 謀定後動

放大鏡

話好失德

孔子說：「巧言亂德，小不忍則亂大謀。」認為一個人總是把話說得很動聽，必定會擾亂德性與仁義，如果不能在小處上忍耐，就會打壞了大計畫。其實，孔子的用意是提醒後生晚輩，說話時必須要謹慎三思，如果只為了逞口舌之能，徒一時之快，把話說得很動聽，卻反而壞了大格局與大方向，非常可惜。

用法說明 一般使用「小不忍則亂大謀」一語，通常是希望對方能稍做退讓，以成全更大的利益。但《論語》的原句，其實指的是指人在說話時，仍然必須依據事實與道德標準，不能因為場面應酬就將話說得天花亂墜，而事實上有損道德。今天前者用法較多，後者大多改以「巧言令色」做為批評之語。例一：眼看股市開高走高，連日來不斷飆高，實在不是很好的進場時機。畢竟，「小不忍則亂大謀」，一不小心，反而成為套牢一族。例二：應酬的場合大多都是高來高去的場面話，但他依然清楚巧言亂德，小不忍則亂大謀的道理，說話謹慎而小心。

小巫見大巫

ㄒㄧㄠˇ ㄨ ㄐㄧㄢˋ ㄉㄚˋ ㄨ

出處 北宋・李昉等《太平御覽・方術部・巫下》引《莊子》：「小巫見大巫，拔茅而棄，此其所以終身弗如也。」

解釋 本指小巫師見到大巫師，其法術就無法施展。後比喻能力相差甚遠，無法相提並論。

放大鏡

十項全能的古代巫醫

巫與醫在古代有著密不可分的關係，舊石器時代晚期原始的巫教意識開始形成，那時的巫尚未職業化。商周時期社會上出現了許多巫師，他們能代鬼神發言、歌舞，還能醫治疾病，有的更參與朝政，指導國家政事、策劃國君的行動。

後來出現了比較專職的巫醫，他們具有兩種身分，既能與鬼神交通，又兼及醫藥治療，殷周時期的巫醫治病，在形式上是用巫術，對患者有安慰、精神支援的心理作用，真正治療身體上的病時，還是借用藥物等技術性的治療。

用法說明 小巫見大巫多用來形容無法相提並論的事，有時候又有何必大驚小怪、不值得一提的含意。例一：這次的金融風暴，我們受到的衝擊與美國相比，只能算是小巫見大巫啊。例二：他平時一直很努力，這次獲得公司的拔擢，本來就是理所當然的事，何必小巫見大巫呢？

小康（ㄒㄧㄠˇ ㄎㄤ）

出處《禮記・禮運》：「在執者去，眾以為殃，是謂小康。」

解釋「小康」原指次於「大同」的理想社會，雖然未到全民安樂太平的境界，但社會有秩序，人民的生活也安定。後來用於指家中經濟情況略優於平常人家，但資產並未遠遠超出平均水準之上，並不能算是富裕。

放大鏡

從「大同」到「小康」

在大同世界，人們完全沒有自私自利的觀念，因此所有人都能互助合作，社會自然和樂太平。至於小康世界，由於人們有自私自利的觀念，所以必須仰賴各種制度，約束人們，社會才能安定，這就是「小康」。「大同」和「小康」的最大差別在於人們是否有自私的觀念。

除了政治環境以外，「小康」也用於指經濟稍好的狀況。一般人認為，所謂的「小康」有以下幾項條件：日常用度無虞、無負債或資產足以償還負債、有儲蓄、有閒錢、有自己的房子等。

用法說明「小康」和「富裕」都指經濟情況高於平均水準，而且也不易訂出區分的標準，所以最好的區分方式就是依據語境，如果要特別強調經濟的優渥，就用「富裕」，不然就用「小康」。例一：他名下有好幾棟房子，還有好幾間公司，十分富裕。例二：我個人的收入雖然不算差，但是家裡有好多人等我這份薪水吃飯，所以家境只能算是小康而已。

尸位素餐（ㄕ ㄨㄟˋ ㄙㄨˋ ㄘㄢ）

出處 東漢・班固《漢書・朱雲傳》：「今朝廷大臣，上不能匡主，下亡以益民，皆尸位素餐。」

解釋 空佔著職位而不做事，白吃飯。

近義 不勞而獲、坐享其成

反義 枵（音ㄒㄧㄠ，空虛）腹從公、宵衣旰（音ㄍㄢˋ，晚上）食

放大鏡

祭祀之「尸」，不是「屍體」

周人祭祀時，設一人為尸，代表神，向之獻祭致敬。尸的功能在於作為神的容器，代表神接受敬拜、享用祭品並傳神嘏辭（對主人祝福的言詞。嘏音ㄍㄨˇ）。因為鬼神具有神聖的力量，所以作為容器的尸的體質也必須神聖，才能達成溝通神界和凡間的任務。

「尸」還有其他一些限制，方能與神的性質相容，不致兩傷。首先，「神不歆非類」，故祭祖必以同姓為尸；又必須同昭穆，故「尸必以孫，孫幼，則使人抱之。無孫，則取於同姓可也」。如果不符合這些條件，則神不會降臨受享。

其次，選定一人為尸，還必須交由卜筮決定。如果卜筮不吉，則必須更換他人為尸。第三，在祭祀之前，尸必須齋戒沐浴，以清潔尸的身心，並要防止被污染。

用法說明 「尸位素餐」和「坐享其成」都有未花費勞力就享有成果的意思，不過「尸位素餐」是偏重於佔有一個職位而光領俸祿不做事，「坐享其成」則偏重於自己不出力而享受別人取得的成果。例一：許多民眾都要求政府撤換那些尸位素餐的官員，以提高施政效率。例二：班上活動他都漠不關心，只會坐享其成，所以人

緣很差。

川流不息（ㄔㄨㄢ ㄌㄧㄡˊ ㄅㄨˋ ㄒㄧˊ）

出處《論語・子罕》：「逝者如斯夫！不舍（音ㄕㄜˇ，停止）晝夜。」

解釋 形容行人、車馬等像水流一樣來來往往、連續不斷。

近義 車水馬龍、絡繹（音ㄌㄨㄛˋ ㄧˋ，前後相連不斷）不絕

反義 稀稀落落、門可羅雀

放大鏡

「水」給孔子的啓示

子貢曾問孔子：「為什麼君子見到大水一定要仔細觀看呢？」

孔子回答：「這是因為水能夠啟發君子的德行修養啊！水遍布天下，給予萬物，並無偏私，有如君子的道德。水所到之處，萬物生長，有如君子的仁愛。水性向下，隨物賦形，有如君子的高義。淺處流動不息，深處淵然難測，有如君子的智慧。奔赴萬丈深淵，毫不遲疑，有如君子的臨事果決和勇毅。滲入曲細，無微不達，有如君子的明察秋毫。蒙受惡名，默不申辯，有如君子包容一切的豁達胸懷。泥沙俱下，最後仍然是一泓清水，有如君子善於改造事物。裝入量器，一定保持水平，有如君子的立身正直。遇滿則止，並不貪多務得，有如君子的講究分寸，處事有度。無論怎樣的百折千迴，一定要東流入海，有如君子堅定不移的信念和意志。所以君子見到大水一定要仔細觀察啊！」

用法說明 「川流不息」和「絡繹不絕」都有連續不斷的意思。不過「川流不息」側重如川水流動般連續不斷，沒有間隙，而「絡繹不

絕」側重於前後相連不斷，一個接著一個。例一：展覽會場內參觀人潮川流不息，場面十分熱烈。例二：每到假日，各個旅遊景點都可看到絡繹不絕的遊客。

巾幗（ㄐㄧㄣ ㄍㄨㄛˊ）

出處 唐・房玄齡等《晉書・宣帝紀》：「亮數挑戰，帝不出，因遺帝巾幗婦人之飾。」

解釋 本為古代婦女的首飾，後來用作女子的代稱。

近義 蛾眉、紅妝、紅粉

反義 鬚眉

放大鏡

巾幗英雄花木蘭

花木蘭從小允文允武，又是一位孝順的好女孩。有一次，朝廷招兵買馬，要對外作戰，擊退入侵的敵國。當花家收到徵召令，由於花父年事已高，小弟年紀尚小，根本沒有男丁可以為國效力，全家陷入愁雲慘霧中。

這時，木蘭毅然決定女扮男裝，代父去從軍。等到戰事平定後，木蘭在沙場上建立了軍功，皇帝要請她做官，她堅持不要，一心只想返鄉與家人團聚。回到家中，木蘭換回女裝，恢復千嬌百媚的女兒身。同伴們見了，都嚇得說不出話來，大夥兒一起出生入死這麼多年，居然沒人發現木蘭原來是個巾幗英雄！

用法說明 「巾幗」與「蛾眉」、「紅妝」、「紅粉」都是用來借指女生，「鬚眉」則用濃眉大眼、長鬍鬚的男性特徵來借代為男子。例一：她的酒量比男人更勝一籌，頗有幾分巾幗不讓鬚眉的氣勢！例二：他三生有幸，得遇一位聰明伶俐，又善解人意的紅粉知己。

干隔澇漢子
ㄍㄢ ㄍㄜˊ ㄌㄠˋ ㄏㄢˋ ㄗ˙

出處 元末明初・施耐庵《水滸傳》第二回：「他平生專好惜客養閒人，招納四方干隔澇漢子。」

解釋 本指罹患乾疥瘡的男子，後比喻來歷不清、身家不明的人。干隔澇，乾疥瘡之意。

近義 閒人、雞鳴狗盜之徒

反義 良家子弟

放大鏡
免費吃喝住的食客

「專好惜客養閒人」，其實是源自中國古代貴族「養士」的風氣。所謂養士，就是聚集一些人才，照顧他們吃住與日常用度，甚至以貴賓的身分優遇他們，他們則被稱為「食客」。例如：晉國的豫讓不惜毀壞自己的身體、改變容貌身分，屢次刺殺趙襄子，就是為了報答智伯的知遇之恩。他說：智伯以國士的身分禮遇我，我因此也用國士的道義回報他。

另外，魏國的屠夫朱亥替信陵君行刺魏國大將晉鄙，幫信陵君奪取兵權，拯救被秦軍圍困的趙國。朱亥在行前也對信陵君說：「我不過是一介市井屠夫，卻承蒙公子屢次邀請。如今公子有難，正是我效力的時刻！」豫讓、朱亥的言行，代表的便是當時食客的高尚道義。

這些食客們運用自己的智謀、技藝，為了報恩甚至毫不吝惜生命，在歷史上留下許多感人的、令人拍案叫絕的故事。但從另一個角度看，這些食客用極端、非常的手段去報恩，他們的所作所為常常是違法的。在一個社會中，當人們不能依循平常的方式來解決問題，那麼

這個社會必然是非不分、價值混亂。史家記錄這些食客的事跡，除了讚頌人性的光輝以外，其實也有很深刻的警世意義。

用法說明 「干隔澇漢子」是宋、明之間很口語的說法，指來歷不清、不三不四的人。有點像是今天說的無賴、痞子，或是閩南語裡的「迄投郎（音譯）」！例一：這地方龍蛇雜處，尤其是晚上，經常聚著一群群干隔澇漢子。例二：廢棄的空屋容易變成干隔澇漢子的藏匿之處，造成治安死角。

【四畫】

不毛之地（ㄅㄨˋ ㄇㄠˊ ㄓ ㄉㄧˋ）

出處 《公羊傳・宣公十二年》：「君如矜（音ㄐㄧㄣ，憐憫）此喪人（逃亡他國的人），錫（通賜，賜與）之不毛之地。」

解釋 指不生草木的貧瘠土地。毛，在此指植物。

近義 不食之地

反義 沃野千里

放大鏡

赤裸上身請罪的鄭伯

春秋時代，楚莊王興兵攻打鄭國。鄭襄公赤裸著上身，左手執茅旌，右手執鸞刀，迎接楚莊王，以示請罪，說：「寡人不善，身為邊陲之臣，竟然惹出滔天大禍，讓您因此駕臨敝國。您如果憐憫我這個失去國家的人，請您賜給我不毛之地，讓我帶領一、二位大老安度餘生。一切聽任您的安排。」楚莊王見襄公已如此低聲下氣，便撤兵而去。

用法說明 「不毛之地」一詞是指不生草木的貧瘠土地；而「一毛不拔」則是指為人吝嗇、自私。例一：這片不毛之地，並沒有開發的價值。例二：他是個一毛不拔的小氣鬼。

不刊之書（ㄅㄨˋ ㄎㄢ ㄓ ㄕㄨ）

出處 西漢・揚雄〈答劉歆書〉：「是懸諸日月，不刊之書也。」

解釋 指不可更改、磨滅的書。刊，此解為削去之意。

近義 不刊之典

放大鏡

方言

漢朝人揚雄在〈答劉歆書〉中提到，張伯松以「不刊之書」一詞來讚美《方言》一書極具價值，是可以懸諸日月之上，不可更改、磨滅的經典之作。《方言》全書十五卷，收錄九千餘字，今本只有十三卷，舊說認為作者是揚雄。這本書整理了許多事物在各地名稱的異同，編排的模式大致與《爾雅》一書相近，是訓詁學家研究字義的重要參考資料之一。

用法說明

「不刊之書」一詞中的「刊」字是更改、磨滅的意思；而「停刊」的「刊」字是發行的意思。例一：他的這部作品非常有價值，被視為不刊之書。例二：這本雜誌今年初已經停刊了。

不名一錢（ㄅㄨˋ ㄇㄧㄥˊ ㄧ ㄑㄧㄢˊ）

出處 西漢・司馬遷《史記・佞幸傳・韓嫣傳》：「長公主賜鄧通，吏輒隨沒入之，一簪不得著身。於是長公主乃令假衣食，竟不得名一錢，寄死人家。」

解釋 一點錢也沒有。名，在此解為擁有之意。

近義 身無分文、囊空如洗

反義 腰纏萬貫

放大鏡

佞臣鄧通的下場

漢文帝時，鄧通十分得寵。鄧通為了討好文帝，甚至用嘴為文帝吮吸膿瘡，也因此獲賜富貴。文帝死後，景帝因前嫌而藉故沒收鄧通的財產。長公主心念文帝生前不使鄧通貧窮的心願，而賞賜鄧通。可是，官員隨即沒收了公主賞賜鄧通的財物，連一根髮簪也不讓鄧通戴在頭上。鄧通最後落得一文不名、貧窮而死的下場。

用法說明 「不名一錢」一詞是指非常貧窮；而「不值一錢」則是指沒有任何價值。例一：這位曾經富可敵國的商人，死的時候卻因破產而不名一錢。例二：這個標價百萬的古物，被鑑定出是不值一錢的贗品。

不如意事常八九（ㄅㄨˋ ㄖㄨˊ ㄧˋ ㄕˋ ㄔㄤˊ ㄅㄚ ㄐㄧㄡˇ）

出處 唐・房玄齡等《晉書・羊祜傳》：「天下不如意，恆十居七八。」

解釋 人生中不稱心的事常常發生。八九，十分之八、九。

搭配詞 不如意事常八九，可與人言無二三

放大鏡

羊祜的感嘆

西晉武帝司馬炎於西元二六五年即位後，三國時吳國皇帝孫皓仍佔據長江下游、福建、兩廣地區。晉武帝為了滅吳，派尚書左僕射羊祜（西元二二一—二七八年）都督荊州諸軍事，以決定平吳之策。羊祜赴任後，首先推行睦邊政策，取得江漢一帶民心，隨後提出伐吳之計。

晉武帝雖然很贊成他的作戰方略，可是當時北方邊

界時常受到侵擾，屢吃敗仗。由於有後顧之憂，朝中一時還下不了南進伐吳的決心。羊祜又上表陳述意見，認為：南平則北必定，應速決伐吳之計。

對羊祜的主張，朝中議論紛紛，武帝也動搖不定，致使計畫擱淺。為此，羊祜嘆道：「天下不如意，恆十居七八，天與不取，豈非更事者恨於後時哉！」「天下不如意，恆十居七八」，後漸變成「不如意事常八九」。

用法說明 「不如意事常八九」可以有兩種用法，一是用來表達自己不痛快的心情或發洩不平之氣。二是用以勸慰別人，說人難免要遇到不如意的事情。例一：真所謂「不如意事常八九」，我所預訂的計畫，即使是最小的，也難得實現。例二：我知道你心裡委屈，但做人就是這樣，「不如意事常八九」，有很多事連自己父母都不好說，真的是有苦難言。

不足為外人道（ㄅㄨˋ ㄗㄨˊ ㄨㄟˊ ㄨㄞˋ ㄖㄣˊ ㄉㄠˋ）

出處 東晉・陶淵明〈桃花源記〉：「此中人語云：『不足為外人道也。』」

解釋 不值得向別人說。

近義 何足道哉

放大鏡

〈桃花源記〉裡的「外人」

在陶淵明〈桃花源記〉一文中，「外人」一詞曾出現兩次：「男女衣著，悉如外人」、「不足為外人道也」。「不足為外人道也」的「外人」二字，意思比較單純，指的是桃花源以外的人。

「男女衣著，悉如外人」的「外人」一詞，有兩種解釋：一、指「外來的人」，桃花源中人的穿著，和闖入桃花源的漁夫相比，就像是外來的人一樣，彼此完全不同。二、指「外面的人」，換言之，桃花源中人的穿著，和住在桃花源外的漁夫相同。兩種說法各自成理，未有定論。

用法說明 「不足為外人道」有兩層意思：一、別人無法領會其辛苦，所以不須向別人說。二、事情很小，沒有向別人說的價值。例一：外人大多認為醫師這個職業收入很高，但是醫師的工作，其實有許多不足為外人道的辛苦之處。例二：自從接下這個職務，我每天都要忙到很晚才下班。不過，經手的都是些瑣碎的小事，不足為外人道也。

不夜城（ㄅㄨˋ ㄧㄝˋ ㄔㄥˊ）

出處 北宋・李昉等《太平御覽・居處部・城上引解道虎齊記》：「不夜城在陽庭東南一百二十里，淳於髡（音ㄎㄨㄣ）稱海童作妖城。古有日夜出，見於東境，故萊子此城以不夜為名，異之。」

解釋 原是漢代東萊郡轄下縣名，現則用以形容夜晚仍燈火通明的城市。

反義 鬼域

搭配詞 天使不夜城、百年不夜城

放大鏡

不夜城的天文景觀

「陽庭」、「陽城」是遠古先民認為太陽升起的地方，有「太陽宮」、「太陽城」之稱。隋末文登守將淳於髡無法理解：「晚上為什麼會出現太陽？」的現象，故將陽庭東南一百二十里的「不夜城」，稱為「妖

城」。

用法說明 「不夜」意指到了晚上，仍光明有如白天一樣，「白夜」則是指高緯度地區，黃昏未盡去，黎明便緊接而來的自然現象。例一：夜幕低垂，華燈初上，璀璨迷人的燈光，將紐約映照成一座「不夜城」。例二：她希望能到高緯度區旅遊，體驗什麼叫做白夜。

不知所云（ㄅㄨˋ ㄓ ㄙㄨㄛˇ ㄩㄣˊ）

出處 三國・諸葛亮〈出師表〉：「臨表涕泣，不知所云。」

解釋 由於思緒混亂或內容空洞，以致讓人不知道言語或文章的意旨所在。

近義 詞不達意、胡言亂語

反義 切中事理、一語中的、一針見血

放大鏡 諸葛亮為何「不知所云」？

後主建興五年，諸葛亮在伐魏前上書給蜀漢後主劉禪，即〈出師表〉。在〈出師表〉中，諸葛亮既叮囑後主應廣納善言、賞罰分明，也對他出征後的宮廷人事進行了妥善的安排。雖然〈出師表〉的文章如此條理分明，他又為什麼說自己「不知所云」呢？

諸葛亮的「不知所云」一來是自謙之詞，再來也有為自己在文中的老臣口吻開脫之意。諸葛亮在〈出師表〉中多次提及「先帝」，又使用了長者的謙稱——「愚」，教訓意味頗濃。雖然劉禪尊諸葛亮為「相父」，可是諸葛亮畢竟是臣子，再怎麼說也不該教訓君主。只是劉備對他的知遇之恩太過深重，使他甘冒不敬之罪，而對劉禪提出建言。文末的「臨表涕泣，不知所

云」就是在強調自己這樣的心情，也有請劉禪恕罪的意味。

用法說明 「不知所云」與「言不盡意」意思不同。「不知所云」用於批評措辭的不當，而「言不盡意」則強調思緒感情的複雜或深重。例一：這次的演講者口才拙劣，不知所云，因此招致聽眾的猛烈批評。例二：對於這次展覽，我雖然有許多想法，可惜言不盡意，非筆墨所能形容。

不是冤家不聚會

ㄅㄨˊ ㄕˋ ㄩㄢ ㄐㄧㄚ ㄅㄨˋ ㄐㄩˋ ㄏㄨㄟˋ

出處 《京本通俗小說‧西山一窟鬼》：「這個不是冤家不聚會。好教官人得知，卻有一頭好親在這裏。」

解釋 形容人與人的關係都是注定的，很難改變。

近義 不是冤家不聚頭、冤家路窄、歡喜冤家

放大鏡

老婆，原來你是鬼啊！

臨安府州橋下的學堂裡，有一個名叫吳洪的先生。有一天，鄰居王婆走入學堂，向他介紹一個才貌兼備的女子，名叫李樂娘，在她三寸不爛之舌的遊說下，兩人結了婚。清明時，他與友人一同去西山駝獻嶺，途中因遇鬼怪，讓他心生害怕。

回家後，有一癩道人見他妖氣太重，要他準備香燭，好幫他驅除業障魔鬼，經一番人鬼大鬥法後，王婆、李樂娘……全被道人捉進葫蘆裡，吳洪才知道原來與他朝夕相處的妻子，竟是鬼怪之物，在明白「不是冤家不聚會」的道理後，他出家當和尚，努力修行。

用法說明 「不是冤家不聚

會」和「有緣相聚」都有與對方相遇的意思，但前者是兩個不願意相見的人，常不可避免地相遇。而「有緣相會」則是兩個感情交情很好的人，見面很開心感覺。例一：他們倆一見面就吵架，真是「不是冤家不聚頭」。例二：小豪與女友兩人如膠似漆，昨日卻因一件小事吵了起來，跑來勸架的小明說：「既然有緣相聚，就別太計較了！」

四畫

不看僧面看佛面

出處 明・吳承恩《西遊記》第三十一回：「古人云：『不看僧面看佛面。』」

解釋 不看在和尚的情面，好歹也要給他們所供奉的佛菩薩一點面子。形容人們畏尊賤卑，或比喻尊重長者，一般常用作求情之語。僧，出家人。佛，出家人所供奉的神。

近義 打狗看主人

反義 不顧情份、不留情面

放大鏡

認識四面佛

四面佛，顧名思義，就是有四面的佛像，祂的四面分別朝向東、南、西、北，可供信眾祈福。在東南亞、泰國，四面佛被認為法力無邊，且掌握了人間的榮華富貴。由於四面佛的外形近似中國佛像，所以中文多譯為「四面佛」，但事實上，更準確地說，應翻譯成「四面神」才對！

位於曼谷的四面佛壇，是泰國香火鼎盛的宗教據點之一。每年有許多佛教徒或印度教徒都會到此膜拜，其中以香港人、新加坡人最多。據說，四面佛極靈驗，如果祈求後如願以償，信徒必須準備祭品，再次回到當地酬寫神明。甚至還有信眾為了向四面佛致謝，不惜花費重金請人表演大型歌舞，展開一場人神同歡的嘉年華會。

用法說明 「不看僧面看佛面」與「打狗看主人」意思相同，都是要人看在尊者、長輩的面子上，手下留情、網開一面之意；但前者語意比較文雅，而後者較為通俗，故有雅與俗上的區別。

例一：好歹他是我兒子，不看僧面看佛面，請您多包涵！例二：李主任是王總的手下，打狗看主人，姑且不與他計較。

不恥（ㄅㄨˋ ㄔˇ）

出處 《論語・公冶長》：「子曰：『敏而好學，不恥下問，是以謂之文也。』」

解釋 不以為羞恥。不恥下問，即不以向身分較低微、或是學問較自己淺陋的人求教為羞恥。

搭配詞 不恥下問

放大鏡

不恥下問的孔文子

衛國大夫孔圉（音ㄩˇ）聰明好學，更難得的是他是個非常謙虛的人。孔圉死後，衛國國君為了讓後代的人都能學習和發揚他好學的精神，因此特別賜給他一個「文」的稱號。後人就尊稱他為孔文子。

孔子的學生子貢也是衛國人，但是他卻不認為孔圉配得上那樣高的評價。有一次他問孔子關於孔圉被稱為文公的看法。孔子說：「孔圉非常勤奮好學，如果有任何不懂的事情，就算對方地位或學問不如他，他都會大方而謙虛的請教，一點都不因此而感到羞恥，這就是他難得的地方，因此賜給他「文公」的稱號是很合宜的。」

用法說明 「不恥」與「不齒」二詞讀音雖同，卻有著截然不同的意思和用法，千萬不能混淆使用。「不恥」是不覺得可恥、不認為羞恥之意；「不齒」是不屑與之為伍，有瞧不起、輕視之意。例一：我們作人應當謙虛好學，不恥下問。例二：他欺善怕惡的作為，令人不齒。

不得其門而入（ㄅㄨˋ ㄉㄜˊ ㄑㄧˊ ㄇㄣˊ ㄦˊ ㄖㄨˋ）

出處 《論語・子張》：「夫子之牆數仞（音ㄖㄣˋ，古代長度單位，八尺為一仞，或說七尺為一仞），不得其門而入，不見宗廟之美，百官之富。」

解釋 找不到合適的途徑進去。

放大鏡

子貢PK仲尼

《論語・子張》記載：「叔孫武叔語大夫於朝曰：『子貢賢於仲尼。』子服景伯以告子貢。子貢曰：『譬之宮牆，賜之牆也及肩，窺見家室之好。夫子之牆數仞，不得其門而入，不見宗廟之美、百官之富，得其門者寡矣。夫子之云，不亦宜乎！』」批評孔子或與子貢對話的人未必真的就是看輕孔子，不過可以肯定的是他們都認為子貢是個賢能的人，甚至認為比孔子還要了不起。

這當然有可能是因為孔子已經過世，所以大家比較熟悉子貢。子貢的回答一方面展現了他在語言方面的才華，一方面也呈顯了他對老師的了解與尊敬。他以宮牆做譬喻，生動而具體地呈現了孔子德行的偉大與學識的淵博。一般人因為不得其門而入，所以看不見「宗廟之美」、「百官之富」，也才會有這樣的批評。

用法說明　「不得其門而入」可以有三種用法：一、用以說明不能進入某個地方。二、用以比喻辦事找不到門路，多帶嘲諷意味。三、用以比喻學習或處理問題無從入手。例一：古代帝王的園林，一般老百姓是不得其門而入的。例二：這些名牌商品對於有門路的人來說很容易到手，你我不得其門而入，就別想買到了。例三：這問題我已經研究半年多了，不過到現在還是不得其門而入。

不得越雷池一步

出處　東晉・庾亮〈報溫嶠（音ㄐㄧㄠˋ）書〉：「吾憂西陲（音ㄔㄨㄟˊ，邊界），過於歷陽，足下無過雷池一步也。」

解釋　指做事不敢超越一定的範圍，或指對手不敢隨便來侵犯。

近義　不敢越雷池一步、難越雷池

放大鏡

不越雷池保建康

東晉時，世族權貴之間互相爭奪，彼此攻殺，政局十分混亂。晉明帝時，護軍將軍庾亮升任中書令，職掌中央政事大權，威望很高。鎮將蘇峻因征戰有功，日漸驕傲。成帝時，蘇峻起兵反晉，以反對庾亮的專權獨斷為名，進攻京都建康（今南京）。江州都督溫一心擁護庾亮，因為擔心京都的安全，就要領兵東下，保衛建康。

庾亮知道這個消息，立

刻寫信給溫嶠，叫他駐守原地，千萬不要離開。信中說：「我憂西陲過於歷陽，足下無過雷池一步也。」庾亮的意思是說：「西部萬一出事，要比歷陽的蘇峻更麻煩，所以請您一定要坐鎮原防地，不可跨越雷水。」雷池，即雷水，源出湖北省黃梅縣界，流經安徽省宿松縣至望江縣南而匯積成池，所以叫做雷池。

用法說明　「不得越雷池一步」有兩種意思，一、用以說明一步也不能越警戒的界線。二、用以說明一點也不許或不敢越規。例一：李進卿破了三會寨以後，只需沿大寧河東岸布防，任何人不得越雷池一步。例二：你要嚴格按照我所說的要求去做，不得越雷池一步！

不速之客（ㄅㄨˋ ㄙㄨˋ ㄓ ㄎㄜˋ）

出處　《易經・需卦》：「入于穴，有不速之客三人來，敬之終吉。」

解釋　不請自來的客人。

反義　座上客、貴賓、上賓

放大鏡

立下大功的「不速之客」

因為西伯姬昌懂得善待長者，所以四方賢人如閎夭、散宜生、呂尚等，都紛紛前往投靠他。後來崇侯虎對紂王進讒言，造謠姬昌將威脅到他的王位，因此紂王把他囚禁在羑（音ㄧㄡˇ）里。

為了搭救姬昌，閎夭、散宜生、呂尚等人，賄賂紂王的寵臣費仲，透過他把許多奇珍異寶送到紂王的面前。紂王見了這麼多寶物，就開心的放了姬昌。閎夭、散宜生、呂尚等不請自來，算得上是「不速之客」，可是他們竟在搭救姬昌一事上立下大功，這或許是姬昌始料未及的吧！

用法說明 「不速之客」有兩種用法，一指突然出現的人或物，一指不受歡迎而出現的人。例一：在寒冷的天氣中，教室裡來了一位可愛的「不速之客」，原來是跑來取暖的小狗。例二：這次的聚餐，大家本來不想讓他參加，但是他不知道從哪裡得來消息，居然出現在聚餐地點。對於這位不速之客，眾人只能大嘆莫可奈何。

不敢當（ㄅㄨˋ ㄍㄢˇ ㄉㄤ）

出處 《莊子．讓王》：「屠羊說曰：『……然豈可以貪爵祿而使吾君有妄施之名乎！說不敢當，願復返吾屠羊之肆（音ㄙˋ，市集、店鋪）。』」

解釋 表示對他人給予的信任、讚許、接待等承當不起，多用作謙語。

近義 受之有愧、擔當不起

反義 實至名歸、受之無愧

搭配詞 愧不敢當

放大鏡 「不敢當」的由來

春秋時，魯昭公三十一年（西元前五一一年），楚國伍子胥為報父兄之仇，從吳國搬來兵馬，攻破了楚國的郢都，楚昭王棄城逃走，有個以屠羊為業，名叫「說」的人跟隨著他。後來，楚昭王返回郢都，準備賞賜跟隨他出亡的人，屠羊「說」認為自己沒有實際的功勞，不願意接受楚昭王的賞賜。

楚昭王十分讚許屠羊「說」的高風亮節，打算賜給他三公的高位。屠羊「說」說：「我很清楚三公的高位比屠羊的生意高尚，萬鍾的俸祿也比屠羊的收入豐厚，但是怎麼能以我的高官俸祿使大王您蒙受隨意獎賞的惡名呢？我『不敢當』，只願意重新去做屠羊的生意。」最後，屠羊「說」還是沒有接受楚昭王的賞賜。

用法說明 「不敢當」是指承受不起、不敢接受，多用以表示謙讓。「敢做不敢當」則是指對於所作之事不敢承擔，用以表示責備。例一：您這麼抬舉我，實在不敢當。例二：當老師詢問是誰把教室玻璃打破時，肇事者卻敢做不敢當，沒人吭聲。

不登大雅之堂（ㄅㄨˋ ㄉㄥ ㄉㄚˋ ㄧㄚˇ ㄓ ㄊㄤˊ）

出處 東漢・班固《漢書・景十三王傳・贊》：「夫惟大雅，卓爾（特立突出）不羣，河間獻王近之矣！」《左傳・文公二年》：「不登於明堂。」

解釋 形容人或事物不夠高貴、典雅，難以端上檯面。

近義 貽笑大方、雕蟲小技、上不了臺面、上不得臺盤

反義 體面、大雅可觀

放大鏡

「明堂」知多少

「明堂」，先秦時帝王會見諸侯、進行祭祀活動的場所。《禮記・明堂位》一篇，記載古代明堂的樣式、在明堂中朝會應有的禮儀。據漢・司馬遷《史記・天官書》云：「心為明堂，大星天王。」把心宿看作是天上的明堂。漢朝、唐朝曾想重修明堂，但關於明堂的式樣各種說法不一，所以都沒有建成。

時至北宋，在首都汴（音ㄅㄧㄢˋ）梁城內，修建了一座明堂。南宋高宗時，又於杭州建明堂、修太廟，展現出一副苟安江南的態勢，所以史家說他有終焉之志，

無心北伐。因為中國人一向敬天法祖，重視倫理，故以明堂、太廟為國家社稷（土地神和穀神，借指國家。稷，音ㄐㄧˋ）的象徵。

用法說明 「大雅可觀」，即十分風雅，頗有可觀之處的意思；故與「不登大雅之堂」意義相反。例如：他的言行舉止莫不溫文有禮，大雅可觀，因而成為女孩們心中的白馬王子。

不愧屋漏（ㄅㄨˋ ㄎㄨㄟˋ ㄨ ㄌㄡˋ）

出處 《詩經・大雅・抑》：「相在爾室，尚不愧于屋漏。」

解釋 形容人光明正大，即使在無人之處也問心無愧。屋漏，原指屋頂可以透光的地方，就是所謂的天窗。古人在室內暗處會開天窗，因此，屋子的陰暗處也被稱為屋漏。

近義 不欺暗室

反義 暗室可欺

放大鏡

慎獨的功夫

《詩經・大雅・抑》篇提到：一個人在家的時候，在隱蔽的角落還能光明磊落地行事，不會心存僥倖，自認為在暗處做虧心事就不怕被人看到。這樣的人，才算得上有德者。因為，一般人在別人看得到的地方，大都會維持一定的形象，謹慎言行；可是，一個人真正的修養，卻要在無人看得到的地方才會面臨考驗。

用法說明 「不愧屋漏」一詞中的屋漏是指陰暗處；「屋漏偏逢連夜雨」中的屋漏是指屋子漏水，兩者在解釋及使用上要加以區隔。例一：他是個不愧屋漏的真君子。例二：他不但陷入財務危機，健康也亮起了紅燈，真是屋漏偏逢連夜雨。

不管三七二十一（ㄅㄨˋ ㄍㄨㄢˇ ㄙㄢ ㄑㄧ ㄦˋ ㄕˊ ㄧ）

出處 明．洪楩《清平山堂話本．快嘴李翠蓮》云：「不管三七二十一，我一頓拳頭打得你滿地爬。」

解釋 比喻不顧一切地去做某事。

近義 義無反顧、在所不惜

反義 三思而行、瞻前顧後

放大鏡

有趣的數字詩

詩人鄭板橋在一個風雪漫天的日子裡，寫下一首令人印象深刻的詠雪詩：「一片二片三四片，五六七八九十片；千片萬片無數片，飛入蘆花總不見。」

他巧妙的運用數字「一二三四五六七八九十」和「千」、「萬」，描寫出大雪紛飛、無數雪花飛舞的景況，最後再用「飛入蘆花總不見」加以渲染，把皚皚白雪落入蘆花叢中，雪白與蘆花之白混成一片，再也不見雪花蹤影，進而呈現出一幅空靈純淨的銀白世界。

用法說明 「不管三七二十一」與「義無反顧」義同，但前者較傾向於未經深思、不顧後果之意；後者則是心意已決，任何情況都無法改變的意思。二者語意略有不同。例一：眼看上課快遲到，他不管三七二十一拿起書包，奪門而出。例二：當小明決定回去繼承家業時，義無反顧辭去了原本薪水優渥的牙醫工作。

不遠千里而來（ㄅㄨˋ ㄩㄢˇ ㄑㄧㄢ ㄌㄧˇ ㄦˊ ㄌㄞˊ）

出處 《孟子．梁惠王上》：「王曰：『叟，不遠千里而來，亦將有以利吾國乎？』」

解釋 表示不以千里為遠來到某地，比喻不畏路途之遙遠。

放大鏡

孟子勸梁惠王主張仁義

梁惠王見了孟子，熱絡的說：「先生，您不遠千里來到我們魏國，一定是為我的國家帶來利益了吧？」孟子的回答是：「大王何必一開口就講利益呢？有仁義就行了。如果君王說怎樣有利於我的國家，大夫說怎樣有利於我的封地，士和老百姓說怎樣有利於自身，如果上上下下都追逐私利，那麼國家就危險了。」

為什麼孟子會說全國上下都追逐私利的話，國家就危險呢？因為大家都把自身私利擺第一的話，道義淪喪，那麼任何事情都可能透過金錢交易，如此一來，敵人只要運用龐大的利益做為誘惑，國家隨時就有被出賣的危機，怎麼會不危險？

孟子主張：從來沒有講「仁」的人會遺棄他的雙親，也沒有講「義」的人會不尊重他的君王。是故，孟子極力倡導的是儒家的「仁義」。

用法說明 「不遠千里而來」形容不計較路程的遙遠，通常用在形容人們因為某些目的或原因而長途奔波的狀態，而且可以用在正面的情況，也可以用在負面的情況。例一：楊教授不遠千里而來，為大家上課，分享教學研究心得，讓我們鼓掌歡迎。例二：臺灣的故宮博物院經常接待的學者除了來自大陸北京、上海、天津等地之外，還有許多不遠千里而來的外國學人。例三：十九世紀初，因為美國正在向西部擴展，又因為在西部地區發現不少金礦藏量豐富的山脈，於是許多人不遠千里而來地遠渡重洋，只為了能夠跟上這股掏金熱並且一圓美國夢。

不識一丁（ㄅㄨˋ ㄕˋ ㄧ ㄉㄧㄥ）

出處 五代晉・劉昫等《舊唐書・張延賞傳》：「今天下無事，汝輩挽得兩石（音ㄉㄢˋ，古時計算重量的單位）力弓，不如識一丁字。」

解釋 指不識字或沒有學問。也說「目不識丁」。

近義 不識之無、一字不識

放大鏡

不得民心的張弘靖

唐穆宗時張弘靖被派任為幽州節度使。他認為既然安史之亂始自幽州，到了幽州之後，就要完全革除安祿山生前的影響力。於是，派人挖開安祿山的墳墓，毀壞他的棺柩。當地百姓對他的作為很不以為然。

此外，張弘靖還縱容屬下夜飲醉歸，燭火滿街，前後呵叱，甚至還對當地的軍士說：「現在天下無事，你們挽得兩石力弓，不如識一丁字。」對當地士兵極度輕視的結果，後來引發了軍民的反抗，張弘靖也因此被降調他處。

用法說明 「不識一丁」一詞指不識字或沒有學問；「不識斤兩」一詞則是比喻人知輕重，兩者意義不同。例如：他自幼失學，不識一丁。

不識之無（ㄅㄨˋ ㄕˋ ㄓ ㄨˊ）

出處 清・黃景仁〈除夕述懷〉：「有兒名一生，廢學增痴憨。曾不識之無，但索梨與柑。」

解釋 形容一個人不識字或沒學問。據五代晉・劉昫（音ㄒㄩˇ）等《舊唐書・白居易傳》記載，白居易出生才六、七個月，就能辨別「之」、「無」二字。故後世用「之無」，比喻極淺顯易懂的字。

近義 目不識丁、文盲

反義 學識淵博、學富五車

放大鏡

早識之無的白居易

相傳唐朝白居易十五、六歲便隻身來到京師，有一天，前往拜訪著作郎顧況，顧氏一向恃才傲物，極少推許後輩，於是調侃他：「長安物價高，什麼東西都貴得嚇人，想在這裡住下來，談何容易！」

後來，當顧況見到白居易的詩作：「離離原上草，一歲一枯榮。野火燒不盡，春風吹又生。遠芳侵古道，晴翠接荒城。又送王孫去，萋萋滿別情。」讚賞不已，對白居易另眼相看，而改口道：「能寫出如此扣人心弦的詩歌，我想您打算住在任何地方都不困難了！」

白居易的詩歌創作才華一半是天賦異稟，一半得歸功於後天的努力，據說他早年刻苦力學，以至於「口舌成瘡，手肘成胝（音ㄓ，手腳上因摩擦而產生的厚皮）」，就是讀書讀到嘴巴都長瘡、潰爛了；伏在桌上寫字，寫到手肘都磨出老繭來，足見其用功的程度。

用法說明 「之無」是指極淺顯的文字，所以「略識之無」、「粗識之無」，是說認識一些簡單的文字；而「僅識之無」，是只認得像「之」、「無」這樣粗淺的字，其他稍微艱深的就不認識了。以上三詞，都是指識字不多、學問不高的意思。

例一：三歲娃兒已粗識之無，實在聰明過人！例二：老王從小不愛念書，如今僅識之無，只能靠賣烤地瓜維生。

中饋（ㄓㄨㄥ ㄎㄨㄟˋ）

出處 《易經・家人・六二》：「無攸遂，在中饋，貞吉。」

解釋 指婦女在家掌理飲食之事。

搭配詞 婦主中饋、中饋猶虛

放大鏡

女性在家庭中的角色

《易經・家人》卦中提到：婦女在家，沒有一定要成就的事業。只要盡婦人之道，掌理好飲食的事情，扮演主內的角色，這樣就是吉的狀態。由此可知，古人認為：在男主外，女主內的分工概念下，女性該扮演的角色，就是照顧家人的飲食，把分內的事做好，家庭生活自然能正常、穩定。

　現今社會未必是女主內，然而，無論如何分工，家庭成員每個人都該各盡其職，家才會和諧美滿。

用法說明 「中饋」一詞中的「饋」是指飲食方面的事情；而「回饋」一詞中的「饋」是贈送的意思，兩者在解釋及使用上要加以區隔。例一：婦主中饋是傳統社會的價值觀。例二：這家廠商決定降價，把利潤回饋給消費者。

五十步笑百步（ㄨˇ ㄕˊ ㄅㄨˋ ㄒㄧㄠˋ ㄅㄞˇ ㄅㄨˋ）

出處 《孟子・梁惠王上》云：「兵刃既接，棄甲曳兵而走，或百步而後止，或五十步而後止，以五十步笑百步，則何如？」

解釋 本指兵敗棄甲而逃，逃五十步者卻笑逃一百步者

畏戰。用來比喻同樣是失敗者，而小敗者卻笑大敗者；其實既然同屬敗者，如此訕笑亦毫無意義可言。

近義 半斤八兩、龜笑鱉無尾

放大鏡

守護魯凱人的百步蛇

在魯凱族傳說中，百步蛇是他們的守護神，是森林野地之王。當祂隨著年紀的增長，身體便會漸漸變肥胖，最後變成熊鷹（即老鷹），成為遨遊天空的王，並帶領善良的族人的靈魂，返回祖先的故鄉。魯凱族人稱百步蛇為「Palrata」，即「我的同伴」之意。他們認為百步蛇擁有一整片山林，不屬於任何人所有，因此成為族人心中神靈的象徵。

用法說明 「五十步笑百步」是指兩人犯了相同的過錯，但程度較輕者不知悔改，反而去嘲笑程度較重者的錯誤。與「互相漏氣求進步」意思相反，因為後者則指兩人互揭瘡疤，彼此切磋、琢磨，但目的是為了互相激勵，求取進步。例一：你們都因酒後鬧事進了警局，你又何必「五十步笑百步」呢？例二：老王和老李數十年的交情了，卻總是「互相漏氣求進步」，每次一見面就喜歡拌嘴。

五斗米（ㄨˇ ㄉㄡˇ ㄇㄧˇ）

出處 唐・房玄齡《晉書・陶潛傳》云：「為彭澤令……郡遣督郵至縣，吏白應束帶見之，潛歎曰：『吾不能為五斗米折腰，拳拳事鄉里小人邪。』義熙二年，解印去縣，乃賦〈歸去來〉。」

解釋 比喻工作所獲酬勞，十分微薄。

近義 薪俸微薄

放大鏡

陶淵明不爲五斗米折腰

晉安帝義熙元年（西元四○五年），陶淵明四十一歲，因家貧無以維生，在朋友的勸說下，他終於答應出來做官，維持一家生計；於是出任為彭澤縣令。到任八十一天，本來還因家計有了著落，又有錢買酒喝，一切還算差強人意。

不料，潯陽郡突然派督郵劉雲到彭澤縣來檢查公務，這時，縣吏一得知消息，立刻吩咐淵明穿上官服、束好腰帶，務必恭恭敬敬地前往迎接。淵明對督郵劉雲平日的惡形惡狀早有耳聞，要他穿戴整齊去向如此貪官污吏鞠躬哈腰，他才不願意，所以就說出：「我不能為了區區五斗米、這麼微薄的薪水，就出賣了自己的尊嚴，要我去向劉雲這種鄉里小人彎腰行禮，門兒都沒有！」於是，掛冠求去，辭官歸隱。從此以後，他決定終老山林，再也不出來做官。

用法說明 「五斗米」即「薪俸微薄」之意；與「重金禮聘」意義相反。後者指老闆用很高的薪水，才聘請某員工到公司上班，表示對這名員工禮遇有加。例一：他為了維持生計，不得不為五斗米折腰，在公家機關做個小職員。例二：小吳早年從事研發工作，即使薪俸微薄，他仍樂在其中。

五日京兆（ㄨˇ ㄖˋ ㄐㄧㄥ ㄓㄠˋ）

出處 東漢・班固《漢書・張敞傳》：「吾為是公盡力多矣，今五日京兆耳，安能復案事？」

解釋 只當五天京城的行政首長；用以比喻官吏經常調

職，任期很短，以致不能有長久治事的打算。京兆，京都的首長，即全國首善之區的行政長官，猶今之臺北市長。

近義 坐不暖席

反義 長期抗戰

放大鏡

細說京兆尹的變遷

京兆尹，古代官職名，相當於現今首都的市長。「京兆尹」最早出現於秦朝，當時置內史為京師行政長官。到漢武帝時代，內史分置為左、右；太初元年，改右內史為「京兆尹」，並以長安為治所，職同郡太守，參與朝政。

三國時，曹魏於京兆尹轄區設置京兆郡，仍置太守。到了唐代，雍州刺史行前代京兆尹事，開元初改雍州刺史為京兆尹，增置少尹一名。至後世已不置此官，但習慣上仍稱京師所在地的行政長官為「京兆尹」。

用法說明 「坐不暖席」與「五日京兆」同義，都是比喻待一下就要走了，沒有長久居留的打算。例一：中央官員下鄉勘災往往坐不暖席，發表簡短談話之後，便拍拍屁股走人。例二：時下民意代表大多抱著五日京兆的心理，因此不會太盡心盡力為民服務。

五百年前是一家

ㄨˇ ㄅㄞˇ ㄋㄧㄢˊ ㄑㄧㄢˊ ㄕˋ ㄧ ㄐㄧㄚ

出處 元末明初・羅貫中《三國演義》第五十二回：「將軍姓趙，某亦姓趙，五百年前合是一家。」

解釋 姓氏相同表示在古時候同出一個源頭，後來子孫繁衍眾多，雖然散居各地，但五百年前仍是同一家。

近義 血濃於水

反義 一表三千里

放大鏡

兄弟如手足，妻子如衣服

有些人雖然五百年前並非一家，但情同手足。在《三國演義》第十五回中，描寫徐州失陷，劉備的兩位妻子——糜夫人與甘夫人被困在城中，張飛自覺保護不力，難辭其咎，拔劍想自刎，以死謝罪。

這時，劉備向前抱住他，奪取他手中的劍，往地上一擲，說：「古人說過：『兄弟如手足，妻子如衣服。衣服破了，還可以縫補；手足斷了，怎麼再接上呢？』我們三人桃園結義，不求同生，但願同死。如今雖然失了城池、家小，我怎麼忍心教我的兄弟中道而亡？何況城池本來就不是我的；而我的家眷雖然身陷城中，但一定有辦法可以將他們救出來的。賢弟，你千萬別因一時衝動，做出傻事來！」

聽劉備這麼一說，關羽、張飛兩位結拜兄弟都為他的重情重義，感動得痛哭流涕。

用法說明　「五百年前是一家」指同姓氏的人在古代為同一宗族；「血濃於水」則用來比喻同族、同國的人們，無論在血緣或情感上，都具有密不可分的關係。二者意思相近。例一：我們兩人同姓，「五百年前是一家」，所以感覺格外親切！例二：即使長年旅居海外的僑胞，無論離開祖國多遠、多久，畢竟血濃於水，他們永遠都是炎黃子孫，這是誰也無法抹滅的事實！

五花八門（ㄨˇ ㄏㄨㄚ ㄅㄚ ㄇㄣˊ）

出處　清・錢泳《履園叢話・卷一六・精怪・張氏

怪》：「乃集數百人，甲冑而馳，耀武庭中。庭不甚廣，而縱橫馳驟，五花八門，宛如教場演習兵弁（兵士。弁音ㄅㄧㄢˋ）也，一呼擁而去。」

解釋 比喻變化多端，種類繁多。

近義 五光十色、變幻莫測

反義 千篇一律、枯燥乏味

放大鏡

五花陣與八門陣

五花陣，是一種五行陣。春秋戰國時期，許多戰略家都懂得使用這種五行陣。五行，是指金、木、水、火、土，陣法中內含五行生剋變化之理。五行又分別代表紅、黃、藍、白、黑等五種顏色，將這幾種顏色混在一起，能得到更多顏色，作戰時，能讓敵人眼花撩亂。

八門陣也稱八卦陣，這個陣勢，原來是按照八卦的次第列為陣勢的。而且八八可變成六十四卦，常使對方軍隊陷入迷離莫測之中。相傳春秋時孫武、孫臏最早運用八門陣。三國時諸葛亮將八門陣改變成為八陣圖。相傳諸葛亮禦敵時以亂石堆成石陣，按遁甲分成生、傷、休、杜、景、死、驚、開八門，變化萬端，可擋十萬精兵。

用法說明 「五花八門」及「形形色色」都可用來形容事物面貌的繁複多樣。不過「五花八門」側重於指同類事物，變化豐富。而「形形色色」側重於指各式各樣，類別繁複。例一：現代人結婚的方式五花八門，如跳傘結婚、潛水結婚等，創新的勇氣十足。例二：南非這個國家擁有迷人的部落文化、悠久的歷史、形形色色的民族及語言。

五福

出處 《尚書・洪範》：「五福：一曰壽、二曰富、三曰康寧、四曰攸好德、五曰考終命。」

解釋 祝福語，指各種福氣。

搭配詞 五福臨門、五福駢（音ㄆㄢˊ，齊併）臻（至）

放大鏡

五福的內容

根據《尚書・洪範》，五福包括：壽、富、康寧、攸好德、考終命。壽就是長壽，富就是富裕，康寧就是安樂，攸好德就是擁有一切美好的德行，考終命就是得到善終。漢代的桓譚對「五福」的內容有不同的看法。他在《新論》中說，五福包括了壽、富、貴、安樂、子孫眾多。時至今日，現代人對五福的看法或許也會有所不同，但以「五福」泛指一切福氣，已經成為約定俗成的說法，倒也無須更動。

用法說明

「五福臨門」和「雙喜臨門」都指好事上門，但是「五福」是泛指，「雙喜」則多為實數。換言之，必須真的有兩件喜事上門，才可以說是「雙喜臨門」。例一：春節到了，到處貼著「五福臨門」的門聯。例二：他最近不但升上經理，女友也答應了他的求婚，真可以說是雙喜臨門。

井水不犯河水

出處 清・曹雪芹《紅樓夢》第六十九回〈弄小巧用借劍殺人・覺大限吞生金自逝〉：「我和他井水不犯河水，怎麼就沖了他？」

解釋 指兩者互不往來、毫無瓜葛（牽連、糾紛），互不相干之意。

近義 互不侵犯

放大鏡

心狠手辣的鳳姐

《紅樓夢》第六十九回中，尤二姐已被賈璉接進府中，且懷有身孕，因此遭到鳳辣子（王熙鳳）的妒忌，使計讓她流產。賈家找來算命師，請教如何才能消災除厄。算命師說，屬兔的女性與尤二姐犯沖。而當時賈璉府中，僅有賈璉小妾秋桐是屬兔女性，當秋桐聽到算命師這句話時，就氣得哭罵道：「理那起餓不死的雜種，混嚼舌根！我和她井水不犯河水，怎麼就沖了她？」表達自己內心的不滿。

用法說明　「井水不犯河水」一語，通常用來形容兩者之間關係淡薄，各行其事且互不干涉。有時候可以指兩人之間的狀態，有時候可以指兩個單位、國家的關係。例一：自從上次的班際籃球賽後，因為名次與犯規的問題，使得甲、乙兩班班導關係冷淡，成了井水不犯河水的陌生人。例二：開發部與行銷部的員工長年為業績搶破頭，向來是井水不犯河水，誰也不服誰。

允文允武（ㄩㄣˇ ㄨㄣˊ ㄩㄣˇ ㄨˇ）

出處　《詩經・魯頌・泮水》（音ㄆㄢˋ，古代天子、諸侯舉行宴會的宮殿）：「允文允武，昭假烈祖。」

解釋　在文藝和武事（今多指體能）等方面，都有很好的表現。

近義　文武兼備、文武雙全

放大鏡

「允文允武」的周朝知識分子

「手無縛雞之力」是許多人對讀書人的看法，然而，這種看法並不適用於周朝的知識分子，也就是所謂的「士」。周朝的「士」必須學習禮、樂、射、御、書、數等技能。其中，射就是射箭，御就是駕車。在以車戰為主的周朝戰場，射箭和駕車都是作戰時必備的重要技能。

從古書上來看，就連孔子本身也是能文能武的高手。《呂氏春秋・慎大》和《列子・說符》都說他能舉起百餘斤的城門栓，《淮南子・主術訓》甚至說他的勇武勝過古代的勇士孟賁。《史記・孔子世家》也提到冉有向孔子學兵法一事。教育本就是強調身心方面的健全發展，又豈只是重視讀書而已呢？

用法說明 「允文允武」指個人在文藝和體能等方面都有很好的表現，「文修武備」則指社會的教化和軍備都已經到達理想的境界，兩者適用對象不同，須加以辨別。例一：他不但在運動場上屢獲佳績，課業上也有很好的表現，真不愧是個允文允武的優秀人才。例二：經過一番改革，國家終於到達文修武備的境界。

元年 ㄩㄢˊ ㄋㄧㄢˊ

出處 《公羊傳・隱公元年》：「元年者何？君之始年也。」

解釋 第一年。

近義 初年、頭一年

放大鏡

第一年為何是「元」年？

「元」的本義是「頭」。會意，從一，從兀。甲骨文的字形像人形，上面一橫指明頭的部位。上一短橫是後加上去的。依漢字造字規律，頂端是一橫的，其上可加一短橫。

由「頭」的本義，可以

引申出下列的意思：
一、為首的。例如：元首。
二、開始的。例如：元旦、元月、元年。
三、基本的。例如：元素。
四、最先的。例如：元配。
因為古代是稱每個年號開始的那一年為元年，所以改變紀年的年號，就稱為「改元」。

新的皇帝即位一般都是要改元的，同一個皇帝也可以改元，例如：漢武帝就改了十一次年號，唐高宗也用過十四個年號。到了明代以後，才規定一帝一元，後人就用年號來稱呼皇帝，如清高宗以乾隆為年號，所以被稱為乾隆皇帝。

用法說明 「元年」有兩種意思，一、人君即位或改元的第一年。二、建國的第一年。例一：唐玄宗即位初年改元「先天」，這年即稱先天元年，後改元「開元」，又改元「天寶」。例二：西元一九一一年是民國元年。

公人 ㄍㄨㄥ ㄖㄣˊ

出處 元．關漢卿《蝴蝶夢》第二折：「官人監收媳婦，公人如狼似虎。」

解釋 古代在衙門執行任務的公差。

近義 防送人、公安、員警、公差

反義 罪犯

搭配詞 防送公人

放大鏡

蝴蝶的啟示

開封府包拯趴在桌上小睡片刻時，做了一個夢：一隻大蝴蝶奮力解救兩隻落入蜘蛛網中的小蝴蝶；後又一隻小蝴蝶墜網，但這次大蝴蝶卻只在花叢上飛，不援救小蝴蝶，一旁觀看的包拯於心不忍，出手解危。

包公醒後，外面傳來一件中牟縣命案，原來有一王姓老人被惡霸葛彪打死，三個兒子金和、鐵和、石和合力打死葛彪為父親報仇，公人逮捕母子四人。包拯認為其情可憫，判決一人抵命即可，王母同意讓石和抵罪。包拯覺得奇怪，嚴加審問後，才知金和、鐵和是前妻之子，石和是她親生兒子，包拯想到剛才的夢境，便以另一死囚代罪，救石和脫身。

用法說明 「公人」與「工人」不同，前者是指在公家機關做事的人，後者則是指用勞力換取報酬的人。例一：為防止宵小趁火打劫，公人加強巡邏。例二：工人加緊搶通道路，讓受困民眾，可以早日脫離險境。

六月雪（ㄌㄡˋ ㄩㄝˋ ㄒㄩㄝˇ）

出處 東漢・王充《論衡・感虛》：「鄒衍無罪，見拘於燕。當夏五月，仰天而嘆，天為殞（音ㄩㄣˇ，落下）霜。」唐・張說《獄篋》：「匹夫結憤，六月飛霜。」元・關漢卿《感天動地竇娥冤》：「果然血飛上白練，六月下雪，三年不雨，都是為你孩兒來。」

解釋 借指冤獄、冤情。

反義 含冤昭雪、撥開雲霧見青天

放大鏡 含冤枉死的悲劇

「六月雪」作為冤屈的典故，最早源於戰國，鄒衍在獄中悲嘆自身含冤，時正當盛夏，天空卻降霜的故事。到了元代，關漢卿的《竇娥冤》寫孝順的媳婦竇娥含冤枉死的故事，當竇娥臨刑時，滿懷冤屈的她向天賭誓：一讓熱血飛上白練而

不落地，二讓六月降雪遮掩屍首，三讓地方上大旱三年，以求老天爺證明她的清白。其中六月降雪的誓言，正是運用了鄒衍含冤的典故。

用法說明 在無法以科學解釋異常天候的古代，「六月雪」、「六月飛霜」正用於代表天大的冤枉。例一：我真的沒害死他！你們偏偏要誣賴我，是不是真的要老天下起六月雪來，你們才會相信我？例二：岳飛一心要恢復宋朝，無奈遭奸臣秦檜陷害，含冤而死，天地茫茫，豈不又見六月飛霜？

六朝金粉（ㄌㄧㄡˋ ㄔㄠˊ ㄐㄧㄣ ㄈㄣˇ）

出處 元・王實甫《西廂記》第二本第一折：「香消了六朝金粉，清減了三楚精神。」

解釋 指六朝時代文物之富麗華美，但在這裡指女子的美麗與青春。六朝，原是指「南朝吳、東晉、宋、齊、梁、陳」六個朝代；金粉，是舊時婦女妝飾用的鉛粉，常用來形容綺麗繁華。

放大鏡

《西廂》誨淫，《水滸》誨盜

在《西廂記》裡，孫飛虎因為貪圖崔鶯鶯的美色，引動人馬包圍相國寺，想要搶崔鶯鶯為妻，鶯鶯除了煩惱，又心繫張生，對他產生情愫，卻又因紅娘緊跟，無法近訴衷情，於是無心擦脂抹粉，身體日漸消瘦，打不起精神。

古人曾有「《西廂》誨淫，《水滸》誨盜」的說法。於是傳說《西廂記》的作者王實甫，因為善於描寫男女偷情私會的情形，導致許多人看了《西廂記》，便產生邪思淫念；結果書還沒有寫完，他自己就已經無法克制，嚼舌而死。而《水滸傳》的作者施耐庵，在書中寫了許多助長邪淫、偷盜和殺生的情節，極盡的誨盜誨淫，結果施耐庵的兒子、孫子、曾孫，生下來全是啞巴。

這種「老學究、冬烘先生（不明事理的迂腐人）」的果報說法，在今天看來，並沒有科學根據。不過，著書立說遺教後世，除了文學性以外，多關注教育意義，何嘗不是知識分子應該有的責任？

用法說明 這個詞本來是形容文物的華美，但也可能是指青樓文化，南京城沿秦淮河的夫子廟一帶，曾被稱為是「風華煙月之區，金粉薈萃之所」。在一本《南史演義》的書裡寫著：「或謂南朝風尚，賢者騖於玄虛，不肖者耽於聲色，所遺事蹟，類皆風流話柄，所謂六朝金粉是也。」這是清朝人對六朝金粉的認識。例一：在南齊時代著名的錢塘歌妓蘇小小的墓前，有一副對聯寫著：「金粉六朝香車何處，才華一代青塚猶存。」歷代許多知名文學家如白居易、李賀、張岱多有作品傳頌她的故事。例二：有人曾經在部落格裡寫下了「南京之美，美在六朝金粉的秦淮河」這樣的句子，道出了古都南京的歷史美感。

六賊戲彌陀（ㄌㄡˋ ㄗㄟˊ ㄒㄧˋ ㄇㄧˊ ㄊㄨㄛˊ）

出處 明・馮夢龍《喻世明言・金玉奴棒打薄情郎》：「七八個老嫗（老婦人。嫗音ㄩˋ）丫環，扯耳朵、拽（音ㄓㄨㄞˋ，拉扯）胳膊，好似六賊戲彌陀一般，腳不點地，擁到新人面前。」

解釋 比喻某人不受外境干擾。亦可用於調侃某人模樣狼狽。

近義 六根清靜

反義 六根不靜

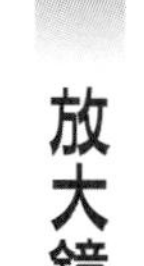

放大鏡

「六賊戲彌陀」之演變

所謂「六賊戲彌陀」，是指彌陀本身定力極為深厚，外在一切塵世紛爭，皆不能擾動其心。其中，「六賊」比喻色、聲、香、味、觸、法六種塵境，或對應眼、耳、鼻、舌、身、意之「六根」。

相傳佛教認為：六賊會幻化成形，以各種方式引誘佛陀，擾亂其修行，或使其失去定力、智慧。所以，彌陀必須心無雜念、不為所動地念佛，才能以深厚之定力，對抗外境六賊。不過，到了明朝馮夢龍《喻世明言・金玉奴棒打薄情郎》一文，「六賊戲彌陀」已從嚴肅的佛家用語，轉變為小說中負心男主角，被「七八個老嫗丫環，扯耳朵、拽胳膊」，又拉又扯地拖到女主角跟前認罪的狼狽模樣。

用法說明 就某人不受外境干擾之意來說，「六賊戲彌陀」與「定力十足」相近，但前者係指修行之彌陀，後者則通用於普羅大眾。例一：慧普師父一心向佛，縱使「六賊戲彌陀」，亦無法亂其心念。例二：張先生是顧家愛妻的新好男人，即使隻身在中國大陸打拚，亦不受各方異性之誘惑，真可謂定力十足。

分杯羹（ㄈㄣ ㄅㄟ ㄍㄥ）

出處 西漢・司馬遷《史記・項羽本紀》：「吾翁即若翁，必欲烹而翁，則幸分我一杯羹。」

解釋 比喻從別人那裡分享一部分利益。

近義 分我一杯羹、分我杯羹、分一杯羹、利益分享

放大鏡

「分我一杯羹」的心理戰術

秦朝末年，項羽和劉邦相爭天下，劉邦的父親被項羽俘虜，項羽幾度遭到劉邦部下彭越的圍攻，以致幾近斷糧，為迫使劉邦退兵，只好以烹食劉邦的父親作為威脅。

沒想到劉邦卻回說：「我們是結拜兄弟，我父親就是你父親，如果你一定要烹煮我們的父親，那就分我一杯肉羹吧！」雖然項羽後來聽從項伯的勸告，沒有動手殺害劉邦的父親，但劉邦「分我一杯羹」的心理戰術，也因此成為歷史上評價不一的事件。

用法說明 「分杯羹」意近「利益分享」。例一：近幾年，農曆春節年菜外賣蔚為風潮，連各大超商也搶分杯羹。例二：與朋友合夥做生意，最重要的就是利益分享，必須公平且公正，若因利益分配不均而反目成仇，可就得不償失了。

分庭伉禮（ㄈㄣ ㄊㄧㄥˊ ㄎㄤˋ ㄌㄧˇ）

出處 《莊子・漁父》：「萬乘之主，千乘之君，見夫子未嘗不分庭伉禮，夫子猶有倨敖（傲慢不恭的樣子）之容。」

解釋 指彼此以平等的禮節相見。也作「分庭抗禮」。

近義 平起平坐

放大鏡

當孔子遇見漁父

《莊子》一書中有這麼一段記載：有一天，孔子和

弟子們在山林中遇到一位漁夫。孔子與漁夫一番對談之後，覺得漁夫是位有道之士，想再向他更進一步地請教，漁夫卻駕船離去。

子路看見老師對漁夫十分尊敬，漁夫卻不加理會，便提出疑問道：「王侯接見老師無不分庭伉禮，老師還會流露倨傲的神色；這位漁夫用這樣的態度對待老師，豈不是太過分了嗎？」孔子提醒子路，遇長不敬是失禮的行為；見賢不尊是不仁的表現。漁夫是有道者，理應格外敬重。

用法說明 「分庭伉禮」一詞有依同等禮節平起平坐之意；「平分秋色」一詞則偏重在指雙方實力相當，一樣出色。「分庭伉禮」、「平分秋色」兩者皆有相等的意義在其中，但使用的情況略有不同。例一：賽前，兩隊球員分庭伉禮，相互握手致意，展現風度。例二：在上半年球季中，這兩隊的表現可謂平分秋色。

分道揚鑣（ㄈㄣ ㄉㄠˋ ㄧㄤˊ ㄅㄧㄠ）

出處 唐・李延壽《北史・卷十五・魏諸宗室傳・河間公齊傳》：「洛陽，我之豐沛，自應分路揚鑣。自今以後，可分路而行。」

解釋 指各走各的路。鑣，音ㄅㄧㄠ，馬口中所含的鐵環。

近義 各奔前程、各分東西、分路揚鑣

反義 志同道合

放大鏡

皇帝的判決

北魏孝文帝時，有一個名叫元志的人被任命為洛陽令（令，古官名，一個地方的行政長官）。後來孝文帝將都城從山西平城搬遷到洛

陽，洛陽令就成了「京兆尹（即都城的長官）」。有一天，元志乘座車走在路上，御史中尉李彪的座車迎面而來。由於兩方都不肯讓對方先走，僵持不下，於是去找皇上評理。

李彪見了孝文帝說：「我是御史中尉，官比他大，區區一個洛陽令怎麼可以這樣和我對抗呢？」元志反駁說：「我是國都所在的洛陽令，洛陽城裡每個人都歸我管，哪有讓中央官員先走的道理？」

孝文帝聽了很無奈，也不去評斷誰是誰非，就笑著說：「好啦！好啦！你們別吵！洛陽是我的地方，我說了就算。把路分成兩半，你們兩人以後各走各的就好啦！」

用法說明

「分道揚鑣」和「各奔前程」都有各走各的路的意思。不過「分道揚鑣」的用途較廣，可用在志向、興趣、感情等不相契合而造成的分手。「各奔前程」側重在目標相異，多用於志向不同的時候。例一：他們本來個性志趣就不同，分道揚鑣實屬必然。例二：畢業後，同學們各奔前程，開創自己的事業。

切磋琢磨（ㄑㄧㄝ ㄘㄨㄛ ㄓㄨㄛˊ ㄇㄛˊ）

出處 《詩經・衛風・淇奧》：「有匪（通「斐」，有文采的樣子）君子，如切如磋，如琢如磨。」

解釋 比喻互相研究討論，取長補短，以求精進。

近義 互相研究

反義 不相為謀、獨學寡聞

放大鏡

《詩經・衛風・淇奧》

〈淇奧〉這首詩是在稱讚衛武公。衛武公即衛國的武和，生於西周末年，曾經擔任過周平王的卿士。史傳記載，武和直到九十多歲了，還是謹慎廉潔從政，寬容別人的批評，接受別人的勸諫，因此受到人們的尊敬。

〈淇奧〉反覆讚頌的是武公哪些方面的優秀之處呢？首先是外貌。這位君子相貌堂堂，儀表莊重，身材高大，衣服也整齊華美。其次是才能，從撰寫文章與交際談吐兩方面，表達了這君子處理內政和處理外事的傑出能力，突出了良臣的形象。最後，也是最重要的，歌頌這位君子的品德高尚，意志堅定，忠貞純厚，心胸寬廣，平易近人，的確是一位賢人。此詩就是這樣從三個方面，從外到內，表彰了君子的形象。

用法說明 「切磋琢磨」和「精益求精」都有不斷精進的意思。不過「切磋琢磨」偏重於互相研討，以求進步。而「精益求精」是偏重於各人的追求。例一：在學術研討會上，大家各就所知，互相切磋琢磨，交換心得。例二：我們做事應秉持精益求精的態度，如此才能更臻完美。

勾當（ㄍㄡˋ ˙ㄉㄤ）

出處 清・曹雪芹《紅樓夢》第三十三回：「你們問問他幹的勾當可饒不可饒。」

解釋 事情，多指壞事而言。

近義 營謀私利

搭配詞 不法勾當、非法勾當

放大鏡

認識「勾當」

眾所周知，「勾當」一詞，多用於指稱「壞事」。然而，除了「壞事」之解釋以外，「勾當」亦有處理、辦理之義，以及做事、謀生之用法，前者如清・魏子安《花月痕》之「荷生那日回營，勾當些公事，天已不早」；後者如元末明初・施耐庵《水滸傳》之「只得母子二人逃上延安府去，投拖老種經略相公處勾當」。

只不過，由於現代人對「勾當」一詞之認知，已傾向「壞事」之貶義，故對「處理」、「做事」等釋義，反而相對陌生了。

用法說明 就貶義而言，「不法勾當」義近「營謀私利」，前者多用於指稱壞事，後者則常用於形容為達私利而想盡辦法。例一：左鄰右舍對平日極為孝順的正偉作出擄人勒贖的不法勾當，感到極為震驚。例二：在功利社會中，人們為了營謀私利，種種爾虞我詐、明爭暗鬥的戲碼，可說是從未停歇。

勾欄（ㄍㄡ ㄌㄢˊ）

出處 宋・孟元老《東京夢華錄・東角樓街巷》：「街南桑家瓦子，近北則中瓦，次裏瓦，其中大小勾欄五十餘座。內中瓦子蓮花棚、牡丹棚，裏瓦子夜叉棚、象棚最大，可容納數千人。」

解釋 是宋、元時期，對於劇場或賣藝場所的稱呼。

近義 勾闌、構欄

搭配詞 瓦舍勾欄

放大鏡

勾欄的形制

孟元老《東京夢華錄》談到北宋汴京城裡，共有五十餘座勾欄，最熱鬧的是中瓦子和裏瓦子，那是用木板牆圍成的方形建築，門口懸掛「旗牌、帳額、神幀、靠背」飾品做為宣傳，內部設有三面敞開的戲台，及階梯式的觀眾席。

用法說明 「勾欄」與「柵欄」均以木條圍成，但「柵欄」是外形很像籬笆的圍欄，不是表演場所。例一：每年過年，勾欄都會有很多表演節目，吸引觀眾去看戲。例二：平交道柵欄放下後，就不能再前進了，否則容易發生危險。

化作春泥更護花（ㄏㄨㄚˋ ㄗㄨㄛˋ ㄔㄨㄣ ㄋㄧˊ ㄍㄥˋ ㄏㄨˋ ㄏㄨㄚ）

出處 清・龔自珍〈離京〉：「落紅不是無情物，化作春泥更護花。」

解釋 花是大自然恩寵下的產物，卻在短暫開放後凋謝了，但對於滋長它的大自然豈能毫無回饋？它回歸於大地，化作泥塵、養份，只為滋養、護惜下一季的花開。

近義 飲水思源、知恩圖報

反義 忘恩負義、數典忘祖、過河拆橋

放大鏡

「護花使者」是歹徒？

「護花使者」一詞，或指美麗小姐、女士身邊所陪伴的男士，他們像守護花朵似的，細心呵護著自己心儀的女伴。或指愛爾蘭作家詹姆斯・喬伊斯的一篇短篇小說——〈護花使者〉，收錄於《都柏林人》中。在喬伊斯小說中，「護花使者」指雷尼漢與柯林，他們兩位專門遊蕩街頭，混吃混喝，騙財騙色。作者有意藉由〈護花使者〉的故事，揭開都柏林人可鄙的真面目。

用法說明 「化作春泥更護花」是飲水思源、知恩圖報的意思；與「忘恩負義」、「數典忘祖」意義相反。「數典忘祖」，是說我們引用古書上的典故，往往轉引幾次之後，就忘了它最初的本源出自何處，含有忘恩負義之意。例一：烈士們拋頭

臚，灑熱血，只願「化作春泥更護花」，不惜犧牲自己的性命，以謀國家民族的長遠發展。例二：人生在世應該懂得飲水思源，千萬不可以數典忘祖，做個忘恩負義的人。

化腐朽為神奇（ㄏㄨㄚˋ ㄈㄨˇ ㄒㄧㄡˇ ㄨㄟˊ ㄕㄣˊ ㄑㄧˊ）

出處 《莊子・知北遊》：「故萬物一也，是其所美者為神奇，其所惡者為臭腐；臭腐復化為神奇，神奇復化為臭腐。」

解釋 原指生死變化循環，今比喻無用腐朽之物經過慧心巧手的改造，可變成有用美好的東西。

近義 點石成金、畫龍點睛

反義 弄巧成拙

放大鏡

化腐朽爲神奇的「江西詩法」

北宋詩人黃庭堅曾提出一種化腐朽為神奇的寫作方法，人稱「江西詩法」，其中包括「換骨」法、「脫胎」法及「點鐵成金」法等。

所謂「換骨」法，就是用自己的話寫出前人的詩意。「脫胎」法，就是把別人的詩句拿來加工，改造成自己的意思。而「點鐵成金」法更神奇了，即把前人詩意加以變化，以達到推陳出新、後出轉精的目的；據說巧妙運用此法，將能達到如靈丹一粒，點鐵成金的效果，也就是能化腐朽為神奇之意。

不過，為詩作文貴在有新意，像黃庭堅提出從古書中找尋創作靈感的作法，後來也受到許多文學家的非議。認為詩文傳達的是人類最真實的情感，因為它真，所以能扣人心弦，引發共鳴；除了真情，似乎沒有任何方法可以真的讓文學作品化腐朽為神奇了。

用法說明 「化腐朽為神奇」與「點石成金」同意，都有把沒用的東西變成美好、有價值之物的意思；「弄巧成拙」則為反意，即將原本巧妙的事物變得笨拙不堪，含有越弄越糟、適得其反之意。例一：她那一雙巧手每每能「化腐朽為神奇」，把沒有用的碎布縫製成美觀又實用的手提袋。例二：這首詩原本平凡無奇，但經他潤飾之後，猶如點石成金，立刻成為一首感人肺腑的佳作。

及時雨（ㄐㄧˊ ㄕˊ ㄩˇ）

出處 宋・李彌遜〈赤松詩〉：「那知無心雲，解作及時雨。」

解釋 剛好需要一場雨，恰巧趕上這個時間點所下的雨。比喻能立即救人於急難之中的人。

放大鏡

外號叫「及時雨」的宋江

《水滸傳》一書中有位見義勇為、濟弱扶傾的人叫宋江。那時候，如果有人沒地方住，跑來投靠他，宋江都會收留；有人生病了，沒錢買藥治病，宋江就送對方藥材；有人過世了，家屬沒錢埋葬，他也熱心的捐助棺材，幫忙料理後事……當時在山東、河北一帶，老老少少都知道「宋江」這號響叮噹的人物。因為宋江總是在別人發生急難時，慷慨的伸出援手，猶如乾旱時降下及時雨般，大家感激在心頭，便稱呼他叫「及時雨」。

宋江還有其他綽號。因為他皮膚黝黑，大家也戲稱叫「黑宋江」；又因為他經常仗義疏財，排難解紛，富正義感，而且很孝順，所以又叫「孝義黑三郎」（宋江排行第三）。在施耐庵的筆下，宋江是一位情義兼具又能盡孝的人，他在書中作了一首詞〈臨江仙〉讚美宋江：「起自花村刀筆吏，英靈上映天星。疏財仗義更多能，事親行孝敬，待士有聲名。　濟弱扶傾心慷慨，高明冰月雙清。及時甘雨四方稱，山東呼保義，豪傑宋公明。」

用法說明 「及時雨」與「久旱逢甘霖」意思約略相同，但前者強調它的「及時」，或及時解決了一件棘手的事，或及時助人度過難關，或及時所有的難題都迎刃而解了。後者則含有期待很久，終於如願以償之意；「甘霖」，乾旱多時，人們期盼已久，好不容易降下的一場雨。例一：這筆五十萬元善款，好比一場及時雨，可以幫助育幼院暫度難關。例二：他失業多時，如今久旱逢甘霖，終於找到一份穩定的工作。

及第花（ㄐㄧˊ ㄉㄧˋ ㄏㄨㄚ）

出處 唐・鄭谷〈曲江紅杏〉：「女郎折得殷勤看，道是春風及第花。」

解釋 杏花的別名。唐中宗時，新科進士的慶祝宴會，設於長安廣植杏樹的曲江公園，因時值每年三月春花爛漫之際，所以稱為「杏園宴」。又因杏花報春最早，也是各地舉子赴京會試之時，因此，杏花被古代文人學子視為吉祥的象徵，而有「及第花」的美稱。

近義 杏花

搭配詞 春風及第花、狀元及第花

放大鏡

及第與科舉考試

「及第」係指科舉時代，考試中選之美稱。隋唐時期考中進士，稱為「進士

及第」。明、清兩代，殿試前三名，則稱「狀元及第」。若鄉試、會試、殿試皆得第一之考生，則稱為「三元及第」，因鄉試第一名稱「解元」、會試第一名稱「會元」、殿試第一名稱「狀元」，故合稱「三元」。

由於「及第」含有考試中選之意，故現代有些商人，會於重要考試前，力推「狀元及第酥」、「狀元及第水餃」等具象徵性之食品，恭祝即將應考之青年學子，能夠狀元及第、金榜題名。

用法說明 「及第花」乃係「杏花」的別名，但前者常連綴「春風」、「狀元」等詞，後者則可單獨使用。例一：大伯的收藏品中，有一個極為罕見的古錢，其上印有狀元及第花的字樣與圖案，令人印象深刻。例二：位於貓空的杏花林農莊，是臺北市民觀賞杏花的最佳去處。

反目 ㄈㄢˇ ㄇㄨˋ

出處 《易經・小畜卦》：「夫妻反目，不能正室也。」

解釋 不和。

近義 仇視、敵對

搭配詞 反目成仇

放大鏡

割席絕交

東漢時的管寧和華歆從小就是很好的朋友。有一次他們兩人在菜園裡鋤草，從泥土裡翻出一塊黃金，管寧目不斜視，把黃金當作瓦片石塊一般，仍然不停手地繼續揮鋤；華歆卻心念一動，彎腰拾起金塊，端詳了一陣才把它拋掉。

某日他們兩人坐在炕席上讀書，忽然外面鼓樂喧嘩，有位高官顯貴乘坐華麗的馬車經過門前，這時管寧彷彿沒有聽見一樣，繼續埋頭讀書；而華歆連忙丟下書，跑到街上湊熱鬧。當華歆回來的時候，管寧很生氣的用刀子把席子一割為二，對華歆說：「從之以後，你再也不是我的朋友了。」

用法說明 反目一詞多用在原是關係良好的兩人，因意見不合而相互敵對仇視的情況；反目成仇一詞則是描述雙方從和睦的關係轉變成仇視敵對的狀態。例一：他們原來是很好的朋友，可是因為有了誤會，從此兩人反目互不相見。例二：他們夫妻因意見不合而反目成仇，時常拳腳相向。

天之驕子（ㄊㄧㄢ ㄓ ㄐㄧㄠ ㄗˇ）

出處 東漢・班固《漢書・匈奴傳》：「南有大漢，北有強胡。胡者，天之驕子也。」

解釋 本為漢時匈奴的自稱，後泛指得天獨厚，倍受重視的人。

近義 得天獨厚

反義 先天不足

放大鏡

匈奴是「天之驕子」

匈奴是中國北方古老的遊牧民族，剽勇強悍，善於征戰，先後兼併了中國西部、北部、東北部的許多民族，並屢次侵犯漢朝邊境。西元前九十年，漢武帝派遣貳師將軍李廣利、御史大夫商丘成、重合侯莽通遠征匈奴，但是出師不利，李廣利兵敗投降。匈奴單于趁機向漢朝提出許多要求：開放關口，允許他們娶漢女為妻等。他還在信中說：「南方有大漢，北方有強胡。胡人是上天的寵兒啊！」單于的跋扈，可見一斑。

匈奴單于之所以敢這麼說，是有原因的。晁錯在〈言兵事疏〉中曾歸納匈奴軍隊的三大長處：「一、上下山阪，出入溪澗，中國之馬弗與也。二、險道傾厭，且馳且射，中國之騎弗與也。三、風雨罷勞，飢渴不困，中國之人弗與也。」匈奴之所以能悠遊於大漠，與漢朝分庭抗禮，確實是「上天的恩寵」啊！

用法說明 「天之驕子」原是漢時匈奴人的自稱。現在通常用來形容正當得勢或各方面均占優越地位的人。例一：他事事順利，在公司又受老闆器重，真是天之驕子。例二：他的家庭生活富裕，求學生涯順利，畢業又謀得待遇優厚的工作，真是令人羨慕的天之驕子！

天文地理（ㄊㄧㄢ ㄨㄣˊ ㄉㄧˋ ㄌㄧˇ）

出處 《易經・繫辭》：「仰以觀於天文，俯以察於地理。」

解釋 天上的星象、氣候等自然現象，及地面的山嶽、河流等形勢環境。

放大鏡

上古的「天文學」

古人認為天上的星辰掌握了人間的禍福，因此極為重視對星象的觀察。在《尚書・堯典》中，便以星象判定季節。出土的殷商甲骨文已有日蝕、月蝕、新星、恆星等記載。到了戰國時期，天象記錄、天文儀器及曆法等已大致完備。

基本上，古人將天上的星辰分為東方青龍、西方白虎、南方朱雀、北方玄武等四大星區，每一星區有七個星宿，合計二十八星宿。

除此之外，古人也觀察到彗星的運行，如《左傳・魯文公十四年》即記載了哈雷慧星的出現。

用法說明 「不登大雅之堂」可以簡寫為「不登大雅」，和「無傷大雅」看來相似，但意思大不相同。前者指作品的粗俗，後者則指對整件事或整個情況沒有妨礙。例一：他那些不登大雅的作品只適合留著自己欣賞，若是被別人看見，恐怕會笑掉大牙。例二：在上課時偶而說些笑話，倒是無傷大雅，若是從頭到尾都在說閒話，那就很不恰當了。

天字第一號（ㄊㄧㄢ ㄗˋ ㄉㄧˋ ㄧ ㄏㄠˋ）

出處 元末明初・施耐庵《水滸傳》第二十一回〈虔婆醉打唐牛兒・宋江怒殺閻婆惜〉：「有那梁山泊晁蓋送與你的一百兩金子，快把來與我，我便饒你這一場天字第一號官司，還你這招文袋裏的款狀。」

解釋 指排序第一的情形。

南朝梁代周興嗣編纂（音ㄗㄨㄢˇ，編輯）了兒童啟蒙讀物《千字文》，因為大家都熟悉的其中內容，故常以內容字句進行順序編號。第一句為「天地玄黃」，故常稱排序第一者為「天字第一號」。

放大鏡

閻婆惜的任性

《水滸傳》第二十一回中的內容，提到閻婆惜撞見了宋江與梁山好漢的通信，便趁機勒索宋江，要脅他把當時她被典當贖身的文書歸還，又要他同意她改嫁給她的相好張三，最後則是要宋江把晁蓋送的一百兩黃金送她，才肯饒過他的「天字第一號」官司。

用法說明　「天字第一號」的用法往往帶有詼諧的意味，不是一種正式的形容方式，特別是指陳相當誇張的例子，而且通常對這唯一的一件事或一個角色帶有貶抑。例一：「你根本就是天字第一號大傻瓜！」偶像劇的女主角這樣對著男主角大喊。例二：進了山寨，這天字第一號殺千刀的大盜就成了個櫂內的小角色了！

天籟（ㄊㄧㄢ ㄌㄞˋ）

出處　《莊子・齊物論》：「汝聞人籟而未聞地籟，汝聞地籟而未聞天籟夫！」

解釋　指自然界的聲響如風聲、雨聲、鳥聲、水流聲等。從洞孔發出的聲音叫做「籟」。

近義　此曲只應天上有

放大鏡

顏成子游和南郭子綦的對話

在《莊子》書裡，顏成子游和他的老師南郭子綦（音ㄑㄧˊ）有這麼一段對話：子綦說：「你可能聽過世人吹簫的聲音，你或許也曾經聽過大地的簫聲，但是你卻不可能聽到天籟自然的聲音哩！」

子游於是問子綦：「請問天、地、人三籟的聲音，它們的意義是怎樣的呢？」

子綦回答：「大地發出來的氣息，叫做風。這風不吹動則已，一旦狂風大作，萬物便全部怒號起來。你聽過颼風的呼嘯聲嗎？整個山林都撼動起來，那百人抱不住的大樹，樹上布滿千奇百怪、形狀各異的孔竅，……這些千孔萬竅，被大風吹動而發出的聲音，有的像急流沖激的聲音，有的像射箭發出的聲音，有的像叱責的聲音，有的像呼吸的聲音，……前面的風吹過，後面的風相繼又吹來。如果是小風，相應的聲音就小；是大風，相應的聲音就大。大風吹過以後，所有的孔竅都恢復平靜，空寂無聲，只見草木仍在不斷地搖曳擺動不停。」

子游說：「地籟是萬物眾竅孔所發出的風聲，人籟是吹奏簫管所發出的聲音，請問天籟是什麼？」子綦說：「所謂天籟，乃是風吹萬種竅孔，發出了各種不同的聲音，這些聲音之所以千差萬別，乃是由於各個自然形態所致……」因此唐・成玄英解釋說：「地籟則竅穴之徒，人籟則簫管之類。」而金・元好問「空谷自能生地籟，浮雲爭得翳天光！」（〈空山河巨川虛白庵〉詩之一）的詩句也就是這麼來的。

用法說明 這個詞本來是形容風吹孔竅的聲音，後來只要是好聽的美聲都可以稱為「天籟」。例一：她唱歌非常好聽，聲音有如天籟一般。例二：維也納少年合唱團的天籟美聲令人百聽不厭。

太歲頭上動土

ㄊㄞˋ ㄙㄨㄟˋ ㄊㄡˊ ㄕㄤˋ ㄉㄨㄥˋ ㄊㄨˇ

出處 元末明初・施耐庵《水滸傳》第三十二回：「你這鳥頭陀要和我廝打，正是來太歲頭上動土。」

解釋 古時以太歲所在的方位為凶方，不宜動土興建。故用以比喻觸犯有權勢或凶惡的人。

放大鏡

太歲與安太歲

太歲又稱太歲星君，或者歲君，為地神中最有權力的年神，統帥百神，有「年中天子」之稱。太歲星君共有六十位，每年皆由一位太歲主管，每年輪值的太歲稱「值年太歲星君」。

安太歲在中國是一種重要的民間習俗。根據民俗的說法，當太歲運行到某個生肖的位置，屬該生肖及其相對生肖者，即是「犯太歲」，會有大凶降臨。「犯太歲」的人唯恐觸怒太歲於己不利，便在當年全年祭拜太歲神，以求太歲神保佑自己消災免禍，此活動便是華人所謂的「安太歲」。現代社會步調繁忙，一般人多到寺廟安太歲，將其姓名安置在供奉「太歲神」的神龕上，以趨吉避凶。

用法說明 「太歲頭上動土」一詞通常用來比喻觸犯有權勢的人。例一：小華在爸爸生氣的時候非但不聽話些，竟然還怒犯他，真是在太歲頭上動土。例二：最近老闆心情不好，大家都小心謹慎，沒人敢在太歲頭上動土。

孔方兄（ㄎㄨㄥˇ ㄈㄤ ㄒㄩㄥ）

出處 西晉・魯褒〈錢神論〉：「親愛如兄，字曰孔方，失之則貧弱，得之則富昌。」

解釋 對錢戲謔的稱呼。

近義 阿堵物

放大鏡

奇文錢神論

據《晉書・隱逸傳》記載，魯褒好學多聞，以貧素自立。元康年間之後，國家綱紀大壞，魯褒有感於社會風氣的貪鄙，於是隱姓埋名，寫作〈錢神論〉來諷世。文中以戲謔的口吻，將錢擬人化，「孔方兄」一詞就是源自「親愛如兄，字曰孔方」一句。

文中提到，有了錢之後，「危可使安，死可使活，貴可使賤，生可使殺」，極言錢的神通廣大。對於世人見錢眼開、唯利是圖的嘴臉，魯褒也極盡嘲諷之能事。〈錢神論〉可說是一篇批判拜金歪風的奇文。

用法說明 「孔方兄」一詞是對錢的戲稱；而「好兄弟」一詞字面上也與兄弟有關，但，「好兄弟」除了指感情要好的兄弟，也可以用來指孤魂野鬼。例一：他現在急需孔方兄幫忙解決問題。例二：農曆七月半是祭拜好兄弟的日子。

四畫

少年易學老難成

ㄕㄠˋ ㄋㄧㄢˊ ㄧˋ ㄒㄩㄝˊ ㄌㄠˇ ㄋㄢˊ ㄔㄥˊ

出處 南宋・朱熹〈偶成〉：「少年易老學難成，一寸光陰不可輕」。

解釋 少年青春之時應努力學習，否則到老難有所成。

近義 少壯不努力，老大徒傷悲

反義 及時行樂

放大鏡

朱熹的體悟

少年的青春時光一去不返，若是不懂得珍惜，一晃眼就已經是老年，想要學習也來不及了。宋代理學家朱熹因為對於人生有些體悟，故寫下了：「少年易老學難成，一寸光陰不可輕。未覺池塘青草夢，階前梧葉已秋聲。」形容人年輕未覺，如同於池塘畔的幻夢，下一刻，卻已到秋天階前梧桐葉落之時了。

用法說明 當我們需要勉力年輕學子努力向學時，往往會用「少年易學老難成」一語表示，而「少壯不努力，老大徒傷悲」則是帶有感嘆意味的用法。例一：讀書、學習要趁早，畢竟「少壯易學老難成」，年輕時記憶力好、反應快，應好好把握才是。例二：許多人年輕失學，但即使年紀一把也沒有放棄學習的機會，反觀一些年輕人，卻不懂得好好珍惜自己讀書的時間，「少壯不努力，老大徒傷悲」，等到年紀大時，他們就知道苦頭了！

尤物（ㄧㄡˊ ㄨˋ）

出處 《左傳・昭公二十八年》：「夫有尤物，足以移（轉變）人。」

解釋 原意是表現優異、特殊的人物，今多用來形容面貌姣好、身材曼妙的女子。

近義 美女、美人

反義 醜女、恐龍妹

搭配詞 尤物移人、天生尤物、性感尤物、人間尤物

放大鏡

美女多禍水？

晉國大夫羊舌肸（**叔向**）想娶申公巫臣的女兒為妻子，但他的母親認為：巫臣的妻子夏姬是一個不祥的女人，她的女兒雖然漂亮，但可能也是一個不祥的女人。故以「美麗的女人，容易使人改變心志，如果不是極有道德正義的人娶她，必然會發生禍患」為由，極力阻止。

但叔向後來還是娶了她，生下楊食我。楊食我出生時，叔向母親聽到他的哭聲，便說：「這是豺狼的聲音，豺狼似的男子必然有野心，這個人將會導致羊舌氏的滅亡。」結果，沒想到竟不幸言中。

用法說明 「尤物」今多用來形容面貌姣好、身材曼妙的女子，今有同音詞「遊物」，則是指旅遊玩家。前者含有貶抑的意味，後者則是現代人的新詞彙。例一：為了成為尤物，她努力減

肥，沒想到竟因此成了「紙片人」，進了醫院，真是得不償失。例二：天生遊物在網路分享的旅遊經驗，促使許多人去發現他們眼中的綺麗世界。

弔詭（ㄉㄧㄠˋ ㄍㄨㄟˇ）

出處 《莊子・齊物論》：「丘也與汝，皆夢也；予謂汝夢，亦夢也。是其言也，其名為弔詭。」

解釋 原是名詞，指表面上不合邏輯但實際存在的現象或道理；後用做形容詞，意思是奇異的、不可思議的。

四畫

近義 悖論

反義 常情、常理

放大鏡

我們都在夢境裡

弔詭，有奇異、怪異、趨異的意思。語出《莊子・齊物論》：「丘也與汝，皆夢也；予謂汝夢，亦夢也。是其言也，其名為弔詭。」是說：「我和你們都在夢裡，現在我講你們在做夢，我自己也在說夢話，也在做夢。以上這段話，可以名為悖論。」

這樣的說法是既不合實際（**我們並不在夢裡**），卻在思維上又合情理的（**人生如夢，我們所說的豈不都是夢話**）。講類似話語的人，往往都是標新立異之徒，語不驚人死不休。所以明・胡應麟《詩藪・國朝上》說：「上下千餘年間，豈乏索隱弔詭之徒、趨異厭常之輩？」

用法說明 到了現代，「弔詭」一詞的使用，常見於臺灣文學理論和批評界，本是被借來用於翻譯「**Paradox**」這個詞，**Paradox**在大陸通常被譯為「悖論」。近些年來，「弔詭」也頻頻出現在大陸的一些文章和報導中，「弔詭的是」一詞經常可見。但其含義，則多為「奇怪、詭異、不可思議」的意思。例一：十分弔詭的是，面對死亡的勇氣常會讓人釋放出生存的能量。例二：這事像羅生門一樣弔詭，為什麼大家的說法都不一樣？

心有餘，力不足

出處 北宋・陳摶《河洛眞數》詩斷秘訣：「心有餘，力不足。春風若來，一歌一撲。」

解釋 表示力不從心，縱使心裡希望，卻無能力達成。

近義 力不從心

反義 易如反掌

放大鏡

大過卦

《河洛真數》是解釋《易經》的一種推算演卦占筮之書，在「大過」（**上兌下巽**）卦下提到「心有餘，力不足。春風若來，一歌一撲」，即是指此卦象帶來的狀態，雖然有望，卻因為能力尚未足夠而無法實行。而前有詩曰：「獨立高枝險又危，有期不利兩成非，園中別種仙桃果，但遇艮離振羽衣。」則是以詩做為卜卦結果的解釋。

用法說明 我們常形容一個人心中期望很多，但卻無法具備相應的能力一一實行，就會用「心有餘，力不足」來形容。後世也常以「心有餘而力不足」一語，做為事情過多而無法負擔的形容。例一：學業、愛情與社團是大學畢修三大學分，但有時難免「心有餘，力不足」，某個學分修得多些，某個學分就修得少些了。例二：雖然前途渺茫，但能做的事其實很多，只是，如果要同時工作，並且準備出國進修，還有學習才藝，真的是「心有餘而力不足」哇！

心有靈犀一點通

ㄒㄧㄣ ㄧㄡˇ ㄌㄧㄥˊ ㄒㄧ ㄧ ㄉㄧㄢˇ ㄊㄨㄥ

出處 唐・李商隱〈無題詩〉二首之一：「身無綵鳳雙飛翼，心有靈犀一點通。」

解釋 傳說犀牛是一種神奇異獸，角中有如線般的白紋相通兩端，可以感應靈異。後比喻不須透過言語表達，便能讓彼此情意相投。靈犀，犀角。

近義 心有靈犀、靈犀相通、不約而同

放大鏡

用犀牛角見到鬼魅

犀牛角是十分堅硬之物，古時已有作藥材用，具強心、解毒、解熱、止血等用途。古人還會將犀牛角做成犀角杯，將清水倒入其中，等犀牛角內的物質溶入水中，患者飲後便會藥到病除。

《晉書》曾記載名士溫嶠是第一個使用犀牛角而見到鬼魅的人，他到武昌牛渚磯見水深難測，也傳說水下多怪物，於是燃燒犀牛角，藉著亮光照向水中，果然見到了形狀怪異的魑魅魍魎，還看到有穿赤衣、乘馬車的人出現。

當晚這些鬼魅託夢給他，斥責他這樣無禮的行為。不到十天的時間，溫嶠便因拔牙，導致中風而死。而「犀照」一詞後來用來形容人的眼光獨到，能洞燭幽微、明察事物的真相。

用法說明 我們現在常用心有靈犀一詞比喻兩人的心思、感覺能夠互相感應。例一：我們兩個相約出遊，見了面才發現竟然都穿同樣顏色的衣服，真是心有靈犀。例二：心有靈犀一點通的情形常發生在雙胞胎身上。

心病還須心藥醫

ㄒㄧㄣ ㄅㄧㄥˋ ㄏㄞˊ ㄒㄩ ㄒㄧㄣ ㄧㄠˋ ㄧ

出處 清・陳森《品花寶鑑》第二十八回〈生離別隱語寄牽牛・昧天良貪心學扁馬〉：「此事甚難！從來說『心病還須心藥醫』，小侄是知道府上規矩的。」

解釋 某些病痛來自內心的情緒困擾，所以稱為「心病」。要打開心結，就必須從內心的情緒困擾出發，這就是「心藥」。

放大鏡

多情顏子玉

《品花寶鑑》第二十八回寫到，顏子玉因為戲團小旦琴言被別人買走，因而失魂落魄、魂不守舍。當時家中父母都不知如何是好，顏夫人問起子玉的朋友魏聘才，他究竟是怎麼一回事，聘才這才說起子玉與琴言的認識經過。因為顏子玉的病情始終沒有起色，顏夫人央求聘才協助，聘才就說：「此事甚難！從來說『心病還須心藥醫』小侄是知道府上規矩的。難道伯父大人肯許他出去鬧嗎？」意思即是子玉的病乃是心病，必須把心結打開才能根治。

用法說明 一個人的病痛不是來自生理，而是來自心理，若希望能更改變或根治，就必須打開這樣的心結才能痊癒，往往以「心病還須心藥醫」來形容病者內心的糾纏與情結。例一：林黛玉才情雖高，卻始終對寶玉有著難以言喻的情感，「心病還須心藥醫」，可惜最後賈夫人還是將寶釵許配給寶玉了。例二：現代人生活壓力大，又往往在求職、求學的過程中遇到許多挫折，心病還須心藥醫，對於困境，要往樂觀的方面看才能避免產生心理疾病。

心照（ㄒㄧㄣ ㄓㄠˋ）

出處 西晉・潘岳〈夏侯常侍誄（音ㄌㄟˇ，一種哀祭文）〉：「人見其表，莫測其裡，徒謂吾生文勝則史，心照神交，唯我與子。」

解釋 彼此心裡明白，不必用言語說明。

近義 心心相印

反義 貌合神離

四畫

搭配詞 心照不宣

放大鏡

潘岳與夏侯湛「心照不宣」

潘岳與夏侯湛都是西晉文學家。潘岳（西元二四七年—三○○年），字安仁，後人常稱他為潘安。潘岳是中國歷史上有名的美男子，據《世說新語》所載，潘岳每次外出，都會有不少女子手牽手地圍著他的車子，又向他的車子投擲水果。夏侯湛（西元二四三年—二九一年），字孝若，年幼就已經充滿才華，他的容貌優美典雅，文章宏富廣博。夏侯湛與潘岳十分友好，每次外出都坐在同一輛車子裡面，同坐一蓆，當時人皆稱他們為「連璧」。所以在夏侯湛去世後，潘岳寫了〈夏侯常侍誄〉來哀悼他，文中說：一般人不了解你夏侯湛，都以為你只是以文采勝，而顯得浮夸。只有我潘岳和你是「彼此心中明白，精神交往」，才知道事實並非如此。可見兩人的友情篤厚，達到了「心照不宣」的境地。

用法說明 「心照不宣」和「心領神會」都有心中明白

的意思。不過「心照不宣」偏重於心中領會後不必言說，而「心領神會」偏重於不須言說就能領會。例一：他們倆共事已久，許多事往往心照不宣，便能有良好的默契，相互配合處理完善。例二：體育能穿透國家、地域、民族和人種的壁壘，無需言語交流，就能心領神會。

心腹（ㄒㄧㄣ ㄈㄨˋ）

出處 《詩經・周南・兔罝（音ㄐㄩ）》：「赳赳（雄壯勇武）武夫，公侯腹心。」

解釋 單用時指值得信任的屬下，與其它詞語合用時，有時另有意思。如「吐露心腹」中的「心腹」指的是內心最真實的想法，「心腹之患」中的「心腹」指的是內在的重要地方。

近義 親信

放大鏡 獵兔子的賢士

《詩經・兔罝》是一首讚美武士的詩。詩中的武士勇武忠誠，讓君主視為心腹信任有加。有人認為這首詩讚美的是周朝的閎夭、泰巔。他們本是獵人，周文王發掘了他們的才能並加以任用，因此得以平定天下。《墨子》說：「文王舉閎夭、泰巔於罝罔之中，授之政，西土服。」指的就是這件事。「罝」音ㄐㄩ，和「罔」意思相同，指的都是捕捉獵物的網。周文王被紂王囚禁時，閎夭和姜太公等人用珍寶賄賂了紂王身邊的寵臣，才救出周文王。

用法說明 「心腹」和「爪牙」都是在上位者的重要助手，不過爪牙一詞有貶義，通常指的是那些幫助長官欺壓他人的下屬。例一：為了掌握員工的工作狀況，陳總經理特地在辦公室裡安排了幾個心腹，定時向他回報。

例二：明代的魏忠賢因為有眾多爪牙為他效命，所以權傾一時，誰也不敢得罪他。

文不加點

出處 三國・禰衡〈鸚鵡賦序〉：「衡因為賦，筆不停綴，文不加點。」

解釋 表示文章一揮而就，不加以塗改，用來形容文人的才思敏捷，下筆成章。

近義 一揮而就

反義 搜索枯腸

放大鏡

禰衡與〈鸚鵡賦〉

三國時候的名士禰衡有一篇〈鸚鵡賦〉，是托物言志之作。禰衡（西元一七三年—一九八年），為人恃才傲物，常侮慢權貴。因拒絕曹操召見，曹操懷恨在心，然又不忍殺之，便罰禰衡擔任鼓吏。禰衡居然當眾裸身擊鼓，以〈漁陽三鼓〉羞辱曹操。曹操大怒，欲借他人之手殺之，因此把他送給荊州牧劉表，仍不合，最後又被遣送到江夏太守黃祖處。後因冒犯黃祖，禰衡最終還是被殺。在江夏時，黃祖的長子黃射在洲上大宴賓客，有人獻上鸚鵡，他就叫禰衡寫賦以娛嘉賓。禰衡攬筆而作，文不加點，辭采甚麗，這便是有名的〈鸚鵡賦〉。此賦借用向鸚鵡說話的形式來吐露自己的心曲，勸鸚鵡實是勸自己，勸自己實是抒發自己內心的悲慨，可看出禰衡自己託身事人的遭遇和憂讒畏譏的心理。

用法說明 「文不加點」的「點」，是指古人寫文章時，如果寫錯字，就在字旁用筆加一黑點，表示不要。

點是點除，即刪改的意思，並非「標點」的意思。因此是表示文章一氣呵成，無須修改。形容文思敏捷，寫作技巧純熟。不能望文生義，以為是「文章沒有標點」。例如：他思索片刻，便拿起筆來，文不加點地完成了一篇精采的社論。

斗筲之人（ㄉㄡˇ ㄕㄠ ㄓ ㄖㄣˊ）

出處 《論語・子路》：「斗筲之人，何足算也。」

解釋 指器量小、才識淺的人。也說「斗筲之輩」、「斗筲之徒」、「斗筲之器」、「斗筲之才」。斗，可容十升的量器。筲，音ㄕㄠ，容一斗二升的竹器。

放大鏡

士的等級

子貢曾經請問孔子怎樣的人才算得上「士」。孔子說，能做到行己有恥，使於四方，不辱君命的，就可稱為士。次一等的就是能以行孝弟被鄉里稱道的人；再其次就是能做到言必信，行必果，但還不能通權達變的人。子貢接著請問孔子，當時的為政者是否符合士的條件。孔子說，器量小、才識淺的人，怎能算得上是士呢？言下之意是當時的為政者仍不懂修身之道。

用法說明 「斗筲之人」一詞是指器量小、才識淺的人；而另一個與斗有關的詞語「八斗之才」則是指才學很高的人。例一：斗筲之人只能成為政客，而非政治家。例二：他擁有八斗之才，為人卻十分謙虛。

方寸（ㄈㄤ ㄘㄨㄣˋ）

出處 西晉・陳壽《三國志・蜀・諸葛亮傳》：「本欲

與將軍共圖王霸之業者，以此方寸之地也。今已失老母，方寸亂矣，無益於事，請從此別。」

解釋 即內心。

近義 方寸地

搭配詞 方寸亂矣、方寸之地、方寸之間、方寸已亂

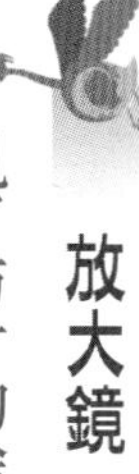

放大鏡 亂了方寸的徐庶

事母至孝的徐庶得知曹操為使自己為其效力，設計拘留了母親，十分難過！於是，決定謝別劉備的禮聘，他指著自己的心說：「我之所以為您效力，是靠這方寸之地。如今為了老母，『方寸亂矣！』留在您身邊，已是毫無用處了」後，便離開了。

用法說明 「方寸」與「分寸」不同，前者指「心」，而後者則是度量長短的標準。例一：在了解事情原委後，就不致亂了方寸、慌了手腳。例二：待人處事要有分寸，不可以造次。

月下老人（ㄩㄝˋ ㄒㄧㄚˋ ㄌㄠˇ ㄖㄣˊ）

出處 見唐・李昉《太平廣記・定婚店》。

解釋 指替人牽線促成婚姻的神仙或人。

近義 紅娘

放大鏡 掌管姻緣的神仙

李昉在《太平廣記・定婚店》這則故事中，描述了一名書生巧遇婚姻牽線之神的故事。書生韋固自幼就是個孤兒，因此對婚姻相當嚮往，但提了幾次親，始終都沒有成功。一次，韋固又到了清河想向司馬提親，就在落腳旅店西方的隆興寺散步時，遇到一位老人。這個老人手上拿的原來就是世間男

女的姻緣紀錄簿。

本來韋固不相信老人說的話，認為自己的妻子不會是個年僅三歲的醜陋女娃兒，在找到女娃兒時，還使計要奴僕殺了她，沒想到奴僕只割傷了她的眉心。卻在數十年之後，輾轉娶了一位刺史的女兒，眉心竟然也有疤痕，老人的話果然應驗了。因為遇見老人之時，韋固處於月光正斜的階梯旁，所以後世稱這個老人為「月下老人」。

用法說明 我們常將湊和兩人婚姻的介紹人稱為「紅娘」或「月下老人」，也稱呼月下老人為「月老」。例如：王家的小姐長得清秀，學歷又好，可惜一直忙於工作沒遇到適合的對象，不如我充當月老，介紹對象給她吧！

月有陰晴圓缺（ㄩㄝˋ ㄧㄡˇ ㄧㄣ ㄑㄧㄥˊ ㄩㄢˊ ㄑㄩㄝ）

出處 北宋・蘇軾〈水調歌頭〉：「人有悲歡離合，月有陰晴圓缺。」

解釋 指人的悲歡離合會與月亮的盈虧變化一般，無法完滿。

放大鏡　月宮人間總相同

〈水調歌頭〉是蘇軾在宋神宗熙寧九年的中秋節時，因為歡慶佳節，在酒後抒懷，同時懷念起弟弟的傳世之作。對著一輪清月，蘇軾興起了疑問，於是舉杯向天空詢問，這樣的天色與月光，從何時開始的呢？又在古今的交錯之中，恍若難分地將玉宮與人間互相比擬、對照，天界與人間，在酒精的催化之下，已非現實上的差異。但在遠方的手足，是自己最掛念的人，可惜人生的悲歡離合，亦如月亮的盈虧消長，充滿著遺憾沒有完滿的時候。只能對著皎潔的月光，期許大家縱使不能團圓，也各自在天涯一方好好度過人生。

用法說明 形容人生當中無法完滿、圓滿的狀態，往往用「月有陰晴圓缺」來表示。通常帶有一種感慨的味道，表達對人生不完滿的遺憾之意。例一：就在上個星期，高齡的外曾祖母駕鶴西歸、與世長辭了。月有陰晴圓缺，生死大限，由天不由人哪！例二：末世傳言甚囂塵上，世界各地也出現許多異於往常的自然災變，月有陰晴圓缺，人命可能轉瞬消逝，在活著的每一天都積極努力，才是坦然面對的好方法。

木人石心（ㄇㄨˋ ㄖㄣˊ ㄕˊ ㄒㄧㄣ）

出處 唐・房玄齡等《晉書・夏統傳》：「此吳兒是木人石心也。」

解釋 形容人的意志堅定，一點也不受外在誘惑。

近義 木心石腹、鐵石心腸

反義 婦人之仁

放大鏡

「木人石心」的夏統

晉朝時，有位博學多才且擅於雄辯的讀書人，名叫夏統。非常喜歡研究學問，但不喜歡做官。有一次，他的太尉朋友賈充恰巧有事去拜訪他，就趁機帶著夏統去參觀自己雄偉的軍隊和華麗的馬車，並且得意地說：「只要你願意出來做官，這些都是你的。」但是，夏統絲毫不為所動。接著，賈充又招來許多風姿綽約的美女，在夏統面前輕歌曼舞，結果，夏統還是不動心。賈充於是無奈地感嘆說：「這吳地來的人，簡直就是木頭做的人、石頭做的心！」因此，「木人石心」這句話，就這樣流傳下來了。

用法說明 「木人石心」與「鐵石心腸」皆可形容一個人意志堅定，不輕易動搖，但前者主要是指拒絕誘惑的堅定意志，後者則是指不為感情動搖的秉性。例一：大家都以為凡事秉公處理、一板一眼的明松是木人石心，其實他只是不擅言詞罷了！例二：日本強震過後，親人劫後餘生、重逢擁抱的場面，不管再怎麼鐵石心腸的人，看了也忍不住感動落淚。

比上不足，比下有餘
ㄅㄧˇ ㄕㄤˋ ㄅㄨˋ ㄗㄨˊ，ㄅㄧˇ ㄒㄧㄚˋ ㄧㄡˇ ㄩˊ

出處 北宋・釋道誠《釋氏要覽》：「身口意業，未能具足，清淨。心結猶存，未能出離。比上不足，比下有餘也。」

解釋 指與他者比較之下，沒有絕對的評價。與程度好的他者相比，就會顯現出不足，與程度較差的他者相比，就會顯現出優越。

放大鏡 淨空心靈

《釋氏要覽》中提到的這段話，指的是一個人處在六根未淨的狀態，身、口與意三者造的業障都未能完全清淨，而心中的罣礙仍然存在，還沒有完全放開，就會處在一種總是與他人比較，而有得失心的狀態，所以便會產生與他者相較，有優有劣的狀態。只要捨棄了這些身、口、意的蔽障，就能消除心中的煩惱。

用法說明 「比上不足，比

下有餘」雖然出自佛家語，但後來往往被拿來做為勸告別人不要有得失心的慣用語。尤其當我們勸告別人，不要總是與他人比較藉以衡量自己時，也會使用這句話。例一：面臨大考，最需要的就是平常心，「比上不足，比下有餘」，盡力考好就對了。例二：你怎麼老是要跟隔壁班的前三名比呢？「比上不足，比下有餘」，多一分、少一分，並不代表真正的學業成績啊！

比翼鳥（ㄅㄧˋ ㄧˋ ㄋㄧㄠˇ）

出處 《山海經・西山經》：「比翼鳥……其狀如鳧而一翼一目，相得乃飛，名曰蠻蠻。」《爾雅・釋地》：「南方有比翼鳥焉，不比不飛，其名謂之鶼鶼（音ㄐㄧㄢ）。」

解釋 比翼鳥是中國古代傳說的飛禽，必須雌雄兩隻鳥相互協助才能飛行，因此用來形容感情甚好的夫婦。

近義 連理枝

放大鏡

傳說中的比翼鳥

中國古代傳說中的比翼鳥只有一目一翼，因此必須雌雄兩隻鳥相互協助才能飛行，鳥的名稱是「鶼鶼」。我們稱人家夫妻情感很好，所使用的成語「鶼鰈情深」的「鶼」就是「比翼鳥」。據說這種鳥一出現，世界就會發生大水災。

《山海經・西山經》就這麼記載：「崇吾山上有一種鳥，長的形狀像鳧（音ㄈㄨˊ，狀如鴨而略大的鳥）。一翼一目，雌雄相助比翼才能飛行，名叫蠻蠻，一出現則天下大水。」由此可見比翼鳥有另外一個名字叫「蠻蠻」。《博物志餘》也說：「南方有比翼鳥，不管是飛翔、棲息、飲水、啄物，都不相分離。無論是死或生，必在一處。可見比翼鳥真的是「伉儷情深」。

用法說明 比翼鳥和連理枝都是用來形容夫妻之間的感情非常好，而不是拿來形容一般男女戀人。唐明皇與楊貴妃七夕密誓，白居易〈長恨歌〉詩句所謂「在天願作比翼鳥，在地願為連理枝」，指稱的正是他們的夫妻關係。例一：他們的夫妻生活，始終像比翼鳥一樣相互扶持，真是「鶼鰈情深」。例二：現今許多國家離婚率越來越高，「在天願作比翼鳥，在地願為連理枝」的白頭偕老，恐怕是越來越少了。

毛病 ㄇㄠˊ ㄅㄧㄥˋ

出處 明．徐咸《相馬書．旋毛圖》：「所謂毛病，最為害者也。」

解釋 「毛病」一詞，本是古人觀察馬毛，判其優劣的經驗與方法，後來，引申為人的缺點，或事物的瑕疵、差錯等問題。

近義 缺點、缺陷、短處、弊端

反義 優點、長處

搭配詞 毛病百出

放大鏡

馬毛與毛病

明人徐咸曾說過：「古人判別一匹馬之優劣，首先是看馬匹的毛色長得如何？毛的形狀長得像螺旋形的馬，有好也有壞。旋轉五圈的就是好馬，旋轉十四圈的，據說對馬的主人危害最大」。所以，「毛病」一詞由此而來，本指馬毛的缺點，後來才漸漸引申為人的缺點，或事物的瑕疵、差錯等。

用法說明 日常生活中，常可見到「毛病」一詞。譬如：專挑別人的缺點，謂之「挑毛病」；東西故障、出問題，謂之「出毛病」；長期治癒不了的疾病，或不良嗜好、習慣，則謂之「老毛病」。例一：爸爸總是語重心長地告訴小偉：「你若是不改掉粗心大意的毛病，早晚是要吃苦頭的。」例二：他向來有偏頭痛的毛病。

毛遂自薦（ㄇㄠˊ ㄙㄨㄟˋ ㄗˋ ㄐㄧㄢˋ）

出處 西漢・司馬遷《史記・平原君虞卿傳》：「門下有毛遂者，前，自贊於平原君曰：『遂聞君將合從於楚，約與食客門下二十人偕，不外索。今少一人，願君即以遂備員而行矣。』」

解釋 也作「毛遂自荐」。「薦」為「荐」的異體字。指自我推荐。

近義 自告奮勇

放大鏡

毛遂，出運嘍！

戰國時，秦國包圍趙國的都城邯鄲，趙國派出平原君向楚國求救。平原君打算找門下文武備具的食客二十人同行，可是只挑出了十九人。平原君門下有一位叫毛遂的食客，向平原君自我推薦，希望能隨行。平原君問毛遂：「先生在我的門下幾年了？」毛遂回答：「三年了。」平原君說：「賢士處世有如錐處囊中，它尖銳的末端會立刻顯露出來。先生在我的門下三年了，沒人對你有所稱誦，我也從未聽過你，這就證明你的能力不足。你還是留下吧！」毛遂說：「臣今日請您將我置於囊中吧。讓我早點處於囊中的話，我早能脫穎而出，不只是顯露尖端而已。」平原君後來答應了毛遂的請求，毛遂也成功幫助平原君達成使命。

用法說明 「毛遂自薦」與「請纓」都有自告奮勇的意思，但，請纓多用於自請從軍。例一：他毛遂自薦，向老闆提出派駐國外的申請。例二：他在國家遭受敵國入侵時請纓報國，是個愛國的熱血青年。

水落石出（ㄕㄨㄟˇ ㄌㄨㄛˋ ㄕˊ ㄔㄨ）

出處 漢・佚名〈豔歌行〉：「語卿且勿眄（音ㄇㄧㄢˇ，斜視），水清石自見。」

解釋 冬天時，因為水位降低而使得水下的石頭顯現出來。後比喻事情的真實情況已經清楚為人所知了。

近義 真相大白

反義 霧裡看花、撲朔迷離

放大鏡

「水清石見」與「水落石出」

〈豔歌行〉

翩翩堂前燕，冬藏夏來見。
兄弟兩三人，流宕在他縣。
故衣誰當補？新衣誰當綻？
賴得賢主人，覽取為吾縫？
夫婿從門來，斜柯西北眄。
語卿且勿眄，水清石自見。
石見何纍纍，遠行不如歸。

這是一首漢代的樂府詩。詩中的主角因流浪在外，衣服雖破而無人可補。當他投宿到一處民家，民家的女主人因為同情他，而替他縫補衣服。就在這個時候，女主人的丈夫從外面回來，看到這種情形，以為兩人之間有曖昧的關係，就半倚在屋子西北方的樹幹上，冷冷地瞪著他們。主角因而感嘆，河水如果清澈的話，就能看到河裡的石頭，意指終有真相大白的一天。等到解釋清楚，他自然會回去家鄉，免得再遭人誤會。詩中的「水清石見」暗喻自己的清白，因為和「水落石出」詞語相近，後來「水落石出」就取代「水清石見」，指真相大白的意思。

用法說明 「水落石出」形容冬天的景象，因為冬天少雨，所以水位降低，多用於文言文中。現在，「水落石出」專指真相大白，原意反而不用了。例一：在冬天，大漢溪的石頭因為水位降低而紛紛露出溪面，前人形容為「水落石出」。例二：任嫌犯百般阻撓辦案，湮滅證據，但是法網恢恢，案情終有水落石出的一天。

四畫

爪牙（ㄓㄠˇ ㄧㄚˊ）

出處 西漢・司馬遷《史記・酷吏傳・張湯傳》：「是以湯雖文深意忌不專平，然得此聲譽，而刻深吏多為爪牙用者，依於文學之士。」

解釋 比喻仗勢欺人的走狗。

近義 鷹犬、走狗、黨羽

搭配詞 鷹犬爪牙

放大鏡

爲虎作倀

相傳唐朝人馬拯某天在衡山裡迷了路，黃昏時遇到一個獵人在路上安放陷阱。獵人說山裡老虎很多非常危險，要他跟著爬上大樹躲藏。到了半夜，馬拯聽見樹下男女老少人聲嘈雜，突然其中有人發現了陷阱，生氣地說：「真可惡！竟然敢暗算我們的將軍！」馬拯叫醒獵人，告訴他剛才看到的事，獵人說：「那些都是被老虎吃掉的人，死後變成倀（音ㄔㄤ）鬼，甘心為老虎開路。」不久果然聽到狂吼聲，從山下竄上來一只猛虎，不慎誤觸了陷阱便哀號著死了。倀鬼們聽到猛虎的叫聲，紛紛跑回來趴在老虎身上痛哭說：「是誰把我們的將軍害死了！」馬拯聽了，指著他們罵道：「你們這些倀鬼！死在老虎手裡，還要為他痛哭，難道做了鬼還不肯開竅嗎？」

用法說明 「爪牙」一詞是壞人的黨羽、幫凶的代名詞；「為虎作倀」則是用來比喻助人為虐。例一：你不要成為他的爪牙，跟著他為非作歹。例二：他這人無惡不作，你要拒絕他的收買，不要為虎作倀。

片言折獄

出處 《論語・顏淵》：「片言可以折獄，其由也與。」

解釋 憑一兩句話就能斷定案件。片言，在這裡是一兩句話的意思。折獄，斷案。

放大鏡

子路

子路在孔門弟子之中被列為政事科。孔子讚許他能根據有限的話語，判斷案件的是非曲直。子路對人講信用，答應別人的事，當天就會完成，履行承諾不會延遲。如果聽聞善道，子路一定即知即行，從《論語》的記載中可看出他的果敢忠信。可惜，好勇豪爽的子路最後在衛國的亂局中慘遭殺害，還被剁成肉醬，孔子為此十分悲痛惋惜。

用法說明 「片言折獄」一詞中的「折獄」是斷案的意思；但，「下獄」則是指入監。例一：他是個明察秋毫、可以片言折獄的優質法官。例二：他因貪汙罪三審定讞，被判下獄服刑。

牛驥同皁

出處 西漢・鄒陽〈獄中上書自明〉：「使不羈（才識高遠，不受拘束）之士與牛驥同皁，此鮑焦所以忿於世而不留富貴之樂也。」

解釋 牛和千里馬同用一個食槽進食。比喻賢愚不分。驥是千里馬。皁，音ㄗㄠˋ，牛馬的食槽。

近義 龍蛇混雜、魚龍混雜

放大鏡

獄中上書自明

漢朝人鄒陽，為人有智慧謀略，客遊梁孝王門下，卻因為受人誣陷被捕入獄。鄒陽為了表明自己的心跡及為自己辯解，於是就在獄中上書梁孝王，說明自己的立場。他在信中提到：君主被諂媚阿諛之詞所迷惑，又被近臣妻妾所牽制，使得朝廷賢愚不分，有如牛驥同皁，這正是周代賢者鮑焦憤世而不戀棧富貴的原因。鄒陽在此信中從側面勸說梁孝王，語氣委婉但態度堅定，〈獄中上書自明〉被視為鄒陽的代表作。

用法說明 「牛驥同皁」一詞是賢愚不分的意思；「牛頭馬面」則是指有如地獄鬼卒般的惡人。例一：老闆識人不明，公司裡牛驥同皁，令人灰心。例二：這個地方的治安敗壞，許多牛頭馬面在此聚集。

犬子 ㄑㄩㄢˇ ㄗˇ

出處 西漢・司馬遷《史記・司馬相如列傳》：「司馬相如者，蜀郡成都人也，字長卿。少時好讀書，學擊劍，故其親名之曰犬子。」

解釋 司馬相如的小名叫作犬子。原指幼犬，後用來謙稱自己的兒子，也是對別人兒子的蔑稱。

搭配詞 虎父無犬子、豚兒犬

子

放大鏡

允文允武的司馬相如

漢代著名的辭賦家司馬相如，從小便學讀書、擊劍縱橫之術，親長用「犬子」一詞稱呼他，以期許他具有如犬一般的敏銳能力。雖然有口吃的毛病，但司馬相如擅長著作，漢武帝見到他的〈子虛賦〉而讚嘆不已，後來司馬相如又獻〈上林賦〉，因而成為武帝的侍從之臣。稍後，司馬相如奉旨出使故鄉巴蜀，重視西南疆土的開發，令西南夷各族酋長稱臣，展現出他的政治才能。晚年作〈封禪書〉，反映了漢朝國力強盛、帝王權力集中的情況。

用法說明 犬子原來是幼犬之意。司馬相如的小名犬子，據史料分析，是他的雙親出於愛護而命名的，所以古人雖然謙稱自己的兒子叫犬子，其中仍不乏親暱愛惜的意思。另外，犬子作為對他人之子的蔑稱，可以從章回小說中找到佐證。例一：人家說虎父無犬子，但只要是自己的兒子，哪有不愛惜的道理呀！例二：《三國演義》第七十三回：「雲長勃然大怒曰：『吾虎女安肯嫁犬子乎！不看汝弟之面，立斬汝首。』」

【五畫】

冬烘 ㄉㄨㄥ ㄏㄨㄥ

出處 唐・趙璘《因話錄》：「唐鄭薰主試，誤以顏標是魯公後，取為狀元，舉子嘲曰：『主司頭腦太冬烘，錯認顏標作魯公。』」

解釋 原指頭腦昏熱、不明事理的讀書人。後多用來嘲笑古代私塾老師，或昏庸淺陋、頭腦迂腐、不知變通的書呆子。

近義 腐儒

反義 名宿

搭配詞 冬烘先生、頭腦冬烘

放大鏡

冬烘與顏眞卿

顏真卿是唐代有名的忠君愛國之士和著名的書法家。代宗時，封魯郡公，因此，後世又稱其為顏魯公。

唐宣宗時，禮部侍郎鄭薰，亦是品行端正、忠君意識濃厚之士，尤其敬重顏真卿之為人。有一年，他主持科舉考試，考生中有位名喚顏標者，鄭薰誤以為其乃顏真卿之後，出於對顏真卿之敬重，以及為了宏揚忠烈，鄭薰竟把文章並不突出的顏標，拔擢為狀元。事後，顏標向主考官謝恩時，鄭薰問起他的家世，才恍然大悟：顏標與顏真卿並無任何關聯。鑄成大錯的鄭薰，既無法改變事實，只好默不作聲。但此事仍被傳揚開來，所以，有人作了兩句順口溜嘲諷鄭薰說：「主司頭腦太冬烘，錯認顏標作魯公。」

用法說明 「冬烘」與「名宿」意思相反。前者為貶義，後者則謂極有聲望之人。例一：如：表弟的導師，至今仍抱殘守缺，被同學們喻為冬烘先生，完全趕不上時代的潮流。例二：近日足球圈盛傳：足壇名宿容志行有可能成為點燃廣州亞運會火炬臺的主火炬手。

出主意 ㄔㄨ ㄓㄨˇ ㄧˋ

出處 清・李伯元《文明小史》第十七回：「時老先生替我們出主意，請了三位幫手。」

解釋 意即想出解決事情的辦法。

近義 想法子、想辦法、出

點子

反義 掌不起（拿不出主意，無法擔當責任）、流和心性（隨和無主見）

搭配詞 亂出主意

放大鏡

書店老闆談暢銷書

姚文通與徒弟逛到了文本書坊，請教老闆：那一本翻譯書賣得最好？書店老闆就書籍的銷售數量，說：「八股考試盛行的時候，《文料觸機》一年可以賣掉五萬本，因為賣得太好，所以被人翻印後，生意大不如前。幸好，一位時量軒老先生出了一個主意，請了三位幫手，花了半年工夫編了《廣文料觸機》，這本書上市後，賣得也還不錯，被翻印後，時老先生又編了一部《文料大成》，但才賣二萬本就聽見朝廷規定：以後考試，不再只考八股了。」

用法說明 「出主意」是為事情找解決的方法，而「出意外」則是指發生變故或意外災禍。例一：她號稱是智多星，找她出主意，一定沒問題！例二：每天出門前，一要做好車子檢查，否則很容易出意外。

出汙泥而不染（ㄔㄨ ㄨ ㄋㄧˊ ㄦˊ ㄅㄨˋ ㄖㄢˇ）

出處 北宋・周敦頤〈愛蓮說〉：「予獨愛蓮之出淤泥（即汙泥）而不染，濯（音ㄓㄨㄛˊ，洗滌）清漣而不妖，中通外直，不蔓不枝，香遠益清，亭亭淨植，可遠觀而不可褻玩（音ㄒㄧㄝˋ ㄨㄢˊ，狎近玩弄）焉。」

解釋 本為形容蓮花長自水裡爛泥，卻能開出芬芳美麗的花朵；後世用以比喻一個人生長自惡劣的環境，卻能潔身自愛，不受影響，而有好品格、好成就。

近義 潔身自愛

反義 同流合汙、近朱者赤，近墨者黑

放大鏡

奠定理學根基的周敦頤

周敦頤，字茂叔，號「濂溪」，故學者稱他為「濂溪先生」。他出生於書香世家，自幼受到良好的文化薰陶。十五歲時隨母入京，在舅舅的督促下，刻苦攻讀經史；二十歲，已小有名氣。他學識廣博，善於博採各家之長，融會貫通，終成一家之言。他的哲學思想以儒學為主，兼治佛、道之說，對日後儒學發展有關鍵性的影響；如後來兩位理學大師——程顥、程頤兄弟，都是他的得意門生。著有《太極圖說》與《易通書》等。

用法說明 「出汙泥而不染」是說一個人不受惡劣環境影響，而能卓然有成。「近朱者赤，近墨者黑」則比喻環境對人的影響之大，與君子交往則易成為君子，反之，與小人為伍，則容易與之同流合汙。故二詞意義相反。例一：小吳家裡經營賭場，父親是個地痞流氓，而他卻出汙泥而不染，立志當一名伸張公權力的好警察。例二：自從他搬到學校旁，竟開始發憤圖強，用功讀書，真是「近朱者赤，近墨者黑」的最佳例證。

出色（ㄔㄨ ㄙㄜˋ）

出處 明・馮夢龍《醒世恆言・賣油郎獨占花魁》：「我們是出戶人家，靠著粉頭過活，家中雖有三四個養女，並沒個出色的。」

解釋 比一般人還要好。

近義 傑出、精采、卓越、超卓

反義 平凡、平淡、凡庸、

遜色

搭配詞 表現出色、非常出色

放大鏡

賣油郎獨占花魁

北宋靖康之難時，與家人失散的瑤琴被賣給王媽媽。當時，王媽媽家中雖已有三四個養女，但沒有一個出色的，因此王媽媽看到聰明靈秀的瑤琴時，十分開心，不但盡力培養她，還替她改名為王美娘。美娘也不負她的栽培與期望，因著出色的才藝和容貌，得到了「花魁娘子」稱號。賣油郎秦重無意中見到她，雖然只是驚鴻一瞥，但美娘的倩影，卻時常縈繞在他心裡，為了能再見到美娘，他拿出辛苦積攢的十兩銀子，但美娘根本不理他，甚至還對他頤指氣使，惡言相向，秦重不以為意。後來，美娘遭到吳八公子的羞辱，幸好秦重路過救了她，美娘為報答他，用多年的積蓄，為自己贖身，並嫁給了他。

用法說明 「出色」是指因為才能、外表、個性……比其他人好，故而被注意到。而「出鋒（或寫作「風」）頭」，則是各方面不見得比一般人好，但因愛表現、愛秀而被人注意，故含有負面的意味。例一：小明的舞技出色，受到大家的矚目。例二：因為愛出鋒頭，所以她常標新立異。

出將入相 ㄔㄨ ㄐㄧㄤˋ ㄖㄨˋ ㄒㄧㄤˋ

出處 五代晉．劉昫等《舊唐書．王珪傳》：「才兼文武，出將入相，臣不如李靖。」

解釋 原意是在外面可以擔任大將的重責大任，入朝可以承擔宰相的職務，意即兼有文才武藝的官員。

近義　出入將相、文武雙全

放大鏡

了解自己的王珪

唐太宗時期，有一個十分了解自己的諫議大夫，名叫王珪。有一次，太宗要他評斷同儕的才幹，並比較誰比較賢能。一般人這個時候都會自吹自擂，說自己比其他人要好上千百萬倍，但王珪卻如實地陳述：「勤懇奉公，我不如玄齡；文武雙全，我不如李靖；思慮詳備，我不如彥博；處事妥善，我不如戴冑；諫諍國君，我不如魏徵。我的專長只在抨擊壞人、壞事，獎勵好人、好事。」他這一番話，不但受到了太宗的認同，更贏得了他的讚許。

用法說明　「出將入相」用以形容文武雙全，且位居高官的人。戲劇舞臺左右兩邊有兩扇門，也稱為「出將」、「入相」，表演時演員會從「出將」門出來，完畢後再從「入相」門回去，因此又稱為「上場門」和「下場門」。例一：「望子成龍，望女成鳳」的父母都希望：小孩是一文武雙全的優秀人才，能出將入相，光耀門楣。例二：李靖是唐初「才兼文武，出將入相」的著名軍事家。

出爾反爾（ㄔㄨ　ㄦˇ　ㄈㄢˇ　ㄦˇ）

出處　《孟子・梁惠王下》：「出乎爾者，反乎爾者也。」

解釋　形容人的言行前後反覆、甚至自相矛盾。

近義　反覆無常

反義　言而有信、言行一致、說一不二

放大鏡

孟子與「出爾反爾」

戰國時，鄒國和魯國爭

戰，由於鄒國人民不願為國家效命，使得鄒穆公非常懊惱與無奈，只好問孟子：應該如何處理這些百姓？於是孟子告訴鄒穆公說：「從前鬧飢荒的時候，人民死的死、逃的逃，但是，當時鄒國的糧倉飽滿、庫銀充足，無奈官吏們對朝廷隱瞞災情，任由災民流離失所，甚至餓死街頭，現在他們當然會用這樣的態度回報啊。曾子不是曾警惕過人們：『你現在所做的事情，將會同樣地回報在你身上。』如今，那些百姓終於有機會報復昏庸的官吏，你怎麼能夠怪他們呢？」換言之，「出爾反爾」這句話就是由此演變而來，本是用來比喻你怎麼對待別人，別人也會怎麼待你。但是，現今則多用以比喻一個人說話不算數且反反覆覆。

用法說明 「出爾反爾」與「言行一致」意思相反。例一：無論做人做事，都必須言而有信，不能老是出爾反爾。例二：浩權向來就是言行一致的人，只要他答應的事，絕對不會反悔！

出閣 ㄔㄨ ㄍㄜˊ

出處 清・曹雪芹《紅樓夢》第七十四回：「但姑娘未出閣，尚不能完你我之心願。」

解釋 古時稱公主出嫁為「出閣」，今用於指女子出嫁。閣，女子的房間。

近義 出嫁

搭配詞 出閣之喜

放大鏡

古代建築－閣

在漢代以前，「閣」僅是堂兩側廂房後面的小房。後來「閣」發展成為古代園林中不可或缺的建築之一，它與樓近似，但形制較為小巧。平面為方形或多邊形，四面開窗，多為兩層的建築，底層為支撐層，上層立於支撐平座上，視野高闊、通風良好。常建於園林中，以供憑高眺遠、遊憩觀景或供佛藏書。四周設扇或欄杆迴廊，通常為兩層或多層，聞名中外的「閣」如北京頤和園的佛香閣、寧波著名明代藏書樓天一閣等。

用法說明 「出閣」一詞多用於嫁娶之際，用來稱呼女方出嫁。例一：表姊終於覓得良婿，準備在今年秋天出閣了。例二：家裡有已屆適婚年齡的姑娘尚未出閣，總讓父母為之操心。

出醜 ㄔㄨ ㄔㄡˇ

出處 金・董解元《西廂記諸宮調》卷四：「若夫人知道，多大小出醜。」

解釋 當著眾人面前丟臉。

近義 出洋相、跌股、丟人、出乖弄醜

搭配詞 當街出醜

放大鏡 「出醜」之古今義

眾所周知，今日對「出醜」一詞之理解，係指於大庭廣眾之下，因言行失當而使自己顏面盡失。但在古代，「出醜」亦可用來謙稱自身作品。據傳唐代文人王勃寫〈滕王閣序〉時有一段插曲，當時，洪州閻都督於其新落成之滕王閣大宴賓客，王勃於宴席上完成〈滕王閣序〉之後，謙遜地說：「出醜之作，望都督指教。」此處「出醜之作」乃係王勃謙稱自身作品並非佳篇，與今人熟知的「在眾人面前丟臉」之釋義，可謂截然不同。

用法說明 「出醜」與「跌

股」，雖然都有丟臉的意思，但「出醜」是丟自身的臉，「跌股」則指丟某人的臉。例一：大夥兒絞盡腦汁，想讓東東在表演臺上出醜。例二：母親總是告誡大維：「要堂堂正正做人，不要跌父親的股。」

功德圓滿（ㄍㄨㄥ ㄉㄜˊ ㄩㄢˊ ㄇㄢˇ）

出處 隋煬帝〈入朝遣使參書〉：「仰承衡嶽，功德圓滿，便致荊巫。」

解釋 本來指誦經等佛事結束。後比喻為舉辦事情圓滿結束。

近義 大功告成

放大鏡 如何才是功德圓滿？

功德，本是佛教用語，指誦經、佈施等。功德圓滿，指所有的佛教儀式都順利進行完畢。古時候祭拜天地或東嶽（泰山）、西嶽（華山）、南嶽（衡山）、北嶽（恆山）、中嶽（嵩山），都有許多儀式，儀式順利完成，便是功德圓滿，後引申為某件事情已經圓滿結束。

功德並不從學識涵養來，學識涵養不能說是功德，功德在於解除妄想分別的執著，如能依靠自身修持的功德，來掃蕩一切塵勞妄想，這意樣修持的功德就稱為修德。唯有不斷修德，才可以功德圓滿。閩南語有所謂「做功德」，其實就是不斷修德的意思。

用法說明 功德圓滿這個詞可以稱許個人，也可以表彰各種事情的成功。例一：這件事終於完成，你已經盡心盡力，也可說是功德圓滿了。例二：此次日本震災嚴重，臺灣舉辦大型義賣捐款慈善會，募集了七、八億元，稱得上是功德圓滿。

半瓶醋（ㄅㄢˋ ㄆㄧㄥˊ ㄘㄨˋ）

出處 元・無名氏《司馬相如題橋記》：「如今那街市上常人，粗讀幾句書，咬文嚼字，人叫他做半瓶醋。」

解釋 原意是指瓶子裡，只裝一半的醋；後用以形容只知道一點知識，或技術皮毛的人。

近義 半吊子、半桶水、半瓶子醋

搭配詞 半瓶醋不敢晃、半瓶醋響叮噹

放大鏡　司馬相如的願望

漢代司馬相如滿腹經綸，善於寫詩作賦，所以每看到稍有一點知識，或略有一點本領的人，受到重用，他便十分難過，感慨：自己為什麼時運不濟，鬱鬱不能得志？後來，他回到四川成都家鄉，一日，過橋時，看見富貴者車馬喧騰，他暗暗立下：「大丈夫當如是」的志向，並在橋上寫了十三個字：「他日若不乘高車駟馬，不過此橋」，來表示了自己一定要成功的決心。後來，司馬相如獻賦給漢武帝，得到漢武帝的賞識，做了大官，實現他當日在橋上寫下的十三字心願。

用法說明 「半瓶醋」、「半桶水」或「半吊子」，常用於口語罵人，表示看不起別人的意思，也可以作為自謙之詞。例一：專家尚且不敢妄下斷語，但許多半瓶醋的人卻常常口出狂言，真是令人不齒。例二：半吊子的人，什麼都會，但什麼不精。

半部論語治天下（ㄅㄢˋ ㄅㄨˋ ㄌㄨㄣˊ ㄩˇ ㄓˋ ㄊㄧㄢ ㄒㄧㄚˋ）

出處 南宋・羅大經《鶴林玉露》：「人言（趙）普山東人，所讀止《論語》……。太宗嘗以此問普，普略不隱，對曰：『臣平生所知，誠不出此。昔以半部輔太祖定天下，今欲以其半輔陛下致太平。』」

解釋 《論語》為十三經之一，是孔子與弟子、時人應答的語錄；其中隨處可見儒家「修身、齊家、治國、平天下」的入世思想。所以說，只要能融會貫通，靈活運用，半部《論語》就足以輔佐君主治理國家。

近義 學以致用

反義 一招半式闖天下

放大鏡

治國須取得人民的信任

根據《論語・顏淵》中記載：有一天，子貢向孔子請教如何治理國家。孔子說：「充足的糧食，充足的軍備，然後取得人民的信任。」子貢問：「如果逼不得已，在三項之中應該先去掉哪一項呢？」孔子回答：「去掉軍備。」子貢又追問：「如果逼不得已，在剩下兩項中應該先去掉哪一項呢？」孔子毫不考慮地說：「去掉糧食。因為自古以來，人們都免不了一死；如果一個政府不能取得人民的信任，那麼，國家的威信就建立不起來。」

用法說明 「半部論語治天下」，意謂只要學以致用、融會貫通，半部《論語》就足以輔佐君主治理天下了；「一招半式闖天下」，指學會一些皮毛，根本沒有真才實學，就出來闖蕩江湖。前者強調靈活運用的功效；後者則突顯出學藝不精，未能得其精髓。例一：他學識淵博，以半部《論語》治天下，把公司經營得有聲有色。例二：小吳剛出社會，靠著一招半式闖天下，只要他堅持下去，相信總有一天，定能闖出自己的一片天。

半路殺出程咬金（ㄅㄢˋ ㄌㄨˋ ㄕㄚ ㄔㄨ ㄔㄥˊ ㄧㄠˇ ㄐㄧㄣ）

出處 見《隋唐演義》。

解釋 比喻突然出現了意想不到的人，使得事情進行不順利或出差錯。

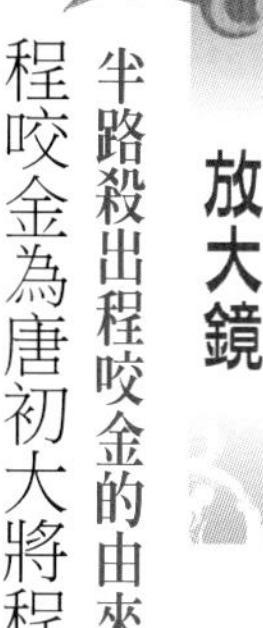

放大鏡

半路殺出程咬金的由來

程咬金為唐初大將程知節，本是隋末農民起義軍領袖，後投瓦崗寨。在隋末曾跟從李密、王世充等，後來跟隨李世民討平隋末群雄、西平突厥，到唐高宗時，官至大將軍，武功顯赫。此人憨厚耿直，手執板斧常埋伏於半路殺出，故有「半路殺出個程咬金」之說。民間流傳的程咬金形象於歷史上的程知節相去甚遠，主要是民間說書人進行附會、創作的結果。《隋唐演義》等傳統小說裡的程咬金是個魯莽憨直的人，是做強盜起家，常埋伏於道路旁、樹林中搶劫過客。

用法說明 我們常用「半路殺出個程咬金」來形容突然出現了意想不到的人，使得事情進行不順利或出差錯。例一：我們努力了大半天，終於快把事情完成，不料半路殺出程咬金，兩三下就給搞砸了。例二：本來規劃全家週末要到日本去玩，沒想到半路殺出個程咬金，遇到颱風來攪局，只好作罷。

古錐（ㄍㄨˇ ㄓㄨㄟ）

出處 南宋・賾（音ㄗㄜˊ）藏主編《古尊宿語錄・舒州龍門佛眼和尚語錄》：「宗

師方便太慈悲，是汝之言實古錐。」

解釋 形容人聰明活潑又機智風趣。

搭配詞 老古錐（指老練圓熟的師家）

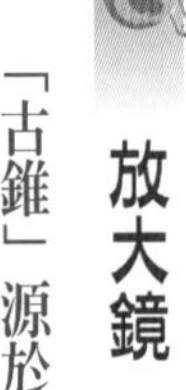

放大鏡

「古錐」源於佛教用語

「古錐」原本是唐朝佛家用語，五代十國以後，因為佛教在閩南地區盛行，所以，佛語就在閩南語中自然留存下來。而「錐」本來是一種鑽東西的工具，後來在佛語中轉化為使人領悟道理，或發人深省的方法。唐朝滁州瑯琊山覺和尚曾經形容：原本想不通透的道理，經過別人點醒之後，就像腦子被錐子敲過一樣，整個人都變得思路清晰了。

後來，「古錐」又變成形容說話很有智慧的和尚，譬如唐朝的玄沙師備禪師，因為反應機智敏捷，只要人們碰到難以理解的事情，就會去請教他，同時稱讚他說話古錐。

用法說明 「古錐」除了形容一個人聰明活潑又機智風趣以外，今日亦可用於形容人很可愛，尤其是指一個人在神韻、言語方面的可愛。

例一：忘塵禪師深入淺出的佛法分析，總是令人受益匪淺，因此被眾人喻為老古錐。例二：剛滿三歲的軒軒，總喜歡模仿蔡依林唱歌時的歌聲與舞姿，活潑逗趣的模樣，實在是古錐得不得了。

只許州官放火，不許百姓點燈

出處 南宋・陸游《老學庵筆記》云：「田登作郡，自諱其名。觸者必怒，吏卒多被榜笞。於是舉州皆謂

『燈』為『火』。上元放燈，許人人入州治遊觀。吏人遂書榜揭于市曰：『本州依例放火三日』。」

解釋 指做官的可以為所欲為，連「放火」都敢公然出現在布告上；而一般老百姓奉公守法，卻動輒得咎，一不小心便惹禍上身。用來比喻官吏的恣意妄為，與百姓的無可奈何。

近義 官官相護

反義 愛民如子

放大鏡

辛棄疾筆下的元宵燈節

辛棄疾〈青玉案・元夕〉云：

東風夜放花千樹。更吹落、星如雨。寶馬雕車香滿路。鳳簫聲動，玉壺光轉，一夜魚龍舞。　蛾兒雪柳黃金縷，笑語盈盈暗香去。眾裏尋他千百度，驀然回首，那人卻在，燈火闌珊處。

元宵夜，東風尚未催促百花綻放，卻先吹開了元宵的火樹銀花。不但吹開了地上的燈花，還從天空吹落了如星雨般的煙火彩花，璀璨絢麗，繽紛耀眼。再寫車馬、鼓樂，勾勒出一幅燈月交輝、繁華熱鬧的人間仙境。街上盛妝打扮、出門觀燈的女子，一個個霧鬢雲鬟，戴滿了元宵特有的鬧蛾兒、雪柳等首飾（據《武林舊事・元夕》載：「元夕節物，婦人皆戴珠翠、鬧蛾、玉梅、雪柳……」），她們迎面走來，盈盈笑語聲不斷，漸漸地越走越遠，只剩那一縷幽香仍在空氣中飄散。而詞人在人群中，苦苦找尋心中愛慕的那位姑娘，卻一直找不到伊人倩影，難掩幾許落寞之情。突然，眼睛一亮，在那燈火黯淡的地方，分明看見了，是她！是她！沒錯，她原來就在那冷清的角落，到底在等待誰呢？

用法說明　「只許州官放火，不許百姓點燈」，是官官相護，為所欲為，欺壓百姓，魚肉鄉里的意思；「愛民如子」則是把人民當成自己的孩子一般看待，愛護他們，照顧他們，所以地方官又有「父母官」之稱。例一：這些貪官污吏聯合來為非作歹，「只許州官放火，不許百姓點燈」的行徑，實在令人髮指。例二：市長先生勤走基層，愛民如子，因而贏得市民一致的愛戴。

失（ㄕ）之（ㄓ）東（ㄉㄨㄥ）隅（ㄩˊ），收（ㄕㄡ）之（ㄓ）桑（ㄙㄤ）榆（ㄩˊ）

出處　南朝宋・范曄《後漢書・馮異傳》：「始雖垂翅（比喻受挫，折損兵卒）回溪，終能奮翼黽池，可謂失之東隅，收之桑榆」。

解釋　比喻在這裡失敗了，卻在那裡取得成功；亦有先敗後勝的意思。

近義　有得有失

反義　得不償失

放大鏡

失之東隅，收之桑榆

相傳東漢初年，光武帝劉秀派大將馮異和鄭禹圍剿赤眉農民起義軍，鄭禹和義軍交戰後，不幸損兵折將，於是，馮異命部隊加強防禦，收攏潰散之士兵，同時派軍裝扮成赤眉軍直搗黃龍，結果大獲全勝。最後，朝廷下詔表彰，並謂之此戰乃「失之東隅，收之桑榆」。

用法說明　「失之東隅，收之桑榆」與「得不償失」意思相反，前者指有得有失，後者則謂所得利益抵不上所受損失。例一：小葉之前沒考上公職人員，但經過數月的努力，終於考進一家知名的外商公司，真可謂「失之東隅，收之桑榆」。例二：科技新貴上班時間長且壓力大，為事業和金錢犧牲身體健康，實是得不償失。

失恃（ㄕ ㄕˋ）

出處 《詩經・小雅・蓼莪（音ㄌㄨˋ ㄜˊ）》：「無父何怙（音ㄏㄨˋ）？無母何恃？」

解釋 字面義是失去依靠，指喪母。恃，依靠的意思。

近義 喪母

放大鏡

蓼莪

《詩經・小雅・蓼莪》是一首描寫人子孝思的詩。詩人先藉由莪、蒿、蔚等植物，傳達自己不能成材、有愧父母的心情。詩中的「無父何怙？無母何恃？」意思是失去父母之後，不知該依靠誰。詩人失去父母之後，居家或外出都陷入了失魂落魄的狀態。詩中既感念父母的辛勞，又悲嘆子欲養而親不待。後人因此以「失怙」指稱喪父，「失恃」指稱喪母。

用法說明 「失恃」一詞是喪母的意思；「失勢」則是指失去權勢。例一：失恃之痛，讓他形容憔悴，意志消沉。例二：這位政客失勢之後，就面臨眾叛親離的打擊。

失真（ㄕ ㄓㄣ）

出處 西漢・司馬遷《史記・十二諸侯年表》：「魯君子左丘明懼弟子人人異端，各安其意，失其真。」

解釋 和事實不合。

反義 屬實、得實

近義 失實、走樣

放大鏡

盲人所著的經典

孔子有心救世，卻不見用，於是參照魯史，寫成

《春秋》一書，藉以褒貶時人時事。由於書中用語精微，義理正大，左丘明害怕後人會各憑己意，斷章取義，以致失去了孔子著書的本意，於是又寫了一本《左氏春秋》，詳載《春秋》中所記史事的前因後果及過程。據說左丘明是個盲人，但他除了寫了《左氏春秋》外，還有一本《國語》也是他所寫的。兩本書的體例不同，卻同樣精彩。雖然有人懷疑兩本書的作者是否相同，但是盲人著書的傳奇，卻仍能鼓舞人心，使人們相信，身體的缺陷並不會阻礙個人的成就。

用法說明 「失真」和「造假」都指不符合事實的情況，但是前者可能出於無心，後者卻是出於有意。例一：這件事經過幾個人的傳述，內容已經有點失真了，你最好再去確認一下。例二：由於獻書可以獲得極大的利益，所以有不少人開始造假，想要混水摸魚。

左遷（ㄗㄨㄛˇ ㄑㄧㄢ）

出處 西晉・陳壽《三國志・魏書・盧毓傳》：「雖聽毓所表，心猶恨之，遂左遷毓，使將徙民為睢陽典農校尉。」

解釋 降職、貶官。

近義 降職、貶官、降調、貶職

反義 升官、榮升

放大鏡

韓愈招來貶官之禍

唐憲宗元和十四年（西元八一九年），篤信佛教的憲宗曾派專使至陝西鳳翔將一塊佛骨迎接入宮，在宮中供奉了三日之後，才將佛骨送至佛洞裡安置。眼見朝廷為了迎接一塊佛骨而大肆鋪張，韓愈便上表諫迎佛骨，認為佛法是夷狄的宗教，佛骨乃是「枯朽之骨，凶穢之餘」，絕不能迎入宮中，並提議將佛骨燒掉，以絕後人疑惑。憲宗一見奏章大為震怒，將他貶為潮州刺史。潮州在廣東東南海邊，距離長安路途極為遙遠，當時韓愈已年過五十，被貶時又值嚴冬，幾乎凍死在漫天風雪中。行至藍關（今陝西藍田縣）時，侄兒韓湘趕來同行，後來韓愈作〈左遷至藍關示侄孫湘〉詩，表達與韓湘會面時的心情：「一封朝奏九重天，夕貶潮陽路八千。欲為聖明除弊事，肯將衰朽惜殘年？雲橫秦嶺家何在？雪擁藍關馬不前。知汝遠來應有意，好收吾骨瘴江邊。」

用法說明 漢代人尊右而卑左，故稱官吏被貶降職為「左遷」。例如：因為發生社會重大意外，院長於是引咎左遷以示負責。

巧言令色（ㄑㄧㄠˇ ㄧㄢˊ ㄌㄧㄥˋ ㄙㄜˋ）

出處 《論語・學而》：「巧言令色，鮮矣仁。」《論語・公冶長》：「巧言令色足恭，左丘明恥之，丘亦恥之。」

解釋 言語說得很動聽，臉色裝得很和善，其實內心一點也不誠懇。

近義 花言巧語

反義 義正辭嚴、疾言厲色

放大鏡

左丘明是孔子的弟子或朋友？

左丘明是《左傳》的作者。史傳說他「懼弟子人人異端」，所以著成《左傳》一書，以闡釋《春秋》中的事例、義理。史載他「受經於孔子」，後人大多因此說他是孔子的弟子，但是從

「巧言令色足恭，左丘明恥之，丘亦恥之」一句來看，他又似乎是孔子以前的賢人，至少也與孔子同一時代。近代學者認為「受經」不一定代表具有師生的關係，而《史記・仲尼弟子列傳》也不認為左丘明是孔子的學生，所以斷定他與孔子的情誼，應介於師、友之間。

用法說明 「巧言令色」和「口蜜腹劍」都指話說得很好聽，但是一點也不誠懇。然而，「口蜜腹劍」還有內心險惡的意思，比「巧言令色」更加可怕。例一：由於老闆只信任那種巧言令色的小人，以致公司裡真正的人才紛紛求去。例二：他是個口蜜腹劍的狠角色，你還是小心為上。

巨無霸（ㄐㄩˋ ㄨˊ ㄅㄚˋ）

出處 南朝宋・范曄《後漢書・光武帝紀》：「時有長人巨無霸，長一丈，大十圍，以為壘尉；又驅諸猛獸虎豹犀象之屬，以助威武。」

解釋 原作巨毋霸，傳說中出現在新莽時期的巨人。用以比喻身軀龐大的人。

近義 彪形大漢、大塊頭、偉丈夫、險道神

放大鏡 中國史上的巨人們

傳說中的巨無霸，出現在王莽篡漢時期。他的身高十丈、腰闊十圍，三匹馬都拉他不動。他臥睡時以大鼓為枕，又用鐵鑄的筷子進食。高十丈、闊十圍——這已經是巨人身材了！然而在巨無霸之前，還有更廣為人知的巨人們：神話中開天闢地的盤古，算是第一名，另外像逐日的夸父、水神共

工，以及與黃帝爭天下的蚩尤——傳說蚩尤有四眼、六手，腳生牛蹄，銅頭鐵額，渾身骨骼也像鋼鐵一般，光是一顆牙齒就有兩寸長——都是體型驚人的巨人們。

《水滸傳》的一百單八將中也有不少彪形大漢，像魯智深、李逵。還有幾位特別高大的豪傑，光看他們的外號就知道，例如：「雲裡金剛」宋萬、「摸著天」杜遷、「險道神」郁保四皆是。其中郁保四因為高人一等，便奉命成為梁山泊上掌帥字旗的頭領。

用法說明 「巨無霸」比喻身軀龐大之人。而「險道神」原指《封神演義》裡的方弼、方相兄弟，身高三丈六尺，後來變成驅疫避邪、出殯開道之用的神像，也指身材高大之人。例一：日本的相撲選手，個個都有巨無霸般的身材。例二：美國職籃的明星中鋒既高又壯，活脫脫是個巨無霸，要在他的防守之下取分，非常困難！

巨擘（ㄐㄩˋ ㄅㄛˋ）

出處 《孟子・滕文公下》：「於齊國之士，吾必以仲子為巨擘焉。」

解釋 大拇指，比喻特別優秀的人物。

近義 巨頭、巨子

搭配詞 一代巨擘

放大鏡

於陵巨擘陳仲子

陳仲子本名陳定，字子終，是戰國時期齊國著名的思想家。其先祖陳公子完為避戰亂逃到齊國，改為田氏，所以又名田仲。陳仲子反對驕奢淫逸，提倡廉潔自律，力圖整頓世風。他對貴族階級剝削壓迫百姓、出賣靈魂追求榮華富貴的行為深惡痛絕。齊王、楚王都曾請他去做官，但他堅辭不就，逃到於陵以傭工灌園、編織草鞋謀生，以示「不入汙君之朝，不食亂世之食」的決心，最終饑餓而死。陶淵明有詩稱讚他：「至矣於陵，養氣浩然。蔑彼結駟，甘此灌園。」陳仲子的學說自成一家之言，在當時影響很大，被稱為「於陵學派」，他的事蹟主要保存於《於陵子》一書中。齊宣王時孟子來齊，曾高度評價陳仲子為「齊之巨擘」。

用法說明 我們常用「巨擘」來尊稱一個時代中最傑出的人物；「擘畫」一詞則有安排、策劃的意思。例一：張大千精擅書畫，可謂一代巨擘。例二：經過他開疆闢土的擘畫，公司在這個領域的業績蒸蒸日上。

平反（ㄆㄧㄥˊ ㄈㄢˇ）

出處 東漢・班固《漢書・雋（音ㄐㄩㄢˋ）不疑傳》：「有所平反，活幾何人？」

解釋 洗刷他人的冤屈。

近義 洗雪、昭雪

反義 誣陷、誣害

放大鏡

爲民平民的好官雋不疑

雋不疑是西漢人。他在青州刺史任內，察覺到齊王的孫子劉澤有謀反的意思，於是逮捕了一千叛亂分子，立下大功，被升為京兆尹。他在當官期間，對於監獄中的犯人，一定仔細審問。只要查到有冤屈，就一定全力昭雪冤情，因此得到世人的讚譽。即使如此，他每次回家時，母親都會問他：「你今天平反了幾件冤情，救活了幾個人呢？」不在乎兒子做了多大的官，只在乎他做了多少好事，雋不疑的母親如此賢能，難怪他能夠成為一位人人稱讚的好官。

用法說明 「平反」和「翻案」都指推翻了先前的判決，但是「平反」指洗雪冤情，發現真相，「翻案」則未必。此外，翻案也指推翻前人的論點，如「翻案文章」。例一：經過一再的上訴，他的不在場證明始終不被法院接受，直到新的證據出現，他的冤情才終於得到平反。例二：自古以來，曹操都被視作大奸臣，直到近代，才有人想替他翻案，強調他在歷史上的貢獻。

平易近人（ㄆㄧㄥˊ ㄧˋ ㄐㄧㄣˋ ㄖㄣˊ）

出處 西漢・司馬遷《史記・魯周公世家》：「平易近民，民必歸之。」

解釋 態度和藹可親，讓人願意親近。

近義 和藹可親、和顏悅色

反義 咄咄逼人、拒人千里

放大鏡

「平易近人」有演變

「平易近人」原指政令平和易行，能使百姓歸附。

西周初，周公的兒子伯禽被封在魯地，姜子牙（姜太公）被封在齊地，周公則在都城輔佐王室。太公到齊之後，五個月就去匯報政務。周公說：「為什麼來得這麼快？」太公說：「我簡化了君臣之間的禮節，一切按照當地風俗去做，所以快。」而三年後，伯禽才入朝向周公匯報政務，周公問：「為什麼來得這麼晚？」伯禽說：「改變那裡的習俗，革新那裡的禮法，三年後才能看到效果，所以來晚了。」

周公於是嘆息道：「政令不簡約易行，百姓就不會對它親近；政令平和易行，百姓就必定會歸附。」到了唐朝，為避唐太宗李世民諱，凡言「民」處皆改為「人」，此語也不例外。這樣一改，意思也就變了，從指政治變為指為人處世的態度，有時也指文章風格淺顯易懂。

用法說明　「平易近人」有兩種意思，一、性情寬和，容易與人親近。二、內容淺顯，容易瞭解。例一：他雖貴為一國元首，卻能平易近人，時常親自去瞭解人民的生活。例二：林良先生的文筆平易近人，作品廣受青少年喜愛。

打個照面（ㄉㄚˇ ˙ㄍㄜ ㄓㄠˋ ㄇㄧㄢˋ）

出處　元・王實甫《西廂記》第一本第一折：「剛剛的打個照面，風魔（受誘惑而著迷、神魂顛倒）了張解元。」

解釋　意即正面碰到。

放大鏡

一見鍾情之後

唐貞元年間，書生張珙（音ㄍㄨㄥˇ）在普救寺遇到崔相國之女鶯鶯時，一打個照面就被她的風采傾倒，深深著迷。恰巧河橋守將孫飛虎兵圍普救寺，強索鶯鶯為妻，崔夫人當眾允諾：若有退得賊兵者，便將鶯鶯許配給他。張珙寫信給好友白馬將軍杜確，請他發兵解圍。但事件平息後，崔夫人卻不肯允婚，只讓兩人以兄妹相稱。張珙相思成疾，在紅娘的撮合下，鶯鶯到西廂探慰張珙，不料卻為崔夫人發覺，夫人要張珙上京趕考，得中狀元後，方能與鶯鶯團圓。

用法說明　「打個照面」是指未經約定而相遇。而「打個照會」則是事先示意通知，含有約定的意思。例一：小明與小華因為細故吵架，互不見面的兩人，在長輩有意的撮合下，打了個照面。例二：為了不白跑一趟，去的時候，最好先打個電話照會一聲。

打馬（ㄉㄚˇ ㄇㄚˇ）

出處 南宋．李清照〈打馬圖序〉：「使千萬世後，知命辭打馬，始自易安居士是也。」

解釋 即打雙陸，因棋子為馬頭形，故而得名。

近義 打雙陸

搭配詞 打馬棋、打馬英雄、打馬而過、打馬毯、打馬格錢、打馬將、打馬虎、打馬虎眼

放大鏡

李清照是「打馬」之母

丈夫趙明誠病逝後，李清照便離開臨安，投奔弟弟李元，閒暇之時，她常和李元一家人玩打馬棋的遊戲，因為打遍天下無敵手，所以她將遊戲規則編輯整理成《打馬圖經》、〈打馬賦〉，使當時流行的兩種「打馬」遊戲：一是「一將十馬，謂之關西馬」，另外一種是「無將二十馬者，謂之依經馬」，得以完整地被保存下來，故李清照被稱為「打馬棋之母」。

用法說明 「打馬」是一種博弈遊戲，而「打馬將」是指打麻將。例一：小明熱中於打馬遊戲，以致於學業都荒廢了。例二：她每天只顧著打馬將，什麼都不做。

打圓場（ㄉㄚˇ ㄩㄢˊ ㄔㄤˇ）

出處 清．李寶嘉《官場現形記》第五十六回：「後來那兩個監場的道臺，彼此商量了一回，齊說：『這事情鬧到大帥跟前，恐怕弄僵，

不好收場。』便挺身出來，打圓場。」

解釋 意即幫人調解紛爭，緩和僵局或撮合促成事情。

近義 打圓盤

反義 袖手旁觀

搭配詞 忙著打圓場、出來打圓場

放大鏡

逃過一劫的考生

考試當天，監考官核對考生姓名、發完考卷後，便把門關上，留下兩名官員維持考場秩序，考生得知測驗題目後，議論紛紛，突然有人大喊：「他冒名頂替。」兩個監場官員怕事情鬧大，不好處理，便出來打圓場，要大家留意自己的考試時間，他們將查個水落石出，並嚴懲考生及槍手。考生們覺得有理，將槍手交出。試場內，有人冒名頂替的消息，傳到撫臺大人耳裡，為殺雞警猴，他決定按律處斬。

消息公布後，群眾紛紛聚攏準備看撫臺殺人，但圍觀群眾等了半天，卻不見人影，後來才知道——撫臺大人未經查問明白，便做出了懲處決定，等知道考生身分是自己二少爺的妻舅時，已經鬧得滿城皆知，不得已把槍手交給首府處治，至於其他的話，就不敢再說了。

用法說明 「打圓場」是用巧妙或幽默的話語，引導對方換個角度思考，具有緩和緊張氣氛、或調節人際關係的善意。而「和稀泥」則是指不分青紅皂白，毫無原則地為他人調解或處理，有時反而會適得其反。例一：眼看衝突一觸即發，小明趕忙打圓場，終化解不必要的紛爭。例二：為人處事一定要有原則，千萬不能和稀泥。

正鵠（ㄓㄥˋ ㄍㄨˇ）

出處 《禮記・中庸》：「射有似乎君子；失諸正鵠，反求諸其身。」

解釋 箭靶的中心，引申為目標的意思。

近義 目的、目標

放大鏡

反求諸己

儒家特別重視自我反省的功夫，《禮記・中庸》中就有這樣的思想。文中以射箭為喻，說明一個君子的行事，就有如射箭一般。射箭時如果射不中目標，不會有人責怪靶沒擺正，而會認為自己的技術還不夠純熟。君子行事就跟射箭一樣，如果不成功或遇到困境，不會先去責怪別人，而會先思考自己是否有錯誤或不足之處。換言之，真正的君子是懂得自省的。

用法說明 「正鵠」一詞有目標的意思；「正中紅心」一詞則是指射箭射中靶心。例一：她失去了生活的正鵠，有如行屍走肉。例二：這位神射手箭箭正中紅心，可謂神乎其技。

母大蟲（ㄇㄨˇ ㄉㄚˋ ㄔㄨㄥˊ）

出處 元末明初・施耐庵《水滸傳》第四十九回：「眉粗眼大，胖面肥腰。插一頭異樣釵環，露兩臂時興釧鐲。紅裙六幅，渾如五月榴花。翠領數層，染就三春楊柳。有時怒起，提井欄便打老公頭。忽地心焦，拿石碓（音ㄉㄨㄟˋ，舂米的用具）敲翻莊客腿。生來不會拈針線，正是山中母大蟲。」

解釋 比喻凶悍的女人。大蟲，老虎。

近義 母老虎、母夜叉、悍婦

放大鏡

豪邁不讓鬚眉的母大蟲

《水滸傳》中不但用奇特的裝扮、粗暴的舉止來形容「母大蟲」顧大嫂，故事情節中還處處可見這隻母老虎的豪爽、率直之處。例如：顧大嫂本來做的是殺牛、開賭場的營生，聽聞表弟解珍、解寶被關進死牢，便嚷嚷著要和丈夫去劫囚。或者當身為提轄的孫立心想：自己怎麼能跟著弟弟孫新、弟媳顧大嫂去劫死囚，且還要上梁山落草？這時，顧大嫂立刻捲起袖子，抄了一把刀子在手，要和這位大伯「好好地談一談」……。

用法說明 在歷史上，除了母大蟲，還有母獅子！《宋史・陳糙傳》記載陳慥（字季常，自號龍丘居士）的妻子柳氏十分兇悍，每當家中宴客有歌伎表演，柳氏在廳外就拿手杖敲打牆壁，讓客人們都嚇得落荒而逃。蘇軾還曾經作詩取笑陳慥：「龍丘居士亦可憐，談空說有夜不眠。忽聞河東獅子吼，拄杖落手心茫然。」陳慥好談佛理，所以蘇軾借用佛家語「空」、「有」、「獅子吼」來作戲謔語。這也是成語「河東獅吼」的由來。例一：看她那副潑辣的樣子，活像是頭母大蟲！例二：小劉再也忍受不了每天的河東獅吼，終於和強勢的妻子離婚了。

民不聊生（ㄇㄧㄣˊ ㄅㄨˋ ㄌㄧㄠˊ ㄕㄥ）

出處 西漢・劉向輯錄《戰國策・秦策四》：「百姓不聊生，族類離散，流亡為臣妾，滿海內（即天下）矣。」

解釋 意指人民無法生活下去。形容生活艱困。

近義 民不堪命、民生凋敝

反義 家給人足、戶有餘糧

放大鏡

春申君說秦王

戰國時代，秦昭王想要攻打楚國，楚國頃襄王得知消息之後，就派春申君黃歇出使秦國，說服秦昭王打消進攻楚國的念頭。春申君對秦王說，秦國如果要出兵攻打楚國，勢必得經過韓國、魏國。秦王從未施恩德給韓、魏兩國，反而跟這兩國有累世的冤仇。韓、魏父子兄弟接連死於秦人之手的情況，已經長達上百個世代了。這兩國社稷、宗廟因此殘破，死傷慘重；百姓不聊生，流離失所。韓、魏不滅亡，就會是秦國的隱憂。現在大王要攻打楚國，不是失算嗎？大王將要向仇恨敵人的韓、魏兩國借道嗎？「民不聊生」一詞即出於此。

用法說明 「民不聊生」一詞是說百姓生活困苦。「百無聊賴」則是指無事可做，也就是無聊的意思。例一：這個國家在獨裁者長期統治之下，民不聊生，發展落後。例二：退休之後，百無聊賴的生活讓她一時無法適應。

玄之又玄（ㄒㄩㄢˊ ㄓ ㄧㄡˋ ㄒㄩㄢˊ）

出處 《老子》：「玄之又玄，眾妙之門。」

解釋 本指極其深奧的道理。現在多指超於常理之外，難以理解的言語或事物。

近義 高深莫測

反義 不足為奇、司空見慣

放大鏡

一本作者也不想寫出來的書

春秋時期，有一位守藏史，姓李名耳，字老聃（音

ㄉㄢ），人稱老子。守藏吏相當於現在的國家圖書館館長一職，因此老子在飽讀國家秘藏典籍之後，成為一位通曉古今的智者。他預見國家的動亂將會難以收拾，於是騎著一頭驢子走向西方。守關的尹喜也不是平常人，他一見老子，就知道他是位智者，於是要求他留下著作才願放他出關。老子在無可奈何之下，寫下了《老子》一書，開頭就寫「道可道，非常道」，意思是說，凡是可以說出來的道理，都不是真正的道理，並將他在書中所陳述的道理形容為「玄之又玄」。玄有黑色的意思，比黑色還要黑，自然是難以得知其中奧妙的了。

用法說明 「玄之又玄」本指道理的深奧難解，但後來意思擴大為形容一切難以清楚解釋的言語或事物。例一：魏晉時代的讀書人推崇老子，連說話也要像他一樣玄之又玄，才能得到別人的稱讚。例二：明明只有兩公里的路，又沒有岔路，可是車子就是怎麼也出不去，發生了這麼一件玄之又玄的事，讓人不由得頭皮發麻。

玉不琢，不成器（ㄩˋ ㄅㄨˋ ㄓㄨㄛˊ，ㄅㄨˋ ㄔㄥˊ ㄑㄧˋ）

出處 《禮記・學記》：「玉不琢，不成器。人不學，不知道。」

解釋 人必須要努力學習才能明白道理，就如同玉石必須經過琢磨才能為美麗的器皿一樣。

放大鏡

學習如切磋

《禮記・學記》寫：「玉不琢，不成器。人不學，不知道。是故古之王者，建國君民，教學為先。」意思就是指人們必須經過學習，才能明白道理，就像玉石經過了琢磨拋光，才能化身為美麗的器皿。所以古時候的君王要建立國家、教導人民，必須先教育人民學習這件事。

用法說明 在我們鼓勵他人學習時，往往會用「玉不琢，不成器」勉勵他人。因為學習的過程就像玉石必須拋光、打磨、切磋一樣，經過繁複的階段，最後才能達到學習的效果。例如：身為一名教師，必須認真、嚴肅地對待學生的學習，「玉不琢，不成器」，只要經過適當的教學，學生都會改善、進步的。

瓜代（ㄍㄨㄚ ㄉㄞˋ）

出處 《左傳・莊公八年》：「及瓜而代。」

解釋 職務期滿，由他人接任。

近義 接任、繼任

搭配詞 瓜代有期

放大鏡

吃瓜與食言

齊襄公派連稱和管至父防守邊境的葵丘一地。兩人說：「君王有命，不敢不從。不過防守邊疆是件艱苦的任務，我們什麼時候才能回來呢？」那時，齊襄公正吃瓜，就隨口說：「等明年瓜熟時，我就派人去代替你們。」兩位將軍苦苦等了一年，卻遲遲等不到接任的人，於是派人去詢問，卻被拒絕了。兩人一怒之下，領兵攻進齊國國都，殺了食言的齊襄公。

用法說明 「瓜代」指的是把工作移交給下任，「替班」則是暫時把工作交給另一個人去做，兩者不可混用。例一：由於小郭誤傷了手臂，投手一職只得由人瓜代。例二：他本想請假，可是臨時找不到可以替班的人，只得抱病上工。

瓜葛（ㄍㄨㄚ ㄍㄜˊ）

出處 東漢・蔡邕《獨斷》：「四姓小侯，諸侯家婦，凡與先后有瓜葛者，……皆會。」

解釋 瓜、葛皆蔓生之植物，用來形容親友輾轉相繫的關係。也形容人與人、事互相牽連的樣子。

近義 裙帶、糾葛、葛藤、牽絲扳藤

放大鏡

瓜、葛蔓生糾結的樣子，讓古人聯想到人與人之間糾纏不清的關係。本來是自然現象的瓜、葛，就此產生形容人事的抽象意義。這種藉自然物來形容人事的語言現象在中文裡多不勝數，畢竟，從具體現象過渡到抽象概念，本是人類認識世界、形容世界的一種極為便利的方法。以「瓜」而言，除了瓜葛外，還有瓜分——形容像切瓜一樣地分割，或分裂國土；瓜瓞（音ㄉㄧㄝˊ，小瓜）綿延——祝人多子多孫；瓜熟蒂落——比喻時機成熟，自然成功。

用法說明 瓜葛、裙帶雖然都有親戚關係之義，但適用對象不同。裙帶特別強調是屬於妻子這邊的親戚關係，而親朋好友之間都有瓜葛，甚至人與人、事之間的關係也可用瓜葛形容。例一：那人只因娶了董事長的女兒，就當上公司經理，大家都在背後議論這層裙帶關係。例二：我再三強調，這件事與我毫無瓜葛。

瓦釜雷鳴（ㄨㄚˇ ㄈㄨˇ ㄌㄟˊ ㄇㄧㄥˊ）

出處 戰國・屈原〈卜居〉：「世溷濁（汙濁。溷音ㄏㄨㄣˋ）而不清，蟬翼為重，千鈞為輕，黃鐘（樂器名，有校正音律的作用）毀棄，瓦釜雷鳴，讒人高張，賢士無名。」

解釋 瓦製的鍋子發出雷般的巨響。比喻小人得志。釜，指鍋子。

近義 小人得志

放大鏡

屈原的卜居

屈原，戰國時楚國人，曾任三閭大夫。楚懷王時，因遭讒言詆毀被放逐。在這段期間，屈原完成了許多文學作品。有學者認為，〈卜居〉也是其中一篇。〈卜居〉的內容描述一向竭智盡忠的屈原，被放逐之後心煩慮亂，於是去見太卜，請太卜解答心中的種種疑惑。文中以「瓦釜雷鳴」來比擬小人當道的現實政治狀況，對於自己忠而被謗的處境感到不解與痛心。

用法說明 「瓦釜雷鳴」一詞比喻小人當道；「肚裡雷鳴」一詞則是形容非常飢餓的狀況。例一：瓦釜雷鳴的時代，許多讀書人選擇歸隱田園。例二：餓了一天，他已呈現肚裡雷鳴、手腳無力的狀態。

生於憂患，死於安樂（ㄕㄥ ㄩˊ ㄧㄡ ㄏㄨㄢˋ，ㄙˇ ㄩˊ ㄢ ㄌㄜˋ）

出處 《孟子・告子下》：「入則無法家拂士，出則無敵國外患者，國恒亡。然後知生於憂患而死於安樂也。」

解釋 處於憂愁患難之中，使人發奮，因而得生；處於安適逸樂的環境中，使人怠惰，因而致死。

近義 居安思危、防微杜漸

反義 醉生夢死

放大鏡

「生於憂患，死於安樂」的道理

一個人如果生活太過安逸，許多求生存的技能便會退化，甚至於失去求生的本能；相反的，如果天天為生活奔走，不但有拚勁，日子也過得充實，英雄從來不怕出身低。例如古代賢相傳說本是個建築工人，後來被拔擢；賢人膠鬲本在販賣魚鹽而被舉用；管仲從監獄官的手中被釋放以後，做了宰相；孫叔敖原在海邊，百里奚原在市井之中，都進了朝廷、登上相位。這些人紛紛印證了西方大哲蘇格拉底所說：「患難和困苦是磨練人格的最高學府。」

孟子認為人一定要通過艱難困苦的鍛鍊，才會造就堅毅的性格與不凡的能力。一個國家也是如此，君王接受賢能之士的輔佐，在面對敵國的艱困處境中增強防衛能力、成長茁壯，反之，國家便經常容易招致敗亡。

用法說明 這一句話通常是用來總結或評斷某一個國家或個人的生存情況。例一：法國文豪巴爾札克說：「苦難是人生的老師。」在老師的引導下，人們可以走上康莊大道。這個道理和亞聖孟子所說的「生於憂患，死於安樂」的意義極為近似。例二：南韓因為長期與北韓對峙，受到北韓的威脅，因此勵精圖治，逐漸在亞洲嶄露頭角，可以說是「生於憂患」的極佳代表；埃及總統穆巴拉克因為長期執政，只顧自己生活享受，不管人民度日艱難，終被百萬人民示威而黯然下台，正是「死於安樂」的例證。

白衣蒼狗（ㄅㄞˊ ㄧ ㄘㄤ ㄍㄡˇ）

出處 唐・杜甫〈可嘆〉：「天上浮雲如白衣，斯須（短時間、片刻）改變如蒼狗。」

解釋 白衣蒼狗是說天上白雲一會兒有如白衣，一會兒又有如灰狗。比喻世事變化無常。也說「白雲蒼狗」。

近義 滄海桑田

反義 一成不變

放大鏡 世事無常之嘆

唐朝詩人杜甫曾為友人王季友寫下〈可嘆〉這首詩。王季友出身貧困，以賣鞋為業，同時也是個好讀書的人。王季友的妻子因為難耐貧困而和他離婚。後來，王季友遇貴人提拔而得到官職。杜甫有感於王季友的遭遇，於是寫下〈可嘆〉這首詩。詩中提到：世事無常有如白雲變化莫測，古往今來，人生萬事無奇不有。「白衣蒼狗」一詞即出自此詩。

用法說明 「白衣蒼狗」一詞比喻世事變化；「浮雲朝露」一詞則是比喻人生的短暫。例一：世事變化有如白衣蒼狗，不必因此患得患失。例二：人生短暫，有如浮雲朝露，真該好好把握。

白眼（ㄅㄞˊ ㄧㄢˇ）

出處 唐・房玄齡等《晉書・阮籍傳》：「籍又能為青白眼，見禮俗之士，以白眼對之。」

解釋 眼珠向上翻或向旁轉出眼白的部分。用白眼看人，表示輕蔑或厭惡。

近義 嗤之以鼻

反義 青眼、青睞（音ㄌㄞˋ，顧念）

搭配詞 遭人白眼、翻白眼、白眼相對

放大鏡

阮籍用白眼看人

據說三國魏末期，政治極為黑暗，掌握政權之司馬懿父子，以血腥屠殺的手段，來打擊異己。當時，有一些趨炎附勢、貪生怕死的讀書人，紛紛投靠到司馬父子的陣營，並且利用禮法箝制反對者之思想。而竹林七賢之一的阮籍對這種作風厭惡至極。《晉書‧阮籍傳》就提到：阮籍的母親去世了，嵇康的哥哥嵇喜登門弔唁，因為嵇喜是屬於擁護禮法的朝廷之士，阮籍對其極為反感，也顧不得守喪期間的禮節，便給嵇喜一個大白眼。此後，人們便以「白眼」表示對人輕視之義。

用法說明 「白眼」和「青眼」互為反義，前者是指眼睛向上看或斜視，表示輕視鄙惡；後者是指眼睛正視、眼珠在中間，表示對他人之尊敬或器重。兩者用以形容用不同眼光看待自身好惡之人。例一：爸爸不僅無法接受新民的解釋，甚至翻起白眼，狠狠地瞪著新民。例二：阮籍是一個愛恨分明的讀書人，對志同道合者，則待之以「青眼」；對厭惡至極之徒，往往待之以「白眼」。

白頭 ㄅㄞˊ ㄊㄡˊ

出處 西漢‧卓文君〈白頭吟〉：「願得一心人，白頭不相離。」

解釋 原意是指白色的頭髮，現多用來形容年紀老大。

近義 白首、斑白、年老、華髮

反義 年少、青年

搭配詞 白頭到老、白頭宮女、白頭偕老、白頭之歎、

白頭如新、白頭吟、白頭翁

放大鏡

犀利人妻卓文君

漢朝富豪卓王孫有一個善於擊鼓彈琴，且有文才的女兒，名字叫文君。一天，卓王孫宴請王吉等人，酒過三巡後，司馬相如彈琴助興，讓文君留下深刻的印象。但卓王孫不同意兩人交往，文君遂與相如私奔。婚後，文君聽說司馬相如想迎娶茂陵女子為妾，寫了一篇〈白頭吟〉，表達「願得一心人，白頭不相離」的心意，終使相如打消娶妾的念頭，相愛如初。

用法說明 「白頭」是用來形容年老，而「少白頭」則是指年紀不大，但頭髮卻已斑白。例一：「九二一」地震讓許多相愛的夫妻、戀人，白頭到老的夢碎。例二：因為少白頭，故她看起來比實際年齡大了五歲。

皮裡陽秋（ㄆㄧˊ ㄌㄧˇ ㄧㄤˊ ㄑㄧㄡ）

出處 唐・房玄齡等《晉書・外戚傳・褚裒傳》：「季野有皮裡陽秋。」

解釋 指表面上不加批判，但心裡有所褒貶。陽秋，在此即指《春秋》，有褒貶之意。

近義 皮裡春秋

放大鏡

心中有褒貶的褚裒

褚裒字季野，年輕時就有簡傲高貴之風。與京兆杜乂同時享有盛名。譙（音ㄑㄧㄠˊ）國桓彝見到褚裒後看著他說：「季野有皮裡陽秋。」也就是說他表面上對人、事不加臧否，可是內心卻有所褒貶。謝安也很看重褚裒，常說：「褚裒雖不加褒貶，卻具備了弘遠的氣度。」「皮裡陽秋」本為「皮裡春秋」，後來為了避晉簡文帝母后阿春的名諱，才改「春秋」為「陽秋」。

用法說明 「皮裡陽秋」一詞指嘴上不表示什麼，心中卻有褒貶。例如：他雖然內斂寡言，對人對事卻有皮裡陽秋。「皮裡晉書」一詞則是指南北朝時的劉諒。因為他熟悉晉代的故事，所以當時的人稱他為「皮裡晉書」。

目無全牛（ㄇㄨˋ ㄨˊ ㄑㄩㄢˊ ㄋㄧㄡˊ）

出處 《莊子‧養生主》：「始臣之解牛之時，所見無非牛者；三年之後，未嘗見全牛也。」

解釋 解牛時眼中已沒有整頭牛的存在。指技術高超。

放大鏡 神乎其技的刀法

《莊子‧養生主》一文中有一段「庖丁解牛」的描述。庖丁奉命為文惠君肢解牛體。解牛過程中，庖丁的動作好像合於音樂一般，有著舞蹈般律動的美感。文惠君問庖丁如何能達到這種境界？庖丁表示，他剛開始解牛時，眼中所見都是牛；三年之後，眼中就沒有整隻牛了。現在解牛是以神和牛體相遇，而不以目視。屠刀用了十九年，解了數千頭牛，而刀刃依然如新，且能游刃有餘。莊子透過這個故事來闡發道家的養生之道。

用法說明 「目無全牛」一詞比喻技藝高超；「目無餘子」一詞則是指目中無人。例一：這位屠夫技藝高超，已達目無全牛的境界。例二：他驕傲自負，目無餘子，人緣極差。

立於不敗之地
ㄌㄧˋ ㄩˊ ㄅㄨˋ ㄅㄞˋ ㄓ ㄉㄧˋ

出處《孫子・軍形》：「故善戰者立於不敗之地，而不失敵之敗也。」

解釋 指處於絕對的優勢中。

近義 勝券在握

反義 一敗塗地

放大鏡

獲勝的要訣

孫武在《孫子》的第四篇中談到了「軍形」，就是指整體軍隊的優劣形勢，這也是軍事上的一個要項，對於衡量敵我兩方的成敗具有重要地位。一個軍隊如果衡量情勢不見得能夠打勝仗，就必須採取守勢，而擅於防守的，就能夠「藏於九地之下」，而擅於攻擊的，就能「動於九天之上」，意思是指軍隊的防守與攻擊都必須做到最完善的地步，動、靜之間都對輸贏產生重要影響。而善於戰爭的人，就能夠立於不敗之地，也就是佔有絕對的優勢。如果是形式對己方有利，就必須先奪得勝利然後再繼續進攻，而形式若是對他方有利，則必須先進攻然後取得勝利。最後，就是藉由創造對自己有利的機會，讓自己獲得勝利。

用法說明 原先在〈軍形〉篇中，孫武以「不敗之地」指軍隊處在能夠打勝仗而不失敗的形勢中。現在則指處於絕對的優勢中，與「勝券在握」一語有層次上的差別，勝券在握表示的是事情的進展已經到了可以確定獲勝的地步，而立於不敗之地表示的則是更為絕對的情勢。例一：你上次提的那件企劃案，據說老闆相當欣賞，相信依你的構思與努力，就能在這間公司立於不敗之地。例二：眼看球賽已經到了最後關頭，兩隊懸殊的比數已經讓勝方確定自己勝券在握了！

【六畫】

伏劍（ㄈㄨˊ ㄐㄧㄢˋ）

出處 《左傳・僖公十年》：「晉侯……將殺里克，公使謂之曰：『微子則不及此。雖然，子弒二君與一大夫，為子君者，不亦難乎？』對曰：『不有廢也，君何以興？欲加之罪，其無辭乎？臣聞命矣。』伏劍而死。」

解釋 把身體撲到利劍上自殺；亦指烈士為了貫徹信諾，不惜以死明志。

近義 飲劍、自刎、切腹

搭配詞 田光伏劍

放大鏡

田光伏劍

《史記・刺客列傳》記載燕國太子丹為了刺殺秦王，求助於賢人田光。田光知道自己年邁力衰，難以肩負重任，於是轉而推薦荊軻，太子丹便請田光先為自己拜訪荊軻。臨行時，太子丹彷彿想到了什麼，又匆匆返回向田光說：「今日談論的是國家大事，希望先生除了荊軻以外，別再向他人提起！」田光點點頭，笑著向太子丹說：「沒問題。」

於是田光找到荊軻，也說服他幫助太子丹行刺秦王。最後，田光向荊軻說：「我聽說有德之人的作為，不會讓人生疑。如今太子丹囑咐我不要洩露今日之事，還是對我有些懷疑。若是所作所為讓人疑慮，就稱不上是有節操的俠義之士。」事實上，田光是想用自殺的手段刺激荊軻，堅定他的決心。於是，他便要荊軻盡快去見太子丹，就說田光已死，絕無洩漏事跡的可能。

如此講完，田光便伏劍自盡了。

「田光伏劍」由此而來，後人用以表示義士信守諾言，即使犧牲生命也不負重托。亂世中的烈士為了表明心志，竟採取如此激烈的手段，堅定的意志固然令人震驚、感佩，但現實社會的紛亂、失序，人們的思想行為漸趨偏激，這恐怕也是使古人從被迫「伏劍」的無奈，轉變成主動「伏劍」拋棄生命的重要原因。

用法說明 伏劍是以身軀餵劍，自刎則是用利器劃頸，這兩個詞仍有差異。例一：為了宣示自己絕不洩密，竟然伏劍自盡，這種作為真可說是驚心動魄！但也令人嘆惋不已。例二：日本的武士選擇切腹，古人曾經伏劍自盡，是否二者心中都認為有些原則，是比生命更重要的呢？

先下手為強（ㄒㄧㄢ ㄒㄧㄚˋ ㄕㄡˇ ㄨㄟˊ ㄑㄧㄤˊ）

出處 唐・李延壽《北史・周書・元冑傳》：「兵馬悉他家物，一先下手，大事便去。」

解釋 先採取行動，便可以取得優勢。

近義 先發制人

反義 後發制人

搭配詞 先下手為強，後下手遭殃

放大鏡

先下手爲強，後下手遭殃

西元五七九年，北周靜帝宇文闡（音ㄔㄢˇ）即位，因為年紀小，由其外祖父楊堅擔任丞相輔政。當時趙王宇文招預謀殺害楊堅，以篡奪帝位。有一天，宇文招在趙王府設宴招待楊堅，楊堅帶親信元冑應邀前往。宴會結束後，宇文招帶著楊堅進入內室，不許隨從跟著。元胄堅持跟隨楊堅，就坐在門口。宇文招命令他的兒子呈上西瓜，打算趁機下手。宇文招用佩刀扎著瓜瓣，幾次遞給楊堅，形勢相當緊張。

這時，正巧滕王宇文逌（音ㄧㄡˊ）到了，楊堅走下台階迎接，元胄趁機在他耳邊小聲地勸他快回相府。楊堅還不醒悟，說：「他沒有兵馬，又能幹出什麼事來？」元胄說：「兵馬都是他家現成的東西，『一先下手，大事便去。』」元胄保護著楊堅，終於順利地離開了趙王府。後來，楊堅誅殺了宇文招，廢除了靜帝宇文闡，建立隋朝，史稱隋文帝。

用法說明 「先下手為強」和「當斷不斷，反受其亂」都有勸人要及早下手的意思，不過「先下手為強」是強調要掌握時機，「當斷不斷，反受其亂」則是強調要有決斷力。例一：如果你真的想要這間屋子，就要先下手為強，趕緊交付訂金，免得被別人買走。例二：「當斷不斷，反受其亂」，你再遲疑不決，只會造成嚴重後果。

先小人後君子（ㄒㄧㄢ ㄒㄧㄠˇ ㄖㄣˊ ㄏㄡˋ ㄐㄩㄣ ㄗˇ）

出處 元《合縱記》雜劇：「去便去，只是前小人後君子，把身價講一講。」

解釋 先做小人，後做君子。指先把計較利益得失的話說在前頭，然後再講情誼。

近義 把醜話說在前頭

放大鏡 「小人」在古代的各種涵義

一、平民百姓。《尚書・無逸》：「生則逸，不知稼穡之艱難，不聞小人之勞，惟耽樂之從。」

二、舊時男子對地位較高者自稱的謙詞。《左傳・隱公元年》：「小人有母，皆嘗小人之食矣，未嘗君之羹。」

三、對平輩自稱的謙詞。《京本通俗小說・錯斬崔寧》：「小人情願服侍小娘子前去。」

四、識見淺狹的人。《論語・子路》：「樊遲請學稼（音ㄐㄧㄚˋ，耕作）。子曰：『吾不如老農。』請學為圃。子曰：『吾不如老圃。』樊遲出。子曰：『小人哉！樊須也。』」

五、人格卑鄙的人。西晉・陳壽《三國志・蜀志・諸葛亮傳》：「親賢臣，遠小人，此先漢所以興隆也；親小人，遠賢臣，此後漢所以傾頹也。」

六、身材短小的人。西漢・東方朔《神異經》：「西北荒中有小人，長一寸，朱衣玄冠。」

用法說明 「先小人，後君子」和「把醜話說在前頭」都有先講清條件的意思，不過「先小人後君子」通常是指正面的條件約定，「把醜話說在前頭」則帶有恐嚇的意味。例一：租房子之前，應該要「先小人後君子」，必須分清房東和房客的責任和義務。例二：咱們把醜話說在前頭，你要是到時候不能還錢，我只能把你的車拖走了。

先天下之憂而憂（ㄒㄧㄢ ㄊㄧㄢ ㄒㄧㄚˋ ㄓ ㄧㄡ ㄦˊ ㄧㄡ）

出處 北宋・范仲淹〈岳陽樓記〉：「是進亦憂，退亦憂；然則何時而樂耶？其必曰：『先天下之憂而憂，後天下之樂而樂』乎！」

解釋 在天下人都還沒有憂慮之前，就替他們憂慮。

近義 憂國憂民、悲天憫人

反義 醉生夢死

搭配詞 先天下之憂而憂，後天下之樂而樂

放大鏡

傳誦千古的〈岳陽樓記〉

范仲淹的好友滕（音ㄊㄥˊ）宗諒被貶到岳州的第二年，滕宗諒重修了岳陽樓，並請當時被貶到鄧州的范仲淹為岳陽樓作記。范仲淹雖然沒能親自到重修後的岳陽樓參觀，但是他憑藉著豐富的學識與想像，寫下傳誦千古的名篇。

〈岳陽樓記〉融記敘、抒情、議論為一體，文中「先天下之憂而憂，後天下之樂而樂」一句，點出仁人志士應有的襟懷，是我輩讀書人應有的修養。

用法說明 「先天下之憂而憂」和「杞（音ㄑㄧˇ）人憂天」同樣都是「憂」，也同樣都是在別人還沒擔憂之前就開始擔憂，不過兩者的用法可是大不相同。「先天下之憂而憂」的是那些有志之士，他們為世人擔憂的精神著實可佩。「杞人憂天」的是那些愚人，他們擔心著不須擔心的事，行為可笑。例一：在天下承平之時，只有那些先天下之憂而憂的志士，能夠察覺潛在的禍端，及早對世人提出警告。例二：目前一切都依照計畫進行，你毋須太過杞人憂天。

刎頸交（ㄨㄣˇ ㄐㄧㄥˇ ㄐㄧㄠ）

出處 西漢・司馬遷《史記・廉頗藺（音ㄌㄧㄣˋ）相如傳》云：「卒相與驩（音ㄏㄨㄢ，歡喜），為刎頸之交。」

解釋 比喻彼此是生死之交的朋友。

近義 生死之交

反義 勢利之交、酒肉朋友

放大鏡

杵臼之交

東漢時，有一位讀書人名叫公沙穆，十分好學，學問也很好。當他讀書讀到一個階段，很想繼續進太學深造，不過，由於家境清寒，實在籌不出學費，只好計畫先找一份差事，攢點錢再另作打算。

這時，地方上富豪吳祐家想雇用一批舂米工人，公沙穆便裝扮成工人的模樣，前往應徵。他來到吳家做事，每能盡心盡力，克盡職責，雖然只是個舂米的工人，但他眉宇間自然流露出一股溫文儒雅的書生氣息。一天，吳祐巡視舂米場時，意外發現公沙穆舉止斯文，做起事來有條不紊，便停下腳步與他談話，才知道他原來是一位飽學之士。

從此，吳祐對公沙穆另眼相看，尤其佩服他這種苦學精神，於是不顧貧富懸殊，就在舂米的杵與臼前，和他交起朋友來。後世遂用「杵臼之交」，比喻朋友間交往，不分貴賤、貧富懸殊，彼此真誠以待。

用法說明 「刎頸交」，指朋友間情義相挺，即使為了友誼犧牲性命，亦在所不惜的生死至交；「勢利之交」，指彼此間因權勢和財利而結交的情誼。二者語意相反。例一：俗話說：「士為知己者死。」所謂「刎頸交」，大抵即如此。例二：你我之間本非勢利之交，所以一切升官發財的話題就此打住吧！

吃力不討好（ㄔ ㄌㄧˋ ㄅㄨˋ ㄊㄠˇ ㄏㄠˇ）

出處 清・吳趼人《二十年目睹之怪現狀》第十八回〈恣瘋狂家庭現怪狀・避險

惡母子議離鄉〉：「有了錢，與其這樣花得吃力不討好，我倒不如拿來孝敬點給叔公了。」

解釋 只多花費力氣卻沒有得到更多功效。

近義 事倍功半

反義 事半功倍

放大鏡

何必爭家產

晚清時期有諸多奇怪的現象，於是吳趼人便寫下了《二十年目睹之怪現狀》以茲記錄。其中第十八回，寫到了主人公「九死一生」接獲母親生病的電報，要他盡速回家。回到家後才發覺是家族中有些財務糾紛，叔公借軒要母親出錢整修壞掉的祠堂，但母親不肯，實因借軒藉著整修祠堂之名獅子大開口。九死一生於是要求借軒，請工人直接到家中估價，便說「有了錢，與其這樣花得吃力不討好，我倒不如拿來孝敬點給叔公了」。

用法說明 我們形容一個人或一件事多費了力氣，卻仍然沒有得到更好的功效或成果，就用「吃力不討好」來形容。例一：讀書記憶的方法有很多，如果只是死背書、背死書，其實是「吃力不討好」的記憶方式。例二：好不容易才請到這個明星幫忙宣傳，卻沒想到他卻相當大牌，要求非常多，也鬧出不少事，讓我們疲於奔命，這件企劃實在是吃力不討好啊！

吃醋（ㄔ ㄘㄨˋ）

出處 清・李寶嘉《官場現形記》第十二回：「一面同龍珠說話，又勾起剛才吃醋之心。」

解釋 比喻嫉妒。一般指男性或女性對自己心愛的人和其他異性發生曖昧之言行或接觸時，所表現出憤怒、嫉妒的心理狀態。

近義 嫉妒、吃味

搭配詞 爭風吃醋、拈酸吃醋

放大鏡

房玄齡夫人冒死「喝醋」

據說，大唐高祖李淵、太宗李世民起兵前久居晉陽，因此，晉陽清源的食醋，也就成為唐宮必不可少的調味品。唐太宗年間，宰相房玄齡懼內是出了名的。其妻雖然霸道，但對房玄齡衣食住行從來都是一手料理，容不得別人插手。一日，唐太宗請開國元勳赴御宴，酒足飯飽之際，房玄齡吹了幾句不怕老婆的牛皮，已有幾分酒意的唐太宗乘著酒興，便賜給房玄齡兩個美人。房玄齡糊塗地收了兩位美人，酒醒後一想到家中的妻子，愁得不知怎麼才好。

當房玄齡小心翼翼地將兩個美人領回家後。夫人大發雷霆，指著房玄齡大吵大罵，還大打出手，將兩個「美人」趕出府。唐太宗知道後，想壓一壓宰相夫人的霸氣，便召宰相房玄齡和夫人問罪，並指著兩位美女和一酒罈「毒酒」，對房玄齡夫人說：「我也不追究你違旨之罪，這裡有兩條路任你選擇，一條是領回二位美女，另一條是吃了這酒罈『毒酒』，省得妒嫉旁人了。」

房玄齡知夫人性烈，怕夫人喝「毒酒」，急得跪地求情。房夫人見事已至此，便舉起罈子，「咕嘟咕嘟」地將一酒罈「毒酒」喝光。房玄齡急得老淚縱橫，抱著夫人抽泣，眾臣子卻一起大笑，原來那酒罈裝的是晉陽清源的食醋，根本無毒。唐太宗見房夫人如此義無反顧地喝下「毒酒」，遂收回成

命。而房夫人沒想到自己冒死喝「毒酒」，得了這麼個結果，雖酸得伸頭抖肘，但心中高興萬分，房玄齡也破涕為笑。從此，「吃醋」這個詞便成了女人間妒忌的代名詞。

用法說明 「吃醋」義近「嫉妒」，例一：當男女陷入熱戀時，若有第三者介入，往往會爭風吃醋。例二：她對於男友常常和其他女孩子打情罵俏，感到很嫉妒。

同是天涯淪落人（ㄊㄨㄥˊ ㄕˋ ㄊㄧㄢ ㄧㄚˊ ㄌㄨㄣˊ ㄌㄨㄛˋ ㄖㄣˊ）

出處 唐・白居易〈琵琶行〉：「同是天涯淪落人，相逢何必曾相識？」

解釋 形容兩人同樣遭逢不幸、境遇相似，故格外惺惺相惜。

近義 同病相憐

放大鏡

白居易與琵琶女

白居易曾經寫過一首長篇敘事詩：〈琵琶行〉，藉由到潯陽江邊為友人送行，巧遇琵琶女，深為她那如泣如訴的琵琶聲所感動，而邀她到船上飲酒、閒聊，最後請她再彈一曲，並為她翻作〈琵琶行〉。

白居易曾因上疏不當，而被從長安由太子左贊善大夫，貶謫為江州司馬。對他而言，這次貶謫，是受人排擠、陷害所致，當然內心忿忿不平。所以，在偶然的機會裡，遇到如此一位技藝高絕、流落江湖的琵琶女，便因同病相憐，而格外惺惺相惜。相同的際遇，雖然初次見面，也感覺到對彼此的了解，有如相識很久的知己一般，故有「同是天涯淪落人，相逢何必曾相識」之句。

用法說明 「同是天涯淪落人」與「同病相憐」同義，皆含有際遇相同、心境相似，更能體會對方的處境，因而產生一種憐惜之情。例一：老張和老林都被調到偏遠地區服務，他們自認「同是天涯淪落人」，平常互相提攜、照顧，感情特別好！例二：老王死了妻子，小李離了婚，兩人同病相憐，所以經常在一起喝酒、談心事。

名刺（ㄇㄧㄥˊ ㄘˋ）

出處 唐・元稹〈重酬樂天詩〉：「最笑近來黃叔度，自投名刺占陂（音ㄆㄧˊ，池塘、湖泊）湖。」

解釋 載有姓名、職位等，用來自我介紹或作為與人聯繫的紙片。今多稱為「名片」。

近義 名紙、名帖

放大鏡 「名片」的流變

在中國，名片的使用歷史悠久，經歷了「謁（音ㄧㄝˋ）」、「刺」、「帖」、「片」幾個階段。秦始皇統一中國之後，分封諸侯王。各諸侯王要進京述職或為了拉近與朝廷當權者的關係，於是使用「謁」。所謂「謁」，就是拜訪者把名字和其他介紹文字寫在竹片或木片上（**當時紙張還沒有發明**），作為給被拜訪者的見面介紹文書。到了東漢，「謁」之名稱被「刺」取代。「刺」仍是木竹削製而成的竹片、木片。古人用刀筆寫上姓名、鄉里、官爵，用來自我介紹，所以又叫做「名刺」。東漢之後，開始普遍採用蔡倫發明的紙張，於是「刺」由竹、木片改成了便於攜帶的紙張。到了唐朝叫做「名狀」，宋朝又稱為「手刺」、「門刺」，到了明清時期則稱為「名帖」。晚清時期與西方各國交往頻仍，和國外的通商加快了名片的普及，所以清末才正式有「名片」的稱呼。

用法說明 「名刺」就是古代的「名片」。例一：劉學詢帶著僕人路過楊公堤臥龍橋旁之宋莊，見那宋莊樓閣秀麗，氣概非凡，即遞上名刺求見。例二：名片是新朋友互相認識、自我介紹的最快方法，交換名片也是商業交往的第一個標準動作。

名落孫山（ㄇㄧㄥˊ ㄌㄨㄛˋ ㄙㄨㄣ ㄕㄢ）

出處 南宋・范公偁《過庭錄》：「解名盡處是孫山，賢郎更在孫山外。」

解釋 指落榜。

近義 榜上無名

反義 金榜題名

放大鏡

落榜的另一種說法

根據宋朝人范公偁（音ㄔㄥ）《過庭錄》記載，有個名叫孫山的考生參加科考，以最後一名的成績考上。跟他一起參加考試的同鄉考生卻落榜了。返鄉以後，那位考生的父親向孫山打聽兒子的成績，孫山回答道：「孫山是榜單上的最後一個名字，您公子的大名還在我之後。」

用法說明 「名落孫山」一詞指落榜；「名重太山」一詞則是比喻名聲極高。例一：他平日貪玩，名落孫山是意料中的事。例二：這位學者名重太山，所到之處備受禮遇。

好好先生（ㄏㄠˇ ㄏㄠˇ ㄒㄧㄢ ˙ㄕㄥ）

出處 《世說新語・言語》劉孝標注引《司馬徽別

傳》：「時人有以人物問徽者，初不辨其高下，每輒言佳。」

解釋 指不問是非曲直，一團和氣，只求相安無事的人。

近義 明哲保身

反義 凶神惡煞

放大鏡

「好好先生」司馬徽

司馬徽，字德操，潁川陽翟（今河南省禹縣）人，精通識別人才之道。司馬徽在荊州居住，他很了解劉表陰毒的本性，知道他總是謀害善人，所以司馬徽對「時人」一概閉口不論，以避禍患。當有訪客向他問某人如何時，他始終不具體說出某人品行高尚或卑下，總是說：「好！好！」

他的夫人見他如此敷衍訪客，便勸諫他說：「客人來請教疑惑，你應該給人家講個明白才對，可你總是說：『好！好！』難道你不了解客人來請教你的本意嗎？」司馬徽聽後回答說：「夫人所言極是，好！好！」看來，司馬徽含蓄退避的處世之道已達到登峰造極的地步、爐火純青的境界了，難怪世人稱他為「好好先生」。

用法說明 「好好先生」若是指「為人平和，不議論別人是非的人」，比較沒有貶義。但若是指「不分是非，到處討好但求相安無事的人」，則就具有明顯的貶義了。例一：老陳為人隨和，凡事不和別人計較，是大家公認的好好先生。例二：我們為他打抱不平，他卻只會當個好好先生，什麼話也不說。

如人飲水冷暖自知（ㄖㄨˊ ㄖㄣˊ ㄧㄣˇ ㄕㄨㄟˇ ㄌㄥˇ ㄋㄨㄢˇ ㄗˋ ㄓ）

出處 北宋・釋道原《景德傳燈錄》：「某甲雖在黃梅隨眾，實未省自己面目。今蒙指授入處，如人飲水，冷暖自知。行者即是某甲師也。」蘇軾詩云：「吾言豈須多？冷暖子自知。」

解釋 指凡事親身體驗，箇中滋味只有自己最明白。

近義 只可意會，不能言傳

反義 感同身受

放大鏡

春江水暖鴨先知

春天來了，天氣暖和了，唯有這一群正在水中嬉遊的野鴨最能體會江水的變化。與其在一旁猜測水溫的變化，不如像這群野鴨親臨其境，真實感受著一池春水的溫暖。的確，凡事唯有親身去體驗，才能完全了解事情的真相，如果只憑感覺上的「想當然爾」，似乎不夠準確！不過，從春江水暖聯想到河豚的美味，這是東坡等老饕的觀點，不知身為方外之士的惠崇作何感想？

用法說明 「如人飲水冷暖自知」與「感同身受」意義相反，因為前者強調親身體驗，最能了解箇中的滋味；而後者是說如果設身處地為別人著想，發揮同理心，則能體會別人的感受，猶如自己親身經歷一般。例一：在職場上，人與人之間的競爭與合作關係，真是「如人飲水冷暖自知」，相信你也很清楚，不必我多說。例二：看到南部受災戶家園全毀，天人永隔，他們的哀慟與無助，怎不令人感同身受？

如喪考妣（ㄖㄨˊ ㄙㄤ ㄎㄠˇ ㄅㄧˇ）

出處 《尚書・舜典》：「二十有八載，帝乃殂（音ㄘㄨˊ，死亡）落，百姓如喪考妣。」

解釋 形容十分悲慟，像是父母過世一般。考，指父親。妣，指母親。

近義 悲痛欲絕、悲不可抑

反義 歡天喜地、興高彩烈

放大鏡
深受百姓愛戴的君王

舜是個知名孝子，堯因為自己的兒子不肖，所以讓位給他。舜即位後，妥善運用堯留下的人才，如派遣禹負責治水，派遣棄管理農事，派遣契推行教化，派遣皋陶執掌司法等。由於禹治水成功，使得百姓安居樂業。舜因此讓位給禹。舜駕崩時，百姓心中難過得像自己的父母過世一般，於是有了「如喪考妣」這個詞語的出現。

用法說明 「如喪考妣」用以形容極度悲痛，「喪家之犬」則用於形容倉皇失措，無處可去的窘境。兩者不可混用。例一：勝敗本是兵家常事，你又何須擺出如喪考妣的神情呢？例二：他才被迫離職，又遭遇婚變，如今的他，已如喪家之犬，不知下一步該怎麼做。

如描似削（ㄖㄨˊ ㄇㄧㄠˊ ㄙˋ ㄒㄩㄝ）

出處 北宋・柳永〈鬬百花〉：「初學嚴妝，如描似削身材，怯雨羞雲情意。」

解釋 形容女子身材姣好，彷彿是用丹青描成，用刻刀雕琢那樣。

近義 身材窈窕、亭亭玉立

反義 五短身材

放大鏡
女性與身材

近幾年來，不知是否受到名模效應的影響？臺灣社會不少女性，深陷減肥塑身的迷思當中，為了追求模特兒般的纖細身材，不惜耗費大把鈔票，用盡各種瘦身方法，只求達到如描似削的境界，有些走火入魔的年輕女性，不僅虐待自己變成骨瘦如柴的「紙片人」，甚至還有人為了減肥而導致猝死。雖然，過度肥胖不利身體健康，但一味追求瘦身，也可能增加骨質疏鬆、心臟病、肺炎等風險。也許，身處現代社會，要求每位女性皆能擁有「如描似削」的身材，亦非易事，但「穠纖合度」的體態，或許是大多數女性可以追求的目標。

用法說明 「如描似削」意近「亭亭玉立」。例一：小阿姨向來注重體態的保養，如描似削的身材，完全看不出已是年過五十的婦女。例二：才六年不見，留學美國的表妹，已出落得亭亭玉立，成了明豔動人的美人兒。

式微（ㄕˋ ㄨㄟˊ）

出處 《詩經・邶風・式微》：「式微，式微，胡不歸？」

解釋 指情勢逐漸沒落。

近義 沒落、衰落

反義 蓬勃、繁榮、旺盛

搭配詞 漸趨式微

放大鏡 逐漸式微的傳統產業

隨著工業的進步，機器取代人力，而成為生產的主力。一些以人工為主的傳統產業，如木雕、磨刀、鑄劍等，由於從事者日益減少，而被視為即將沒落的「夕陽產業」。然而，這類式微的產業卻逐漸成為藝術，為日後的發展開啟了嶄新的道路。

用法說明 「式微」和「凋零」都指沒落，不過「式微」指的是事，「凋零」則可以指人。例一：受到金融風暴的影響，許多行業漸趨式微。例二：在人才凋零的情形下，即使是足智多謀的諸葛亮，也難以挽回蜀漢敗亡的命運。

成也蕭何，敗也蕭何

ㄔㄥˊ ㄧㄝˇ ㄒㄧㄠ ㄏㄜˊ，ㄅㄞˋ ㄧㄝˇ ㄒㄧㄠ ㄏㄜˊ

出處 南宋・洪邁《容齋續筆》：「信之為大將軍，實蕭何所薦。今其死也，又出其謀。」

解釋 韓信的成功是因為蕭何，失敗也是因為蕭何。意指成功與失敗都是由同一個人造成。

放大鏡

蕭何與韓信

根據《史記》記載，韓信投效劉邦之初未被重用，於是動身離開，準備投效他人。蕭何聽到這個消息，月下急追韓信，才把韓信給留住。後來劉邦採納蕭何的建議，任命韓信為大將，韓信也果真立下了許多戰功，甚至向劉邦請求自立為王。後來，韓信因功高震主，遭劉邦猜忌，招來殺身之禍。在蕭何的獻計之下，韓信最終被呂后害死。韓信的成與敗，關鍵都在於蕭何，故有「成也蕭何，敗也蕭何」這句俗諺。

用法說明 「成也蕭何，敗也蕭何」一詞指成敗皆肇因於同一人；「成敗在此一舉」則是指成敗取決於這次的行動。例一：這家公司的創立與倒閉，都是導因於這位董事長的所作所為，真是「成也蕭何，敗也蕭何」。例二：最後的步驟請小心完成，整個實驗的成敗在此一舉。

有子萬事足（ㄧㄡˇ ㄗˇ ㄨㄢˋ ㄕˋ ㄗㄨˊ）

出處 北宋・蘇軾〈借前韻賀子由生第四孫〉：「無官一身輕，有子萬事足。」

解釋 意指慶賀生子的喜悅。

近義 弄璋之喜、喜獲麟兒

放大鏡

手足情深的子瞻兄弟

蘇軾這首詩寫於蘇轍的第四個孫子出生時。這首詩與〈次韻子由浴罷〉是同樣的韻腳，內容寫道：「今日散幽憂，彈冠及新沐。況聞萬里孫，已報三日浴。朋來四男子，大壯泰臨複。開書喜見面，未飲春生腹。無官一身輕，有子萬事足。」即是指聽聞喜訊而憂愁盡散的心情，並且認為身無官職的輕鬆愜意，與孩子的出生更是喜上加喜，足見蘇軾的快樂了。

用法說明 當我們得知別人生了兒子而且相當欣喜時，往往會形容他人是「有子萬事足」。而「弄璋之喜」則是比較近於單純的指稱喜獲麟兒。例一：當他看見自己的孩子出生時，興奮、感動地流下了眼淚。原來「有子萬事足」的喜悅對於一個父親而言這麼撼動人心哪。例二：前陣子聽說王家終於生了個兒子，想來這弄璋之喜一定令他們家中的長輩們相當高興。

有志者，事竟成（ㄧㄡˇ ㄓˋ ㄓㄜˇ ㄕˋ ㄐㄧㄥˋ ㄔㄥˊ）

出處 南朝宋・范曄《後漢書・耿弇（音ㄧㄢˇ）列傳》：「將軍前在南陽建此大策，常以為落落難合，有志者事竟成也！」

解釋 指有耐心專一者，必能達成目標。

放大鏡

東漢光武的大將

耿弇為東漢時期的軍事家，在追隨東漢光武帝劉秀以後，也助他打敗了許多敵人。建武五年（西元二十九年），當時正與齊王張步陷於膠著戰況，但耿弇與陳俊仍然步步進逼，先激怒張步，引誘他出營而戰，然後暗中加派兵馬進駐城內，於是大破東城，取得了臨淄。劉秀在魯地，聽到戰況膠著，本想前去援助，消息傳到耿弇那裡，他又加快速度，在鉅昧水那裡設好埋伏，終於將張步一舉殲滅。

後來劉秀到了臨淄準備勞軍，便稱讚耿弇如同當年的韓信一般神勇。計策規劃之時，其實是有些困難而遭到大家憂慮的，但耿弇一步一步地按照預定計畫完成了，是「有志者，事竟成」！

用法說明 我們常鼓勵一個人，持之以恆地照著自己的計畫前進，最後終究能夠達成目標為「有志者，事竟成」。又或是勉勵他人不要因為挫折而放棄，必須持續努力。例一：雖然這次的嘗試失敗了，但是最重要的就是堅持下去的毅力，正所謂「有志者，事竟成」，要相信自己的能力。例二：計畫排得很滿，但我相信「有志者，事竟成」，只要按照計畫，一定會成功。

有其父必有其子（ㄧㄡˇ ㄑㄧˊ ㄈㄨˋ ㄅㄧˋ ㄧㄡˇ ㄑㄧˊ ㄗˇ）

出處 《孔叢子・居衛》：「有此父斯有此子，人道之常也。」

解釋 比喻兒子的思想行為深受父親的影響。

近義 虎父無犬子

反義 不肖子（不肖，子不

似父）

放大鏡

「有其父而無其子」，誰之過？

尹文子是戰國時齊國著名的大學者，他養了個兒子，各方面都與他相差甚遠，兩人極不相像。尹文子對子思說：「這孩子不是我的，我妻子肯定不守婦道，我要休了她！」子思說：

「照你這麼說，堯、舜之妃也很值得懷疑了。堯、舜二帝都是聖人中的佼佼者，可是堯的兒子丹朱、舜的兒子商均，還不如普通百姓。從這個角度來看，難道父子就一定相像嗎？這樣的例子不勝枚舉。『有其父斯有此子』，這是常理。但是，若父賢子愚，那也是天意的安排，而不是妻子的罪過。」尹文子聽了這番話，才釋然地說：「先生不必再說，我明白了。」於是接受了子思的開導，打消了休妻的念頭。

用法說明 「有其父必有其子」和「虎父無犬子」都有兒子與父親表現相當的意思。不過「有其父必有其子」可用在正反兩面，而「虎父無犬子」只有表示稱讚的用法。例一：郝柏村當過上將和行政院長，他的兒子郝龍斌當過教授、立委、現任臺北市長，真可說是「有其父必有其子」。例二：某甲是有名的大流氓，他的兒子則因為走私販毒而被捕，他們父子作奸犯科，真是有其父必有其子啊！例三：兒子繼承父親的事業，依然做得有聲有色，真是虎父無犬子！

有氣無煙（ㄧㄡˇ ㄑㄧˋ ㄨˊ ㄧㄢ）

出處 明・馮夢龍《警世通言・杜十娘怒沉百寶箱》：

「自從那李甲在此，混帳一年有餘，莫說新客，連舊主顧都斷了。分明接了個鍾馗老，連小鬼也沒得上門，弄得老娘一家人家，有氣無煙，成什麼模樣！」

解釋 形容家中非常貧困，無米下鍋。

近義 室如懸罄、家貧壁立、無米可炊、家徒四壁、家貧如洗

反義 家財萬貫、堆金積玉、豐衣足食

放大鏡

李甲導致妓院「有氣無煙」

在《警世通言・杜十娘怒沉百寶箱》中，老鴇因為看不慣李甲散盡手頭銀兩之後，依舊賴在妓院與杜十娘兩情繾綣（音ㄑㄧㄢˇ ㄑㄩㄢˇ，情意纏綿，難分難捨），所以，幾次藉由言語激怒，想讓李甲知難而退，進而自行離去，沒想到李甲完全不為所動。老鴇只好對著杜十娘怒罵：「我們這一行，吃、穿、用都是靠客人上門打賞，只有每天門庭若市，才能賺進大把鈔票。可是，李甲賴在妓院、霸佔妳一年多了，不要說沒有新客上門，就連老主顧也不見人影了，害妓院無啥生意，連維持生計都有困難。」

原文中，老鴇所說：「弄得老娘一家人家，有氣無煙，成什麼模樣！」就是指責李甲獨佔杜十娘，而身為京中第一名妓的十娘，又因李甲不願接客，致使老鴇抱怨經濟陷入困境，無米可下鍋。

用法說明 形容家中極度貧困之「有氣無煙」，與形容生活富裕之「堆金積玉」意思相反。例一：崔媽媽因經商失敗，又得養育三名幼子，急得直呼：「家中有氣無煙，該如何是好？」例

二：表舅時常告誡三位女兒：「雖然家境富有，過著堆金積玉的生活，但也不能過度揮霍。」

有腳書廚（ㄧㄡˇ ㄐㄧㄠˇ ㄕㄨ ㄔㄨˊ）

出處 宋・龔（音ㄍㄨㄥ）明之《中吳紀聞》：「記問精確，經傳子史，無不通貫，鄉人號為有腳書廚。」

解釋 廚，通「櫥」。有腳書廚，指學問廣博且能清楚牢記的人。

近義 活字典

放大鏡

會走路的「書櫥」

據《中吳紀聞》記載，有個名叫程信民的人，自幼在南峰山先都官墓旁的屋子裡讀書。生活刻苦，飲食清淡，依然手不釋卷。他的記憶力極強，對於經傳子史，沒有不貫通理解的，鄉里中的人因此稱他為有腳書櫥。

用法說明 「有腳書廚」與「兩腳書櫥」兩詞都出現書櫥，意義卻大不相同。「有腳書廚」指博學強記的人；「兩腳書櫥」則是指只會死讀書的書呆子。例一：他的學問廣博，很多問題請教他都能獲得解答，真可謂「有腳書廚」。例二：他好讀書卻不知活用，是個兩腳書櫥。

朱衣點頭（ㄓㄨ ㄧ ㄉㄧㄢˇ ㄊㄡˊ）

出處 北宋・趙令時（音ㄓˋ）《侯鯖（音ㄓㄥ）錄》：「歐陽脩知貢舉日，每遇考試卷，坐後常覺一朱衣人時復點頭，然後其文入格。……因語其事於同列，為之三歎。嘗有句云：『唯願朱衣一點頭』。」

解釋 意即科舉考試及格。

近義 金榜題名、金榜掛名

反義 名落孫山、榜上無名

放大鏡

朱衣點頭的由來

相傳歐陽脩主持貢院舉試、閱卷時，總覺得背後站著一個穿朱色服裝的人，他原以為是侍從，可是每當他回頭時，卻空無一人，歐陽脩覺得很奇怪，於是他仔細留意：朱衣人總是看著自己手中的朱筆，凡他點頭示意的文章，都是合格的。反之，就是不合格。後來，歐陽脩把這件事告訴給同僚，他們無不感到驚奇訝異。消息傳開後，參加考試的人常常暗暗禱念，希望自己的考卷，能被朱衣人點頭稱許。

用法說明 「朱衣點頭」意指通過考試，而「白衣送酒」則是指朋友即時送來所希望的東西，使自己如願以償。例一：平時不用功，妄想朱衣點頭，談何容易？因此任何考試都必須努力，才能有機會獲得朱衣點頭。例二：愛喝酒的陶淵明，因家境不好，所以他不能隨心所欲暢飲，重陽節這一天，好友王弘白衣送酒，使他能一償夙願。

死有重於泰山，或輕於鴻毛

出處 東漢・班固《漢書・司馬遷傳》云：「人固有一死，死有重於泰山，或輕於鴻毛，用之所趨異也。」

解釋 意謂人生難免一死，但要死得其所。可以把死亡看得像泰山般沉重，絕不輕言犧牲；也可以把死亡看得比一根羽毛還輕，遇到該有所承擔時，便義不容辭，慷慨就義。

近義 死得其所

反義 貪生怕死

放大鏡

司馬遷之忍辱負重

天漢二年（西元前九九年），李陵出征匈奴失利，彈盡糧絕，只好投降於匈奴。消息一傳到長安，漢武帝十分震怒，滿朝文武交相指責李陵叛國。司馬遷卻默不作聲。漢武帝問他有什麼意見，他毫不避諱地說：「李陵轉戰千里，矢盡道窮，古代名將也不過如此。他雖投降於匈奴，但情有可原。依臣之見，只要他不死，還會再為漢朝效命的。」漢武帝聽了這番話，怒不可遏，認為他是為李陵辯解，於是下令判他死刑。在當時被處以死刑，可以出錢五十萬減死一等；但司馬遷拿不出這筆錢，後來只能改判宮刑，忍辱偷生。

如此不幸的遭遇，使司馬遷痛不欲生，一度想自行了斷，但再想起他父親的遺言，及古代孔子、屈原、左丘明、孫子、韓非等在逆境中振作，發憤圖強，終於有所作為，不斷地激勵自己，才能忍辱負重活了下來。因為他深知「人固有一死，死有重於泰山，或輕於鴻毛」，故決心在有生之年，要完成一部「究天人之際，通古今之變，成一家之言」的史書巨著——《史記》。

用法說明 「死有重於泰山，或輕於鴻毛」是指死得其所的意思，與「貪生怕死」意義不同。例一：你這樣犧牲值得嗎？請仔細考慮清楚，畢竟「死有重於泰山，或輕於鴻毛」。例二：別提那傢伙了，根本就是一個貪生怕死之徒，絕對成不了什麼氣候的。

江郎才盡（ㄐㄧㄤ ㄌㄤˊ ㄘㄞˊ ㄐㄧㄣˋ）

出處 唐・李延壽《南史・江淹傳》：「淹探懷中，得五色筆一以授之。爾後為詩，絕無美句，時人謂之才盡。」

解釋 江郎指江淹。江郎才盡用來指文思已枯竭，再也寫不出佳作的狀態。

反義 文思泉湧

放大鏡

沒有五色筆的文人

江淹是南朝梁的文人，年輕時極富文采，享有盛名。晚年作品大不如前。傳說他晚年辭官後，有一天晚上夢見一個自稱郭璞的美男子。這位男子對他說：「我放在你這裡多年的筆，該還給我了。」江淹伸手探入懷中，果然拿出了一枝五色筆，於是便將它交還男子。此後，江淹寫詩的功力嚴重衰退，世傳江淹已用盡所有的文才，無法再創佳作了。

用法說明 「江郎才盡」與「腸枯思竭」都有寫不出東西來的意思，但用法並不相同。「江郎才盡」是指原本很有文才，後來卻再也創作不出佳作；「腸枯思竭」則是指沒有靈感，寫不出文章，並不代表之前有過佳作，享有文名。例一：這位知名作家晚年江郎才盡，再也寫不出佳作。例二：作文課時他只覺得腸枯思竭，遲遲無法下筆。

池中物（ㄔˊ ㄓㄨㄥ ㄨˋ）

出處 晉・陳壽《三國志・吳書・周瑜傳》：「恐蛟龍得雲雨，終非池中物也。」

解釋 沒有作為的人。

近義 庸材、凡夫

搭配詞 終非池中物、非池中物

放大鏡

「終非池中物」的劉備

在赤壁一戰中，孫權、劉備聯手打敗了曹操。在這場戰役，孫權所統治的東吳出力最多，但受益最大的反而是藉機奪佔荊州等地的劉備。東吳的主帥上書給孫權說：「劉備才能過人，又有關羽、張飛等猛將的輔佐。現在讓他得到了荊州，就像是蛟龍得到了雲雨的力量，不可能屈居在小池子裡當『池中物』，一定會有所作為，對東吳產生威脅。」

用法說明 「池中物」指的是屈居下位，沒有什麼作為的庸材，多與「非」字等否定詞合用，指志向遠大而有作為的人。「池中蛟龍」指的是暫時受環境所困的英雄。兩者不可混用。例一：現在的他，職位雖低，但是做任何事都能全力以赴，眾人都看出他絕不是池中物。例二：現在的他一如池中蛟龍，無法伸展抱負，只能靜待時機的來臨。

百姓（ㄅㄞˇ ㄒㄧㄥˋ）

出處 《尚書・虞書・堯典》：「九族既睦，平章（辨別清楚）百姓（百官）。百姓昭明（顯著），協和萬邦。」《易經・繫辭上》：「百姓日用而不知，故君子之道鮮矣。」

解釋 原指百官，也指沒有官職的平民。現在只採後者的解釋。

近義 平民、黎民、布衣、黎庶、庶民

搭配詞 老百姓、百姓之心、只許州官放火，不許百姓點燈

放大鏡

只許州官放火，不許百姓點燈

南宋的陸游在《老學庵筆記》中講到一個故事。某一州的太守名叫田登，他不願別人說到或寫到他的姓名「登」字，甚至連同音字也犯了忌諱。元宵節時，官府照例要貼出告示，准許百姓點燈三日。為了避諱，告示上把「點燈」寫成「放火」。百姓看了告示，十分生氣，紛紛抱怨：「只許州官放火，不許百姓點燈。」用以形容當權者的蠻橫無理，自己可以胡作非為，卻對百姓做出種種不合理的限制。

用法說明 「百姓」指平民，「百家姓」則是書名，是古代教學童認字的基本教材。「百家姓」因為是在宋代寫成，所以第一個姓是「趙」，用以推崇開國君王趙匡胤的身分。例一：法令一日三變，百姓都不知如何是好。例二：《百家姓》和《千字文》都是古代的啟蒙教材。

百戰百勝（ㄅㄞˇ ㄓㄢˋ ㄅㄞˇ ㄕㄥˋ）

出處 《孫子兵法・謀攻》：「知彼知己，百戰不殆（音ㄉㄞˋ，危險）。」

解釋 每次作戰或比賽，都能取得勝利。

近義 戰無不勝、每戰必勝

反義 屢戰屢敗

搭配詞 知己知彼，百戰百勝

放大鏡

「百戰不殆」與「百戰百勝」

《孫子兵法・謀攻》中說：「知己知彼，百戰不殆。」今人則說：「知己知彼，百戰百勝。」兩字之差，意思有別。不殆就是不失敗，不完全等於勝利。就常情而論，了解自己與對方的實力，確實容易做出正確的判斷，獲得勝利。

然而，戰場瞬息萬變，有時勝負非人力可為。如軍事天才諸葛亮在五丈原與司馬懿對峙，終因「身先死」而「出師未捷」。諸葛亮雖是「知己知彼」，但是人壽長短又豈能預料？不過，諸葛亮利用對方心理的弱點，安排巧計，以栩栩如生的雕像，嚇走前來追擊的司馬懿，順利撤退。雖不能「勝」，卻是「不殆」。由此可見，《孫子兵法》「百戰不殆」的說法，確實比世人「百戰百勝」的說法來得周全。

用法說明

「百戰百勝」和「節節勝利」皆指戰勝次數眾多，不過「百戰百勝」指的是多次戰勝，而得勝的戰役之間可以沒有什麼關連。「節節勝利」指的也是多次戰勝，但是得勝的戰役之間有著相互牽連的關係。例一：漢代名將李廣武功高強，善於帶兵，所以能夠百戰百勝，然而時運不濟，始終未能封侯。例二：岳飛領兵抗金，節節勝利，卻因「莫須有」的罪名被害死在風波亭。

老不死（ㄌㄠˇ ㄅㄨˋ ㄙˇ）

出處 《論語・憲問》：「子曰：幼而不孫弟（即遜悌，謙恭而友愛手足），長而無述（值得稱述）焉，老而不死是為賊。」

解釋 本做「老而不死」，後簡略為「老不死」，都是罵人老而沒有德性。

近義 老不修、老賊

反義 德高望重

放大鏡

怎樣的老年人不可愛？

孔子認為：年幼時不懂得孝順父母、友愛兄弟，長大後又沒有什麼值得稱道的事蹟，年老了還遲遲不死，這樣的人簡直就是世上的禍害。這一看法並不是說老年人該死，而是說沒有德性、苟活著到老的人，過一天算一天，簡直不知道為什麼活著？我們每一個人都會老去，老並不可怕，可怕的是老得不慈祥，還要對子孫發號施令、頤（音ㄧˊ）指氣使；老得不可愛，囉哩囉唆，叨念不停；老得斤斤計較，什麼都向錢看齊，無財不歡；老得色瞇瞇，看到年輕女孩就毛手毛腳，動不動要手來腳來。這樣的老人怎不讓人感嘆是「老不死」的「老賊」呢？

用法說明 「老不死」是罵人的話，但「老而不死」卻有可能是一種自嘲，比如提到自己在工作單位已屬元老級人物，便自稱「老賊」。

例一：年紀已經老大不小了，卻還要吃女生的豆腐，難怪被人家罵「老不死」。

例二：實在不好意思，敝人在此單位資歷已然排在第二，屬於「老賊」者流了。

老佛爺 ㄌㄠˇ ㄈㄛˊ ㄧㄝˊ

出處 明・毛晉《六十種曲・南柯記下》第二十三齣：「老佛爺方便向諸天把真言示宣。」

解釋 指位高權重的老人家。

放大鏡

大權在握的老佛爺

清朝末年權傾一時的老佛爺——慈禧太后留下了相當多的評價與討論。慈禧是清文宗咸豐皇帝的妃子，也是清穆宗同治皇帝的生母。但後來以皇太后身分垂簾聽政把持政權，為清代末期大清帝國的實際統治者。在位的時間只比康熙皇帝和乾隆皇帝少。而老佛爺一稱，即是宮中太監與宮女為了討好慈禧太后所給予的尊稱，形容慈禧太后不僅位高權重，還如同掌握了人間興衰的神明一般偉大。

用法說明 「老佛爺」一詞常指位高權重的老人家，例如慈禧太后後來就被李蓮英與宮中僕人稱為老佛爺。也有指超自然力量的老天爺，如《紅樓夢》八十一回中的王夫人提到：「豈知老佛爺有眼，應該敗露了」即是。又或者指某些難纏的小孩如同位高權重的老人家一般，語同「老祖宗」、「小祖宗」。例一：清代盛極一時，但最後在老佛爺的治理之下，仍然不免走向衰亡的局面。例二：常言道，有些孩子是生來報恩的，有些孩子則是生來討債的，想想家裡兩個「老佛爺」不禁莞爾一笑，真不知道是來報恩還是來討債的。

自了（ㄗˋ ㄌㄧㄠˇ）

出處 唐‧房玄齡等《晉書‧山濤傳》：「鍾會作亂於蜀，而（魏）文帝將西征。時魏氏諸王公並在鄴（音ㄧㄝˋ），帝謂濤曰：『西偏吾自了之，後事深以委卿。』」

解釋 靠自己解決、完成，不假手或麻煩他人。

搭配詞 自了漢

放大鏡

獨善其身還是普渡衆生？

禪宗有個故事：希運禪師曾在天臺山上遇見一僧，此僧目光明亮照人，修為頗高，與希運禪師相談甚歡。走著走著，兩人正要涉過溪流，不料溪水暴漲，禪師只好站在岸上對僧人說：「您自己渡河吧！」於是此僧施展神通，撩起袍子踏水而過，水不沾身、如履平地，過了河便在對岸招呼禪師。希運禪師見狀，惋惜地說：「你這自了漢！只顧著自己渡得去，就不管別人了嗎？」

原來，此僧信仰小乘佛教，修習此道乃是為了讓自身超脫出人間苦海，而希運禪師即使沒有神通，但深明自渡渡人才是大乘之道，禪師說的「渡」，不但是自己渡得過河，更是要渡脫億萬眾生出離苦海啊！

用法說明 「自了」一詞最初是「憑自己去做好某事」的意思，而「自了漢」則比喻只知道顧全自己的人。例一：今晚家人都不在，我簡單下了些水餃，自了一餐。例二：獨善其身雖然可以自保，但不顧他人死活的自了漢，實在不受歡迎。

血氣方剛（ㄒㄧㄝˇ ㄑㄧˋ ㄈㄤ ㄍㄤ）

出處 《論語・季氏》：「及其壯也，血氣方剛，戒之在鬥。」

解釋 形容年輕人精力氣血旺盛，特別容易衝動。

近義 血氣方壯、年輕氣盛

反義 暮氣沉沉、老態龍鍾（年老體衰，行動遲緩）

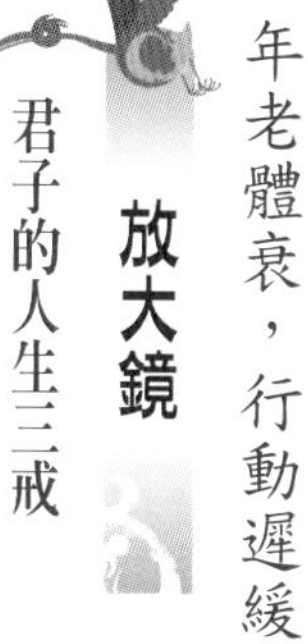

放大鏡

君子的人生三戒

孔子認為：君子有三戒，少年的時候，血氣未定，要特別戒色，以免出亂子；等到年輕力壯的時候，血氣方剛，要特別戒鬥，以免喪失生命；待到老年，血氣既衰，要特別戒「得」，以免觸法而晚節不保。面對生命不同階段，孔子給予我們的勸戒可說是一針見血。少年人喜歡談情說愛，如不戒「色」，有可能後遺症嚴重；青年人年輕氣盛，與人一言不合就可能大打出手，所以需要戒「鬥」；老年人漸漸有了社經地位，接觸機密或金錢的機會大增，對於不義之財不能貪也不應貪，所以戒之在「得」。我們如果要趨吉避凶，這「人生三戒」確實有必要謹慎。

用法說明 「血氣方剛」一般用於形容年輕人的氣盛與莽撞，如指氣盛則詞意屬於中性；如指莽撞則詞意偏負面。例一：明・馮夢龍《東周列國志》第六十回記載：「公子楊幹，乃悼公之同母弟，年方一十九歲，新拜中軍戎禦之職，血氣方剛，未經戰陣。」例二：年輕人「血氣方剛」，做事專憑直覺，難免出差錯，你就再給他一次機會吧！

行不改名，坐不改姓（ㄒㄧㄥˊ ㄅㄨˋ ㄍㄞˇ ㄇㄧㄥˊ，ㄗㄨㄛˋ ㄅㄨˋ ㄍㄞˇ ㄒㄧㄥˋ）

出處 明・無名氏《單刀劈四寇》第四折：「兀那四個草寇，你聽者，某行不更名，坐不改姓，蒲州解良人也，姓關名羽字雲長。」

解釋 意即為人處事，正大光明，嶔崎（音ㄑㄧㄣ ㄑㄧˊ，品格卓越有骨氣）磊落（胸懷坦蕩光明）。

近義 行不更名，坐不改姓

反義 改名換姓、變名異姓

搭配詞 大丈夫行不改名，坐不改姓

放大鏡

行不更名，坐不改姓的蕩寇將軍

漢末董承得知「四寇」李傕、郭汜、樊稠、張濟，將對獻帝不利時，便把獻帝送往洛陽，但四寇仍追至黃河岸邊。關羽得知此事後，十分氣憤，率軍前往救援，雙方對峙時，關雲長稱自己「行不更名，坐不改姓」時，威風凜凜，四寇莫不震

懾，解除危難後，關羽被封為「蕩寇將軍」。

用法說明　「行不改名，坐不改姓」是用來形容為人處事光明磊落，而「改名換姓」則是指變更姓名。例一：我行不改名，坐不改姓，有什麼事，我會負責到底。例二：為重新過日子，他決定出獄後改名換姓。

行百里者半九十（ㄒㄧㄥˊ ㄅㄞˇ ㄌㄧˇ ㄓㄜˇ ㄅㄢˋ ㄐㄧㄡˇ ㄕˊ）

出處　西漢・劉向輯錄《戰國策・秦策》：「詩云：『行百里者半於九十。』此言末路之難。」

解釋　此說走百里路的人，雖然走了九十里，只能算是走了一半。比喻越接近成功越要認真以對，堅持到底。

放大鏡

末路之難

《戰國策・秦策》提到，走百里路的人，雖然走了九十里，只能算是走了一半。因為越到後面路越難走，所以更要堅持努力。這段話是秦國的臣子對秦始皇說的。秦國君主歷代經營，目的就是為了併吞天下。秦國臣子以此提醒始皇，在霸業將成之時，不可驕傲，仍要繼續努力，先得齊、宋兩國，才能使實力與之接近的楚國陷於孤立。

用法說明　「行百里者半九十」是指末路難走，有勉人再接再厲，堅持到底的意思。「半途而廢」是指事情做到一半就停止了，兩者的意義及用法不同。例一：「行百里者半九十」，越接近成功，你越要堅持。例二：他做事時常半途而廢，缺乏恆心毅力。

行頭 ㄒㄧㄥˊ ·ㄊㄡ

出處 清・曹雪芹《紅樓夢》第一一二回：「咱們今日躲一天，叫咱們大哥借錢置辦些買賣行頭。」

解釋 泛指服裝、各種裝備或貨物。

放大鏡

行頭

行頭有兩種讀音，使用時意義大不相同，一為ㄒㄧㄥˊ ·ㄊㄡ；一為ㄏㄤˊ ㄊㄡˊ。現今我們時常以「行頭」一詞泛指服裝、各種裝備或貨物，此時應唸作「ㄒㄧㄥˊ ·ㄊㄡ」。

行頭讀作「ㄏㄤˊ ㄊㄡˊ」時，所指稱的常是古代軍隊中的隊長。如《國語・吳語》：「陳士卒百人，以為徹行百行。行頭皆官師，擁鐸拱稽，建肥胡，奉文犀之渠。」有時也可作為行業頭子或傭役總管者的代稱。如南宋吳自牧《夢粱錄・米鋪》：「且言城內外諸鋪戶，每戶專憑行頭於米市做價，徑發米到各鋪出糶。」

用法說明 現今生活中仍時常使用行頭一詞代稱服裝或裝備。例一：現在的年輕人出手闊綽，一身行頭所費不貲。例二：要遠行之前，我們都必須到處置辦行頭。

衣冠塚 ㄧ ㄍㄨㄢ ㄓㄨㄥˇ

出處 西漢・司馬遷《史記・孝武本紀》：「黃帝已僊（音ㄒㄧㄢ，同仙，此指成仙）上天，羣臣葬其衣冠。」

解釋 埋葬人物生前的衣服與使用過的器物，以作為這個人的墳墓。

放大鏡

黃帝衣冠塚

司馬遷在《史記・孝武本紀》當中，記錄了漢孝武帝在封禪之前，帶著十萬兵馬經過北方，路過黃帝冢橋山時，問：「我聽說黃帝並沒有死，是個常生不老的仙人，但今天有人替他建造了墳墓，這是為什麼？」有人回答孝武帝說：「黃帝已經升天成為仙人，但他的臣子把他的衣物等相關物品埋葬在某處，所以才有墳塚。」

用法說明 我們形容一個埋葬衣物與使用器物的墳墓為「衣冠塚」，多半是用來紀念一些難以找到屍首原身的人物。例一：岳飛因為死時蒙受不白之冤，直到宋孝宗皇帝時，三子岳霖在為其平反後，才把岳飛生前的衣物集合起來，做成了一個衣冠塚，以供子孫悼念。例二：漢代時期昭君出塞，在歷史上留下了諸多感人的故事，而在現今內蒙呼和浩特，也留有供人憑弔的衣冠塚——青塚。

衣帶漸寬終不悔

一 ㄉㄞˋ ㄐㄧㄢˋ ㄎㄨㄢ ㄓㄨㄥ ㄅㄨˋ ㄏㄨㄟˇ

出處 北宋・柳永〈鳳棲梧〉：「衣帶漸寬終不悔，為伊消得人憔悴。」

解釋 形容人們執著於某事，為思念遠人也好，為理想而付出也罷，總之，都是義無反顧，無怨無悔，即使為此消瘦亦在所不惜。

近義 無怨無悔、義無反顧

反義 吝於付出

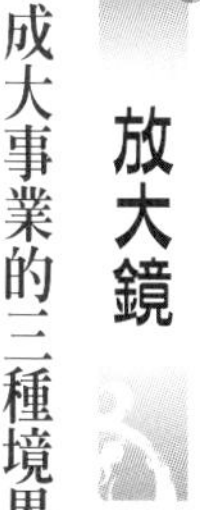

放大鏡

成大事業的三種境界

王國維在《人間詞話》中，說古今成大事業、大學問的人必經歷三種境界：第一種境界為「昨夜西風凋碧樹，獨上高樓，望盡天涯路。」那是一種歷經百般挫折的過程，剛燃起一絲希望卻遭西風無情的摧殘，只能獨自登高遠眺，望向茫茫前程，不知該何去何從。第二種境界「衣帶漸寬終不悔，為伊消得人憔悴。」是為不斷付出的歷程，縱使再茫然、無助也絕不能放棄，必須全力以赴，即使衣帶寬了，人為此而消瘦、憔悴亦在所不惜。第三種境界則是「眾裡尋他千百度，驀然回首，那人卻在燈火闌珊處。」直到有一天，時機成熟了，一切的努力都有了代價，真正的成功確是一種瓜熟蒂落、水到渠成的圓滿，往往在你不經意時，它便悄悄地來到。

用法說明 「衣帶漸寬終不悔」，指義無反顧，無怨無悔的付出；「吝於付出」，則是不能盡心盡力、付出最大的努力。二者意思相反。

例一：她為了寫畢業論文，可說是「衣帶漸寬終不悔」，付出了最大的努力。

例二：小王一心只想平步青雲，卻吝於付出，終將落得功敗垂成的下場。

衣缽（ㄧ ㄅㄛ）

出處 元末明初・羅貫中《三國演義》第二十七回：「貧僧此處難容，收拾衣缽，亦往他處雲遊也。」

解釋 佛教僧尼的袈裟與飯盂。今多指老師傳授的技能、學問。

搭配詞 傳衣缽、衣缽相傳

放大鏡

弘忍傳衣缽

禪宗五祖弘忍想要傳衣缽，他詢問弟子們自己內心認知的佛法，神秀說：「身是菩提樹，心如明鏡臺，時時勤拂拭，勿使惹塵埃。」慧能說：「菩提本無樹，明鏡亦非臺，本來無一物，何處惹塵埃？」神秀的認知尚且還停留在「有」的境界；慧能的偈體證「諸法無所得空」的智慧，說明了佛法中所謂的空無、一切皆是無有虛相的道理，達到了「空」的境界。於是弘忍大師將衣缽及禪宗的心法傳授給了慧能，慧能也就正式成為了禪宗六祖。

用法說明 現今常用「衣缽」一詞來指老師所傳授的學術、思想；「衣缽相傳」一詞本指佛家傳授袈裟飯缽，今也借指師父傳授徒弟的通稱。例一：他繼承了老師的衣缽，學術智慧日漸成熟。例二：由於他十分勤奮好學，使得師父願意衣缽相傳、傾囊相授。

衣繡夜行（ㄧˋ ㄒㄧㄡˋ ㄧㄝˋ ㄒㄧㄥˊ）

出處 西漢・司馬遷《史記・項羽本紀》：「富貴不歸故鄉，如衣繡夜行，誰知之者？」

解釋 穿上漂亮的衣服，卻在夜間行走，比喻富貴不為人所知。衣，這裡當動詞，解作穿上。

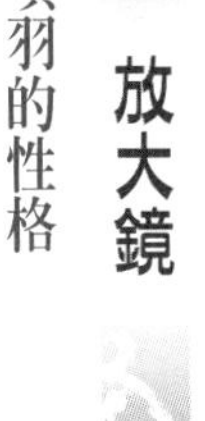

放大鏡

項羽的性格

根據《史記・項羽本紀》記載，項羽在攻入咸陽城之後，殺了秦降王子嬰，燒毀秦朝宮室，大火三月不滅。項羽的軍隊在搜刮完財寶、婦女之後，就向東而去。有人勸項王留在山河險要、土地肥饒的關中，以成就霸業。項王眼見秦宮室皆被燒光，十分殘破，執意東歸。他說：「富貴後不歸故鄉，就有如衣繡夜行，有誰知道？」勸告的人以「沐猴而冠」形容項王，項王就把勸說者給烹殺了。

用法說明 「衣繡夜行」是指富貴了卻不為人所知，十分不值。「衣錦還鄉」是指成功之後榮歸故鄉。兩者意義不同。例一：他認為不開名貴跑車返鄉探親，就有如衣繡夜行，十分愚昧。例二：他在外地辛苦奮鬥多年，希望能有衣錦還鄉的一天。

【七　畫】

伯仲（ㄅㄛˊ ㄓㄨㄥˋ）

出處　《禮記・檀弓上》：「幼名，冠字，五十以伯仲。」

解釋　兄弟間排行的次序。

近義　兄弟、手足、昆季

搭配詞　伯仲之間、難分伯仲

放大鏡

陶淵明責子

陶淵明雖然選擇退隱躬耕，但對於幾個不成材的兒子總是搖頭嘆息，他曾作〈責子〉：「白髮被兩鬢，肌膚不復實。雖有五男兒，總不好紙筆。阿舒已二八，懶惰故無匹。阿宣行志學，而不好文術。雍端年十三，不識六與七。通子垂九齡，但覓梨與栗。天運苟如此，且進杯中物。」這首詩敘述著幾個兒子的情形：老大阿舒十六歲了卻非常懶惰；老二阿宣快十五歲了卻不愛文學藝術；老三阿雍和老四阿端都十三歲了，卻連六和七都不認識；老么阿通九歲了，但整天就只想著吃東西。面對這些懶惰不材的孩子，他只好借酒澆愁，把煩惱拋諸腦後了。

用法說明　古代貴族男子的字前常加伯、仲、叔、季表示排行，字的後面加「父」或「甫」字表示男性，構成男子字的全稱，如伯禽父、仲尼父、叔興父等。我們現在常以「伯仲之間」一詞則形容才能相當、不相上下者。例如：小明和小華的表現都非常傑出，他們的能力在伯仲之間。

佔（ㄓㄢˋ）鰲（ㄠˊ）頭（ㄊㄡˊ）

出處 清・洪亮吉《洪北江詩話》：「俗語謂狀元為獨佔鰲頭，非盡無稽。臚傳（古時宣旨唱名，傳召新科進士晉見天子）畢，贊禮官引東班狀元，西班榜眼二人，前趨在殿陛下……狀元稍前進，立中陛石上，正中鐫（音ㄐㄩㄢ，雕刻）升龍及巨鼇（音ㄠˊ，海中巨龜）……即古所謂螭頭也。俗語所本以此。」

解釋 用來形容一個人的表現特別突出的意思。

近義 卓然出眾、名列前茅

反義 名落孫山、敬陪末座

放大鏡

獨佔鰲頭魁星爺

魁星爺，民間所奉祀的五文昌之首，自古以來深受讀書人重視。祂的造型：左腳翹起，右腳踩在鰲上，象徵「獨佔鰲頭」的意思；雙手則分持墨斗與朱砂筆，都是讀書人日常必備的文具。無論古代科考或現今基測、學測、高普考等，每逢大考之前，許多考生或家長都會向魁星爺祈求考運亨通，甚至有人迷信：如果能拿到魁星爺手上的朱砂筆，就能縱橫考場，無往而不利。因此，魁星爺的朱砂筆連連失竊。在此奉勸諸位學子，不告而取謂之「偷」，讀書人首重品德，次講術業，怎可捨本逐末呢？何況心誠則靈，相信以魁星爺神通廣大，就算沒有朱砂筆護航，只要努力用功、虔心祈求，祂還是會助你一臂之力的。

用法說明 「佔鰲頭」或作「獨佔鰲頭」，指一個人才能異常傑出，位居眾人之上的意思。而「名落孫山」是指參加考試，卻不幸落榜；「敬陪末座」則有落後、居於最後一名的意思。例一：他天資聰穎，又努力向學，因此在校成績總是獨佔鰲頭。例二：王小明今年參加大學指考名落孫山，打算明年捲土重來。

佛也眉兒聚（ㄈㄛˊ ㄧㄝˇ ㄇㄟˊ ㄦˊ ㄐㄩˋ）

出處 北宋・秦觀〈河傳〉：「若說相思，佛也眉兒聚。莫怪為伊，底死縈（音ㄧㄥˊ，纏繞）腸惹肚。為沒教，人恨處。」

解釋 極言相思之苦。

近義 相思成疾

反義 見異思遷、朝三暮四、用情不專

放大鏡

相思好比小螞蟻

對男女戀人而言，相思是最為難熬的事情，為愛相思的複雜情緒，大概只有經歷過的人，才能真正體會箇中滋味。臺灣知名的帽子歌后鳳飛飛，曾經演唱過一首〈相思爬上心底〉，歌詞中將相思之情和小螞蟻做了有趣的比喻，把談戀愛時心頭癢癢、既徬徨又期待、既痛苦又甜蜜的情緒，藉由文字傳遞出來，同時，訴說著戀人心中無盡的思念。

用法說明 形容相思之苦的「佛也眉兒聚」，與「相思成疾」意思相近。前者係藉由比喻以言相思之煎熬，後者則是直言相思之痛苦。例一：堂妹對於遠距愛情，常感無奈，總是感嘆地說：「兩地相思，真是佛也眉兒聚，難熬喔！」例二：小玉因為過度想念在美國求學的男友，竟然相思成疾，病倒在床了。

作俑 ㄗㄨㄛˋ ㄩㄥˇ

出處 《孟子・梁惠王上》：「仲尼曰：『始作俑者，其無後乎，為其象人而用之也。如之何其使斯民飢而死也。』」

解釋 製作殉葬的偶像。後指首開惡例。

搭配詞 始作俑者

放大鏡

作俑的由來

孟子不遠千里來拜見梁惠王。孟子問：「用木棒或用刀殺人有什麼不同嗎？」梁惠王說沒有。孟子又問：「用刀殺人跟施行暴政害死人，有什麼不同嗎？」惠王又說沒有。孟子說：「如今您的廚房裡滿是鮮美的肥肉，馬棚的馬精美壯實，可是許多老百姓卻因餓死橫屍遍野，這就如同帶領野獸去吃人啊！孔子曾經說：『第一個創造陪葬用的木俑或土偶的人，一定會得到報應斷子絕孫！』這是因為『俑』像人的樣子卻用來殉葬，以至於發展成殉葬活人的壞風尚。連用沒有生命的偶來殉葬都尚且不可，又怎麼能讓老百姓因飢餓而死呢？」

用法說明 我們常以「始作俑者」一詞比喻首創惡例的人。例如：既然你是這件事的始作俑者，自然由你來承擔後果。

作則 ㄗㄨㄛˋ ㄗㄜˊ

出處 《尚書・盤庚下》：「嗚呼！知之曰明哲（深明事理），明哲實作則。」

解釋 作他人的模範。今多寫成「以身作則」，意為以自己的行為，當作他人的榜樣。

近義 榜樣、模範

搭配詞 以身作則

放大鏡

以身作則的曹操

三國時的梟雄曹操治兵謹嚴，曾下令軍隊行進時不得滋擾人民，不得損害人民的財產。有一回，他的馬失控，衝入田裡，踩壞了許多農作物。為了申明軍紀，他拔劍作勢自刎，一旁的將士連忙阻止。曹操為了表明以身作則的決心，就割去一段頭髮，以髮代頭。兵士們見到主帥的這種做法，果然不敢怠慢，沒人敢侵擾人民。

用法說明 「作則」和「作賊」讀音相近，意思卻完全相反。前者指行為良好，足以成為他人的典範，後者則是不好的行為。行為不佳，怕被別人知道，可以用「作賊心虛」形容。例一：父母要懂得以身作則的道理，才能讓子女聽從教誨。例二：由於作賊心虛，導致行為怪異，店員因此發現他偷了店裡的東西。

冷宮 ㄌㄥˇ ㄍㄨㄥ

出處 元・馬致遠《漢宮秋》第一折：「眉頭一縱，計上心來，只把美人圖點上些破綻，到京師必定發入冷宮。」

解釋 原是指失寵后妃居住的地方，現亦指存放平常用不到東西的地方。

近義 長門（失寵后妃的居處）、永巷（宮中幽閉有罪宮女處）

反義 椒房（指椒房殿，以椒和泥塗壁，使溫暖、芳香，象徵子孫滿堂的意思。原是漢代皇后居住的地方，後泛指后妃的居室）

搭配詞 打入冷宮

放大鏡

不顧賄賂，被打入冷宮的昭君

漢元帝指派畫工毛延壽徵選天下美女進宮，但他卻趁機向眾美女索取金錢，美女們為求得三千寵愛，莫不隱忍進獻，唯有王昭君拒絕賄賂。心有不甘的毛延壽眉頭一皺，心生一計，決定在昭君的畫像上動手腳，使她進宮隨即遭到被打入冷宮的厄運。

然而，他萬萬沒想到的是：漢元帝閒步後宮時，竟與昭君一見鍾情。東窗事發後，他帶著昭君畫像逃往匈奴，慫恿單于索娶昭君為妻，匈奴大軍壓境，昭君不得已隨匈奴王離開，行至漢番交界處時，她縱身躍入黑龍江自盡。單于厚葬昭君，並將始作俑者毛延壽綁送漢朝處治，替昭君報了被打入冷宮的仇恨。

用法說明 「冷宮」是指失寵后妃所居住的地方，獨自生活在此，對比從前前呼後擁的生活，心境淒涼可想而知。而「冰宮」則是指溜冰刀的地方，三五好友相偕來到此處，心情應是開心、快樂無比的。故「冷宮」、「冰宮」雖皆有寒冷、冰涼的感覺，但心情感受卻差了十萬八千里，千萬別混用了。例一：為通過檢定考試，小明把各種電腦遊戲，全打入冷宮。例二：大考完畢，小明與好朋友一起到冰宮溜冰，紓解連月來的壓力。

利市 ㄌㄧˋ ㄕˋ

出處 《左傳・昭公十六年》：「爾有利市寶賄，我勿與知。」

解釋 本義是買賣交易所獲得的利潤，現則含有運氣很好的意思。

近義 得運、鴻運、好康、行大運、走鴻運

反義 厄運、惡限

搭配詞 不利市、發利市、大發利市、利市三倍、招財利市、燒利市

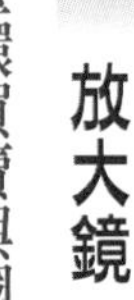

放大鏡

玉環買賣與國家立場

晉國韓起請求鄭國國君幫他向商人要一隻玉環，但遭到相國子產的拒絕。於是，韓起就自己向鄭國商人買玉環。成交後，商人向其表示：將向國家大臣報告。韓起十分納悶，問子產原因何在？子產解釋：「我們和商人訂有盟約，承諾彼此不干涉寶物的交易。現在你強行購買那隻玉環，使我們違反當初的協定，我們雖然是小國家，但仍有國家立場！」韓起聽完這番話後，恍然大悟，立刻退回了玉環。

用法說明 「利市」是指獲得利潤，而「力士」則是指力氣很大的人。兩者字音相同，但意思不同。例一：每年過年，經營小吃店的小豪都焚香默禱，期許來年生意大發利市。例二：日本的相撲力士，都是力氣很大的人。

君子之交淡如水（ㄐㄩㄣ ㄗˇ ㄓ ㄐㄧㄠ ㄉㄢˋ ㄖㄨˊ ㄕㄨㄟˇ）

出處 《莊子・山木》：「且君子之交淡如水，小人之交甘若醴（音ㄌㄧˇ，甜酒）；君子淡以親，小人甘以絕。」

解釋 君子間交往，出自彼此的志同道合，不牽涉個人利害關係，所以交情看起來像水一般平淡，卻能永不變質，友誼長存。

近義 志同道合

反義 小人之交甘若醴

放大鏡

淡交如水，久而不壞

宋・陸游在〈祭周益公

文〉中，追憶與周必大生前交遊的情形：

> 某紹興庚辰，始至行在。見公於途，欣然傾蓋。得居連牆，日接嘉話。每一相從，脫帽褫帶。從容笑語，輸寫肝肺。鄰家借酒，小圃鉏菜。熒熒青燈，瘦影相對。西湖弔古，竝轡共載。賦詩屬文，頗極奇怪。淡交如水，久而不壞。各謂知心，絕出流輩。

陸游與周必大締交於紹興三十年（西元一一六〇年）九月，當時他任樞密院編修官兼聖政所檢討官，周亦在臨安任職。好友二人比鄰而居，朝夕與共，形影相從，或到鄰家借酒，或往小圃鉏（音ㄔㄨˊ，用鋤整地）菜，或燈下相對，或西湖弔古，或並轡（兩馬並頭前進。轡音ㄆㄟˋ）驅馳，或屬文賦詩，如此君子之交，雖平淡如水，卻歷久彌新，永不變質。

然而最難能可貴的是，儘管周氏累官至左丞相，而陸游一生仕途坎坷，但兩人維持了四十年的好交情，絕不因窮達之殊而影響他們的友誼，正所謂「一榮一辱，交情乃見」也。

用法說明

「君子之交淡如水」與「小人之交甘若醴」互為相反詞，前者形容君子間的交往，雖平淡似水，卻能細水長流，長保好交情；後者則形容小人之間，立場一致時，如膠似漆地膩在一塊兒，一旦遇到利益衝突，便從此分道揚鑣，甚至不惜反目成仇。其中「醴」，音ㄌㄧˇ，指甜酒，或甘美的泉水。例一：他們分別多年，相隔兩地，如今好友有難，他現身力挺，所謂「君子之交淡如水」，大抵如是！例二：他們一度互動頻繁、往來密切，但「小人之交甘若醴」，沒多久便因利益衝突而漸行漸遠。

君子有成人之美

出處 《論語・顏淵》：「子曰：『君子成人之美，不成人之惡，小人反是。』」

解釋 指君子有成全他人善美之事的大度。

近義 成人之美、助人為樂

反義 成人之惡、從中作梗

放大鏡

君子的謙讓

孔子曾說：「君子成人之美，不成人之惡，小人反是。」指的是一種相當廣闊的胸襟與氣度，對於他人的善行能予以讚許，並且成全他的人美事，絲毫不妒忌。但小人則正好相反，見不得別人好又喜幸災樂禍，因而往往不願協助他人，即使能夠幫忙也袖手旁觀並且滋生禍端。

用法說明

「君子有成人之美」這句話本義是嘉勉君子因為仁恕之心，所以能有成全他人的氣度與胸襟，現在往往用在兩者競爭激烈的時候，勉勵他人毋須嫉妒。而助人為樂一語，則是側重於幫助人的快樂上，與謙讓的氣度有較大的不同。例一：奧林匹亞競賽的資格競爭激烈，雖然經過選拔沒有得到出賽資格，但是「君子有成人之美」，你已經做得很好囉！例二：童軍守則總說助人為樂，其實，能夠幫助別人，也往往能讓自己覺得對世界有助益，因而得到不小的成就感呢！

君子愛財，取之有道

出處 北宋・釋惠洪《林間錄》：「有設問者曰：『既是泗州大聖，為什麼向揚州出現？』聰曰：『君子愛財，取之有道。』一眾大笑。」

解釋 現指人們以正當方式及管道取得錢財。

放大鏡

化緣求財亦是正道

在《林間錄》中，提到洞山的聰禪師到廬山的一樁軼事。當時他仍然沒有什麼名氣，直到有一天，泗州的僧眾們在揚州附近出現，當時有人便以此為題，問到：「既然都說是泗州大聖，為何現在卻在揚州出現？」聰禪師聽到這樣的問題，便回答大家：「君子愛財，取之有道」，意思是在說泗州的僧人們雲遊遠方到揚州來，其實就是為了化緣取財，而這是一種修行的方式。後來被名重當時的禪師祥公聽見，便讚嘆他得到雲門宗的真傳。

用法說明 古代的金錢觀念中，有部分人認為賺取錢財，或者謀取利益是一種不好的行為。「君子愛財，取之有道」一語本來自佛門的應答，但後來多半被用在一個人以正當方式取得自己所需的錢財。例一：雖然只有企業才能擁有龐大資金，能夠在股市中取得優勢，不過，「君子愛財，取之有道」，深入研究整個股市的波動，也還是能幫助自己從中賺取一些額外的生活補貼。例二：金錢不是萬能也不是罪惡，「君子愛財，取之有道」，能夠循正當途徑賺取錢財，懂得投資，也是現代社會的一種必備能力！

君子遠庖廚

出處 《孟子・梁惠王上》：「君子之於禽獸也，見其生，不忍見其死；聞其聲，不忍食其肉；是以君子遠庖廚也。」

解釋 有德性的人因不忍看、聞動物被殺，所以遠離廚房。

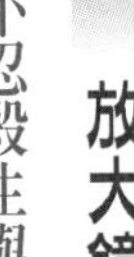

放大鏡

不忍殺生與大男人

孟子「君子遠庖廚」的這個命題多為後人所詬病。君子既然要吃肉，就免不了殺生，卻假惺惺不忍殺生；真的不殺也罷，卻只是「遠庖廚」，眼睛沒看見，耳朵不聽聞，就心安理得吃起肉來，豈非鴕鳥？其實吃素、吃肉各有理由，我們應該尊重每一個人的選擇。此外，偏有男人拿這句號當令箭，把「君子」解釋做「男人」，「遠庖廚」解釋做「不下廚房」，還大剌剌地說是亞聖孟子說的，於是連幫忙老婆洗個碗也不肯，更甭說洗菜燒飯了。這種男人經典沒讀好，不明就裡會錯意，知識太差，請淑女遠離他！

用法說明 有人以孟子「君子遠庖廚」這句話，主張男子不宜進廚房，這是第一種用法，具有大男人主義思想。另一種用法是就著孟子「不忍殺生」的原意而來，不但「遠庖廚」，連肉都不吃改吃素。例一：張某是標準「大男人」，只要太太請他幫忙洗碗或煮湯，他就搬出「君子遠庖廚」這句話耍賴。例二：你知道為什麼孟子說「君子遠庖廚」嗎？殺生是很殘忍的，我們還是盡量吃素吧！

吳市吹簫（ㄨˊ ㄕˋ ㄔㄨㄟ ㄒㄧㄠ）

出處 西漢・司馬遷《史記・范雎蔡澤傳》：「伍子胥……膝行蒲伏（即匍匐，爬行），稽首肉袒，鼓腹吹箎

（音ㄔ，古代樂器），乞食於吳市。」

解釋 春秋時，伍子胥自楚國逃至吳國，曾在吳市吹簫乞食。後比喻生活困頓，而四處行乞，流浪街頭。

近義 乞食、沿門乞討、沿門托缽

反義 布施、樂善好施

放大鏡

丐幫美食叫化雞

我們都知道乞丐俗稱為「叫化子」。相傳古時候某個隆冬，一名叫化子饑寒交迫餓昏在街頭，他的乞丐朋友向人討來一隻小母雞，想幫他補補身體，偏偏又沒有爐灶柴火等炊具可用。於是，只好在雞隻外面塗上一層泥巴，用泥巴將整隻雞緊緊裹住，然後放進篝火中煨烤。等到雞隻烤熟之後，香氣四溢，令人垂涎三尺；嚐一口，那酥脆滑嫩、保留原汁原味的雞肉，鮮甜無比，入口即化，簡直就是人間美味！後來，用泥巴煨（音ㄨㄟ）烤雞隻的做法廣為流傳，一傳十，十傳百，終於成為一道家喻戶曉的名菜；因為它出自丐幫朋友的巧思，所以被稱為「叫化子雞」或「叫化雞」。

用法說明 「吳市吹簫」含有到處乞討維生之意。另「沿門托缽」，原為佛教僧人到處向人化緣，乞求布施之意；後來亦引伸為乞食、討飯的意思。例一：他雖然淪於吳市吹簫，但人窮志不窮，相信總有時來運轉的一天。例二：他自從瘸了一條腿之後，丟了工作，無以維生，只好沿門托缽，四處行乞過活。

吹毛 ㄔㄨㄟ ㄇㄠˊ

出處 唐・張說〈獄箴〉：「吏苛吹毛，人安措足。」

解釋 比喻故意挑剔。

近義 挑眼、找麻煩、雞蛋裡挑骨頭、一支筷子吃蓮藕、象牙筷上扳雀絲

反義 寬大為懷、寬宏大量、通情達理

搭配詞 吹毛求疵（音ㄘ，毛病）、吹毛求瑕、吹毛索疵

放大鏡

與「吹毛」相近的歇後語

江蘇常熟有句話：「象牙筷上扳（音ㄅㄢ，拉）雀絲」，意同吹毛求疵。原指加工不足的竹木器具上，偶可見到翹起的細刺，但象牙乃致密的骨質材料，經過精細加工的象牙筷，當然不會像加工不足的竹木器具，殘留翹起的細刺，所以，後來用於比喻故意挑剔別人毛病的人。而「一支筷子吃蓮藕」，更是傳神地表達出「吹毛求疵」的意涵，如果只用一根筷子，卻偏要吃蓮藕，最有效的方式，大概就是將筷子戳向蓮藕的小孔，再挑起來吃。因此，這句形容有些人生性喜歡挑剔，無論任何事情，總是看不順眼，專愛挑心眼、找毛病。

用法說明 「吹毛」與「寬宏」意思相反。前者比喻故意挑剔，後者形容心胸開闊、度量大。例一：凡事吹毛求疵的人，總是令人心生恐懼而不喜接近。例二：性格寬宏者，無論到哪，都是受歡迎的。

吹牛 ㄔㄨㄟ ㄋㄧㄡˊ

出處 清・李伯元《南亭筆記》卷十一：「翁叔平兩番訪鶴，吳清卿一味吹牛。」

解釋 意指不根據事實，光會說大話。

近義 誇口、吹法螺、吹噓、大肆吹噓、大吹法螺、大吹

反義 自謙

搭配詞 吹牛皮、大吹牛皮

放大鏡

吹破牛皮的吳大瀓

清光緒十一（西元一八八五）年，俄國入侵圖們江東，朝廷派吳大瀓（字清卿）與俄國使臣簽定《中俄琿春界約》，替國家爭回許多失地，志得意滿的他在中俄交界的銅柱上，寫下：「此柱，可立不可移」，來表彰自己的功績。光緒二十一（西元一八九四）年中日戰爭爆發，他得到吳昌碩（字俊卿）偽造的「漢渡遼將軍印」，讓身為書生的他誤以為：這是立功關外的好兆頭，不自度才能地主動請纓，率領一群沒有經過訓練的募兵上戰場。這群士兵一上戰場，很快就潰散，最後鎩羽而歸。當時人把他和兩次在北京張貼懸賞「尋找愛鶴」啟事的翁同龢（字叔平）搭配，以「翁叔平兩番訪鶴，吳清卿一味吹牛」對聯，來嘲諷兩人不理國事。

用法說明 「吹牛」是指光會說大話，而「炊牛」則是指料理食物。兩者音相同，但意思不同，不可混用。例一：待人處事，不要吹牛，否則牛皮吹破了，豈不難堪？例二：小豪參加「炊牛大賽」，贏得「創意廚藝師」大獎的殊榮。

孝順 ㄒㄧㄠˋ ㄕㄨㄣˋ

出處 東漢・班固《漢書・郊祀志下》：「今皇帝寬仁孝順，奉循聖緒。」

解釋 侍奉父母，克盡孝道。

近義 孝敬

反義 不孝、忤（音ㄨˇ，不順從）逆

放大鏡

孝順的閔子騫

閔損字子騫，春秋時魯國人，是孔子的弟子。他母親在生下弟弟後便去世了，父親娶了後母又生兩個弟弟。後母虐待前妻所生的兩個孩子，做冬衣時，給他們縫製的棉衣裡塞的是蘆葦花絮，稀疏蓬鬆很不保暖，而給親生兒子的棉衣裡裝填的是新棉花絮，保暖耐寒。

某天天寒地凍，子騫趕車載父出行，他凍得手腳僵直、麻木失覺直打哆嗦。父親查看後發現兒子的棉衣只有兩層單布，撕開來裡面只有塞薄薄幾片蘆花，根本不保暖，便勃然大怒，回家後堅決要把妻子趕出家門。沒想到此時子騫竟跪在父親面前為後母求情，後母也深受感動後悔莫及，從此更加疼愛他們兄弟了。

用法說明 孝順一詞的使用對象通常指的是父母或長輩而言；孝道則是指孝順的道理。例一：小林的爸爸重病臥床，他聞訊後立刻趕回家，隨侍在側悉心照料，真是個孝順的孩子。例二：中國是個重視孝道的國家，孩子們長大後要懂得思親反哺，報答親恩。

局外人 ㄐㄩˊ ㄨㄞˋ ㄖㄣˊ

出處 清・曹雪芹《紅樓夢》第四回：「凶身主僕已皆逃走，無影無蹤，只剩得幾個局外之人。」

解釋 與某事不相干的人。

近義 第三者、圈外人

反義 當事人

放大鏡

度外之人與局外人

《三國志・魏志・楊阜傳》有記載：曹操是一個具有雄才大略的人物，精於運籌帷幄，更善於調兵遣將。同時，還勇於任用沒有關係、背景的人才，並讓他們各盡其事，所以才能成就大事。原文中「能用度外之人」之「度外」，即指「心在計度之外」，也就是指和某人或某集團沒有關聯或關係不近的人。換言之，亦即所謂局外人。故就「與某事不相干者」而言，「度外之人」與「局外人」是相通的。

用法說明 「局外人」與「第三者」意思接近，但「第三者」除了指稱與某事毫無相干之人外，亦有破壞他人婚姻、家庭之負面涵義。例一：他對家中所有開銷從不過問，好像自己是個局外人似的。例二：介入他人婚姻的第三者，往往成為最後的輸家。

弄瓦（ㄋㄨㄥˋ ㄨㄚˇ）

出處 《詩經・小雅・斯干》：「乃生女子，載寢之地，載衣之裼（音ㄊㄧˋ，包覆嬰兒的被褥），載弄之瓦。」

解釋 瓦，在此指古代紡織用的陶製錠錘。古代社會男耕女織，弄瓦因此借指生女，弄瓦之喜一詞用來賀人生女。

近義 設帨（音ㄕㄨㄟˋ，佩巾）佳辰、明珠入掌

反義 弄璋

放大鏡

弄瓦

《詩經・小雅・斯干》中寫道：生下男孩，就讓他睡床，穿上衣服，給他玩玉璋；生下女孩，就讓她睡在地上，把她裹上小被子，給她玩紡錘。此後「弄璋」、「弄瓦」就分別借指生男、生女。對待男嬰與女嬰的方

式如此不同，可以看出古代社會對兩性角色及價值的認定有明顯落差。

用法說明 「弄瓦」的瓦字是指紡錘；「瓦匠」的瓦字是指屋瓦，兩者意義不同。例一：這對夫妻今年明珠入掌，歡慶弄瓦之喜。例二：他的祖父以前是個瓦匠，工作非常辛苦。

形而上（ㄒㄧㄥˊ ㄦˊ ㄕㄤˋ）

出處 《易經‧繫辭》：「形而上者謂之道。」

解釋 指超越具體經驗之上的思維活動。

近義 玄學、純粹哲學

反義 形而下

放大鏡

魏晉的「玄學」

魏晉時流行「清談」。名士們喜歡談論《周易》、《老子》、《莊子》等書的哲理。由於內容不易被一般人所了解，世人就用《老子》「玄之又玄」一語來形容這些哲理，所以又稱為「玄學」。

魏晉玄學喜歡談論「有」和「無」，「自然」與「名教」等問題。前者牽涉到萬物的本質，後者則與個人的行為準則有關。就學術潮流來看，魏晉以崇尚虛無、縱情自然為主流，因此當時的名士，多有行為怪誕、思想特異的表現，如劉伶喜歡在屋內裸體、阮籍居母喪時仍飲酒吃肉等。這與時代動蕩不安，士人內心苦悶有關。

用法說明 「形而上」指的是抽象的思維，「形而下」指的是具體的事物。例一：連飯都吃不飽了，誰還會重視那些形而上的哲學理論呢？例二：今日社會，評論一個人的價值，往往只在於那些身高、學歷、財產等形而下的問題。

快刀斬亂麻 ㄎㄨㄞˋ ㄉㄠ ㄓㄢˇ ㄌㄨㄢˋ ㄇㄚˊ

出處 三國・謝承《後漢書・方儲》：「上嘉其才，以繁亂絲付儲使理，儲拔佩刀三斷之，對曰：『反經任勢，臨事宜然。』」

解釋 比喻以果斷迅捷的手段，解決錯綜複雜的問題。

放大鏡

快刀斬亂麻的由來

方儲是東漢丹陽人，他聰穎博學，學習《易經》，精通天文、圖讖（河圖、符命等關於帝王受命之徵驗預言的書。讖，音ㄔㄣˋ）。東漢章帝曾任命他為郎中，他認為自己文武兼備，可以勝任這個職位。有一次，東漢章帝召集群臣議事，命令文官居左，武官居右。當時方儲佇立正中，說：「臣文武兼備，任所使用。」章帝賞識他的才能，將一大把亂絲交給他整理，只見他拔出佩刀，毫不猶豫地一刀將亂絲斬斷，然後說：「處理事情就應當善用有利的形勢，使它回歸常理。」

用法說明 「快刀斬亂麻」一詞通常用來比喻能臨危不亂、果斷處事的人。例如：這個問題實在太棘手，經理決定快刀斬亂麻，就此作罷，不再繼續白費心力。

扯淡 ㄔㄜˇ ㄉㄢˋ

出處 明・馮夢龍《醒世恆言・錢秀才錯占鳳凰儔》：「他們好似見鬼一般，我好像做夢一般，做夢的醒了，也只扯淡。」

解釋 胡扯、瞎說。

近義 瞎扯、亂說、胡說八道

反義 言之成理、言之有物

搭配詞 鬼扯淡、閒扯淡

放大鏡

「扯淡」、「白呼」與「忽悠」

「扯淡」一詞，常見於明、清小說，例如明・馮夢龍《醒世恆言・汪大尹火焚寶蓮寺》：「我想當初佛爺，也是扯淡！」明・吳承恩《西遊記》：「但不可空過，也要扯淡幾句」。「扯淡」亦可說是中國民間常用的口頭語，但又因地域文化之差異，而有不同說法，譬如，在中國北方，尤其是華北地區，常可聽到「瞎白呼」、「白呼什麼呢？」東北話中，亦有「大忽悠」一語，這些詞語，都是指無根據的閒扯，或胡說八道。

用法說明 「扯淡」與「言之有物」意思相反。前者是指胡扯、瞎說，後者是指說話或文章有依據、有內容。

例一：陳老闆總是告誡員工：「上班時間應該認真打拼，別盡是偷空閒扯淡。」

例二：傅教授的文章和演講，向來言之有物，所以，吸引不少讀者與聽眾。

批逆鱗（ㄆㄧ ㄋㄧˋ ㄌㄧㄣˊ）

出處 《韓非子・說難》：「說者能無嬰（觸怒、觸犯）人主之逆鱗，則幾矣！」

解釋 比喻冒著觸怒主上的風險，直言勸諫。批，碰觸的意思。逆鱗，指龍喉嚨下倒生的鱗片。

放大鏡

勸諫之道

《韓非子・說難》篇中有一段關於勸說君王之道的描述。它的內容是說：龍這種動物，如果能馴服牠，就能接近牠，甚至騎在牠身上。可是，龍的喉嚨下有逆生的鱗片，如果有人碰觸到逆鱗，龍一定會生氣地殺人。人主也有逆鱗，勸說他們的人如果能不觸犯人主的逆鱗，就算是懂得遊說之道的人了。

用法說明 「批逆鱗」一詞是指冒犯人主，直言勸諫；「登龍術」一詞則是指能飛黃騰達的方法。例一：他冒著生命危險勸諫昏君，批逆鱗的結果是身死東市。例二：他為人圓滑，處處討好權貴，深諳登龍術。

抓周（ㄓㄨㄚ ㄓㄡ）

出處 清・文康《兒女英雄傳》第十九回：「又在廟上買了許多耍貨（玩具的舊稱），邀我進去，一同看你抓周兒。」

解釋 嬰兒滿周歲時，長輩以代表各行各業之物，如書本、算盤、筆墨、印章等，置於嬰兒面前，讓他隨意抓取，由此預測他未來的志向、前途。

近義 試周、試晬（音ㄗㄨㄟˋ，小孩出生後滿一周歲）、試兒

放大鏡

「抓周」的由來

相傳宋太祖時，有一位名將名為曹彬，滿周歲的時候，父母親想預測他未來的志向和前途，就放了一百樣東西在「晬盤」之中，讓他任意抓取，結果曹彬拿起干戈和印信，長大後，曹彬果然成為一名武將，並受封為魯國公。因此，人們相信抓周可以預測一個人未來的志向與命運，漸漸地就演變成抓周的習俗。也就是：嬰兒出生滿一年，祭祖完畢後，就在大廳神壇前準備晬盤，

裏頭放置十二至十四種物品，如蔥、蒜、秤、書本、筆墨、錢幣等等，讓嬰兒任意拿取其中一種，藉以預卜他未來的性向和職業。

根據文獻記載，民間流行之「抓周」習俗，可以上溯至南北朝時期。北齊‧顏之推《顏氏家訓‧風操》中有載：「江南風俗，兒生一期（即滿一周歲），為製新衣，盥浴裝飾，男則用弓、矢、紙、筆，女則用刀、尺、針、縷，並加飲食之物及珍寶服玩，置之兒前，觀其發意所取，以驗貪廉愚智，名之為試兒。」

至唐宋時期，此一風俗已傳遍各地，於中國各地日漸盛行，時謂之「試晬」或「周晬」。後來，宋人孟元老於《東京夢華錄‧育子》中曰：「生子百日，置會，謂之『百晬』。至來歲生日，謂之『周晬』。羅列盤盞於地，盛果木、飲食、官誥、筆研、算秤等經卷針線應用之物，觀其所先拈者，以為徵兆，謂之『試晬』。此小兒之盛禮也。」到了元代和明代，此一習俗更盛，稱之為「期揚」。至清代，才有「抓周」、「試周」之稱。

時至今日，晬盤中之物，已漸漸增加滑鼠、計算機、手機等現代化產品，抓周的內容可謂愈來愈豐富。

用法說明 「抓周」與「滿月」對寶寶而言，可說是出生禮俗中最重要的兩個部分，前者是指嬰兒出生滿一年時，家人為預測嬰兒日後性向，所準備的重要儀式，後者則是指嬰兒出生滿一個月時的禮俗。例一：弟弟要滿周歲了，全家人為準備抓周之物，忙得不亦樂乎！例二：爺爺、奶奶高興地幫小偉舉辦滿月酒，同時，也廣邀親友們參加。

投名狀（ㄊㄡˊ ㄇㄧㄥˊ ㄓㄨㄤˋ）

出處 元末明初・施耐庵《水滸傳》第十一回：「王倫道：『既然如此，你若真心入夥，把一箇「投名狀」來。』林沖便道：『小人頗識幾字，乞紙筆來便寫。』朱貴笑道：『教頭你錯了。但凡好漢們入夥，須要納投名狀，是教你下山去殺得一箇人，將頭獻納，他便無疑心。這箇便謂之投名狀。』」

解釋 新入夥的強盜，須殺一人並將人頭交給首領，用以表示禍福與共，稱為「投名狀」。

放大鏡

殘忍的投名狀

遠在春秋時代，各國諸侯相互立盟誓時，除了要慎選時日，舉行公開的儀式之外，還必須宰殺牛、羊祭天，立約的雙方都要小口啜飲祭品的鮮血，以顯示約定的虔敬與誠信。其中，小口啜飲鮮血的舉動便稱為「歃（音ㄕㄚˋ）血」，整個立盟誓的過程就是「歃血為盟」。

至於梁山泊上的綠林強人們，立約定盟的手段則可怕許多，為了加入梁山泊，竟然需要先殺個人，犯下這等大罪，讓自己無後路可退，以示絕無二心、禍福與共。即使加入梁山泊的人本身未必在乎多殺一條人命，但被殺的犧牲者總是無辜的呀！雖然後來宋江等一百零八條好漢舉著忠義的大旗，為國家效力，但始終難以掩蓋雙手沾染的斑斑血跡。

用法說明 「投名狀」與「生死狀」都是攸關性命的誓約，不過前者是犧牲他人的生命來證明自己，後者則是拿自己的性命來做賭注。例一：為了取信於山寨頭領們，林沖唯有下山去殺個人，以獻納投名狀。例二：霍元甲年輕時血氣方剛，愛打擂臺，就算要簽生死狀也毫不在乎。

投機（ㄊㄡˊ ㄐㄧ）

出處 元末明初・羅貫中《三國演義》第十四回：「操見昭言語投機，便問以朝廷大事。」

解釋 意見相合或意志契合。

近義 默契、融洽

搭配詞 話不投機、言語投機

放大鏡 「投機」之古意與今意

「投機」一詞在明清小說中，常用於形容人們意見契合與否，若彼此言談默契十足、意見相合，則謂之「言語投機」；若彼此溝通不佳、意見相左，則謂之「話不投機」。但今日人們對「投機」一詞的認知，已偏向貶義的運用，例如「投機取巧」、「投機心理」、「投機份子」等，多指藉由某種機會或手段謀取私利，或靠著小聰明佔點便宜，與過去「話不投機半句多」之意涵，可謂相去甚遠。

用法說明 用於形容人們言語、意見相合之「投機」，與比喻利用機會、獲取私利之「投機」，意思截然不同，必須視上下文意，予以正確詮解。例一：小娟與婷婷因為一見如故、言語投機，所以，很快就成為閨中好友。例二：他做事不喜依循正道，總想著如何投機取巧以成功。

折柳（ㄓㄜˊ ㄌㄧㄡˇ）

出處 《三輔黃圖》：「折柳贈別。」

解釋 古人攀折柳條贈別。後以「折柳」借指送別。

近義 分別、分袂（音ㄇㄟˋ，衣袖）

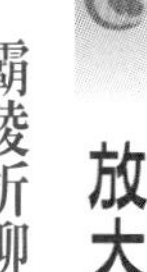

放大鏡

霸陵折柳

《三輔黃圖》是古代的地理書籍，作者不詳。根據這本書記載，長安東邊有座霸橋，霸橋橫跨霸水。漢朝人送客走到這個地方，常折柳贈別，借楊柳來表達心中的離情依依，因此有「霸陵折柳」一詞。

用法說明 「折柳」一詞指送別；而「攀花折柳」一詞則是指男子嫖妓。這兩個「折柳」的意義不相同。例一：謾向燕河還折柳。死別共生離，一旦休！（明・葉憲祖《易水寒》第三折）。例二：這位已婚男子在婚後依然攀花折柳，惡性不改。

杏壇（ㄒㄧㄥˋ ㄊㄢˊ）

出處 《莊子・漁父》：「孔子遊乎淄帷之林，休坐乎杏壇之上。」

解釋 教育界的通稱。

搭配詞 杏壇之光、杏壇楷模、杏壇春暖

放大鏡

孔子與杏壇

莊子曾經說過：孔子在一個叫做杏壇的地方講學，傳授學生知識。但是，杏壇究竟在哪裡？古書上並沒有詳細的記載。到了宋仁宗天禧年間，孔子的四十五代孫孔道輔奉命監修祖廟時，把祖廟的正殿往後移，然後在正殿的舊址上修建一座石臺，同時，在石臺周圍種植一排杏樹，並立了一個石

碑，題上「杏壇」兩字，進而正式將這個地方命名為「杏壇」。於是，孔子的後代子孫，就以現今山東曲阜孔子廟大成殿前的原址為「杏壇」。後來，「杏壇」遂由指稱孔子講學的地方，轉變為今日教育界的通稱了。

用法說明 「杏壇」與「杏林」，雖然只有一字之差，但前者是指教育界，後者則是泛稱醫學界。例一：一生奉獻於教育的父親，終於在去年榮退，揮別杏壇，結束長達四十年的教職生涯。例二：醫術精湛的莊淑旂博士，是享譽杏林的名醫。

杜康（ㄉㄨˋ ㄎㄤ）

出處 東漢．曹操〈短歌行〉：「何以解憂，唯有杜康。」

解釋 相傳周代善於釀酒的人，名叫杜康；後世便以人名，作為酒的代稱。

近義 瓊漿玉液

放大鏡

讓小偷聞風喪膽的酒

北朝楊衒（音ㄒㄩㄢˋ）之《洛陽伽藍記》描寫法雲寺中，有一段記載：從前有個釀酒好手名叫劉白墮，據說他所釀出的「白墮酒」味道特別醇厚甘美，往往使人一飲即醉，而且醉後常常要經過十天、半個月才能清醒，甚至有人醉了一個月還迷迷糊糊，不省人事。因此，京師權貴總是絡繹於途，不遠千里，慕名而來。有一次，刺史毛鴻賓攜帶「白墮酒」赴任，途中遭小偷，賊人真識貨，居然偷了他珍藏的「白墮酒」。

這群宵小得手後，實在禁不住肚中酒蟲的鼓噪，便躲起來暢飲慶功，喝得酩酊大醉，一醉不起。直到酒醒時，發現東窗事發，難逃法網，一個個身陷囹圄（音ㄌㄧㄥˊ ㄩˇ，監獄）之中，束手就擒。從此「白墮酒」有了一個響噹噹的新名字：「擒奸酒」。江湖上開始流傳一句話：「不畏張弓拔刀，唯畏白墮春醪（音ㄌㄠˊ，酒）。」

用法說明 「杜康」可用來指稱所有的酒類，不論珍釀名酒，或普通的酒；但「瓊漿玉液」，顧名思義，就是指上等的美酒佳釀。例一：小王最近失業，妻子又離家出走，他的心事唯有杜康了解。例二：只要能與家人共進晚餐，粗茶薄酒也能喝出瓊漿玉液般的好滋味！

杜撰 ㄉㄨˋ ㄓㄨㄢˋ

出處 南宋・王楙（音ㄇㄠˋ）《野客叢書・卷二十・杜撰》：「杜默為詩，多不合律。故言事不合格者為杜撰。」

解釋 沒有根據地編造、虛構。

近義 虛構、捏造

反義 實錄

搭配詞 憑空杜撰

放大鏡

「杜撰」的由來

北宋有位不太出名的詩人名叫杜默，他不論是吟詩或作文，都反對循規蹈矩，所以屢次科考都沒有上榜。有一次，他的朋友石介和歐陽修為再次名落孫山的杜默設宴餞別。席間詩酒唱和，杜默在答謝詩中寫道：「一片靈台掛明月，萬丈詞焰飛長虹。乞取一杓鳳池水，活取久旱泥蟠龍。」照理說，這首詩具有豪放之氣，一片誇獎師友之心可見。但有人卻說此詩後兩句重複用了

「取」字，犯詩家忌諱，應改。杜默不接受，他說那是死守陳規陋習，而詩貴在意境，絕不能以詞害意。

因為杜默寫詩不講韻律，有人就批評他寫的東西詩不像詩，文不像文。後來，人們每逢看到不合格律的詩文就拿杜默開玩笑：「這是杜默撰寫的。」漸漸地，這句話就簡化為「杜撰」了。

用法說明 「杜撰」和「穿鑿附會」都有捏造、虛構的意思。不過「杜撰」是指來源沒有根據，而「穿鑿附會」是虛構兩者的關係。例一：小說中的人物大多是作者杜撰出來的。例二：這棟空屋竟被人們穿鑿附會，繪聲繪影地說成一間陰森恐怖的鬼屋。

束脩 ㄕㄨˋ ㄒㄧㄡ

出處 《論語・述而》：「自行束脩以上，吾未嘗無誨焉。」

解釋 本指成束的肉乾，後來引申為拜師的學費。也指修養品德。

近義 學費

放大鏡

「有教無類」不等於免費教學

孔子曾說：「自行束脩以上，吾未嘗無誨焉。」「束脩」就是成束的肉乾，是一種極其微薄的見面禮。任何人只要準備好見面禮，孔子都願意指導他。孔子並不是貪心到連最微薄的見面禮都想要，他只是認為，有心向學就要展現出自己的誠意。若是連最基本的見面禮都省了，將來又怎麼會尊重所學呢？

後世把「束脩」當成學費的代稱，並把贈送肉乾列為拜師禮的儀節之一。後來，拜師禮儀中又列入芹菜、蓮子、紅棗、桂圓、紅豆等，分別象徵「業精於勤」、「苦心教學」、「早日高中」、「圓滿自在」、「鴻運高照」等，既彰顯了對師長的感謝，也表現出師長對學生的期望。

用法說明 「束脩」指的是學生交給老師的學費。時至今日，教育制度已有改變，老師所收的學費往往不是直接向學生收取，而是由任教的單位發給，這時，應稱為「薪水」，而不宜稱為「束脩」。例一：對許多傳統技藝的老師傅而言，傳承技藝比賺錢更重要。即使對方願意支付可觀的束脩，若是沒有吃苦的決心，老師傅們仍然不見得會收他為徒。例二：老師的責任是教好學生而不是討好家長，偏偏有一些家長以為自己所交的學費就等於老師所領的薪水，於是把老師看作家中的傭人，處處要求老師配合自己，反而使得學生不能受到好的教育。

決雌雄（ㄐㄩㄝˊ ㄘ ㄒㄩㄥˊ）

出處 西漢・司馬遷《史記・項羽本紀》：「願與漢王挑戰，決雌雄。」

解釋 決定勝負。比喻互相較量以決定勝敗、高下。

近義 一決勝負、一較長短、一較高下

反義 難分勝負

搭配詞 一決雌雄

放大鏡

決雌雄之由來

「一決雌雄」原作「決雌雄」。據《史記・項羽本紀》記載，秦滅亡後，楚漢相爭不下，戰爭連年，不論是四處征戰的軍士，或運糧

的老弱殘兵，都已疲困不堪，體悟到這個情況的西楚霸王項羽，就向漢王劉邦說：「天下動亂不安已經好幾年，只是因為我們兩個人的緣故，我希望和你挑戰決雌雄，不要再讓天下百姓平白受苦。」此「決雌雄」即決定勝負之意。後來「一決雌雄」這句成語就從這裡演變而出，用來比喻互相較量，以決定勝敗、高下。

用法說明 「一決雌雄」與「難分勝負」意思相反。例一：小明與大雄兩人實力相當，將在這場比賽中一決雌雄。例二：今天上場的兩隊選手勢均力敵，力戰逾二小時，依舊難分勝負，明天將繼續交戰。

沒了期 ㄇㄟˊ ㄌㄧㄠˇ ㄑㄧˊ

出處 《全唐詩・沒了期歌》：「沒了期，沒了期，營基才了又倉基。沒了期，沒了期，春衣才了又冬衣。」

解釋 是指事情沒有結束的時候，具有因過度勞動，而疲累困倦的意味。

近義 無限期、無窮盡

反義 限期

搭配詞 沒了期歌、沒了期的投資

放大鏡

唐代的牆壁文學

唐朝末年，有一個叫錢鏐（音ㄌㄧㄡˊ）的人，他被封為吳越王後，為造福地方百姓，修建了許多海塘。有一天，一個雜役兵士在公署牆壁寫下：「沒了期，沒了期，營基纔了又倉基。」來抱怨軍中有做不完的雜役。沒想到，錢鏐不但沒有生氣，還親自在文字後面，寫著：「沒了期，沒了期，春衣纔了又冬衣。」表達在他照顧士卒的苦心，也是沒完沒了的，才發給大家春衣，便又要開始準備冬衣了，雜役兵士看到後，便再也不抱怨了。

用法說明 「沒了期」是指沒有結束的一天，而「有效期」則是有終止的期限。例一：即使子女長大了，父母對子女的愛，仍是沒了期。例二：消費者買東西時，要留意有效期限，千萬別買到過期商品，花錢又傷身。

沒把鼻（ㄇㄟˊ ㄅㄚˇ ㄅㄧˊ）

出處 明・馮夢龍《喻世明言・金玉奴棒打薄情郎》：「自古及今，那見賣柴的人做了官？卻說這沒把鼻的話！」

解釋 無根據、無把握。

近義 沒來由、無憑無據

反義 有憑有據、言必有據

放大鏡

把鼻、巴鼻與巴臂

「沒把鼻」是宋、元時期，民間流行的俗語，意指沒緣由、沒把握、沒憑據。亦作「無巴鼻」、「沒巴沒鼻」。所謂「巴鼻」，意近「來由」、「辦法」，其前往往連接一個否定詞，如「沒」或「無」。有時亦作「巴避」或「巴臂」。如金・董解元《西廂記》卷三：「一刻兒沒巴避抵一夏」、明・高明《琵琶記》第十四齣：「這般說謊沒巴臂」。而湖北鄂州方言中，「憑據」一語，即說成「巴鼻」。

用法說明 「沒把鼻」義近「無憑無據」，不過，前者係古代民間俗語，除了表達客觀現象外，亦可於精練之語句中，呈現自然、樸質之語言趣味；後者則通用於今日指稱沒有憑證和根據之事。例一：張生慣於扭曲事實，似這般說話沒把鼻，乃係常有之事。例二：你無憑無據地，怎能誣賴他人學歷造假？

沒來由（ㄇㄟˊ ㄌㄞˊ ㄧㄡˊ）

出處 元・王實甫《西廂記》第三本第二折：「分明是你過犯，沒來由把我摧殘。」

解釋 意即沒有原因、理由，突然發生。

近義 無緣無故、無故、無由

反義 有道理

搭配詞 沒來由的感傷

放大鏡

鶯鶯與紅娘

唐貞元間，書生張君瑞與相國之女崔鶯鶯一見鍾情，但強盜孫飛虎強索鶯鶯為妻，崔夫人宣稱：誰能退賊兵，就將女兒許配給他。於是，張生寫信請好友「白馬將軍」來解圍，但事後老夫人卻反悔，不肯允婚。

張生思念成疾，鶯鶯寫了一首情詩，請丫鬟紅娘帶去探視張生，因怕紅娘取笑，佯裝沒寫什麼，但紅娘從張生口中得知鶯鶯心意，心裡很不是滋味，覺得小姐不信任她、唬弄她。於是，帶回張生復帖後，便故意放置在妝臺上，使其心意全攤在陽光下，鶯鶯發窘地怪罪：「明明是你犯錯，讓我無端受辱。」紅娘假意要請老夫人定奪，鶯鶯連忙賠不是，兩人盡釋前嫌，言歸於好。後在紅娘的安排下，鶯鶯終能前往探視張生，聊慰相思之情。

用法說明 「沒來由」意即無緣無故，突然發生的，而「沒來回」則是指去程與回程。例一：他沒來由地發了一頓脾氣，弄得大家面面相覷，不知所以然。例二：因為沒來回機票，所以小明決定以視訊方式，向臺灣親友拜年。

沒戲唱 ㄇㄟˊ ㄒㄧˋ ㄔㄤˋ

出處 清・吳敬梓《儒林外史》第十三回：「賣箱子？還了得！就沒戲唱了！你沒有錢，我借錢給你。」

解釋 原意是指沒有戲曲可唱，演戲的人就無法表演；後泛指事情無法繼續下去。

搭配詞 這下沒戲唱了

放大鏡

差一點就沒戲唱的宦成

宦成拐走公孫家的丫頭雙紅，兩人花光銀子後，商議把公孫家的舊枕箱拿出去變現，但雙紅認為：這是王太爺的箱子，只賣幾十個錢，十分可惜！宦成不以為然地認為：不過是個舊箱子罷了，沒有可惜不可惜的問題。他的態度惹惱了差人，他大怒：「賣箱子？還得了！就沒戲唱了！你沒有錢，我借錢給你。」說完，便拿出二百文錢。

次日，差人對宦成說：「王太爺是欽犯，箱子是王太爺的，把它交出去，公孫就會被殺頭，或得要充軍，公孫不敢拿你怎樣！」宦成大夢初醒，馬上說道：「只求老爹替我做主。」兩人從雙紅口中得知：公孫與書店馬二交遊往來密切，於是差人去找馬二，告訴他箱子的事，並拿出偽造的通緝單子來，說：「只要把箱子買回去，就沒事了！」但馬二無力負擔費用，於是差人請他寫一張婚書，馬二應允。

差人回家後，將婚書藏起，另開立一張名細帳單給宦成，但他抱怨太少，差人罵道：「你拐了人家的婢女，犯了法，若不是我替你遮掩，你的腿早就被打斷了！」宦成聽完，收了銀子，帶著雙紅，往他地去了。

用法說明 「沒戲唱」是指無法繼續下去，「有戲看」則是指有衝突或難堪的場面即將發生。例一：對口相聲表演少了一個人，就沒戲唱了。例二：兩演員不合的傳言，由來已久，這次他們必須共同演出，許多觀眾直覺到：這下，有戲看了。

良裘（ㄌㄧㄤˊ ㄑㄧㄡˊ）

出處 一、《周禮．天官》：「中秋，獻良裘，王乃行羽物。」二、《禮記．學記》：「良冶之子，必學為裘。」

解釋 精製的皮衣。古代於天候開始變冷時，獻皮裘讓君王穿著。亦比喻先輩高超的技藝。

搭配詞 克嗣良裘

放大鏡

良冶之子，必學爲裘

「良冶之子，必學為裘。」此語出自《禮記．學記》，唐代孔穎達解釋道：那些世世代代都傳承冶金技藝的工匠，他們的子弟每天都看著家中長輩不停地冶煉、捶打，使片片金屬邊緣光滑，利於密合，好將破損的金屬器物修補完好。因此，這些人家的子弟們就算日後不從事鍛冶工作，卻仍然可以學習裁製皮裘。這是為什麼呢？原來呀，要裁製皮裘，就需要先把一片片的獸皮整理好，再將它們縫補、接續在一起，最後才有辦法將整件皮裘縫製完成，這與捶鍛金屬片、修補破損器物的道理，難道沒有相似之處嗎？若能在潛移默化之下，習得父兄的專門技藝，固然是一件美事，但若能夠觸類旁通、舉一反三，從舊經驗產生新知識，就如同良冶之子，易學裁製皮裘，終於有一技傍身，其實也是另類的「克紹箕裘」呀！

用法說明 「良裘」原本是獻給君王穿著的精美皮衣，但因為「良冶之子，必學為裘」一句話，使後人多以「良裘」來比喻前人、先輩高超的技藝。例一：在臺灣，皮影戲這種古拙的民俗技藝因為難以推廣開來，已日漸沒落。幾乎無人能夠傳繼良裘，不禁令人唏噓！例二：王羲之號為「書聖」，他的七世孫智永禪師也精勤於書法，有〈真草千字文〉傳世，稱得上克嗣良裘。

見獵心喜（ㄐㄧㄢˋ ㄌㄧㄝˋ ㄒㄧㄣ ㄒㄧˇ）

出處 南宋・朱熹編《河南程氏遺書》卷七：「明道年十六七時，好田獵。十二年，暮歸，在田野間見田獵者，不覺有喜心。」

解釋 比喻舊習難忘，看見有人在做自己所愛好的事情，便心情愉悅而躍躍欲試。也單指見到喜愛事物而心中欣喜。

近義 躍躍欲試、技癢

反義 心如止水

放大鏡

程顥「見獵心喜」

宋朝理學家程顥在十六、七歲的時候，非常喜歡到野外打獵，但因為怕影響自己的學習，所以就放棄了這一項嗜好，潛心學習。時間久了之後，他就對朋友說：「我已經沒有打獵的嗜好了。」後來程顥外出遊學、做官，自以為已無此好，並將此事告訴他的老師周敦頤。周敦頤說：「不要說得那麼容易，不過是你打獵的心思暫時沒有了，說不定哪一天萌發起來，你還會像以前那樣喜歡打獵的。」

離家十二年後，程顥有天外出，黃昏回家時，看見田野間有人打獵，頓時想起了打獵的樂趣，高興得手癢起來。但是他想起了周敦頤的話，便強忍住自己的想法，最終沒有打獵。

用法說明　「見獵心喜」和「不覺技癢」都有因為看到別人正在做自己會的事而躍躍欲試的意思。不過「見獵心喜」比較偏重是「自己舊時所愛好的事」，「不覺技癢」則是偏重「自己所擅長的事」。例一：今天看到這場精采球賽，對曾是國手的他，想必見獵心喜，躍躍欲試。例二：看小朋友扯鈴扯得那麼好，老王不覺技癢，借了一個，也耍了起來。

言歸於好（ㄧㄢˊ ㄍㄨㄟ ㄩˊ ㄏㄠˇ）

出處　《左傳・僖公九年》：「凡我同盟之人，既盟之後，言歸于好。」

解釋　形容衝突過後，彼此再度和好。

近義　和好如初、握手言和

反義　感情決裂、不共戴天

放大鏡

葵丘之盟

「凡我同盟之人，既盟之後，言歸於好。」是葵丘之盟的誓詞。西元前六五一年，齊桓公召集各國，在葵丘會盟。周天子派宰孔參加，並賜予祭肉、弓箭、車輛等，承認了齊桓公的霸主地位。這次會盟，代表了齊桓公「尊王攘夷」策略的成功，在歷史上具有一定的價值。

用法說明　「言歸於好」指

的衝突後的復合，「破鏡重圓」指的是夫妻分離後的復合。「言歸於好」不能指分離後的重逢，「破鏡重圓」則專指夫妻間的分離，對象和意思的範疇有重疊，但不完全相同。例一：經過老師的調解，兩位同學終於言歸於好，不再攻訐對方。例二：大戰結束之後，他與妻子破鏡重圓，想起彼此的遭遇，不禁淚如雨下。

走馬燈（ㄗㄡˇ ㄇㄚˇ ㄉㄥ）

出處 〈王安石撿聯獲妻〉：「走馬燈，燈走馬，燈熄馬停步。」

解釋 原指燈面上所繪製的古代武將騎馬圖畫，因轉動時看起來好像是你追我趕一樣，故現多用來形容人匆忙的來往不停。

近義 蟠螭燈（秦漢時期）、仙音燭（唐朝時期）、轉鷺燈（唐朝時期）、騎馬燈（宋朝時期）

搭配詞 走馬燈劇場

放大鏡

王安石撿聯獲妻

相傳王安石在進京趕考的路途上，見一群人圍在富翁家門外，他好奇湊上去看，原來是一旋轉不停的走馬燈，上面寫著：「走馬燈，燈走馬，燈熄馬停步」。後來，王安石在試場上，得知主考官要大家對出「飛虎旗，旗飛虎，旗卷虎藏身」下聯時，他便不假思索地以走馬燈上的文字應之，使主考官大為讚賞。試畢，王安石來到富翁家，富翁將女兒許配給他。靠著這副對聯，王安石不僅得到了主考官的賞識，更抱得美人歸，因此傳為美談。

用法說明 「走馬燈」原指燈籠，現多以形容人匆忙的來往不停。「跑馬燈」原指民間歌舞，現則指不斷移動的字幕顯示屏。例一：人生宛如走馬燈，一下子就過完了。例二：小明從新聞的跑馬燈，得知：明天將會有寒流來襲。

足不出戶（ㄗㄨˊ ㄅㄨˋ ㄔㄨ ㄏㄨˋ）

出處《易經・節卦》：「不出戶庭，无咎。」《老子》：「不出戶，知天下。」

解釋 不出門。

近義 深居簡出

反義 四海為家、浪跡天涯

放大鏡

聖人不出門，推論古今事

俗語說：「秀才不出門，能知天下事。」其實呢，聖人的境界更高，不僅能知天下事，更能推論古今事。世間公認的聖人除了孔子之後，還有堯舜禹湯文武周公，文指的就是周文王姬旦。他曾經被關在羑里這個地方。失去自由之後，他開始研究伏羲氏所創的八卦，終於讓他推演出六十四卦的道理。直到現在，除了外來的星象算命、塔羅牌算命等，大多數的算命學都還是以他的八十四卦為基礎，藉由六十四卦的學問來知道過去未來，姑且不論算命的準確性，但他所推演的八十四卦，居然能影響到二、三千年之後，你說他厲害不厲害呢？

用法說明

「足不出戶」和「大門不出，二門不邁」都是指不輕易出門，但是前者男女適用，後者大多用於形容女子。例一：落榜之後，他足不出戶，每日苦讀，一心要考取最好的大學。例二：在古代，大門不出，二門不邁的女子，被稱為「淑女」，頗受好評；在現代，大門不出，二門不邁的女子，被稱為「宅女」，至於這個詞語是不是嘲笑，可就見仁見智了。

身懷六甲（ㄕㄣ ㄏㄨㄞˊ ㄌㄨˋ ㄐㄧㄚˇ）

出處 明・凌濛初《初刻拍案驚奇》卷三十三：「成婚未久，果然身懷六甲。」

解釋 古稱女子懷孕。傳說甲子、甲寅、甲辰、甲午、甲申、甲戌六個甲日，是婦女最易受孕的日子。

近義 懷孕、懷胎、受孕、妊娠（音ㄖㄣˋ ㄕㄣ）、有身、有孕在身

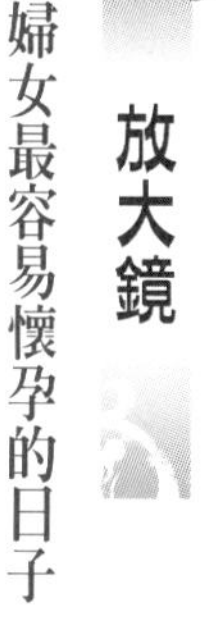

放大鏡

婦女最容易懷孕的日子

古時以天干地支相配計算時日，天干有十，分別是：甲、乙、丙、丁、戊、己、庚、辛、壬、癸；地支有十二，分別是：子、丑、寅、卯、辰、巳、午、未、申、酉、戌、亥。十天干與十二地支相配時，其中有甲子、甲寅、甲辰、甲午、甲申、甲戌六個甲日，合稱為「六甲」。古時相傳這六個甲日，是婦女最容易受孕的日子，故當女子懷孕時，我們便稱其為「身懷六甲」。

用法說明 我們常以「身懷六甲」一詞指稱女子懷孕。例如：我們應該發揮大愛，搭乘運輸工具時，適時讓座給身懷六甲的婦女。

阮囊羞澀（ㄖㄨㄢˇ ㄋㄤˊ ㄒㄧㄡ ㄙㄜˋ）

出處 南宋・呂祖謙《詩律武庫後集》：「俱無物，但一錢看囊，庶免羞澀爾。」

解釋 阮孚的袋裡只裝了一文錢，形容錢財匱乏。阮，在此指晉朝人阮孚。

近義 囊空如洗

反義 家財萬貫

放大鏡

阮囊羞澀

依據宋人呂祖謙《詩律武庫後集》記載，東晉阮孚喜歡在山野中過著自我放逐的生活，也喜歡喝酒。他每日挑著一個黑色的囊袋，在會稽一帶遊玩。有一天有人問他：「你的囊袋中裝了什麼？」阮孚說：「裡面沒有其他東西，只有一文錢，或許可以免於空無一物的尷尬吧。」「阮囊羞澀」一詞即出於此。

用法說明 「阮囊羞澀」一詞是指經濟狀況欠佳；「探囊取物」則是指事情極容易完成。例一：破產之後，他過著阮囊羞澀的日子。例二：完成這件事情，對我而言有如探囊取物。

【八畫】

乖違（ㄍㄨㄞ ㄨㄟˊ）

出處 東漢・王充《論衡・順鼓》：「下之於上，宜言諫。若事，臣子之禮也；責讓，上文禮也。乖違禮意，行之如何？」

解釋 違背、失誤、錯亂反常。

近義 違反、背離、乖誤

反義 順從

放大鏡

重禮意與尊禮教

《論衡》第十五卷之〈順鼓〉篇的這兩句話，重點在於區分「禮意」的分寸，在上位者與位居人臣者都應有所把握，如果違反了禮意，就沒什麼好施行的了。

這樣的說法實與漢代當時「重禮意」和「尊禮教」兩種對「禮」的看法有所不同的背景有關。前者觀點認為禮數是禮中的末節，「禮意」才重要；後者觀點則認為禮數不能輕忽，是禮學的表現重點。前者可以說是對後者（**指拘泥於禮數的形式派**）的抗衡。事實上，禮意的表現，跟實踐禮意者的端莊、虔誠、恭讓的態度有關，也就是說「禮意」某種程度是借助禮數呈現出來的。因此兩者應該可以調和。

用法說明 「乖違」除了違背的意思，另有「錯亂反常」之意，南朝梁‧何遜〈贈江長史別〉：「中歲多乖違，由來難具敘。」是說人到了中年，多半會遭遇一些錯亂反常的事，很難把原因說清楚。例一：那個追風少年，行車乖違交通規則，真是危險。例二：人到了中晚年，或多或少有些乖違之事，點滴心頭，更與何人說？

兩舌（ㄌㄧㄤˇ ㄕㄜˊ）

出處 《易林》：「一簧兩舌，妄言謬語。」

解釋 佛家的說法，言語反覆，搬弄是非之意。

近義 出爾反爾、言之無信、口血未乾（**立誓不久就背棄盟約**）

反義 言信行果、一諾千金

放大鏡

造業果報，無非勸人為善修身

佛教有所謂「十惡業」，「兩舌」為其中之一。「十惡業」分別是三「身惡業」、四「口惡業」和三「意惡業」。

三身惡業是：殺生、偷盜、淫慾，這三業都會影響生死輪迴；四口惡業是：妄語、兩舌、惡口、綺語，這四業不但與生死輪迴有關，同時是一切天災人禍的根源；三意惡業是：貪、嗔、癡三毒，這三毒是無量無邊的煩惱根源，也是導致人的身體疾病的根本原因，以及自然災異如水災、火災、風災的禍首。

總而言之，人所種下的萬般「因」，終會自食其「果」，因此有所謂「自己造業自承擔」的說法。

用法說明　「兩舌」的「兩」有兩面的意思，所以「兩舌」是兩面說法、挑撥是非的話，「妄語」是狂妄驕傲的言論，「惡口」是惡毒撒謊的話，「綺語」是天花亂墜的不實言論，總之都不是「正言」、「善言」。例一：那種人的兩舌技倆，大家最好小心一點，以免被挑撥離間了。例二：雙面諜是不是有雙重人格？否則怎能一簧兩舌？

取之不盡，用之不竭

出處　北宋・蘇軾〈前赤壁賦〉云：「惟江上之清風，與山間之明月，耳得之而為聲，目遇之而成色。取之無禁，用之不竭。」

解釋　形容某種東西無窮無盡，可以恣意取用，永遠都不虞匱乏。

反義　捉襟見肘

放大鏡　最了解申侯的人

楚文王臨終前，曾經送給所寵愛的臣子申侯一塊璧玉，並叫他將來一定要離開楚國。文王對申侯說：「這世上只有寡人了解你，你向寡人予取予求，寡人都不認為那是你的過失。但如今我將去世，將來的國君就不會跟我一樣了，到時候因為你的貪得無厭，不免要獲罪。因此，寡人死後，你務必離開楚國。」

果然，文王下葬以後，申侯就逃到鄭國去，並受到鄭厲公的寵信。後來，申侯又被鄭文公殺死。當時，楚國的令尹子文聽到申侯遇害的消息，便感嘆道：「古人有言，知臣莫若君。文王確實是最了解申侯的人！」

用法說明 「予取予求」是想要什麼就給什麼，要多少給多少，一方毫無限度的索取，另一方毫無限度的供給。「貪得無厭」，則是強調一個人無止境的貪心，什麼都想要，得到再多也不會有滿足的時候。例一：時下父母大多過於溺愛孩子，任由他們予取予求，才會養成這種好吃懶做的壞習慣。例二：像你這種貪得無厭的個性，總有一天會嘗到苦果的。

呼應（ㄏㄨ）

出處 北宋・歐陽脩〈醉翁亭記〉：「前者呼，後者應。」

解釋 一人呼喊，另一人應答。引申作聲氣相通的意思，也指文章前後文句相互對應。

近義 應和

反義 隔閡

搭配詞 前後呼應

放大鏡

大官出遊

北宋大文學家歐陽脩在〈醉翁亭記〉描寫滁州人跟隨著他出遊的情景是：「負者歌於塗，行者休於樹。前者呼，後者應。傴僂（音ㄩˇ ㄌㄡˊ，背脊彎曲，此借指老人）提攜，往來而不絕者，滁人遊也。」有人在路上唱歌，有人在樹下休息，有人高呼，有人回應，老人小孩，絡繹不絕。歐陽脩雖是藉此呈現與民同樂的胸懷，但如此大的陣仗，也確實只有大官出遊才有可能。

用法說明 「前呼後應」用於形容大官出遊時的陣仗浩大。「前後呼應」則指文章前後文句意思密切相關。兩者構詞相近，意思卻是差別很大。例一：總統雖然下鄉表達親民的意思，但前呼後應的陣仗，反而使人民覺得總統難以親近。例二：這篇文章，不僅措詞優美，而且前後呼應，不愧為文學獎中的佳作。

和氏璧（ㄏㄜˊ ㄕˋ ㄅㄧˋ）

出處 東漢・蔡邕《琴操》：「卞和……因得玉璞（未經琢磨的玉石），以獻懷王。懷王使樂正子占之，言石，王以為欺謾（音ㄇㄢˊ，欺騙），斬其一足；懷王死，子平王立，和復抱其璞而獻之，平王又以為欺，斬其一足；平王死，子立為荊王，和復欲獻之，恐復見害，乃抱其璞而哭於荊山之中，晝夜不止，涕盡繼之以血。王遣問之，於是和隨使獻王，王使剖之，中果有玉。」

解釋 卞和所獻的這塊美玉，被稱為「和氏璧」；後世就以和氏璧來象徵一個人品格美好，懷有真才實學的意思。

反義 繡花枕頭

放大鏡

卞和獻璧

根據《韓非子》記載：楚人卞和在楚山中獲得一塊璞玉，於是他一心想把玉獻給楚國的國君。在楚厲王的時代，卞和興匆匆地前往獻寶，結果厲王派玉匠來鑑定，玉匠卻說：「是石頭，根本不是美玉。」厲王覺得卞和故意欺君，盛怒之下，便砍掉他的左腳，看他以後還敢不敢亂說話。

等到厲王過世了，武王即位，卞和又興高采烈跑去獻玉。武王依舊派玉匠來鑑定，玉匠還是說：「明明是石頭，沒有美玉啊！」武王也把卞和當成騙徒，下令砍了他的右腳。

武王辭世後，文王繼位，卞和抱著璞玉在楚山下一連哭了三天三夜。文王派人來問卞和到底發生什麼事，卞和回答：「我不是因為被砍去雙腿而難過，而是替這塊美玉傷心，明明是美玉卻被說成石頭，而我明明對國家忠心耿耿卻被認為是騙徒，怎能不令人感到悲哀呢！」文王又派玉匠來處理他的玉，果然獲得了稀世珍寶，並把這塊美玉命名為「和氏之璧」。

用法說明 「和氏璧」與「握瑾懷瑜」都含有本質美好之意，用來象徵一個人品格操守清高，且具有真才實學的意思。例一：從和氏璧的典故中，我們看到一個潔身自愛、擇善固執的貞士形象。例二：他是一個握瑾懷瑜的讀書人，可惜懷才不遇，苦無施展滿腔壯志的機會。

夜郎自大（ㄧㄝˋ ㄌㄤˊ ㄗˋ ㄉㄚˋ）

出處 西漢・司馬遷《史記・西南夷列傳》：「滇王與漢使者言曰：『漢孰與我大？』及夜郎侯亦然。」

解釋 夜郎是漢朝時位於中國西南邊境的夷族部落。夜郎自大的意思指缺乏自知之明，妄自尊大。

近義 鷽（音ㄒㄩㄝˊ）鳩笑鵬、井蛙語海

反義 謙沖自牧、虛懷若谷

放大鏡

自吹自擂的國君

據《史記‧西南夷列傳》記載：西漢時，滇和夜郎都是西南邊境的小國家。滇王有一次對漢朝的使者說：「漢朝與我國哪個大？」夜郎國的國君也作如此想，認為自己的國家比漢朝還大。其實是因為這些地方交通不發達，導致各自以為自己是一州之主，不知漢朝的疆域有多廣大，因此產生妄自尊大的可笑心態。

用法說明 「夜郎自大」是指自以為大，實則渺小；「自以為是」是指認為自己是對的，兩者意義不同。例一：他見識淺陋，又十分驕傲，真是夜郎自大。例二：他經常自以為是，不肯接受別人的建議。

夜遊（ㄧㄝˋ ㄧㄡˊ）

出處 《周禮‧秋官‧司寤（音ㄨˋ）氏》：「掌夜時。以星分夜，以詔夜士夜禁。禦晨行者，禁宵行者、夜游者。」

解釋 在夜晚出遊。

搭配詞 秉燭夜遊、夜遊神

放大鏡

古代不能夜遊

中國古代有夜禁制度，即是禁止一般人在夜間外出行走，類似於今天所說的夜間戒嚴。根據《周禮》記載，首先、夜晚要關閉宮門、國門、閭門，從而禁止人們夜間出入。《周禮‧天官‧閽（音ㄏㄨㄣ，宮門）人》云：「掌守王宮之中門之禁，……以時啟閉。」可見，宮門由閽人負責早晨打開、晚上關閉，禁止人們夜間出入。司門則負責「掌授管鍵，以啟閉國門」，即晨時授管以啟門，昏時授鍵以閉門。其次，夜晚要敲戒守的鼓，警告人們不要夜行，以防止奸寇。並且這樣戒守的鼓每晚要敲三遍。此外，為了防止人們夜行，還要擊柝（音ㄊㄨㄛˋ，打更時所敲的木梆）巡邏，從王宮、王城、王畿直至郊野都有人負責巡邏戒守之事，郊野的夜晚巡邏戒守是由野廬氏負責。禁止人們夜行，從而拘捕諜報及與敵人作內應的奸人，可見周代夜禁制度是極其嚴密的。

用法說明 「夜遊」就是在夜間遊玩活動。古人要「秉燭夜遊」，則是表示要即時行樂的意思。例一：而浮生若夢，為歡幾何？古人秉燭夜遊，良有以也。（唐・李白〈春夜宴從弟桃花園序〉）例二：趁著今晚月色清朗，我們一起去夜遊吧！

夜臺（ㄧㄝˋ ㄊㄞˊ）

出處 唐・李白〈哭宣城善釀紀叟〉：「夜臺無曉日，沽酒與何人？」

解釋 因人死後埋葬在墓穴中，不見天日，故稱墳墓為夜臺。

近義 墳塋（音ㄧㄥˊ）、墓地、黃泉

反義 陽宅

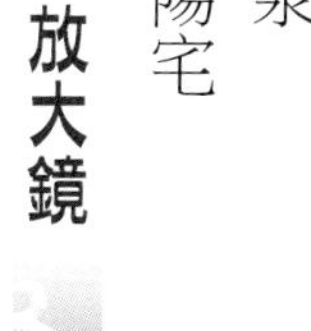

放大鏡

別學叫花子上墳

「叫花子上墳」猜一句歇後語，答案是：「哭窮」。因為「叫花子」，即乞丐。乞丐到墳場上哭祭，哭來哭去，還不是在哭訴自己如何如何窮酸，希望博取主人的同情，賞賜他一點錢財或食物。這句歇後語的意思，是用來比喻到處向人訴說窮困。

用法說明 「夜臺」，墳墓也。人死後，入土為安，長眠地下，中國人稱之為「黃泉」。那是由於古人住在黃土高原、黃河流域附近，流水挾帶大量黃色泥沙，故地下水呈現出黃色，於是用「黃泉」來指稱地下。例一：老王一向嗜酒，如今到了夜臺，不知是否還經常找人乾兩杯？例二：情侶們雖不能同年同月同日生，但願同年同月同日死，一路相伴赴黃泉，天上人間永遠不分開。

奇貨可居（ㄑㄧˊ ㄏㄨㄛˋ ㄎㄜˇ ㄐㄩ）

出處 西漢・司馬遷《史記・呂不韋列傳》：「呂不韋賈（音ㄍㄨˇ，做買賣）邯鄲，見而憐之，曰：『此奇貨可居』。」

解釋 收藏奇珍異寶，等高價再出售。比喻用某種技能或物品謀利。

放大鏡 識貨的呂不韋

據《史記・呂不韋列傳》記載：子楚曾在趙國當人質。秦國數次攻打趙國，趙國卻不甚禮遇子楚。子楚居處困乏，十分不得意。呂不韋當時在邯鄲經商，遇見子楚，經過了解，竊喜的說：「此奇貨可居。」意思是子楚像可以等待賣出高價的奇貨，值得好好提拔。

用法說明 「奇貨可居」是比喻用某種技能或物品謀利；「獄貨非寶」是指人犯賄賂的東西，並非珍寶，還可能會惹禍上身。例一：房產市場活絡，法拍屋被認為是奇貨可居的一種投資項目。例二：監獄管理員如果理解獄貨非寶的道理，就不會惹禍上身。

妻子（ㄑㄧ ㄗˇ）

出處《易經・繫辭》：

「困于石，據于蒺藜（音ㄐㄧˊ ㄌㄧˊ），入于其宮，不見其妻，凶。」

解釋 妻，即男子的正式配偶。此處全文是說「人走路竟被石頭絆倒，前進也無益處；被絆倒卻兩手抓住蒺藜草，將會受到不牢固的草傷害，像這樣，回到家中，將見不到妻子、家破人亡，無所歸宿。不吉利！」

近義 太太、內子、娘子

反義 先生、丈夫、外子

放大鏡

「妻」的別稱

孔子對《易經・繫辭》那段話曾說：「非所困而困焉，名必辱。非所據而據焉，身必危。既辱且危，死期將至，妻其可得見耶？」這是說，孔子認為困在不應該受困的地方、依靠不應該依靠的東西，身體必然會受到危險，甚至威脅到生命安全，那怎能夠見到妻子家人？

妻在古代不是男子配偶的通稱。《禮記・曲禮下》載：「天子之妃曰后，諸侯曰夫人，大夫曰孺人，庶人曰妻。」看來，古早時的「妻」，只是平民百姓的配偶，後來才漸漸成為所有男人配偶的通稱。

「妻」的別稱很多。古代無論官職大小，通稱妻子為「孺人」。卿大夫的嫡妻稱為「內子」，泛指妻妾為「內人」（**因此相對而言，丈夫便稱「外子」**）。此外，妻還被稱為「內助」，意思是幫助丈夫處理家庭內部事務的人，「賢內助」正是好妻子的美稱。舊時對別人謙稱自己妻子為「拙內」、「賤內」，未必表示其人之妻真的「笨拙」或「卑賤」。

至於在官職較高的階層中，對妻子的稱呼很可以反映出等級制度來，如皇帝的妻子稱「皇后」，諸侯之妻稱「小君」，漢代以後王公大臣之妻稱「夫人」，唐、宋、明、清各朝還對高官的母親或妻子加封，稱「誥命夫人」。

在閩南一帶、臺灣本地，妻子也稱「家後」（閩南語），是因為從前女人一旦嫁入夫家，大部分的時間便待在位於家中後面的廚房或房間，所以叫做「家後」。

用法說明 這是一個十分常見的詞，但是很多人不知這個常見詞是「文言」詞彙。「妻子」是一個正常男子的「正室」，在古代，如果是「偏房」，可以說二老婆、小老婆，但不說二妻、小妻。現在，我們的國家則施行一夫一妻制度。例一：革命先烈林覺民有一篇〈與妻訣別書〉非常感人，表現了對妻子、對國家的深情至愛，曾經入選高中國文教材。例二：一個良好的家庭，丈夫應該有做丈夫的樣子，妻子有做妻子的樣子，小孩受到影響，自然會正常而健康地成長。

孟母斷織（ㄇㄥˋ ㄇㄨˇ ㄉㄨㄢˋ ㄓ）

出處 西漢・劉向《列女傳》：「孟母以刀斷其織。」

解釋 孟母為了教育孟子做事不可半途而廢的道理，而剪斷織好的布。孟母斷織已成為母教的典範。

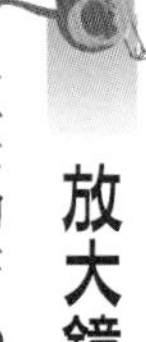

放大鏡

孟母的苦心

據漢朝人劉向《列女傳》記載：孟子小時候有一

次從學校回家，孟母正在織布。孟母問孟子學習的情況如何，孟子回答：「和過去一樣。」孟母因此生氣的把織好的布剪斷。孟子見狀十分害怕，就問母親為何如此。孟母告訴孟子，荒廢學習如同剪斷已織好的布。現在不好好學習的話，將來只能做低階層的工作，又不能免於禍患上身。孟子此後奮發向學，成為天下名儒。

用法說明 「孟母斷機」是為了說明學習不可半途而廢的道理；「孟母擇鄰」則是指為孩子選擇良好的學習環境。例如：這位媽媽仿效孟母三遷的精神，為孩子選擇最好的學區就讀。

往者不諫，來者可追

（往ㄨㄤˇ 者ㄓㄜˇ 不ㄅㄨˋ 諫ㄐㄧㄢˋ，來ㄌㄞˊ 者ㄓㄜˇ 可ㄎㄜˇ 追ㄓㄨㄟ）

出處 《論語・微子》：「楚狂接輿歌而過孔子曰：『鳳兮，鳳兮！何德之衰？往者不可諫，來者猶可追。』」

解釋 過去的不能挽回彌補，未來的還是能趕得上的。往者，過去的事。諫，規勸。來者，未來的事。猶，還。追，趕上。

近義 逝者已矣

放大鏡

楚狂對孔子的勸告

在《論語》中記載，「楚狂接輿（人名）歌而過孔子曰：『鳳兮，鳳兮！何德之衰？往者不可諫，來者猶可追。已而，已而！今之從政者殆而！』」意思是：楚國一個瘋瘋癲癲的人迎著車唱著歌，從孔子身邊經過。他唱道：「鳳啊！鳳啊！為什麼盛德衰弱了？『往者不可諫，來者猶可追。』罷了，罷了！到楚國來當官也危險喲！」鳳，比喻有聖德的人，此處指孔子。傳說在政治清明時才出現鳳鳥。孔子生不逢時，故楚狂唱歌嘲諷。孔子聽到楚狂如此歌唱，就下了車，想跟他談一談。可是楚狂快走幾步，躲開了孔子。於是，孔子沒能跟楚狂說上話。

用法說明 「往者不可諫，來者猶可追」和「既往不咎」都有對過去的錯誤不再懊悔、責難的意思。不過「往者不可諫，來者猶可追」偏重於鼓勵性、前瞻性，而「既往不咎」是偏重於寬恕諒解。例一：「往者不可諫，來者猶可追」，人唯一能做的就是從過去的錯誤中吸取教訓，在以後的生活中不要重蹈覆轍。例二：對於知錯能改的學生，校方本著既往不咎的精神，不再給予處分。

怪物 ㄍㄨㄞˋ ㄨˋ

出處 《禮記・祭法》：「山林、川谷、丘陵，能出雲，為風雨，見怪物，皆曰神。」

解釋 泛指擁有超自然能力的奇異生物。

近義 鬼怪

放大鏡

記載各種怪物的書籍《山海經》

《山海經》一書的起源極早，有人認為是大禹時作，也有成認為是戰國時所作，目前還沒有定論，不過，這本書是由西漢的劉向、劉歆（音ㄒㄧㄣ）父子所編訂完成的。書中以記載各地風土林礦為主，有不少荒誕不經的記載，例如：能一口吞下大象的巴蛇等等。書中對於怪物的記載不見得全無根據，有些可能是絕種的生物，有些可能是以訛傳訛，也有些可能是出於一般人的誤解等。現在流傳的袁珂《山海經校注》一書，不但注解詳細，而且有明朝人所畫的插圖，頗為精彩。

用法說明 「怪物」指的形貌特別的生物，「尤物」則是指相貌特別美豔的女子。例一：貴州原本沒有驢子這種生物，後來有人把驢子帶進貴州，當地人都把牠看作怪物。例二：她打從很小的時候開始，身邊就不乏追求者，現在更是人群中的焦點，是個天生尤物。

抱佛腳 ㄅㄠˋ ㄈㄛˊ ㄐㄧㄠˇ

出處 南宋・張世南《宦遊紀聞》：「有犯罪應誅者，捕之，急趨往寺中抱佛腳，便貰（音ㄕˋ，赦免）其罪。」

解釋 原意為年老信佛，以求保佑，有臨渴掘井之意。後謂平時不準備，事急時倉促張羅，為臨時抱佛腳。意即比喻平時沒有準備或努力，待事到臨頭才慌忙應付。

近義 臨陣磨槍、臨渴掘井

反義 防患未然、有備無患、未雨綢繆

搭配詞 臨時抱佛腳、急來抱佛腳

放大鏡

死刑犯抱佛腳

據傳，在雲南的南邊，有一個國家，人民都是虔誠的佛教徒。曾經，他們有一種習俗：舉凡犯罪且被判處死刑的人，如果被差役追捕，只要趕緊跑到寺廟，抱住佛像的腳懺悔，表示願意痛改前非、改過自新，官府便會赦免他的死罪。因此，有人認為：「閒時不燒香，急來抱佛腳」這句諺語，就是雲南這個國家的和尚，到

中國傳教時，傳過來的。後來，也有人將這句話說成「閒時不燒香，臨時抱佛腳。」

用法說明 「臨時抱佛腳」與「有備無患」互為反義。例一：小明總是習慣在大考前，才臨時抱佛腳。例二：身為學生，平時就應累積知識和能力，做好充分準備，才能有備無患。

抱柱信（ㄅㄠˋ ㄓㄨˋ ㄒㄧㄣˋ）

出處 唐・李白〈長干行〉二首之一：「常存抱柱信，豈上望夫臺。」

解釋 比喻堅守信約。

近義 尾生之信、踐約守信、信守諾言、言信行果

反義 言而無信、背信棄義、輕諾寡信

搭配詞 尾生抱柱信

放大鏡

尾生之信

春秋時代，魯國有一位非常遵守信用的男子，名叫尾生。有一天，他和女友約好在一座橋樑下碰面，可是，不曉得是女友忘記兩人之約定，還是臨時有事無法赴約。過了約定的時間，女友始終未曾出現。尾生為了信守約定，一直在橋下癡癡等待，不願離去。沒想到，突然來了一場洪水，水勢不僅愈來愈大，也一直向尾生的身子淹過去，大水淹過尾生的膝蓋、胸部、頸部，最後漫過頭部，尾生就這樣抱著橋柱，被活活淹死了。

用法說明 「尾生之信」與「言而無信」意思相反。例一：金彥因為常守尾生之信，故能得到眾人信任，但也有人為金彥偶爾不知變通的守信，感到擔憂。例二：做人要重然諾，不能言而無

信，才能得到他人的信賴與肯定。

拍馬（ㄆㄞ ㄇㄚˇ）

出處 元末明初・施耐庵《水滸傳》第二回：「史進也怒掄（音ㄌㄨㄣˊ，揮動）手中刀，驟坐下馬，來迎戰陳達，陳達也拍馬挺鎗來迎史進。」

解釋 原意是指以手拍馬的動作，現多用來形容諂媚奉承、討好別人的行為。

近義 巴結、奉承、討好、迎合、逢迎

反義 剛正不阿、耿介

搭配詞 拍馬屁、拍馬挺鎗、溜鬚拍馬、逢迎拍馬、吹牛拍馬、阿諛拍馬

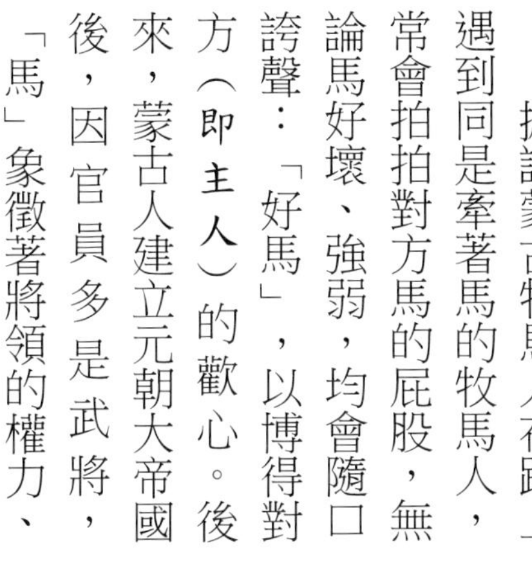

放大鏡

拍馬的由來

據說蒙古牧馬人在路上遇到同是牽著馬的牧馬人，常會拍拍對方馬的屁股，無論馬好壞、強弱，均會隨口誇聲：「好馬」，以博得對方（即主人）的歡心。後來，蒙古人建立元朝大帝國後，因官員多是武將，「馬」象徵著將領的權力、身分、地位，因此下級官員對上司最好的讚美，就是拍他的馬、誇他的馬好。沿用到後來，人們便把這種對上司阿諛奉承的行為，稱為「拍馬」。

用法說明 「拍馬」是以手拍馬的動作，而「打馬」則是一種雙陸遊戲，因棋子是馬頭形而得名。例一：小明以實力證明，不靠逢迎拍馬，也能贏得上級長官的青睞。例二：小明不眠不休，終於找到了「打馬」遊戲的由來、規則！

拒人於千里之外（ㄐㄩˋ ㄖㄣˊ ㄩˊ ㄑㄧㄢ ㄌㄧˇ ㄓ ㄨㄞˋ）

出處 《孟子・告子下》：「訑訑（音ㄧˊ，傲慢自信）之聲音顏色，距人於千里之外。」

解釋 指在千里之外就把人擋住。比喻態度高傲，毫無商量轉圜（調解、挽回。圜音ㄏㄨㄢˊ）的餘地。

近義 拒諫飾非、拒於門外、拒人千里

反義 洗耳恭聽、納諫如流

放大鏡

納諫足以治天下

魯國打算讓樂正子治理國政。孟子說：「聽到這個消息，我高興得睡不著覺。」公孫丑問：「您為什麼喜歡得睡不著呢？」孟子回答說：「因為他能聽取別人的意見。」公孫丑問：「就是因為能聽取別人的意見？」孟子說：「對，能聽取別人的意見就足以治理天下，更何況是治理魯國呢？能聽取別人的意見，四面八方的人就會不遠千里趕來提供意見；如果聽不進去別人的意見，那人就會說：『喔，喔，你說的這些我早就知道了！』這種『喔喔』的聲音和傲慢的臉色就會把別人拒絕在千里之外。有志之士在千里之外停滯不前，而那些阿諛奉承的人就會到來。和那些阿諛奉承的人在一起，想治理好國家，能辦得到嗎？」

用法說明 「拒人於千里之外」與「冷若冰霜」都有態度高傲、冷淡，令人難以親近的意思。例一：他擺出一幅拒人於千里之外的傲慢神態，難怪沒人敢親近他。例二：冷若冰霜的女孩子，通常人緣也不會太好。

拙荊（ㄓㄨㄛˊ ㄐㄧㄥ）

出處 明・吳承恩《西遊

記》第十九回：「賢弟，你既入了沙門（出家人），做了和尚，從今後，再莫提起那『拙荊』的話說！」

解釋 男人謙稱自己的妻子。或作「拙妻」、「拙內」。

近義 內人、內子、山妻、賤內

反義 外子、良人

放大鏡

哈妮貝比，「牽手」一世情

在臺灣民間，婦女稱自己的丈夫為「頭家」，突顯其為一家之主，地位重要；男人則稱自己的妻子為「家後」或「牽手」。「家後」乃相對於「頭家」而言，是古代「男主外，女主內」觀念的遺留，寓有賢內助之意。近年來閩南語流行歌〈家後〉一曲，紅遍大街小巷，主唱者江蕙如泣如訴的歌聲，唱盡傳統婦女相夫教子，無怨無悔的一生。

又「牽手」一詞，別具深意。兩人互許終身，共組家庭，本來就是要攜手一生，相互扶持，所以稱妻子為「牽手」，遠比時下流行的「哈妮」（honey）、「貝比」（baby）等稱呼更有意義。因為蜂蜜吃多了會膩，嬰兒長大了便不再那麼可愛，只有手牽手、心連心，彼此同甘共苦的牽手情緣，才是天長地久的永恆的真愛！

用法說明 古代封建社會男尊女卑，所以女子稱丈夫為「良人」，男子卻對人謙稱自己的妻子為「拙荊」、「賤內」，有失公平原則。然就「男主外，女主內」來說，女子稱丈夫為「外子」，而男人稱妻子為「內人」或「內子」，這倒比較合情理！例一：自古有「女怕嫁錯郎」的俗語，告誡女子千萬要慎選良人。例二：這事我得與拙荊稍作商量，再給您答覆！

招架（ㄓㄠ ㄐㄧㄚˋ）

出處 明・馮夢龍《警世通言・杜十娘怒沉百寶箱》：「公子出了院門，來到三親四友處，假說起身告別，眾人倒也歡喜。後來敘到路費欠缺，意欲借貸。常言道：『說著錢，便無緣。』親友們就不招架。」

解釋 答應、答理。

近義 應允、應承、允諾、理睬

反義 拒絕

放大鏡
「招架」之古今意

對於「招架」一詞，現代人較熟悉的，應是「招架不住」的用法，譬如元末明初・羅貫中《說唐》第十六回：「雷明看司馬超這把大刀，神出鬼沒，自己招架不住，慌忙要走」，此處「招架不住」意謂抵擋不住。但除了此義以外，「招架」亦有「接待」、「答理」等解釋，前者如「曹公見其衣衫不整，心下不悅，又知是王振的仇家，不敢招架，送下小小程儀，就辭了」（明・馮夢龍《警世通言・杜十娘怒沉百寶箱》），後者如上所舉「親友們就不招架」。只是，現今人們對「招架」之用法，多停留於抵擋不住之涵義，對「接待」、「答理」之釋義，反而相對陌生了。

用法說明 釋為答應、答理之「招架」，與「拒絕」意思相反。例一：大夥兒一聽到嗜賭成性的老王想借錢，馬上面面相覷，無人敢招架。例二：小齊為人熱心，無論什麼人找他幫忙，他從來沒拒絕過。

招搖過市（ㄓㄠ ㄧㄠˊ ㄍㄨㄛˋ ㄕˋ）

出處 西漢・司馬遷《史記・孔子世家》：「居衛月餘，靈公與夫人同車，宦者雍渠參乘，出，使孔子為次乘，招搖市過之。」

解釋 指故意在人多的地方炫耀自己，以引人注意。

近義 大搖大擺、前呼後擁

反義 深藏不露、韜（音ㄊㄠ，隱藏）光養晦

放大鏡

「招搖」原是星名

「招搖」是個專有名詞，是北斗七星的名字，後來就用這個詞彙指北斗。古代行軍時，士兵往往在旗幟上畫北斗七星，這面旗幟就被稱為「招搖」。根據《禮記》記載，行軍之時「前朱鳥而後玄武，左青龍而右白虎，招搖在上」。「朱鳥」又稱「朱雀」，是二十八星宿之南方七星所構成的鳥形，象徵南方。「玄武」，是北方七星所構成的龜蛇相纏形，象徵北方。「青龍」，是東方七星所構成的龍形，象徵東方。「白虎」，是西方七星所構成的虎形，象徵西方。「招搖」之旗在諸旗正中，且高度在諸旗之上，以其來正四方，使四方之陣井然有序。因此，可以想像當威武之師在「招搖」旗幟的指引之下通過街道，那場面是何等威風壯觀，於是，「招搖過市」就成了一種宏大場面、恢宏氣勢的象徵了。

用法說明 「招搖過市」和「引人注目」都有引人注意的意思。但「招搖過市」是貶義詞，偏重指故意炫耀，一般是用於指「人」。而「引人注目」不含故意炫耀之義，可用於指「人」和

「物」。例一：這幾個人，穿著奇裝異服，招搖過市，得意洋洋。例二：本班所設計的班旗，樣式新穎突出，相當引人注目。

放浪形骸（ㄈㄤˋ ㄌㄤˋ ㄒㄧㄥˊ ㄏㄞˊ）

出處 晉・王羲之〈蘭亭序〉：「或因寄所託，放浪形骸之外。」

解釋 指行為放蕩，不受拘束，多有貶義。

近義 放蕩不羈

反義 拘謹保守

放大鏡 「放浪形骸」的魏晉士人

魏晉士人大多不拘禮法，行為怪誕。《世說新語・任誕》所記，便有五十四則。如王羲之的兒子王徽之，曾經暫時借住在別人的空屋子裡。才搬進去，就命一人種植竹林。有人問：「不過住個幾天罷了，為什麼要這麼麻煩呢？」王徽之說：「何可一日無此君。」意思是就算只住一天，也要住在竹林旁。

阮籍也是放浪形骸的名士。他家的隔壁是酒店，酒店老闆娘長得很漂亮。阮籍平常有事沒事就到酒店喝酒，醉了就睡在老闆娘旁邊。酒店老闆原先擔心阮籍有不軌的舉動，後來一直相安無事，也就放心了。前人行為雖然不拘禮法，但大多無害於人，不是那些行為下流，卻自以為風流的人可比。

用法說明 「放浪形骸」與「從心所欲」都指照自己的心意做事，不過前者往往不符禮法，後者則不然。孔子說自己：「七十而從心所欲，不踰矩。」說的就是他的行為不僅符合自己的心意，也能符合禮法。例一：許多年輕人在夜店裡放浪形骸，卻找不到自己生活的方向，著實可嘆。例二：熟悉古典詩的格律後，就能從心所欲，既能寫出自己的真實想法，也不違反格律。

放蕩（ㄈㄤˋ ㄉㄤˋ）

出處 東漢・班固《漢書・東方朔傳》：「其言專商鞅、韓非之語也，指意放蕩，頗復詼諧。」

解釋 思想或行為不合世俗規範。

近義 狂放、放浪、放縱、放肆

反義 拘謹、檢點

搭配詞 放蕩不羈、放蕩弛縱、放蕩任氣

放大鏡

被看作思想放蕩的東方朔

東方朔本姓張，字曼倩，西漢人，生於西元前一五四年，卒於西元前九十三年。他曾經向漢武帝推薦自己，因而得以在漢武帝身旁為官，但因為言語滑稽，被當成小丑看待，所以始終沒得到重用。他曾經向漢武帝要求加薪，說自己食量大，皇帝跟前的侏儒食量小，但是領的俸米一樣，所以侏儒快撐死了，自己則快餓死了。有人責備他的行為太過放蕩，他則以自己是在朝廷中隱居加以回應。臨死前，他一改平時的玩笑口吻，力勸漢武帝遠離小人。

用法說明 「放蕩」和「淫蕩」都指思想和行為不合世俗的規範，但是後者多專指男女間的關係而言，不可混為一談。例一：回想從前的放蕩生活，他深感後悔，於是發憤用功，最後成為知名作家。例二：在從前思想封

閉的時代，許多女子勇於追求真愛，卻被看作淫蕩的女人。

斧正（ㄈㄨˇ ㄓㄥˋ）

出處 《莊子・雜篇・徐无鬼》：「郢（音ㄧㄥˇ）人堊（音ㄜˋ，白色的土）慢其鼻端若蠅翼，使匠石斲（音ㄓㄨㄛˊ，砍削）之。匠石運斤（斧頭）成風，聽而斲之，盡堊而鼻不傷，郢人立不失容。宋元君聞之，召匠石曰：『嘗試為寡人為之。』匠石曰：『臣則嘗能斲之。雖然，臣之質死久矣。』」

解釋 請別人修改文字之謙詞。常見於請人修改、評議詩文書畫時的客氣之語。

近義 郢正、削正、斧削、郢削

搭配詞 斧正潤飾

放大鏡

匠石與斧正

莊子送葬，經過惠子墳墓時，曾對隨從說一段故事：「郢地人在鼻尖上塗一層薄如蒼蠅翅膀般的石灰，然後直挺挺地站著，再由匠石揮動斧頭，飛快地從郢人的鼻尖『擦過』，當即除盡石灰而未傷到郢人的鼻子」。後來人們就根據《莊子》的這個故事，引申出「斧正」一詞，意思是請別人像故事中的石匠掄起斧頭削石灰那樣，來幫助自己削刪文章。

用法說明 「斧正」與「潤飾」雖然都有修改的意思，但前者主要是刪削修正，後者則是偏重於遣詞用字之修飾，以增文采，且以不離原作意思為原則。例一：小張拿出許久以前創作的古典詩，希望得到高人斧正。例二：身為週刊的編輯，他必須為每篇文稿作適度的潤飾修改。

斧鑿痕 ㄈㄨˇ ㄗㄠˊ ㄏㄣˊ

出處 唐・韓愈〈調張籍〉：「徒觀斧鑿痕，不矚治水航。」

解釋 比喻詩文、繪畫過於刻意造作，以致顯得不自然。

近義 造作

反義 渾然天成

放大鏡

無斧鑿痕之於整形外科

無斧鑿痕，本用於比喻詩文、繪畫自然天成，無造作之疵。但近幾年來，美容醫學，特別是整形外科，可以說是將「無斧鑿痕」、「渾然天成」當成招徠顧客的口號，甚至有診所就直接以渾然天成整形外科命名。只是，當許多女性追求美容美體，並不斷忍受各種侵入性整形手術時，還是有人在術後，因為斧鑿痕跡過重，而懊悔不已！是以，無論整形外科如何強調「自然無痕、宛若天成」的美容手術，愛美女性依舊得要三思！若因整形外科手術失誤，導致更大傷害，可就得不償失了。

用法說明 「斧鑿痕」與「渾然天成」互為反義，前者比喻詩文、繪畫過於刻意造作不自然，後者形容詩文結構嚴密自然，遣詞用典毫無斧鑿之痕跡。例一：他的文章處處可見斧鑿痕，實在不能算是佳篇。例二：今年文學獎第一名的作品，無論謀篇佈局，或是遣詞造句，皆獨具匠心，頗有渾然天成之感。

明哲 ㄇㄧㄥˊ ㄓㄜˊ

出處 《詩經・大雅・烝民》：「既明且哲，以保其身。」

解釋 明白事理

搭配詞 明哲保身

放大鏡

明哲保身的阮籍

魏晉時的名士阮籍是個很懂得明哲保身的人。史書上說他「口不臧否（音ㄗㄤ ㄆㄧˇ，褒貶、批評）人物」，意即他不稱揚別人，也不批評別人，以免得罪他人。當時手握天下大權的司馬昭上門為他兒子提親，阮籍既不願答應，也不敢拒絕，於是一連醉了六十幾天，讓司馬昭提不了親。後來，司馬昭派鍾會來探聽他對時政的看法，阮籍也是用酒醉來推辭。在世人的眼中，魏晉名士都是愛酒之人，從阮籍的例子來看，他們確實是有不得已的苦衷啊！

用法說明 「明哲保身」和「苟且偷生」意思相近，但語境略有不同。前者顯得較為瀟灑，用語也比較帶有正面意味；後者顯得狼狽，用語則略帶負面意思。例一：在亂世之中，許多人選擇了退隱一途，以求明哲保身。例二：天災人禍頻仍，執政者又顧著爭權奪利，在這種情形下，人民只能苟且偷生。

易簀之際（ㄧˋ ㄗㄜˊ ㄓ ㄐㄧˋ）

出處 《禮記．檀弓》：「斯季孫之賜也，我未之能易也。元，起易簀。」

解釋 曾子在臨終前起身命人更換竹席，因此，後人用「易簀之際」指將死之時。簀，竹席。

近義 奄奄一息

反義 生氣勃勃

放大鏡

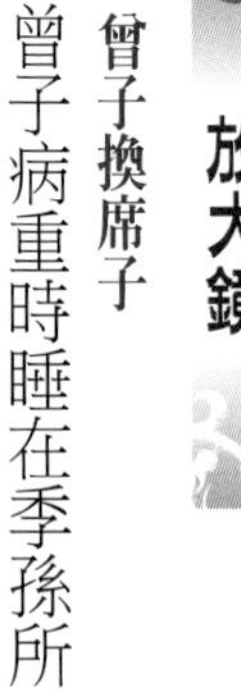

曾子換席子

曾子病重時睡在季孫所

賜的竹席之上，身邊的童僕隨口讚嘆席子的品質極佳，應是大夫所用的等級。這番話被曾子聽到了，他驚呼一聲，命令兒子將他扶起，更換席子。因為自己並不具大夫身分，使用這席子是違反禮制的。曾子的兒子曾元顧及當時曾子病情嚴重，希望父親隔日再換席子。曾子說：「你愛我還不如那個童僕啊。君子愛人以德，小人則是用姑息的態度愛人。我現在的要求是死的時候符合正道啊！」曾元於是把曾子扶起。更換席子之後，曾子還沒躺好就去世了。

用法說明 「易簀之際」一詞是指將死之時；「上氣不接下氣」一詞則是指氣喘吁吁的狀態，與易簀之際的意義有所不同。例一：老先生易簀之際，他的不肖子孫還在爭奪家產。例二：跑完操場一圈之後，體重過重的他已是上氣不接下氣。

服膺（ㄈㄨˊ ㄧㄥ）

出處 東漢・班固《漢書・東方朔傳》：「唇腐齒落，服膺而不釋，好學樂道之效，明白甚矣。」

解釋 銘記心中，牢記不忘。膺，胸、內心。

近義 謹記

反義 遺忘

搭配詞 拳拳服膺

放大鏡

儒家服膺於孝道

「孝」在儒家思想中是一個非常重要的課題。弟子孟懿子曾問孔子，怎樣才算是孝。孔子回答：「無違，也就是不違背父母之意。」有次，樊遲替孔子駕車。孔子告訴他：「孟孫問我怎麼才算盡孝道，我告訴他：『無違。』」樊遲問：「這是什麼意思呢？」孔子回答：

「生死大事和祭祀都以禮行事，就是不違孝道。」孔子在說明的是，所謂無違就是不悖於禮，只要能依禮來侍奉父母，便是孝。除此之外，孔子還認為孝親首要具備一顆恭敬的心，面對父母時總是和顏悅色，並能以父母之心為心，便能成為一個孝順的人。

用法說明 服膺一詞常用來比喻衷心信服、牢記不忘。例一：我們服膺於老闆的領導，為了公司業績的穩定成長一起努力。例二：他服膺儒家經世濟民的政治理想，願意拋棄個人利益，全心為鄉里服務。

杯中物 ㄅㄟ ㄓㄨㄥ ㄨˋ

出處 東晉・陶淵明〈責子詩〉：「天運茍（如果）如此，且進杯中物。」

解釋 指酒。

近義 杜康

放大鏡

中國古代的酒

酒在中國歷史上出現甚早，從甲骨文以及《尚書》、《詩經》中，已可發現許多與酒相關的名詞。至少在殷商時代，用穀物釀酒的技術已經相當成熟普遍，在甲骨文、金文中也保存許多以酒祭祀的記載，可見商人的飲酒風氣十分興盛。秦漢以後，中國各地發展出以不同穀物來製麴的方法，進而釀造出種類繁多的酒。果酒與藥酒則是在唐代以後才逐漸盛行。至於西方釀造葡萄酒的方法，大約在唐太宗時傳入中國，但中國仍以穀物釀造酒為主。北魏賈思勰（音ㄒㄧㄝˊ）《齊民要術》一書中記載了各種釀酒方法，成為了最早對中國釀酒技術具有系統描述的記載。

用法說明 「杯中物」與「杜康」都是酒的別稱，杜康原是善於釀酒的人，後人直接以他的名字來代指美酒。例一：他整天只知道沉迷杯中物，從來不知道該努力振作，真是令人為之嘆息。例二：心情煩悶時，大家都喜歡以杜康解憂。

東山再起（ㄉㄨㄥ ㄕㄢ ㄗㄞˋ ㄑㄧˇ）

出處 南朝宋・劉義慶《世說新語・排調》：「謝公在東山，朝命屢降而不動。後出為桓宣武司馬。」

解釋 本義是指官員退隱之後，再度出仕。後也用來指失敗之後重新來過，力圖成功。

近義 捲土重來

反義 一蹶（音ㄐㄩㄝˊ，失敗）不振

放大鏡

謝安東山再起

晉朝謝安曾辭官隱居於東山，朝廷屢次勸他再次出仕，他都不為所動。後來他應桓溫之請，擔任司馬一職。赴任之前，朝士多人為他送行，中丞高靈也在送行的人群之中。高靈之前喝了一些酒，帶著幾分醉意，對謝安開起玩笑說道：「你之前屢次違背朝旨，情願高臥東山。眾人都說：『安石（謝安，字安石）不肯出來做官，怎麼對得起蒼生百姓呢？』現在蒼生百姓又怎麼對得起你呢？」謝安對於這番調侃只是微笑以對，並不回應。後來，謝安克敵有功，官至太保。

用法說明 「東山再起」一詞現在也用來指捲土重來；而「重操舊業」一詞則是指再次從事原本的職業，兩者的意義有所不同。例一：這位企業家破產之後並未因此

一蹶不振，反而努力還債，力圖東山再起。例二：他出獄之後，重操舊業，違法販毒，並未痛改前非。

東西 ㄉㄨㄥ ˙ㄒㄧ

出處 清・曹雪芹《紅樓夢》第四十五回：「各色東西可用的只有一半，將那一半又開了單子，與鳳姐兒去照樣置買。」

解釋 原為方位名，後指物品。

近義 什貨

搭配詞 買東西、好東西、小東西、各奔東西

放大鏡

買東西

買「東西」一詞的由來有很多傳說，其中一說與宋代理學家朱熹有關。朱熹某天在路上巧遇朋友盛溫如手提竹籃上街。朱熹問道：「你到哪裡去？」盛溫如回答：「買東西。」朱熹問：「難道不能說買『南北』嗎？」盛溫如根據五行金、木、水、火、土與方位東、西、南、北、中相配的道理，解釋說：「東方屬木，西方屬金。凡屬木屬金的，竹籃裝得下。但是南方屬火、北方屬水，籃子是裝不了水火的。所以說買東西，而不說買南北。」

用法說明 我們現在多用「東西」一詞來代稱物品；「各奔東西」則用來形容各走各的、不相干涉。例一：請幫我將那些東西置放整齊。例二：他們同班了四年，畢業之後兩人各奔東西。

東床 ㄉㄨㄥ ㄔㄨㄤˊ

出處 晉・王隱《晉書・王羲之傳》：「諸子皆飾容以

待客，羲之獨坦腹東床。」

解釋 王羲之坦腹東床，被郗（音ㄔ）虞卿選為女婿。後人因此以「東床」借指女婿。

近義 半子

放大鏡

坦腹東床

晉朝王羲之年輕時就很有氣節風操。郗卿聽聞王家諸子皆為俊傑之士，於是派人到王家選婿。王家眾公子聽說郗家有人來選婿，個個都修整儀容，以便面見來客。唯獨王羲之坦露著腹部，臥於東床之上，吃著胡餅，神色自若。郗家的使者回去之後把到王家的情況詳細稟告郗虞卿。虞卿說：「這個坦腹東床的人真是我心目中的理想女婿啊！」詢問之後，得知是王羲之，就把女兒嫁給了他。

用法說明 「東床」一詞借指女婿；而「東宮」一詞則是指太子。例一：他為人正直，是岳父心目中的東床快婿。例二：猥以微賤，當侍東宮，非臣隕首所能上報。（李密〈陳情表〉）

東施效顰 ㄉㄨㄥ ㄕ ㄒㄧㄠˋ ㄆㄧㄣˊ

出處 《莊子・天運》：「其里之醜人見之而美之，歸亦捧心而矉（音ㄆㄧㄣˊ，同顰，皺眉）其里。」

解釋 醜女東施模仿西施心痛時皺眉的樣子。形容一味模仿他人，結果造成反效果。也說「東家效顰」、「醜女效顰」。顰，皺眉。

放大鏡

適得其反

依據《莊子・天運》記載，越國有一位美女西施，因為有心痛的毛病，每次心一痛起來，她就會蹙著眉頭，按著胸口。同鄉的醜女看見西施這副模樣覺得很美，回家的路上也學西施捧著心口，皺著眉頭行走。同里的富人看見醜女這個樣子，堅持閉門不出；貧人看見她，就立刻帶著妻子避開。那位醜女知道西施蹙眉的美，卻不知道西施蹙眉之所以美的原因。後人把這個醜女稱為「東施」，「東施效顰」一詞由此產生。

用法說明 「東施效顰」一詞是指一味模仿，適得其反。例如：他並未衡量本人的條件，一心想著模仿他人就會成功，結果只落得東施效顰之譏。

東窗事發（ㄉㄨㄥ ㄔㄨㄤ ㄕˋ ㄈㄚ）

出處 元・劉一清《錢塘遺事・卷二・東窗事發》：「可煩傳語夫人，東窗事發矣。」

解釋 本義是說在東窗下密謀的事，已被人揭發。現多用來指不法之事敗露。

反義 神不知，鬼不覺

放大鏡

秦檜的下場

宋高宗時，奸臣秦檜通敵，想害死抗金名將岳飛。於是在東窗下和妻子王氏共謀，最後奸計得逞，將岳飛害死。後來秦檜遊西湖，在船上生了病，看見一個人披頭散髮，聲音淒厲地說道：「你誤國害民，我已稟告上天，請天帝准許我向你索命。」後來，秦檜就死了。過了沒多久，秦檜的兒子也死了。

王氏因為思念丈夫，請道士來了解秦檜在陰間的狀況。道士到地府之後，先看見秦檜的兒子身上戴著枷鎖，一問之下才知道，秦檜在酆都。道士到了酆都，看到秦檜和另外一位陷害岳飛的奸臣都戴著枷鎖，備受冥府中的各種煎熬。秦檜對道士說：「可否煩勞你傳話給內人，告訴她東窗事發了。」「東窗事發」一詞即出於此。

用法說明 「東窗事發」一詞指壞事敗露；而「真相大白」一詞則是指真實的情況被完全公開。例一：歹徒眼見犯行被報紙披露，知道東窗事發，立刻潛逃出境。例二：這件事情總有真相大白的一天，你不必因為一時被誤解而傷心。

東道主 ㄉㄨㄥ ㄉㄠˋ ㄓㄨˇ

出處 《左傳・僖公三十年》：「若舍鄭以為東道主，行李之往來，共其乏困，君亦無所害。」

解釋 原指東路上的主人，亦稱「東道主人」，後泛稱接待或宴請賓客的主人。

近義 東家、北道主人

反義 賓客、座上客

放大鏡

「東道主」的由來

西元前六三〇年（魯僖公三十年），晉文公為了報復鄭國從前對他的無禮，又對鄭國投靠楚國一事極不諒解，於是聯合秦國去攻打鄭國。兩國聯軍包圍了鄭國國都。鄭文公在走投無路的情況下，只得向老臣燭之武求助。燭之武去見秦穆公，一方面陳述了秦幫晉攻打鄭國的害處，揭露了晉國幾代國君的貪婪本性和背信棄義，一方面說明瞭保留鄭國的好處，鄭國在東面不僅可以遏制晉國的發展，使晉不能成為最大強國，無法與秦抗衡，還可以為秦國出使到東方的官員提供方便，做主人招待他們。秦穆公十分認同他的說法，就與鄭國訂立了盟約，並委派杞子、逢孫、楊孫戍守鄭國，自己率軍回國，晉文公無奈，也只得退兵了。

用法說明 「東道主」有兩個意思，一、泛指接待或宴客的主人或指請客的人。二、會議或運動比賽的主辦方。例一：他每年春節都當東道主，招待來自國外的朋友。例二：本屆的運動會，我國身為東道主，自然應該好好招待各國的運動員，使他們留下深刻的好印象。

杵臼之交（ㄔㄨˇ ㄐㄧㄡˋ ㄓ ㄐㄧㄠ）

出處 東漢・班固《漢書・吳祐傳》：「祐與語大驚，遂共定交於杵臼之間。」

解釋 用來指跨越貧富差距的交情。

放大鏡

難得的友情

據《漢書》記載，公沙穆因家境貧窮無法入太學讀書，於是改變服飾，充當傭人，為富人吳祐舂米。一日，吳祐和公沙穆有了一次交談的機會，一番對話之後，吳祐驚訝地發現了公沙穆是個好學的貧士，於是兩人共同定交於杵臼之間。「杵臼之交」一詞由此而來。

用法說明 「杵臼之交」一詞指不分貧富而定下的交情；而「貧賤之交」一詞則是指貧賤時所締結的友誼。例一：這位富豪待人謙和有禮，只要志同道合，即使是升斗小民，也樂於與之定下杵臼之交。例二：飛黃騰達之後，他就捨棄貧賤之交，判若兩人了。

板蕩（ㄅㄢˇ ㄉㄤˋ）

出處 南朝梁・蕭統《文選

・謝靈運・擬鄴中集詩》：「幽厲昔崩亂，桓靈今板蕩。」

解釋 板蕩，指亂世。〈板〉、〈蕩〉是《詩經・大雅》中的二篇，意在諷刺周厲王無道、敗壞國家，後以為亂世的代稱。

近義 亂世

搭配詞 板蕩識忠臣、中原板蕩

放大鏡

無道的周厲王

厲王為西周第十位君王，在位約十六年（約西元前八五七年—前八四二年），期間重用奸佞，不聽信賢臣周公、召穆公等人勸阻，殘暴專制、奴役百姓，剝奪所有人的言論自由，以至於行人來往，只能以目光、眼神相互示意。這樣的專權統治，使得周朝國勢衰落、朝政腐敗，民不聊生的百姓在西元前八四二年聚眾起義，史稱「國人暴動」。厲王最後逃出鎬（音ㄏㄠˋ）京到汾（音ㄈㄣˊ）水流域的彘（音ㄓˋ），西周轉由受諸侯推舉的共伯和執政，史稱「共和行政」。周共和十四年（西元前八二八年）厲王死，周公及召公立厲王之子靜為宣王。

用法說明 我們常用「板蕩」來比喻國家動蕩不安、十分危急的情況；「板蕩識忠臣」一詞意指唯有在這樣的亂世中才能識得真正忠心的臣子。例一：自史冊中可見，中原板蕩之際常是朝代更迭之時。例二：八百壯士在日軍環伺之際仍堅守不屈，死守四行倉庫，所謂「板蕩識忠臣」的道理，由是可見。

河東獅吼（ㄏㄜˊ ㄉㄨㄥ ㄕ ㄏㄡˇ）

出處 北宋・蘇軾〈寄吳德仁兼簡陳季常〉：「忽聞河東獅子吼，拄杖落手心茫然。」

解釋 蘇軾以獅吼來描寫陳季常妻子的凶悍，後來被用來描述悍妻對丈夫咆哮，令丈夫恐懼的情況。

放大鏡

季常癖

宋朝人陳慥（音ㄗㄠˋ），字季常，住在黃州的岐亭，自稱「龍丘先生」，又叫「方山子」。他生性好客，又很喜歡畜養歌妓。可是他的妻子柳氏非常凶暴，嫉妒心也很重。蘇東坡曾寫詩描述陳季常懼內的程度，他同情地說道：「龍丘居士亦可憐，談空說有夜不眠。忽聞河東師（諧音獅）子吼，拄杖落手心茫然。」河東師子，指的正是柳氏。當柳氏對陳季常發怒時，陳季常因為驚恐過度，而鬆手讓拄杖摔落地面，由此可見陳季常畏懼妻子的程度。也有人用「季常癖」一詞來借代怕老婆的特質。

用法說明 「河東獅吼」一詞是指悍妻發怒的狀態；「獅子大開口」一詞則是指過分的開價或索求財物。例一：他的妻子又在生氣了，這河東獅吼讓鄰居也無法忍受。例二：這裡的店家經常漫天開價，對觀光客獅子大開口。

泣血（ㄑㄧˋ ㄒㄧㄝˇ）

出處 《易經・屯卦》：「乘馬班如，泣血漣如。」

解釋 比喻哀痛到了極點。

近義 痛心、椎心

搭配詞 椎心泣血、痛心泣血、泣血漣如

放大鏡

「泣血」的忠臣

劉向的《說苑》有一段故事。蔡國的大臣蔡威公關起門來，在家裡哭了三天三夜，不但把眼淚哭乾了，甚至流出血來。他的鄰居感到很奇怪，就問他為什麼這麼難過。蔡威公說，國君不肯聽我的勸諫而改過，看來蔡國很快就會亡國了。他的鄰居聽了蔡威公的話，連忙逃到楚國。後來楚國滅了蔡國，蔡威公被俘虜，遇到了從前的鄰居。那時他的鄰居已經當到高官，就向楚王求情，使蔡威公逃過一劫。

用法說明 「椎心泣血」用以形容哀痛的感覺，「嘔心瀝血」用以形容用盡心思。兩者意思不同，用法也不同。例一：心愛的家人相繼離他而去，椎心泣血的感受令他難以承受。例二：看到自己嘔心瀝血的作品被他人盜用，他不禁怒從中來。

泥菩薩過江（ㄋㄧˊ ㄆㄨˊ ㄙㄚˋ ㄍㄨㄛˋ ㄐㄧㄤ）

出處 明・馮夢龍《警世通言・旌陽宮鐵樹鎮妖》：「泥菩薩落水，自身難保。還保得別人？」

解釋 指自己已處在危急狀態，無暇顧及他人。

近義 自顧不暇

反義 游刃有餘

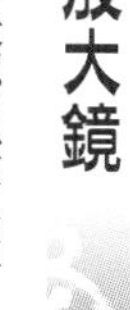

放大鏡

灰頭土臉泥菩薩

《警世通言》第四十卷〈旌陽宮鐵樹鎮妖〉內，記載了諸多妖魔與神仙混鬥的故事。晉代許遜被推算出來，未來是領導眾仙的真君，在尚未出生前，老君就派人下凡傳授仙法、道術，使許遜出生後能學習仙法、降妖伏魔。而在許遜尚未出

生之前，火龍已經知道這個真君將來會滅絕自己的子孫，於是先一步攻打要傳授仙法給他的蘭公，沒有得逞，後來便生下了兒子孽龍。到了晉代，孽龍在豫章郡上興風作浪，弄得民不聊生，於是人民紛紛到社伯與土地神那裡祈求保佑，而社伯與土地神法力較弱，只能向身懷絕技的吳君求助，說明自己是「泥菩薩落水，自身難保。還保得別人？」當時吳君的師父真君並不在豫章郡內，隨後才趕回，最後以鐵樹將孽龍擒拿，並且降伏一千蛟黨，位列眾仙。

用法說明 菩薩往往是人們在無助時給予指引及幫助的角色，但若是用泥做的菩薩，一旦進入水中也會化開毫無作用，因此我們常以「泥菩薩過江」來形容自身也無法顧及，遑論幫助他人。原來說法是「泥菩薩落水」，後世則變為「泥菩薩過江」。例如：期中考到了，大家都在臨時抱佛腳，但科目太多，讀書時間不足，這時候你才來要我教你，我真是「泥菩薩過江」，自身難保啊。

物情（ㄨˋ ㄑㄧㄥˊ）

出處 三國・嵇康〈釋私論〉：「物情順通，故大道無違；越名任心，故是非無措也。」

解釋 事物的道理。

近義 事理、道理

放大鏡

嵇康與〈釋私論〉

嵇康，字叔夜，三國人，生於西元二二三年，卒於西元二六三年。他與阮籍、山濤、劉伶、阮咸、向秀、王戎等六個人被合稱為「竹林七賢」。他重視思想的自由，寫下了省思事物本質與道理的〈釋私論〉等文章，強調「物情順通」、「越名教而任自然」的觀點，主張不受虛偽禮教的束縛才是真正的自然。他從來不給達官貴人好臉色看，因此得罪了人，被誣陷下獄，判處死刑。臨刑前，從容地彈完美妙的琴曲〈廣陵散〉，許多人都為他的無辜受刑及〈廣陵散〉的失傳而嘆息。

用法說明　「物情」與「物理」都可以指事情的道理，但是現在有一門學科也叫「物理」，專門研究物體的性質、變化、運動等。例一：唯有內心清靜，才能通曉物情，不受物慾所羈絆。例二：物理老師個性嚴謹，不苟言笑，但是她的學生都很信服她，樂於聽從她的領導。

狗豬不食其餘（ㄍㄡˇ ㄓㄨ ㄅㄨˋ ㄕˊ ㄑㄧˊ ㄩˊ）

出處　東漢・班固《漢書・元后傳》：「既無以報，受人孤寄，乘便利時，奪取其國，不復顧恩義。人如此者，狗豬不食其餘，天子豈有而兄弟邪！」

解釋　豬狗都不願吃他剩下的食物。比喻其人品格低劣，連動物也鄙棄他。

近義　狗彘（音ㄓˋ，豬）不食

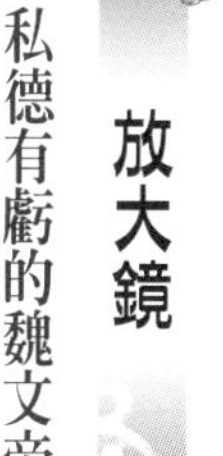

放大鏡　私德有虧的魏文帝

遠在三國時期，魏王曹操的王后卞氏，是曹丕、曹彰、曹植、曹熊的生母。其中曹熊早逝，而長子曹丕文武全才，懂得招攬人心，但曹植思慮敏銳，深受曹操寵愛，兩兄弟原本都有繼任為魏王的可能。在史書《魏志》中，曹操曾有另立曹植為太子的打算，但曹植為人放蕩任性、飲酒無節，到最後，仍由太子曹丕繼承王位，並終結漢王室，建立魏朝。

《世說新語・賢媛》記載母親卞氏曾在曹丕病重時至其居所探望，遇見從前服侍曹操的幾個侍妾。她便問：「妳們是什麼時候來的？」侍妾們回答：「武帝（即曹操）剛斷氣的時候來的。」於是卞氏就在曹丕的居所門外止步，不進屋內探望，且嘆息道：「『狗鼠不食汝餘』，即使病死了，也是活該！」後來曹丕病逝，直到出殯時，卞氏竟然都不肯見曹丕最後一面。

用法說明 「不食其餘」、「狗彘不食其餘」、「狗鼠不食汝餘」，這些詞語的用法皆相似，大抵是古人用來譏刺他人的話，相當於今日罵人「禽獸不如」，指對象的品行令人不齒。例一：不肖官員勾結黑心建商，使得國內許多重大建設偷工減料，頻傳工安事件，他們的人品只能用狗豬不食其餘來形容！例二：他手刃自己的妻子，原因竟然是想要討情婦歡心，這個人簡直是狗彘不食！

知心（ㄓ ㄒㄧㄣ）

出處 南朝梁・蕭統《文選・李少卿答蘇武書》：「嗟乎子卿！人之相知，貴相知心。前書倉卒，未盡所懷，故復略而言之。」

解釋 知心，指彼此心意契合。全句指人與人的交往，能惺惺相惜的原因，乃是因為能夠互相交心，最珍貴的莫過於此。

放大鏡

流浪異鄉的李陵

李陵在戰敗後降於匈

奴，後來被匈奴單于派遣為說客，要招降漢使蘇武。相傳〈李少卿答蘇武書〉即是在這一段時期之內寫成的。李陵與蘇武兩人皆有漂泊異鄉「有家歸不得」的憾恨，地處塞外，文化、生活習慣迥異於中原，加上又是戰敗被殺迫降或出使被禁類似於囚徒的身分，因此，李陵在這篇文章中抒發了心中的感慨，說：「人之相知，貴相知心。」

用法說明 「知心」用在兩人情誼深厚，彼此對對方都認為是不可多得的朋友那樣的情形中。或是認為兩個人擁有類似遭遇，因而興起惺惺相惜之感時，也能使用這句話表示。例如：知音難尋，俞伯牙遇上鍾子期這個善聽的朋友，實在是一種幸運。人之相知，貴相知心，伯牙與子期兩人可謂知心好友啊！

知其不可而為之（ㄓ ㄑㄧˊ ㄅㄨˋ ㄎㄜˇ ㄦˊ ㄨㄟˊ ㄓ）

出處 《論語・憲問》：「子路宿於石門。晨門曰：『奚自？』子路曰：『自孔氏。』曰：『是知其不可而為之者歟？』」

解釋 明知做不到卻定要去做，表示意志堅決勇往直前。有時也表示倔強固執。

近義 明知山有虎，偏向虎山行

反義 懸崖勒馬

放大鏡 具行動力的眞知灼見

子路有一天投宿在石門這地方，管城門的人問他說：「你打哪兒來？」子路回答說：「從孔子那兒來。」管門的人就說：「就是那個明明知道無法成功，卻仍然一直勉力去完成的人嗎？」所謂「不可為」，不是不能去做，而是在一般人看來實現的可能性不大，是「吃力不討好」的事情，所以認為沒有必要去做，看守城門的人恐怕正是這一種看法。如果要做，一定要保證很快就見效才去做，一定要先有利於自身才去做，一定要先有利於自己所在的全體才去做，一定要有利於當時的時代才去做。

以上這幾種情況雖然有所不同，但都是從事功的角度來看的。聖賢君子做事，所重視的是道義，事功的實踐體現在道義之中，而不是把事功放在道義之上。孔子並不因為是否成功才決定做或不做，而是因為應該要做就認真去做。這正是一種具行動力的真知灼見！

用法說明

「知其不可而為之」可以有三種方面的理解：一、一種挑戰，二、一種精神，三、一種使命。第一種，如果知其不可，就不為，這等於承認凡事無須堅持，遇到困難只管放棄，聽天由命，這樣有什麼挑戰性呢？第二種，以「知其不可而為之」這句話來概括孔子，可謂入木三分，深刻異常。顯然，這個守城門的人並不是泛泛之輩，而是一個修養頗高的隱士。第三種，孔子知其不可為而為，正是一種知命之學。所謂下學上達，下學，即行道；上達，斯知命矣。例一：那兩個人，明明知道事情十分艱難，卻知其不可而為之，挑戰精神令人肅然起敬。例二：那兩個傻兮兮的農場環保維護者，哪裡會想到他們的知其不可而為之，竟然受到許多人的認同，相繼跟隨他們的腳步，為大地生機盡一份心。

空穴來風（ㄎㄨㄥ ㄒㄩㄝˋ ㄌㄞˊ ㄈㄥ）

出處 戰國．宋玉〈風賦〉：「枳句（音ㄓˇ ㄍㄡ，彎曲的枳樹）來巢，空穴來風。其所托者然，則風氣殊焉。」

解釋 原指山中由於存在孔洞，所以引起空氣流動形成風。因此是比喻出現的傳言都有一定根據或原因。但是現在卻是解釋為傳言沒有根據。

近義 無風不起浪

反義 無中生有

搭配詞 空穴來風，未必無因

放大鏡

風從哪裡來？

宋玉〈風賦〉中有一段精彩的描述：「夫風生於地，起於青蘋之末，浸淫溪谷，盛怒於土囊之口，緣太山之阿，舞於松柏之下，飄忽淜滂（音ㄆㄥ ㄆㄤ，風擊物聲），激揚熛（音ㄅㄧㄠ，迅速）怒。耾耾（大聲。耾音ㄏㄨㄥˊ）雷聲，回穴錯迕（音ㄨˇ，錯雜），蹶石伐木，梢殺林莽。至其將衰也，被麗披離（四散分布），沖孔動楗，眴煥（燦爛鮮明。眴音ㄒㄩㄢˋ）粲爛，離散轉移。」

白話意思是：風在大地上生成，從青蘋這種水草的末梢飄起。逐漸進入峽谷，在大山洞的洞口怒吼。然後沿著大山彎曲處繼續前進，在松柏之下狂舞亂奔。它輕快移動，撞擊木石，發出乒乒乓乓的聲響，其勢昂揚，像恣肆飛揚的烈火。聞之如轟轟雷響，視之則迴旋不定。吹翻大石，折斷樹木，衝擊密林草叢。等到風勢將衰微下來時，風力便四面散開，只能透入小洞，搖動門栓了。大風平息之後，景物鮮明，微風蕩漾。

用法說明 「空穴來風」的原義是比喻事出有因，後來卻轉為比喻憑空捏造不實的謠言。例一：人家說無風不起浪，空穴可來風，所以這些關於他的流言，無論真假，都是他自己惹的。例二：網路上散播的一些消息，有時純屬空穴來風，各位切勿相信。

空空兒（ㄎㄨㄥ ㄎㄨㄥ ㄦˊ）

出處 唐・裴鉶〈聶隱娘〉：「空空兒之神術，人莫能窺其用，鬼莫得躡（音ㄋㄧㄝˋ，追蹤、跟蹤）其蹤。」

解釋 原是劍俠的名字，後多用來指稱竊賊、小偷、扒手。

近義 三隻手

搭配詞 妙手空空兒

放大鏡

輸給隱娘的妙手空空兒

唐朝貞元年間，有一個名叫聶隱娘的女俠，魏博原請她去暗殺劉昌裔，但沒想到隱娘與劉昌裔交談過後，反而成為他的保鏢。於是，魏博又派精精兒暗殺劉昌裔，但被隱娘所阻，接著他又派出空空兒，聶隱娘聽說他是一個法術高明，來無影去無蹤的人，因此建議劉戴著和田古玉睡覺，自己則變成一隻小蟲，躲進他的肚子裡，三更時分，劉昌裔聽到脖子傳來鏗鏗一聲，隱娘飛出賀喜：「妙手空空兒自負甚高，攻擊沒成功，對他而言，是一種極大的恥辱，所以他已經離開了。」幾年後，隱娘雲遊四海，遍訪得道高人，不知所終。

用法說明 「空空兒」今多用以稱竊賊、小偷、扒手，而「空空如也」則表示什麼也沒有。例一：抓到空空兒後，要交給有司處理，不能隨便動用私刑。例二：一把火燒光了他所有的財產，所以他現在是空空如也，只期待能有一個東山再起的機會。

股肱（ㄍㄨˇ ㄍㄨㄥ）

出處 《左傳・昭公九年》：「君之卿佐，是謂股肱，股肱或虧，何痛如之。」

解釋 股、肱皆是軀體的重要部分，用來比喻君主、領袖的得力助手。股，大腿骨；肱，臂骨。

近義 左右手、輔弼

搭配詞 股肱之力、股肱耳目

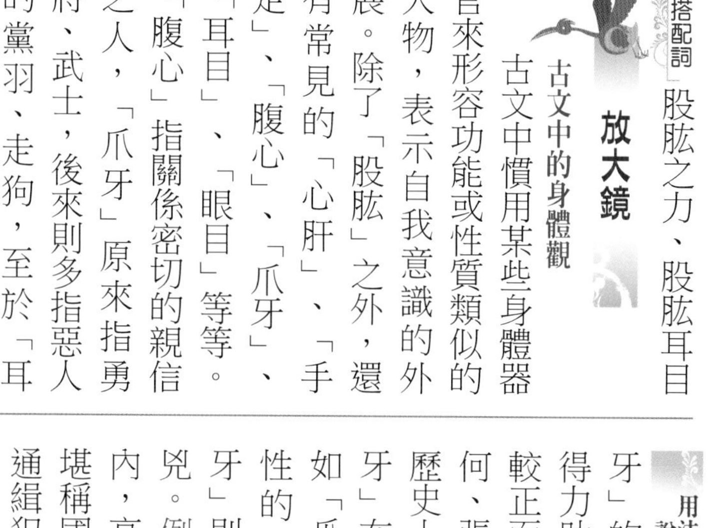

放大鏡 古文中的身體觀

古文中慣用某些身體器官來形容功能或性質類似的人物，表示自我意識的外展。除了「股肱」之外，還有常見的「心肝」、「手足」、「腹心」、「爪牙」、「耳目」、「眼目」等等。「腹心」指關係密切的親信之人，「爪牙」原來指勇將、武士，後來則多指惡人的黨羽、走狗，至於「耳目」、「眼目」，都是協助刺探消息的人。

用法說明 「股肱」、「爪牙」的用法不同。股肱形容得力助手或國家重臣，意義較正面，名臣如周公旦、蕭何、張良、韓信、諸葛亮，歷史上皆有股肱之稱；「爪牙」在唐代以前借指勇將，如「爪牙之將」，意義是中性的。古代小說中，「爪牙」則常指惡人的黨羽、幫兇。例一：他在行政院長任內，高瞻遠矚、選用賢能，堪稱國之股肱。例二：這個通緝犯手下還有一幫爪牙，跟著他犯下多起案子。

虎毒不食子（ㄏㄨˇ ㄉㄨˊ ㄅㄨˋ ㄕˊ ㄗˇ）

出處 明・黃汝亨《寓林集・白日嘆爲故同年沈孝廉啓綖（音ㄊㄧㄥ）作沈以母死》：「人言虎毒不食子，穴中毛骨何齒齒。」

解釋 指老虎再惡毒也不會吃自己的孩子，用來形容邪惡之人依然有慈愛的天性不會傷害自己的孩子。

放大鏡

反哺之恩乃天性

黃汝亨這一篇文章意在感嘆沈孝廉母親過世的事。其中談到自己與母親的關係，形容母親對自己的慈愛時，就說如同慈烏辛勤哺育幼烏，但若兒孫變得冷血就會像鴟鴞一樣，而老虎再兇狠也不會吃掉自己的孩子，可是卻依然不改兇惡的本性。文中列舉了慈烏與老虎兩者，用以形容親子關係乃是天性，哀悼沈啓綖母親過世的情形。

用法說明 「虎毒不食子」往往用來形容惡人依然有其慈愛的天性，不會傷害自己的小孩，或是指人類有慈愛的天性，不會傷害自己的孩子。例一：雖然這個槍擊要犯十惡不赦，犯下多起罪行，但「虎毒不食子」，並沒有將自己的惡習帶壞孩子。例二：極端化的社會造成刑事案件層出不窮，雖然常言道：「虎毒不食子」，可是現在因為貧困，推自己孩子入火坑的事時有耳聞，令人不勝唏噓啊！

近朱者赤，近墨者黑（ㄐㄧㄣˋ ㄓㄨ ㄓㄜˇ ㄔˋ，ㄐㄧㄣˋ ㄇㄛˋ ㄓㄜˇ ㄏㄟ）

出處 晉・傅玄〈太子少傅箴〉：「近朱者赤，近墨者黑。」

解釋 是說接近硃砂容易被染紅，接近墨水則容易被染黑。用來比喻人的習性，容易受到環境影響，而有所改變。

近義 耳濡目染

反義 老僧入定

放大鏡

慎交遊，品德流芳

俗話說：「如入芝蘭之室，久而不聞其香；如入鮑魚之肆，久而不聞其臭。」意思是受到芝蘭香氣的浸染，久而久之，習慣了這種芳香，也就不覺得特別香；同理，如果一直聞到惡臭的味道，長期下來，就會變得麻木不仁，反而不覺得臭了。這本是人類正常的生理現象，這裡引申為人一旦養成良好的習慣，日子一久，好習慣已成為生活中的一部分，雖然感覺不到它的存在，但它確實存在於我們的日常言行舉止之中；相對的，人一旦染上壞習慣，日積月累，惡習就像影子一樣，緊緊地跟隨著我們，長久下來，我們自然而然與之融為一體，也就不覺得它有什麼不好了。可見平日交遊是很重要的，我們應該慎選良師益友，千萬別結交損友喔。

用法說明 「近朱者赤，近墨者黑」與「老僧入定」意思相反，一個是比喻容易受影響；一個是說像修道多年的高僧坐禪入定那般，面對外界一切紛擾，都能不為所動。例一：有道是：「近朱者赤，近墨者黑。」所以我們交朋友，應該格外謹慎。例二：他讀起書來，一如老僧入定，心無旁騖。

金屋藏嬌（ㄐㄧㄣ ㄨ ㄘㄤˊ ㄐㄧㄠ）

出處 東漢・班固《漢武故事》：「若得阿嬌，當作金屋貯之。」

解釋 原意是指建造華麗宮

殿，給心愛的人居住，現多用來指男人外遇。

近義 金屋貯嬌、藏嬌

放大鏡

金屋藏嬌，是藏夫人，不是藏小三

漢陳皇后長得甜美可愛，因此小名就叫阿嬌。某天，她的母親帶著她進宮，向漢景帝的寵妃請安，當時小皇子劉徹也在旁邊，劉徹長年待在深宮內院，難得有人陪他玩，因此玩得不亦樂乎。所以，當有人問他：「阿嬌姐姐嫁給你當妻子好不好？」時，劉徹毫不考慮地就回答說：「好啊！如果阿嬌姐姐嫁給我，我就蓋一棟黃金屋子，把她藏在裡面！」劉徹即位，成為漢武帝後，陳阿嬌就被立為皇后。

用法說明 「金屋藏嬌」多指男子有外遇，而「紅杏出牆」則是指婦女不守婦道，兩者均是指對婚姻不忠實的行為。例一：原本形象良好的知名政商，因金屋藏嬌與元配大打出手，醜態畢露，真令人搖頭嘆息。例二：看似乖巧的她竟違背對婚姻忠實的信諾，做出紅杏出牆的事來，真令人感到訝異。

金龜婿（ㄐㄧㄣ ㄍㄨㄟ ㄒㄩˋ）

出處 唐・李商隱〈為有〉詩：「無端嫁得金龜婿，辜負香衾（音ㄑㄧㄣ，大被子）事早朝。」

解釋 擁有高官厚祿的夫婿。金龜，指唐代三品以上官員所佩戴的金飾龜袋。

近義 東床快婿、富貴郎君

反義 窮酸郎

放大鏡

洛陽女兒行

王維曾賦〈洛陽女兒行〉，敘述洛陽女兒容貌姣好，大約十五歲左右嫁人。她的丈夫少年得意，意氣驕縱，富貴奢侈勝過晉朝的石崇。不過，丈夫對她十分憐愛，還親自教她歌舞。她那年輕氣盛的丈夫喜歡跟人爭豪，即使把珊瑚送人也在所不惜。夫妻倆終日談笑戲謔，過著富貴愜意的生活。她夫婿在城中所認識的盡是富貴人家，日夜所交往的都是那些豪門大戶。最後以「誰憐越女顏如玉，貧賤江頭自浣紗」作結，用西施貧賤時在江頭浣紗，與洛陽富貴人家的奢華歲月相映襯，更隱含著君子不遇的言外之意。

用法說明 「金龜婿」與「窮酸郎」語意相反。例一：她自從嫁得金龜婿後，天天過著錦衣玉食的生活。例二：王媽媽之所以把女兒嫁給一個窮酸郎，是因為她相信年輕人只要肯努力，將來一定可以出頭天的。

金蟬脫殼（ㄐㄧㄣ ㄔㄢˊ ㄊㄨㄛ ㄎㄜˊ）

出處 《三國志平話・卷上》：「呂布發箭射孫堅，孫堅使今（也作「金」）蟬蛻殼計。孫堅卻將袍甲掛於樹上走了。」

解釋 蟬成長到了一定的時間，會脫去外殼，化為成蟲。此比喻使出計謀以便脫身。

放大鏡　孫堅之計

《三國志平話》中有一段關於孫堅使用「金蟬脫殼」之計的描述。董卓殺少帝、立獻帝之後，獨攬朝中大權，引發各方人馬以袁紹為盟主群起對抗。長沙太守孫堅擔任先鋒，準備討伐董卓。袁紹的堂弟袁術嫉妒孫堅的善戰，故意造成孫堅的軍隊因糧草不足引發內亂的狀況。這時董卓的義子呂布

趁機夜襲孫堅，孫堅不敵，與部將一同撤退，呂布則在後緊緊追趕。孫堅這時靈機一動，將戰袍掛在樹上欺敵，呂布的士兵遠遠看到孫堅的戰袍，就用箭猛射，一會兒之後發現孫堅動也不動，走近一看，才發現中了「金蟬脫殼」之計。

用法說明 「金蟬脫殼」一詞原本是指蟬脫去蟬衣，現在多用來指脫身的計謀。例如：無聊的晚宴不知何時能結束，她決定使出金蟬脫殼之計，以身體不適為由提早離場。

金蘭（ㄐㄧㄣ ㄌㄢˊ）

出處 《易經．繫辭上》：「二人同心，其利斷金；同心之言，其臭（音ㄒㄧㄡˋ，氣味）如蘭。」

解釋 比喻情感深厚，同心同德。「義結金蘭」現則用來指結拜為兄弟。

搭配詞 義結金蘭、契若金蘭

放大鏡 義結金蘭

《易經．繫辭上》提到，兩個人如果能同心，就能凝聚出足以切斷金屬的強大力量；如果彼此的意見契合，就能發揮影響力，有如讓人嗅到蘭花芬芳的香味那樣，容易被人接受。同心同德比孤軍奮戰所能發揮的力量要大得多。「金蘭」一詞即出於此。

用法說明 「金蘭」一詞用來形容同心同德，彼此契合。「金蓮」一詞則是指女子的小腳。例一：他倆感情深厚，決定義結金蘭，從此以兄弟相稱。例二：古代女子被迫纏足，一雙三寸金蓮限制了行動的速度，也有礙足部健康。

長袖善舞

ㄔㄤˊ ㄒㄧㄡˋ ㄕㄢˋ ㄨˇ

出處 《韓非子・五蠹》：「鄙諺曰：『長袖善舞，多錢善賈。』此言多資之易為工也。」

解釋 衣袖長，有助於舞蹈時的搖曳生姿，比喻做事有所憑藉，而易於成功。後以喻人行事的手腕高明，善於經營人際關係。

近義 八面玲瓏

反義 左支右絀、呆若木雞

放大鏡

「袖」底功夫

「袖」是演員戲服衣袖前端的白色部分，原是代表古人襯衣的衣袖。「水袖」是特製的長袖，長約一公尺，寬六十多公分。其基本動作有十種：甩、撣、撥、勾、挑、抖、打、揚、撐、衝。互相搭配之後可以組合出多種手法，來表現豐富情感，塑造人物形象，並且在舞台上有著很多功能：一、扇子：用水袖在臉前揮動。二、行禮：在躬身行禮的時候，一隻手橫著扯起另外一隻水袖。三、哀痛或害羞：用一隻手扯起另一隻水袖遮著臉。四、拭淚：用水袖輕輕的虛拭。五、拂塵：用水袖輕輕的在衣服上撣拂。六、握手相擁：雙方把水袖輕輕的揚起來，互相搭在一起。七、示意：演員在舞台上到了要演唱的時候，運用水袖示意樂隊。

用法說明 「長袖善舞」和「左右逢源」都有處事得心應手的意思，多為貶義。「長袖善舞」偏重於運用手段以營造人際關係。「左右逢源」則是偏重於處事圓滑，善於投機。例一：他憑著廣大的人脈和長袖善舞的本事，很快就成為這個領域的名人。例二：由於他善於媚上，能說會道，在官場如魚得水，左右逢源，被譽為官場不倒翁。

門外漢（ㄇㄣˊ ㄨㄞˋ ㄏㄢˋ）

出處 南宋・釋普濟《五燈會元・天竺證悟法師》：「師舉東坡宿東林偈（音ㄐㄧˋ，佛教文學的詩歌）……曰：『祇如他道，溪聲便是廣長舌，山色豈非清淨身，若不到此田地，如何有這個消息？』庵曰：『是門外漢耳。』」

解釋 「門外漢」原本是佛教用語，指佛門以外或不解佛法的人，後來被用以指稱對某事物不熟悉的人。

近義 外行人

反義 內行人、行家

放大鏡

蘇東坡與門外漢

宋代知名文人蘇東坡，曾於拜訪江州東林禪院總禪師時，因對禪理有所了悟，所以寫下〈宿東林偈〉一詩，其詩云：「溪聲便是廣長舌，山色豈非清淨身；夜來八萬四千偈，他日如何舉似人？」後來證悟法師造訪庵雲禪師時，在談話中，以蘇東坡寫的〈宿東林偈〉為例，認為蘇東坡已有極深的佛學造詣，但庵雲禪師卻認為蘇東坡尚未見到路徑，根本就是不了解佛法的「門外漢」。後來，人們便指對某種事情沒有經驗、不熟悉內情的人，為「門外漢」。

用法說明 「門外漢」與「內行人」互為反義，前者係指對某事物不熟悉的人，後者則謂對某事物專門或精通之人。例一：他總是謙稱自己是電腦組裝技術的門外漢。例二：大臺北許多公共場所的英文標示牌，內行人一看，就知道很多拼音是錯誤百出。

阿堵物 ㄚ ㄉㄨˇ ㄨˋ

出處 南朝宋・劉義慶《世說新語・規箴》：「晉王衍嫉其婦貪濁，口未曾言錢字。婦欲試之，使婢以錢繞床，王衍晨起，即令婢曰：『舉卻阿堵物。』」

解釋 「阿堵」一詞，是六朝及唐人常用的指稱詞，相當於口語的「這」、「這個」。後因王衍的故事，使得「阿堵物」成為錢的代稱。

近義 孔方兄

放大鏡

盛才美貌的王衍

魏晉世亂之際，知識份子崇尚「清談」，不喜歡參與實質政事，凡事以求自保為首要，清談時不涉及任何現實事物，多以老莊思想為談論內容，玄而又玄地發表形而上的言論。王衍即以清談著稱，他常痛恨妻子貪濁，因此從不說「錢」字。他妻子想試探他，趁王衍熟睡，將錢繞著睡床擺放，讓他起床後無法行走。王衍早晨醒來，看見床四周擺滿了錢，就喚來婢女說：「舉卻阿堵物」，意思就是「拿走這東西」。隨著這件事漸漸傳開，「阿堵物」一詞慢慢就成為錢的代稱了。

《世說新語・容止》中記載王衍云：「王夷甫容貌整麗，妙於談玄，恆捉白玉柄麈尾，與手都無分別。」整麗的美貌及與白玉相擬的膚色，不禁讓人增添了對這位清談名士的遐想。

用法說明 「阿堵物」與「孔方兄」都是錢的代稱。阿堵物一詞是來自王衍的典故；「孔方」則是以秦代以來的錢幣（**除了王莽時的刀**

幣外）形狀都是外圓內方而命名。西晉魯褒曾著《錢神論》以諷時弊，擬錢為長兄、字曰「孔方」，因此方孔錢也被戲稱為「孔方兄」。例一：有些自命清高的人，表面視錢財為阿堵物，私底下卻貪得無厭。例二：人們都說錢財不是萬能，但缺少了孔方兄卻是萬萬不能。

附驥尾（ㄈㄨˋ ㄐㄧˋ ㄨㄟˇ）

出處 西漢・司馬遷《史記・伯夷傳》：「伯夷、叔齊雖賢，得夫子而名益彰；顏淵雖篤學，附驥尾而行益顯。」

解釋 附著在千里馬的尾巴上，比喻能力不及於名聲，仰仗他人而得名。驥，良馬。

放大鏡

顏淵與孔子

顏回，字子淵，魯國人，他和父親顏路同為孔子學生。在孔子三千弟子中，顏回最受孔子的器重與賞識。他一生飢寒交迫、窮困潦倒，住在陋巷裡的低矮茅舍，家徒四壁，物質生活非常匱乏，但即便日子貧窮困頓，只能吃簡單粗食，睡覺時也得彎著手臂當枕頭，顏回仍然終日怡然自得、無憂無慮，一生都沉浸在修道之樂中。孔子非常賞識顏回的勤學不懈與安貧樂道，還曾說連自己也不如他。顏回二十九歲歿世，孔子弔唁顏回時，涕淚交流悲慟欲絕，跟從在孔子身邊的人說：「老師過於悲傷了！」孔子說：「我不為顏回悲慟，還為誰而悲慟呢？」由此可見他們師徒惺惺相惜的情誼，也可了解顏回「附驥尾而行益顯」的道理。

用法說明 「附驥尾」一詞通常用來比喻依靠他人而得名，有時亦可作自謙辭使用。例一：他從來沒有出力幫助過我們，卻也同樣得到了獎牌，真是個附驥尾的人。例二：這次我能得獎，沒有太多的貢獻，一切都是附驥尾的緣故。

侯門深似海（ㄏㄡˊ ㄇㄣˊ ㄕㄣ ㄙˋ ㄏㄞˇ）

出處 南宋・尤袤《全唐詩話》：「……（崔）郊贈婢詩云：『公子王孫逐後塵，綠珠垂淚滴羅巾。侯門一入深如海，從此蕭郎（詩詞中女子對心上人的泛稱）似路人。』」

解釋 此有二義：一、指富貴人家具有層層關卡，守備森嚴，而一般人無法來去自如；二、為昔日戀人與豪門人士攀上婚姻關係，恐怕從此身分地位懸殊，再也無法重逢、敘舊。

放大鏡

從此蕭郎似路人？

唐朝詩人崔郊曾對一位容貌清麗的婢女十分傾心，後來因為家裡貧窮，不得已只好把她賣給富貴人家。但崔郊仍舊情難忘，對她始終念念不忘。有一次，寒食節時，婢女外出掃墓。兩人相見，不覺傷心難過，相擁而泣。崔郊於是寫了一首詩送給她：「公子王孫逐後塵，綠珠垂淚滴羅巾。侯門一進深如海，從此蕭郎似路人。」哀傷兩人永無重逢之日，連見一面都難上加難。據說這婢女回去後，無意間讓主人發現了這首詩，主人一讀，深為感動，最後成全了崔郊和婢女這段感人的愛情。

用法說明 「侯門深似海」或指富貴人家門禁森嚴，難以親近；或指昔日戀人攀上豪門婚姻，哀傷日後永無重逢之日。例一：自從老王發達以後，王家簡直是「侯門深似海」，哪裡是我們這些老鄰居可以隨意走動的？例二：自從她嫁入豪門之後，「侯門深似海」，留給前任男友無限悵惘。

【九畫】

前車之鑑

出處 西漢・賈誼《新書・連語》：「周諺曰：『前車覆而後車戒。』」

解釋 把先前失敗的經驗當作借鏡。也說「後車之戒」、「前車可鑒」。

近義 前事不忘，後事之師

反義 重蹈覆轍

放大鏡 記取失敗的教訓

賈誼在《新書・卷五・連語》中提到，周朝有一句諺語說：「前車已翻覆，後車就要引以為戒。」現在的情形是前車已翻覆了，而後車不知引以為戒，這種現象不可不明察啊。賈誼在〈陳政事疏〉中也提到，秦代之所以快速覆滅的原因，如轍跡般清晰可見。然而，如果不知避免再犯下同樣的錯誤，又將會看到後車接連翻覆了。

用法說明 「前車之鑑」一詞中的「鑑」是指可以引以為戒的事。「以銅為鑑」一詞中的「鑑」則是指鏡子，兩者意義不同。

哀兵必勝

出處 《老子》：「故抗兵相加，哀者勝矣。」

解釋 心中悲憤的軍隊，一定可以獲得勝利。

近義 生於憂患

反義 死於安樂、宴安鴆（音ㄓㄣˋ）毒

放大鏡

哀兵必勝的實例

春秋戰國時代，吳國和越國經常發生戰爭。吳王闔閭聽說越王允常去世，就趁機攻打越國，卻被繼位的句踐所擊敗，傷重而死。闔閭臨死前交代太子夫差：「千萬不要忘了殺父之仇。」夫差流著眼淚回答：「是！」夫差繼位後，每天派一個人站在出入的大門喊：「你忘了殺父之仇了嗎？」夫差每回都哭著回答：「不敢！」幾年後，夫差打敗了越國，俘虜了越王句踐。可惜的是，夫差後來中了西施的美人計，每天沉溺在歡樂中。句踐因此反敗為勝，殺了夫差。在哀痛中打敗對手，句踐和夫差正是「哀兵必勝」的絕佳例證。

用法說明 「哀兵必勝」指的是遭逢憂患的軍隊，往往可以激發鬥志，獲得勝利。「哀兵政策」指的是故意表現弱勢，搏取同情。兩者不可混為一談。例一：經過老師的調解，兩位同學終於言歸於好，不再攻訐對方。例二：大戰結束之後，他與妻子破鏡重圓，想起彼此的遭遇，不禁淚如雨下。

垂青（ㄔㄨㄟˊ ㄑㄧㄥ）

出處 清・石玉崑《七俠五義》第四十四回：「方才在廟上多承垂青看顧，我盧方感之不盡。」

解釋 青眼即黑色的眼珠，以青眼相待，表示得到重視或喜愛看重。

近義 看重、青睞

反義 輕視

放大鏡

青白眼

「青眼」是黑色的眼珠，是眼睛正常的狀態。我們正眼看人時黑色的眼珠在中間，因此「青眼」以待正表示喜愛或看重。白眼就是我們常說的翻白眼，是覺得不屑、瞪眼時的表情，此時眼睛向上或向旁邊看，眼睛露出較多的白色，表示輕視、厭惡之意。

《晉書・阮籍傳》記載阮籍居母喪時的故事：「籍又能為青白眼，見禮俗之士，以白眼對之。及嵇喜來弔，籍作白眼，喜不懌（音ㄧˋ，喜悅）而退。喜弟康聞之，乃齎（音ㄐㄧ，持、拿）酒挾琴造焉，籍大悅，乃見青眼。」阮籍負才放誕，居母喪期間見到來訪時遵循禮俗的嵇喜便白眼相對，露出不屑的神態；見到攜帶琴酒而來的嵇康卻十分開心，以青眼相對。

用法說明 「垂青」與「青睞」都是引申自「青眼」的詞彙，都具有重視、好意相待的意思。例一：這本新書一推出就受到廣大讀者的青睞。例二：他做事十分認真踏實、屢創佳績，獲得上司的垂青。

幽微（ㄧㄡ ㄨㄟ）

出處 西漢・揚雄〈解難〉：「若夫閎言崇議，幽微之塗，蓋難與覽者同也。」

解釋 幽深細微。有隱蔽難明之意。

反義 昭明

搭配詞 洞燭幽微、妙盡幽微、幽微之趣

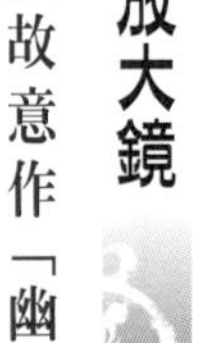

放大鏡

揚雄故意作「幽微」之辭？

揚雄是西漢時候的人，他自小就十分好學，成年後已博覽群書，讀書時注重自己對詞義、字義的理解，而不像當時的人一樣跟隨老師讀經，抄錄筆記。不過，揚雄有口吃的毛病，所以不擅長議論，而喜歡作深沉的思考。

他因為喜歡《易經》，於是就模仿它的體例作了《太玄》一書。有人問他：「如今著書的人，都投眾人所好，書中的意旨淺顯，像那美食容易入口，佳音讓人聽著舒服。可是，您的著作充滿高深的言論，意義恢弘，指涉卻相當細微；書中的道理實在是太深奧，別人花幾年的時間恐怕還是讀不懂，徒然耗費了時間跟精力。所以說，您這麼做好嗎？」揚雄口訥難言，只好引經據典、託聖人之意，洋洋灑灑地寫了好長的一篇〈解難〉來回答，不過那人看了這樣一篇文章，可能又「倒彈」三十里——因為還是不明白。但揚雄心中的意思其實很簡單啊。他覺得：「《太玄》裡這些宏辭高論和幽微的意義，本來就不是一般人都能理解的。為了要彰顯天地間的奧妙神奇，我只好用廣闊而隱微的文字來陳述，實在不是我故作艱深呀。」明明簡單幾句話就說得清楚，可是偏偏喜歡掉書袋，這位口吃的仁兄還真是令人絕倒啊。

用法說明 「幽微」可以指道理很深奧，或是形容事情、物體隱蔽難明。例一：《周易》的卦辭幽微，隱含了自然與人生的變化之道。例二：山中漫步，忽然前方大霧籠罩，眼前景物幽微難辨。

幽靈 ㄧㄡ ㄌㄧㄥˊ

出處 南朝宋・范曄《後漢書・霍諝傳》：「昔東海孝婦，見枉不辜，幽靈感革，天應枯旱。」

解釋 原意是指人死亡後，仍留在陽間的靈魂，現亦指有名無實，或突然出現的事物。

近義 鬼魂、亡魂、亡靈、幽魂、好兄弟、阿飄

搭配詞 幽靈車、幽靈人口

放大鏡

孝婦沉冤得雪

漢朝東海郡，有一個十分孝順婆婆的好媳婦，有一天，她的婆婆懸樑自盡了，婆婆的女兒跑去告官，說：「她殺了我母親。」太守聽信了她的一面之詞，派人拘捕孝婦，並嚴刑拷打她，孝婦承受不了殘酷的刑罰，承認了罪名。當時，擔任獄吏的于公曾勸阻：「婦人不會殺害婆婆。」但太守一意孤行，仍是冤殺了婦人，結果造成東海郡三年大旱。新太守繼任後，于公對他說天下大旱，起因於前任太守冤殺了孝婦，她的幽靈無法平靜。於是新太守前往孝婦墳前祭掃，並表彰她的孝行後，天空立刻下起雨來了。

用法說明 「幽靈」是指靈魂，而「幽浮」則是泛指空中不明飛行體。例一：他準備不少東西，以祭拜幽靈。例二：許多人深信幽浮的存在，拚命找尋他們的行蹤。

待價而沽 ㄉㄞˋ ㄐㄧㄚˋ ㄦˊ ㄍㄨ

出處 《論語・子罕》：「子曰：『沽之哉！沽之哉！我待賈者也。』」

解釋 用以比喻一個人等待時機，希望能為世所用。

近義 伺機而動

近義 蘊奇待價、待價藏珠

反義 賤價求售、削價競爭

放大鏡

孔子、釋迦、老子都是女生

有個笑話說，其實中國儒、釋、道三教的掌門人都是女兒身，您相信嗎？

首先，儒家的孔老夫子說：「沽之哉！沽之哉！我『待價（嫁）』者也。」既是「待嫁」者，那麼，必然是女子囉！因為女子才會閨中待嫁。

佛家《金剛經》也說：「飯食訖，收衣缽。洗足已，『敷座（音同夫坐）』而坐。」可見佛祖也是女生，丈夫先坐好，然後他才上座；若不是女生，又怎會有丈夫呢？

道家的老子曾說：「吾所以有大患者，為吾『有身（音同娠）』；及吾『無身（音同娠）』，吾有何患？」老子懷孕了！而且說他因有孕在身而備感困擾。

用法說明 「蘊奇待價」、「待價藏珠」皆指具有真才實學的人，靜待時機，等著有朝一日受到賞識，而能施展一身的好本領。故與「待價而沽」意思相近。例一：她雖然意外被裁員，卻蘊奇待價，期盼再攀職場生涯的巔峰。例二：每位社會新鮮人都待價而沽，盼望能早日找到一份好工作。

後生（ㄏㄡˋ ㄕㄥ）

出處 《論語・子罕》：「後生可畏，焉知來者之不如今也！」

解釋 指年輕人、後輩。

近義 少年、小伙子

反義 老人、長者

搭配詞 後生可畏

放大鏡

孔子與後生可畏

相傳孔子在周遊列國的時候，曾經碰見三個小朋友，其中兩個正在玩耍，另一個小朋友卻站在一旁。孔子覺得詫異，就問站著的小朋友為何不和大家一起玩耍？小朋友認真地答說：「激烈的打鬧、拉拉扯扯地玩耍，可能會受傷，萬一衣服撕破了，也沒什麼好處啊！所以，我不想和他們玩。」過了一會兒，孔子覺得奇怪，就問站著的小孩為什麼不和大家一起玩。小朋友用泥土堆成一座城堡，自己坐在裡面，待了許久不出來，也不準備讓路給準備動身的孔子。孔子忍不住又問：「你為什麼一直坐在城堡裡面，不避讓車子呢？」小朋友回答說：「我只聽過車子要繞著城堡走，沒聽過城堡要讓車子的。」

孔子聽了非常訝異，沒想到這麼小的孩子，竟如此能言善道，便讚嘆地說：「你年紀小小的，懂的事情可真不少。」結果，小朋友又回說：「我聽大人說，魚生下來，三天就會游泳；兔子生下來，三天就能在草地上跑；馬生下來，三天就可以跟著母馬行走，這些不是很自然的事嗎？有什麼好奇怪的！」孔子聽了，不由得感嘆地說：「我現在才知道，原來少年人是如此的了不起啊！」

用法說明 「後生」除了用於指稱青年男子，亦可形容人的相貌年輕，特別是在客家話中，常可聽到此一詞語之運用。例一：無論認同與否，我們都無法忽視今日的臺灣，不少後生的確比長者優秀，尤其是在創意設計產業方面。例二：他長得後生，完全看不出已是年過四十的人。

拜路塵（ㄅㄞˋ ㄌㄨˋ ㄔㄣˊ）

出處 金・元好問〈論詩絕句〉之六：「心畫心聲總失真，文章寧復見為人。高情千古閒居賦，爭信安仁拜路塵？」

解釋 由潘岳（字安仁）望塵而拜的典故，引申為逢迎諂媚、趨炎附勢之意。

近義 望塵而拜、逢迎諂媚、趨炎附勢

反義 潔身自愛、剛正不阿

放大鏡

男偶像的鼻祖潘安

晉朝潘岳、石崇等人趨炎附勢，望見權貴賈謐迎面而來，車駕揚起的灰塵，便行禮膜拜。雖然潘岳品行不佳，舉止輕佻，卻是個不折不扣的美男子；所以後人常以「潘安之貌」，形容男子的俊美。

又據說潘岳每次外出，都會有一群女子手牽手圍著他的車子，並向他投擲水果，這就是「擲果盈車」典故的由來。好比時下女「粉絲」，見到崇拜的男偶像時，就會瘋狂尖叫，或高喊：「某某某，我愛你！」當然有時也會送上貼心的小禮物。

用法說明 「望塵莫及」是望著他人走路所揚起的塵土，而追趕不上的意思；用來比喻自己的才能，比不上別人。與「望塵而拜」字面上乍看相近，但在語意上無甚關聯。例一：他在音樂方面的造詣，是許多專業人士所望塵莫及的。例二：小楊經常朝著老闆的座車望塵而拜，簡直是個「馬屁精」！

指日（ㄓˇ ㄖˋ）

出處 三國・諸葛亮〈出師表〉：「則漢室之隆，可計日而待也。」

解釋 不久。

近義 計日、不日、剋日

反義 經年、連月

搭配詞 指日可待、指日高陞

放大鏡

從「計日可待」的成功到「出師未捷身先死」

自諸葛亮上〈出師表〉以來，多次出兵伐魏，立下不少戰功。魏將司馬懿見蜀兵屢屢獲勝，就派人到成都散布流言，說諸葛亮即將造反。蜀漢後主劉禪誤信流言，召回諸葛亮，以致伐魏大業功敗垂成。

諸葛亮曾勸劉禪：「親賢臣，遠小人。」以為劉禪如果能懂得這個道理，就能興復漢室。可惜劉禪重蹈後漢時寵幸宦官的覆轍，以致諸葛亮「出師未捷身先死」，不禁使後人為他的遭遇感到唏噓不已。

用法說明 就字面上來看，「指日」意謂時間很快就到了，所以能夠指出成功的日期，「計日」的意思也是如此。「指月」是佛家常用的譬喻。佛家把真理比喻成月亮，文字語言就如同指著月亮的手指，只可以指出月亮所在的位置，但是手指不等於月亮本身。例一：他不但聰明，又很用功，考上理想的大學，指日可待。例二：在許多現代藝術品中，作品只是指月的手指，作品所要傳達的理念，才是藝術創作者真正的用心所在。

既來之，則安之（ㄐㄧˋ ㄌㄞˊ ㄓ，ㄗㄜˊ ㄢ ㄓ）

出處 《論語・季氏》：「遠人不服，則脩文德以來之。既來之，則安之。」

解釋 本指安撫遠方來的人，使其安居樂業。後指既然已經來了，就且安下心來。

近義 隨遇而安

放大鏡

「既來之，則安之」的原義

「既來之，則安之」出自《論語・季氏》，本來是孔子指責冉有和子路沒有制止季氏出兵攻打顓臾（古國名，春秋時為魯國的附庸。顓音ㄓㄨㄢ）而說的話。孔子所說的大意是：我曾經聽說過，有些諸侯、卿大夫不擔心國家人口少，而是擔心政法實施得不公平，不能使民眾安心順服。不擔心國力貧乏，而是擔心貧富懸殊過大，以致引發百姓動亂，國家不能安定。君臣、官民相處和諧，國家便可安定。國家安定，人口自然不會少。國家安定，便沒有傾覆的危險。做到這一步，遠方的人還會有不服的嗎？通過治文修德吸引他們到本地來，招來以後再與以安撫，即「既來之，則安之」。此句中，「來」即「歸順」之意，「安」則是「安撫」。主旨是強調用儒家的仁、義、禮、樂，來感化遠方的人，忌用武力征伐。

用法說明　「既來之，則安之」和「隨遇而安」都指能安於所處的環境。不過「既來之，則安之」比較有勸說的意味。例一：蘇軾〈定風波〉「莫聽穿林打葉聲，何妨吟嘯且徐行」一句，表現出「既來之，則安之」的隨緣自在。例二：老王是一個達觀的人，無論面臨任何處境都能隨遇而安。

春秋鼎盛 ㄔㄨㄣ ㄑㄧㄡ ㄉㄧㄥˇ ㄕㄥˋ

出處　東漢・班固《漢書・賈誼傳》：「天子春秋鼎盛，行義未過，德澤有加焉。」

解釋　指正值壯盛之年。

反義　垂暮之年、春秋日高

放大鏡

〈治安策〉

賈誼在〈治安策〉中提到，設立了諸侯國，必然會出現諸侯和朝廷相互疑忌的情勢。諸侯會經常遭受禍害；朝廷也要經常擔憂，這並非安上全下的方法。現有的情況或者是親弟弟企圖在東方稱帝，或者是親哥哥的兒子向西逼攻，又加上吳王被告發。天子正值壯年，行事合宜無過，又能多施德澤，情況尚且如此，更何況最強大的諸侯，權力還勝過他們十倍呢？「春秋鼎盛」一詞即出於此。

用法說明 「春秋鼎盛」一詞意指正當盛年。「春秋日高」一詞則是指年歲漸長。例一：他春秋鼎盛，未來仍大有可為。例二：他春秋日高，精神、體力已大不如前。

春聯（ㄔㄨㄣ ㄌㄧㄢˊ）

出處 清・吳敬梓《儒林外史》第二十一回：「打從浮橋口過，見那閘牌子家換了新春聯，貼的花花碌碌的。」

解釋 農曆新年時，以紅紙書寫吉祥的聯語，並張貼在大門的兩旁。

近義 對聯、桃符

搭配詞 張貼春聯

放大鏡

由桃符而春聯

「春聯」，又稱之為對聯、門聯或春帖，係由桃符演變而來。相傳，最早請人於桃符板上書寫聯語的，是五代十國時，後蜀的國君孟昶（音ㄔㄤˇ），當時，桃符板上的一對聯語是：「新年納餘慶，佳節號長春。」此聯語因此成為中國最早的一副春聯。但「春聯」一詞，係明太祖朱元璋予以命名的。據說，朱元璋相當喜愛春聯，有一年除夕前，他忽然下了一道聖旨，要家家戶戶門上，皆張貼一副春聯。有一年，他出宮看春聯，赫然發現有一家屠戶沒有寫春聯，就親筆寫了一副賜給那位屠夫：「雙手劈開生死路，一刀斬斷是非根。」從此，張貼春聯遂成為中國農曆年的固定習俗。

用法說明 「春聯」雖然亦可稱為「對聯」，對後者之運用範圍較廣，舉凡結婚壽宴、節慶等，均可使用。例一：農曆年間張貼春聯，是中國人過年的習俗。例二：汪老師的書法極為有名，若能向他求得一副對聯，懸掛書房，必能增添雅致。

是可忍，孰不可忍

（ㄕˋ ㄎㄜˇ ㄖㄣˇ，ㄕㄨˊ ㄅㄨˋ ㄎㄜˇ ㄖㄣˇ）

出處 《論語・八佾》：「孔子謂季氏：『八佾舞於庭，是可忍也，孰不可忍也？』」

解釋 如果這都可以容忍，那還有什麼是無法容忍的，表示對某事已忍無可忍。

近義 忍無可忍

反義 忍氣吞聲

放大鏡 季氏為何不能舞「八佾」？

古代宮廷的樂舞，是由舞者排列成方陣，執羽而舞。佾是行列的意思，音ㄧˋ。古時一佾八人，八佾就是六十四人。據《周禮》規定，只有周天子才可以使用八佾，諸侯為六佾，卿大夫為四佾，士用二佾。魯國卿大夫季氏、叔孫氏、孟氏三桓控制魯國政權，權勢滔天，尤其是季氏位高權重，甚至發展到足以趕走魯君，攝行君位的地步。魯昭公就被季平子趕到齊國，魯哀公也被趕到衛、鄒、越等地。魯悼公時期，三桓強盛，公室弱小不堪。季氏為了表現自己的權勢，居然使用八佾舞。照「禮」來說，季氏是正卿，只能用四佾。孔子非常強調「禮」，他認為天子有天子之禮，諸侯有諸侯之禮，各守各的禮，才可以使天下安定。孔子對於這種破壞周禮等級的僭越行為極為不滿，因此才會說季氏「是可忍，孰不可忍也？」

用法說明 表示對某件事忍無可忍。例一：在抗震救災的緊要關頭，有人竟然通過關係，挪用救濟災民的帳篷，是可忍，孰不可忍？真是可惡透頂。例二：臺灣有少部份的檢察官和法官表現惡劣，讓「司法是正義的最後防線」成了笑話。是可忍，孰不可忍？

是非成敗轉頭空

ㄕˋ ㄈㄟ ㄔㄥˊ ㄅㄞˋ ㄓㄨㄢˇ ㄊㄡˊ ㄎㄨㄥ

出處 明・楊慎〈臨江仙〉：「是非成敗轉頭空，青山依舊在，幾度夕陽紅。」

解釋 指是非對錯與成功失敗轉眼間不過是場空，不要有太重的得失心。

放大鏡 千古豪傑的氣魄

楊慎字用修，號升庵，這闋〈臨江仙〉是他相當著名的作品。因為描述了一種曠達豪邁的氣魄，也在清代時被毛宗崗拿來放在小說《三國演義》之前，成為卷頭詞。詞中描寫古往今來的英雄豪傑，如同滾滾江水一般不斷拍打出現又消失，而是非對錯與成功失敗，對照於亙古的時空而言，不過如同轉瞬間一般毫無意義。與其追求成敗得失，不如像白髮蒼蒼的漁夫、樵夫一般，領著一壺濁酒笑看人生，將盛衰興亡都化作秋月春風。

用法說明 當我們勸人將功名利祿或成敗得失看淡一些，便會用「是非成敗轉頭空」來提醒人們要以平常心看待。因為這句話帶有較為灑脫的氣魄，所以會用在較大的事項上。例一：他這次競選失利，卻也看得出來累積了足夠的民意基礎。是非成敗轉頭空，相信未來還有他大展鴻圖的機會。例二：當蘇軾與朋友在赤壁附近遊覽時，便對著滔滔江水興起了思古之幽情。是非成敗轉頭空，因此凡事總要往好的方面想。

染指（ㄖㄢˇ ㄓˇ）

出處 《左傳・宣公四年》：「楚人獻黿（音ㄩㄢˊ，動物名，似鱉而大）於鄭靈公。公子宋與子家將見，子公之食指動，以示子家，曰：『他日我如此，必嘗異味。』……及食大夫黿，召子公而弗與也。子公怒，染指於鼎，嘗之而出。」

解釋 原義是用手指蘸鼎中的黿羹，後用以比喻沾取非分的利益。

近義 問鼎

搭配詞 染指於鼎、染指垂涎

放大鏡

「染指」的三個引申義

春秋時，鄭靈公故意不讓大夫子公（公子宋）吃黿魚這種美食。子公非常生氣，把手指伸到鼎中，沾了點湯，嘗了一下黿魚的味道才離開，從而留下「染指」的典故。

後來這個詞有三個引申義：一、泛指品嘗某種食品。例如：唐・白居易〈答皇甫十郎中秋深酒熟見憶〉：「未暇傾巾漉，還應染指嘗。」二、比喻參與做某種事情。例如：明・薛岡《天爵堂筆餘》：「七言律法度貴嚴，紀律貴整，音調貴響，不易染指。」三、分取非分利益。例如：清・無名氏《亡國恨・協約》：「這三韓一塊土，俄人久欲染指。」若是正當地分得或爭得利益不能叫「染指」，像「中日韓三國都有染指金牌的實力」就是錯誤的用法。

用法說明 「染指」現在比較常用的意義是「分取非分利益」，或是用於侵害別人的身體自主權。例一：對於王家的龐大財產，他意圖染指已久。例二：補教狼師染指女童三年，終於伏法。

殃及池魚（ㄧㄤ ㄐㄧˊ ㄔˊ ㄩˊ）

出處 戰國・呂不韋等《呂氏春秋・孝行覽・必己》：「王使人問珠之所在，曰：『投之池中。』於是竭（乾涸）池而求之，無得，魚死焉。」

解釋 災禍波及到池水中的魚群。比喻因無端被牽連而受災。也說「池魚之禍」、「池魚之殃」。

放大鏡

倒楣的魚兒

桓魋（音ㄊㄨㄟˊ），春秋時宋國人，擔任司馬一職，宋景公對他十分寵信。桓司馬擁有一顆非常名貴的寶珠，景公很喜歡那顆寶珠。後來，桓司馬因為犯罪而逃出宋國，景公派人去問桓司馬寶珠的下落。桓司馬說：「我把它投進水池裡了。」宋景公於是派人把池水排光，要找出那顆寶珠來。最後雖然一無所獲，可是池中的魚卻因被波及，全死光了。「殃及池魚」一詞就是源出於此。

用法說明 「殃及池魚」一詞是說無端被波及而受災。「池魚籠鳥」一詞則是指受到拘禁，失去自由。例一：一家瓦斯行爆炸失火，殃及池魚的結果是整個社區被大火吞噬。例二：嫁入王室之後，池魚籠鳥般的生活讓她得了憂鬱症。

洗耳（ㄒㄧˇ ㄦˇ）

出處 西晉・皇甫謐《高士傳》：「堯又召為九州長，由不欲聞之，洗耳於潁（音ㄧㄥˇ）水濱。」

解釋 借指極為清高絕塵而不願過問世事。

放大鏡

許由洗耳

許由為人據義履方，邪席不坐，邪膳不食。堯曾想把天下讓給許由，可是許由並不接受，他認為堯只看到賢人可以利天下的一面，卻不知道他也可能危害天下。只有超出賢人的人才能看出這個道理。於是，許由隱遁耕作於中嶽潁水之陽，箕山之下。後來，堯又派人請許由擔任九州長，許由厭惡聽這件事，於是就在潁水邊洗耳朵。這時許由的朋友巢父正好牽牛到水邊飲水，看見許由在洗耳朵，問了原因之後說道：「你如果處於高岸深谷，誰能見到你？你現在不過只是想求個清高的名聲吧，別弄髒我家牛的嘴巴了！」於是巢父把牛牽到上游去喝水。

用法說明 「許由洗耳」一詞是說因為清高絕塵，厭惡聽聞世俗之事，所以洗耳自清。「洗耳恭聽」一詞是指洗清耳朵，以便聽清楚對方的話。用來形容恭敬、專注的聆聽。兩個詞語中的洗耳，原因各不相同。

洛陽紙貴（ㄌㄨㄛˋ ㄧㄤˊ ㄓˇ ㄍㄨㄟˋ）

出處 唐・房玄齡等《晉書・文苑列傳・左思》：「於是豪貴之家競相傳寫，洛陽為之紙貴。」

解釋 形容文學作品廣為流傳，風靡一時。

放大鏡

左思的〈三都賦〉

西晉左思想寫作〈三都賦〉，內容描述三國時代魏、蜀、吳三個國家都城的富麗。當時左思的妹妹左芬被選入宮中，左家就遷居京師。左思為了寫作〈三都賦〉構思十年，門庭、籬笆和廁所都放置著筆紙。只要靈感一來，想出一個句子就即刻寫下來。左思認為自己所見不夠廣博，於是請求擔任祕書郎，以便接觸到更多圖書文獻。〈三都賦〉完成時，當時的人並沒有加以重視。直到司空張華讀完大加推崇之後，豪貴之家開始競相傳寫，洛陽因此紙價上揚。

用法說明 「洛陽紙貴」一詞是形容著作廣為流行。「米珠薪桂」一詞則是指物價極高，米如珍珠，柴如桂木般昂貴。例一：他的新書才剛出版就大獲好評，洛陽紙貴的盛況，可以拭目以待。例二：這座大城市米珠薪桂，收入不高的你，要怎麼過日子？

流水帳（ㄌㄧㄡˊ ㄕㄨㄟˇ ㄓㄤˋ）

出處 清・曹雪芹《紅樓夢》第四十四回〈變生不測鳳姐潑醋・喜出望外平兒理妝〉：「賈璉又命林之孝將

那二百銀子入在流水賬上，分別添補，開消過去。」

解釋 詳盡仔細的記賬方式，依據開銷逐條羅列。又指如同記賬方式一般瑣碎羅列的文章。

放大鏡

被掩飾的流水帳

在《紅樓夢》第四十四回中，因為賈璉與下人鮑二的妻子偷腥，被妻子鳳姐發現，因此鬧了開來。同時，鳳姐也遷怒於平兒，鬧得平兒一肚子委屈。後來，鮑二的妻子上吊自殺，本來鳳姐聽到消息，不准賈璉私自用家裡的收入替她準備後事，但賈璉交代下人林之孝，拿二百兩銀子去善後。而支出的二百兩銀子，就叫林之孝把它列在平日記賬的流水賬上，用不同的名目填補以後，掩飾過去。

用法說明 流水賬，又作流水帳，本指記帳的帳本，因為羅列了各項瑣碎而互不關聯的開銷所以這樣稱呼。後來則引申形容文章書寫瑣碎繁雜，如同帳本記帳一般，枯燥無味。例一：如果家中所有的支出、開銷都要記錄，那本流水帳一定相當龐雜。例二：雖然日記是一種生活雜感的紀錄，但寫成像流水帳一般，未免太索然無味了些。

為（ㄨㄟˋ）人（ㄖㄣˊ）作（ㄗㄨㄛˋ）嫁（ㄐㄧㄚˋ）

出處 唐・秦韜玉〈貧女〉：「苦恨年年壓金線，為他人作嫁衣裳。」

解釋 為他人縫製嫁衣，比喻為人努力，自己卻一無所獲。

近義 耕人之田

九畫

放大鏡

秦韜玉〈貧女〉詩

唐朝詩人秦韜（音ㄊㄠ）玉的〈貧女〉詩描寫一位從未穿過華服的貧家女，沒有人向她提過親。顧念時局艱困、裝扮樸素的她，並不想攀附風流高格調的對象。對於自己的巧手她不敢自誇，也不把雙眉畫長和人競艷。只是對於年年壓金線，為他人縫製嫁衣一事，深深地引以為憾恨。有人認為，詩中的貧女其實指的是貧寒之士，奉獻才學，為人所用，自己卻毫無所得。

用法說明

「為人作嫁」一詞用在描述為人辛苦付出，自己卻非最大受益者的情況。「得人錢財，與人消災」一詞則是用於表明既得人報酬，就該為人效力。例一：他在職場上辛苦付出，心中卻充滿著為人作嫁的失落。例二：「得人錢財，與人消災」，既然收了別人的好處，就該盡力幫忙解決困難。

狡兔三窟（ㄐㄧㄠˇ ㄊㄨˋ ㄙㄢ ㄎㄨ）

出處 西漢・劉向輯錄《戰國策・齊策四》：「狡兔有三窟，僅得免其死耳。」

解釋 聰明的兔子不會只有一個藏身之所。比喻人應該有多處避難之地。亦說「三窟狡兔」。

放大鏡

馮諼客孟嘗君

戰國時代，齊國有個名叫馮諼的貧士，投靠孟嘗君門下作食客。一開始馮諼並沒有被視為上客，後來他以彈長劍高歌的方式引起孟嘗君的注意，才獲得上客的待遇。之後，馮諼自告奮勇為孟嘗君到封地—薛去收債。沒想到，馮諼卻把債券燒光，沒收回一毛錢。馮諼告訴孟嘗君，他為孟嘗君買了「義」回來。

孟嘗君被齊王罷相之後，回到薛地，受到百姓熱烈歡迎，這才了解馮諼的高瞻遠矚。馮諼告訴孟嘗君，狡兔有三窟，僅能免於一死。他現在已經為孟嘗君打造好第一窟了。之後，馮諼幫助孟嘗君重返相位，又建議孟嘗君向齊王請求將宗廟立於薛，成功地打造好第二及第三窟，也因此奠定了孟嘗君在齊國長久而穩固的政治地位。

用法說明　「狡兔三窟」一詞用在說明人應該為可能發生的危險，設想好不只一種應變的方式或藏身的地方。「防患未然」一詞則只是強調要在災難發生前預先準備。兩者意思接近，但仍有不同。例一：他相信狡兔三窟的道理，在歐、亞、非三洲都有房產。不管哪裡發生政治動亂，他都不擔心。例二：防患於未然才能在災害來臨時把損失降到最低。

矜持（ㄐㄧㄣ ㄔˊ）

出處　唐・房玄齡等《晉書・王羲之傳》：「門生歸，謂鑒曰：『王氏諸少並佳，然聞信至，咸自矜持。惟一人在東床，坦腹食，獨若不聞。』」

解釋　謹慎言行，拘謹而不自然。

近義　自持

放大鏡

理學家的矜持

理學家程頤曾有「餓死事小，失節事大」的言論，歷代論者以為「餓死事小，失節事大」單純針對女性，其實是不符合程頤原意的。他這段話所針對的其實同指男、女兩者，而並非僅指婦女。他的意思是：假使女子要為死去的丈夫守節、不能再嫁，那麼男子的妻子若死，做為丈夫也應為亡妻守節、不應再娶。因為從當時的倫理道德角度而言，男人娶寡婦為妻，是一種失節行為；寡居的女子改嫁，也是失節行為。程頤認為一個人即使貧困致死，也不能失去品節。但隨著時代變遷，這樣的觀念也逐漸有所改變。

用法說明 我們多用矜持一詞表現拘謹不自然的神態，有時候也用矜持作為女子禮儀的規範。例一：在相親的場合上，第一次見面的男女總是較為矜持。例二：父母總是希望女兒的行為舉止能夠矜持，有大家閨秀的風範。

秋毫之末（ㄑㄧㄡ ㄏㄠˊ ㄓ ㄇㄛˋ）

出處 《孟子・梁惠王上》：「吾力足以舉百鈞，而不足以舉一羽；明足以察秋毫之末，而不見輿薪，則王許之乎？」

解釋 本指鳥獸秋天身上新生細毛的末端，後用以比喻極其微小的事物。

反義 龐然大物

放大鏡

孟子藉「秋毫之末」進言

據說，有一次，梁惠王看到一個人牽著一頭牛，準備將牛宰殺後，取牛血來祭祀，梁惠王看到牛很害怕的樣子，非常不忍心，就叫人用羊代替那頭牛。孟子知道後，便想藉機向梁惠王說明：他雖有仁心，卻不能對百姓施恩的原因。於是，他就對梁惠王說了一番道理，其中一段說到：「如果有人對大王說，他能舉起三千斤重的東西，卻拿不動一根小鳥的羽毛；或是看得見秋天時鳥獸新生細毛的末端，卻看不到一大車子的柴薪，您相信嗎？」

用法說明 「秋毫之末」與「龐然大物」意思相反。例一：詹警官極具科學辦案的精神，即使線索猶如秋毫之末，依然小心求證。例二：近視度數頗深的她，被窗外搖動不已的龐然大物嚇得驚聲尖叫。

約法三章（ㄩㄝ ㄈㄚˇ ㄙㄢ ㄓㄤ）

出處 西漢・司馬遷《史記・高祖本紀》：「與父老約，法三章耳：殺人者死，傷人及盜抵罪。」

解釋 原指漢高祖劉邦與咸陽百姓約定共同遵守的三道法律，今借指事前共同制定以便日後遵行的規約。

放大鏡 約法三章

漢高祖率領軍隊攻入秦朝首都咸陽之後，聽從了張良等人的建議，並沒有對已經飽受苛政摧殘的秦朝百姓再加掠奪、殺害，而是制定出三道法令：殺人者一律處死、傷人及強盜者都要被判罪處分。劉邦表明自己之所以來到咸陽，是為父老除害的，不是要來燒殺掠奪的，請百姓不要害怕。劉邦不但把軍隊撤回霸上，還廢除了秦朝的苛政。百姓們非常高興，爭著以牛羊酒食犒賞軍士，唯恐劉邦不當秦地的統治者。

用法說明 「約法三章」一詞今指事前所作的約定或規範。例如：這位房東在簽訂租約時與房客約法三章：房屋要保持原貌，不能汙損家具，更不能再轉租他人。

紅娘 ㄏㄨㄥˊ ㄋㄧㄤˊ

出處 為唐・元稹〈鶯鶯傳〉中的角色名。

解釋 原為唐代傳奇中的一個角色名，今多借指媒人。

近義 媒人、冰人、月老

放大鏡

紅娘

唐人元稹創作了傳奇〈鶯鶯傳〉，內容描述張君瑞（**張生**）與崔鶯鶯的愛情故事。張生與崔鶯鶯在普救寺相遇，張生也曾在戰亂中搭救鶯鶯母女。透過婢女紅娘的牽線，兩人私訂終身。張生後來無情地始亂終棄，另娶他人，鶯鶯也只能帶著悔恨另嫁他人。紅娘這個角色在元朝人王實甫改編〈鶯鶯傳〉而寫的雜劇《西廂記》中被強化，成為形象鮮明搶眼的人物。王實甫也把〈鶯鶯傳〉的悲劇收場改為有情人終成眷屬的美好結局。

用法說明 「紅娘」一詞今借指媒人，且限指女性媒人。「月老」一詞指月下老人，是掌管男女姻緣之事的神明，現多用來指男性媒人。例一：她在辦公室裡常扮演紅娘，幫忙未婚同事介紹對象。例二：她去城隍廟拜月老，誠心祈求好姻緣。

紅得發紫 ㄏㄨㄥˊ ˙ㄉㄜ ㄈㄚ ㄗˇ

出處 《論語・陽貨》：「惡紫之奪朱也，惡鄭聲（指淫靡不雅正的音樂）之亂雅樂也。」

解釋 形容人的事業或名聲極盛。

近義 如日中天、盛極一時

放大鏡

紫色在服色上的地位變化

作為服色，「紫」的地位本來是不如「紅」的。「紅」在漢代稱為「朱」，被視為正色，而「紫」是雜色，又稱為間色。唐代以前，間色是不被人看重的，而紫色更是被人們視為一種惑人的邪惡色彩。紫色雖然遭到貶斥，但是從何晏的注釋中，紫色被認為是「間色之好者」，可見人們還是喜愛紫色的，甚至還一度成為國君所用的服色。如《韓非子‧外儲說左上》中記載：「齊桓公好服紫，一國盡服紫，當是時也，五素不得一紫。」到了隋唐時期，紫色就正式進入官服的服色序列，而且地位比「朱」（紅色）還要略高一等。據史書記載，唐高宗之後，各級官員的服色標準為：三品以上服紫，四品服深緋（紅色），五品淺緋，六品深綠，七品淺綠，八品深青，九品則為淺青。唐代以後的宋、元、明、清各朝基本沿用唐制，只在局部略有調整**（如宋代規定：四品以上服紫，五品、六品服朱）**。

用法說明 「紅得發紫」和「平步青雲」都有官運亨通、仕途暢達的意思。而「紅得發紫」是強調職位的進一步提升，「平步青雲」則是強調職位提升的過程順利。例一：她自坎城影展得獎之後，片約不斷，簡直可說是紅得發紫！例二：他能在公司平步青雲，實在是因為他的表現太出色了。

紅淚 ㄏㄨㄥˊ ㄌㄟˋ

出處 晉‧王嘉《拾遺記》：「以玉唾壺承淚，壺則紅色。」

解釋 指女子因傷心而流下的眼淚。

近義 粉淚、美人淚

反義 男兒淚、英雄淚

放大鏡

美人的淚水

據說魏文帝喜愛的一個美人叫薛靈芸，她與父母分別時，連日悲傷歔欷（音ㄒㄩ ㄒㄧ，悲傷抽泣），眼淚都沾溼衣襟。搭車上路以後，眼淚仍流個不停，就用玉唾壺承裝淚水，壺中的淚呈現紅色。到了京師，壺中的淚水凝聚如血。後人因此以「紅淚」稱美人淚。

用法說明 「紅淚」一詞指女子的淚水，多用於古典文學作品之中。例如：唐・李郢〈為妻作生日寄意〉：「應恨客程歸未得，綠窗紅淚冷涓涓。」

紅頂 ㄏㄨㄥˊ ㄉㄧㄥˇ

出處 清・吳趼人《二十年目睹之怪現狀》第七十九回：「計算定來客，無非是晶頂的居多，藍頂的已經有限，戴亮藍頂的計算只有一個，卻沒有戴紅頂的，一定要伯明設法弄一個紅頂的來。」

解釋 原意是指清朝官服，因所戴的朝冠頂裏有紅寶石而得名。今則含有很高明、或受歡迎之意。

搭配詞 紅頂子、紅頂商人、紅頂藝人

放大鏡

華伯明娘的肖像借雅琴用

清代有個遺腹子名叫李雅琴，他的母親在上海當奶媽，主人答應讓她接雅琴一同來生活。雅琴十二、三歲時，便到小錢莊學做生意，但他的母親卻在此時撒手人寰死了，洋貨店老闆認他為乾兒子，沒想到他竟侵吞財產，後來他擔任買辦時，又撈了不少錢。他為擺闊，決定幫母親做陰壽，請好友華

伯明前來策畫，當他得知來客身分，獨缺紅頂官員時，便要伯明邀請他父親華國章前來參加。其後，又要伯明設法借來母親的喜神（人生前所畫的肖像），伯明不得已瞞著父親，拿母親身穿鳳冠霞帔的喜神，到李家叫人掛起來。

拜壽時，華國章覺得喜神很像自己老婆，回家叫人打開畫箱，發現就是獨少了那一軸喜神，怒不可遏地叫回伯明，罵道：「你娘什麼地方對不起你？她六十多歲才死，你還不容他好好的在家，把他送到李家去，逼著你已死的母親失節。」伯明只好去雅琴家拿回母親的喜神，再幫雅琴換另一張像。

用法說明 「紅頂」是清朝官服，「綠帽」則是指妻子有外遇。兩字詞顏色、意思均不同，千萬不可以弄錯。例一：《紅頂商人》是臺灣著名作家高陽，最為膾炙人口的一本書。例二：他不堪戴綠帽的醜聞，決定離婚。

紈褲（ㄨㄢˊ ㄎㄨˋ）

出處 唐・杜甫〈奉贈韋左丞丈二十二韻〉：「紈（音ㄨㄢˊ）褲不餓死，儒冠多誤身。」

解釋 古代貴族子弟所穿精緻華美的服裝，後泛稱浮華不知人生甘苦的富家子弟。紈，細緻華美的生絹。

近義 膏粱子弟、公子哥兒

搭配詞 紈褲子弟、錦衣紈褲

放大鏡

紈褲子弟的貴族教育

中國古代的教育可分為平民教育與貴族教育兩種。平民教育是學習鄉飲酒禮、社會長幼、鄉射禮習、戰鬥技能、養老恤孤、尚賢崇德的內容，用意在於樹立社會

規範。貴族子弟的教學內容是詩、書、禮、樂、先王政教與貴族禮儀，是貴族階層的精神禮儀規範，為了進一步承擔治理國家社會的任務作準備。

古代貴族教育的內容包含禮、樂、射、御、書、數，禮為五禮（包括政治、道德、愛國主義、行為習慣等），樂為六樂（包括音樂、舞蹈、詩歌等），射為五射（重在射箭技術的訓練），御為五御（駕馭戰馬車的技術），書為六書（即識字教育），數為九數（包括數學等自然科學及宗教技術）。

用法說明 現今紈褲一詞通常具負面意義，用來形容富貴遊蕩、終日無所事事的人。例一：他們這群富二代整天只知道灑錢飲宴遊樂，不知努力經營企業的重要，真是群紈褲子弟。例二：他終日穿梭在綺襦紈褲之間，不知謹慎擇友的原則，真是令人為他捏一把冷汗。

缸面酒（ㄍㄤ ㄇㄧㄢˋ ㄐㄧㄡˇ）

出處 唐．何延之〈蘭亭記〉：「才一見款密，留宿，設缸面酒。江東缸面猶河北稱甕頭，蓋初熟酒也。」

解釋 字面之意是浮在酒缸表面的酒，在典源出處則是江南一地對新釀的酒之通稱。

近義 新醅（音ㄆㄟ，未濾過的酒）

放大鏡

蕭翼賺蘭亭

何延之的〈蘭亭記〉傳奇，敘述御史蕭翼奉唐太宗之令，到江南向辨才和尚調查王羲之〈蘭亭集序〉真跡的藏匿處。蕭翼奉命後，扮成書生，帶了幾種王羲之、獻之父子書帖墨跡，便前去拜訪辨才和尚。辨才與這位看似落拓的書生一見如故，當日更留他同宿。為了款待這位新朋友，辨才端上缸面酒，乃是取其「初熟」而新知之意，兩人詩酒唱和，言談十分投契。

就這麼過了十多日，蕭翼與辨才暢論翰墨，還故意把攜帶的二王書帖出示給辨才觀賞。此時這位和尚竟然起了競爭之心，居然對蕭翼說：「這些算不得上品。」更原原本本地說出他鑿開屋樑，把〈蘭亭〉真本藏匿其中的事。還登上梯子，將真正的〈蘭亭集序〉供蕭翼賞看。蕭翼竊喜，心知此行必不會空手而歸，於是假意說〈蘭亭〉真跡早已失傳，懷疑辨才收藏的可是他人摹本？於是請他先將作品放在几案上，待來日兩人再細細品鑑。過不了幾天，蕭翼趁辨才不在，二話不說便拿了〈蘭亭集序〉，快馬奔回京城。唐太宗得到真跡，龍心大悅，拔擢蕭翼出任員外郎，也賜與辨才大批財貨、米穀。但辨才傷心珍藏被奪，且自己識人不明，內心難以清淨、滿是罣礙，竟從此鬱悶成疾，一年多後就去世了。

「蕭翼賺蘭亭」是學書人耳熟能詳的故事，後來許多畫家還曾以此為題材作畫，如唐代擅長畫人物的閻立本、晚唐的山水畫大師巨然皆如此。但〈蘭亭記〉的傳奇事蹟，虛虛實實，本難以盡信，而唐太宗的陪葬品目錄裡也無〈蘭亭集序〉的紀錄。後人常據此事批評唐太宗強奪豪取，或許太過武斷了。

用法說明 「缸面酒」指的是剛釀出的酒。辨才和尚置

「缸面酒」招待新朋友，算是取其「初熟、新知」的象徵意義。例一：白居易詩曰：「綠蟻新醅酒，紅泥小火爐」，新醅酒就是剛釀好的酒，猶言缸面酒、甕頭。例二：我與他近日才結識，但彼此欣賞，交情猶如缸面酒，淡而有味。

胎教（ㄊㄞ ㄐㄧㄠ）

出處《大戴禮記・保傅》：「古者胎教，王后腹之七月，而就宴室。」

解釋 在嬰兒未出生以前，孕婦謹言慎行，心情愉悅，給胎兒良好的影響。

放大鏡

中國古代的胎教

古人認為胎兒在母體內能感受到各方面的感化，因此母體在懷胎期間在精神、飲食、生活起居等方面採取有利措施，可使母子身心得到健康發展，因此提倡胎教。據《史記》記載，中國古代第一個進行胎教的是周文王的母親太任，她在懷孕的時候，不看不正經的顏色，不聽淫穢的聲音，不說狂傲的話語，不吃辛辣生冷的食品。周文王在未出生前，母親就給了他良好的感化，難怪周文王在出生後就非常聰明。孟子的母親懷孕期間曾說到：「吾懷妊是子，席不正不坐，割不正不食，胎之教也。」因此，孟子成爲我國儒家的亞聖。

漢朝之後，書籍中大量出現了胎教內容的記載和論述，初步形成了胎教學說。例如：賈誼《新書》裡有〈胎教〉篇。明朝時，胎教學說發展得更加完善和全面。到了清朝，陳夢雷等人把歷代胎教學說彙集在一起，立為《小兒未生胎養門》。

用法說明 還未出生的小孩稱為「胎兒」，剛出生的小孩稱為「嬰兒」。「胎教」是對胎兒進行的教育。例一：有良好的胎教，才能孕育出優秀的下一代。例二：對於胎兒而言，媽媽的心情愉快，營養充足，就是最好的胎教。

胡同 ㄏㄨˊ・ㄊㄨㄥ

出處 元・關漢卿《單刀會》第三折：「你孩兒到那江東，旱路裏擺著馬軍，水路裏擺著戰船，直殺一個血胡同。」

解釋 北方人稱小巷道為胡同。

近義 衚衕（音ㄏㄨˊ・ㄊㄨㄥ）、里弄、巷

反義 大道

搭配詞 死胡同、活胡同、胡同文化、胡同節

放大鏡

血胡同

三國東吳大夫魯肅自以為是地想了三條計策（第一計利用孫、劉結宴「以禮索取荊州」。第二計是軟禁、脅迫關羽就範，使其默然歸還。第三計則是以關羽作為人質，逼還荊州），要迫使關羽交出荊州，但他徵詢耆老意見時，卻遭到了老臣喬公、賢士司馬徽的反對。但魯肅仍按原計畫進行：指派將領黃文遞送邀請函。關羽接獲請帖後，表示「隨後便來」，關平擔心父親安危，極力勸阻，並說自己帶兵到江東，無論是從陸路或者是水路，均可以殺出一條血胡同來突圍，但關羽以「我是三國英雄漢雲長，端的是豪氣有三千丈」為由，予以拒絕，帶著周倉赴會。

用法說明 「胡同」是指小巷子，而「合同」則是買賣

雙方，做為憑據的契約。例一：北京的胡同，是古老文化的載體，每年吸引許多觀光客前往遊覽。例二：為避免日後不必要的紛爭，廠商與代言人簽下合同，以確保雙方的權利與義務。

致仕（ㄓˋ ㄕˋ）

出處 東漢・班固《漢書・平帝紀》：「天下吏比二千石以上致仕，參分故祿，以一與之，終其身。」

解釋 辭官退休。或作「致事」。

近義 退休

搭配詞 懸車致仕

放大鏡 古代的退休制度

古代官員退休叫「致仕」，是「致其事於君」，即把官職還給君王之意。據《禮記》記載，周朝「大夫七十而致事」，其後歷代基本上都沿襲了這個退休年限。如唐朝規定：「諸職官年及七十，精力衰耗，例行致仕。」兩宋時期文官年滿七十退休，武官可延長十年，到八十歲才退。

歐陽脩晚年官至參知政事（即副宰相），宋朝規定「文武官年七十以上求退者許致仕」，其實他「德望為朝廷倚重，且未及年」，但卻好幾次上奏章請求歸老，終於在六十四歲退休。歐陽脩還說：「唯有早退，以全晚節」，他重名節輕權位的想法，被後世所推崇。

用法說明 致仕可作致事，或說懸車致仕、懸車告老，此外，致仕也可用來代指退休的年齡，為七十歲的代稱。例一：老陳努力了三十個年頭，也到了懸車致仕的時候了。例二：王部長決定急流勇退，在致仕之齡告老還鄉，享受含飴弄孫之樂。

苟合（ㄍㄡˇ ㄏㄜˊ）

出處《晏子春秋・內篇・雜上》：「行廉不為苟得，道義不為苟合……。」

解釋 本指隨意合作或無原則的附和，後指男女間非婚姻的性關係。

近義 露水情、無媒苟合

放大鏡

「苟合」知從古到今

「苟合」這個詞彙本來是出自晏子的一段話，他說：「我們魯國地位卑下並不貪求能夠進於尊位，外交辭令實際而不說得太多，政行講究廉潔不隨意某取，講究道義不隨便與人合作……。」但到了後來，變成男女之間的感情不求明媒正取就發生關係，叫做「苟合」，所以《西廂記》裡，崔老夫人責備鶯鶯與張生「苟合」便是這個道理。時至今日，越來越多婚外情被討論，介入別人婚姻與家庭的「第三者」居然可以出名，所謂「小三話題」竟然還能搏上媒體版面、占據許多篇幅，真是「時代不同款」（閩南語），叫當老師的人和家長很難為哩。

用法說明 古代的婚姻講究「媒妁之言」，沒有明媒正取，就是「苟合」，到今天這個用法依舊還在使用，反而是原始意義的「隨意合作」沒有人這麼說了。但如果是「阿諛苟合」或「行不苟合」，「苟合」則是「無原則的附和」之意。例一：無論你是什麼身分，與人苟合就是不對！例二：他是一位行不苟合、做事有主見的人。

若要人不知，除非己莫為

出處 明・笑笑生《金瓶梅》第六十九回〈招宣府初調林太太・麗春院驚走王三官〉：「傻狗才！若要人不知，除非己莫為。」

解釋 指凡是做過的事情，必定會被他人知曉，而無法隱瞞。

放大鏡

黑白兩道都兼顧的西門慶

伯爵與西門慶談起李桂兒鬧到衙門的事，伯爵好奇西門慶究竟是怎麼辦到的？竟然能夠調節祝麻子和老孫，把事情都弄得妥妥貼貼。西門慶在伯爵的一番讚美之下，笑罵他：「傻狗才！若要人不知，除非己莫為。」表明自己其實沒做什麼特別的事，只不過略微在府衙中做了一點人事調動，「黑白兩道」都兼顧罷了。

用法說明 我們常用「若要人不知，除非己莫為」來形容不希望被他人知道某些事，除非自己完全沒有做，而一旦做了，就沒什麼好隱瞞的情形。例如：讀書是為自己的知識增長而讀，靠著做小抄拿分數，能力也不會被培養出來的。「若要人不知，除非己莫為」，遲早有一天這樣苟且的態度會暴露在工作上。

若要好，問三老

出處 明・康海《中山狼》第三折：「常言道：『若要好，問三老。』俺與您去尋著三個老的問他。道是該吃俺也不該吃。」

解釋 意思是說任何事情，若能詢問經驗豐富的人，參考他們的意見，當可使構想、計畫更為周備。

近義 家有一老，如有一寶、不聽老人言，吃虧在眼前

反義　一意孤行、剛愎自用

放大鏡

還好有一老，可以救命

趙簡子追趕一隻受傷的狼，這隻狼向路過的東郭先生請求：「請你把我放進袋子裡，若能躲過這場災難，我一定會報答你的大恩的。」東郭先生把狼裝進袋子裡，沒想到狼渡過危難後，卻張開利嘴、舞動尖爪對東郭先生說：「我現在好餓。」東郭先生用力抵抗，並說：「詢問三位老者，便能有答案。如三位老者說我應當被你吃，你就吃好了。」

於是，狼和東郭先生向前走，發現：一棵老樹直立在路邊，東郭先生向老樹敘述了事情的經過，問道：「狼，應當吃我嗎？」老樹說：「我對於老圃有很大的功勞，但現在老圃卻要把我賣了換錢。你對狼有什麼恩德？狼本來就應當吃你。」狼聽完，張嘴舞爪地向東郭先生撲去，東郭先生說：「何必那麼急切地逼迫我呢？」於是，狼又和東郭先生向前行，遇見一頭老母牛，東郭先生向前詢問，她說：「當初老農買了我，所有的事務都由我承擔。如今我又老又弱，他卻把我趕到郊野。你對狼有什麼恩德，竟想免除災禍！」狼作勢撲向東郭先生，東郭先生說：「不要急！」接著，迎面而來的是一位拄著拐杖的老人，東郭先生泣訴：「我救了牠，牠反而想吃掉我，求您說一句話讓我可以活著。」但一旁的狼卻反駁說：「東郭先生是想讓我死在袋子裡，再獨佔這好處。這樣的人，怎能不吃掉他呢？」

老人聽完，露出困惑的表情，說：「再裝一次，讓

我看看情況。」於是，東郭先生與狼演了一遍剛才的情況，等狼裝在袋子裡時，老人問：「有匕首嗎？」東郭先生拿出匕首，老人示意要他刺狼，但東郭先生遲疑不決，老人笑：「禽獸如此背恩，你還不忍心殺牠」後，便伸手幫助東郭先生將狼殺死。

用法說明 「若要好，問三老」意思是若能詢問、參考老人家的意見，便可使構想、計畫更為周詳完備。其實，想把事情辦好的不二法則，就是向有經驗的人請益，因此「三老」一詞，並非專指年高德劭的老人。例一：事情若要好，問三老，可使我們少走一點冤枉路。例二：小豪繼承家族產業後，奉行父親「若要好，問三老」的訓誡不渝，因此公司的業務蒸蒸日上。

茅塞（ㄇㄠˊ ㄙㄜˋ）

出處 《孟子・盡心下》：「山徑之蹊間，介然用之而成路；為間不用，則茅塞之矣，今茅塞子之心矣。」

解釋 原形容茅草塞山徑，後用以比喻人的知識未開，或思路不通。

近義 大惑不解

反義 領悟、頓悟

搭配詞 茅塞頓開、茅塞未開

放大鏡　孟子與茅塞

「茅塞」語出《孟子・盡心下》，本指山徑間，因為少有行人走動，所以，叢生的茅草塞住了山徑。孟子於文章中提到：一個人如果為學專注持久，就會像山間小路一樣，因為行人常常走動，而成為一條大路。但如果隔一段時間都沒人走動，茅草就會阻塞山路、行走困難。由此引申，聖人之道，要學而時習，不可捨而不修，否則就像茅草塞路一樣。後來「茅塞」一語就用來比喻「閉塞的心思」，亦用於指稱疑惑。而常與其連用之「頓開」，即指「豁然了悟」。是以，「茅塞頓開」一語，可用於比喻閉塞的心思，因為受了指點，突然間想通、了悟。

用法說明 「茅塞」與「領悟」意思相反。例一：每次論文寫作遇到瓶頸，只要與指導教授討論，就有茅塞頓開之感，進而得以完成後續論文的寫作。例二：從傳教授精采的演講中，讓我領悟到「珍惜當下」的重要哲理。

負薪（ㄈㄨˋ ㄒㄧㄣ）

出處 《禮記・曲禮下》：「君使士射，不能，則辭以疾；言曰：『某有負薪之憂。』」

解釋 負，擔也；薪，樵也。負薪，背柴之意，指背柴過勞而生病。

近義 負薪之憂

搭配詞 負薪掛角

放大鏡

生病與苦讀

「負薪」原意是說「已有擔樵之勞，無法承擔射箭任務」。漸漸的，就衍生為「生病」的意思。另，《三字經》有這樣的句子：「如負薪，如掛角。身雖勞，猶苦卓。」說的是朱買臣和李密的故事，漢朝人朱買臣，家境貧寒，以砍柴為生，總是利用砍柴的空檔讀書，每次背柴回家的路上，就一路背誦。隋朝人李密，平時為人放牛，但一心向學，常常把書掛在牛角上，有機會就拼命讀書。他們都是為了工作謀生，雖然身體勞苦，依然堅苦卓絕努力求學，如此奮發向上的精神，值得我們學習效法，因此而有了「負薪掛角」的成語。

用法說明 「負薪」是生病，或努力讀書的意思，與「負荊」不同。「負荊」一詞，通常不單獨使用，而是「負荊請罪」連用，意思是：背著荊杖，表示服罪，向當事人請罪，形容主動向人認錯、道歉。語出司馬遷《史記・廉頗藺相如列傳》。例一：他近日有負薪之憂，體力不好，怎麼能參加馬拉松比賽呢？例二：你如果學一學古人負薪掛角的精神，說不定哪天時來運轉，機會來臨，自有出頭之日。

風流 ㄈㄥ ㄌㄧㄡˊ

出處 唐・蔣防〈霍小玉傳〉：「有一仙人，謫在下界，不邀財貨，但慕風流。」

解釋 在古代，多用以指稱男子品格高尚、儀表不凡。或謂有才學而不拘禮法的風度。後亦涉男女韻事或形容男子好色。

近義 風度翩翩、風流儒雅

反義 俗不可耐、土裡土氣

搭配詞 才調風流、風流倜儻（音ㄊㄧˋ ㄊㄤˇ，卓越豪邁、不受拘束）

放大鏡

「風流」之褒義與貶義

「風流」一詞在古詩文中，以褒義較為多見；指男子具有不凡之人品、風度、儀表或才學。但是，五代・王仁裕《開元天寶遺事》之「長安有平康坊，妓女所居之地，京都俠少萃集於此，兼每年新進士，以紅箋名紙游謁其中。時人謂此坊為風流藪澤（人物薈聚之處。藪音ㄙㄡˇ）」中，「風流」似已用於男女情愛韻事的描述，但整體說來，仍以正面之義居多。不過，明代以後的小說，則較常見以風流形容男子好色或輕浮放蕩，例如明・馮夢龍《警世通言・杜十娘怒沉百寶箱》中「道李公子是風流浪子，迷戀煙花」、「有一少年……生性風流，慣向青樓買笑，紅粉追歡」，顯然「風流」一詞已漸轉為男子生性風流、風流成性或風流韻事之貶義。

用法說明 時至今日，「風流」之貶義，幾已取代原有之褒義，故「風流成性」、「生性風流」之語，已為時人所熟悉，而與「風流成性」相反者，則為「用情專一」。例一：年過七旬的義大利總理貝魯斯科尼風流成性，早已是人盡皆知。例二：他自認是個體貼細心、用情專一的男友，沒想到女友還是移情別戀了。

風馬牛不相及（ㄈㄥ ㄇㄚˇ ㄋㄧㄡˊ ㄅㄨˋ ㄒㄧㄤ ㄐㄧˊ）

出處 《左傳・僖公四年》：「齊侯以諸侯之師侵蔡，蔡潰，遂伐楚。楚子使與師言：『君處北海，寡人處南海，唯是風馬牛不相及也。不虞君之涉吾地也。』」

解釋 比喻事物之間毫不相干。

近義 風馬牛不相干、風馬牛不相關

放大鏡　風馬牛不相及的由來

風馬牛不相及一詞的「風」為動詞，古人將獸類雌雄相誘稱作「風」。春秋時齊桓公率領諸侯之兵去攻打蔡國，蔡國潰敗之後，齊

國軍隊又轉而攻打楚國。楚國國君派遣使者去向齊師說：「貴國地處在北海，而我國則在南海，兩國相隔遙遠，就像馬和牛牝牡不相引誘交合一樣，不知道貴國軍隊千里迢迢攻來我國境內，究竟是為了什麼事？」

此外，又有一說「風」字是放佚走失的意思，是形容齊楚兩地相距甚遠，馬、牛不會走失至對方境內。

用法說明 「風馬牛不相及」常用來說明事物之間毫不相干的狀況，「牛頭不對馬嘴」則比喻答非所問或兩事不相合。例一：大家針對這個嚴肅的議題相互討論，小花突然提議週末到花蓮渡假，真是風馬牛不相及。例二：小明做事常常無法掌握重點，回答問題也總是牛頭不對馬嘴。

風骨 ㄈㄥ ㄍㄨˇ

出處 唐・房玄齡等《晉書・赫連勃勃載記》：「其器識高爽，風骨魁奇。」

解釋 堅毅不屈的性格。有時也指人或作品的精神與風格。

近義 氣節

搭配詞 風骨峻峭

放大鏡

風骨峻峭的陶淵明

東晉末期，官場黑暗、朝政日益腐敗。陶淵明關心百姓疾苦，懷著大濟蒼生的願望出任江州祭酒，但由於看不慣官場上的惡劣作風，不久就辭職了。後來他陸續做過一些官職，但由於為官清正、淡泊功名，不願與腐敗官場同流合汙，因此過著時隱時仕的生活。陶淵明最後一次做官是義熙元年，在朋友的勸說下再次出任彭澤縣令。到任第八十三天，遇到潯陽郡督郵劉雲來巡查，劉雲素以兇狠貪婪聞名，每年假借兩次巡視名義向轄縣索求賄賂，若有不從就栽贓陷害。陶淵明嘆道：「我豈能為五斗米向鄉里小兒折腰。」始終不願意低聲下氣去向這些小人賄賂獻殷勤，於是馬上就辭職歸鄉。日後儘管生活貧困，但他始終不願再為官受祿。

用法說明 我們常用風骨來形容堅毅不屈的性格，同時風骨一詞還能用來指稱開創風格或精神。例一：他桀驁不馴，不輕易向現實低頭，是個很有風骨的人。例二：村上春樹的文章文字精煉，能自成一家風骨。

風過耳 ㄈㄥ ㄍㄨㄛˋ ㄦˇ

出處 南朝梁・蕭子顯《南齊書・盧陵王子卿傳》：「汝比在都，讀學不就，年轉成長，吾日冀汝美，勿得敕如風過耳，使吾失氣。」

解釋 比喻對某件事漠不關心或不當一回事。

近義 馬耳東風、置若罔聞、無動於衷

反義 銘記在心、拳拳服膺

搭配詞 飄風過耳、秋風過耳

放大鏡

季札之於秋風過耳

漢代趙曄《吳越春秋・吳王壽夢傳》有載，吳王壽夢有四個兒子：諸樊、餘祭、餘昧和季札，季札年紀雖然最小，卻最賢能。吳王想將王位傳給季札，但季札無意君王之位。吳王壽夢死後，由諸樊代理國政，一年後，諸樊要季札遵照壽夢遺命即位，但季札舉了子臧為了成全成王，拒不接受王位逃亡宋國的例子，表明自己的心意，諸樊只好將延陵封給季札。諸樊死後，餘祭即

位，餘祭又傳位餘昧，餘昧在位四年，死前想將王位傳給季札，但他仍不接受，說：「富貴之於我，如秋風之過耳。」意思是：富貴對他來說，就像秋風從耳邊吹過，他一點也不在乎，表明他不戀棧王位的心意。後來，「秋風過耳」被用來比喻漠不關心、毫不在意。

用法說明 「風過耳」與「銘記在心」意思相反，前者主要比喻對某些言語之漠不關心或毫不在意，後者則是指對某些人、事、物牢記在心，永遠不忘。例一：她對那些不實的流言，始終視作風過耳，完全不予理會。例二：王老師的無私奉獻與諄諄教誨，令學生永遠銘記在心。

風騷（ㄈㄥ ㄙㄠ）

出處 唐・高適〈同崔員外綦毋拾遺九日宴京兆府李士曹詩〉：「晚晴催翰墨，秋興引風騷。」

解釋 原指《詩經》的〈國風〉，《楚辭》的〈離騷〉，後泛指優秀的文學作品。亦用來形容女子輕佻俏麗的樣子。

搭配詞 賣弄風騷、獨領風騷

放大鏡

徐娘半老

「徐娘半老」出自南朝梁元帝蕭繹的偏妃徐昭佩的故事，徐昭佩天生麗質又出身名門顯貴，可是丈夫梁元帝一眼殘疾，於是她看不起元帝，經常在他面前只打扮半邊臉以顯嘲諷之意，名曰「半面妝」，往往惹得梁元帝氣憤地拂袖而去。徐昭佩年輕時的確是位豔光四射的美人，但始終敵不過歲月催人老的事實，中年後姿色雖大不如前，但仍獻媚於元帝的近臣季江，依舊濃妝豔抹的她可說是風韻猶存。

用法說明 我們常用「賣弄風騷」來形容女子輕挑的態度；「獨領風騷」一詞則用來形容表現特出、超越群倫。例一：她總是喜歡穿著暴露，在大庭廣眾之下賣弄風騷。例二：這部國片在世界影展上獨領風騷，真讓人覺得驕傲。

飛蠅垂珠（ㄈㄟ ㄧㄥˊ ㄔㄨㄟˊ ㄓㄨ）

出處 五代晉・劉昫等《舊唐書・白居易傳》：「瞀（音ㄇㄠˋ，眼睛看不清楚）然如飛蠅垂珠在眸子中者，動以萬數。」

解釋 意指眼中如有蒼蠅飛舞、垂珠吊掛。也就是現在所謂的飛蚊症。

放大鏡

好學的白居易

唐代詩人白居易年輕時就十分好學。整天讀書、寫字的結果讓他口舌生瘡，手肘長繭。依據《舊唐書・白居易傳》記載，白居易正值壯年皮膚就已經不豐盈，人還沒老牙齒已壞損，頭髮也早就變白，眼中如有飛蠅垂珠，出現的數量動輒上萬，這都是他刻苦學習，努力寫文章造成的結果。後人就以「飛蠅垂珠」描寫眼睛看不清楚的狀況。

用法說明 「飛蠅垂珠」一詞是指今日飛蚊症的症狀。「有眼無珠」則是指欠缺識別的能力。例一：有飛蠅垂珠的現象，就要趕快去醫院作檢查。例二：都怪我有眼無珠，一時沒有認出你來，真是失禮。

食不二味（ㄕˊ ㄅㄨˋ ㄦˋ ㄨㄟˋ）

出處 《左傳・哀公元年》：「昔闔廬食不二味，居不重席。」

解釋 用餐時菜色不會有兩道，形容生活節儉。

近義 食不兼味、食不重味

放大鏡

吳王闔廬

《左傳・哀公元年》中記載，春秋時代吳王闔廬飲食不兼二味，坐的地方不用兩層席子，房屋不興建在高壇之上，器皿不上紅漆也沒有雕飾，宮室之中不建造閣樓，所搭乘的舟車沒有裝飾，衣服財用的選擇都不浪費。當有天災的時候，他會親自去慰問需要資助的人；在軍中，煮熟的食物一定先讓士兵吃；他所吃的山珍海味，士兵也吃得到。他體恤百姓，和他們同勞共逸，百姓就算為國捐軀也知道自己並非白白犧牲。這就是闔廬能打敗楚國的原因。「食不二味」一詞即出於此。

用法說明 「食不二味」一詞用來形容飲食節儉。「食不知味」一詞則是指吃不出滋味。形容過於操煩或辛勞。例一：她節儉度日，食不二味也不嫌苦。例二：連續兩個晚上熬夜加班，已經讓她疲累得食不知味了。

食日萬錢（ㄕˋ ㄖˋ ㄨㄢˋ ㄑㄧㄢˊ）

出處 唐・房玄齡等《晉書・何曾傳》：「食日萬錢，猶曰無下箸處。」

解釋 指每天在飲食方面花費上萬，生活十分豪奢。也說「日食萬錢」。

近義 食前方丈、炊金饌玉

反義 食不餬口

放大鏡

奢侈的何曾

據《晉書》記載，何曾生性豪奢，追求物質享受。

帷帳車服，窮極綺麗。對於廚膳滋味的講究，超過皇室的水準。每次赴皇室宴會，都不吃太官所準備的食物，皇上往往准許他吃自家的食物。他吃蒸餅時，如果蒸餅上沒有裂成十字狀，他就不願意吃。每天在飲食方面花費上萬，卻還說沒有落下筷子取食的地方。

用法說明 「食日萬錢」一詞是形容飲食奢華；而「飽食終日」是說整日吃飽卻無所事事。例一：這個暴發戶過著食日萬錢、揮金如土的生活。例二：飽食終日，無所事事是他目前的生活寫照。

食言（ㄕˊ ㄧㄢˊ）

出處 《尚書．湯誓》：「爾無不信，朕不食言。」

解釋 指不守信用，沒有遵守諾言。

近義 背信、失信、輕諾寡信

反義 守信

搭配詞 食言而肥

放大鏡

食言而肥

《左傳．哀公二十五年》記載，有一次魯哀公從越國回來，大夫季康子、孟武伯到五梧迎接他。宴會上，孟武伯問魯哀公的寵臣郭重：「你為什麼這麼肥呢？」由於季康子、孟武伯經常說話不守信用，所以魯哀公有心藉此諷刺兩人，就故意說：「他把說出來的話全吃下去了。吃了那麼多的話，怎麼可能不肥呢？」原文是：「是食言多矣，能無肥乎？」後人從這個故事衍申出「食言而肥」這句成語，用來形容說話不算話，失信於人的情形。

用法說明 「食言」和「失

約」都是指不守信用，但用法略有不同。前者的用法較廣，凡是說話不守信用都可以用「食言」來形容。後者的用法較窄，只能用於未能準時赴約。例一：你既然已經答應了對方，就不可以食言。例二：他向來是個守信用的人，不知道為什麼這次竟然會失約。

首當其衝（ㄕㄡˇ ㄉㄤ ㄑㄧˊ ㄔㄨㄥ）

出處 東漢・班固《漢書・五行志下》：「鄭以小國攝（夾處、迫近）乎晉、楚之間，重以彊吳，鄭當其衝，不能修德，將鬬三國，以自危亡。」

解釋 比喻最先受到攻擊或首先遭遇災難。

放大鏡

「首當其衝」不等於「首先」

「首當其衝」原為「當其衝」，指鄭國是小國，身處晉、楚、吳三個大國之間，處境十分困難，一旦國與國之間有衝突，首先遭殃的就是鄭國。運用這個成語時，必須掌握兩個層面：一是要肯定首先遭受災害襲擊或是受到攻擊；二是必須有造成這種結果的前提條件，因此不能寫成「我希望臺北市首當其衝成為經濟繁榮的大都市」或是「發展經濟是臺北市當前首當其衝的大事」。另一種說法是將「衝」解釋作「戰車」。

在古代「衝」的作用是用來衝擊敵陣或撞擊敵人的城牆，類似今天的坦克車，在正面向敵陣推進，步兵可以躲在後面，以它作為掩護，殺向敵人。而對對方來說，首先面對它的人，當然要面臨巨大的危險。這種說法，也可以解釋「首當其衝」的意思。

用法說明 「首當其衝」是比喻最先受到攻擊或首先遭遇災難，「地處要衝」則是強調地點的重要。例一：每當兩軍開戰，夾在中間的城鎮首當其衝，遭受雙方炮火猛烈轟擊。例二：巴基斯坦地處要衝，既是中亞腹地進出印度次大陸的必經走廊，又是海灣地區連接印度洋的鑰匙，戰略地位十分重要。

【十畫】

庭訓 ㄊㄧㄥˊ ㄒㄩㄣˋ

出處 《論語・季氏》：「嘗獨立，鯉趨（音ㄑㄩ，快步走）而過庭。曰：『學詩乎？』對曰：『未也。』『不學《詩》，無以言。』鯉退而學詩。」

解釋 指父親的教誨。

近義 過庭之訓

放大鏡

家庭教育

《論語・季氏》篇記載：孔子曾獨自站在庭院中，剛好看到兒子孔鯉快步走過，就問他是否讀了《詩經》，孔鯉回答：「還沒」。孔子說：「不學《詩》，就很難和人溝通呢！」孔鯉聽了父親的教誨，就回去研讀《詩經》。孔子鼓勵兒子孔鯉學《詩》，因為當時社交場合經常需要引用《詩經》的句子來寄託心意，進行溝通，所以士人都必須學習，才有好的口語表達能力。因為是「過庭」而訓，所以稱做「庭訓」，用以指稱父親的教誨，也寫作「過庭之訓」。

中國自古講究門風，重視家庭教育。古代許多帝王家或書香世家的總有知名庭訓，如清・康熙皇帝的教子庭訓格言「仁者以萬物為一體，惻隱之心，觸處發現

（仁者把萬物視為一體，惻隱之心時時都可發現）」，又如宋・蘇洵對蘇東坡兄弟的期許（見《嘉祐集》第十四卷〈名二子說〉），希望蘇軾不要鋒芒外露、蘇轍「善處於禍福之間」等。

用法說明 庭訓是父親的教誨，或是家傳的祖訓，如果是自我勉勵的，則是「座右銘」，不宜搞錯。另，現有一些單親家庭，父親不在，只有母親，母親的教誨也可稱為庭訓。例一：我自幼秉持的庭訓是「待人以誠，律己以嚴，處事以寬」。例二：華人十分重視庭訓，所謂庭訓，也算是「家庭教育」的一部分。

捋虎鬚（ㄌㄜ ㄏㄨˇ ㄒㄩ）

出處 《三國志・吳志・朱桓傳》裴松之注引《吳錄》：「桓奉觴曰：『臣當遠去，願一捋（音ㄌㄜ）陛下鬚，無所復恨。』權馮（音ㄆㄧㄥˊ，通憑，靠著）几前席，桓進前捋鬚曰：『臣今日真可謂捋虎鬚也。』權大笑。」

解釋 拉扯老虎的鬍鬚。意指冒犯強大的勢力，比喻冒險犯難。

近義 明知山有虎，偏向虎山行、太歲頭上動土

反義 屈從

放大鏡

鬍鬚也有分類？

古人將長在臉上不同部位的鬍鬚分得很清楚：兩頰的鬍子是「髯」，嘴上的毛是「髭」，嘴下則叫作「鬚」。例如三國時代的名將關羽有「美髯公」之稱，而曹操的兒子曹彰，則被稱為「黃鬚兒」。《三國演義》說孫權「碧眼紫髯」，相貌奇偉。看來，朱桓或許

也覺得主公的鬚髯色澤特異，才會想在率軍遠征之前，摸一摸孫權的鬚髯，沾染一下主公的氣勢吧！

用法說明 以「捋虎鬚」比喻冒險，同時有正面、負面兩種用法。例一：董事長很小氣，你的提案三番兩次挑戰他的底限，可說是在捋虎鬚呀！例二：他只是一個普通人，為了不讓石化工業繼續汙染環境，決心去捋虎鬚，對大財團提出告訴。

料理 ㄌㄧㄠˋ ㄌㄧˇ

出處 北宋・周邦彥〈還京樂〉：「禁烟近，觸處、浮香秀色相料理。」

解釋 整句詞形容花香四溢、花色競豔，撩人情思。而此處「料理」有逗引，捉弄之意。此外，今日的「料理」也有處理和菜餚的意思。

近義 逗弄、誘引、撩撥

放大鏡 「料理」之多義性

今人對「料理」一詞，最熟悉的莫過於日本料理的用法，也就是日本菜餚的觀念。但在中國古典詩、詞、文中，「料理」可以是逗引、捉弄的意思，如：「觸處、浮香秀色相料理」（宋・周邦彥〈還京樂〉）；也可以釋為安排，如料理後事；或管理，如料理家務。但今日，由於日本是以「料理」一詞，表示飯菜的意思，且習慣於表示某個國家風味的菜餚時，加上「料理」二字，進而產生美國料理、法國料理、義大利料理等說法。久而久之，「料理」也就成為大家常見且習用的菜餚代稱。

用法說明 用於形容逗引，

捉弄之「料理」，與「撩撥」意思相近，如「清寒冽，祇緣不禁，梅花撩撥」（宋・秦觀〈憶秦娥・灞橋雪〉）。但「撩撥」更常用於指稱招惹、挑唆等負面涵義。例一：仲春時節，紅白杏花相料理的景象，最是令人陶醉。例二：他的個性陰晴不定，最好不要冒險去撩撥他。

旅進旅退（ㄌㄩˇ ㄐㄧㄣˋ ㄌㄩˇ ㄊㄨㄟˋ）

出處 《國語・越語下》：「吾不欲匹夫之勇也，欲其旅進旅退，進則思賞，退則思刑。」

解釋 旅，「共、同」的意思。本來是指軍隊的同進退，採同一步調。演變到後來，比喻人隨波逐流、欠缺主張。

近義 患難與共

反義 單打獨鬥

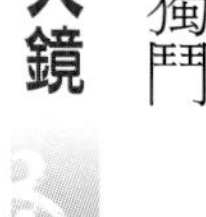

放大鏡

越王的訓示

越王句踐召集了戰士們，準備攻打吳國，訓示他們說：「我不希望你們不用智謀，單憑個人的血氣之勇，而希望大家能步調一致，同進同退。前進的時候要想到會得到獎賞，後退的時候要想到會受到處罰……」這些話顯示出越王句踐對軍士們的珍惜，堅持希望他們不要因為匹夫之勇而做不必要的犧牲。後來，由於全體將士鬥志高昂萬分，終於打敗了吳王夫差，滅掉了吳國。

可見這一詞彙，原來是同一步調的意思。但步調過度一致，難免就有跟著別人意見說話、做事而失去了自己的主張，漸漸的，變成了隨波逐流。

用法說明 《禮記・樂記》

也有這麼一段話：「今夫古樂，進旅退旅……。」可見「旅進旅退」也可以做「進旅退旅」。例一：這個單位的研究人員，總是旅進旅退，真是團結。例二：你老是跟那些不認真的人進旅退旅，難道不怕跟著沉淪而隨波逐流嗎？

書中自有黃金屋

ㄕㄨ ㄓㄨㄥ ㄗˋ ㄧㄡˇ ㄏㄨㄤˊ ㄐㄧㄣ ㄨ

出處 宋真宗〈勸學文〉：「安居不用架高堂，書中自有黃金屋。」

解釋 在宋朝重文輕武的基本國策下，皇帝親自賦詩鼓勵百姓多讀書；因為透過用功讀書、參加科舉考試，是一般人改換門楣，晉身仕途的一條捷徑。

近義 貧者因書而富，富者因書而貴

反義 百無一用是書生

放大鏡

宋真宗〈勸學文〉

富家不用買良田，書中自有千鍾粟。安居不用架高堂，書中自有黃金屋。娶妻莫恨無良媒，書中有女顏如玉。出門莫恨無人隨，書中牛馬多如簇。男兒欲遂平生志，六經勤向窗前讀。

古代讀書人寒窗苦讀，只盼有朝一日，金榜題名之際，鯉躍龍門，從此步上仕途，平步青雲，飛黃騰達。所以有句俗話說：「寒窗十年無人問，一舉成名天下知。」道出書生苦盡甘來、揚眉吐氣的心聲。與〈勸學文〉內容不謀而合，都是期盼能擺脫寒窗苦讀的貧困與寂寞，時來運轉，既有豐厚的俸祿、華美的屋舍，又能娶得如花美眷、出門隨從如雲，好不風光！為讀書人編織一個無邊美夢，只是為了鼓勵他們「六經勤向窗前讀」，唯有透過好好讀書，

參加科舉考試，才能開創大好人生。

用法說明 「書中自有黃金屋」是強調讀書所帶來的附加價值，可以使人改換門楣，邁向更美好的人生；「百無一用是書生」，則反過來指責書生除了死讀書外，沒有任何一技之長，猶如社會的寄生蟲一般，簡直毫無貢獻可言。例一：「書中自有黃金屋」，你只要好好用功讀書，至於錢財的事，就不必多想了。例二：他飽讀詩書，卻無一技之長，只能窩在家裡吃閒飯，真是百無一用是書生。

桃李 ㄊㄠˊ ㄌㄧˇ

出處 西漢・韓嬰《韓詩外傳》卷七：「夫春樹桃李，夏得陰其下。」

解釋 本指桃子與李子，現可借指學生。

近義 門人、弟子、學生

搭配詞 桃李滿天下

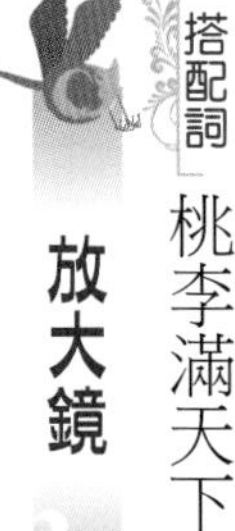

放大鏡

春樹桃李

戰國魏文侯的臣子子質，因獲罪而離開朝廷前往北方。子質在簡主面前抱怨，認為朝廷半數的人都是他培訓的，可是卻跟他作對，今後不敢再施恩於人了。但簡主卻說：「如果春天種桃李，夏天就可以在樹下乘涼，秋天也可以採果實。如果春天種蒺藜，夏天不只無法採它的葉子，秋天還會長出刺來。這道理就像種樹一樣，你應該是選錯栽培的對象了。所以該先好好做出選擇。」

用法說明 「桃李」一詞原指兩種水果，現也可借為學生。例一：桃李不言，下自成蹊，真誠能吸引更多人與你為友。例二：這位老師任教三十年，可說桃李滿天下。

桃符（ㄊㄠˊ ㄈㄨˊ）

出處 南朝梁・宗懍（音ㄌㄧㄣˇ）《荊楚歲時記・正月》：「帖畫雞戶上，懸葦索於其上，插桃符其傍，百鬼畏之。」

解釋 古代相傳有神荼（音ㄕㄨ）、鬱壘（音ㄩˋ ㄌㄩˋ）二神，能捉百鬼，因此，新年時，人們喜於門旁設兩塊桃木板，上面書寫二神之名或畫上其圖像，用以驅鬼、避邪。

近義 春聯

搭配詞 懸掛桃符、鬼面桃符

放大鏡

神荼、鬱壘與桃符

相傳，古時候，在東海度朔山，有兩個專門看管鬼的神，一個叫神荼，一個叫鬱壘。凡是遇到作惡多端的鬼，他們便把它綁起來丟給老虎吃。後來，人們每到新年，便在門前懸掛兩塊桃木板（**在古代，桃木有「鬼怖木」之稱，故人們相信桃木可以驅鬼、避邪**），並畫上神荼、鬱壘的像，用以鎮壓鬼怪。由於圖像比較難畫，於是人們就改寫上他們的名字，這就是「桃符」的由來。到了五代，人們不再寫神荼、鬱壘，而在上面書寫吉祥的聯語；一直到明太祖時，才開始用紅紙代替桃木符板，因而有了「春聯」一詞。

用法說明 「桃符」與「桃符飾」皆有避邪之用。例一：春節期間懸掛桃符的習俗，常見於古代文人的記載。例二：桃符飾乃臺灣傳統建築中，常用的避邪之物。

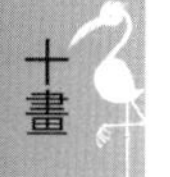

桑梓（ㄙㄤ ㄗˇ）

出處《詩經・小雅・小弁（音ㄆㄢˊ）》：「維桑與梓，必恭敬止。」

解釋 現用來指鄉里。桑，指桑樹；梓，音ㄗˇ，指梓樹。

搭配詞 功在桑梓、造福桑梓

放大鏡

桑梓

「桑梓」，指桑樹和梓樹。古時住宅旁常栽種桑樹，以便養蠶取絲；種植梓樹，以便製作器具。《詩經・小雅・小弁》篇中提到，看到桑樹和梓樹會恭恭敬敬，因為這是祖先栽種下來的。看到桑樹梓樹，就會追念祖先。桑樹、梓樹必在鄉里中種植，所以稱桑梓為鄉里。

用法說明 「桑梓」一詞是指鄉里。「桑麻」則指農作物。例一：學成歸國以後，她決定服務桑梓，造福百姓。例二：開軒面場圃，把酒話桑麻。（孟浩然〈過故人莊〉）

殷鑑（ㄧㄣ ㄐㄧㄢˋ）

出處《詩經・大雅・蕩》云：「殷鑑不遠，在夏后之世。」

解釋 意味湯伐桀，推翻夏朝，建立商朝；後來殷人用來勉勵後世當以夏朝滅亡為借鏡，千萬別重蹈覆轍，走上亡國滅家的噩運。殷，指殷商。鑑，鏡子，引申為借鑑之意。

近義 記取教訓、前事不忘，後事之師

反義 馬耳東風、重蹈覆轍

放大鏡

唐太宗的三面明鏡

「殷鑑」是指殷人用夏朝亡國的史事為借鏡，勉勵

後人切莫重蹈覆轍，自取滅亡。時至唐代，我們都知道唐太宗有三面明鏡，用以自我警惕。

唐太宗知人善任，重用魏徵等賢士，君臣一心，勵精圖治，締造了歷史上有名的「貞觀之治」。當魏徵病逝時，唐太宗痛失賢臣，曾親臨痛哭，並罷朝舉哀五日，以表哀悼之意。後來，有一次臨朝時，唐太宗流著眼淚對群臣說：「以銅為鏡，可以正衣冠；以古為鏡，可以知興替；以人為鏡，可以明得失。朕應當時常保有這三面鏡子，用來防範自己的過失；如今一向忠言直諫的魏徵過世了，朕身邊等於少了一面鏡子！」

用法說明 「殷鑑」，引申為可供後人警惕、借鏡之意；「殷鑑不遠」，則用來比喻前人的教訓近在眼前；二者都有記取教訓，引以為戒的意思。而「馬耳東風」與「重蹈覆轍」，均有不能記取教訓的意思，所以與「殷鑑」語意相反。例一：滿清政府腐敗無能導致內憂外患四起，終至走上亡國之路，殷鑑不遠，值得當今為政者引以為戒。例二：請別把長者勸戒的話當成馬耳東風，否則到頭來吃虧的還是你自己！

氣短（ㄑㄧˋ ㄉㄨㄢˇ）

出處 《增廣尚友錄統編・蘇丕》：「蘇丕，宋青州人，祖德祥。建隆四年狀元。丕有高行，少時一試禮部，不中，即拂衣（甩動衣袖）去，曰：『此中最易短英雄之氣。』」

解釋 字面的意思是指呼吸短促，後則多用來形容一個人遭遇挫折，而失去前進的勇氣或信心。

近義 氣餒、消沉

反義 得意

搭配詞 英雄氣短、喉長氣短

放大鏡

拒絕考試的蘇丕

宋太祖建隆四年狀元蘇德祥的孫子蘇丕，年少時期，因參與禮部考試失利，有感而發地說出：「此中最易短英雄之氣」後，便打道回府，從此以後不再參加任何考試。歐陽脩擔任青州知州時，得知此事，奏請朝廷，封他為「沖退居士」。

用法說明 「氣短」是形容因遭到挫折，而失去前進的動力，而「氣盛」則是指生命力旺盛，血氣方剛。例一：雖然與冠軍擦身而過，但她並沒有因此氣短，反而再接再厲，希望有一天能獲得評審的青睞。例二：他年輕氣盛，得罪了不少人，因此喪了不少升官的機會。

泰斗（ㄊㄞˋ ㄉㄡˇ）

出處 北宋・歐陽脩等《新唐書・韓愈傳》：「自愈沒，其言大行，學者仰之如泰山北斗云。」

解釋 本是泰山北斗的簡稱，常用於比喻在德行或學術上有很高成就，而為眾人景仰的人。

近義 大師、巨擘、權威、宗師

搭配詞 文學泰斗、學術泰斗、中醫泰斗、喜劇泰斗

放大鏡

韓愈與泰山北斗

「泰斗」乃是泰山北斗的簡稱。泰山，位於山東省東部，古稱東嶽，是中國五嶽名山之首，也是山東省最高的山，故有「五嶽之長」、「五嶽獨尊」的稱譽。因其氣勢磅礡，為五嶽

之首，又有「天下名山第一」的美譽。是以，後常用於比喻景仰的人或有價值的事。北斗，指的是北斗七星，由七顆星排列而成，形如水勺，屬於大熊星座的一部份，也是大熊星座中最明亮的七顆星。因為北斗七星的位置最接近天空的中心，也是人們辨認方向的重要標誌，是以，亦被用來比喻地位崇高者。像唐朝著名的文學家韓愈，生前是著名的文學家，也是古文運動的先驅。韓愈死後，文章廣為流傳，因此，當時人們為了表示對這位文學家的推崇與敬仰，就把韓愈比為泰山、北斗。後來，「泰山北斗」就被引申用來比喻在某一方面表現傑出，為大眾所崇仰的人物。

用法說明 「泰斗」意近「巨擘」，兩者皆可指稱極為優秀傑出，且備受眾人景仰之人士。例一：博通古今、學貫中西的學界泰斗錢鍾書先生，無論在學術或人品方面，皆是令人景仰的學者。例二：奧斯卡・漢瑪斯坦二世和理察・羅傑斯，被稱為歌舞劇巨擘，他們在音樂劇發展史上的貢獻是有目共睹的。

浪子回頭金不換（ㄌㄤˋ ㄗˇ ㄏㄨㄟˊ ㄊㄡˊ ㄐㄧㄣ ㄅㄨˋ ㄏㄨㄢˋ）

出處 清・李漁《十二樓・歸正樓》第四回〈徼天幸拐子成功・墮人謀檀那得福〉：「俗語道得好：『浪子回頭金不換』」。

解釋 本來不學無術的浪子改過以後，比黃金都還珍貴、難得。

放大鏡

大澈大悟 淨蓮與歸正兩人隔著一牆修行，但淨蓮始終不知歸正原來俗家的身分。小說中

提到，「浪子回頭金不換」，若是之前行歹事的壞人一經歸悟，反而比從來都不曾學壞的人還要體會深刻，因為那是一種「大悟」。後來，歸正才因為出家人不打誑語，將過去的事和盤托出。

用法說明 我們常形容迷途知返的人相當難得，而用「浪子回頭金不換」一語稱讚。例一：當年在黑道上混得很開的老大哥，因為入遇服刑以後改邪歸正了。「浪子回頭金不換」，社會上多了一個勤懇做事的人，少了一個逞兇鬥狠的流氓，實在很好。例二：臺灣槍決死刑犯導致歐盟關注，站在人道的立場，我們總希望十惡不赦的壞人能夠大澈大悟，但是，也許這是一種艱難的道德理想，而不是每個死刑犯都可以做到的。

涇渭（ㄐㄧㄥ ㄨㄟˋ）

出處 《詩經・邶風・谷風》：「涇以渭濁，湜湜（音ㄕˊ，水清澈見底）其沚。」

解釋 涇渭，涇水和渭水。據現今情況觀之，涇水發源於六盤山，流經黃土區，挾帶大量泥砂；而渭水發源於秦嶺，所經之處為崖壁陡峻的山谷，故河水極其清澈。涇水流入渭水時，清濁不混，界限分明。後用以比喻人的品格有高下之別，或是非黑白區別得非常清楚。

近義 涇渭分明

反義 涇渭不分、黑白不分、善惡不辨

放大鏡

乾隆皇下令別涇渭

古人對於「涇清渭濁」或「涇濁渭清」，總是各說各話，莫衷一是，甚至還為

此爭論不休。直到清朝，引起了乾隆皇帝的興趣，想要加以求證，於是下令陝西巡撫秦承恩親自去涇、渭匯合處察看實際情形。秦承恩奉命察看之後，立刻呈報皇帝：「涇水在北，渭水在南，涇清渭濁，一望可辨。」事實上，涇水、渭水孰清孰濁，幾千年來，時有變化，所以古人之說不一定全錯，也許他們那個時代所看到的情形正是如此。

用法說明 「涇渭分明」，用來比喻人或事物的好壞，極易區別。「涇渭不分」，比喻是非不分，善惡難別。例一：兄弟兩人，一個勤勞務實，一個好吃懶做，性情涇渭分明，又怎能混為一談呢？例二：你這樣涇渭不分，冤枉好人，真是令人太失望了！

烈士（ㄌㄧㄝˋ ㄕˋ）

出處 《韓非子・詭使》：「好名義不仕進者，世謂之烈士。」西晉・陸機〈辨亡論〉：「忠臣孤憤，烈士死節。」

解釋 原指重視名聲道德而不做官的人，引申作為國犧牲的勇者，也指有心建功立業的人。

近義 義士

搭配詞 忠臣烈士

放大鏡

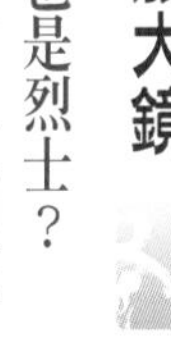

曹操也是烈士？

「烈士」一詞在現代多指為國犧牲生命的勇士，例如為了建立民國而犧牲的「黃花崗七十二烈士」等。建立民國的功臣勇士還有很多，但是他們都不被稱為「烈士」，因為他們並非在建立民國的過程中喪失生命。然而，這只是現代的用法。在古代，「烈士」的含

意更廣。曹操在〈龜雖壽〉一詩中說：「老驥伏櫪，志在千里；烈士暮年，壯心不已。」他把自己比喻成待在馬槽中的老馬，稱自己為「烈士」，說自己就像老馬仍想馳騁千里一般，雖然年老，也有心建立一番功業。

用法說明 「烈士」和「壯士」都是勇士，但表現的方式不太相同。「烈士」的勇氣表現在外，是為了國家而犧牲生命；「壯士」的勇氣表現在外，是集壯健、豪邁、慷慨於一身。「壯士」可以是「烈士」，但不一定都是「烈士」。例一：在對抗強權的過程中，許多人犧牲生命，成了烈士。例二：他空手打倒三名匪徒，真是個不折不扣的壯士。

烏紗帽 ㄨ ㄕㄚ ㄇㄠˋ

出處 北宋・歐陽脩等《新唐書・車服》：「烏紗冒者，視事及燕見賓客之服也。」

解釋 以烏紗製成的帽子。原為便帽，明代始定為官帽，亦指官職。

搭配詞 丟了烏紗帽

放大鏡

「烏紗帽」的演變

烏紗帽最早出現在東晉。東晉成帝一時興起，要求在都城建康（南京）宮中做事的人，都要戴上一種用黑紗做的帽子，這就是最早的「烏紗帽」。南朝宋明帝時，這種帽子在民間流傳開來。於是，「烏紗帽」就成為民間百姓常戴的一種便帽。隋朝時，烏紗帽成了等級的象徵，烏紗帽上的玉飾數量也顯示了官職的大小。唐朝的官員們在上朝和宴請賓客等正規禮儀時，都必須戴上烏紗帽。宋太祖趙匡胤登基後，為防止朝臣在議事時交頭接耳，就規定在烏紗帽的兩邊各加一支尺餘長的帽翅，並裝飾不同的花紋，以區別官位的高低。明代朱元璋定都南京後，於洪武三年作出規定：凡文武百官上朝和辦公時，一律要戴烏紗帽，穿圓領衫，束腰帶。官階越高，烏紗帽的帽翅就越窄，反之則越寬。因此從明朝開始，烏紗帽正式成為做官的代稱。到了清代，官員的烏紗帽被換成紅纓帽，但至今人們仍習慣地將「烏紗帽」作為官員的標誌。

用法說明 「烏紗帽」是代指官職。例一：你身為政府官員，若不處處為大家著想，怎麼對得起你頭上的烏紗帽？例二：江部長以烏紗帽擔保，未來社福預算若有短缺情況，絕對會動用第二預備金支應，不會斷炊。

烏龍（ㄨ ㄌㄨㄥˊ）

出處 晉・陶淵明《搜神後記》卷九：「會稽句章民張然，滯役在都，經年不得歸。家有少婦，無子，惟與一奴守舍，婦遂與奴私通。然在都養一狗，甚快，名曰『烏龍』，常以自隨。」

解釋 「烏」是黑色的，「烏龍」即指黑色的龍。晉時，許多人用「龍」字，作為愛犬的名字，故「烏龍」又成為「狗」的代名詞。今則多指超出預期的失誤。

近義 陰差陽錯

反義 萬無一失

搭配詞 擺烏龍、烏龍院、烏龍茶、烏龍麵、烏龍事件

放大鏡

烏龍不是龍，而是狗

晉朝時期，有一個名叫張然的人，他養了一隻名叫「烏龍」的狗。因他不常回

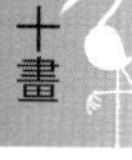

家，所以妻子背著他和僕人在一起，並計畫要殺掉張然。有一天，張然回家，妻子為他煮了一桌豐盛大餐，告訴他：「這是你最後一餐。」張然明白妻子與奴僕的關係及計畫後，難過的吃不下飯，但一旁的奴僕不斷地催促「快吃」，食不下嚥的他只好把飯菜餵狗，問：「你能不能救我？」狗似乎聽懂他的話，兇惡地看著奴僕，於是當他大喊「烏龍上」時，牠便應聲撲向奴僕，奴僕嚇得連刀都掉到地上了，張然撿起地上的刀，殺了奴僕，並將妻子送交衙門處置。

用法說明 「烏龍」一詞，因晉朝人喜用「龍」字，做為愛犬的名字，故從詞面義「黑色的龍」，一變為「狗」的代名詞。時代的遞嬗、演變，今日則指出乎意料之外的失誤。同樣的，「青鳥」一詞，是指青色的禽鳥，但在中國神話傳說中，牠是聽候王母娘娘差遣的使者，今則作為幸福、快樂的象徵。因此，使用字詞時，要留意時代背景、上下文意，才不致「搞烏龍」。例一：考試時間已經開始了，但仍有不少考生跑錯考場，真是太烏龍了！例二：在情感的道路上，她歷經多次的挫折與失敗，但她仍期許自己能抓住幸福的青鳥。

狼子野心（ㄌㄤˊ ㄗˇ ㄧㄝˇ ㄒㄧㄣ）

出處 《左傳・宣公四年》：「是子也，熊虎之狀而豺狼之聲，弗殺，必滅若敖氏矣。諺曰：『狼子野心。』是乃狼也，其可畜乎？」

解釋 原指生性殘暴而難以教化，後來也用於形容對名利懷有非分的遠大企圖。

近義 野心勃勃

反義 安分守己、胸無大志

放大鏡

人之初，性本善？

春秋時，楚國有位大夫，名為司馬子良，他的兒子名叫子越。子越出生時，子良的哥哥對子良說：「這個小孩看起來像熊或老虎這類的猛獸，哭起來則像野狼。俗語說：『狼子野心。』這個小孩就像狼這種動物，怎麼教化都沒有用的。如果不殺掉他的話，我們若敖氏一定會滅族的。」子良不忍心殺死自己的兒子，於是養大了他。後來子越有心篡位，率領若敖氏攻打楚王，被楚王所滅，應了子文的預言。其實，未必是子文能未卜先知，應該是子越從一出生就被看作惡人，他的心理自然不能平衡。說到底，讓若敖氏滅亡的，恐怕子文要負絕大的責任吧！

用法說明

「狼子野心」與「野心勃勃」兩個詞語可以互通，但只限於形容對名利懷有非分的遠大企圖這個意思，「野心勃勃」不能用以形容生性殘暴而難以教化。例一：他雖然是養子，但是他的養父母都對他很好，無奈狼子野心，他長大後居然為了借不到錢而把養父打成重傷，讓他的養父母心痛無比。例二：野心勃勃的他，屢次陷害公司同事，試圖奪得總經理一職，只是老天有眼，沒有讓他得逞。

狼狽（ㄌㄤˊ ㄅㄟˋ）

出處 西晉・李密〈陳情表〉：「臣之進退，實為狼狽。」

解釋 比喻為情勢窘迫，進退兩難。

近義 進退兩難、狼狽不堪

反義 從容應付、應變自如

放大鏡

狼與狽相依為命

「狽」是一種似狼的動物，牠的前二足短，後二足長；「狼」則前二足長，後二足短。狼與狽常相互搭駕走路或偷襲牲畜，所以有「狼狽為奸」之說：用來比喻人們聚在一起，互相勾結做壞事。其實，狼這種動物的本性相當兇殘，而狽呢？則大腦異常聰明且機靈。由於狽的前腿短、後腿長，無法獨自行走，只好靠著爬在狼的背上，借助狼來行動。一般狽是不行動的，牠只給狼出主意，如果狼遇到不能解決的難題，就把狽背出來，讓狽做他的「狗頭軍師」。所以，狽平日就吃狼打獵來的食物，維持生計。

用法說明 後用「狼狽」比喻進也不是、退也不成的窘境；或用以比喻身心俱疲的意思。例一：不法集團與民意代表利益掛鉤，狼狽為奸，禍害鄉里。例二：都怪他收受賄賂，如今幫忙關說也不是，不幫忙也不成，才會弄得自己狼狽不堪。

狼煙 ㄌㄤˊ ㄧㄢ

出處 北宋・司馬光主編《資治通鑑・後漢高祖天福十二年》：「契丹焚其市邑，一日狼煙而餘舉。」

解釋 古時候駐紮在邊境的軍隊，遇有敵兵入侵時，便焚燒狼糞成煙火。後比喻戰爭。

近義 烽火、戰火

搭配詞 狼煙四起

放大鏡

遇危急，點狼煙

古往今來許多文獻典籍都認為，古代戍守邊境的軍隊，遇有緊急狀況時，即焚燒狼糞燃起烽煙，是古代戰爭時期報警用的烽火，因此狼煙一詞後來用來代指烽火、戰爭。敦煌學者李正宇則有另一種見解，他認為古人把烽火稱作狼煙，是因為「狼」是古代中國匈奴、突厥、吐蕃等少數民族共同崇尚的圖騰，這些少數民族的軍隊在當時被中原漢人蔑稱為「狼兵」，其君主被蔑稱為「狼主」，所以古代漢人才將這些少數民族入侵時，漢人特地燃起的烽火稱作「狼煙」。另有一說法是，古時候的烽火是取用狼糞，因其煙直而聚，風吹之不斜，所以謂之「狼煙」。

用法說明 除了「狼煙」以外，尚有「狼燧」、「狼烽」也可用以比喻戰爭。另，在管樺的《清風店》中，有「狼煙大話」一詞，但和戰爭完全沒有關連，而是指漫無邊際的吹牛話。例一：狼煙四起，最可憐的還是無辜的百姓。例二：你別再說狼煙大話了，還是腳踏實地做事吧！

狼藉 ㄌㄤˊ ㄐㄧˊ

出處 西漢・司馬遷《史記・滑稽列傳》：「履舄（音ㄒㄧˋ，鞋子）交錯，杯盤狼藉，堂上燭滅。」南朝宋・范曄《後漢書・張酺傳》：「聞其兒為吏，放縱狼藉。」

解釋 形容物品凌亂的樣子。也形容人惡劣放縱。

近義 凌亂、零亂、混亂

反義 整齊

搭配詞 杯盤狼藉、聲名狼藉

放大鏡

杯盤狼藉的飲酒場合

齊威王喜歡喝酒，經常一喝就喝到天亮。有一次，他問大臣淳于髡能喝多少酒，淳于髡說：「我喝一斗也會醉，喝一石也會醉。」齊威王覺得很奇怪，淳于髡說：「在正式的場合喝酒，我因為心情緊張，喝了一斗就醉了；如果是在晚上喝酒，男女雜坐，杯盤狼藉，視世間禮法如無物，那麼我喝一石才會醉。」齊威王知道淳于髡是在勸他不可以整晚喝酒，以免失禮，所以就接納了他的勸諫，還升了他的官。

用法說明 「狼藉」有兩個意思，當凌亂解釋時，常與「杯盤」等合用，如「杯盤狼藉」。「狼藉」也可指放縱惡劣，如「聲名狼藉」。例一：喜宴結束後，到處杯盤狼藉，服務人員連忙整理清掃，以迎接下一批賓客的到來。例二：那個人聲名狼藉，喜歡欺騙女性的感情，千萬不要相信他。

留得青山在，不怕沒柴燒

出處 明・凌濛初《初刻拍案驚奇》卷二十二〈錢多處白丁橫帶・運退時刺史當艄〉：「七郎愈加慌張，只得勸母親道：『留得青山在，不怕沒柴燒。』雖是遭此大禍，兒子官職還在，只要到得任所便好了。」

解釋 意指留下了發展的可能性，未來依然可以繼續發展。

放大鏡

沒柴燒的刺史

郭七郎因為父親是湘江大商，所以家中坐擁錢財數萬。等到父親死後，他就成了當家作主的頭兒，沒想到到京城去時，遇上了名妓王賽兒。就這樣在京城一待就是三年。三年後錢用得差不多了，聽說時局混亂，要能捐錢給朝廷，就能夠買個官職，也有薪俸，等到打點好了，郭七郎準備回家告訴母親，卻發覺老家經過盜賊肆虐，已經殘破不堪。等到接了母親準備上任，搭船又遇上風浪，所有盤纏與上任的告文都落水。正在憂戚之中，郭七郎跟母親說：「留得青山在，不怕沒柴燒。只要還有官職，到任就能解決問題了。」

用法說明 在面臨絕路時，我們便會用「留得青山在，不怕沒柴燒」一語來勉勵人們還有發展的可能性，不要太過憂心。例一：雖然家中遭逢大火，所有東西付之一炬，但幸好沒有人員傷亡。「留得青山在，不怕沒柴燒」，大家只要努力工作，還是可以把原先的東西都賺回來的。例二：流落異鄉獨自奮鬥相當辛苦，但身上有一技之長，「留得青山在，不怕沒柴燒」，未來還是相當樂觀的。

破天荒（ㄆㄛˋ ㄊㄧㄢ ㄏㄨㄤ）

出處 北宋・孫光憲《北夢瑣言》卷四：「唐荊州衣冠藪澤（人物薈聚處），每歲解送舉人，多不成名，號曰『天荒解』。劉蛻舍人以荊解及第，號為『破天荒』。」

解釋 本指打破原始未開發的狀態。後來被用來形容從來沒有過的事，或第一次出現的事。

近義 史無前例、開天闢地

反義 史不絕書、屢見不鮮

放大鏡 「天荒」與「破天荒」

科舉制度是逐級選拔，只有地方上成績最好的人才能上京考進士。唐朝年間，荊南地區派人參加京城會試，四、五十年竟沒一個考中舉人。於是，人們稱荊南地區為「天荒」，把那裡遣送的考生稱做「天荒解」，譏笑那裡幾十年沒能有一個人榜上題名。唐宣宗大中四年，荊南應試的考生中終於有個叫劉蛻的考中了，總算破了「天荒」。當時，魏國公崔弦鎮守荊南一帶，得知劉蛻考中進士，便寫信表示祝賀，並贈他七十萬「破天荒」錢，但劉蛻不肯接受。

宋代曾敏行《獨醒雜志》也有類似的記載：宋初，江西士人無中狀元者。至宋哲宗紹聖年間，江西何言昌赴京應考，狀元及第。謝民師寫了賀詩寄給何言昌，說：「萬里一時開驥足，百年今始破天荒。」

用法說明 形容從來沒有過的事，或第一次出現的事。用在「首次出現」的表述上。例一：校長由女性擔任，在本校是破天荒的事。例二：我國破天荒地在奧運上奪得金牌，全國上下欣喜若狂。

祝融 ㄓㄨˋ ㄖㄨㄥˊ

出處 《山海經・海內經》：「炎帝之妻，赤水之子聽訞生炎居，炎居生節竝，節竝生戲器，戲器生祝融……。」

解釋 祝融本名重黎，中國上古的神話人物，號赤帝，後人尊為火神。據說是他傳下火種，教人類用火的方法，後來便稱「火」為「祝融」。

近義 火、回祿

反義 水患

放大鏡

祝融與共工大戰

祝融是戲器所生，屬於炎帝一支，因為教會人類使用火，受到人們的崇拜，水神共工看了十分嫉妒，心想世界萬物離不開水，為什麼人類只崇拜祝融，而不崇拜自己呢？越想越不高興，於是集五湖四五海之水沖向崑崙山，澆熄了崑崙山上的聖火，頓時全世界一片漆黑。祝融得知後非常憤怒，騎上火龍，大戰共工。水是往低處流的，洪水從崑崙山上落下來，祝融乘機進攻，把共工燒得焦頭爛額。共工輸得不服氣，一氣之下撞向不周山，誰知不周山是天柱，天柱被撞斷了，天便塌了下來，給世界萬物帶來災難，於是有了女媧補天的神話。

此外，道教傳說：自燧人氏發明鑽木取火後，人雖有了火種卻不會保留和使用，由於祝融發明了使用火和保留火種的方法，黃帝封他做主管火的「正火官」。後來因為祝融對南方的情況比較熟悉，又派他來到衡山附近做司徒，死後便葬於衡山，因此南嶽衡山就是祝融的道場。現今衡山的最高峰叫祝融峰，山頂還有一座祝融殿，四季香火不斷。

用法說明 祝融本是火神，後來便稱「火」為祝融。因此發生火災叫做「祝融之災」。例一：祝融無情，在天乾物燥的時候更要特別小心火燭，以保安全。例二：由於氣候變化劇烈，有些地方如俄國莫斯科附近，二〇一〇年八至九月間，竟然遭受祝融肆虐面積廣達五萬八千七百六十五公頃。

秦樓（ㄑㄧㄣˊ ㄌㄡˊ）

出處 西漢・劉向《列仙傳・蕭史》：「蕭史者，秦穆公時人，善吹簫，能致孔雀白鶴於庭，穆公有女字弄玉，好之，公遂以女妻焉。日教弄玉作鳳鳴，居數年，

吹似鳳聲，鳳凰來止其屋。公為作鳳臺，夫婦止其上，不下數年，一旦皆偕隨鳳凰飛去。故秦人留作鳳女祠於雍，宮中時有簫聲而已。」

解釋 原意是指秦穆公為女兒弄玉所建造的宮殿，後多用來指供人歌舞聲色、尋歡作樂的地方。

搭配詞 秦樓月、過秦樓、鳳去秦樓、秦樓謝館、秦樓楚館

近義 楚館

放大鏡

弄玉吹簫

秦穆公的小女兒弄玉，不喜歡宮裡面的繁瑣禮節，所以常一個人在深宮裡品笛吹笙，因此她居住的「鳳樓」常會傳出美妙的音樂。秦穆公想為她挑選夫婿，可是挑來選去，弄玉都不喜歡。一晚，弄玉在「鳳樓」吹笙時，忽從遠方傳來一陣幽微美妙的簫聲，她把這件事情稟告了父親。於是，秦穆公便派大將孟明，去尋找吹簫人。

孟明一行人翻山越嶺來到了華山，找到一個名叫蕭史的神奇吹簫人，孟明將他帶回秦宮，秦穆公見他風度翩翩，徵求女兒同意後，便將女兒嫁給他。婚後，蕭史教弄玉吹簫，數年後，弄玉吹奏出的簫聲，就和真的鳳凰叫聲一樣。有一天，天上降下金龍、彩鳳，蕭史帶著玉簫騎上金龍，弄玉則是拿著玉笙坐上彩鳳，騰空飛去，過著與世無爭的生活。

用法說明 「秦樓」又稱為「鳳樓」，意指秦穆公女兒弄玉所居住的地方。「龍樓」則是指太子的宮殿，肇因於太子所居住的門樓上，刻有銅龍而得名。例一：傳說「鳳去秦樓」是講述秦穆公女兒弄玉與蕭史的故事。

例二：鳳閣龍樓是帝王居住的地方，普通人是無法居住的。

胭脂（ㄧㄢ ㄓ）

出處 元・李潛夫《灰闌記》第一折：「我這嘴臉實是欠，人人讚我能嬌豔，只用一盆淨水洗下來，倒也開的胭脂花粉。」

解釋 原意是指塗抹在兩頰、嘴唇的紅色化妝用品，現多用來形容人嬌豔美麗。

近義 脂澤、燕脂

搭配詞 胭脂花粉、胭脂虎

放大鏡

大老婆的反擊

張林無力奉養母親，致使妹妹海棠淪為妓女，來供養母親生活。幸富翁馬均卿對海棠真情真意，故海棠從良成為他的妾室，並生下一名男孩名為壽郎。但這一切看在喜搽胭脂，人人稱讚嬌豔美麗的元配夫人眼裡，卻心如刀割，於是她背叛丈夫，和趙令史在一起，並預謀霸佔馬家財產。此時，張林來投奔海棠，但海棠不敢答應，大老婆得知後，假意關切，以促使海棠拿出衣物、首飾給大哥。

事後，大老婆卻在丈夫面前顛倒是非，說海棠將衣物給奸夫，不明究理的馬均卿氣出病來，大老婆要海棠去熬碗湯來給員外吃，等湯端出來後，大老婆又藉故支開海棠，拿出預藏的毒藥，加進湯碗中，不知情的海棠端給員外吃後，員外就一命嗚呼死了。

大老婆將海棠以藥殺丈夫、強奪孩兒、混賴家私的罪名，送往衙門治罪。鄭州太守聽信一面之詞，判海棠罪當死刑，押送開封府，包拯親自審問，並用石灰圍著

小孩畫一圓圈，令馬妻與海棠對拽，誰能將孩兒拽出，誰就是生母。海棠因怕兒子受傷，不肯使力；但馬妻死命拉出，包拯斷定小孩為海棠所生，替她洗刷了清白。

用法說明 「胭脂」現代多用來形容美麗嬌豔。與之字音相類似的「醃製」，則是指加入鹽、糖、醬或各種佐料浸泡的食物。前者使外表美麗，後者則是使食物美味，不能混同。例一：塗上胭脂後，她整個人變得容光煥發，更加動人。例二：烹調食物時，她喜歡加入梅子，特別是醃製過的梅子。

馬子 ㄇㄚˇ ㄗ˙

出處 南宋・趙彥衛《雲麓漫抄》：「馬子，溲便之器也，本名虎子，唐人諱虎，始改為馬。」

解釋 原是指大、小便所用的桶子，現亦用來戲稱自己所認識的女孩子或女朋友。

近義 馬桶、尿壺

搭配詞 馬子蓋、鞘馬子、捎馬子

放大鏡

唐朝人怕老虎？

《西京雜記》記載漢朝宮廷有一種可以讓皇上隨時方便，形狀很像臥虎的玉製便器，名叫虎子。唐代延用時，因唐高祖李淵的父親，名叫李虎，為避尊者諱，於是將這名為「虎子」的尿壺，改稱為「馬子」。

用法說明 「馬子」是女朋友的戲稱，而「凱子」則是戲稱有錢，且出手大方的男子。「馬子」、「凱子」均是不尊重的稱呼，在了解用法後，千萬不要再使用了。例一：自從明白「馬子」的由來，小明決定不再叫女朋友為「馬子」了。例二：詐騙集團利用美女當誘餌，使許多宅男成了「凱子」。

馬扁（ㄇㄚˇ ㄅㄧㄢˇ）

出處 元・秦簡夫《東堂老》第一折：「不養蠶桑不種田，全憑馬扁度流年。」

解釋 「馬」、「扁」二字，合為一「騙」字，意即說假話，欺騙他人。

近義 欺騙、哄騙

反義 誠實、真誠

搭配詞 馬扁兒

放大鏡

遭馬扁的揚州奴

揚州富商之子揚州奴每天與友人柳隆卿、鬍子傳飲酒作樂，他的父親趙國器屢屢規勸他，但他仍然不為所動。趙國器憂悶成疾，臨終之際，將獨子託付給好友東堂老李實，希望他能代為照料。趙國器死後，果然如他所料——不到數年的時間，龐大的家產便被不事生產，只憑著一張嘴的柳隆卿、鬍子傳騙去，揚州奴也淪為乞丐。後，揚州奴在東堂老苦心教誨和幫助下，終痛改前非，重振家業。

用法說明 「馬扁」是指為達到某種目的，以語言去欺騙他人的行為，而「海扁」一詞，則是指打人的行為。例一：他馬扁上級，以掩飾他處理不當的問題，沒想到東窗事發後，造成更大的傷害。例二：因為停車糾紛，他被人海扁一頓，到現在還躺在病床上。

骨氣（ㄍㄨˇ ㄑㄧˋ）

出處 清・曹雪芹《紅樓夢》第八十五回：「這吳大人本來咱們相好，也是我輩中人，還倒是有骨氣的。」

解釋 剛毅不屈的氣概。

近義 氣節

放大鏡

有骨氣的列子

列子家境貧窮，時常面有飢色。朋友替他向鄭國宰相子陽求援，說：「列禦寇是個有學問的賢士，在大人的國中卻窮得沒飯吃，您難道不重視賢士嗎？」子陽聽了，立刻派官員送米給列子。列子卻一再拜謝推辭，說什麼都不肯接受這些饋贈。使者離開以後，他太太失望地埋怨說：「我聽說作為有道德者的老婆孩子，都能過得幸福快樂，我們卻連吃飯都有問題。如今宰相送來米糧，您為何不肯接受？」列子笑說：「宰相並不是因為欣賞我才這麼做，而是聽別人的話才送我米，有朝一日他也可能單憑別人一句話就降罪給我，所以我不能接受。」

用法說明 我們多用骨氣形容人有堅毅的氣概，同時骨氣一詞也可用來說明書法所表現的雄健氣勢。例一：我們雖然窮，也要窮得有骨氣，絕不能收受這些不義之財。例二：柳公權的書法筆力遒勁，富有骨氣。

骨董羹（ㄍㄨˇ ㄉㄨㄥˇ ㄍㄥ）

出處 元末明初・劉績《霏雪錄》：「東坡嘗作骨董羹。」《仇池筆記》：「羅浮穎老，取飲食雜烹之，名骨董羹。」

解釋 把飲食作料放在一起烹煮叫做骨董羹。骨董，零雜之意。

近義 雜食粥

放大鏡

古今骨董店

舊時有「骨董羹」，就是把一些零碎飲食作料放在一起燒煮。元末明初山陰人劉績《霏雪錄》提到：東坡曾經作骨董羹。而傳說是蘇軾所寫的《仇池筆記》也記載：「取飲食雜烹之，名骨董羹。」所以把零雜的東西叫「骨董」。

朱熹說：「若如此說，即是孔、顏胸次全無些灑落底氣象，只是學得許多骨董，將（持，拿的意思）去治天下。」後人把古玩之類也叫骨董，因此歷來將收買舊貨的店鋪便稱為骨董店，算是名副其實。

自從「骨」字轉了「古」字之後，就變為古董店了。大部分的古董店，是從舊貨店脫胎而來的，有些人家因為舊貨不用就便宜賣掉，這跟今天賣有年代的高檔貨品古董店可是大大不同哩。

用法說明 骨董羹其實就是今日的雜食粥，因為什麼樣的剩菜剩飯都可以燒在一起，味道並不壞。不過這在從前是貧苦人家的吃法，所以有些大戶人家出身的老先生、老太太並不愛這一味，他們只吃白粥。例一：韓國人認為雜食粥（骨董羹）營養豐富，是病人很好的進食補品。例二：我家翁姑從來不吃骨董羹，他們改不了舊時的觀念。

骨醉（ㄍㄨˇ ㄗㄨㄟˋ）

出處 五代晉・劉昫等《舊唐書・王廢皇后傳》：「武后令人杖庶人（王廢后）及蕭氏各一百，截去手足，投於酒甕中。曰：令此二嫗骨醉。」

解釋 飲酒沉醉入骨。

近義 沉醉

放大鏡 腥風血雨的宮廷鬥爭

武則天是中國史上唯一的女皇帝。唐太宗時，將武氏封為才人。當時武氏也和

太子李治（後來的唐高宗）相識。太宗崩，武氏依例入感業寺出家。一年後，高宗在感業寺重遇武氏。這時，王皇后因為沒有子嗣，便請高宗將武氏納入宮中，想拉攏武氏對付當時得寵的蕭淑妃。

然而事情的發展並未如王皇后所想的一般順利。回到宮中的武氏生了一個女嬰，且發動一連串的宮廷鬥爭。武氏先收買服侍王皇后、蕭淑妃的宮女，得悉她們的一舉一動，又利用各種手段，終於讓唐高宗下詔廢后，並立自己為皇后。武后為了避免高宗眷戀舊情，她派人斬斷廢后王氏和蕭淑妃二人手、足，將她們投入酒甕，說要讓二人醉到骨子裡。傳說蕭淑妃在死前詛咒：「寧可轉世為貓，讓武氏為鼠，我也要咬斷她的喉嚨！」後來武后常常夢見王、蕭二人在宮中作祟。所以，她在執掌朝政以後，就常住東都洛陽，終身不歸長安。

雖然武則天的鬥爭手段十分毒辣，即位後又任用酷吏以施行高壓統治，但她知人善任，且注重國計民生，為接下來的開元之世奠定基礎。

用法說明 「骨醉」的本意即是飲酒沉醉。網路上有些意見將骨醉視為唐代刑罰的一種，乃是從武則天與王皇后、蕭淑妃間的故事而來。然而將此種故事視為傳說、消遣之用即可，實在不宜認真看待，更何況是將骨醉引申為某種犯罪的刑罰，豈非過於捕風捉影？例一：竹林七賢中，以阮籍與劉伶最好酒，劉伶有〈酒德頌〉傳世；阮籍則往往飲酒至骨醉。例二：蘇軾貶謫至黃州，與友人泛舟於赤壁之下，飲酒骨醉，怡然自得。

高山流水（ㄍㄠ ㄕㄢ ㄌㄧㄡˊ ㄕㄨㄟˇ）

出處 《列子・湯問》：「伯牙善鼓琴，鍾子期善聽。伯牙鼓琴，志在登高山。鍾子期曰：『善哉！峨峨（高聳）兮若泰山。』志在流水。鍾子期曰：『善哉！洋洋（水勢廣闊盛大）兮若江河。』伯牙所念，鍾子期必得之。」

解釋 比喻知音難遇。也比喻樂曲高妙。另外，〈高山流水〉也是曲譜名與詞牌名。

近義 知音難覓、伯牙鼓琴

放大鏡

千金易得，知音難覓

伯牙擅於彈琴，他的好友鍾子期是個好聽眾。兩個人的心意透過琴音而溝通無間，彷彿世界上沒有比他們更契合的一對心靈了。然而，當鍾子期一死，伯牙感到世間再也無人能了解自己的心意，於是便斷破了琴、剪斷了弦，終身不再彈琴。

俗話說：「千金易得，知音難覓。」在茫茫人海中，要找到與自己的心靈相契之人誠然不易，難得有一知音，豈能不珍惜？當伯牙鼓琴，鍾子期能夠準確地掌握音樂語言，沉醉在高山流水的意境當中。因此，鍾子期的去世對伯牙而言是個沉重的打擊，當伯牙了解自己內心的情志、樂音的意境恐怕再也無人能懂，他不惜破琴絕弦，發誓永遠不再彈琴，這不但是對知音好友的哀悼，也許更是覺得生命不再完整的沉痛感傷。

用法說明 「高山流水」形容知音難得，也比喻樂曲的意境高妙，而「曲高和寡」用來形容樂曲或作品高深，

不太通俗，所以懂得的人不多。例一：一張古琴、一管洞簫，樂音契合無間，流洩出質樸而閒雅的旋律，恍如高山流水，令人神往！例二：這部電影雖然頗受藝術人喜愛，但曲高和寡，票房賣座不佳。

高臥 ㄍㄠ ㄨㄛˋ

出處 南朝宋・劉義慶《世說新語・排調》：「謝公在東山，朝命屢降而不動，後出為桓宣武司馬……（高靈）戲曰：『卿屢違朝旨，高臥東山，諸人每相與言：「安石不肯出，將如蒼生何？」今亦蒼生將如卿何？』謝笑而不答。」

解釋 高枕而臥。意謂安閒無事，悠閒自得。又有隱居不出仕之意。

近義 含哺鼓腹、披髮入山、戢（音ㄐㄧˊ）鱗潛翼

反義 焦頭爛額、勞形（困頓、勞累）、熱中（多指熱心於仕宦）

搭配詞 北窗高臥（意指悠閒）、東山高臥（意指隱居不仕）

放大鏡 東山再起

謝安，字安石，東晉名臣。謝安年輕時曾經出仕，但僅僅一個月，他就辭病不出，隱居高臥於東山。直到他四十歲時，先在大將軍桓溫幕下擔任司馬，後轉任太守、侍中，進而總理國事，安定東晉，更對抗北方的前秦，打贏了「淝水之戰」，才產生了「東山再起」這個成語。

用法說明 「北窗高臥」與「含哺鼓腹」雖然都有優閒之意，但前者較不考慮大環境是否太平，而強調個人的生活態度，多作動詞用；後

者側重悠閒無事的狀態，或形容太平盛世人民無憂無慮的生活，當作形容詞用。例一：趁著連假，我們撇開城市的喧囂，結伴住進山中的民宿，暫作北窗高臥，讓身心放鬆一下。例二：含哺鼓腹、不必為生計操煩的太平生活雖然愜意，可是也不能忘了未雨綢繆呀！

高標 ㄍㄠ ㄅㄧㄠ

出處 西晉・左思〈三都賦・蜀都賦〉：「羲和（傳說中為太陽駕車的人）假道於峻岐，陽烏（太陽）回翼乎高標。」

解釋 指高聳之山木，引申有矗立、聳立之意，也泛指高聳特立之物、出類拔萃之人。現在多指考試成績的高標準。

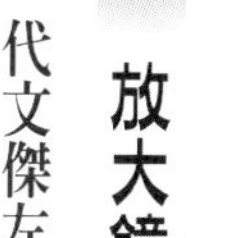

放大鏡

一代文傑左思

左思是西晉時人，生於齊國臨淄，〈三都賦〉就是出自他的手筆。〈三都賦〉是魏晉賦中獨有的長篇，分別寫魏、蜀、吳三國的國都，而不只描述三個都城，還寫魏、蜀、吳三國的概況。據說此賦一出，遠近頌讚，傳鈔不絕，使京師洛陽的紙價一時高揚，也是「洛陽紙貴」一成語的由來。

其實晉代的造紙產量未豐，價格易貴，促使洛陽紙貴的並不只有〈三都賦〉一篇作品。左思最為人所稱道的文學成就，乃是他作的五言詩蘊意深厚，良有寄託，比起同時代一味雕琢、華而不實的其它詩歌，左思的詩在優美的形式之外更能夠展現個人的胸襟懷抱，顯得卓然自立。

用法說明 「高標」原指山木之高聳。《世說新語》裡說：「李元禮風格秀整，高自標持。」將高、標二字拆開，用來形容人物的高尚風範。在科舉考試盛行的時代，「高標」也可以指高舉中榜、名列前茅。因此只要是人或物之高聳特立、出類拔萃，都可用高標來形容。至於現在，幾乎只會在統計考試成績的時候，用到高標、均標、低標等名詞了。例一：山顛雲霧繚繞，危崖上一棵孤松高標而立，風姿凜然。例二：他的年紀雖輕，但風度高標，在同儕之間顯得卓爾不凡。

高舉 ㄍㄠ ㄐㄩˇ

出處 《楚辭・卜居》：「寧超然高舉以保真乎？將哫訾（音ㄗㄨˊ ㄗ，善於看人臉色、阿諛奉承）栗斯（小心翼翼），喔咿儒兒（強笑獻媚。喔咿音ㄨㄛˋ ㄧ）以事婦人乎？」宋玉〈九辯〉：「鳧（音ㄈㄨˊ，野鴨）鴈皆唼（音ㄗㄚ，食）夫粱藻兮，鳳愈飄翔而高舉。」

解釋 高飛，遠去。亦指隱居。

近義 高臥

反義 屈沉、隨俗沉浮

十畫

放大鏡

自由自在的心願

陶淵明：「願言躡清風，高舉尋吾契。」「高舉」原形容鳥的高飛，也用來指人的遠走，或象徵隱遁。人無法像鳥一樣展翅高飛，於是對飛鳥始終有些羨慕；即使受限於現實因素，無法高飛遠走、離群索居，但「高舉」表現的是精神的拔升、境界的超脫，讓自己自由自在。陶淵明在〈桃花源詩并記〉裡塑造的理想國，訴說的不就是這種精神嗎？

用法說明 現代運用「高舉」一詞，多半是指「將……高高舉起」。可以具體地「高舉」雙手，也可以抽象地「高舉」某種理念、思想，有主張、贊成的意思。例一：頒獎臺上，冠軍高舉手上的金牌，向所有支持者致意。例二：政客在競選時高舉「民主」的大旗來拉攏選民，當選後卻只為自己打算，罔顧民眾權益，真令人不齒！

鬼才（ㄍㄨㄟˇ ㄘㄞˊ）

出處 北宋・錢易《南部新書》：「李白為天才絕（獨一無二之意），白居易為人才絕，李賀為鬼才絕。」

解釋 原意是寫詩別出蹊徑、出人意表的人，後來指能運用特殊思維解決難題或突破困境的人。

近義 天才

反義 蠢才

放大鏡

亦正亦邪的鬼才

鬼才就是在解決問題時，能夠找到非常理的解決方法，並且效果驚人者。但它原來可不是這麼解釋的：話說唐代中期有一群詩人，包括韓愈、孟郊、賈島、李賀等，作詩不按常規，喜歡標新立異、驚世駭俗，追求與眾不同的張力與刺激，形成一個特殊的流派。其中尤以李賀為最，風格奇譎詭怪，又喜歡寫陰森恐怖的景象，好用「血、魂、蠹、泣」等字，以劍比月，被古人稱為詩中的「鬼才」。

跳離詩歌，現在「鬼才」的用法可多了，綜藝鬼才、電腦鬼才、說故事鬼才、鬼才企業家、鬼才設計家……無奇不有！不過，被稱為「鬼才」者可別高興得太早，因為通常被賦予這樣

的封號者，一般都意味著具有亦正亦邪的人格。

用法說明 鬼才和達人、奇能異士的意義多少有點不同，「達人」是通達、擅長某些事務的人，腦筋未必很好；「奇能異士」多指具有特異功能的人，腦筋也未必很好。鬼才則通常腦筋很不錯，能拐彎想到解決問題的方法，只是心性如何就難說了。例一：她喜歡人家稱她「家事達人」，而不喜歡被稱為「家事鬼才」。例二：具有猶太人血統的美國導演史帝芬・史匹柏被公認是當今的「電影鬼才」。

鬼見愁（ㄍㄨㄟˇ ㄐㄧㄢˋ ㄔㄡˊ）

出處 南宋・釋普濟《五燈會元・南嶽下十五世》第十九卷：「突出神難辨，相逢鬼見愁。」

解釋 形容人兇惡恐怖，彷佛連鬼見了都要發愁。

近義 凶神惡煞、目露兇光

反義 和藹可親、平易近人

放大鏡

慧遠禪師

靈隱寺的慧遠禪師，是眉山彭氏的兒子。當他在圓悟法師圓寂以後，補上了靈隱寺的住持，並且被冊封為佛海禪師。當時便有詩云：「新歲有來由，烹茶上酒樓。一雙為兩腳，半個有三頭。突出神難辨，相逢鬼見愁。倒吹無孔笛，促拍舞涼州。」詩中提到的鬼見愁，意思就是形容難纏的角色與事務，恍若連鬼見了都要發愁一般。

用法說明 「鬼見愁」往往用來形容一個人如同凶神惡煞一般，似乎連鬼見了都要發愁。例一：相當老套的橋段，往往是一名書生要路過一條路，卻被山寨強盜攔下來，而擱下書生的強盜，往往是令人感到害怕的「鬼見愁」。例二：做生意最怕遇上難纏的「奧客」，這種人，當真該被列入商家的鬼見愁清單當中。

鬼門關（ㄍㄨㄟˇ ㄇㄣˊ ㄍㄨㄢ）

出處 唐・楊炎〈流崖州至鬼門關作〉：「崖州何處在，生度鬼門關。」

解釋 地府的入口，生死一線處。

放大鏡

鬼門關變成觀光勝地

唐人楊炎寫了一首〈流崖州至鬼門關作〉：「一去一萬里，千知千不還。崖州何處在，生度鬼門關。」鬼門關在哪兒呢？據《唐書・地理志》記載：「容州北流縣南（**北流縣位處於中國廣西省**），有兩石相對，還謫至此者，罕得生還，俗號鬼門關。」因為被降職的人到了這裡，或者是不適應瘴氣生病而死，或者是憂鬱成疾而終，很少有生還者，所以此地俗傳是地府的入口處，就像有鬼會來拘提似的，故稱「鬼門關」。這是用以形容那個地方的環境不堪居住。現在不同了，如今廣西的北流市塘岸鎮真有鬼門關旅遊景區，早已今非昔比，發展成觀光勝地了。

用法說明 鬼門關本是地名，後來意義延伸，凡是大病未亡又恢復健康者，或是遭逢大災難卻安然倖存者，我們就會說：「這個人剛從鬼門關前繞了一圈回來。」例一：古代被貶的官吏來到鬼門關這個地方，很少有人能夠活著回到家鄉。例二：九十五歲的老人，忽然間身體動彈不得，經過急救後又恢復健康，真是在鬼門關前走了一遭哩。

參政（ㄘㄢ ㄓㄥˋ）

出處 元・脫脫《宋史・魯宗道傳》：「貴戚用事者，皆憚之（魯宗道），目為魚頭參政。」

解釋 參政，唐代官名，即參知政事，相當於副宰相。也指參與政事。此處指宋代魯宗道參與政事，因其姓氏及個性剛直骨鯁（音ㄍㄥˇ，正直），故被稱為「魚頭參政」。

搭配詞 魚頭參政

放大鏡

魯宗道，讓太后也莫可奈何！

宋太后（宋真宗妻）因敬重為人剛直、直諫敢言的魯宗道，因此當她臨朝處理國政時，便第一個擢升他成為參知政事。就一般常理來說，被擢升的官員對上級長官，應十分恭敬才是，但宗道卻反其道而行，他對太后處理國政的行為，十分不以為然！故當太后問他對唐代武則天處理國事的看法時，他不假詞色地批評：她是「唐之罪人也」，說完便轉身離去，獨留默然不語的太后。其後，太后與仁宗一同到慈孝寺，太后的坐車走在仁宗的前面，宗道見此連忙勸諫：「夫死從子，婦人之道也，太后宜輦後乘輿。」太后聽罷，手指宗道：「好你個宗道，其骨在頭，乃魚頭參政！」說完，下令讓皇帝的坐車先行。

用法說明 「魚頭參政」是指魯宗道從事政事的事跡，「魚頭」是專指其姓氏，不能改為其他姓氏。而「狗頭軍師」則是戲稱喜歡在背後替人出餿主意，但又無法成大事的人。前者是讚詞，後者則有貶義，使用時需小心。例一：宋朝因有「魚頭參政」的協助，使得恃權的皇親國戚，無法蠢蠢欲動。例二：小豪想趁景氣回溫大賺一筆，沒想到因誤信狗頭軍師的建言，反而血本無歸。

問津（ㄨㄣˋ ㄐㄧㄣ）

出處 《論語・微子》：「長沮、桀溺耦而耕（兩人並耕。耦音ㄡˇ）。孔子過之，使子路問津（渡口）焉。」晉・陶淵明〈桃花源記〉：「後遂無問津者。」

解釋 探詢。

近義 問訊、洽問。

搭配詞 乏人問津

放大鏡

《論語》中的隱者

在《論語》的時代，既有孔子這樣積極用世的人，也有一些消極避世的隱者。如楚國的狂人接輿，以一曲「鳳兮」表達自己的心志。又如耕地的荷蓧（音ㄉㄧㄠˋ，除草的農具）丈人，及長沮、桀溺等，他們懷著憤世嫉俗的心情，批評孔子的積極作為。除了批評孔子的隱者之外，有些隱者則能理解孔子的想法，如衛國的荷蕢（音ㄎㄨㄟˋ，盛土的竹器）者、石門的晨門等，前者知道孔子的「有心」，後者則知道孔子「知其不可而為之」的決心。這些隱者，未必在歷史上留下名字，卻對後世產生了影響。在漫長的歷史長河中，隱士往往被視為賢人，這和《論語》中出現的隱者，有著密切的關係。

用法說明 「問津」原是「探詢」的意思，如〈桃花源記〉中的「後遂無問津者」指的就是沒有人探詢桃

花源的位置。今日「問津」一詞多與否定詞連用，如「乏人問津」、「少人問津」、「無人問津」等，指沒有人重視或在意那件事，也可指商店少有客人光顧。「探詢」一詞用法較廣，可當動詞用，兩者用法略有差異。例一：街口開了一家餐廳，可惜服務不佳，因此少人問津。例二：他對新出土的文物極有興趣，所以四處探詢相關的資訊。

問鼎（ㄨㄣˋ ㄉㄧㄥˇ）

出處 《左傳・宣公三年》：「定王使王孫滿勞楚子，楚子問鼎之大小輕重焉。」

解釋 相傳夏禹鑄九鼎。後來九鼎被視為三代的傳國之寶，恆隨夏、商、周王都而遷徙，故古代立都又稱為「定鼎」。楚莊王問鼎，顯然有意圖謀君位。後世遂以「問鼎」指覬覦（音ㄐㄧˋ ㄩˊ，期望得到本不該擁有之物）王位，或有心謀取更高的榮譽、地位等。

近義 染指

反義 與世無爭

放大鏡

楚王問鼎中原

楚國的大軍開進周王室邊境，周定王十分惶恐，派遣王孫滿前去勞軍。楚莊王接見王孫滿，並詢問九鼎的輕重大小，接著，傲慢道：「周王室有九鼎又怎樣？楚軍只要把兵器的尖角折下來，就可以鑄鼎了，別說九鼎，就是十鼎、二十鼎也沒問題！」

王孫滿不卑不亢地向前陳述：「大王，您有所不知！自古以來，為政者最重要的是『德性』而不是『實力』，周王室之所以能獲得象徵傳國之寶的九鼎，是因為統治者有德，能以德服人的緣故。何況從當年周成王占卜的結果，得知上帝賜給周王室七百年的基業，並允許三十位君主當政；如今周德雖然衰微了，但是天命還沒改變，所以鼎的大小輕重是不可以問的。」

王孫滿講得頭頭是道，楚莊王無言以對，想想依楚國目前的實力，實在不足以滅掉周朝，只好立刻撤兵，班師回國。

用法說明 「問鼎」與「染指」都有處心積慮想去達成一個目標的意思，但依今日的用法，前者除了強烈的企圖心之外，並無意圖不軌（在古代竊取政權，便是圖謀不軌）；後者卻有不是自己應有而妄想據有的意思，完全出於不良的動機。例一：過了這一關，中華棒球隊就可以問鼎世界冠軍的寶座了。例二：不法集團日益猖獗，近來更想染指網路購物這塊大餅。

啟發（ㄑㄧˇ ㄈㄚ）

出處 《論語・述而》：「不憤（想了解但有困難）不啟，不悱（音ㄈㄟˇ，想表達卻說不出）不發。」

解釋 引導學習者，使其自然領悟。

近義 啟迪、開導

搭配詞 啟發式教育

放大鏡

儒家的啟發式教學法

很多人以為啟發式教學法是近代才興起的教育方法，其實不僅「啟發」這個詞出自儒家的經典《論語》，而且孔子也時常採用這種教學方法。啟發式教學法強調教學者不應直接給予答案，而是透過討論、比較、評斷等方式，使受教者自行探索答案。孔子在教學生時，往往喜歡詢問他們的志向，最後再講出自己的志向，使學生自然而然地在討論中提昇境界。例如有一回他問子路、顏回等學生的志向，子路強調義氣，顏回講求道德，而孔子則強調他的志向在於「讓老人得到安養，讓小孩得到照顧，讓朋友都講究信用。」孔子並沒有評論兩人志向的優劣，但是他們兩人自然可以從中領悟到把道德推廣到社會的意義，這就是一種啟發式教學。

用法說明 「啟發」與「開導」意思相近，但是還是有些微的差別。啟發一詞大多用於全新道理的學習，開導一詞往往用於思考路線的修正。除此之外，啟發者可以是人，也可以是事物，開導者則一定是人。例一：受到竹節中空的啟發，他領悟到虛心的道理。例二：經過老師再三的開導，他終於承認自己的錯誤。

執牛耳（ㄓˊ ㄋㄧㄡˊ ㄦˇ）

出處 《左傳・哀公十七年》：「諸侯盟（古代對神明立誓締約的一種禮儀），誰執牛耳？」

解釋 古代諸侯割牛耳歃血為盟，由主盟者執盤盛牛耳，故稱盟主為「執牛耳」。後泛指人在某方面居於領導地位或能稱冠。

近義 出類拔萃

放大鏡

執牛耳的儀式

春秋時代，諸侯國之間常會有需要簽訂盟約的時候，此時會有歃血為盟的隆重儀式，由推舉出德高望重的盟主主持，盟主通常是由實力最為雄厚的國家來擔任。儀式進行時要割牛耳取血，主盟者率先將祭拜儀過天地神靈的牛血塗在唇上，與盟者接著相繼歃血，表示彼此之間有天地神靈為鑑，要堅守盟約。倘若有違約者，必將造受神靈的懲罰，最終將像牛一樣死亡。儀式最後裝有牛耳的盤子，也是由盟主所持，因此稱「執牛耳」。

用法說明 執牛耳一詞以前專指歃血為盟的盟主，但現今各個領域中最為出類拔萃、居於領導地位的傑出對象，我們都可以「執牛耳」稱之。例一：美國大聯盟是世界棒壇好手薈萃雲集的地方，因此在棒球領域穩執牛耳。例二：比利時的鳳梨栽培技術，在世界上具有執牛耳的特殊地位。

堂奧（ㄊㄤˊ ㄠˋ）

出處 晉・棗腆（音ㄊㄧㄢˇ）〈答石崇詩〉：「窺睹堂奧，欽蹈明規。」

解釋 比喻學養高深的境界，探看其中的奧妙。堂奧，指屋子的角落深處。奧，室的西南角。

放大鏡

登堂入室的子路

子路出身寒微，其性耿直好勇，為人輕率粗莽，性情真摯，孔子對子路十分喜愛，常直言責正其行。一日，子路彈瑟，孔子聞其琴音滿含肅殺之氣，便責怪他不合雅頌祥和之音，怎麼像出自孔門之下的人呢？其他學生聽到了，都誤認為孔子不喜歡子路，就對子路很不恭敬。孔子得知這樣的情況後說：「子路的學問已經大有所成，但是未臻佳境。就

像人們從外面進來，登上廳堂，但是還沒有入內室一樣。」

用法說明 現今堂奧一詞通常使用在一門未能輕易參透的深奧學問上。例一：在老師的帶領之下，我終於能初窺堂奧，真是令人雀躍不已。例二：久聞大師盛名，藉著這次的展覽，終於可以一窺堂奧了。

奢侈（ㄕㄜ ㄔˇ）

出處 《墨子・辭過》：「是以其民淫僻而難治，其君奢侈而難諫。」

解釋 揮霍浪費，不知節儉。

近義 奢華、豪侈、豪奢

反義 節儉、節約、儉樸、儉約

搭配詞 奢侈浪費

放大鏡

石崇的珊瑚

西晉的石崇非常豪奢，除了華美的金谷園外，還擁有許多奇珍異寶。晉武帝曾把高二尺左右的珊瑚賞賜給舅舅王愷（音ㄎㄞˇ），這珊瑚樹枝條紛披，十分珍美。王愷驕傲地拿給石崇看，石崇一看便舉起鐵如意隨手把它敲碎了。王愷很生氣，認為石崇是嫉妒自己的寶物，沒想到石崇說：「那一點都不值得遺憾，我現在就賠償給你。」於是叫手下把自己的珊瑚樹全拿出來，光是高達三、四尺，枝幹姿態罕見優美、光彩奪目的就有六、七株，一下就把王愷給比下去了。

用法說明 我們常用「奢侈」來形容人過度揮霍金錢的態度；「奢華」一詞則是奢靡華麗的意思。例一：她生性奢侈，總愛花大錢購買不必要的東西。例二：她家的裝潢非常奢華，滿是外國舶來品的擺飾。

宿世冤家（ㄙㄨˋ ㄕˋ ㄩㄢ ㄐㄧㄚ）

出處 北宋・道山先生《道山清話》：「宿世冤家，五年夫婦，從今以往，不打這鼓。」

解釋 前世結仇的冤家，形容積怨很深。亦常用作反語，形容似相怨、實相愛的戀人或夫妻，或用以暱稱所愛的人。

近義 夙世冤家、歡喜冤家、夙世冤業

反義 今世良緣

放大鏡

彭汝礪與妻宋氏

傳說宋代文人彭汝礪為人剛正不阿，擔任官職甚久，頗受朝野推崇。晚年時，娶了一位頗具姿色氣質的宋氏為妻，並極盡呵護、百般討好。後來，彭汝礪被派往九江任職，一日，於病中索筆寫下：「宿世冤家，五年夫婦，從今以往，不打這鼓」，扔下筆，就離開人世，留下無限悵惘予宋氏。

用法說明 「宿世冤家」意近「歡喜冤家」，皆可形容似相怨、實相愛的戀人或夫妻。例一：小弟與即將過門的弟妹真是宿世冤家，一見面就鬥嘴，一分開又等不及煲電話粥。例二：曉晴與正綱這對歡喜冤家終於和解，兩人還計畫半年後步入禮堂，廝守一輩子。

崢嶸（ㄓㄥ ㄖㄨㄥˊ）

出處 唐・杜荀鶴〈送李鐔（音ㄊㄢˊ）遊新安詩〉：「邯鄲李鐔才崢嶸，酒狂詩逸難干名。」

解釋 山勢高峻突出的樣

子，後形容人品出眾或出人頭地。

近義 出人頭地、高人一等、出類拔萃

反義 庸庸碌碌

搭配詞 頭角崢嶸、歲月崢嶸

放大鏡

出人頭地的蘇軾

北宋仁宗嘉祐年間，歐陽脩曾擔任科舉考試的主考官。他閱卷時看到一篇名為〈刑賞忠厚之至論〉的文章，頓時又驚又喜，認為能寫出這篇文章的人是個難得的人才，想將他列為第一，但又覺得文筆看起來很像是他學生曾鞏寫的，為了避嫌，於是就把這份考卷定為第二名。沒想到這篇文章是蘇軾寫的，他在放榜後去拜見歐陽脩時，才知道是誤會一場。歐陽脩很欣賞蘇軾的才氣，在他寫給好友梅堯臣的信中說：「讀軾書，不覺汗出，快哉快哉！老夫當避路，放他出一頭地也。」

用法說明 我們常用「崢嶸」或「頭角崢嶸」來形容人非常傑出；「崢嶸」一詞同時也能用來形容山勢高峻突出的樣子。例一：他才華洋溢，是個頭角崢嶸的年輕人。例二：我們跟隨登山隊攀登喜馬拉雅山，沿途山勢崢嶸，真是鬼斧神工。

從心所欲（ㄘㄨㄥˊ ㄒㄧㄣ ㄙㄨㄛˇ ㄩˋ）

出處 《論語・為政》：「七十而從心所欲，不逾矩（逾越法度）。」

解釋 順著自己的心意做事。

近義 隨心所欲

反義 身不由己、不由自主

放大鏡

孔子的人生階段

孔子曾經把自己的人生分為幾個階段：1.志學之

年：十五歲，立志向學；2.而立之年：三十歲，懂得立身處世的道理；3.不惑之年：四十歲，內心毫不動搖，對所學的道理不起疑惑；4.知命之年：五十歲，知道自己的天賦使命；5.耳順之年：六十歲，對於聽到的事都能明白其中道理，內心不會起伏不定；6.從心之年：七十歲，什麼事都照著自己的心意去做，而能夠不違背義理。在「從心之年」的階段，孔子的內心已經可以完成符合義理，毫無偏差，這就是「聖人」的境界。

用法說明 順著自己的心意去做事，可以是「從心所欲」，也可以是「為所欲為」。不過，「從心所欲」所做的事不一定是壞事，「為所欲為」則往往指做壞事而言。例一：一個人來到國外，週遭全是陌生人，感覺自己似乎一切都可以從心所欲，不用在乎他們的目光。例二：儘管他財大勢大，但是社會上自有法律及公理，豈容得他為所欲為。

從善如流（ㄘㄨㄥˊ ㄕㄢˋ ㄖㄨˊ ㄌㄧㄡˊ）

出處 《左傳・成公八年》：「君子曰：「從善如流，宜哉！《詩》曰：『愷悌（和樂平易）君子，遐不作人。』求善也夫！作人，斯有功績矣。」」

解釋 樂於接受別人善意的意見。

近義 虛心納諫

反義 固執己見、剛愎（音ㄅㄧˋ，固執任性）自用

放大鏡

從善如流的欒書

西元前五八三年秋天，楚國攻打鄭國，晉國以欒（音ㄌㄨㄢˊ）書為主帥，出兵援助鄭國。鄭國危機解除

後，欒書打算趁機攻打楚國的附庸蔡國。他的部下勸他：「我們出兵的目的是為了援救鄭國，若是毫無理由地攻打蔡國，就算打勝了，也不光榮。」欒書聽了部下的話，覺得很有道理，就撤兵回國了。後人評論這件事說：「晉國將領能夠從善如流，難怪能夠成為強大的軍隊。」

用法說明 「從善如流」指的是能夠接納別人的好意見，「言聽計從」則指完全接納別人的計策，但是這計策不一定是好的計策。例一：這次爭議事件確實讓該公司蒙受不少的損失，但是該公司從善如流的負責態度，也贏得了不少掌聲。例二：他這個人心術不正，你不該對他言聽計從。

悠悠（ㄧㄡ ㄧㄡ）

出處 《詩經・鄭風・子衿》：「青青子衿（音ㄐㄧㄣ，衣領），悠悠我心，縱我不往，子寧（難道、豈）不嗣音（傳寄音訊）？」

解釋 在這裡指憂心的樣子。

近義 憂傷、悵然

放大鏡

曹操是同性戀？

《詩經》的〈子矜〉篇，說的是一位為情所苦的人，癡心等待對方的音訊，甚至一日不見，彷彿隔了三年之久。到了東漢末、曹魏時期，曹操寫〈短歌行〉也有「青青子衿，悠悠我心，但為君故，沉吟至今」的名句，意思是「為了你們的緣故，我一直不斷地沉吟、惦念著啊！」表達的是一種求賢若渴的心情。三國時代，曹操的麾下大將如雲、謀士如雨，人才多的數不清，但他依然不停地求才（雖然也妒才），顯現一世英豪的雄才大略。

網路上有人解讀《詩經》這幾句詩時，竟然說作者是同性戀。這一說法令人啼笑皆非，詩意實無關乎性別問題，重點在於所表達的深情與執著。那些語不驚人死不休的不負責言論，笑一笑就罷了，不必當真啦！

用法說明 「悠悠」有好幾種解釋和用法：一、憂傷的樣子，如「悠悠我思、中心悠悠」。二、長久、遙遠，如唐・陳子昂〈登幽州臺歌〉：「念天地之悠悠。」三、飄動的樣子，如宋・范仲淹〈漁家傲〉：「羌笛悠悠雪滿地。」四、荒謬，如「悠悠之談」。五、形容悠閒自在，如唐・崔顥〈黃鶴樓〉：「白雲千載空悠悠。」或「悠悠自得」。例一：一想起他離鄉背井，獨自奮鬥，忍不住中心悠悠。例二：悠悠長夜，忙得昏天黑地的妳是否能夠安然入夢？

患得患失（ㄏㄨㄢˋ ㄉㄜˊ ㄏㄨㄢˋ ㄕ）

出處 《論語・陽貨》：「鄙夫可事君也與哉？其未得之也，患得之；既得之，患失之。苟患失之，無所不至矣。」

解釋 形容人的得失心很重，在沒得到以前怕得不到，得到以後又怕失去。

放大鏡　豁達的君子

古代心胸豁達的君子將權勢富貴看得很淡，置個人的得失於度外，因此沒有什麼東西的失去會令他們感到憂慮。傳說唐代書法名家柳公權家中的銀杯被奴婢們偷走了，詢問時她們都推說不知道，於是柳公權淡然一笑說：「銀杯成仙飛走了。」便再也沒有過問這件事。

南朝梁的張率在新安時，曾派家中的僕人運三千石的米回家，等運到家中後，卻發現米憑空消失了一大半。他問起原因，僕人說米是被老鼠和鳥雀偷吃掉的，張率笑著說：「好厲害的老鼠和鳥雀啊！」說完便不再追究這件事。

用法說明 「患得患失」一詞形容人的得失心很重，不論得到或失去都感到憂慮。

例一：患得患失的個性讓她整天魂不守舍，無法專心唸書準備考試。例二：他對失去的財物不再詳加追究，一笑了之，避免了患得患失的麻煩。

捲鋪蓋（ㄐㄩㄢˇ ㄆㄨ ㄍㄞˋ）

出處 清・李寶嘉《官場現形記》第五回：「叫他去開銷蔣福，立時三刻要他捲鋪蓋滾出去。」

解釋 原意是指收拾行李離開，現則用來指遭到開除的命運。

近義 炒魷魚、遭解僱、開除、辭退

反義 僱用、招聘、任用

搭配詞 捲鋪蓋走人、捲鋪蓋走路、捲鋪蓋排隊、捲鋪蓋滾出去、捲鋪蓋回老家

放大鏡

蔣福捲鋪蓋走路

蔣福拿了原告的錢，要剛上任的王夢梅寫傳票捉拿被告，但王夢梅不肯，蔣福不高興地邊走邊罵。他出去後，王夢梅立即寫了一張令諭，表明若私自向人索賄，將從重懲辦，決不寬貸。蔣福明白此諭是衝著他來的，自言自語道：「這張諭帖絕

了我的路，哼！」於是，他假傳王夢梅口諭：「一是，今年收成不好，故不多收一分一厘。二是，書役除工食外，不准在外頭多要一個錢。」哄傳出去後，全城皆知，等王夢梅驚覺錢怎麼都不見了，才知一切都是蔣福搞的鬼，便叫人去告訴蔣福，要他立刻捲鋪蓋走路！

用法說明 「捲鋪蓋」是打疊成捲的被褥，而「打地鋪」則是把地板當做臨時的臥鋪。例一：老闆要他捲鋪蓋走路後，他給自己一段充電的時間。例二：許多迷哥、迷姊三天前就來打地鋪，只為求得偶像的限量海報。

掃眉才子（ㄙㄠˇ ㄇㄟˊ ㄘㄞˊ ㄗˇ）

出處 唐・王建〈寄蜀中薛濤校書詩〉：「掃眉才子于今少，管領春風總不如。」

解釋 指有文才的女子。掃眉是畫眉的意思。

近義 不櫛（音ㄐㄧㄝˊ，束髮的梳子）進士

放大鏡

一代名妓薛濤

薛濤，字洪度，唐朝長安人。通曉音律，富詩才，為唐代名妓，與劉采春、魚玄機、李冶並稱唐朝四大女詩人。曾有官員因惜才奏請授薛濤為校書郎，此事雖未成功，但薛濤也因此有了「女校書」之名。薛濤與許多著名的唐代詩人皆有酬唱往來，如：元稹、白居易、劉禹錫等。唐朝詩人王建是眾多傾慕薛濤的詩人之一，他在〈寄蜀中薛濤校書詩〉中即以「掃眉才子」讚賞薛濤的才情。薛濤晚年居浣花溪畔，為寫詩文特製深紅小彩箋，人稱「薛濤箋」，也就是現今所指的紅色八行箋。

用法說明 「掃眉才子」一詞用來形容有文才的女子；「風流才子」則用來指男性有文才，風度翩翩。例一：她從小就展現寫作的天分，是公認的掃眉才子。例二：古典戲曲中有許多風流才子與大家閨秀的愛情故事。

掉（ㄉㄧㄠˋ）以（ㄧˇ）輕（ㄑㄧㄥ）心（ㄒㄧㄣ）

出處 唐・柳宗元〈答韋中立論師道書〉：「故吾每為文章，未嘗敢以輕心掉之。」

解釋 處理事情時，抱持著輕忽、漫不經心的態度。

近義 等閒視之

反義 慎重其事

放大鏡

柳宗元爲文「不敢以輕心掉之」

西元八〇五年，唐代著名的文學家柳宗元被貶到永州當司馬。韋刺史的孫子韋中立非常仰慕柳宗元，寫信給他要拜他為師。柳宗元寫了一封〈答韋中立論師道書〉給他，詳細而耐心地闡述他治學的觀點。文中說：「凡吾所陳，皆自謂近道，而不知道之果近乎遠乎？吾子好道而可吾文，或者其於道不遠矣。故吾每為文章，未嘗敢以輕心掉之。懼其剽（音ㄆㄧㄠ，輕浮）而不留也；未嘗敢以怠心易之，懼其弛而不嚴也。」大意是說，凡是我闡述的，都是我認為接近道理的，但不知道最終是離道理近了還是遠了？您追求並熱愛道理而且認可我的文章，也許我的文章離道理不遠了。所以，我每次寫文章時，不曾敢「以輕心掉之」，而是擔心文章輕浮而不能久留。不曾敢用輕慢的態度對待創作，而是擔心文章鬆懈而不嚴謹。由此可以看出柳宗元嚴謹的治學態度。

用法說明 「掉以輕心」和「漫不經心」都有不放在心上的意思。不過「掉以輕心」比較偏重輕忽的意思，而「漫不經心」則側重於做事馬虎隨便。例一：讀者可以將報紙一眼掃過，而編輯卻對每一個字，每一句話，每一個觀點，乃至每一個標點都不能掉以輕心。例二：他唱著歌，漫不經心地開著車。

掉書袋（ㄉㄧㄠˋ ㄕㄨ ㄉㄞˋ）

出處 北宋・馬令《南唐書・彭利用傳》：「對家人稚子，必據書史，斷章破句，以代常譚，俗謂之掉書袋。」

解釋 指說話時喜歡引用古人古事來代替常用的詞語。多用於負面批評。

近義 咬文嚼字

放大鏡

喜歡賣弄學問的古人

魏晉時代流行駢文，寫文章時非得引用古人古事不可，據說有一個人在寫買驢子的契約時，連寫了三張紙，都沒寫到一個「驢」字。唐朝末年又開始流行駢文，到了五代十國時，有一個名叫彭利用的人，甭說文章了，就連平常對僕人甚至小孩說話時，都要引經據典。沒什麼學問的他們又怎麼聽得懂呢?當時就有人用「掉書袋」這三個字來譏笑他。

用法說明 「掉書袋」和「引經據典」都是引用古人古事，但是使用時機大不相同。前者有批評的意思，後者則有讚美的意思。例一：他對這門學問並不是那麼了解，就故意掉書袋，用一些生難的詞語來掩飾自己的無知，但也只能唬唬外行人而

已。例二：這篇文章不但文詞流暢，而且引經據典，極有條理，由此可見作者的才學極高。

掛冠（ㄍㄨㄚˋ ㄍㄨㄢ）

出處 南朝宋・范曄《後漢書・逸民傳・逢萌》：「時王莽殺其子宇，萌謂友人曰：『三綱絕矣。不去，禍將及人。』即解冠挂東都城門，歸，將家屬浮海，客於遼東。」

解釋 高掛官冠。意指辭官歸隱。

近義 解珮、戢鱗潛翼、倒冠落珮

放大鏡

西漢末的王莽亂政事件

西漢末年，政權已落入輔政大臣王莽手中。最初王莽為了攏絡天下人心，謙恭下士、戮力國事，讓天下人以為他對漢朝是一片赤誠。直到大權在握，王莽漸漸露出真面目，用盡手段來孤立皇家勢力、消滅政敵，為達目的，甚至不惜拿親生兒子開刀。

為了剷除外戚與朝野言論威脅，王莽先使漢平帝與母親衛姬的家族劃清關係，不令衛姬住進京城，又讓自己的女兒當上漢平帝的皇后。然而王莽的長子王宇私下和衛家有交情，還與他的老師吳章一起教導衛姬如何上書請願，才能進京探視漢平帝。可是，王莽抓到王宇的小辮子，先把他關進監獄，要他服毒自殺，又殺了王宇的妻子，而後牽連衛家，除了衛姬以外，誅殺一族殆盡。

當時朝廷眾臣畏懼王莽的威勢，皆將王莽比作輔佐周成王平定管蔡之亂的周公，讚揚他大義滅親、不以私害公。但王莽仍不滿意，他更把王宇的老師、擁有千餘弟子的名儒吳章腰斬於市、五馬分屍，又迫使公主、親王自殺，陷害國內拒絕依附自己的豪傑、官員，死者數百人。

北海郡人逄萌聽聞王莽所作所為，就對他的朋友說：「王莽斷絕皇帝與母親的關係，是不孝；親手殺害自己的長子，是不慈；殘害國家人才，是不忠。三綱已絕，再不離開，恐怕大禍臨頭。」因為不忍看到時代的動盪、價值的淪亡，於是逄萌解下官帽，掛在東都城門上，回到故鄉，帶著家人乘船渡海，避居於遼東。

用法說明 「掛冠」與「致仕」雖然都有辭官的意思，但前者辭官多出於個人意願，如：政治紛亂，不願同流合污，或認為自己不適合在官場打滾。後者則是到了退休的年齡，於是辭官。例一：陶淵明只當了八十幾天的彭澤縣令，就因為不想再和鄉里間見識淺薄的人打交道，而掛冠求去。例二：老張結束了三十八年的公職生涯，在今年年初致仕返家，打算安度老年生活。

掛劍（ㄍㄨㄚˋ ㄐㄧㄢˋ）

出處 西漢．司馬遷《史記．吳太伯世家》：「徐君好季札劍，口弗敢言。季札心知之，為使上國，未獻。還至徐，徐君已死，於是乃解其寶劍，繫之徐君冢樹而去。」

解釋 意謂重友情、守信諾。

近義 田光伏劍

搭配詞 季札掛劍

放大鏡

掛劍的由來

春秋時代，吳國的公子季札到中原諸國訪問，出發

當時，季札先去拜訪徐君這位朋友。徐君對季札所佩帶的寶劍欣賞不已，但卻不好意思說出來。季札觀察徐君的神態，已猜到他的心情，雖想將寶劍送給好友，但季札也明白：自己還有出使各國的任務，甚至還會拜見周天子，到時候可不能失禮！若無佩劍隨身，一來儀容不整、與自己所代表的身分不合；二來沒有防身之器，迢迢長路實在無法安心。於是季札暗自決定，當回到國內時，再將佩劍贈給徐君。

沒想到，等季札遊歷回國，想再去見徐君，才知道徐君已經過世了。季札感傷地來到徐君墓前，奠祭好友。雖然徐君生前不知道季札曾經默許贈劍的事，而死後之事更是難以測知，但季札仍為自己不能即時履行承諾而後悔，也為好友無法達成心願而感到遺憾。最後，季札決定把自己佩帶的劍掛在徐君墓前的樹上，完成自己的諾言，然後離去。由此事看來，季札的確是位既重視朋友，又看重自己承諾的性情中人啊！

用法說明 「季札掛劍」與「田光伏劍」二詞，都可以形容守信重諾的高尚品德。但仔細分析，二詞最初所指的對象身分仍有差異：前者用於讚頌守信用的朋友，後者則代表寧可捨生以明志，信守諾言的義士。於是，「掛劍」與「伏劍」二詞，也因為適用對象的分別而突顯了彼此風格的差異：「掛劍」之行為瀟灑而深情，「伏劍」卻是慷慨而激烈的壯舉。例一：出國唸書的我一直沒有忘記當初的約定，今年說什麼也要回來參加闊別十年的大學同學會，效法季札掛劍的信用！例二：田光伏劍乃是以行動向燕太子丹證明自己能守密，也是為了捍衛自己的節操。

掠美 ㄌㄩㄝˋ ㄇㄟˇ

出處 《左傳・昭公十四年》：「已惡而掠美為昏，貪以敗官為墨。」

解釋 意思是指奪取他人的美名。掠即取、奪之意。

放大鏡

大義滅親的叔向

在昭公十四年冬天，《左傳》有這樣一則記載：當時晉國邢侯與雍子正在爭田，久久未有結果。而當士景伯出使楚國時，改由叔魚代理職務，而韓宣子任命他判決這樁案件。按理，應該是雍子有罪，卻因為他先賄賂了叔魚，把女兒嫁給叔魚，於是他改判邢侯有罪。邢侯在一怒之下，就把叔魚和雍子給殺了。

韓宣子問叔向，這三人應該如何定罪？叔向認為，三個人都有同樣的罪，因為雍子知道自己有罪，賄賂叔魚，叔魚則違背了刑法，出賣了法律，邢侯殺了人，三個人的罪是一樣的。叔向認為，雍子已經犯了惡行，又想奪取美名（掠美），應該用「昏」刑判之，而叔魚身為官吏貪圖利益，應該用「墨」刑判之，邢侯殺了人，則應該用「賊」的罪名定罪。這些刑法都是古時候的賢者皋陶認可過的，可以施行。

用法說明 今日我們常形容不敢承擔某些美名，就用「不敢掠美」來形容。例一：在總經理的管理下，整個部門效率相當優良，但在董事長的誇讚之後，他卻謙虛地說：「都是各個同仁的努力，我不敢掠美」。例二：團隊運作才能集結眾人的力量完成任務，所以所有

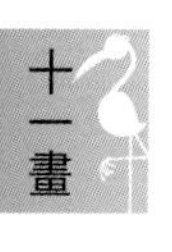

的成功都是大家一同分享的，不是只有領導者掠美於前。

教頭 ㄐㄧㄠˋ ㄊㄡˊ

出處 元末明初・施耐庵《水滸傳》第七回：「這官人是八十萬禁軍槍棒教頭林武師，名喚林沖。」

解釋 原指教授武術的老師，現多用來指教授專門技藝的老師。

近義 教首、教練、師父

反義 徒弟、弟子

搭配詞 老教頭、總教頭、教頭當家

放大鏡

九死一生的教頭

東京八十萬禁軍教頭林沖，有個十分美麗的妻子張貞娘。一日，兩人相偕出門，遇高太尉（俅）義子，林沖遏阻他調戲貞娘的行徑，使他心生不滿，於是陰謀設計林沖，使之因罪發配滄州。一路上，林沖遭到高太尉所收買的衙役惡整，幸賴好友魯智深相救，才得以倖免於難。一心要置林沖於死地的高俅父子，要差役派林沖去看守草料場，以用大火燒死他。幸好，大風雪把草料廳壓垮了，他為避風雪，跑去古廟安身，才逃過一劫。

用法說明 「教頭」是指教授武藝的老師，同音字「叫頭」則是指傳統戲曲中，用以表達情緒悲傷、憤怒的鑼鼓經。兩詞意思不同，必須予以分別。例一：有職棒總教頭在，我們一定可以贏得這一屆的棒球世界盃冠軍。例二：面對突如其來人倫悲劇，編劇讓主角以「叫頭」方式，來表現情緒的波折。

梧鼠技窮（ㄨˊ ㄕㄨˇ ㄐㄧˋ ㄑㄩㄥˊ）

出處《荀子・勸學》：「螣蛇（飛蛇。螣音ㄊㄥˊ）無足而飛，梧鼠五技而窮。」

解釋 技能雖然很多，但是都不專精。

近義 博而不精、貪多嚼不爛

反義 術業有專攻

放大鏡

梧鼠的「五技」

傳說中，梧鼠有五種技能：一是會飛，可惜連屋頂都飛不上去；二是能爬，可是也爬不到樹頂；三是能游，然而過不了河；四是能挖洞，但是挖出來的洞淺到連自身都遮掩不住；五是能跑，不過跑得比人還慢。飛不上屋頂，爬不到樹梢，那麼就會被人順手抓去。過不了河，那麼也到不了其它地方。挖的洞淺，那麼就會被人發現。跑得慢，就連逃走都來不及。換句話說，梧鼠的技能雖多，但是都派不上用場，所以說「梧鼠技窮」。

用法說明 「梧鼠技窮」和「黔驢技窮」都指技能派不上用場，不過，前者的技能多而不精，後者的技能少而拙劣，兩者用法有異。例一：現今社會，父母往往強迫子女參加各式各樣的才藝班，不過，多學的結果卻是多而不精，梧鼠技窮。例二：貪汙的官員為了逃避法律責任，使盡各種技倆，無奈黔驢技窮，終究還是被繩之以法。

欲加之罪（ㄩˋ ㄐㄧㄚ ㄓ ㄗㄨㄟˋ）

出處《左傳・僖公十年》：「不有廢也，君何以興？欲加之罪，其無辭乎？」

解釋 想要誣陷別人的話，是怎麼樣都能夠找到藉口的。

近義 莫須有

反義 罪有應得

搭配詞 欲加之罪，何患無辭

放大鏡

因功而死的里克

春秋時，驪姬害死太子申生，讓自己的兒子奚齊即位，晉國因而發生內亂，大夫里克殺了奚齊。大夫荀息改立奚齊的弟弟卓子登基，里克又殺了卓子，並逼死荀息，迎夷吾返國。夷吾就是後來的晉惠公，他對里克說：「靠著你的力量，我才能到達今日的地位，可是你殺了兩任國君及一位大夫，要當你的國君，未免太困難了吧！」里克從話裡聽出晉惠公的意思，說：「不廢掉先前兩位國君，您有可能即位嗎？這真是『欲加之罪，何患無辭』啊！」說完就自盡了。

用法說明 「欲加之罪」與「懷璧其罪」兩者均為無端遭罪，不過「懷璧其罪」獲罪的理由源於個人的財物或才能，「欲加之罪」獲罪的理由則無限制。例一：事情都已經完成了，他還不肯放過我，我看這根本就是欲加之罪。例二：儘管他無心爭奪天下，不過懷璧其罪，皇帝還是因為他卓越的軍事才能，而找個藉口處決了他。

欲速則不達（ㄩˋ ㄙㄨˋ ㄗㄜˊ ㄅㄨˋ ㄉㄚˊ）

出處 《論語・子路》：「子曰：『無欲速，無見小利。欲速則不達，見小利則大事不成。』」

解釋 比喻處理事情如果過於性急求快，反而不能達到目的。

近義 食緊挵破碗（閩南

語）、慢工出細活

反義　一蹴而就

放大鏡

欲速不達與緊事緩辦

孔子在年輕時當過趕馬的車夫，從駕馭車子的技術中領悟出許多人生道理，「欲速則不達」就是其中之一。而這句話是對著準備出發去魯國莒地為官，來向孔子請教為政之道的子夏說的。孔子說：「不要求快，不要貪求小利。求快反而會達不到目地，貪求小利就做不成大事。」的確，事做得太快就容易出差錯，話說得太快就容易有漏洞，為什麼閩南語有云「緊事緩辦」？

其實，正是提醒我們做事不要因為貪快而顯得慌亂，應該思考清楚施行的步驟，一步一步完成。此外，如果我們只圖眼前的利益，而沒有向遠處看，所喪失的就不只是利益多寡的問題，更重要的是我們所表現出的見識深淺與他人的信賴與否了。

用法說明　這句話的表面意義是就「駕車」而言，深層意義則是做任何事情的速度。因此，既可以用在開車速度的快慢，也可以用在做事表現的緩急。例一：你車開得這樣快，萬一發生危險豈不是「欲速則不達」？例二：讀書讀得快如果能夠真正吸收當然很好，但是像你這樣很快翻過書本就算看過，恐怕是「欲速則不達」哩。

殺青（ㄕㄚ ㄑㄧㄥ）

出處　西漢・劉向《戰國策・書錄》：「其事繼春秋以後，訖楚、漢之起，二百四十五年間之事，皆定以殺青，書可繕寫。」

解釋 古代製作竹簡，必須先用小火烤竹片，直到冒出水分，然後刮去青色的表皮；這樣一來，既方便書寫，又能防止蟲蠹（音ㄉㄨˋ，蛀）。此一製作過程，稱為「殺青」。後世泛指書籍定稿或著作完成。

近義 大功告成

反義 八字沒一撇

放大鏡

製茶也要「殺青」

其實，「殺青」也是一道製茶相當重要的程序。加工製作綠茶時，先將摘下來的嫩葉加溫，防止茶葉中酵素發酵的過程，亦稱為「殺青」。因為殺青是以高溫讓茶葉中的酵素停止作用，這樣一來，可以避免酵素發酵時產生茶黃素及茶紅素，維持其中的葉綠素，使茶葉長保青翠。

製作茶葉時，殺青工作可分為乾熱法及濕熱法兩種，前者是以金屬導熱或空氣導熱來殺青，後者則是用蒸氣導熱加以處理。其中以金屬導熱者，稱為「釜炒」；以空氣導熱者，是為「烘青」；以蒸氣導熱者，則為「蒸青」。中國自古即有此三種製茶法，現今都以「釜炒」為主流，少數特色茶才用「蒸青」；而日本大多採「蒸青」，少數用「釜炒」。

用法說明 竹片殺青之後，即可在上面刻字，著書立說。可見「殺青」原意只是準備工作的完成，而非真正的大功告成。直到後世語意發生變遷，才由原來準備工作的完成，擴大為一件事情的完成，如電影拍攝完竣或電視劇製作完成等。例一：這部八點檔連續劇拍攝一年之久，如今殺青了，劇組人員終於可以鬆一口氣。例二：再經過一道手續，可口美味的鳳梨酥就算大功告成了。

淑女（ㄕㄨˊ ㄋㄩˇ）

出處 《詩經・關雎》：「窈窕（音ㄧㄠˇ ㄊㄧㄠˇ，幽靜美好）淑女，君子好逑（音ㄑㄧㄡˊ，配偶）。」

解釋 閑雅貞靜，有德性的女子。

搭配詞 窈窕淑女、名門淑女

放大鏡

「淑女」是「美女」的升級版

「窈窕淑女，君子好逑。」是世人耳熟能詳的詩句。有些人會把「窈窕淑女」解釋為身材苗條的女子，這樣的解釋是狹隘的。在古代，人們評價女子，講求「美心為窈，美狀為窕」，所以「窈窕淑女」不僅僅指的是貌美，更重要的是心美。只有內外兼修，達到內在美和外在美的和諧統一，才能稱得上是「淑女」。美女們常常會感嘆「紅顏彈指老，剎那芳華」，想要永遠留住漂亮的外表，是不可能的。若是能加上內在修為的增長，培養內涵和智慧，「充其內而顯於外」，這樣的「淑女」比只有光鮮亮麗外表的「美女」，更能令人印象深刻，也更能持久。所以，美女們應該提升自己，最後成為淑女，以找到屬於自己的「君子」。

用法說明 中國古代對於閑雅貞靜、有德性的女性稱為「淑女」，對於才德出眾的男性則稱為「君子」，現代也稱為「紳士」。例一：你長大以後，一定希望變成一位真正的淑女，對不對？那種知道該守規矩、很有禮貌、很有教養的淑女。例二：他溫文儒雅的紳士風度，吸引許多異性的愛慕。

深居簡出 ㄕㄣ ㄐㄩ ㄐㄧㄢˇ ㄔㄨ

出處 唐・韓愈〈送浮屠文暢師序〉：「夫獸深居而簡出，懼物之為己害也。」

解釋 意指居住在隱蔽的地方，很少與外人往來。

近義 足不出戶

反義 拋頭露面

放大鏡

道濟天下之溺

韓愈在〈送浮屠文暢師序〉一文中表達出捍衛儒家思想的立場。因為聖人出現，倡導仁義，推動禮樂刑政，才能使人民生活和諧安康，過著異於禽獸的生活。因此自堯、舜到周公、孔子，世世代代都執守仁義之道，傳承禮樂刑政。鳥低頭啄食時，會四處張望；野獸深居簡出，是怕受到其他物種的攻擊。如此小心防備，仍不能免於弱肉強食的命運。人們今日能安居，過著異於禽獸的生活，要想想是從何而來的。韓愈言下之意，就是要恪守儒家仁義之道，不可迷信佛家思想。

用法說明 「深居簡出」一詞原本是指野獸藏身隱蔽處的生活狀態。現在多用來人待在家中，很少外出。例如：這位昔日的超級巨星息影之後，就過著深居簡出的退隱生活。

烽火 ㄈㄥ ㄏㄨㄛˇ

出處 西漢・司馬遷《史記・周本紀》：「幽王說之，為數舉燧火。」

解釋 「烽火」是古代警示外敵入侵的信號。白天點燃的叫「熢」，是以煙來傳遞警示訊息；晚上點燃的叫「燧」，是以火光來傳遞警示訊息。烽火臺設置在山上。

近義 戰火、狼煙

搭配詞 烽火臺、烽火連天、烽火相連

放大鏡

褒姒一笑

周幽王寵愛的褒姒（音ㄙˋ）是個不愛笑的女人。幽王想要看到褒姒的笑容，可是用盡各種方法，褒姒還是不笑。幽王於是派人點燃警示盜寇入侵用的烽火。遠方的諸侯看到烽火燃起，以為有外敵入侵，全都趕來保護幽王。等到了之後才發現並沒有盜寇。褒姒看到諸侯被戲弄，開心地大笑。幽王為此十分高興，好幾次為取悅褒姒而點燃烽火。之後，再點燃烽煙，諸侯都不願趕來了。

用法說明 今日不再使用烽火傳遞作戰訊息，但，「烽火」一詞已被借代為戰爭的意思。例如：中東地區種族衝突頻仍，烽火連天，許多無辜百姓因此流離失所。

率性（ㄕㄨㄞˋ ㄒㄧㄥˋ）

出處 清・曹雪芹《紅樓夢》第十五回：「太太因大小事見奶奶妥貼，率性都推給奶奶了。」

解釋 索性、乾脆。

近義 乾脆、索性、直截了當、油炸麻花、白糖拌黃瓜

反義 猶豫

搭配詞 隨意率性、率性任意

放大鏡

與「乾脆」有關的歇後語

中國的歇後語中有所謂「油炸麻花」、「白糖拌黃瓜」，前者形容麻花在油鍋中炸過後，乾乾脆脆的口感；後者則是形容黃瓜與白糖涼拌後，甘甘脆脆的滋

味。通俗、生動且活潑的語詞，不僅如實道出食物的味道，也巧妙地比喻了「乾脆」的涵義。

用法說明　「率性」除了可以解釋為索性、乾脆以外，也可以用來形容一個人按照自己的性情做事，體現自身的真實性情，兩者不同之處在於，前者作動詞用，後者則是形容詞。例一：校長因為見到教務長辦事俐落又有效率，率性都將校務評鑑的準備工作交給他處理。例二：小張一直是個喜歡率性而為、展現自我的人。

異端 一ˋ ㄉㄨㄢ

出處　「攻乎異端，斯害也已。」《論語．為政》：

解釋　指與正統不同的學說、宗教。

近義　邪說

搭配詞　攻乎異端、異端邪說

放大鏡

孟子眼中的「異端」

在孟子的時代，百家林立，在他的眼中，有兩派學說與儒家學說背道而馳，一是以楊朱為代表的學派，一是以墨子為代表的學派。楊朱主張「為我」，即使拔一根毛可以幫助天下，他也不願意；墨子主張「兼愛」，認為應該把別人的父親看作自己的父親。孟子認為，「為我」的人，心中沒有君主，「兼愛」的人，心中沒有父母。心中沒有君主、父母，就是禽獸的行為。從現在的角度來看，孟子的說法稍嫌偏激，但也可以從中看出他對儒家的熱情。

用法說明　儒家稱不同的學派為「異端」，佛教稱不同的宗教為「外道」，兩者都有批評對方不合正統的意味，但是「異端」可兼指宗教，「外道」則專指宗教，不宜形容學派。例一：在中古時代，人們視學習巫術的人為異端，往往把他們處以死刑。例二：時局一亂，連違背倫理道德的邪魔外道都能夠擁有龐大的信眾。

眼不見為淨

ㄧㄢˇ ㄅㄨˋ ㄐㄧㄢˋ ㄨㄟˊ ㄐㄧㄥˋ

出處 南宋・釋普濟《五燈會元・天衣懷禪師法嗣》：「西臺祇恁麼休去，又乃眼不見為淨。」

解釋 指不看見就不會讓心緒煩亂。

近義 眼不見，心不煩

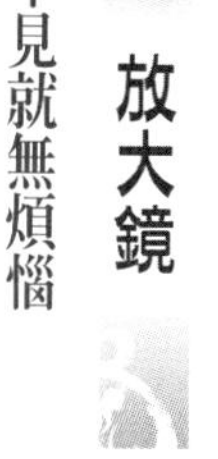

放大鏡

不見就無煩惱

《五燈會元》在〈天衣懷禪師法嗣〉一則故事下，提到了關於西臺其辯禪師的故事。其辯禪師向大家說到臨濟來的老漢，不知道各地天候不同，到了西臺發現下雪，才知道只聽臨濟真人的說法會有缺失，只能看見夏天的炎熱氣候，卻不知道仲冬的風雪嚴寒，於是跟眾人說，不要到西臺去，眼不見為淨，才不會因為看到自己所不知道的景象而徒增煩惱。

用法說明 通常我們形容鴕鳥心態，明明看見亂像裝作沒看見時，就用「眼不見為淨」來形容。或是想一走了之，不涉入煩瑣事務，不聽見、不看見就不必參與的情形，也叫做「眼不見為淨」。例一：亂七八糟的房子始終忙得沒空整裡，但要做的事很多，只好「眼不見為淨」，當做沒看到。例二：你沒看到公司上下因為那件緋聞鬧得滿城風雨？我還是趕快提出差申請，「眼不見為淨」，免得捲入八卦漩渦之中，遭到池魚之殃。

眼波 ㄧㄢˇ ㄅㄛ

出處 唐・杜牧〈宣州留贈〉：「為報眼波須穩當。」唐・韓偓（音ㄨㄛˋ）〈席上有贈〉：「媚霞橫接眼波來。」

解釋 指目光流盼，猶如水波流動一般。

放大鏡

水是眼波橫，山是眉峰聚

宋人王觀曾作過一闋〈卜算子〉詞，為他的朋友送別，開頭兩句是：「水是眼波橫，山是眉峰聚。」巧妙地運用流轉的目光、聚蹙的眉頭來形容水色山光。如此一來，山水彷彿也有了生命。而且，既然是送別之作，那麼流轉的目光、聚蹙的眉頭便使人感受到作者對朋友的關心之情、惜別之意，於是，「水是眼波橫，山是眉峰聚」在這闋詞裡就不僅是寫景，還是情景相生的佳句了。

用法說明 「眼波」常用來指女性的目光，尤其是動人的、充滿魅力的女子。例一：蟬聯影后的她不疾不徐地走在紅毯上，沒忘了回過頭來與記者們揮手微笑，眼波流轉牽動了鎂光燈的閃爍，想必她的風姿又將占據明天各大報的影劇版頭條。例二：初戀最動人的時候，也許是兩人四目相望，眼波傳情，一切盡在不言中的那一刻吧！

眾人皆醉我獨醒 ㄓㄨㄥˋ ㄖㄣˊ ㄐㄧㄝ ㄗㄨㄟˋ ㄨㄛˇ ㄉㄨˊ ㄒㄧㄥˇ

出處 戰國・屈原〈漁父〉：「舉世皆濁我獨清，眾人皆醉我獨醒，是以見放。」

解釋 所有人都喝醉了，只有我一個人醒著。形容在混濁的環境中，仍能保持節操，不願同流合汙。

近義 舉世皆濁我獨清、眾醉獨醒

反義 同流合汙、隨俗浮沉、淈（音ㄍㄨˇ，攪亂使混濁）泥揚波、餔糟歠（音ㄔㄨㄛˋ，喝）釃（音ㄌㄧˊ，薄酒）

放大鏡

屈原的作品〈漁父〉

〈漁父〉是屈原所寫的作品。篇中虛擬了一位漁夫。這位漁夫勸屈原不妨隨俗浮沉，犯不著和全世界對抗。屈原斷然拒絕了漁夫的建議，他堅決地表示，寧可跳入江裡，成為魚蝦的食物，也不願和世人同流合汙。

一般認為，漁夫的說法代表屈原心中的另一種聲音。在屢遭挫折之後，屈原或許也想過應該放棄堅持，但他強烈的道德感容不得這種想法，終於在楚國滅亡前夕，投江明志。

用法說明 「眾人皆醉我獨醒」和「出汙泥而不染」意思相近，指不同流合汙的行為，然而，細分仍然有別。「眾人皆醉我獨醒」著重在對世俗的批判，「出汙泥而不染」著重在對個人行為的讚美。例一：我知道公司的營運之所以會出狀況，關鍵在於每個人的自私心態，沒有人願意為公司付出，可是眾人皆醉我獨醒，區區一個我又怎麼可能改變整個公司呢？例二：在這次考試中，幾乎所有人都作弊，只有他一個人出汙泥而不染，即使會因而考得比別人差，他也不在乎。

眾叛親離（ㄓㄨㄥˋ ㄆㄢˋ ㄑㄧㄣ ㄌㄧˊ）

出處 《左傳・隱公四年》：「眾叛親離，難以濟矣。」

解釋 遭眾人被叛，遭親人離棄。也說「親離眾叛」、「眾散親離」。

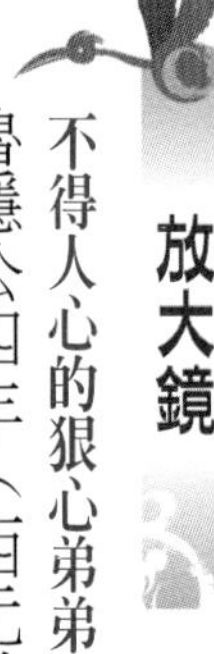

放大鏡

不得人心的狠心弟弟

魯隱公四年（西元前七一九年）春天，衛國州吁殺了哥哥桓公想自立為國君。因為所作所為不得人心，所以他想透過對外發動戰爭來提升自己的威望。魯隱公想知道州吁的計謀是否能得逞，於是就問大夫眾仲。眾仲回答說：「我只聽過以德和民，沒聽過以亂服人。這就有如整理絲線時，如果不先找出頭緒，只會讓狀況變得更糟。州吁憑藉強大的武力殘酷地攻伐，總有一天會面臨眾叛親離的結果。他的計畫是無法成功的。」

用法說明 「眾叛親離」一詞是說遭親眾背棄，陷入孤立。「六親不認」則是指不念情義或不顧情面。例一：這位暴君倒行逆施，最後眾叛親離，慘遭處決。例二：她一向公事公辦，不講情面，甚至到了六親不認的程度。

細膩（ㄒㄧˋ ㄋㄧˋ）

出處 唐・杜甫〈麗人行〉：「態濃意遠淑且真，肌理細膩骨肉勻。」

解釋 形容女子的肌膚細緻光滑。今多形容事物精細周密。

近義 精緻、細密、細緻

反義 粗糙、粗疏

搭配詞 光滑細膩

放大鏡

「細膩」之古今義

今人對「細膩」一詞，用得較多且廣的是精細周密、細緻入微的意思，譬如形容人做事情心思極為細膩，或某一作品的人物描寫細膩生動。但在古詩文中，亦可見到以「細膩」形容女子肌膚細緻光滑之例，如上舉杜甫「肌理細膩骨肉勻」。只是，今天對於此一用法，已不如「心思細膩」、「細膩生動」普遍。

用法說明 「細膩」除了可以形容女子的肌膚細緻光滑以外，亦可用於比喻一個人做事仔細小心。例一：年過四十的舅媽，肌膚細膩光滑，毫無皺紋，宛如嬰兒般柔滑的觸感，著實令人羨慕。例二：俊傑是個心思細膩且認真負責的人，事情只要交給他處理，絕對可以放心。

荳蔻（ㄉㄡˋ ㄎㄡˋ）

出處 唐・杜牧〈贈別〉二首之一：「娉娉裊裊（形容女子體態輕盈柔美。娉音ㄆㄧㄥ，裊音ㄋㄧㄠˇ）十三餘，荳蔻梢頭二月初。」

解釋 荳蔻是一種植物，分草荳蔻、白荳蔻、肉荳蔻三種類，皆為烹飪中常見的辛香料。詩人墨客喜以荳蔻入詩，用以形容十三、四歲的年輕美少女。

近義 芳年、妙齡

搭配詞 荳蔻年華

放大鏡

「荳蔻」的妙喻與妙用

以「荳蔻」形容十三、四歲的年輕美少女，出自唐朝詩人杜牧的〈贈別〉，詩中提及姿態輕盈、舉止柔美的年輕女孩，正值十三、四歲的青春年華，就像早春二月初樹梢上，含苞待放的荳蔻花一樣，嬌羞動人。所以，後人遂以「荳蔻年華」形容年輕美麗的少女。

「荳蔻」除了象徵年輕的美少女以外，因其植物本身之特性，還可用來當作烹調時的香料或煉成油入藥，甚至可以治療失眠、咳嗽、氣喘、發燒、消化系統等毛病，可以說是實用性非常高的植物。

用法說明 指稱十三、四歲年輕未婚的少女，有「荳蔻年華」一詞；指稱十三至十五歲左右的男孩，則用「舞勺之年」。例一：正值荳蔻年華的苡琳，不僅熱情開朗、而且多才多藝，可說是人見人愛。例二：已屆舞勺之年的維哲，不斷被父母要求必須早日學會獨立。

荼毒（ㄊㄨˊ ㄉㄨˊ）

出處 南朝梁・蕭統《文選・潘岳・寡婦賦序》：「斯亦生民之至艱，而荼毒之極哀也。」

解釋 比喻苦痛、毒害。荼，苦菜。毒，螫蟲。

近義 殘虐、殘害、奴役

搭配詞 荼毒生靈

放大鏡

苛政猛於虎

春秋時期，朝廷政令殘酷，苛捐雜稅的名目繁多，老百姓生活極其貧困，有些人沒有辦法，只好舉家逃離到深山荒野去，有一家人逃到周圍經常有野獸出沒的泰山腳下居住。有天，孔子坐車路過泰山旁，忽然聽到婦人哭泣的聲音，孔子派子路去問原因，婦人說她的公公從前被老虎咬死、丈夫也被老虎咬死，現在她的兒子又被老虎咬死了。子路問她那為什麼不搬走呢？她說：「因為這裡沒有殘暴的政治。」孔子聽了，對學生說：「你們要記住：殘暴的政治比猛虎更可怕啊！」

用法說明 「荼毒」一詞常用來形容痛苦不堪的殘害。例一：有些不肖雇主利用職權荼毒外籍勞工，迫使他們超時工作。例二：極權國家的人民受到政府的壓迫荼毒，無法爭取自身的權益，十分需要外界的援助。

莘莘學子（ㄒㄧㄣ ㄒㄧㄣ ㄒㄩㄝˊ ㄗˇ）

出處 《國語・晉語四》：「周詩曰：莘莘征夫，每懷靡及。」

解釋 眾多的學生。莘莘，審訂音後改讀ㄒㄧㄣ ㄒㄧㄣ。

放大鏡

「莘莘學子」常見誤用

「莘莘學子」一詞就已經是代表多數。假如在「莘莘學子」前再加「一大批」、「許許多多」，或者是在「莘莘學子」後面加上一個「們」字，都會造成詞意重覆的錯誤。**錯誤例句一**：在炎熱的夏天，許許多多來自各地的莘莘學子正揮汗應考。**錯誤例句二**：一大批莘莘學子畢業了，踏入工作職場。**錯誤例句三**：莘莘學子們站在司令臺下，聆聽校長講話。還有另一種錯誤用法，就是在「莘莘學子」前加上「一位」、「每一個」。因為「學子」和「莘莘」連用，意思就是「眾多的學生」，所以不能再加「一位」、「每一個」這類詞，否則便犯了邏輯上的錯誤。**錯誤例句四**：身為一名莘莘學子，我一定要好好念書。**錯誤例句五**：每一位莘莘學子都應該為國家的強盛而努力。**錯誤例句六**：我是一位正要參加基測的莘莘學子。

用法說明 「莘莘學子」是指眾多的學生。例一：李校長辦學卓越，嘉惠了本鄉的莘莘學子。例二：步出校園之後，經歷多年苦心求學的莘莘學子，該如何面對殘酷的就業現實呢？

莞爾 ㄨㄢˇ ㄦˇ

出處 《論語・陽貨》：「夫子莞爾而笑，曰：『割雞焉用牛刀。』」

解釋 微笑的樣子。

近義 囅（音ㄔㄢˇ）然

搭配詞 令人莞爾、莞爾一笑

放大鏡

孔子的微笑

《論語》中記載了孔子的兩次微笑。一次是他在引導學生說出自己的志向時，子路不但搶著發言，而且大肆稱揚自己的才能。孔子本想告訴子路應該要懂得禮讓，但又不願當場潑他冷水，所以只微微一笑，等日後找機會再教育他。另一次是孔子到學生子游所治理的武城去巡視，看到武城被治理得很好，孔子覺得微微一笑，說出了「割雞焉用牛刀」這句話。看似玩笑話，實際上子游大材小用，有點可惜，就包含了孔子對學生的疼愛之心。

用法說明 「莞爾」和「囅然」都有微笑的意思，但用法不同。「莞爾」是微笑的樣子，可以作動詞用。「囅然」原指開懷大笑的樣子，後來專指女子的微笑，不僅範圍較小，而且只能作形容詞用，不能作動詞用。例一：「車子為什麼只會說『八』呢？」聽到兒子的童言童語，他不禁莞爾。例二：新來女同事囅然一笑，就令公司上下的男同事為之心動。

莫須有 ㄇㄛˋ ㄒㄩ ㄧㄡˇ

出處 元・脫脫《宋史・岳飛傳》：「飛子雲與張憲書雖不明，其事體莫須有。」

解釋 誣陷他人的罪名。

近義 欲加之罪

搭配詞 莫須有的罪名

放大鏡　無罪而死的岳飛

南宋的岳飛屢次大破金兵，宋高宗怕他打回中原，迎回徽、欽二帝，於是有心除掉他。奸相秦檜為了迎合宋高宗，用十二道金牌召回岳飛，並把他投入獄中。大將韓世忠極為不平，來到秦檜的面前，大聲質問：「岳飛到底犯了什麼罪？」秦檜大言不慚地用「莫須有」三個字來回答韓世忠的問題。「莫須有」就是「或許有」或是「應該有」的意思。岳飛死後，人們在西湖為他立廟，並為秦檜夫婦鑄像，跪在岳飛的墳前，永世為自己的罪惡懺悔。

用法說明　「莫」就是「不」的意思，但是「莫須」和「不須」意思不同。「莫須」原是宋朝的常用詞語，是「或許」、「應該」的意思。自從秦檜用「莫須有」一詞陷害岳飛以後，「莫須有」就成了陷害他人的專有名詞。例一：只因為得罪了小人，他竟然揹上莫須有的罪名，被迫辭職。例二：古時只要對皇帝心有不滿，就可能遭到殺身之禍，不須有實際的犯罪事實。

貧賤夫妻百事哀（ㄆㄧㄣˊ ㄐㄧㄢˋ ㄈㄨ ㄑㄧ ㄅㄞˇ ㄕˋ ㄞ）

出處　唐・元稹〈遣悲懷〉：「誠知此恨人人有，貧賤夫妻百事哀。」

解釋　形容沒錢沒勢的窮夫妻在日常生活中，無論大小事情都會令他們覺得陷入窘境，十分可悲。

放大鏡　從書畫琴棋到柴米油鹽

清代詩人查（音ㄓㄚ）為仁（西元一六九五－一七四九）到朋友張璨家，看見張家牆壁上掛著一幅詩：

書畫琴棋詩酒花，當年件件不離它。而今事事都更變，柴米油鹽醬醋茶。

據張璨告訴他，這是一首自古相傳的詩歌，就像「古詩十九首」那樣，早已經不知道作者是誰了。因為詩風渾然天成，十分絕妙，所以把它寫成條幅，懸掛在牆壁間。後來，查為仁便把這首詩收錄於他的著作《蓮坡詩話》中。

詩中道盡一個書生婚前、婚後生活的轉變，從當年附庸風雅的文人生活，成天不離書畫琴棋，或吟詩，或飲酒，或賞花，日子過得好不愜意！到了結婚之後，每天一睜開眼睛，就必須面對柴米油鹽醬醋茶等日常瑣事，昔日的風流儒雅之士，而今竟然周旋於如此雞毛蒜皮小事之間，教他怎能不心生感慨呢？

用法說明 「貧賤夫妻百事哀」與「柴米夫妻」意思相同，和「神仙眷屬」則為反義。例一：老黃夫婦倆為了籌措孩子們的學雜費，經常沒日沒夜地加班，到了假日還要出來擺攤做生意，真是「貧賤夫妻百事哀」！例二：她身為官家千金，卻甘心與那窮小子做一對柴米夫妻，愛情的力量由此可見一斑。

逍遙（ㄒㄧㄠ ㄧㄠˊ）

出處 《詩經・小雅・白駒》：「所謂伊人，於焉（於此）逍遙。」

解釋 自由自在的樣子。

近義 自在

反義 束縛、拘束

搭配詞 逍遙自在、逍遙法外

放大鏡

《莊子》的〈逍遙遊〉

《莊子》又名《南華真經》，是戰國時莊周的作品。《莊子》一書的第一篇是〈逍遙遊〉，闡述自由自在的道理。莊子在文章中提到高飛九萬里的大鵬鳥，不肯接受王位的許由，不食五穀的姑射神人，旨在說明真正的逍遙完全取決於自己的心，而不是由外在環境來決定。

用法說明 「逍遙」和「自由」意思相近，用法略有差異。「逍遙」可指內在心靈的沒有牽掛，卻不可以指外在環境的沒有拘束。「自由」可指內在，也可指外在，但是不與悠閒通用，和「逍遙」不同。例一：老闆不在，他在公司裡逍遙了好幾天。例二：民主自由是普世的價值，不容侵犯。

逐客令（ㄓㄨˊ ㄎㄜˋ ㄌㄧㄥˋ）

出處 西漢・司馬遷《史記・李斯列傳》：「大索，逐客。李斯上書說，乃止逐客令。」

解釋 本為驅逐客卿的命令，後來，指主人對來客不歡迎時，用明說或暗示的方式，催客人離去。客，指客卿，古代指在本國做官的外國人。

搭配詞 下逐客令

放大鏡

秦始皇爲何要「逐客」

戰國時期，七雄競爭，某些謀士不被六國所任用，便轉往秦國謀求出路，如商鞅、張儀、范雎、李斯等人。這些入秦的客卿，以其傑出的才智為秦國的興旺富強貢獻甚多。後來秦始皇察覺，韓國水利專家鄭國入秦修建水渠，乃是韓王借修渠企圖在經濟上拖垮秦國的「疲秦計」，引起了秦始皇對客卿的不信任和懷疑。秦國的宗室大臣為爭奪權勢，也趁機紛紛勸說秦始皇「逐客」。於是秦始皇便下「逐客令」，被驅逐的客卿包括了楚國的李斯。他寫下有名的〈諫逐客書〉，指出假如穆公等四位君主當初拒絕了客卿，秦國就不像現在這麼強大。李斯的這封上書，不僅情辭懇切，而且確實反映了秦國歷史和現狀的實際情況。秦王明辨是非，果斷地採納了李斯的建議，取消了逐客令，李斯仍然受到重用，被封為廷尉。

用法說明 凡主人對客人不表示歡迎，催他離去，就叫下「逐客令」。例一：他都已經下逐客令了，你還好意思再待在這裡嗎？例二：烏茲別克斯坦正式向美國發出逐客令，要求美軍在一百八十天內撤離汗阿巴德空軍基地。

逝者如斯（ㄕˋ ㄓㄜˇ ㄖㄨˊ ㄙ）

出處 《論語・子罕》：「子在川上曰：『逝者如斯夫，不舍晝夜。』」

解釋 比喻時間的流逝。

近義 兔走烏飛、日月如流、日居月諸、光陰似箭

放大鏡

孔子與蘇軾的「逝者如斯」

在《論語》中，孔子曾感嘆地說：「逝者如斯夫，不舍晝夜。」意指時間的流逝，就像河川裡的水一樣，從早到晚都沒有停止的時刻。孔子說這句話的意思是要告誡世人把握時間。宋代的蘇軾在〈赤壁賦〉中引用了孔子的「逝者如斯」這個詞，而說出了「逝者如斯，而未嘗往也」的名句，只是，蘇軾套用的是佛教的哲理：河裡的水不斷地在流動著，可是河水卻始終是河

水。仔細分析，孔子的「逝者」指的是時間，蘇軾的「逝者」可以指流水，也可以指隨時間消逝的一切事物。

用法說明 「逝者如斯」和「光陰似箭」都有時間匆匆的意思，但用法有別。「逝者如斯」有感嘆的意味，不宜用於快樂的場景。「光陰似箭」一詞較為中性，無論是感嘆或愉悅都可使用。例一：逝者如斯，世間的一切終將埋入黃土，與草木同朽，唯有人間的情誼常留。例二：光陰似箭，他在山裡享受了大半年的悠閒自在。

造物者（ㄗㄠˋ ㄨˋ ㄓㄜˇ）

出處 《莊子・大宗師》：「俄而子輿有病，子祀往問之。曰：『偉哉！夫造物者將以予為此拘拘（攣縮不伸）也。』」

解釋 創造天地萬物的神，指大自然。

近義 上天、上帝、萬物主宰

放大鏡

自然地面對上天給予生命的病痛

《莊子》書裡提到，子祀、子輿、子犁、子來四個人是志同道合的好朋友，他們曾經在一起談天說：「誰能夠把『無』當作頭，把『生』當作脊柱，把『死』當作尻（音ㄎㄠ，屁股）尾，誰能夠通曉生死存亡渾為一體的道理，我們就可以跟他做朋友。」四個人會心相視而笑，心靈相契而不必多言。不久，子輿生了病，子祀前去探望他。子輿說：「多麼偉大啊，造物者！把我變成如此曲屈不伸的樣子！腰彎背駝，五臟穴口朝上，下巴隱藏在肚臍之下，肩部高過頭頂，彎曲的頸椎形如贅瘤朝天隆起。」子輿已經病成這樣，心裡卻十分閒逸好像沒有生病似的。這種境界，可說超脫了生死存亡，對創造萬物的上天有一種自然而崇敬的態度。

用法說明 造物者雖然是指創造萬物的上帝，但實際意思是大自然，與基督教的「上帝」意義並不一樣，所以不能用這個詞指稱耶和華或耶穌基督。例一：宏偉的山峰、壯闊的海洋、霹靂般的閃電，都是造物者神奇的傑作，令人讚歎！例二：上帝啊，親愛的主，請賜給我朋友力量，幫助他度過失去兒子的傷痛，讓他的靈魂可以在你的扶持裡得到平靜。

連環計（ㄌㄧㄢˊ ㄏㄨㄢˊ ㄐㄧˋ）

出處 見元末明初・施耐庵《水滸傳》第五十回〈吳學究雙用連環計・宋公明三打祝家莊〉。

解釋 指環環相扣、計畫縝密的計謀。

放大鏡

吳用的連環計

《水滸傳》在第五十回中，提到宋公明（宋江）的軍師吳用使用了連環計，讓宋江鏟平了祝家莊的故事。

一開始宋江先派出幾位好漢，暫時戰敗詐降，當祝家莊祝龍、祝虎、祝彪三傑以為自己大獲全勝，可以攻破梁山好漢的山寨時，卻不知道自己地盤上被抓起來的奸細，與戰敗詐降的梁山好漢們，都已經悄悄地把祝家莊的形勢、地形給摸得一清二楚。等到宋江帶領大軍到祝家莊時，也已經和祝家莊準備聯姻的扈家莊打通關係，因而一舉拿下了祝家莊。

用法說明 我們常形容環環相扣，而且搭配得天衣無縫的計謀為「連環計」，通常也用來形容接連施行的計謀為連環計。例一：這間公司在進行併購的計畫時，先重金招攬對手的員工，然後再大舉買進欲併購公司的股票。雖然只是簡單的「連環計」，卻也坐實了老闆的野心。例二：《三國演義》中，王允為了除掉董卓，先以貂蟬施行美人計獲得董卓與呂布兩人的愛慕，然後再施以反間計讓董、呂兩人反目成仇，這樣美人、反間二計連環，終於除掉了董卓。

野火燒不盡（ㄧㄝˇ ㄏㄨㄛˇ ㄕㄠ ㄅㄨˋ ㄐㄧㄣˋ）

出處 唐・白居易《白氏長慶集・賦得古原草送別》：「野火燒不盡，春風吹又生。」

解釋 指小草的生命力強韌，野火無法將其燒盡，只要春風一起，又會再度生長。意指事件不斷擴大發生，無法遏止。

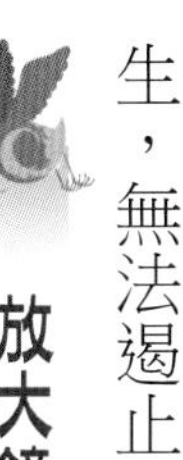

放大鏡 離別之情溢滿路

白居易〈賦得古原草送別〉原詩是這樣的：「離離原上草，一歲一枯榮。野火燒不盡，春風吹又生。遠芳侵古道，晴翠接荒城。又送王孫去，萋萋滿別情。」白居易從草原上的小草說起，滿原上的小草，到一年的盡頭，即使遇上野火燒得乾枯，但到了隔年春風來臨時，又會再度茂密、興盛。草原因為古道年久逐漸瀰漫道中，一路的青翠接到荒煙湮沒的頹城，而王孫即將離去，這樣的景象更增添他心中的哀悽，如同小草一般滿溢的別情，也更加憂傷。

用法說明 小草的生命力強韌，因此我們常用白居易的詩句「野火燒不盡」來形容事情不斷滋長、擴大，無法平息、遏止。例如：八卦事件越演越烈，真是「野火燒不盡，春風吹又生」，媒體大肆報導的後果，就是整體社會素質低落不堪。

閉門羹（ㄅㄧˋ ㄇㄣˊ ㄍㄥ）

出處 唐・馮贄《雲仙雜記》：「史鳳，宣城妓也，待客以等差。甚異者有迷香洞、神雞枕、鎖蓮燈，其次鮫紅被、傳香枕、八分羊。下列不相見，以閉門羹待之。」

解釋 古時妓女拒絕客人進門，僅作羹待客，而不與之相見，後比喻為拒客的意思。

近義 婉拒

反義 迎接

搭配詞 吃閉門羹、餉以閉門羹

放大鏡

名妓請吃羹湯

相傳唐代宣城有一位名妓史鳳，會依客人等級，給予不同待遇。財力豐厚且深負才學者，為第一等，可以享有「迷香洞」、「神雞枕」、「鎖蓮燈」等上等設備。第二等客人，則可享受「鮫紅被」、「傳香枕」、「八分羊」之次等招待。至於無錢無勢且未具才學者，則屬第三等客人，此類客人上門後，史鳳就叫婢女端上一碗羹湯給客人，待客人吃完羹湯後，就請客人自行離開，根本進不了史鳳的房門。久而久之，上門的客人只要看到迎接自己的是一碗羹湯，就會心領神會地自動告退。漸漸地，「閉門羹」就成為拒絕接見客人的代稱了。

用法說明 就拒客而言，「餉以閉門羹」意近「下逐客令」，但前者比直言相拒，稍微婉轉、客氣；後者則泛指主人以不客氣的言語，直接暗示或明示客人應該離去。例一：權紘是新手業務員，奉命向客戶推銷公司新產品，卻因不擅言詞，而屢遭客戶餉以閉門羹。例二：她不客氣地告訴要求復合的前男友：「你再不離開，我就要下逐客令了。」

陵遲（ㄌㄧㄥˊ ㄔˊ）

出處 《荀子・宥坐》：「三尺之岸而虛車不能登也，百仞之山任負車登焉，何則？陵遲故也。」《毛詩・王風・大車》序：「禮義陵遲，男女淫奔。」

解釋 原指地勢傾斜延展。由山勢從上往下傾斜，又引申為形容情勢由盛而衰。也通「凌遲」，為一種古代酷刑，亦指折磨。

近義 陵夷、斜迤（音ㄧˇ）

放大鏡

荀子的道德政治觀

荀子感嘆大道崩壞、人心變異，說道：三尺高的崖岸，空車上不去；百仞之高的大山，載重物的車卻爬的上，這是為什麼呢？是因為山坡傾斜的緣故啊！數尺的高牆，一般人無法逾越；百仞之高的大山，連小孩子都能輕易登上遊玩，這也是山坡傾斜的緣故啊！今日世道傾頹已久，不知道以德化民，循序以進，卻想用厲法嚴刑迅速使人們不踰矩，又談何容易啊！

用法說明 「陵遲」除了指地勢傾斜延展，或情勢由盛而衰之外，也指一種先斬犯人肢體，再割斷喉嚨處死的酷刑，通「凌遲」，亦有折磨之意。例一：宋朝晚期的國力陵遲，再也抵擋不了蒙古大軍的鐵蹄，終於亡國。

例二：他再也忍受不了雇主對他的百般刁難、故意陵遲，決定辭職不幹。

陸沉（ㄌㄨˋ ㄔㄣˊ）

出處《莊子・則陽》：「其聲銷，其志無窮，……方且與世違，而不屑與之俱，是陸沉者也。」

解釋 陸地無水而沉沒。比喻國土淪陷，也比喻賢人隱居，或人、物被埋沒消失。

搭配詞 神州陸沉、陸沉下僚

放大鏡

清談誤國的西晉名士

東晉的桓溫有收復中原的大志，他北伐時曾和眾將領登城遠眺，感嘆地說：「讓神州陸沉，故國變成廢墟——王衍那些人，不能不負這個責任！」王衍是西晉人，「竹林七賢」之一王戎的族弟，善談玄；雖然一直擔任朝廷要職，他卻不喜歡參與政事。後來北方匈奴大軍攻入西晉，王衍被俘。匈奴將領石勒請教他軍國之事，但王衍一直推卻自己無心於此。石勒大怒，罵王衍：「國家敗亡，正是你的責任！」桓溫與石勒，一在南、一在北，但兩人對王衍的評價何其相似呀！

用法說明 顧名思義，「陸沉」可解釋為陸地沉沒，但今日使用「陸沉」一詞，主要還是比喻國土淪陷，或形容人、物的埋沒、消失。例一：他的才華出眾、為人正直，竟因為得罪上司而陸沉下僚，真令人惋惜。例二：這座宋朝的古剎，陸沉於荒煙蔓草之中，已過了千年。

魚與熊掌不可兼得（ㄩˊ ㄩˇ ㄒㄩㄥˊ ㄓㄤˇ ㄅㄨˋ ㄎㄜˇ ㄐㄧㄢ ㄉㄜˊ）

出處《孟子・告子上》：「魚，我所欲也，熊掌，亦我所欲也；二者不可得兼，舍魚而取熊掌者也。生，亦我所欲也，義，亦我所欲也；二者不可得兼，捨生而取義者也。」

解釋 指兩樣東西無法同時擁有。

反義 兼顧、一兼二顧（閩南語）

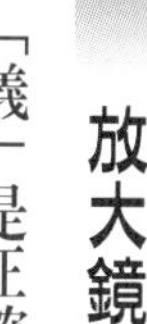

放大鏡

「義」是正確取捨的標準

孟子用人們生活中熟悉的具體事物打了一個比方：魚是我想得到的，熊掌也是我想要的，在兩者不能同時都要的情形下，我寧可捨棄魚而要熊掌；生命是我所珍愛的，義也是我所珍愛的，在兩者不能同時得到的情形下，我寧願捨棄生命而爭取義。

在這裡，孟子把生命比作魚，把義比作熊掌，認為義比生命更重要，就像熊掌比魚更珍貴一樣。我們走在人生的道路上，常會遇到十字路口，面臨抉擇，明知魚與熊掌兩者不可得兼，就需要放下其中一者，比如工作與家庭、愛情與麵包等等。

這句話的本意不是說二者必然不可兼得，而是強調假使不能兼得的時候，我們應該如何正確取捨。孟子提醒我們的是：所謂正確的取捨，是以「義」為依歸，也就是選擇正當的、應該做、必須做的事。這樣一來，就不至於後悔了。

用法說明 「魚」與「熊掌」兩者皆美，只是不可兼得的情況下，就要以「正當」、「必須」為前提做選擇，因此取捨二者之一時，就以此為衡量標準。例一：玩樂與讀書兩個你都想要，但考試時間快要到了，你是「魚」與「熊掌」不可得兼，還是捨玩樂取讀書吧。例二：如果愛情與麵包如「魚」與「熊掌」不可得兼，你會取哪一樣呢？

鳥獸散（ㄋㄧㄠˇ ㄕㄡˋ ㄙㄢˋ）

出處 東漢・班固《漢書・李廣傳》：「今無兵復戰，天明坐受縛矣！各鳥獸散，猶有得脫歸報天子者。」

解釋 形容像受驚嚇的鳥獸般一哄而四處飛散，比喻潰敗逃散或各自分散離開。

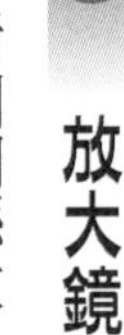

放大鏡

樹倒猢猻散

猢猻（音ㄏㄨˊ ㄙㄨㄣ）是猴子的意思，「樹倒猢猻散」一詞用以比喻有權勢的人一旦垮臺，依附他的人隨即紛紛離去。其典故源自宋・龐元英《談藪》：「南宋曹詠依附秦檜，官至戶部侍郎。秦檜死，黨羽離散，曹被貶。其妻兄厲德斯贈之以樹倒猢猻散賦。」

在南宋高宗時期，秦檜權傾朝野，圍繞在他身邊的人也隨之威風起來，侍郎官曹詠因為是秦檜的姻親，所以成為炙手可熱的人物，其他人也爭相巴結他，希望從他那裡得到關照。可是，曹詠的大舅子厲德新，是一個地方小官吏，但偏偏不曲媚於他。曹詠對厲德新百般刁難，但他就是不肯屈服。後來，秦檜死了，曹詠被貶到新州。厲德新寫了一封題為「樹倒猢猻散」的賦給曹詠，譏笑他依附秦檜才得以飛黃騰達，如今秦檜死了他也跟著垮臺，這正像樹倒了，樹上的猴子便四處竄散了一樣。

用法說明 「鳥獸散」與「樹倒猢猻散」都是形容四處飛散的樣子，但仍有些許不同：鳥獸散著重在形容一哄而散的場面；樹倒猢猻散則具有依附的層屬關係，比喻的是有權勢的人一旦失勢，則其依附者隨即散去，帶有因失利、失勢而散之意。例一：上課鐘響了，大家還意猶未盡地聚在一起吵嚷喧鬧著，等到老師一進教室，大夥兒便鳥獸散了。例二：我們應知道趨炎附勢並非長久之計，一旦失勢，只會落得樹倒猢猻散的難堪境地。

鹿鳴宴（ㄌㄨˋ ㄇㄧㄥˊ ㄧㄢˋ）

出處 南宋・吳自牧《夢粱錄・卷三・士人赴殿試唱名》：「就豐豫樓開鹿鳴宴，同年人俱赴團拜於樓下。」

解釋 考上鄉試的人一起聚餐的宴會，叫做「鹿鳴宴」。

放大鏡

鹿鳴宴與聞喜宴

「鹿鳴宴」就是為鄉試後新科舉人所設的宴會，因宴席中要唱吟《詩經・小雅》中的〈鹿鳴〉詩篇：「悠悠鹿鳴，食野之蘋。……」所以取名為鹿鳴宴。此宴設於鄉試放榜次日，一般由地方官吏主持，受邀參與宴會之人，除了新科舉子之外，還有考場工作人員等。宋・吳自牧《夢粱錄・卷三》・士人赴殿試唱名：「就豐豫樓開鹿鳴宴，同年人俱赴團拜於樓下。」所謂「同年」，就是指同一年考中的人（**現今也有同一年出生或入學者，稱「同年」**）。此外，考中殿試者，稱為「進士」，皇帝賜宴給新考中的進士，叫「聞喜宴」（**司馬光〈訓儉示康〉文中所說的「聞喜宴獨不戴花」即是「聞喜宴」**），因為宴席總是設在瓊林苑，所以也稱做「瓊林宴」。

用法說明 鹿鳴宴是古代科舉制度的產物，現在考中高中、大學或研究所，乃至於國家考試（**例如，像現今的普考、高考等等**），要慶祝都是自家的事，頂多家人或朋友聚聚，歡喜一天就好。

例一：古代考中鄉試、科舉都是極不容易的事，為考中的人舉辦鹿鳴宴或聞喜宴，實深具意義。例二：宋人吳自牧所寫的《夢粱錄》記載了考中鄉試者，在豐豫樓舉辦鹿鳴宴一事。

【十二畫】

荒誕 ㄏㄨㄤ ㄉㄢˋ

出處 西漢・東方朔《神異經》：「西南荒中出訛獸（**誕**），其狀若兔，人面能言，常欺人，言東而西，言惡而善。其肉美，食之，言不真矣。」

解釋 本為名詞，指中國古代邊遠地區騙人的怪獸。後演變成形容詞，指虛妄不可信的、沒有根據的。

近義 怪誕、荒謬、虛妄

反義 真實

搭配詞 荒誕不經、荒誕無稽、荒誕乖張

放大鏡

「荒誕」的由來

漢代文人東方朔，於《神異經》曾記載一個故事：在中國古代西南的邊遠地區——荒，有一種會說謊話的怪獸，稱為「誕」。牠的外型像兔子，但長著一張像人的面孔，而且會講話，只是牠所說的話，往往都是謊言。牠如果告訴人們往東，實際上卻是要往西；牠如果說是好的，往往是壞的，所以，人們常常被牠所騙。「荒誕」一詞遂由此演化而來，只是原為名詞的「荒誕」，今天已轉化為形容詞的用法了。

用法說明 「荒誕」與「真

實」意思相反。例一：嚴格說來，某些新生代作家的小說，在內容上常是近乎荒誕、沒有根據的。例二：寫作必須表達真實的情感，才能引起共鳴。

敝帚自珍（ㄅㄧˋ ㄓㄡˇ ㄗˋ ㄓㄣ）

出處 三國・曹丕《典論・論文》：「家有敝（破舊的）帚，享之千金。」

解釋 比喻東西雖然不貴重，但因為是自己的東西，所以特別重視。

近義 敝屣自珍、敝帚千金

放大鏡

敝帚自珍的皇甫湜

皇甫湜（音ㄕˊ）是韓愈的學生，但只學到韓愈文章險怪的一面，文學成就遠不及他的老師。即使如此，皇甫湜對自己的文章仍十分自負。憲宗時的宰相裴度，請皇甫湜寫了一篇〈福先寺碑〉。寫成後，裴度給了皇甫湜許多布匹當稿費，皇甫湜嫌少，要了一萬八千匹絹的稿費。據後人研究，皇甫湜拿的稿費大約等於現在新台幣五億六千萬元左右。這篇文章到底寫得怎麼樣呢？文章的好壞或許並無定評，但可以得知的是，並沒有多少人想讀這篇文章。這篇文章的價值，應該可以從這點窺知一二吧！

用法說明 「敝帚自珍」指的是珍視自己的物品，而「孤芳自賞」指的是欣賞自己。同樣是欣賞自己，但欣賞的內容不同，語氣也有不同。前者可以用於謙稱自己的事物不佳，但兩者用法雖然有異，卻也有共通之處。如欣賞自己創作的作品，可以說「敝帚自珍」，也可以說「孤芳自賞」。例一：或許是出於敝帚自珍的心吧？對於自己曾住過的房子，總覺得那兒才是最溫暖的地方。例二：不要只懂得孤芳自賞，要去了解別人對自己的真實評價。例三：一位好的作家要能夠正視自己寫作上的缺點，既不能敝帚自珍，也不宜孤芳自賞，惟有隨時充實自己，才能創作出更好的作品。

勝敗乃兵家常事

ㄕㄥˋ ㄅㄞˋ ㄋㄞˇ ㄅㄧㄥ ㄐㄧㄚ ㄔㄤˊ ㄕˋ

出處 《分門集注杜工部詩•前出塞九首》，蘇軾注：「孫子曰：『一勝一負，兵家常事。』」

解釋 意指在戰爭中，輸贏難定，勝或負都是可能發生的事，不會總是成功，也不會總是失敗。

近義 鹿死誰手

放大鏡

沒有穩贏不敗的仗

杜甫在〈前出塞九首〉第八首寫道：「潛身備行列，一勝可足論。」蘇軾為此詩做注，說：「孫子說過，一勝一負，是兵家常有的事，不需要多論。」意思是指，在《孫子兵法•謀攻第三》對軍事的討論中，曾有「知己知彼，百戰不殆；不知彼而知己，一勝一負；不知彼不知己，每戰必殆。」對敵人與自己的了解，可以對戰爭的輸贏有不同的決定性。但無論戰爭結果輸或贏，都可能發生，無法過於準確預測。這句話到後來明代的章回小說中，就成了「勝敗乃兵家常事」一語。

用法說明 面對難以預測的結果，我們常用「勝敗乃兵家常事」一語勸告別人，無論是輸或是贏，都是可能發生的事，不須太過掛心，要以平常心看待。例如：讀書求高分是好事，但為了幾分斤斤計較，實在划不來。「勝敗乃兵家常事」，你這次不過輸給他一分，無損你優秀的成績啊。

唾手（ㄊㄨㄛˋ ㄕㄡˇ）

出處 元末明初・羅貫中《三國演義》第七回：「就中取事，唾手可得。」

解釋 形容不費力氣，極易取得。

近義 易如反掌、輕而易舉

反義 難如登天、大海撈針

搭配詞 唾手可得、唾手可取

放大鏡

公孫瓚與唾手可得

三國時代，群雄並起，公孫瓚據有冀州，與袁紹對峙，情勢本大有可為。但在一連串的戰爭之中，公孫瓚敗多勝少，原本的雄心壯志逐漸地消磨殆盡，於是興起了避世的念頭。公孫瓚找到了易守難攻的易京做為據點，將之建築成堅不可摧的堡壘。他先在堡壘的外圍挖掘了十道塹壕（音ㄑㄧㄢˋ ㄏㄠˊ，深溝），又在其內填起多座高大的土丘，土丘之上再建築高樓，自己便住在當中最堅固、高大的高樓之內。他又在堡壘之中儲存了三百萬斛的米糧，打算休養生息，直到天下大勢底定。有人問公孫瓚為何如此時，他回答說：「當初我以為平定天下，唾掌可決。從今日的形勢看來，並非如此。不妨暫時退守，以待時機。」可惜公孫瓚消極守成的想法，反而讓他忘記了進取之心，加上他親近小人，無法任用賢能，為了積存錢糧而橫征暴斂，失去民心，終至敗亡。後來「唾手可得」這句成語就從這裡演變而出，用來比喻事物很容易得到。

用法說明 「唾手可得」與「易如反掌」皆可用於「非常容易」之表述，常用於比喻事情非常容易做到。例一：這次趣味競賽的勝利，本是唾手可得，卻因少數人不合作，導致我們與冠軍失之交臂。例二：對擅長烹飪的阿姨而言，在家宴請賓客，可謂易如反掌。

唾面自乾（ㄊㄨㄛˋ ㄇㄧㄢˋ ㄗˋ ㄍㄢ）

出處 唐・劉餗（音ㄙㄨˋ）《隋唐嘉話》卷下：「唾不拭將自乾，何若笑而受之？」

解釋 是說當別人吐口水到你臉上時，讓它自行乾掉就好。比喻寬大忍讓。後也用來形容人無羞恥心。

放大鏡 如何面對羞辱

據《隋唐嘉話》記載，武后時，宰相婁師德的弟弟被任命為代州刺史。即將出發就任前，婁師德問弟弟，現在兄弟二人皆得意於政壇，勢必招來嫉妒陷害，該如何免禍？弟弟回答說：「曾經有人在我臉上吐口水，我當時默默地擦掉它。希望我這樣的處理方式，能免除哥哥的憂慮。」婁師德說：「這正是我所擔憂的啊。會朝你臉上吐口水的人，是因為憤怒。你擦掉臉上的口水，這正顯現出你對這種行為的厭惡，這樣反而會加倍觸怒這個已經對你生氣的人。不擦掉臉上的口水，口水也會自然乾掉，何不如笑笑地接受這種對待呢？」「唾面自乾」一詞即出於此。

用法說明 「唾面自乾」一詞用來形容忍受羞辱，不加反抗的態度。「唾手可得」一詞則是比喻可輕易獲得。

例一：長官經常對他辱罵、咆哮，他選擇以唾面自乾的態度回應。例二：他一直以為成功唾手可得，最後才發現事實並非如此。

喜怒不形於色（ㄒㄧˇ ㄋㄨˋ ㄅㄨˋ ㄒㄧㄥˊ ㄩˊ ㄙㄜˋ）

出處 西晉・陳壽《三國志・蜀書・先主傳》：「身長七尺五寸，垂手下膝，顧自見其耳。少語言，善下人，喜怒不形於色。」

解釋 意思是不顯露出喜怒哀樂的表情與態度，經常維持穩定的情緒。

近義 不動聲色

反義 喜怒形於色

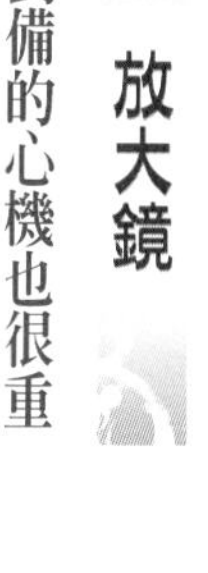

放大鏡
劉備的心機也很重

據史書上說，劉備為人「高約一百七十五公分，手長耳大，不多話，會照顧下人，喜怒不形於色，好結交豪俠，郡中不少年輕人都爭著追隨他。」當時在涿（音ㄓㄨㄛˊ）郡做販馬生意的商人張世平、蘇雙對他非常欣賞，給了他很多錢財。我們可以從話少、喜怒不形於色這些特徵，瞭解到劉備是一個有心機、有城府之人，並不直率坦蕩，他不喜歡說話，比較沉默，比較會觀察週遭情況，行事因此不莽撞。這樣的人老謀深算，讓人不易瞭解，不容易知道他的內心真正在想什麼。那麼，他如何「結交豪俠」呢？答案就是《三國志》所說的「弘毅寬厚，知人待士」，他會以動作表現他的關心與善意，比如拍拍背或肩膀，豎起大姆指稱讚別人「做得好」等等，不然就是樂與人分財，拿到錢就兄弟見者有份……，這就難怪《三國演義》把劉備塑造成「仁」的代表，漢室皇權的正統繼承人。

用法說明 喜怒不形於色的人是沉穩的，不容易驚慌失措；喜怒不形於色的人也是令人畏懼的，因為感覺比較陰險。例一：我們老闆喜怒不形於色，大家不容易知道他究竟在想什麼。例二：他們隊得到了比賽冠軍，但隊長卻喜怒不形於色，非常沉穩。

喪明之痛（ㄙㄤˋ ㄇㄧㄥˊ ㄓ ㄊㄨㄥˋ）

出處 《禮記．檀弓》：「子夏喪其子而喪其明。」

解釋 子夏因喪子而痛哭失明，後人借「喪明之痛」指喪子之痛。

近義 西河之痛、抱痛西河

放大鏡

抱痛西河

子夏是孔門弟子，在孔子死後講學於西河，魏文侯拜子夏為師。依據《禮記．檀弓》篇記載，子夏在兒子死後因悲傷過度，哭瞎了眼睛。孔門弟子曾子去探視子夏。子夏看到曾子為自己的失明而哭時，忍不住又呼天搶地，問上天自己犯了什麼錯，會有如此遭遇。曾子告訴他，為兒子的死而哭瞎眼睛就是一種罪過。畢竟，父母過世，尚未悲痛到這種地步。子夏後來連忙認錯。

用法說明 「喪明之痛」一詞是指喪子；「西州之痛」一詞則是用來悼人喪舅。例一：他老年喪子，遭逢喪明之痛。例二：遽遭西州之痛的他，至今無法接受摯愛的舅舅已逝世的事實。

掌上明珠（ㄓㄤˇ ㄕㄤˋ ㄇㄧㄥˊ ㄓㄨ）

出處 西晉．傅玄〈短歌行〉：「昔君視我，如掌中珠。何意一朝，棄我溝渠。」

解釋 手掌上捧著的一顆名貴的珍珠。指非常珍視的人。現多指心愛的女兒。

近義 愛女、令嬡、千金

放大鏡

掌上明珠

晉・傅玄在他的樂府詩〈短歌行〉中，以女子的口吻，描寫了被拋棄後的悲傷。詩中女子訴說自己過去曾被情人視為掌上明珠，備受珍愛；沒想到一朝之間，情人卻狠心離去，自己形同被棄置在溝渠中般不堪。過去兩人形影不離，如今情人一心離去，真心如流星般消逝無蹤。過去兩心相結，今日卻是兩心相絕。「掌上明珠」一詞即出於此詩。

用法說明 「掌上明珠」一詞現多用來指愛女。「運之掌上」一詞則指極其容易。例一：她是家中唯一的女兒，自小就是父母的掌上明珠。例二：如果君王能行仁政，天下則可運之於掌上。

插科打諢（ㄔㄚ ㄎㄜ ㄉㄚˇ ㄏㄨㄣˋ）

出處 明・高明《琵琶記》第一齣：「休論插科打諢，也不尋宮數調，只看子孝共妻賢。」

解釋 原意是指演員表演時，穿插引人發笑的動作或語言。現多泛指引人發笑的舉動或言談。科，指古典戲曲中的表情和動作；諢，詼諧逗趣的話。

近義 發科打諢、打諢發科、打諢插科、插科使砌、撒科打諢

搭配詞 插科打諢樣樣行

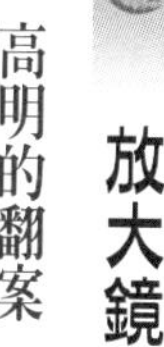

放大鏡

高明的翻案

明代劇作家高明不以插科打諢、尋宮數調的方式，而是透過「三不從」（父不

從他心志、丞相不從他力辭、朝廷不從他辭官）的內容，把《趙真女蔡中郎》不忠不孝的情節，變成「子孝」、「妻賢」的故事。故《琵琶記》中，東漢陳留縣秀才蔡伯喈不是背親棄妻，而是與妻子趙五娘新婚不久，即被父親逼迫進京赴考。高中狀元後，被選為乘龍快婿，他以家有妻小、高堂為由力辭，但未能成功，仍是入贅牛府。陳留大旱，五娘四處乞討，讓公婆充飢。蔡公、蔡婆相繼去世後，五娘背起琵琶，帶著公婆畫像，沿路賣唱，進京尋夫。蔡伯喈因思念家鄉，終日鬱鬱寡歡，牛女明白實情後，請父親派人接來趙五娘，皇帝得知後，表揚蔡氏一門，終於闔家團圓。

用法說明 「打諢」是指開玩笑的言談，而「打混」則是指做事態度，不認真。例一：相聲表演打諢插科，令人絕倒。例二：為人處事，千萬不可以打混摸魚。

揚眉吐氣（ㄧㄤˊ ㄇㄟˊ ㄊㄨˇ ㄑㄧˋ）

出處 唐・李白〈與韓荊州書〉：「而君侯何惜階前盈尺之地（極小的地方），不使白揚眉吐氣，激昂青雲耶？」

解釋 意指揚起眉毛，一吐悶氣。形容長久失意之後，終於得志時的喜悅神態。

反義 垂頭喪氣

放大鏡 與韓荊州書

唐朝詩人李白在〈與韓荊州書〉中，表達了對韓荊州的景仰。李白一開始便提到：「生不用封萬戶侯，但願一識韓荊州。」表明能認識一向樂於提攜後進的韓荊州，是許多豪傑的共同心願。李白寫這封信自我推薦，也就是希望能與韓荊州見上一面。因為只要獲得韓荊州肯定，身價一定會上升百倍。李白自認不乏雄心壯志與倚馬可待的文才，也相信見到韓荊州之後能揚眉吐氣，一展抱負長才。

用法說明 「揚眉吐氣」一詞是說長久不得意之後，終於得志發達，一吐悶氣。「眉飛色舞」則是形容神情愉悅的樣子。例一：職場失意多年之後，他終於獲得重用，揚眉吐氣。例二：每次談到那次旅遊經驗，她總是眉飛色舞，欲罷不能。

換帖（ㄏㄨㄢˋ ㄊㄧㄝˇ）

出處 清・李寶嘉《官場現形記》第三十七回：「劉頤伯喜之不盡，立刻問過老太爺，把某年換帖的話告訴了陸老爺。」

解釋 朋友結拜為兄弟時，交換寫著姓名、年齡、籍貫、家世的帖子。

近義 結拜、拜把、義結金蘭

搭配詞 換帖兄弟

放大鏡

義結金蘭

「義結金蘭」的說法來自於《易經・繫辭上》：「二人同心，其利斷金；同心之言，其臭如蘭。」這裡用得以斬斷金屬的銳利和宛如蘭花的香味，來形容朋友之間的深厚友情，於是後世就將朋友間情投意合，進而結為異姓兄弟或姐妹的行為稱作結金蘭。進行結金蘭的儀式時，要交換譜帖（**名為「金蘭譜」或「蘭譜」**），因此還有一個說法稱作「換帖」。結拜的時候，每人用一張紅紙寫出自己的姓名、生辰八字、籍貫及父母、祖和曾祖三代的姓名（**此即金蘭譜**），而後相互交換，並擺上天地的牌位，根據年齡的大小，依次焚香叩拜，一起向天地讀誓詞以作為盟約的見證。

用法說明 換帖一詞常用來形容出生入死的好朋友，此外，男女雙方訂婚時彼此交換庚帖也稱為「換帖」。例一：他們兩個雖然不是親兄弟，但卻是願意為對方出生入死的換帖。例二：姊姊文定時，和姊夫相互換帖，從此以後便成為一家人了。

揭竿（ㄐㄧㄝ ㄍㄢ）

出處 西漢・賈誼〈過秦論〉：「斬木為兵，揭竿為旗。」

解釋 起兵對抗暴政。揭，高舉。

近義 鋌（音ㄊㄧㄥˇ）而走險、逼上梁山

反義 倒戈

搭配詞 揭竿而起、揭竿起義

放大鏡

陳勝、吳廣揭竿起義

秦朝末年，政治黑暗，法令嚴苛。陳勝、吳廣兩人負責押送人犯，被大雨耽誤了行程，依法須判處死刑。兩人心想，橫豎是個死，倒不如起而反抗，說不定還有一線生機。

秦始皇生前為了避免民間作亂，曾經下令收繳全國兵器，鑄成十二座銅像，放置於首都咸陽。陳勝的起義部隊因為沒有足夠的兵器，所以砍下樹木，作成兵器，這就是「斬木為兵」，又高舉抗暴的旗幟，也就是「揭竿為旗」。雖然陳勝、吳廣沒有能順利推翻秦朝，但他們掀起的起義浪潮，使秦朝暴政在很短的時間內走上絕

路。

用法說明 「揭竿」和「作亂」都指民間對政府的反抗行動，但是前者有正面肯定的意思，後者則有負面批判的意味。例一：明朝末年，由於朝廷的腐敗，使得民不聊生，終於導致各地揭竿而起，崇禎皇帝也因此在煤山上吊自盡。例二：東漢時，黃巾賊作亂，雖然被地方軍隊所平定，但已埋種下日後軍閥割據的惡因。

敢怒不敢言（ㄍㄢˇ ㄋㄨˋ ㄅㄨˋ ㄍㄢˇ ㄧㄢˊ）

出處 南宋・陳元晉《漁墅類稿・通應經畧純之啟》：「敢怒不敢言，民茹（含、受）冤而何籲（音ㄩˋ，呼喊、請求）？」

解釋 指心中有怨怒卻不敢說出口。

放大鏡

民怨四起

陳元晉在〈通應經畧純之啟〉中，說到邊防重鎮的疏失，若是官吏貪心而狡詐，豢養的士兵又不勤加操練卻驕奢無道，那麼人民只能心中滿懷著怨言卻不敢說，這樣帶著冤屈，應該要向誰申訴呢？通常，在人民心中懷有怨言時，往往因為懼怕當官者的權力，只能忍氣吞聲。但在現今的民主時代，我們往往可以透過民意代表或立法委員替我們監督在上位者，只要有任何意見，都有公開的管道可以陳情，也就能夠減少「敢怒不敢言」的民怨了。

用法說明 形容一個人因為身分或某些原因有所顧忌，雖然心中有怨怒卻不敢說出口，就會用「敢怒不敢言」。例一：外籍勞工因為語言不通，往往遭到雇主凌

虐也「敢怒不敢言」，只能把心酸往肚裡吞。例二：政府發包的那樁建案，因為配套措施不良，弄得周邊居民「敢怒不敢言」，不知道應該向哪個單位陳情才好。

智囊 ㄓˋ ㄋㄤˊ

出處 東漢・王充《論衡・驗符》：「賈誼智囊之臣，云色黃數五，土德審矣。」

解釋 裝藏智謀的皮袋子，指稱足智多謀、善於謀策的人。囊，口袋、袋子。

近義 軍師

搭配詞 智囊團

放大鏡

錦囊詩人李賀

唐朝詩人李賀在世僅二十七年，他創作的詩想像力豐富，意境詭異華麗，常用些險韻奇字，十分與眾不同。李商隱曾作〈李賀小傳〉，描述李賀寫詩的奇特習慣：「每旦日出，騎弱馬，從小奚奴，背古錦囊，遇所得，書投囊中。未始先立題然后為詩，如他人牽合課程者。及暮歸，足成之。」李賀總習慣每天早晨騎匹瘦弱的馬出門，在路途中一有靈感，就隨時寫下來丟到錦囊中，從來不曾先立詩題再寫詩，也不像他人連綴成篇以符合作詩的規範。等到傍晚回家以後，才將錦囊中的詩句增補成完整的詩篇。

用法說明 「智囊」多引申用來指稱足智多謀的人；「智囊團」則是由一群具有各種專門知識的人所組成的顧問團。例一：他總在急迫的時刻提出最適切完美的建議，真是我們的智囊。例二：總統身邊都需要智囊團的輔助，以提供治理國家的良策。

曾幾何時 ㄘㄥˊ ㄐㄧˇ ㄏㄜˊ ㄕˊ

出處 唐・韓愈〈東都遇春〉：「爾來曾幾時，白髮忽滿鏡。」

解釋 指時間才過去沒多久。曾，才的意思。幾何，多少的意思。

近義 轉瞬之間、彈指之間

反義 遙遙無期、久而久之

放大鏡

「曾幾何時」的誤用

許多人將「曾幾何時」錯誤地理解為「曾經」、「曾經有一段時間」、「很久以前」、「不知從什麼時候」、「當時」、「當初」等，往往用於感慨時間已過去很久。錯誤例句如下：一、曾幾何時，人類向大自然挑戰，竟將競技比勇的場地轉到了高山峽谷、急流險灘。二、曾幾何時，臺灣的少棒有著輝煌的榮耀，不過這已經是五十多年前的事情了。事實上，「曾幾何時」表達的恰恰是與「時間過去很久」相反的意思。它的本義是：才過了多少時候，指時間過去沒多久，用於強調某一事物或人經歷短時間後發生較大變化。而且在這個詞的前面，一般要交待、說明有關的時間和問題，不能憑空、突然地在沒有「沒過多久」之意的地方用「曾幾何時」。

用法說明 「曾幾何時」是指沒過多久的意思。例一：那年我從這裡經過，觸目儘是低矮的破舊的平房，曾幾何時，一幢幢高大的樓房拔地而起。例二：醫藥的發展十分迅速，曾幾何時，被認為是不治之症的肺結核，已經不再威脅人類。

曾經滄海難為水 ㄘㄥˊ ㄐㄧㄥ ㄘㄤ ㄏㄞˇ ㄋㄢˊ ㄨㄟˊ ㄕㄨㄟˇ

出處 唐・元稹〈離思〉：

「曾經滄海難為水，除卻巫山不是雲。」

解釋 曾經見過滄海的浩瀚，便不會為其他流水而心動；除了環繞巫山的纏綿雲霧，其他地方的雲霧實在不足為奇。後世用來比喻最好的畢竟只有一個，人一旦見過最好、最美的事物之後，其他那無數平凡無奇的，也就變得微不足道了。

近義 弱水三千，只取一瓢

放大鏡

雲雨巫山會神女

相傳楚懷王出遊巫峽，白天昏然入睡，夢見與神女一番雲雨，纏綿悱惻，神魂顛倒，事後，便於巫山南面修建「朝雲觀」，以資紀念。後來懷王過世了，他的兒子即位，是為頃襄王。頃襄王曾與大才子宋玉同遊此地，同樣也做了類似的美夢。夢醒時分，命宋玉作〈高唐賦〉和〈神女賦〉，以描述這兩場美麗的豔遇。〈高唐賦〉中，以「巫山雲雨」為整體性象徵，誇張而熱烈地描述了楚王與神女魚水之歡的場景。

用法說明 「曾經滄海難為水」多用在男女愛情上，意謂愛過今生最值得愛的那個人後，其他人相形之下全都不值一顧了。因為至愛，只有一個！表現出人們對愛情的執著，與「拈花惹草」、「招蜂引蝶」意思相反，無論男女，都應忠於自己的感情，不該存有遊戲人間的心態，處處留情。例一：當紅拂女遇見李靖，自知曾經滄海難為水，因此毅然決然選擇為愛走天涯。例二：像這種拈花惹草的男人，又怎麼對得起為他辛苦持家的妻子？

渾沌（ㄏㄨㄣˋ ㄉㄨㄣˋ）

出處 《莊子‧應帝王》：「儵與忽時相與遇於渾沌之地，渾沌待之甚善。儵與忽謀報渾沌之德，曰：『人皆有七竅，以視聽食息，此獨無有，嘗試鑿之。』日鑿一竅，七日而渾沌死。」

解釋 本指古代傳說中天地未成形前的樣態，後來指混亂、模糊、沒有秩序的意思。哲學意義上，渾沌指虛空，或者沒有結構、不清晰的狀態。

近義 模糊不清

反義 層次分明

放大鏡

渾沌之死

《莊子》書有這麼一則寓言：南海之王叫「儵（音ㄕㄨˋ，倏的本字）」，北海之王叫「忽」，中央之王叫「渾沌」。儵和忽在渾沌的地方相會，渾沌對他們很好。儵和忽想報答他，見大家都有眼耳口鼻，用來看、聽、吃、呼吸，渾沌卻沒有七竅，就為他鑿七竅。每天鑿一竅，七天後，七竅完成，渾沌也死了。

這故事其實說的是：當我們有了機心（開竅）之後，純真（渾沌）就消失了。另外還有一個有趣的說法，根據《左傳》記載，混沌是四凶之一的神話生物，四凶分別是形象如同巨大之狗的「混沌」、人頭羊身並且腋下長眼睛的「饕餮（音ㄊㄠ ㄊㄧㄝˋ）」、生有翅膀的大虎「窮奇」，以及人頭虎腿長有野豬獠牙的「檮杌（音ㄊㄠˊ ㄨˋ）」。

用法說明 「渾沌」可以當名詞，也可以當形容詞。當名詞時，指模糊、沒有秩序的狀態；當形容詞時，意思是不清晰的、混亂膠著的。

例一：中國古代傳說：盤古開天闢地以後，宇宙才脫離了渾沌的狀態。例二：你說的這件事，我腦袋裡完全沒有印象，一片渾沌。

渾家（ㄏㄨㄣˊ ㄐㄧㄚ）

出處 明・馮夢龍《警世通言・范鰍兒雙鏡重圓》：「我已別娶渾家，舊日伉儷（音ㄎㄤˋ ㄌㄧˋ，夫妻）之盟，不必再題。」

解釋 古人謙稱自己妻子的一種說法，意思是不懂事、不知進退的人。

近義 內人、內子、老婆、拙荊、拙妻、拙內

放大鏡

「渾家」與「全家」

「渾家」除了指稱妻子以外，還可解釋為「全家」，譬如：「身為最小女，偏得渾家憐」（唐・戎昱〈苦哉行〉之四）、「我渾家大小七八十口人」（元・無名氏〈飛刀對箭〉第二折）。因為「渾」有「全」、「整個」之意，所以，渾家又可解釋為全家。至於「大渾家」是元配的意思，也就是大老婆，相對於現在所說的「小三」。

用法說明 「渾家」與「拙荊」皆是古人謙稱自己妻子之語。例一：林先生因為愛好古典文學，每每介紹自己的妻子時，總喜歡說：「這位是我的渾家，請多指教。」例二：對古人而言，拙荊是丈夫謙稱妻子極為普遍的用法。

無可奈何（ㄨˊ ㄎㄜˇ ㄋㄞˋ ㄏㄜˊ）

出處 西漢・劉向輯錄《戰國策・燕策三》：「樊於期……遂自刎。太子聞之，馳往，伏屍而哭，極哀。既已，無可奈何，乃遂收盛樊

於期之首，函封之。」

解釋 毫無辦法。

近義 無計可施、沒轍

搭配詞 事以至此，無可奈何

放大鏡

晏殊的「無可奈何花落去」

晏殊是北宋人，字同叔。小時極其聰明，十四歲被以「神童」推荐，經廷試，賜同進士出身。從此平步青雲，一帆風順，世稱太平宰相。一天，晏殊路經揚州，投宿在大明寺，從寺中牆上的題詩中，得知江都尉王琪善詩，便立即派人請王琪到大明寺來。晏殊說：「有時我得到詩句，可是一年都對不出下句，比如『無可奈何花落去……』」話沒說完，王琪就立刻以「似曾相識燕歸來」應對。晏殊如獲至寶，運用王琪的詩句構成了描繪晚春景色的佳對「無可奈何花落去，似曾相識燕歸來。」並且分別寫進自己的詞作〈浣溪紗〉和詩作〈示張寺丞王校勘〉中。

用法說明 「無可奈何」及「望洋興嘆」、「迫不得已」都有沒有辦法的意思。「無可奈何」側重於無計可施、無能為力。「望洋興嘆」側重於能力不足，「迫不得已」側重於受逼迫而無法抗拒。例一：老爸遇到調皮的妹妹，任他再嚴肅也無可奈何。例二：這件衣服雖然漂亮，但價格實在超出預算太多，我只能對著它望洋興歎。例三：在眾人的逼問下，他迫不得已，才說出整個事件的來龍去脈。

無妄（ㄨˊ ㄨㄤˋ）

出處 《易經・无妄卦》：「无妄之災，或繫之牛，行人之得，邑人之災。」

解釋 指意料之外。「無」

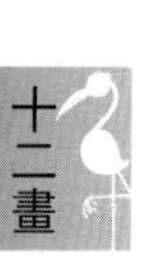

字通「无」字，所以也作「无妄」。

搭配詞 無妄之福、無妄之災、無妄之禍

放大鏡

无妄之災

「无妄之災」一詞出自《易經》，原文是：「无妄之災，或繫之牛，行人之得，邑人（同鄉的人）之災。」指綁在路邊的牛，被路過的行人偷偷牽走。主人以為是附近的居民偷的，於是告上官府。官府也派人搜捕、調查，使居民因而受到滋擾，遭到无妄之災。

用法說明 「無妄」和「無望」一詞意思不同，用法有異。前者指意料之外，後者指沒有希望。前者作形容詞用，後者作動詞用。例一：颱風吹倒了招牌，正好壓在他的車上，讓他平白遭受无妄之災。例二：這場婚事已然無望，你還是別放在心上吧！

無所不用其極（ㄨˊ ㄙㄨㄛˇ ㄅㄨˋ ㄩㄥˋ ㄑㄧˊ ㄐㄧˊ）

出處 《禮記・大學》：「周雖舊邦，其命惟新。是故君子無所不用其極。」

解釋 無論用什麼方法，都會盡其所能地達到目標。

放大鏡

臻於至善

〈大學〉中說到一個人必須每日不斷地進行精神上的革新，就像商湯在盤子上銘刻的句子一樣，每一日都不斷地向前。而面對人民，也要努力使人民向善，不斷驅向良好的境地。如同《詩經・大雅・文王》中說到的，周朝雖然是舊的王國，它的天命仍然是上天新賦予的。如同品德高尚的人，將會不斷地追求完美，以達到最完善的境界。

用法說明 「無所不用其極」的原意是指，君子將會不斷地追求品德最高的境界，所以是正向的使用方式。但今日大多用來指責人們為了達到某種目的，無論任何手段都會用上，於是成了負向的使用方式。例一：分數只是一種暫時性的衡量標準，可是品德卻是一個人一輩子的指標。〈大學〉曾說：「君子無所不用其極」，一個人無論處在什麼狀態，都應該不斷地使自己達到完善的境地。例二：一名十惡不赦的歹徒，因為窮困沒有辦法生活，竟然偷竊、搶劫「無所不用其極」，「衣食足而後知榮辱」果然有其道理。

無的放矢（ㄨˊ ㄉㄧˋ ㄈㄤˋ ㄕˇ）

出處 唐・劉禹錫〈答容州竇中丞書〉：「今夫儒者函矢相攻，蜩螗（音ㄊㄧㄠˊ ㄊㄤˊ，蟬）相喧，不啻（啻音ㄔˋ，如同）於彀（音ㄍㄡˋ，拉滿弓）弓射空矢者，孰為其的哉？」

解釋 沒有目標就胡亂射箭。比喻言語或行動漫無目的。的，音ㄉㄧˋ，目標的意思。

近義 盲目行事

反義 一針見血

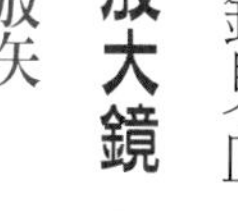

放大鏡

無的放矢

唐・劉禹錫在〈答容州竇中丞書〉中針對讀書人盲目地互相攻訐提出批判。他指出：當時的讀書人以書信為箭，互相攻擊。議論喧騰有如蟬鳴鼓噪，這就如同拉滿弓弦隨意放箭，不知道目標在哪裡。「無的放矢」一詞即出於此。

用法說明 「無的放矢」一詞本義是沒有目的地胡亂說

話。現在也用來指沒有根據就隨意指責別人。例一：他在開會時經常無的放矢，發言缺乏重點，浪費大家寶貴的時間。例二：你不要血口噴人，再這樣無的放矢的話，我會控告你毀謗。

無毒不丈夫（ㄨˊ ㄉㄨˊ ㄅㄨˋ ㄓㄤˋ ㄈㄨ）

出處 元・關漢卿《蝴蝶夢》第一折：「想天公不受私，正是一還一報時。恨小非君子，無毒不丈夫。」

解釋 做事不夠狠毒，就不算是男子漢大丈夫。形容做一件事時，心腸要夠狠、手段要夠毒，這樣的人較容易達成既定的目標。

近義 最毒婦人心、心狠手辣

反義 慈悲為懷、心慈手軟、為人著想

放大鏡

「鶴頂紅」與鶴啥關係

在傳統戲曲、古典小說中，常見的一種毒藥──鶴頂紅，那到底是什麼玩意兒呢？其實，鶴頂紅與「鶴」無關，而是紅信石。據說紅信石就是三氧化二砷的一種天然礦物，加工後，就成為能置人於死地的砒霜。因為當砷進入人體以後，會和蛋白質的硫基結合，使蛋白質失去活性，阻斷細胞內氧化供給能量的途徑，而快速使人喪命。

用法說明 不論「無毒不丈夫」，還是「最毒婦人心」，都是說一個人心腸狠毒，為達成目的，可以不擇手段，即使傷害到別人，也在所不惜。因此，這兩個詞常被用來當成做壞事的藉口。「無毒不丈夫」通常用在男性身上，而「最毒婦人心」一定指女性而言，在用法上有男女之別。例一：為

了維護我們的利益，不如趁機併吞其他小公司，有道是「無毒不丈夫」，休怪我不手下留情！例二：李小姐一路踩著別人的肩膀，終於登上總經理寶座，這次不知又要犧牲哪一名手下來保全自己，真是最毒婦人心！

無恙（ㄨˊ ㄧㄤˋ）

出處 戰國・宋玉〈九辯〉：「賴皇天之厚德兮，還及君之無恙。」

解釋 常用於通信或重逢時的問候語，表示沒有憂慮和愁悶。

近義 平安無事、安然如故

反義 有恙、微恙、大恙

搭配詞 別來無恙、安然無恙

放大鏡

何以「別來無恙」？

漢・應劭《風俗通義》一書曾記載：「恙」是一種會咬人的蟲，牠會鑽進人體，啃食人的心臟，人類一旦被咬到，輕則生病，重則死亡。由於古時候，人們多數居住在荒郊野外，很容易被恙蟲侵襲，所以，第二天醒來後，就互相問對方有沒有被恙蟲咬到？若是回答「無恙」，則指前一晚安然度過，未受恙蟲侵襲。時至今日，「無恙」也成為人們通信或重逢時的問候語，雖然未必代表未碰面時，是否遭遇恙蟲侵擾？但可表示分開時日既無憂慮、也無愁。

用法說明 「無恙」與「有恙」意思相反。例一：多年未見，不知旅居美國的高中老師是否別來無恙？例二：得知佳人心中有恙且顧慮甚多，趙廷只好暫緩籌備中的婚禮。

無腸公子（ㄨˊ ㄔㄤˊ ㄍㄨㄥ ㄗˇ）

出處 晉・葛洪《抱朴子・內篇・登涉》：「稱無腸公子者，蟹也。」

解釋 原指沒有心腸或心思，今多用來指螃蟹。

近義 螃蟹、橫行將軍

搭配詞 無腸公子嘆秋殤

放大鏡

無腸公子，有腸！

古人以為螃蟹甲殼下好像空空的，故稱牠為「無腸公子」，其實螃蟹並不是沒有腸子，只是比較小，且位在中間後面的位置罷了，不過「無腸公子」一詞，已變成文人對「螃蟹」的雅稱。

用法說明 「無腸公子」是螃蟹的別名，「沒腸肚」意指沒良心。例一：許多老饕對於無腸公子的美味，讚不絕口！例二：做人處事，最怕遇到沒腸肚的人。

無賴（ㄨˊ ㄌㄞˋ）

出處 西漢・司馬遷《史記・張釋之傳》：「文帝曰：『吏不當若是邪？尉無賴！』」

解釋 「賴」有依恃的意思。「無賴」一詞原解為「不可依恃」，現多用來指品行不佳的人。

近義 流氓、痞子、惡棍

放大鏡

張釋之的勸諫

漢文帝在位時，有一天，身為謁者僕射的張釋之，陪同漢文帝到上林苑養老虎的地方。文帝多次詢問上林尉苑中野獸的狀況，上林尉都無法回答。虎圈的管理員這時出面代替上林尉詳細地回答了文帝，文帝對他大為讚賞，說道：「官吏不該像這樣嗎？上林尉竟無賴不中用！」說罷便要下詔讓虎圈的管理員越級升遷。張釋之以秦朝為例，勸說文帝不要以能言善辯作為評價官員的標準，否則會造成社會爭為口辯而不重實質作為的歪風。文帝後來採納張釋之的建議，打消了拔擢虎圈管理員的念頭。

用法說明 「無賴」一詞也有「無聊」的意思，如：「唯憎無賴汝南雞，天河未落猶爭啼。」（南朝・徐陵〈烏棲曲〉二首之二）但，只有「無賴」可以用來指品行不佳的人，「無聊」並無此義。例一：他平日欺壓善良，是地方上的無賴。例二：無聊的他總愛管別人家的閒事。

無顏見江東父老（ㄨˊ ㄧㄢˊ ㄐㄧㄢˋ ㄐㄧㄤ ㄉㄨㄥ ㄈㄨˋ ㄌㄠˇ）

出處 西漢・司馬遷《史記・項羽本紀》：「項羽笑曰：『……縱江東父兄憐而王我，我何面目見之？』」

解釋 指內心羞愧，沒臉見那些愛護、支持自己的人。

近義 無地自容、羞於見人

反義 衣錦還鄉、衣錦榮歸

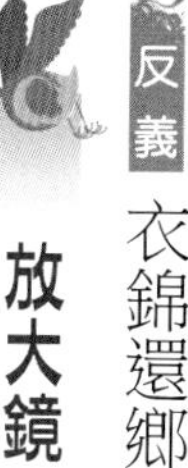

放大鏡

項羽自刎烏江畔

楚漢相爭時，項羽被漢軍困於垓（音ㄍㄞ）下，四面楚歌，情況岌岌可危；逼得他不得不帶領騎士衝鋒陣線，突出重圍，退到烏江畔。此時，烏江亭長勸他渡江回到江東，或可東山再起。他卻認為：「莫非是天要亡我，如此則渡江又有何用？回想昔日帶出八千多名江東子弟，而今只剩我一人獨自回去，將拿什麼面目去面對那些愛護我、擁立我的江東父老呢？即使他們不怪我，但我豈能問心無愧？」於是，仰天長嘯，揮劍自刎，為此傳奇一生劃下了悲壯的句點。

用法說明 「無顏見江東父

老」和「衣錦還鄉」用法相反，前者指功敗垂成，沒臉回故鄉，面對家鄉親友；後者則是功成名就，風光返鄉，和鄉親父老一同分享成功的喜悅。例一：他這次選舉高票落選，無顏見江東父老，所以打算暫時出國散散心。例二：他外出打拼多年，如今事業有成，總算可以衣錦還鄉了。

登科 ㄉㄥ ㄎㄜ

出處 五代周・王仁裕《開元天寶遺事・卷下・泥金帖子》：「新進士才及第，以泥金書帖子，附家書中，用報登科之喜。」

解釋 登上科舉考試之榜。

近義 及第、中試、錄取

反義 落第

搭配詞 五子登科、小登科

放大鏡

竇禹鈞五子登科

根據《宋史・竇儀傳》的記載，宋代有位名叫竇禹鈞的人，育有五個兒子，竇儀、竇儼、竇侃、竇偁、竇僖，由於五兄弟相繼及第，所以稱為「五子登科」。

《三字經》也以「竇燕山，有義方，教五子，名俱揚」來歌頌此事。後來，「五子登科」演化為民間的吉祥圖案，用以寄託父母期望孩子都能像竇家五兄弟那樣登科及第。只是，時至今日，新版的「五子登科」以擁有房子、車子、銀子、妻子、孩子，為人生最大的福氣，與「五子登科」之原義，可說是截然不同。

用法說明 「登科」與「落第」意思相反。前者指登上科舉考試之榜，後者指科舉時代應試不中，亦指未通過考試。例一：對古人而言，五子登科是莫大的榮耀。例二：清代文人蒲松齡年少時幾次赴考都落第，於是放棄科舉考試，轉向文章之創作。

登徒子（ㄉㄥ ㄊㄨˊ ㄗˇ）

出處 戰國・宋玉〈登徒子好色賦〉：「登徒子悅之，使有五子。王孰察之，誰為好色者矣？」

解釋 喜好女色而言行不正經的人。

近義 好色之徒

反義 柳下惠

放大鏡

登徒子不好色

登徒，是一個複姓。宋玉假託登徒這個人說的話，藉此勸諫漢王。登徒先生在漢王面前說宋玉相貌堂堂，而言說有道，又有美妻，個性好色。由是漢王質問宋玉，宋玉指出自己美貌的鄰人引誘了三年都未成功，表示自己並不好色。而登徒先生則妻醜無比，卻能生五個孩子，顯現出登徒子美、醜不拘，實在好色。其實，登徒先生只是宋玉為了勸諫並且表彰自己杜撰出來的人物，就賦中所言，其實也並非真正好色的人，但因為篇名是〈登徒子好色賦〉，後來大家襲用就引申好色的人為「登徒子」。

用法說明 「登徒子」是罵人好色、不正經的意思，有指責對方只重美色甚至美醜不拘的意思。「登徒子」和「色狼」都是指好色之徒，但在批評的程度上，仍有輕重之分。若是以輕薄的言詞或行為騷擾女性，就可以稱為「登徒子」，也可以稱為「色狼」。然而，若是有嚴重的侵犯舉動，往往就被稱為「色狼」，甚至「淫魔」。因為這樣的行為，已不配稱為人了。例一：有些男人就是心術不正，總帶著一些不太正經的眼神打量妳，真要當心這些登徒子有什麼近一步的動作啊。例二：他連續性侵了數名夜歸的女子，眾人都主張嚴厲懲罰這匹色狼。

登堂入室（ㄉㄥ ㄊㄤˊ ㄖㄨˋ ㄕˋ）

出處《論語・先進》：「子曰：『由之瑟，奚為於丘之門？』門人不敬子路。子曰：『由也升堂矣！未入於室也！』」

解釋 以登上廳堂，進入內室，比喻學問或技能從淺到深，循序漸進，達到了高深的境界。

近義 登峰造極、升堂入室

反義 未臻（達到）化境（超凡的境界）

放大鏡

子路「登堂」，但未「入室」

子路是孔子的弟子。他具有政治長才，名列孔門四科中的政事科。子路的個性輕率衝動，好逞血氣之勇，卻又感情真摯，事親至孝，所以孔子對這位弟子的個性是又喜愛、又責備。有一次，孔子聽到了子路彈瑟的聲音。孔子覺得樂音中充滿了肅殺之氣，聽來很不祥和，就不太高興地說：「子由彈瑟的聲音不合雅頌，為什麼會出自我的門下？」孔子對子路的批評傳到其他弟子耳中，以為孔子不喜歡子路，對待子路的態度不免輕蔑起來。孔子知道後，又說道：「仲由的學問啊，已經有相當的成就，只是還沒有達到最精奧的境地。就好像一個人從外頭進到屋子裡，雖然登上了大廳，但尚未進入內室。」

用法說明 「登堂入室」原作「升堂入室」，雖然字面上的意思是「登上廳堂，進入內室」，但現在應該使用比喻的意義，直接用字面意義是不妥的。例一：我的棋藝才剛入門，若想登堂入室，可是還差得遠呢！例二：無論學習哪一門科學，要想登堂入室，都必須下苦功夫。

程門雪（ㄔㄥˊ ㄇㄣˊ ㄒㄩㄝˇ）

出處 元・謝應芳〈龜山祠〉：「卓彼文靖公，早立程門雪。」

解釋 用來比喻尊敬師長、虔心向學。

近義 程門立雪、尊師重道

反義 離經叛道

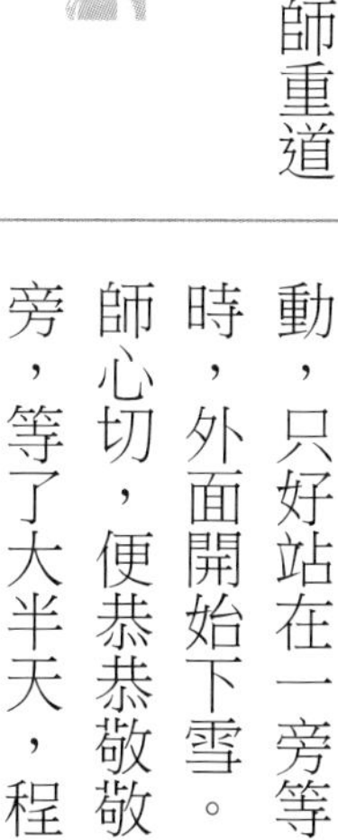

放大鏡

程門立雪好學生

程顥、程頤兩兄弟是宋代著名的學者。進士楊時爲了增加自己的學養識見，毅然放棄了高官厚祿，跑到河南潁昌來拜程顥爲師，虛心請益。後來程顥去世了，楊時也已四十多歲，但仍立志向學；於是，又跑到洛陽去拜程頤爲師。

有一天，楊時和友人游酢前來拜見程頤，剛好碰上老師伏案小憩，二人不敢驚動，只好站在一旁等候。這時，外面開始下雪。兩人求師心切，便恭恭敬敬侍立一旁，等了大半天，程頤才慢慢睜開眼睛，看見他們倆站在面前，大吃一驚，問道：「二位怎麼還沒走？」再望向窗外，皚皚白雪已經積了一尺高，而楊時和游酢臉上毫無一絲不耐的神情，於是程頤內心暗喜：「孺子可教也！」日後便一點一滴把畢生學問都傳授給他們。

用法說明 「程門立雪」亦

作「立雪」、「立雪程門」、「程門雪」，即尊敬師長、誠心向學的意思。例一：如今世風日下，人心不古，程門立雪的求學精神，已不復可聞！例二：他平生尊師重道，頗有古人立雪程門之遺風。

稍候 ㄕㄠ ㄏㄡˋ

出處 清・曹雪芹《紅樓夢》第十六回：「鳳姐且止步稍候，聽他二人回些什麼。」

解釋 稍等一會兒

近義 稍待、稍等

放大鏡 稍候與稍後

「稍候」與「稍後」兩詞讀音相同，意義和使用方法卻大不相同。「稍候」的意思是：稍等一會兒；「稍後」的意思為：在短暫的時間之後。「稍候」的「候」是動詞，而「稍後」的「後」是副詞，這兩個字不僅意義不同，連詞性也不同，千萬不能混為一談。使用這兩個詞的分辨原則為：如果是要請對方等一下，要用「稍候」；若要表達的是短時間之後的意思，才可以用「稍後」。

用法說明 「稍候」與「稍後」二詞，現今時常有混淆誤用的情況發生，使用時應多加謹慎留意。例一：請稍候一會兒，您的資料正在傳遞中。例二：稍後將會有人為您帶位，請稍候。

童蒙 ㄊㄨㄥˊ ㄇㄥˊ

出處 《易經・蒙卦》：「匪我求童蒙，童蒙求我。」

解釋 指無知的幼童。也說「蒙童」。

放大鏡

古時教導童蒙的教材

古代教育小孩以認字為先，一些文章如《千字文》、《百家姓》等，由於沒有重覆的字句，所以被當作教導童蒙的重要教材。另外，如《三字經》、《弟子規》、《孝經》等，由於包含了許多做人做事的重要道理，因此也是教導童蒙的重要教材。其中，最為知名的莫過於《三字經》。文中如「人之初，性本善」等句，幾乎人人都能背上幾句。

用法說明 「蒙童」是名詞，指無知的幼童，「蒙董」是形容詞，指心裡不明白，或作「懵懂」、「懞懂」。例一：他的學問雖然很好，卻一再落第，只得在村裡教幾個蒙童，掙些錢糊口。例二：染缸似的社會，總讓蒙董的孩童，變為市儈的成人。

結束（ㄐㄧㄝˊ ㄕㄨˋ）

出處 漢・無名氏《古詩十九首・東城高且長》：「蕩滌放情志，何為自結束？」

解釋 拘束。也指打扮。今指終了。

近義 拘謹、羈絆、束縛

反義 隨意、自然

放大鏡

「結束」之古今義

今人熟知的「結束」一詞，主要是完結、終了的意思。但在古詩、文中，「結束」可以釋為「拘束」、「打扮、裝束」，尤其是「打扮、裝束」的用法極為普遍，例如：南宋・石孝友〈眼兒媚〉：「何須著粉更施朱，元不在妝梳。尋常結束，珊珊環佩，短短裙襦」、清・蒲松齡《聊齋誌異・商三官》：「一人抱尸轉側，方將緩其結束」。由於古人的穿著，多有衣帶，故常需要將其束緊打結，是故，許多涉及衣著之作，會以「結束」之詞，用來指稱衣裳之裝束。

用法說明 「結束」除了解釋為完結、終了，也可以用來指稱文章的結尾。例一：該結束的戀情，就讓它隨風而逝吧！糾纏不清，只會讓自己疲憊不堪！例二：不少同學寫作文時，都喜歡引用九把刀那句「就算跌倒了，姿勢也要很豪邁」，作為文章的結束。

絕響 ㄐㄩㄝˊ ㄒㄧㄤˇ

出處 晉・葛洪《抱朴子・外篇・廣譬》：「聽者，料興亡於遺音之絕響；明者，覿（音ㄉㄧˊ，見）機理於玄微之未形。」

解釋 比喻技藝失傳或人事凋零，使流風餘韻不可復見。

近義 絕學

放大鏡

嵇康與〈廣陵散〉

〈廣陵散〉的來源眾說紛紜，《晉書・嵇康傳》記載嵇康能彈奏〈廣陵散〉，是古人鬼魂所傳，他學會〈廣陵散〉後，不輕易彈奏，更不肯教授他人，連他最鍾愛的外甥袁孝尼也不例外。後來嵇康因為反對司馬氏政權而被殺，臨刑前有三千太學生為之求情，然而並沒有改變這樣的結果。死前，嵇康滿懷悲憤彈了最後一次〈廣陵散〉，並嘆曰：「當初袁孝尼想向我學這首樂曲，我都不肯傳授，從此以後它就成為絕響，再也不會有了！」自此以後，後人稱嵇康此事為「廣陵絕學」。

用法說明 使用「絕響」一詞多半是正面的評價，或針對事物所發的感嘆；「絕學」則是指一門即將失傳的技藝或學問。例一：現代人多用機器取代手工製造，再過不久，這樣的手藝恐怕就要成為絕響了。例二：老師傳們一個個凋零，這項技術後繼無人，恐怕要成為絕學了。

詠絮之才（ㄩㄥˇ ㄒㄩˋ ㄓ ㄘㄞˊ）

出處 唐．房玄齡等《晉書．列女傳．王凝之妻謝氏傳》：「道韞曰：『未若柳絮因風起。』」

解釋 指有文才的女子。也說「詠雪之才」、「詠雪之慧」。

近義 不櫛進士、掃眉才子

放大鏡

柳絮因風起

有一次謝安舉行了一場家族聚會。不久，忽然開始下雪。謝安開口問道：「這下雪的情境像什麼呢？」謝安二哥的兒子謝朗回答說：「散鹽在空中，差不多可以相比擬了。」謝安大哥的女兒謝道韞說：「不如比作柳絮憑藉著風而飛起。」謝安聽到之後非常高興。後人就以「詠絮之才」一詞借指有文才的女子。

用法說明 「詠絮之才」一詞指有文才的女子。「絮語」則是指低聲而連續的交談。例一：她擅長寫作，是公認的詠絮之才。例二：對他而言，太太的枕邊絮語是一種噪音。

鄉愿（ㄒㄧㄤ ㄩㄢˋ）

出處 《論語．陽貨》：「子曰：『鄉原，德之賊也。』」

解釋 形容外貌忠厚老實，討人喜歡，實際上卻不能明辨是非的人。「愿」原作「原」。

近義 好好先生

放大鏡

鄉愿

鄉愿是形容看起來很忠信，做事好像很廉潔，似乎沒哪裡有缺失的人。他對任何一個人都不肯輕易發出批評，對任何一件事都沒有個人意見。這種人做事非常圓熟，不願得罪任何人，取悅別人來塑造自己忠厚老實、與世無爭的形象，以換取別人對他的好感，希望人人說他是好人，所以好人說他好，壞人也說他好。孔子認為這種人說是一套，做又是一套，只顧自己的利益，不敢說實話、不敢論是非，罔顧道義，會造成社會上的善惡不分。如果人人都成為鄉愿、都不願意得罪他人，而不願為真理出頭，那公理正義往往就無法維持了。因此孔子並不欣賞「鄉人皆好之」的鄉愿，而欣賞「鄉人之善者好之，其不善者惡之」，能伸張公理的正直之士。

用法說明 現今使用鄉愿一詞時，多帶有負面的貶責意味，使用時應多留意。例一：我們應努力學習成為能分辨善惡、維護正義的人，千萬別做鄉愿。例二：他總是打著好好先生的招牌，穿梭在各大陣營之間，真是鄉愿。

閒人（ㄒㄧㄢˊ ㄖㄣˊ）

出處 元・關漢卿《救風塵》第三折：「不是閒人閒不得，及至得了閒時又閒不成。」

解釋 原指悠閒輕鬆，沒事

情做的人，現亦指與事件無關的人。

近義 閒雜人等

反義 忙人、大忙人

搭配詞 閒人勿進、閒人閒語、御用閒人、閒人無樂趣，忙人無是非

放大鏡

張小閒，一點都不閒

元代有一個名叫張小閒的人，他雖然是名叫小閒，但他可一點也不清閒，他平常除替人修補鞋子、雨傘外，有時還幫忙撮合別人的感情，所以他抱怨自己不是閒人，沒有空閒的時候，等事情好不容易忙完了，可以輕鬆休閒的時候，下一件事情又來了，想輕鬆悠閒，一點辦法都沒有。

用法說明 「閒人」是指沒事做的人，而「等閒人物」則是指不具重要性的人。例一：他什麼事都不用做，是公司第一大閒人。例二：你別看他穿得破爛爛的，他可不是一個等閒人物哦！

黃泉 ㄏㄨㄤˊ ㄑㄩㄢˊ

出處 一、《荀子・勸學》：「上食埃土，下飲黃泉。」二、《左傳・隱公元年》：「不及黃泉，無相見也。」

解釋 一、指地下的泉水。二、指人死後居住的地方，即陰間。

近義 一、地下水。二、陰世。

反義 碧落

搭配詞 上窮碧落下黃泉

放大鏡

不到黃泉不相見

鄭武公娶武姜為妻，姜氏生了莊公和共叔段。因為莊公出生時腳先出而頭後出，嚇到了姜氏，所以姜氏

不太喜歡他，偏愛另一個兒子共叔段。她不斷要求武公改立共叔段為太子，但武公沒有答應。莊公即位後，姜氏多次向莊公提出無理要求，莊公礙於母親情面，沒有拒絕。姜氏毫不知足，居然煽動共叔段篡位。莊公識破了共叔段的企圖，打敗了他。莊公非常不諒解他的母親，便把她的母親姜氏安置到城穎，並說：「不到黃泉，不再相見。」莊公的話說出口後，十分後悔。他想見母親，但又不想違背自己的誓言。當時穎地的官員叫穎考叔，為人正直無私，一向有孝順愛友的美譽。穎考叔向武公建議：「在黃泉相見，有什麼困難可言？君上可請人挖一條深及地泉的隧道，然後在隧道裡見母親，既可以一解思母之情，也不會違背君上的諾言。」莊公聽了，十分高興，依著穎考叔的建議，終於見著了自己的母親。

用法說明 「黃泉」現在的用法通常是指陰間，因此搭配詞「上窮碧落下黃泉」，字面上來說就是從天上找到地底下，也就是到處尋找的意思。例如：從事文史調查工作的學者，要有上窮碧落下黃泉的精神，才有機會還原歷史真相。

【十三畫】

幹事（ㄍㄢˋ ㄕˋ）

出處 西晉・陳壽《三國志・蜀志・郤正傳》：「（郤正）及見受用，盡心幹事，有治理之績。」

解釋 本義是「主持」的意思，後來泛指「做事」。如果當名詞，則是辦公室裡幫忙做類似秘書工作的人。

近義 辦事員、辦事

放大鏡

深具秘書之才的郤正

郤正，字令先，本名「纂」，河南偃師（今河南省偃師縣）人。「郤」字音義同「隙」，許多地方被誤寫為「卻」。年少時他的父親郤揖過世，母親改嫁，他雖然孤苦無依，但安貧好學，博覽群書，後來當到秘書吏，又轉職秘書令史，還任秘書郎，最後做到了秘書令。他性格淡薄榮利，醉心於文章閱讀，文辭燦然。他被劉備重用，便全心主持、做好秘書的工作，管理的成績很好，深受信賴。

用法說明 「幹事」當動詞或名詞，意義不同，前者是「辦理事情」，後者是「幫忙處理文書、庶務的人」。例一：你讓他去處理這麼重要的事，他幹事牢靠不牢靠啊？例二：學務處的辦公室裡有三位幹事，你要找的是哪一位呢？

愁紅慘綠（ㄔㄡˊ ㄏㄨㄥˊ ㄘㄢˇ ㄌㄩˋ）

出處 南宋・辛棄疾〈鷓鴣天・賦牡丹〉：「愁紅慘綠今宵看，恰似吳宮教陣圖。」

解釋 紅、綠，代指花、葉。指經過風雨摧殘的殘花敗葉，使人感覺愁苦悽慘。後亦用於比喻身世淒涼的感情。又說「慘綠愁紅」。

近義 殘花敗葉、愁紅怨綠

反義 花紅柳綠、砌紅堆綠

放大鏡

何以「慘綠」？

「慘綠」一詞，常見於中國古典詩、詞，除了「慘綠愁紅」以外，今人用得最廣的，大概就是「慘綠少年」了。「慘綠少年」一詞，原出於唐朝張固《幽閑鼓吹》：「末座慘（音ㄘㄢˇ，同黲，指暗色）綠少年何人也？答曰：補闕杜黃裳」。此語原指身穿暗綠色衣服的少年，後用以指稱風度翩翩、意氣風發的青年才俊。但今人又將其用於形容青春期少男、少女之煩惱。此一用法，有可能係從「慘」之字面意義，訛轉延伸，意近辛棄疾〈醜奴兒〉中「少年不識愁滋味，為賦新詩強說愁」。

用法說明 「愁紅慘綠」與「花紅柳綠」用法相異，前者係指經過風雨摧殘的殘花敗葉，使人感覺愁苦悽慘；後者則形容明媚的春天景象，也形容顏色鮮豔紛繁。

例一：經過一夜風雨的摧殘，前陽臺觸目所見，盡是愁紅慘綠，令人慘不忍睹。

例二：大溪花海農場，處處花紅柳綠，繽紛浪漫的花田氛圍，令人彷彿置身於歐洲田園。

意志（ㄧˋ ㄓˋ）

出處 晉・葛洪《抱朴子・外篇・自敘》：「性闇（音ㄢˋ，昏昧）善忘，又少文，意志不專，所識者甚薄。」

解釋 思想志向，即人類自行決定行為的能力。

搭配詞 意志力、意志消沈、自由意志

放大鏡 陶侃搬磚

東晉名臣陶侃素有戰功，曾任荊州刺史。後來有人嫉妒陷害他，使他被降職調往蠻荒的廣州。陶侃在廣州時非常清閒，但他沒有自暴自棄，更沒有放縱自己貪圖安逸享受，反而很規律地每天早晨把一百塊磚從房裏搬到房外，到了晚上再把磚搬回屋內。人們覺得他的行為很奇怪，陶侃卻說：「我致力於收復中原，如果過於

安逸閒散致使意志消沉，恐怕將來不能成就大事。」陶侃後來回到荊州，他儘管公務繁忙，卻仍然堅持繼續每天晨昏搬磚，藉以磨練自己的意志。

用法說明 我們常使用「意志」一詞來表達人的思想志向堅決；「自由意志」則是說明人具有思想自決的權利。例一：他的意志非常堅定，所以能夠堅持到最後，終於獲得成功。例二：現代夫妻較能擁有是否生育後嗣的自由意志。

感遇（ㄍㄢˇ ㄩˋ）

出處 一、唐・房玄齡等《晉書・庾亮傳》：「且先帝謬顧，情同布衣，感今恩重命輕，遂感遇忘身。」二、唐・張九齡〈感遇〉十二首之十一：「至精無感遇，悲惋填心胸。歸來扣寂寞，人願天豈從。」

解釋 一、感激恩遇。二、是說一片忠誠的真心，卻無緣遇到賞識的明君和志同道合的賢臣。這是由人生際遇抒發的感慨。

近義 感士不遇

放大鏡

感遇詩

「感遇」一詞，有兩個出處和意思，兩者極為不同：第一，是來自於「感遇忘身」，是「感激恩遇，忘身相報」的意思。第二，本是古詩題，用於寫心有所感，借物寓意的詩。唐・張九齡作〈感遇〉十二首，以之抒發過去遭遇而生的種種感慨，其中第十一首：「我有異鄉憶，宛在雲溶溶。憑此目不覿，要之心所鍾。但欲附高鳥，安敢攀飛龍。至精無感遇，悲惋填心胸。」

歸來扣寂寞，人願天豈從。」以鳥喻人，以孤鴻自比，全詩處處透露著詩人的思想情感與洞明世事人情的智慧。

此外，陳子昂也有〈感遇〉三十八首，雖然大部分是他後期，有就是歸田前後的作品，但這裏面既有他當官前心志的描寫與壯志的表白，也有他當官初期的見聞與感受，可說是貫串他一生的心情寫照。

用法說明 「感遇」一詞有兩種用法：一是感激恩遇，二是感慨不遇。前者指受重用，後者恰恰相反。例一：諸葛亮因為對劉備感遇忘身，終於鞠躬盡瘁，死而後已。例二：許多古代文人的感遇之作，多半在抒發他們的懷才不遇之情。

感激 ㄍㄢˇ ㄐㄧ

出處 一、西漢・劉向《說苑・修文》：「感激憔悴之音作而民思憂。」二、南朝梁・沈約《宋書・范曄傳》：「皆感激舊恩，規相拯拔。」

解釋 一、感奮激發的意思。二、由衷感謝的意思。

近義 感謝、感恩

反義 恩將仇報

搭配詞 感激涕零

放大鏡 「感激」的古今義

「感激」一詞，原先的意義來自於劉向《說苑》「感奮激發，疲憊失神的音樂興起，於是老百姓受到影響也感到憂慮」，後來轉變為《宋書・范曄傳》「都衷心感謝舊日恩情，相互規勸而從困境中拯救或解脫。」然後再進一步有了「感激涕零」，意思是因極度感激而流淚。這讓我們看到了語彙的意義變化與延伸。事實上，語言是約定俗成的，語詞意義的轉變跟某時代的人們怎樣用它有關，有時積非也成是，因為大家都這麼用，自然而然也就接受了。

用法說明 現在我們使用「感激」這個詞語時，採取的都是「由衷感謝」的意思。例一：承蒙盛情款待，真是感激不盡。例二：所謂「飲水思源」，對於曾經幫助過我們的人，都應該由衷感激。

慈母（ㄘˊ ㄇㄨˇ）

出處 《儀禮・喪服》：「慈母如母。」

解釋 最早是作為稱謂，稱父親的妾，因奉父命而養育自己成人，故稱為「慈母」。後來均以字面的意思，解作慈愛的母親。

放大鏡 「慈母」的詞義演變

「慈母」一詞，最早出現於《儀禮・喪服》：「慈母如母」。在這裡，「慈母」是一個專有名詞，是「八母」之一。嫡母、繼母、養母、慈母、嫁母、出母、庶母、乳母，合稱八母。鄭玄注：「慈母者何也？傳曰：『妾之無子者，妾子無母者，父命妾曰：女以為子。命子曰：女以為母。』」由此可知「慈母」是「妾」的身分，沒有生育兒子。而丈夫有另一個妾，這個妾死了且遺留下一個男孩。丈夫便指派她將這個孩子視為己出地去養育，並要這個兒子將她視為自己的母親。不過，「慈母」除了在《儀禮》中是專有名詞外，在其他的詩文中通常都是以字面的意思「慈愛的母親」來解釋。例如有名的唐詩

〈遊子吟〉：「慈母手中線，遊子身上衣。臨行密密縫，意恐遲遲歸。誰言寸草心，報得三春暉。」

用法說明 「慈母」與「嚴父」是相對的概念。因為中國傳統的管教觀念是「嚴父慈母」，大多數母親對孩子的愛是慈祥的、溫柔的，父親則是深沉的、嚴格的。兩者必須相輔相成，共同撫育子女。例一：在丈夫最忙碌時，她身兼慈母及嚴父二職，對孩子的學業督促甚嚴，尤其對孩子的德性品行更是管教有加，真正稱得上是一個成功人物的賢內助。

搗鬼 ㄉㄠˇ ㄍㄨㄟˇ

出處 元・馬致遠《青衫淚》第三折：「我劉一郎何曾搗鬼，小老婆多應失水。」

解釋 意指背地裡使用損害或戲弄他人的陰謀詭計。

近義 破壞、搗蛋、搞鬼、耍花招、做手腳、搞破壞、耍心眼兒

反義 安分

搭配詞 搗鬼弔白、弄喧搗鬼、瞎神搗鬼

放大鏡

白居易的緋聞

馬致遠以白居易〈琵琶行〉為原型，虛構白居易與擅彈奏琵琶的才女裴興奴的緋聞。內容敘述兩人互許終身後，白居易因事被貶為江州司馬，江西茶商劉一看上興奴的美貌，便與其母親密謀搗鬼，欺騙興奴白居易已死，使其傷心地嫁給了劉一。劉一與興奴夜泊江州，興奴月下彈撥琵琶寄託哀思時，恰好白居易與好友元稹泛舟江中，兩人聽到琵琶聲，上船探訪，方知情由，

感慨造化弄人，白居易決定帶興奴回家，元稹奏明皇帝原委後，皇帝下詔，使有情人終成眷屬。

用法說明 「搗鬼」是指暗中使用陰謀詭計，而「有鬼」則是用來形容人的神色，像似做了不可告人的事一般。例一：在比賽過程中搗鬼，不僅有失運動精神，也會喪失比賽資格。例二：小豪一定闖了什麼大禍，說話避重就輕，像是有鬼似的。

會心 ㄏㄨㄟˋ ㄒㄧㄣ

出處 南朝宋．劉義慶《世說新語．言語》：「簡文入華林園，顧謂左右曰：『會心處不必在遠，翳然林水，便自有濠濮間想（超俗暇逸、悠然自得的情趣。濠濮，音ㄏㄠˊ ㄆㄨˊ）也，覺鳥獸禽魚自來親人。』」

解釋 比喻就近得到領悟，或對別人沒有明白表示的意思領悟於心。

近義 了然於心、心領神會

搭配詞 會心一笑

放大鏡

雅好文章，敏於感悟的梁簡文帝

梁簡文帝蕭綱（五〇三年—五五一年），字世纘，小字六通，南蘭陵（今江蘇常州西北）人。梁武帝蕭衍第三子，昭明太子蕭統的同母弟，兄長死後成為太子。太清三年（西元五四九年）即帝位，在位二年，雅好詩賦，文學造詣很高。從小聰明伶俐，記憶力很強。四歲開始識字讀書，能夠過目不忘；到六歲時，已經會寫文章了。「會心」的出處與他有關，他跟左右的人說山水林木不必遠求，只要心有領悟，山河田野、禽魚鳥獸，自然親人，自在吾人胸中。

用法說明 「會心」就是心有領悟的意思，不管是對人沒說完的話，還是已說完的話、已做了的事。由於領悟，所以不自覺地一笑，因此有所謂「會心一笑」的說法。例一：對於世尊佛陀手拈一花的動作，只有摩訶迦葉微笑以對，表示他的會心。例二：他倆使一個眼神，會心一笑，一切就在不言中囉。

楷模 ㄎㄞˇ ㄇㄛˊ

出處 南朝宋・范曄《後漢書・盧植傳》：「故北中郎將盧植，名著海內，學為儒宗，士之楷模，國之楨幹也。」

解釋 足以使他人學習效法的對象。

近義 典範、楷則、榜樣、模範

搭配詞 奉為楷模

放大鏡

楷樹與模樹

「楷」是一種樹，它的枝幹直而稀疏，所以前人用「楷」字來形容剛直的人。據說子貢在孔子的墓旁種植楷樹，並生長得十分繁茂，所以楷樹又被稱為「孔木」。由於這個原因，「楷」引申有標準、模範的意思。現行標準字體就被稱為「楷書」。「模」也是一種樹，它的葉子在春天時是青色的，在夏天時是赤色的，在秋天時是白色的，在冬天時是黑色的，正符合古人對四季五行的說法，加上它生長在周公的墳墓上，所以「模」字和「楷」字合為「楷模」一詞，指足以讓他人學習效法的對象。

用法說明 「楷模」和「樣板」兩個詞可以通用，都有作為標準的意思。早期大陸地區稱某類可以作為標準的戲劇為「樣板戲」，就是取這個意思。「楷模」和「樣板」的不同處在於，前者全取正面的意思，後者則隱含著老套或不實際的負面意思。例一：他的成績優秀，卻不因此驕傲，足以作為其他同學的楷模。例二：政府的肅貪機構必須發揮實際的功效，不能只是樣板而已。

滅門（ㄇㄧㄝˋ ㄇㄣˊ）

出處 西漢・司馬遷《史記・龜策列傳》：「素有眦睚（音ㄗˋ ㄧㄞˊ，微小的忿怨）不快，因公行誅，恣意所傷，以破族滅門者，不可勝數。」

解釋 指全家人都被殺害。

近義 絕戶

搭配詞 滅門之禍、滅門慘案、滅門血案

放大鏡

孔子後代險遭滅門

由於孔子在文化上的貢獻，他的後人因而得到歷代君主的照顧。傳到第四十二代孫孔光嗣時，家中清潔工孔末起了歹念，殺害了孔光嗣全家，假稱自己才是孔子的後裔。孔末自以為萬無一失，幸好孔光嗣的獨生子孔仁玉被藏在外婆張氏的家中，沒有被找到。後來有人向皇帝告發了孔末的罪行，皇帝派人調查後，處死了孔末，改由孔仁玉主祀。孔子後人雖然遭遇了滅門之禍，幸賴孔仁玉的努力，家族終於再度興旺，孔子的後人因此將孔仁玉尊為「中興祖」。

用法說明 「滅門」和「絕戶」指的是全家人都遭到殺

害，「絕後」則是專指沒有了後代，其餘家人或許尚在人世。例一：古代的君王最是痛恨叛亂的罪行，往往將犯罪者處以最重的刑罰，使其滅門絕戶。例二：他到了五十歲才終於生了一個兒子，本來把所有希望都寄託在這個兒子身上，沒想到他的兒子卻意外病故，他就因此絕後了。

當務之急（ㄉㄤ ㄨˋ ㄓ ㄐㄧˊ）

出處 《孟子・盡心上》：「知者無不知也，當務之為急。」

解釋 指當前急切應辦的事。當務，當前應辦的事。

近義 燃眉之急

反義 不急之務

放大鏡

智者知「當務之急」

孟子曾說：「知者無不知也，當務之為急；仁者，無不愛也，急親賢之為務。堯、舜之知而不遍物，急先務也；堯、舜之仁不遍愛人，急親賢也。不能三年之喪，而緦、小功之察；放飯流歠，而問無齒決，是之謂不知務。」意思是說：有智慧的人無所不知，但要知道當前應該做的事中最急需要辦的事，而不是面面俱到。一個仁慈的人，對什麼都給予關愛，但仍知道要先親近有賢德的人。比如堯舜的智慧不能完全知道一切事物，因為他們急於知道首要任務；堯舜的仁德不能普遍愛一切人，因為他們急於親近賢者。假如父母死了，不去服三年的喪期，卻對服三個月、五個月喪期的禮節很講究。在長者面前用餐，沒有禮貌地狼吞虎嚥，咕嚕咕嚕地發出聲音喝湯，卻去講什麼不能用牙齒咬斷乾肉等等的小問題，這就是捨本逐末，不知道當前最需要知道和該做的是什麼。

用法說明 「當務之急」和「燃眉之急」都有急迫的意思。不過「當務之急」程度較輕，側重於目前諸事中首要應做的；「燃眉之急」程度較重，指目前的事極為嚴重急迫。例一：為了預防豪雨成災，當務之急就是先把此地堤防加高。例二：這種性命交關、燃眉之急的大事，怎能拖拖拉拉？

矮子看戲（ㄞˇ ㄗ˙ ㄎㄢˋ ㄒㄧˋ）

出處 南宋・朱熹《朱子語類》卷二十七：「正如矮人看戲一般，見前面人笑，他也笑，他雖眼不曾見，想必是好笑，便隨他笑。」

解釋 矮子擠在人群中看戲，什麼也看不見，只能跟著別人的反應應和，故後用以比喻只知附和別人，沒有自己主見。

近義 矮人看戲、隨聲附和、矮子看戲、侏儒看戲、矮人觀場、矮人看場、矮子觀場

反義 獨立思考

搭配詞 矮人看戲何曾見，都是隨人說短長

放大鏡

矮人看戲

相傳有一個身高不到三尺的小矮人，一天，他在街上閒逛時，忽然聽到一陣鑼鼓聲，於是他好奇地跑去看熱鬧，只不過聚集的人實在太多，矮人根本擠不進去，也看不到前面發生什麼事，於是他問旁邊的人，別人告訴他：「正在演戲」。矮人聽到後，十分高興地說：「太好了！」接著，見大家鼓掌叫好時，他也跟著鼓掌叫好，戲演完後，有人問他：「戲好不好看？」他

說：「大家都在喝彩，戲一定好看！」後人便把不明究裡，只隨聲附和的人，稱之為「矮人看戲」。

用法說明 「矮人看戲」是指矮個子的人到戲棚看戲，什麼也看不到，但卻能侃侃而談。而「高見遠識」則是指深思遠慮，見識高超。例一：她謙稱自己是矮人看戲，無法說出個所以然來，但實際上她卻是這方面的專家。例二：他對於流行事物自有其高見遠識，所以他常應邀擔任模特兒比賽的評審。

禁臠 ㄐㄧㄣˋ ㄌㄨㄢˊ

出處 唐・房玄齡《晉書・謝安傳》：「初，元帝始鎮建業，公私窘罄，每得一㹠，以為珍膳，項上一臠尤美，輒以薦帝，群下未敢食，于時呼為『禁臠』。」

解釋 比喻私藏享有，不許他人染指奪取的東西。臠，切成塊的肉。

放大鏡

禁臠的由來

西晉滅亡後，晉元帝司馬睿鎮守建康，企欲重建晉室，史稱東晉。當時國家初建，百廢待舉，食物來源非常缺乏，每次只要得到一頭小豬，晉元帝都視為珍品。尤其是豬脖子上的肉特別精美，群臣都不敢享用，總是拿來進獻給皇帝，這個區塊的肉被時人稱為「禁臠」。

「禁臠」最初是指皇帝所鍾愛的東西，後來引申成為比喻私藏享有，不許他人染指奪取的東西。唐・杜甫〈故秘書少監武功蘇公源明〉詩中云：「前後百卷文，枕籍皆禁臠。」書本自然是歷代文人最珍貴的私藏，其鍾愛程度可見一斑。

用法說明 我們在使用「禁

臠」一詞時，所述對象多半具有私自珍藏、不願與人分享的意味。例一：軍事重地過去被視為男性的禁臠，任何女生都不許隨意進入。例二：價值不斐的古董珍品是專業收藏家的禁臠，千萬不能隨意把玩，以免失手錯傷。

腳本 ㄐㄧㄠˇ ㄅㄣˇ

出處 清・曹雪芹《紅樓夢》第二十三回：「想畢，便走去到書坊內，把那古今小說並那飛燕、合德、武則天、楊貴妃的外傳與那傳奇腳本買了許多來。」

解釋 指有人物對白、唱詞和舞臺指示的戲劇底稿。

近義 劇本、戲本、演出本

搭配詞 分鏡腳本、腳本設計、腳本範例

放大鏡

如獲珍寶的寶玉

寶玉自從進入大觀園後，每天與姊姊、妹妹、丫頭們一起讀書、寫字、彈琴、下棋……，日子快得十分快樂。一日，不知為了什麼，忽然沒來由地覺得心裡悶悶的，好友茗煙看到他什麼事都提不起勁來的樣子，十分擔心，於是想逗他開心，只是寶玉什麼都有了，他不知道要給他什麼？後來，他信步走到了書坊，買下古今小說及飛燕、合德、武則天、楊貴妃的外傳與傳奇腳本，送給寶玉。從未讀過這類書籍的寶玉，果然如獲珍寶，十分開心。但茗煙怕挨罵，千叮嚀、萬囑咐：千萬不可帶進大觀園中，但寶玉還是揀選了幾套，帶進園子裡，想等沒有人時再看。

用法說明 「腳本」是各種戲劇的底稿，而「手本」則

是指用手抄寫的書籍。例一：每位明星都希望能有一部代表作，即便是息影了，若有好的腳本找上門，也願意復出演戲。例二：影印機未發明前，要想閱讀絕版的書籍，唯一的方法就是靠「手本」了。

萬人空巷（ㄨㄢˋ ㄖㄣˊ ㄎㄨㄥ ㄒㄧㄤˋ）

出處 北宋・蘇軾〈八月十七日復登望海樓自和前篇是日榜出餘與試官兩人復留五首〉之四：「賴有明朝看潮在，萬人空巷鬥新妝。」

解釋 所有人都聚集在一個地方，以致街巷都空無一人。形容因某一事件而轟動、熱鬧的盛況。

近義 萬頭攢動、觀者如堵

反義 寥寥無幾、隻影全無

放大鏡

「萬人空巷」爲什麼是很多人？

如果有個句子這樣寫：

「這部精采的電視劇播出時，幾乎是萬人空巷，人們在家裡守著電視，街上顯得靜悄悄的。」這樣的用法正確嗎？

「萬人空巷」是出自蘇軾的詩句：「賴有明朝看潮在，萬人空巷鬥新妝。」，是指為了看錢塘大潮，當時的杭州城內各個街巷內的人，全部都走空的盛況，即「傾城而出」的意思。古稱里中的道路為「巷」，也就是住宅旁的小巷道。大家都為了參與或觀看某一件事，離開住宅，聚集於某處，可見這件事情的轟動和熱鬧。

據此，再來看開頭所列的那個句子，就知道錯誤在哪裡了。「萬人空巷」是人們離開家，聚集在某處參與活動，而非守在家中，使得街道空空蕩蕩。

用法說明 「萬人空巷」和

「觀者如堵」雖然都有「觀看人數眾多」的意思，但是「萬人空巷」描述的是人群的疏密分佈，而「觀者如堵」是描述圍觀現場的情況。例一：太陽馬戲團的表演非常精彩，所到之處萬人空巷。例二：媽祖鑾駕出巡，場面浩大，有陣頭、藝閣、花車及化裝表演，行列長達四、五公里，觀者如堵。

萬事俱備，只欠東風

出處 元末明初・羅貫中《三國演義》第四十九回：「孔明索紙筆，屏退左右，密書十六字曰：『欲破曹公，宜用火攻；萬事俱備，只欠東風。』」

解釋 比喻一切都準備好了，就缺最後的關鍵條件。

放大鏡

神機妙算：孔明借東風

西元二〇八年，曹操率領八十萬大軍駐紮在長江中游的赤壁，劉備採用聯吳抗曹之策抵抗具兵力優勢的曹操。諸葛亮和周瑜都主張火攻，可是周瑜發現曹操的船都停在大江的西北側，而自己的船停靠南岸，這時正是冬季颳著西北風，如果用火攻不但燒不著曹操，反而會燒到自己。周瑜一籌莫展，急得口吐鮮血重病臥床，此時諸葛亮前往探望，他有豐富的天文氣象知識，知道過幾天會颳起東南風，於是對周瑜說：「我有呼風喚雨的法術，幫你借來東南風，如何？」於是諸葛亮焚香登上七星壇，口中念念有詞，裝做呼風喚雨的樣子。果然半夜三更真的颳起了東南大風，周瑜連忙下令發起火攻。在風助火勢之下，把曹營的戰船燒個一乾二淨，兵馬損失不計其數。

用法說明　「萬事俱備，只欠東風」一詞，所指的是自己全部的努力都做足了，只差一步就能夠達到目標。例一：這件事我都準備齊全了，現在就只欠東風。例二：我們平時都很努力準備考試，現在是萬事俱備，只欠東風，只要一上了考場，馬上就可以大展身手了。

萬綠叢中一點紅（ㄨㄢˋ ㄌㄩˋ ㄘㄨㄥˊ ㄓㄨㄥ ㄧ ㄉㄧㄢˇ ㄏㄨㄥˊ）

出處　北宋・王安石〈詠石榴〉：「萬綠叢中一點紅，動人春色不須多。」

解釋　本義為許多綠葉中的一朵紅花，後來引申為一群男子中出現一個女子。綠指男子，紅指女子。

近義　陽盛陰衰

反義　陰盛陽衰

放大鏡

話說石榴裙

石榴裙原為大紅裙子，後來泛指女生的裙子。有一句俗語說：「拜倒石榴裙下」，則借「石榴裙」來指稱穿著大紅裙子的女子，是為借代格；而這句話是比喻男子對女子的傾心、迷戀之意。

又武則天曾賦〈如意娘〉詩，云：「看朱成碧思紛紛，憔悴思離為憶君。不信比來長下淚，開箱驗取石榴裙。」即使身為一代女皇，大權在握，彷彿擁有了一切，但在她的內心深處也跟一般女子沒什麼兩樣，同樣希望被疼愛、被憐惜，同樣有個令人朝思暮想的他。

用法說明　「萬綠叢中一點紅」與「陽盛陰衰」義同，皆指男生多而女生少的意思。例一：這堂物理課全班只有一位女生，真是「萬綠叢中一點紅」！例二：在石化廠工作的同事幾乎都是男性，陽盛陰衰，讓許多單身員工都找不到另一半。

落拓 ㄌㄨㄛˋ ㄊㄨㄛˋ

出處 唐・杜牧〈遣懷〉：「落拓江湖載酒行，楚腰纖細掌中輕。十年一覺揚州夢，贏得青樓薄倖名。」

解釋 在各處無拘無束地恣意飲酒作樂。「落拓」也可以寫作「落魄」。

反義 拘謹保守

搭配詞 落拓不羈（音ㄐㄧ，拘束）

放大鏡 杜牧的〈遣懷〉詩

〈遣懷〉詩的內容如下：「落拓江湖載酒行，楚腰纖細掌中輕。十年一覺揚州夢，贏得青樓薄倖名。」這首詩的意思是說，詩人曾經在各處恣意飲酒作樂，欣賞那些身材姣好的歌妓跳舞唱歌。十年過去了，一切就像一場夢，唯一留下的，只是在歌樓妓院裡「薄情負心」的名聲罷了。據說杜牧曾在牛僧孺的帳下做事。期間經常到各處酒樓遊樂。牛僧孺怕他出意外，就派了幾個人去保護他。後來杜牧升了官，牛僧孺就拿出那些保護者回報的條子，勸杜牧要檢點一點。

用法說明 「落拓江湖」也可以寫成「落魄江湖」，但是「落魄江湖」的「落魄」和「失魂落魄」的「落魄」意思差別很大。前者指放蕩不羈，後者指精神恍惚。例一：早年落拓江湖的他，經過多次挫折，終於深自悔悟，發憤讀書，這才取得了一番好的成績。例二：他自從失了業，整天失魂落魄的，絲毫提不起勁去找工作，真讓人擔心。

落草（ㄌㄨㄛˋ ㄘㄠˇ）

出處《宣和遺事・宣和四年》：「同往太行山，落草為寇去也。」

解釋 指淪落為盜賊。

放大鏡

落草為寇的楊志

《宣和遺事》是宋代末年的筆記小說，其中書寫了朝廷混亂、官逼民反的各種情節，因為內容已經出現了梁山好漢三十六人，因此也成為《水滸傳》情節的參考底本。宣和四年，青面獸楊志因為賣刀而誤殺了惡少，就此被發配邊關。當時義結金蘭的兄弟病尉遲孫立，預計找李進義等幾個兄弟劫囚，然後大家一起到太行山當強盜，於是才說：「同往太行山，落草為寇去也」。

用法說明 落草大多與為寇連用，合稱「落草為寇」。現在說起淪為強盜，也多半說「落草為寇」，或單稱「落草」。例一：當年那個品學兼優的小孩，只因為身為警察的父親被誣陷，就此落草成為憤世嫉俗的強盜，實在令人唏噓。例二：若是因為時局不好，被裁員後苦於生計而落草為寇，也算是情有可原，只盼政府能盡快解決這樣的社會問題。

葛藤（ㄍㄜˊ ㄊㄥˊ）

出處《出曜經》：「其有眾生墮於愛網者。必敗正道，不至究竟。是故說愛網覆也，猶如葛藤纏樹至末，遍則樹枯。愛亦如是。」

解釋 本意是說「為愛所纏不能去離，就像葛藤纏樹一般」，後來只要是「糾葛不清的情形」都可用葛藤形容。

近義 糾葛

放大鏡

問世間情是何物

《出曜經》共三十卷。印度・法救菩薩所造，後秦・竺佛念譯入中土。又稱《出曜論》，收在《大正藏》第四冊。全經係由詩頌，及注釋此詩頌的故事（即阿波陀那、譬喻）所組成。為什麼眾生墮入愛網，必定會「敗正道」呢？為愛所困的人茶不思、飯不想，一個想法偏差還可能尋死覓活，家人都不顧了，哪裡顧得了正道？而且那種鑽牛角尖的方式，就像是葛藤纏樹一般，怎麼樣也擺脫不了。所以說「情之一字最磨人」啊！

用法說明 葛藤一詞不只是為愛所困的比喻，為事情所困也可以之比喻，但大多是負面的事如賭博、毒品或陷入極度的忙錄等。例一：她那瘋狂的愛就像葛藤一般，緊緊把對方纏住，完全喘不過氣來。例二：你那麼多事情，一件一件都像葛藤一樣，把你緊緊纏住，你怎麼受得了？

葫蘆裡賣什麼藥 ㄏㄨˊ ㄌㄨˊ ㄌㄧˇ ㄇㄞˋ ㄕㄣˊ ˙ㄇㄜ ㄧㄠˋ

出處 明・凌濛初《初刻拍案驚奇》卷二十〈李克讓竟達空函・劉元普雙生貴子〉：「朝雲正不知劉元普葫蘆裡賣出甚麼藥來。」

解釋 搞不清楚對方在做什麼、盤算什麼。

近義 不明就裡

反義 一清二楚

放大鏡

為何葫蘆跟賣藥相關？

以前的賣藥郎中往往身上掛個葫蘆，而藥房也往往在門口掛個葫蘆。在《後漢書・方術列傳》中，有這麼

一則記載。費長房一日在市集旁酒樓喝酒，注意到一位老翁背著葫蘆在市集中。等到市集漸漸散去時，突然躍入葫蘆不見了。

後來費長房就前去向此位老翁拜師學藝，也進入了葫蘆中。沒想到待了十餘日出葫蘆後，才發覺已經是人間數十年。費長房也習得了相當精湛的醫術，助人無數。從此大家為了宣稱自己的醫術或藥方靈驗，莫不背著葫蘆或在藥房門口懸掛葫蘆，表示自己賣的藥很靈驗。

用法說明 要形容對方不知道在計畫、盤算什麼，往往使用「不知葫蘆裡賣什麼藥」。尤其是指摸不清對方的想法時，多半用此句話形容。例一：地下電臺盛行，常常宣稱自己的發明能藥到病除。天知道他們「葫蘆裡賣什麼藥」，搞不好根本就夾帶著意識形態，做置入性行銷哩！例二：你葫蘆裡賣什麼藥？弄得神祕兮兮的。在盤算什麼詭計？從實招來吧！

解手（ㄐㄧㄝˇ ㄕㄡˇ）

出處 唐・韓愈〈祭河南張員外文〉：「兩都相望，於別何有，解手背面，遂十一年。君出我入，如相避然，生闊死休，吞不復宣。」

解釋 原指分手、離別。後來也作為如廁的代稱。

近義 如廁

放大鏡

解手一詞的演變

古時好友相逢時會「把手」言歡，把手即握手之意，若是分手或離別就叫「解手」。不過到了明朝，這個詞有了另一種用法。元末戰亂不斷，百姓逃亡造成人口大量流失。到了明初，許多省份都出現人口不均的現象，因此明太祖、成祖曾多次下令移民墾荒，把人口稠密地區的人民移居到稀少的地區。但中國人安土重遷，時有不想離開而伺機逃走的情況發生，於是負責押解的官吏，用一根長繩栓住每個人的一隻手，魚貫而行。遷移旅途遙遠，途中百姓要大小便時，就必須呼喊「解手」以請求官吏解開手上捆綁的繩索。於是解手就成為如廁的代稱。

用法說明 現今使用「解手」一詞多用作如廁的代稱。例如：他上台演說前非常緊張，一時腹痛如絞，便匆忙趕往解手。

解鈴還須繫鈴人

出處 明・瞿汝稷《指月錄・卷二十三・六祖下第十世・法鐙禪師》：「虎項金鈴，是誰解得？眾無對，師適至，眼舉前語問，師曰：『繫者解得』。」

解釋 指事件的禍端與由來是某個人自己造成的，也只能依賴他自己解決。

放大鏡

泰欽法燈禪師

南唐時金陵清涼寺的泰欽法燈禪師是個相當特殊的人，在平日時，性情豪邁超逸，但大家始終看不起他，只有法眼禪師倚重他。一日，法眼禪師問大家，老虎脖子上的金鈴誰可以解開？大家都莫可奈何地對著法師乾瞪眼。這時法燈禪師剛好才到現場，法眼禪師上前問法燈時，法燈禪師說，只有繫上金鈴的人可以解開這個金鈴。法眼禪師才告訴大家，不可以看輕他，他的悟性很高。自此以後大家才對法燈禪師刮目相看。

用法說明 當一個人處於自己造成的困境時，我們往往會用「解鈴還須繫鈴人」勸告對方，要改變困境，就要依靠自己。例一：當時已經非常窮困了，他卻仍然向地下錢莊借錢。這麼多高利貸無法償還，「解鈴還須繫鈴人」，他應該老老實實賺錢還債才是。例二：這個程式寫得實在太複雜，我無法修正其中的錯誤，「解鈴還須繫鈴人」，交給當初寫程式的人來修改吧！

詭譎（ㄍㄨㄟˇ ㄐㄩㄝˊ）

出處 元末明初・羅貫中《三國演義》第三十三回：「曹操為人詭譎，薄待吾等，吾今還扶舊主，可疾開關相納。」

解釋 奇特、怪誕。

近義 奇特、怪誕、不按牌理出牌

放大鏡

詭譎的曹操

史評者多說曹操是個性格詭譎的人，他精通謀略、詭計多端，往往一舉手一投足，一開口就別有用意。有次曹操帶兵外出，行經一片麥田，他下令士卒不可損害麥子，犯者死罪。騎士只好都下馬，扶著麥子小心前進，不想這時曹操的馬卻突然躍入麥田之中。曹操於是下令要主管法令的官員議罪，官員說罪罰不及於元首，曹操卻說：「自己制訂法令卻又觸犯它，哪有資格率領部下？但我是軍中主帥不能自殺，就讓我自刑吧！」於是拔起劍，割斷自己的頭髮丟在地上。由於這個自刑之舉，曹操從此更受士兵們的愛戴。

用法說明 我們多用「詭

譎」形容人的言行奇特、怪誕，同時詭譎一詞又能用來形容變化無窮的樣子。例一：他總是不按牌理出牌，真是詭譎難測。例二：中東局勢風雲詭譎，戰爭似有一觸即發之勢。

賈禍 ㄍㄨˇ ㄏㄨㄛˋ

出處 北宋・司馬光《資治通鑑・周紀五・赧王五十年》：「雖其專恣驕貪足以賈禍，亦未至盡如范睢之言。」

解釋 招致禍患。也說「賈害」。

近義 闖禍、惹是生非

反義 趨吉避凶

放大鏡

快嘴賈禍李翠蓮

李翠蓮方二八年華，姿容出眾，書史、女紅無所不通，是個出了名「心直口快」的小姑娘。人問一她答十，人問十她道百，最後連自己的一樁好姻緣，都被她的快嘴直言給破壞了。雖然出嫁前，父母再三叮嚀今後務必謹言慎行，千萬別再直言賈禍，但她本性難移，一時間嘴快頂了回去，說得父母無言以對，只好隨她去。

婚禮當天，媒婆先吩咐新娘子別開口說話，後又請她開口接飯，她一時快嘴，罵道：「方才跟著轎子走，吩咐我叫我休開口。這才坐轎到門口，如何又叫我開口？莫怪我今罵得醜，真是白面老母狗！」氣得媒婆再也不想理她了。

接著，她因口快，一連觸怒了新郎倌、惹惱了公婆、得罪了小姑……，夫家對她忍無可忍，只好寫下一只休書，派轎子送她打道回府。回到娘家，父母、兄嫂都埋怨她嘴快闖禍，她為自己辯白之後，決定從此出

家，長伴青燈古佛旁。

用法說明 「賈禍」是招致禍害的意思；另有「直言賈禍」，即因言語正直，心直口快而招來災禍。例一：貪婪足以賈禍，所以要切記「君子愛財，取之有道」的金玉良言。例二：他說話向來心直口快，最近因洩漏商業機密，遭受停職處分，嚐到直言賈禍的苦果。

跳槽（ㄊㄧㄠˋ ㄘㄠˊ）

出處 明・張存紳《雅俗稽言・卷八・人倫・跳槽》：「魏明帝初為王時，納虞氏為妃，及即位，毛氏有寵而黜（音ㄔㄨˋ，廢免）虞氏，元人傳奇以明帝為跳槽，俗語本此。」

解釋 字面意思是牲口離開所在的槽頭，到別的槽頭去吃食，原指喜新厭舊，另結新歡。現指主動辭職，去別處工作。

近義 換工作、轉換跑道

反義 盡忠職守

放大鏡 明清時代的「跳槽」

翻閱明、清的小說或筆記，「跳槽」一詞不時可映入眼簾。徐珂《清稗類鈔》有很明確的解釋：「原指妓女而言，謂其琵琶別抱也，譬以馬之就飲食，移就別槽耳。後則以言狎客（嫖客。狎音ㄒㄧㄚˊ），謂其去此適彼。」意思說得很明白，不論是女方或男方，拋棄舊愛，另結新歡，如同馬從一個槽換到另一個槽吃草，都可以說是「跳槽」。也就是說，明清時代的「跳槽」一詞，通常是在風月場所使用的，專指風月場中男女另結新歡的行為。與此相佐證，明代馮夢龍編的民歌集《掛枝兒》有一首名叫〈跳槽〉

的歌，歌中的青樓女子哀婉地唱道：「你風流，我俊雅，和你同年少，兩情深，罰下願，再不去跳槽。」可見兩人互訴衷腸，最後的約定是「再也不跳槽」，表明了不會移情別戀的心志。

用法說明 現在的「跳槽」是指主動辭去職務，往別處發展。例一：這家公司有良好的升遷、福利等制度，所以很少發生員工跳槽的情形。例二：哪兒有高薪，她就跳槽。

過猶不及（ㄍㄨㄛˋ ㄧㄡˊ ㄅㄨˋ ㄐㄧˊ）

出處 《論語・先進》：「子貢問：『師與商也孰賢？』子曰：『師也過，商也不及。』曰：『然則師愈與？』子曰：『過猶不及。』」

解釋 做事以適度最好，太過或不及都不恰當。

近義 矯枉過正

放大鏡

盛氣凌人的學生與拘謹保守的學生

顓孫師，字子張。卜商，字子夏。兩人都是孔子的得意學生。子張的個性積極，有時不免過於輕浮，曾子就曾經說過：「堂堂乎張也，難與並為仁矣。」意思就是說子張的氣勢過盛，很難和他一起做好事。子夏的個性保守，有時又太過拘謹，甚至在父母面前都難得露出笑容，以致孔子曾用「色難」這兩個字來提醒他，孝順父母要懂得和顏悅色才行。有一回，子貢問孔子：「子張和子夏相比，誰比較優秀？」孔子明白地指出兩人的缺點，並且說：「過猶不及。」意思是說，凡事要中庸，不宜過度或不足。

用法說明　「過猶不及」和「有過之而無不及」的出處相同，但用法不同。前者指做事要中庸，後者則著重在超越的意思。換言之，「過猶不及」的「過」指的是「過度」，有負面批評的意味。「有過之無不及」的「過」指的是「超過」，有正面肯定的意思。例一：多運動雖然是好事，可是過猶不及，運動太多也可能造成運動傷害。例二：曹植是曹丕的弟弟，不過，兩人的才華相比，曹植有過之而無不及。

過聽 ㄍㄨㄛˋ ㄊㄧㄥ

出處　西漢・劉向輯錄《戰國策・燕策二》：「將軍過聽，以與寡人有隙，遂捐燕而歸趙。」

解釋　因聽信不實的謠言，導致判斷錯誤。

搭配詞　過聽殺人

放大鏡

燕國大將軍樂毅

戰國時，燕昭王任命樂毅為上將軍，率軍伐齊，攻下七十餘城。但燕昭王死後，繼位的燕惠王與樂毅不合，又中了齊國田單的反間計，派遣騎劫去接替樂毅的職位。樂毅明白燕惠王收回兵權，意味聽信謠言，遂逃往趙國。燕軍大敗後，惠王十分後悔，又怕投奔趙國的樂毅，乘機率軍進攻燕國。於是，派人責備他：「將軍如何報先王的知遇之恩呢？」樂毅遂以〈報燕惠王書〉表明：自己的赤誠忠心，駁斥惠王種種責難、誤解。儘管受到不公平的對待，但樂毅仍能不計個人得失，在有生之年，盡力促使趙國、燕國往來通好。

用法說明　「過聽」意即判斷錯誤，但「聽過」則是聽人說過，千萬別混為一詞。例一：晉文公認為李離不用為過聽殺人抵罪，故極力幫他脫罪。例二：小明問小豪：「你聽過《三隻小豬》的故事嗎？」

道不同，不相為謀（ㄉㄠˋ ㄅㄨˋ ㄊㄨㄥˊ，ㄅㄨˋ ㄒㄧㄤ ㄨㄟˊ ㄇㄡˊ）

出處 《論語・衛靈公》：「子曰：『道不同，不相為謀。』」

解釋 走著不同道路的人，無法在一起謀畫。比喻意見或志趣不同的人無法共事。

近義 各是其是，各非其非

反義 同聲相應，同氣相求

放大鏡

道不同，可以各從其志

孔子說：「主張不同，不互相商議。」這是因為在古代，各有立場的人如果互相商議，常易形成「各是其是」、「雞同鴨講」的局面。其實直到今天，也還是有立場不同的人，無法溝通的情況，比如政治立場不同，若要商議，恐怕會落得撕破臉、拂袖而去的尷尬，連親戚朋友也在所難免。然而，現今是個講究不同領域、不同主張的人應該跨域合作的時代，經由討論以激盪出前所未有的火花，即使個人意見不同，也沒有關係。《史記・伯夷列傳》不是說過嗎？「道不同不相為謀，亦各從其志也。」我們還是可以尊重不同意見的人，「各從其志」啊！

用法說明 「道不同，不相為謀」可以有兩層用法，一是就意見不同而言，一是就志趣不同來說。前者不至於太激烈，意見不同的人不會見面不講話，後者就很難說了，常是「話不投機半句多」。例一：黃經理與張主編對於雜誌的發展方向，常常基於行銷與文學的立場而看法不同，他們是「道不同，不相為謀」。例二：他倆政治立場鮮明，「道不同，不相為謀」，話不投機半句多啊！

違和（ㄨㄟˊ ㄏㄜˊ）

出處 唐．李延壽《南史．孝義傳上．劉渢傳》：「公去歲違和，今欲發動。」

解釋 身體氣血失調而生病。多用為稱人生病的客套詞。

搭配詞 玉體違和、違和感

放大鏡

稱病辭官的王羲之

王羲之四十九歲時辭去了會稽內史的官職，據說是因為被殷浩戰敗牽連，受到桓溫的彈劾，乃向朝廷辭官。又有一說是他與王述素有過節，王述後來成為他的上司，王羲之遂稱病辭職。辭官後的王羲之雖偶有「身在江湖，心懷魏闕」的情懷，但由於受到政治環境和個人際遇的影響，與其宦海浮沈身不由己，不如寄情山水退隱山林。

王羲之退隱十年，卒於東晉哀帝興寧三年（西元三六五年），晚年與他交遊的除了王謝子弟，也有不少名流、士紳和名僧、方士，如謝安、孫綽、李充、許詢、支遁等，他們清談終日，談論老、莊和佛理，也服食道家的丹散，企圖超脫生死苦病，從王羲之流傳下來的部分尺牘書跡中，可以發現他中晚年以後多病苦憂愁。

用法說明 「違和」一詞指身體因疾病產生的不適；「違和感」則用來形容一件事物令人感受不和諧、異常的感覺。例一：他連日辛勞，貴體違和，目前正在家中休養。例二：我跟這群人真是話不投機，處在他們之間渾身不自在，有深切的違和感。

隔山觀虎鬥（ㄍㄜˊ ㄕㄢ ㄍㄨㄢ ㄏㄨˇ ㄉㄡˋ）

出處 清・曹雪芹《紅樓夢》第十六回〈賈元春才選鳳藻宮・秦鯨卿夭逝黃泉路〉：「坐山觀虎鬥、借劍殺人、引風吹火、站乾岸兒，推倒油瓶不扶，都是全掛子的武藝。」

解釋 指他人正在搶奪利益的同時，並不涉入其中，僅僅只是在旁觀看。

近義 袖手旁觀、隔岸觀火

反義 見義勇為、扶危濟困

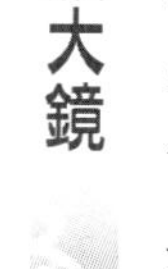

放大鏡

冷眼的是誰

《紅樓夢》第十六回寫到因為賈元春入了宮，叔叔賈璉忙得不可開交，好不容易回家休息時，感謝妻子王熙鳳的操勞，王熙鳳卻回答他家中許多人都難伺候，於是發起牢騷來。王熙鳳認為自己臉皮薄，當家的各個太太都不好纏，說錯了一點就會被當成笑柄，說偏了一些就會被指桑罵槐的抱怨。而這些太太們一旦抱怨起來，其他人就會袖手旁觀，或借刀殺人，或明褒暗貶，這些嘴上的武藝都相當難纏。於是說起難伺候的太太們，在真正有事發生時，只是冷眼以待看好戲，就用「坐山看虎鬥」。

用法說明 《紅樓夢》中使用「坐山看虎鬥」一語，後世多半使用「隔山觀虎鬥」來形容兩者或多人互相競爭，卻有人置身事外冷眼旁觀的情形。例一：兩家公司都要搶這筆訂單，正鬧得不可開交，沒想到第三家公司

正「隔山觀虎鬥」，準備伺機而動。例二：蘋果公司的手機正在流行，連宏達電和三星都躍躍欲試，沒想到微軟正在坐山觀虎鬥，準備與其他廠商合作。

雷同（ㄌㄟˊ ㄊㄨㄥˊ）

出處 《禮記・曲禮》：「毋勦（音ㄔㄠ）說，毋雷同。」鄭玄注：「勦，猶攬也，謂取人之說，以為己說。雷之發聲，物無不同時應者；人之言當各由己，不當然也。」

解釋 雷一發聲，萬物同時回應。今泛指事物與人相同者。

近義 相似

反義 無一相同

搭配詞 如有雷同，純屬巧合

放大鏡

爲何「相同」又稱爲「雷同」？

據古籍記載，「雷同」一詞源自於《禮記・曲禮上》：「長者不及，毋儳言。正爾容，聽必恭。毋勦說，毋雷同。」意思是說，長者沒有提及的，就不要插嘴去說。表情要端莊，聽講要恭敬。長者還沒有說完話，不要隨便打斷，也不要隨聲附和。漢朝鄭玄對「雷同」的注解是：雷，是指大氣放電時，激盪空氣所發出的巨響。打雷時雷一發聲，萬物無不同時響應。人說話應該有主見，不要抄襲別人的言論為己說，就像萬物聽聞雷聲而應一樣。因此，「雷同」的原意是指「隨聲附和」的意思，後來漸漸被用來泛指「相同」。

用法說明 「雷同」和「相似」都有「彼此相同」的意思，但「雷同」通常是指專指一個人在表達上，與他人的說法、意見、作品具有相似之處。而「相似」是泛指任意兩個東西、概念具有類似的狀態。例一：過年時的綜藝節目大多雷同，令人興味索然。例二：他和父親長得很相似，好像是從同一個模子印出來的。

鼓刀（ㄍㄨˇ ㄉㄠ）

出處 西漢・王褒〈聖主得賢臣頌〉：「太公困于鼓刀。」

解釋 原意是指宰殺牲畜時擺弄、敲擊刀子，使之發出響聲，後用以比喻賢德之人未能受到賞識、任用。

近義 屠牛朝歌、朝歌鼓刀

搭配詞 太公鼓刀、朝歌鼓刀

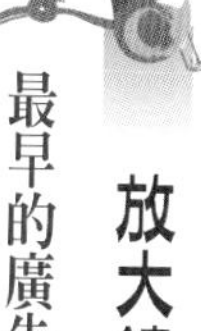

放大鏡

最早的廣告人

相傳姜子牙輔佐周文王建立霸業前，曾在朝歌從事屠宰業，殺牛為生，他每天鼓刀揚聲，以招徠顧客購買，可謂是最早的廣告人。

用法說明 「鼓刀」是指宰殺牲畜時，所發出的響聲，而「舞刀」則是揮舞大刀。例一：為招徠顧客，他鼓刀揚聲，成功吸引許多人的目光。例二：他被舞刀的日本武士嚇到了，久久無法動彈。

鼠輩（ㄕㄨˇ ㄅㄟˋ）

出處 西晉・陳壽《三國志・華佗傳》：「不憂，天下當無此鼠輩耶？」

解釋 罵人的話，猶言小子，亦指有小人行為或無足輕重的人。

近義 傢伙

反義 英雄、豪傑

搭配詞 鼠輩橫行、無名鼠輩

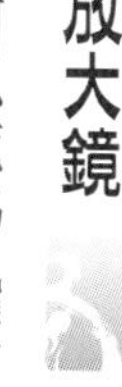

放大鏡

華佗何以成為鼠輩？

華佗是東漢末年的名

醫，他精通醫學，無論什麼疑難雜症，只要到他手裡，一定藥到病除。當時，許多官員想要延攬他做官，他都拒絕了。連曹操要找他擔任隨侍醫官，他也婉拒。曹操曾一再派人催華佗赴任，但華佗就是一再拖延，因此惹惱曹操，曹操就下令將華佗處死。荀彧一聽到曹操要處死華佗的消息，就趕緊替華佗求情，並請曹操從輕發落，沒想到曹操竟說：「我才不怕天底下沒有像他那樣的鼠輩！」隨後，就派人將華佗殺了。

用法說明 「鼠輩」除了用以指稱小子以外，亦可形容老鼠為患。例一：像他那樣的鼠輩，根本不足為慮！例二：張老師一大清早到辦公室，發現辦公桌上的食物零散不已，就猜到昨晚公司必是鼠輩橫行了。

筵席（ㄧㄢˊ ㄒㄧˊ）

出處 《周禮・春官・司几筵》：「鋪陳曰筵，藉之曰席。」

解釋 指宴會或整桌的酒席。

近義 酒席、宴席

搭配詞 天下無不散的筵席

放大鏡

古人宴飲中的「筵」與「席」

筵和席，指的都是竹席，是宴飲時鋪在地上的坐具。古時候的人，因為是席地而坐，無論飲食或宴會，都不是使用桌椅，而是在屋內的地上，先鋪上較大較長的「筵」，然後，在筵上加鋪規格較小的「席」。用餐時，座位就設在席子上，食品就放在席前的筵上或筵席之前。由於《禮記・樂記》、《史記・樂書》都曾經記載古人「鋪筵席，陳尊組」的設筵情況，所以，「筵席」一詞就逐漸由宴飲時的坐具，演變為酒席的專稱了。

用法說明 「筵席」可單獨使用，意指酒席；亦可與他詞搭配成「天下無不散的筵席」，藉以比喻世事無常，人生有聚有散，分離是無可避免的。例一：表弟終於要結婚了，舅舅高興地向親朋好友宣佈：婚禮當天必定大擺筵席。例二：因為知道「天下無不散的筵席」，所以，志偉非常珍惜與同事們相處的時光。

【十四畫】

寡人（ㄍㄨㄚˇ ㄖㄣˊ）

出處 《詩經・邶風・燕燕》：「先君之思，以勗（音ㄒㄩˋ，勉勵）寡人。」《老子》第三十九章：「故貴以賤為本，高以下為基。是以侯王自謂孤、寡、不穀。」

解釋 古代諸侯國的國君、夫人對臣民時的自稱。也借指孤單無依的人。

近義 孤家、不穀、朕

搭配詞 孤家寡人

放大鏡

君王為何自稱「寡人」？

唐人孔穎達解釋「寡人」一詞，認為是指「寡德之人」，意思是在品德上有所虧欠，乃君王對自己的謙稱。不過，這屬於儒家思想的觀點。而春秋戰國時期，道家思想的代表《老子》一書，對「寡人」的涵義則有不同的看法：

低賤之物順從於人，而任憑眾人利用，以此來比喻天地自然之大道，是由於大道無名，天地萬物皆可用之，而大道和順，就像低賤之物一般。一國之君若不得此大道，恐怕也會從高位上傾跌。因此，欲為國君，要懂得以低賤作為高貴的根本，自稱孤、寡、不穀，善居下流，使諸事分工，讓臣下儘量發揮所長，自己則無為而治。然而大道無所不在，豈真有貴賤分別？所以自稱寡人，其實是要侯王能體會自然之道，忘懷高貴之名，以避免傾跌的禍患。

用法說明 魏晉南北朝時人，也有自稱「寡人」的習慣，如王羲之在書柬中說：「張芝臨池學書，池水盡黑。寡人耽之若是，未必後之。」（《藝文類聚》）或者是王衍讚賞女婿裴遐明理精微，能言善道，而告訴聚會眾人：「君輩勿為爾，將受困寡人女婿。」（《世說新語》）而「孤家寡人」原本用來形容孤苦之人，現代則多用來謔稱單身的未婚男女。例一：他從小是個孤兒，漂泊半生，如今雖然生活較安定，但有時他還是會稱自己為孤家寡人。例二：小張雖然擁有三高：身高、學歷高、薪水高，但個性孤僻，年過四十還是孤家寡人一個。

寡合 ㄍㄨㄚˇ ㄏㄜˊ

出處 北宋・歐陽脩《歸田錄》：「楊文公以文章擅天下，然性特剛勁寡合。」

解釋 性情孤僻傲慢，不易與人相處。

近義 孤傲

反義 隨和

搭配詞 落落寡合

放大鏡

性格寡合的楊億

楊億，字大千，死後以文為諡號，所以後人稱他楊文公，北宋人，生於西元九七四年，卒於西元一〇二〇年。他的個性剛直，不但全力支持積極對抗遼國的政策，也勇於反對皇帝大興土木的擾民之舉，歐陽脩說他「剛勁寡合」，指的就是他不隨俗浮沉的剛毅性格。他也很會寫詩，曾經編輯《西崑酬唱集》一書，收錄自己及其他十幾位詩人的詩作。當世爭相模倣詩集中的詩作風格，風行一時，被稱為「西崑體」。

用法說明 「寡合」可以和「落落」一詞合用，強調性情的孤傲。另有一個詞語「落落寡歡」，指的是心情的鬱悶。兩者用法完全不同，不可混用。例一：每當班級重大活動時，落落寡合的他總是在角落做著自己的事，從不參與。例二：自從家中愛犬走失之後，他整日裡落落寡歡，一心盼著有善心人士能夠把牠送回來。

對策（ㄉㄨㄟˋ ㄘㄜˋ）

出處 南朝梁・劉勰《文心雕龍・議對》：「對策者，應詔而陳政也。」

解釋 對策原指回答皇帝問題而提出的施政理論，後來引申為解決問題的方法。

近義 辦法、方法、法門

放大鏡
科舉中的對策

對策原是一種文體。對於皇帝提出的特定問題，設想一套解決的方法，如果寫成文章，就是「對策」。在科舉的歷史上，最重視「對策」的莫過於宋代。王安石的新政還曾經把解釋經書、評論時局、解決時弊三者當作考試的主要內容。宋代的文人大多長於寫作評論史事、時事之類的文章，這和時代的風氣是有很大的關連的。後來以八股文取士，長於寫作「對策」的文人不是沒有，但是有更多的文人就被埋沒在僵化的八股文中，逐漸失去了提出自己看法的能力。

用法說明 「對策」和「計策」都是做事或解決問題的方法。前者著重於被動的因應問題，後者則較為中性，意義也較廣，足以涵蓋前者。例一：事到臨頭，他還是拿不出好的對策，只能束手待斃。例二：在征討南蠻的過程中，諸葛孔明計策百出，七擒孟獲，終於使他心服口服，再也不敢作亂。

歌鳳（ㄍㄜ ㄈㄥˋ）

出處 《論語・微子》：「鳳兮鳳兮，何德之衰。」

解釋 指隱居避世。

近義 歸隱、離俗、避世

搭配詞 接輿歌鳳、陸通歌鳳

放大鏡

接輿所唱的〈鳳歌〉

孔子要到楚國求官。有一個楚國的狂人接輿故意來到孔子的馬車前，嘴裡唱著歌：「鳳兮！鳳兮！何德之衰？往者不可諫，來者猶可追。已而，已而！今之從政者殆而！」歌詞的意思是說：鳳凰啊鳳凰！現今的道德是如此地衰微啊！過去的事情已經過去了，沒什麼好說的。未來的事情還沒有到，總算可以期待。罷了！罷了！現在想要從政是很危險的啊！

用法說明 「歌鳳」單用時指的隱居避世的想法，另有一詞「舞鸞歌鳳」指的是男女間的深情厚意。例一：他是個很有責任感的人，看著公司混亂的場面，他就是想歌鳳求去，也還是放不下心。例二：自從和她相識，他就深陷情海，兩人整天歌鳳舞鸞，所有正事都拋到腦後了。

瑰麗 ㄍㄨㄟˋ ㄌㄧˋ

出處 東漢・張衡〈西京賦〉：「攢（音ㄗㄢˇ，蓄積）珍寶之玩好，紛瑰麗以奢靡。」

解釋 極燦爛美麗。

近義 斑斕、富麗、華麗

反義 簡陋

放大鏡

張衡的〈二京賦〉

東漢班固寫了一篇〈兩都賦〉，描寫漢代的長安和洛陽兩座都城的瑰麗。張衡模擬〈兩都賦〉，寫了一篇〈二京賦〉。〈二京賦〉其實包含了〈西京賦〉和〈東京賦〉兩個部分。其中〈西京賦〉極力描寫長安城的富華奢侈，〈東京賦〉則著重描寫洛陽的儉約守禮。

用法說明 「瑰麗」和「美麗」意思相近，但是形容的對象不同。前者只適合形容珠寶、屋宇等事物，後者用途則較廣泛，也可以形容人的樣貌等。例一：見到如此瑰麗的珍寶，她不禁怦然心動。例二：滿街都是美麗的女子，你又何苦執迷不悟，偏要喜歡她呢？

綠林 ㄌㄩˋ ㄌㄧㄣˊ

出處 南朝宋・范曄《後漢書・劉玄劉盆子列傳》：「共攻離鄉聚，臧於綠林中，數月間至七八千人。」

解釋 指山林中的強盜集團。

近義 山賊

搭配詞 綠林好漢、綠林大盜、綠林豪客

放大鏡

東漢末年的綠林軍

新莽末年，湖北一帶發生饑荒。王匡、王鳳等人率領災民，以綠林山為基地，起而反抗政府，號稱「綠林

軍」。後來，劉秀加入了綠林軍，並逐漸取得了領導的地位，終於建都稱帝，以建武為年號，建立了東漢政權。

用法說明 「綠林」指的是盜匪，「常綠林」則是森林的一種，由於各個樹種落葉的時間不同，所以森林常保翠綠，稱為「常綠林」。例一：在動亂的年代，許多人民躲入山中，成為綠林大盜，以劫掠為生。例二：常綠林大多出現在冬季多雨，夏季乾旱的溫帶地區。

綠肥紅瘦 ㄌㄩˋ ㄈㄟˊ ㄏㄨㄥˊ ㄕㄡˋ

出處 南宋・李清照〈如夢令〉：「知否？知否？應是綠肥紅瘦。」

解釋 形容綠葉繁茂，紅花凋謝。

放大鏡

〈如夢令〉的文學性

「昨夜雨疏風驟，昨夜雨疏風驟，濃睡不消殘酒，試問捲簾人，卻道海棠依舊。知否？知否？應是綠肥紅瘦。」這闋詞根據劉逸生《宋詞小箚》所說，李清照與趙明誠夫婦感情篤厚，但是兩人結婚不久，明誠就負笈遠遊，易安難忍離別相思之苦，就寫了這一首作品，運用一問一答的技巧，讓我們領悟到這首詞的感傷情懷，既有愛花惜春的悵然，又有紅顏易老的感嘆，更有惜別懷人的憂思，確實情致委婉而高明。

詞的後半「知否？知否？應是綠肥紅瘦。」這既是對侍女的反問，也像是自言自語：這個粗心的丫頭，知道不知道啊？園中的海棠應該是綠葉繁茂、紅花稀少才是！「應是」二字，表明詞人對窗外景象的推測與判斷。末了的「綠肥紅瘦」一

語，「綠」代替葉，「紅」代替花，是兩種顏色的對比；「肥」形容雨後的葉子因水份充足而茂盛肥大，「瘦」形容雨後的花朵因不堪雨打而凋謝稀少，是兩種狀態的對比，更是全詞的精絕之筆，歷來為世人所稱道。

南宋徽州人胡仔（字元任）《苕（音ㄊㄧㄠˊ）溪漁隱叢話》稱：「此語甚新。」明代詩文家張綖（音ㄧㄢˊ）《草堂詩餘別錄》說：「結句尤為委曲精工，含蓄無窮意焉。」清代乾嘉年間黃蘇所編《蓼園詞選》云：「短幅中藏無數曲折，自是聖於詞者。」都是深中肯綮（事理的扼要處。綮音ㄑㄧˋ）的評價。

用法說明 這個詞語可以用以形容大自然的現象，也可以用來形容一個家庭或單位裡，有人比較勞累、有人比較清閒的情形。例一：經過一陣春雨「洗禮」，花園裡恐怕是綠肥紅瘦了。例二：他們家都是女人在拼命掙錢，家事又有佣人打理，男人的日子可好過了，真是不折不扣的「綠肥紅瘦」啊！

綠葉成陰（ㄌㄩˋ ㄧㄝˋ ㄔㄥˊ ㄧㄣ）

出處 唐・杜牧〈悵詩〉：「自是尋春去校遲，不須惆悵怨芳時。狂風落盡深紅色，綠葉成陰子滿枝。」

解釋 比喻女子嫁人生子。

放大鏡

杜牧的遺憾

據說唐朝的大詩人杜牧曾在湖州見到一位小女孩，長得很是漂亮。杜牧給了她的母親一筆錢，約定十年後小女孩長大了，他就會來娶她。一晃眼到了十年的期限，杜牧因事又耽擱了幾年，才到湖州擔任刺史。可惜他到的時候，小女孩不但已經嫁了人，還生了小孩。於是杜牧寫下了一首詩，表達自己的遺憾：「自是尋春去較遲，不須惆悵怨芳時。狂風落盡深紅色，綠葉成陰子滿枝。」意思是說，他過了約定的期限，到得晚了，怪不得別人。只可惜女孩已如落花般為他人所有，不只如此，還生了小孩。

用法說明 「綠葉成陰」是譬喻法，比喻女子嫁人生子。「綠蔭」則純粹指樹蔭。例一：同學會上，當年青澀的小女孩大多綠葉成陰，不禁感慨時光匆匆。例二：在都市中，已經難得見到綠蔭了。就是還有，也都灰撲撲的，了無生氣。

蒲柳之姿（ㄆㄨˊ ㄌㄧㄡˇ ㄓ ㄗ）

出處 南朝宋・劉義慶《世說新語・言語》：「顧悅與簡文同年，而髮蚤白。簡文曰：『卿何以先白？』對曰：『蒲柳之姿，望秋而落；松柏之質，經霜彌茂。』」

解釋 比喻體質衰弱。蒲柳，植物名，即水楊，生長於水邊，質性柔弱且樹葉早落。

近義 潘岳鬢白、望秋先零、身如蒲柳、蒲柳之質

反義 身強體壯

放大鏡

「蒲柳之姿」體質差

東晉時期的顧悅性情爽朗，為人重義守信。揚州刺史殷浩請他做官，讓他全權處理州內大小事務。感激於殷浩的知遇之恩，顧悅全身心投入到工作中，兢兢業業。長期勞累，嚴重影響了健康，才三十多歲就顯得很老，滿頭白髮。有一次，顧悅因故謁見簡文帝。簡文帝

得知他與自己年齡差不多，就問：「我們年紀相仿，你的頭髮為什麼比我先白呢？」顧悅回答說：「水楊樹的資質差，一到秋天就凋零了；而松柏質地堅實，經歷過秋霜反而更加茂盛。」顧況的回答，既沒有直接談到自己未老先衰的外貌，又趁機拍了皇上的馬屁。

用法說明 「蒲柳之姿」和「未老先衰」都有衰弱、衰老的意思，不過「蒲柳之姿」應是強調體質的衰弱，而「未老先衰」是指不到老年，體力精神就已衰頹。例一：韓世忠打量了一下杜十三，真是好俊的人兒呀！只可惜身子太虛弱，有如蒲柳之姿，真是糟蹋了那張好相貌。例二：年少時不懂得好好保養身體，一到中年就會未老先衰，什麼毛病都來了。

說項（ㄕㄨㄛ ㄒㄧㄤˋ）

出處 唐・楊敬之〈贈項斯詩〉：「平生不解藏人善，到處逢人說項斯。」

解釋 到處替人稱揚或講情。

搭配詞 逢人說項、代為說項

放大鏡

說項的由來

項斯是唐朝才子，但起初他是塊默默無聞的璞玉，不為人所重視。當時在朝廷當官的楊敬之，卻不遺餘力地到處稱揚項斯的長處，人們覺得奇怪，楊敬之寫詩回答了他「說項」的原因，是因為很欣賞項斯的詩，等到見到了項斯本人，觀其神情舉止，更覺得是個才情兼備的好人。在欣賞之餘，也感慨他的不被世人所知，便見到人就說項斯好。最後在楊敬之的宣傳下，終於使項斯名聞遐邇。

用法說明 「說項」一詞原為稱揚人善，後轉為比喻到處替人遊說或替人講情；「代為說項」一詞則是指替人說好話。例一：他處處為人說項，不但沒有達到正面的效果，反而讓人覺得厭惡。例二：小鄭為得到這分工作，不斷請人代為說項。

遠水救不了近火（ㄩㄢˇ ㄕㄨㄟˇ ㄐㄧㄡˋ ㄅㄨˋ ㄌㄧㄠˇ ㄐㄧㄣˋ ㄏㄨㄛˇ）

出處 《韓非子・說林上》：「失火而取水於海，海水雖多，火必不滅矣，遠水不救近火也。」

解釋 比喻緩慢的辦法解決不了緊急的狀況。

近義 緩不濟急、遠水近火

放大鏡

犁鉏的諫言

海洋很大，海水很多，一旦發生火災，如要汲取海水救火，火勢必然無法撲滅，因為海水太遠，救不了近火。這是《韓非子》書中，犁鉏（音ㄔㄨˊ）對於魯穆公捨近求遠，只看到晉、楚兩國的強盛，卻忽略了要得到他們及時援助卻不容易的做法——派遣眾公子到當時的強國晉或楚做官，卻不與鄰近的齊國結交——所做的勸諫。

犁鉏還舉了另一個例子說：「假如魯國有個人掉進大河裡，馬上就要淹死了，岸上的人卻說：『越國人最善於游泳，快派人去越國求救吧。』這個魯國人怎能救得活呢？」

韓非透過這樣的故事無非想告訴我們：各種事物和現象之間的關係，往往被客觀條件所制約，一切都依據條件、地點和時間而可能產生變化。在某種客觀環境條件下是正確的認識和做法，放在另一種客觀環境條件下，卻可能是錯誤的。

用法說明 有句話說「皇帝不急，急死太監」，想要用遠水來救近火的人，就像那不急的皇帝，而必須趕緊滅火的人就像那著急的太監。許多需要立竿見影、對症下藥的事，遇到了慢郎中，那種緩不濟急的焦慮實在令人扼腕！例一：非洲發生饑荒，許多難民無糧可吃，但聯合國的救援物資還要好多天才到，真箇是遠水救不了近火。例二：他家已經缺米缺糧了，你還叫他等一個星期後的支援，豈不是遠水救不了近火，叫他餓死嗎？

遠親不如近鄰（ㄩㄢˇ ㄑㄧㄣ ㄅㄨˋ ㄖㄨˊ ㄐㄧㄣˋ ㄌㄧㄣˊ）

出處 南宋・釋寶曇《橘洲文集・興和尚住明州天寧疏》：「家世門當戶對，遠親不如近鄰。」

解釋 指有血緣的親人若是在遙遠的地方，要幫忙仍舊不如近在附近的鄰居。

近義 遠水救不了近火

放大鏡

鄰人如朋友

在《聖經》的〈馬爾谷福音・第十二張〉中曾經有這麼一段話：「你要愛你的近人如同愛自己一般。」意思是指必須愛那些在自己身旁出現，對自己友善、幫助的人。根本的核心精神，其實是在教導信眾必須善待對自己好的人，這句話後來也被許多人傳為「愛你的鄰人，如同愛自己」，勸告大家要和善的對待自己的鄰居。如果與鄰居關係不好，其實在居住時也不容易安心，而遠親不如近鄰的意思，恰巧也在勸告大家，即使是有血緣關係的親人，但居住在遙遠的地方，當你遇上緊急狀況，急需幫助的時

候，反而不如近在身邊的鄰居那樣及時、快速。

用法說明 我們常以「遠親不如近鄰」來形容緊急時候，在身邊的鄰居或朋友才能給予最大援助。也許平時看來親戚之間的血源關係比較濃厚，但在偶然的緊急時刻，最需要的是身邊的人即時的幫助，便會用這句話來形容了。例一：沒想到大樓電線走火發生意外，當時整棟樓房煙霧瀰漫，打電話求救都來不及了，正所謂「遠親不如近鄰」，幸好隔壁的太太出聲指引，我們才能找到逃命的通道。例二：沒想到小羊今天出門忘了帶鑰匙，一下子沒地方可去，又連絡不上媽媽，而「遠親不如近鄰」，就在隔壁鄰居家裡等到媽媽回家。

酷吏（ㄎㄨˋ ㄌㄧˋ）

出處 西漢・司馬遷《史記・酷吏列傳》：「高后時，酷吏獨有侯封……。孝景時，鼂錯以刻深頗用術輔其資……。其後有郅都、寧成之屬。」

解釋 執法嚴格、手段殘酷的官員。酷，嚴厲。

放大鏡

酷吏的由來

酷吏一詞，來自司馬遷的《史記・酷吏列傳》。司馬遷記錄西漢初葉的郅（音ㄓˋ）都、寧成、張湯、杜周等十數人，以酷吏名之。西漢自景帝開始任用有才幹、執法嚴厲的人擔任地方首長或治安官，武帝時人數更多。這些官員在位時，嚴厲執行刑法，對犯法者毫不手軟，也時常揣度皇帝的心意辦事。

為了擁護行政秩序，消滅違背法律或政府權益的各種勢力，不管違法犯禁者的身分為何，這些酷吏都對他們施加強力打擊——通常的手段是誅殺。使地方豪彊與不守法的諸侯公卿、文武百官都戰戰兢兢，畏懼嚴厲的刑罰，因此不敢作惡。但是，執法者不免有所偏頗；法律也未必沒有漏洞。為了對付犯法者，酷吏們動輒殺人，可謂以暴易暴。猶如增高堤防以阻遏洪水，雖然收一時之效，但洪水不息，終究會有潰堤的一天；運用嚴厲的刑罰遏止犯罪，卻不能讓人心向善，因此並不能從根本處改善社會風氣，只是讓整個社會陷入犯罪、殺戮掃蕩、犯更重的罪、殺戮更多……的慘酷循環。更有甚者，有些酷吏一味揣摩上意，成為掃除有礙皇帝權威的殺人工具，或是儘憑一己之好惡，濫用職權，妄施刑戮，不但保護不了平民百姓的生活秩序，徒然成為殺人如麻的劊子手。

用法說明 「酷吏」用來形容執法者、官員，實帶貶義。可是當今大眾傳媒或某些人用「酷吏」來形容法政官員，都只著重於他們鐵面無私、不畏強權的一面，這實在是曲解了司馬遷的本意。他正是透視了絕對法治的不可信，才寫下〈酷吏列傳〉。例一：情、理、法對於法庭斷案而言，三者缺一不可。不通情理的「恐龍」法官，其實也是一種酷吏。例二：繼任的典獄長雖然鐵面無私，但如同酷吏般執法嚴苛，使監獄中瀰漫緊張不安的氣氛。

銅臭（ㄊㄨㄥˊ ㄔㄡˋ）

出處 南朝宋‧范曄《後漢書‧崔駰傳》：「論者嫌其銅臭。」

解釋 原意是指銅錢的臭味，後多用來譏諷富人攀附權貴，以求得地位提昇的歪風。

近義 錢

反義 書香

搭配詞 銅臭味、渾身銅臭、崔烈銅臭

放大鏡

一身銅臭的崔烈

東漢末年，有一個名叫崔烈的人，他原是一個形象良好、有名望的人，但後來卻傳出：他用錢買到現在的「司徒」官位，大家議論紛紛，使得崔烈的官譽大受影響。有一天，他問兒子崔鈞說：「大家對於我位列三公，有什麼看法？」崔鈞回答：「您年輕時，當過太守、九卿等要職，名重一時，當時的人說你一定會成為三公的；但現在反而讓人覺得很失望。」崔烈急忙問：「為什麼？」崔鈞如實地回答：「因為你身上有股『銅臭』味。」崔烈一聽，火冒三丈，拿起棍子就朝兒子打去，崔鈞趕緊跑開了，但此舉卻惹來崔烈的不悅，他大怒：「父親打兒子，兒子逃開，這能算是孝順嗎？」崔鈞說：「以前舜侍奉父親瞽叟時，父親用小棍子打他，他就受著；用大棍打他時，他就跑開，所以這不算是不孝。」崔烈聽完，覺得很慚愧，不敢再追打兒子了。

用法說明 「銅臭」是譏諷富人的用語，而「書香」則是指讀書人。例一：白手起家後，他卻成為欺壓工人，渾身銅臭的商人，真令人費解？例二：小豪的父母，自詡是書香世家，所以並不鼓勵他成為電影明星。

閣下（ㄍㄜˊ ㄒㄧㄚˋ）

出處 東漢・應劭《漢書・高帝紀》注：「因卑以達尊之意也。若今稱殿下、閣下、侍者、執事，皆此類也。」

解釋 對人的敬稱。

近義 足下、執事、左右、尊駕

反義 豎子

放大鏡 對一般人的敬稱

古時為了表示尊重對方，有事就由對方的部屬傳達，後來就成了對人的敬稱，如閣下、執事等就是。身份不同，敬稱也不同，如對皇帝用陛下，對太子用殿下，對將軍用麾下。閣下原稱官位較高的人，如三公、太守等，但是現在則可以用於一般人。除了敬稱之外，也有用於侮辱對方的賤稱，如豎子等。

用法說明 「閣下」雖是藉著不直接稱呼對方，來表示尊重，但是敬稱有一定的用法，絕不能直接稱對方為「部下」，因為「部下」專指被統率的人而言。例一：閣下來到我這裡，想必有所指教，不知道是為了什麼事？例二：由於他經常欺凌部下，所以沒有人真心為他做事，終於導致公司名存實亡。

閣揆（ㄍㄜˊ ㄎㄨㄟˊ）

出處 清・張廷玉《明史・職官志》：「以其授餐大內，常侍天子殿閣之下，避宰相之名，又名內閣。」唐・房玄齡《晉書・禮志》：「桓溫居揆，政由己出。」

解釋 指國家最高行政機關的首長。

近義 內閣總理

放大鏡

從宰相到閣揆

自古以來，國家的最高領導者雖然是國君，但實際執行治理工作的，卻另有其人，俗稱「宰相」，或稱「丞相」。每個朝代擔任「宰相」的官職都不同，如漢代的司徒，唐代的同中書門下平章事等。明太祖時，由於宰相胡惟庸專權濫政，所以明太祖朱元璋在洪武十三年下令廢除宰相一職，一切交由國君直接統治，而由內閣大學士協助處理文書工作。內閣從此成為最高的行政機構。古代的「宰相」簡稱為「揆」，明代又已廢去了「宰相」的稱呼，所以稱統領內閣的人為「閣揆」，簡稱「揆」。

用法說明 「閣揆」和「黨魁」不同。前者指國家最高行政的首長，後者指政黨的領袖。由於「揆」字指的是宰相，所以政黨的領袖不稱「揆」，而用「魁」來表示領導人。例一：此次水災，閣揆親自南下督導救災。例二：對於這項政策，反對黨黨魁全力抨擊，揚言不惜上街頭抗議。

【十五畫】

噴飯 ㄆㄣ ㄈㄢˋ

出處 北宋・蘇軾〈篔簹谷偃竹記〉：「與可是日與其妻游谷中，燒筍晚食，發函得詩，失笑噴飯滿案。」

解釋 吃飯時，笑得把嘴裡的飯都噴了出來。形容事情非常可笑，或行為、話語令人發笑。

近義 捧腹

反義 肅然起敬、令人起敬

搭配詞 令人噴飯、噴飯滿案

放大鏡

文與可噴飯

宋代大文豪蘇東坡和文與可，係交情頗深之好友，蘇東坡擅長寫文章，文與可擅長畫竹子。據說，有一次，文與可畫了一幅篔簹（音ㄩㄣˊ ㄉㄤ）谷出產的竹子，送給蘇東坡，畫中竹子雖然只有幾尺長，但卻有萬尺之氣勢（該竹生長在水邊，竹竿粗大，竹節距離長，因文與可之藝術技法，而饒富風韻）。東坡收到畫後，回送了文與可一首詩，詩云：「漢川修竹賤如蓬，斤斧何曾赦籜（音ㄊㄨㄛˋ，竹皮、筍殼）龍。料得清貧饞太守，渭濱千畝在胸中。」詩中，將文與可描寫成一個又窮又貪吃的太守。當時，文與可正和妻子在篔簹谷中遊賞，享受筍子晚宴，他一邊吃飯，一邊欣賞東坡充滿諷刺又開玩笑的詩作，忍不住大笑，把飯噴得滿桌都是。

用法說明 「噴飯」與「捧腹」意思相近，皆表示事情或言語使人大笑不已，差別在於部位和動作；「噴飯」和「捧腹」除了可與他詞連用，如「噴飯滿案」、「捧腹大笑」外，亦見二詞連用之例，如「噴飯捧腹」、「捧腹噴飯」。例一：小翊常在晚餐時刻，述說同學令人噴飯的言行。例二：《媽媽咪呀》這部音樂劇中，有許多令人捧腹噴飯的情節與唱詞。

墨守成規（ㄇㄛˋ ㄕㄡˇ ㄔㄥˊ ㄍㄨㄟ）

出處 「墨守」出自《戰國策・齊策六》：「今公又以弊聊之民，距全齊之兵，期年不解，是墨翟之守也。」「成規」出自《三國志・蜀書・蔣琬等傳》：「蔣琬方整有威重，費禕寬濟而博愛，咸承諸葛之成規，因循而不革，是以邊境無虞，邦家和一。」

解釋 指思想保守，守著老規矩不肯改變。墨守，戰國時墨翟善於守城。成規，現成的或久已通行的規則、方法。

近義 一成不變

反義 推陳出新

放大鏡

善於守城的墨子

春秋戰國時期，墨家主張「兼愛」、「非攻」。因此墨家弟子鑽研防守之道，並到處協助小國防禦大國的進攻。最經典的一役，便是「止楚攻宋」。據《墨子》記載，魯班為楚國設計製造了一種雲梯，準備進攻宋國。那時墨子正在齊國，得到這個消息，急忙趕到楚國去勸阻。兩人在楚王面前一較高下，墨子解下衣帶，圍作城牆，用木片作為武器。魯班多次使用不同方法攻城，都被墨子擋住了。魯班攻城的器械已經使盡，而墨子守城的計策還綽綽有餘。楚王眼看沒有把握取勝，便說：「好了，我決定不攻打宋國了。」

用法說明 「墨守成規」和「故步自封」都含有因循守舊，不求進步或革新的意思。但「墨守成規」偏重在不肯改進，「故步自封」偏重在不求進取。例一：縱然大家都改用電腦來輔助設計，他仍然墨守成規，用老方法來畫設計圖。例二：過去我們也許有不錯的表現，但能因此故步自封，自滿自足嗎？

履尾（ㄌㄩˇ ㄨㄟˇ）

出處 《易經・履卦》：「履虎尾，不咥（音ㄉㄧㄝˊ，咬）人，亨。」

解釋 踩到老虎的尾巴，比喻身處險境。

近義 履虎尾

放大鏡

從履虎尾到捋虎尾

在古人的眼中，老虎是最兇猛恐怖的動物，因此許多故事和老虎有關，最有名的莫過於「武松打虎」的故事了。古人用「履虎尾」比喻危險，用「捋虎鬚」比喻冒險。民間傳說，子路也曾打過老虎。有一次，孔子讓子路到河邊取水，沒想到有一隻老虎埋伏在那裡。經過一番激烈的格鬥，子路揪著老虎的尾巴，打死了老虎。子路得意洋洋地回來問孔子：「你聽說過有人可以打死老虎的嗎？」孔子說：「有啊！最上等的人抓著老虎的頭打死老虎，中等的人拎著老虎的耳朵打死老虎，最下等的人揪著老虎的尾巴打死老虎。」子路本想自誇一番，聽孔子這麼一說，就不好意思開口說他打死老虎了。

用法說明 「履虎尾」指涉入險境，「捋虎鬚」指冒險。前者未必出於主動，可能是誤入險境，後者出於主動。因此，前人以「捋虎鬚」來比喻打擊權貴，卻不以「履虎尾」來形容。例一：這種新療法還未經人體試驗，貿然採用，難免會有履虎尾的危險。例二：新任的監察委員以捋虎鬚自我期許，立志要揪出所有的貪官污吏。

彈冠相慶（ㄊㄢˊ ㄍㄨㄢˋ ㄒㄧㄤ ㄑㄧㄥˋ）

出處 東漢・班固《漢書・王吉傳》：「王陽在位，貢公彈冠。」

解釋 彈去帽上灰塵，為即將作官而相互慶賀。

近義 一人得道，雞犬升天

放大鏡

「彈冠相慶」，君子小人各不同

「彈冠相慶」出自班固的《漢書》，講的是西漢一個官員王吉（又稱王陽）的事。王吉的建言常能切中時弊，所以深受皇帝喜歡，被拜為博士諫大夫。王吉有一個朋友名叫貢禹，既是同鄉也是至交。王吉為官時，貢禹就跟著當官。若王吉不做官，貢禹也就謝歸。眾人見王吉仕途平順，就說：「王陽在位，貢公彈冠。」表示兩人在仕途上同進共退，這時尚未有明顯的貶義。到了宋・蘇洵〈管仲論〉中說：「一日無仲，則三子者可以彈冠相慶矣。」齊桓公有三個近臣，一是豎刁，自宮入內，二是易牙，烹子媚君，三是開方，棄親求榮。當齊桓公重用管仲為相時，這三子無以施其伎倆。等到管仲一死，這三子馬上各自回家取出舊冠帽來彈去灰塵，相互慶賀，準備重新當官掌權了。「彈冠相慶」開始成為貶義詞，比喻壞人因即將得勢而互相慶賀。

用法說明 「彈冠相慶」和「額手稱慶」都有慶賀的意思，但「彈冠相慶」是貶義，指壞人當道，小人得志。「額手稱慶」則是褒義，表示人們遇到喜事或聽到喜訊後互相慶賀。例一：小人得志，一旦升遷，他的狐朋狗黨們就彈冠相慶。例二：聽到那個無惡不作的通緝犯終於落網，大家無不額手稱慶。

敷衍 ㄈㄨ ㄧㄢˇ

出處 清・李寶嘉《官場現形記》第四十七回：「諸位老兄在官場上，歷練久了，敷衍的本事是第一等。」

解釋 做事不切實，僅止於表面應付、應酬，交差了事之意。

近義 馬虎、搪塞、苟且、草率、應付

反義 負責、認真

搭配詞 敷衍了事、敷衍塞責

放大鏡

敷衍失棋的王陽明

明代思想家王陽明從小習文練武，父母對他管教很嚴格。除了在課業以外，他對於下棋非常癡迷，常常因此廢寢忘食。他的父親很擔心他會玩物喪志，嚴辭告誡他要戒掉這個習慣，王陽明表面敷衍著答應，其實仍沈迷其中不可自拔，於是父親一氣之下便將他的象棋全丟到河裡去了。王陽明很心疼，但又不敢撿回來，只能眼睜睜看著象棋隨水流走，順口吟出一詩：「象棋在手樂悠悠，苦被嚴親一旦丟。兵卒墜河皆不救，將軍溺水一齊休。馬行千里隨波去，士入三川逐浪流。炮響一聲天地震，象若心頭為人揪。」

用法說明 「敷衍」的本義為陳述其義而加以引申，現在我們常用敷衍一詞常用來形容待人、辦事不真誠切實，僅止於表面應付了事的態度。例一：她具有鋪采摛文的能力，能夠適度地敷衍鋪陳，使文章盡善盡美。例二：這件事關係到團隊整體的榮譽，他怎麼可以隨便敷衍了事呢？

樂融融 ㄌㄜˋ ㄖㄨㄥˊ ㄖㄨㄥˊ

出處 《左傳・隱公元年》：「公入而賦：『大隧之中，其樂也融融。』姜出而賦：『大隧之外，其樂也泄泄。』遂為母子如初。」

解釋 形容快樂融洽狀。

近義 樂陶陶

反義 悶悶不樂、鬱鬱寡歡、唉聲嘆氣

搭配詞 其樂融融

放大鏡

偏愛弟弟的母親

由於鄭莊生出生時腳先出來，造成他母親武姜的難產，所以武姜打從一生出來就很不喜歡鄭莊公。後來，鄭莊公的弟弟共叔段出生後，武姜的偏心就更明顯了。鄭莊公繼承王位後，武姜及被寵壞的共叔段很不甘心，兩人合謀造反。鄭莊公逼死了弟弟，並發誓不到黃泉，不見母親。過了一陣子，鄭莊公覺得自己做得太過份了，雖然感到後悔，但是誓言既出，就不能再改變。孝順的潁考叔知道了這件事，就為鄭莊公出了一個主意：挖一個深達黃泉的地道，兩人便可在地道中相見。兩人相見後，十分開心。鄭莊公寫了一首詩：「大隧之中，其樂也融融。」武姜也回了一首詩：「大隧之外，其樂也泄泄。」意思是說，在地道的相處，非常快樂融洽。

用法說明 「樂融融」和「樂滋滋」都有快樂的意思，但「樂融融」指的因為與人相處融洽而感到快樂，「樂滋滋」則是指為某件事而感到快樂，並非專指與人相處融洽一事。例一：經過一番追尋，他終於回到家人的身邊，從此過著其樂融融的生活。例二：看他一副樂滋滋的表情，想必是遇上了什麼好事。

盤桓（ㄆㄢˊ ㄏㄨㄢˊ）

出處 《易經・屯卦》：「初九。盤桓。利居貞。利

建侯。」

解釋 徘徊流連的意思，也可以作觀望解釋。

近義 徘徊、彷徨、躑躅（音ㄓˊ ㄓㄨˊ）、徜徉

搭配詞 盤桓不去、盤桓數日

放大鏡

周文王的「盤桓」

商朝末年，在位的是殘暴的紂王，周文王姬昌還只是西邊的一方諸侯而已。由於周文王頗得民心，紂王對他有所忌憚，加上崇侯虎的讒言，於是紂王在毫無理由的情形下，把他囚禁在羑里。

周文王雖然被監禁，卻沒有因此盤桓喪志。他把伏羲傳下的八卦，推演為六十四卦，以此占卜世間的吉凶禍福。後來他終於獲得釋放，歷史上也留下了《周易》這本不朽的著作。

用法說明

「盤桓」、「徘徊」與「躊躇」都有不行動的意思。「盤桓」和「徘徊」的意思大致相同，指流連而不離去，「躊躇」則指心中有矛盾而遲遲不行動。例一：他在臺北盤桓了數日，因留戀陽明山的美景而徘徊不去。例二：他再三躊躇，就是不知道該不該離開。

蓬生麻中，不扶自直（ㄆㄥˊ ㄕㄥ ㄇㄚˊ ㄓㄨㄥ，ㄅㄨˋ ㄈㄨˊ ㄗˋ ㄓˊ）

出處 《荀子・勸學》：「蓬生麻中，不扶而直；白沙在涅，與之俱黑。蘭槐之根是為芷。」

解釋 只要將蓬草放在麻中讓它生長，不需要額外的輔助就能長得很直，用以比喻學習的環境對一個人有相當大的影響。

近義 近朱者赤，近墨者黑、白沙在泥，與之俱黑

放大鏡

環境影響學習

「孟母三遷」的故事大家耳熟能詳，說明的是學習的環境對一個人有重大的影響。在《荀子》的〈勸學〉篇中，使用了「蓬生麻中，不扶而直」一語，也在說明學習的環境對一個人影響深遠。同時，更重要的是，荀子認為對一個人來說，不一定是他的本質不佳，而是因為環境的影響，在日積月累中逐漸使一個人朝向某個地方發展。而在《大戴禮記》中，也同樣使用了「蓬生麻中，不扶自直」這樣的話來形容學習的環境對人們的影響。

用法說明 「蓬生麻中，不扶自直」用來形容一個人在良好的學習環境中，會自然而然地成長、茁壯。例一：在學習一項技能時，必須勤加鑽研，除了自己下苦功以外，也必須和其他人切磋琢磨，畢竟「蓬生麻中，不扶自直」，如果能在學風鼎盛的地方學習，成長也必定是飛快的。例二：臺北市房價飆漲，大半因為學區的關係。想來，因為「蓬生麻中，不扶自直」的緣故，擔憂小孩子教育的家長們，莫不擠破了頭也要搶進明星學區啊！

蓬髮 ㄆㄥˊ ㄈㄚˇ

出處 南朝宋・范曄《後漢書・列女傳・王霸妻》：「吾與子伯素不相若，向見其子容服甚光，舉措有適，而我兒曹蓬髮歷齒，未知禮則，見客而有慚色。父子恩深，不覺自失耳。」

解釋 形容頭髮凌亂不整齊的模樣。

近義 蓬頭、蓬首、蓬葆

（音ㄅㄠˇ）、鬅（音ㄆㄥˊ）鬆、蓬頭垢面、蓬頭鬼、披髮

反義 束髮

搭配詞 蓬蓬髮、蓬髮造型

放大鏡

王霸的領悟

漢朝王霸與令狐子伯是好朋友，一天，擔任宰相的子伯要任職於郡功曹的兒子，送信去給平民百姓王霸。王霸的兒子正在種田，聽說家裡有客人來到，便放下鋤頭跑去迎接。當他見到來客衣服華麗，氣派十足時，竟自慚形穢，不敢抬頭，一旁的王霸看了十分難過。客人離開後，他對妻子說：「看到朋友的兒子容光煥發，衣飾華麗，談吐大方；自己的兒子卻蓬頭垢面，衣衫不整，進退失據，感到非常對不起兒子。」王霸妻子聽完，不以為然地說：「你重視清廉節操，不重視功名爵祿，這是你的選擇。雖然子伯看起來顯赫尊貴，但道德節操比得上你嗎？人生抉擇不同，不用因為兒女一時間的羞愧，而動搖自己原來的志向。」王霸聽完妻子的一席話，豁然開朗，隱居終身，守志不移。

用法說明 「蓬髮」是用來形容多且雜亂的頭髮，而「毫髮」則是比喻毫毛及頭髮的數量很少。例一：萬聖節到了，他以蓬髮吸血鬼造型，成為全場舞會最吸睛的人。例二：為趕時間，他沒有等號誌燈亮，就穿越馬路，所幸毫髮未傷。

談何容易（ㄊㄢˊ ㄏㄜˊ ㄖㄨㄥˊ ㄧˋ）

出處 東漢・班固《漢書・東方朔傳》：「先生曰：『於戲！可乎哉？可乎哉？談何容易！』」

解釋 本義是指在君主面前

談說議論、指陳得失是很困難的事。後指說起來容易，而付諸實行則困難重重。

近義 言何容易、難於上天

反義 輕而易舉、易如反掌

放大鏡

與君王談，何以不易？

西漢時的東方朔個性詼諧幽默，言詞敏捷，滑稽多智，漢武帝很欣賞他，但並未重用。於是他寫了一篇〈非有先生之論〉，文中敘述非有先生在吳國當了三年官，什麼話也沒有說。吳王詢問他很多次，非有先生最後才說：「作為臣子的要向君主進言，真是『談何容易』啊！有些言談聽起來既不順耳，也不順心，但卻是有益於身心品節的修為。有的聽起來順耳，也讓人心裡順暢，但是卻會使行為敗壞。假如不是明王賢主，又怎能聽得清楚呢？」在這篇文章中的「談何容易」，語法結構應為「談——何容——易」，談，說話；何容，怎能容許。易，輕易。意思是，在君王面前說話，怎麼容許輕易地張口呢？畢竟忠言逆耳，若向君主進諫言的人沒有很高明的說話技巧，往往賠上的是自己的前程和性命吧！

用法說明 「談何容易」現在的用法，是指嘴裡說說容易，實際做起來卻很困難。例一：這項建設計畫很有前瞻性，但要找到願意投資的人談何容易？例二：要做到每個人都滿意談何容易？你只要盡力而為就好了。

請纓

出處 《漢書・卷六十四下・終軍傳》：「南越與漢和親，乃遣軍使南越……。軍自請：『願受長纓，必羈南越王而致闕下。』」

解釋 漢武帝時，南越與漢和親，武帝想派人出使南越，說服南越王入朝歸順。終軍自己請命，願意接受此任務，必使南越王來朝。後比喻自請從軍或主動請求交付任務。

近義 毛遂自荐

放大鏡

請纓的由來

終軍是漢初濟南人，從小勤奮好學、博學善言，十八歲時被選為博士弟子，漢武帝非常欣賞這位青年才俊。後來朝廷想派人出使南越，勸說南越王歸順漢朝，終軍主動請求前往，說：「願受長纓，必羈南越王而致之闕下」，意即希望陛下賜長繩，一定不負所望把南越王捆送到長安來。在南越，終軍說服了南越王答應歸順，武帝非常高興，讓他留在那裡協助南越王處理國事，但南越王的宰相呂嘉反對向中國稱臣而發動內亂，最終南越王被殺，終軍遇難，得年只有二十多歲。

用法說明 「請纓」一詞最常用在主動請求交付任務，與「毛遂自薦」有相同的含意，都在強調自身的主動性。例一：這次的文學創作比賽他主動請纓，自願前往參加。例二：他決定向長官毛遂自荐，幫忙處理這次的事務。

賠了夫人又折兵

ㄆㄟˊ ˙ㄌㄜ ㄈㄨ ㄖㄣˊ ㄧㄡˋ ㄓㄜˊ ㄅㄧㄥ

出處 事見元末明初・羅貫中《三國演義》第五十五回。

解釋 比喻不但沒有佔到便宜，反而吃了大虧。折兵，虧損兵員。

近義 偷雞不著蝕把米、得不償失

放大鏡

周瑜賠了夫人又折兵

相傳周瑜曾施計，假裝要將孫權的妹妹嫁給劉備，想使美人計引劉備至東吳招親，趁機將他扣留下來換取荊州，不想弄巧成拙，不但沒得到荊州，反而讓孫權的妹妹真的被劉備給娶走。後來運用諸葛亮的三個錦囊妙計，順利助劉備自東吳走脫，周瑜沿途調兵遣軍重重攔阻，仍被前來迎接的諸葛亮大軍打得落荒而逃，無端折損了許多兵將。在廝殺之際僥倖保住性命的周瑜，落魄地回到船上，此時聽到岸上的蜀兵大喊：「周郎妙計安天下，賠了夫人又折兵！」

用法說明 「偷雞不著蝕把米」是說想拿一把米去引誘偷雞，沒想到最後雞沒有偷到，反而損失了一把米，與「賠了夫人又折兵」一樣都有得不償失的意思。例一：那個商家由於一時的疏忽，不但得罪了客人，還自毀了商譽，真是賠了夫人又折兵。例二：投機取巧的壞習慣讓我不但沒把自己的事做好，反而還牽連到許多人跟著受罪，真是偷雞不著蝕把米。

賦閒（ㄈㄨˋ ㄒㄧㄢˊ）

出處 唐．房玄齡等《晉書．潘岳傳》：「乃作〈閒居賦〉以歌事遂情焉。」

解釋 指失去官位或沒有職業。

近義 失業、解職

搭配詞 賦閒在家

放大鏡

無心賦閒的潘岳

潘岳曾寫下一篇流傳千古的〈閒居賦〉。文中流露出對隱居生活的嚮往，但是潘岳本人卻不是如此。他非常熱衷於追求名利，為了巴結權相賈謐，他只要見到賈謐車駕揚起的灰塵，就立刻跪拜迎接。後來金朝人元好問寫詩評論他說：「心畫心聲總失真，文章寧復見為人？高情千古〈閒居賦〉，爭信安仁拜路塵？」譯成白話是：古人說，語言是心裡的聲音，文章是心裡的圖畫，卻都不真實。文章哪裡可以看出一個人的為人？就如讀了情操高雅的〈閒居賦〉，又怎能相信作者潘安是個望塵下拜，巴結權貴的人呢？

用法說明 「賦閒」的人和「退休」的人都沒有工作，但是兩個詞語的意思卻完全不同。「賦閒」的人還有能力工作，只是因為某些原因而未工作；「退休」的人則是因為年老而不用工作。例一：畢業以來，他應徵了許多工作，卻始終未獲錄取，只能賦閒在家。例二：退休以後，他每日裡種花寫字，過得十分愜意。

銷魂（ㄒㄧㄠ ㄏㄨㄣˊ）

出處 南朝梁・蕭統《文選・江淹・別賦》：「黯然銷魂者，唯別而已矣。」

解釋 心神沮喪好像失去了魂魄。也作「消魂」。

近義 斷魂

搭配詞 黯然銷魂、喪膽銷魂

放大鏡

江郎才盡的江淹

宣城太守江淹年輕時很有才氣，他的「黯然銷魂者，唯別而已矣」便是千古名句。晚年文思漸漸衰退。據說江淹小時候曾經夢見有人送給他一支五色筆，自此以後文采飛揚、才氣橫溢。後來某日江淹在亭中小睡片刻，夢見一個自稱郭璞的人向他索筆，說：「你很久以前曾向我借了一支五色筆，現在請還給我。」江淹便從懷中掏出筆還給他。從此以後，他的詩賦寫出來平淡無奇，不復有當年的文采。當時的人稱他才華已盡，也有人將此傳說用來解釋江淹晚年作品質量下降的原因。

用法說明 銷魂一詞多半用在形容心迷神惑、失魂落魄的樣子，有時也可以用來比喻極為恐懼害怕。例一：自從和親人分別以後，他就黯然銷魂、食不下嚥。例二：她非常膽小，夜裡窗外只要發出一些聲響，她就嚇到喪膽銷魂。

駙馬 ㄈㄨˋ ㄇㄚˇ

出處 東漢・班固《漢書・蘇建傳》：「宦騎與黃門駙馬爭訟，推墮駙馬河中溺死。」

解釋 「駙馬」最初是官名。漢武帝時置駙（副的意思）馬都尉，掌副車之馬。而皇帝的女婿，常做這個官。以後遂專稱公主的丈夫為「駙馬」。

近義 帝婿、國婿

放大鏡

「駙馬」的由來

秦始皇統一中國後，經常出巡以顯示自己的權威。每次出巡都前呼後擁，聲勢浩大。西元前二一八年，張良請來的大力士在博浪沙（今河南原陽）狙擊秦始皇，只擊中副車。這一下使秦始皇吃驚不小。因此，在以後的巡遊中，他乘坐的車輛常有變換，同時安排了許多副車。他還特地設了一個替身來掩人耳目，藉以表明皇帝在「副車」上。從此以後，歷代皇帝出巡時，都仿效秦始皇的做法，親自選定一個替身，而這個替身又大都是自己的女婿。因為女婿是皇室的人，不會損害皇帝的威儀和尊嚴，而且女婿總比其他人可靠。若萬一發生意外，女婿又是外姓，皇族的傳承也不致受損。這樣，由於皇帝的女婿常作為替身乘坐在副車上，跟隨皇帝出巡各地，後來，人們就將皇帝的女婿稱為「駙馬」。

用法說明 「駙馬」是中國古代皇帝女婿的專用稱謂。

例如：皇上非常賞識他的才華，決定招他為駙馬。

魯男子（ㄌㄨˇ ㄋㄢˊ ㄗˇ）

出處 西漢・毛亨《詩經・小雅・巷伯》傳：「魯人有男子，獨處于室；鄰之釐婦，又獨處于室。」

解釋 形容不好女色的男子。

近義 柳下惠

反義 登徒子

放大鏡

不好色的魯男子

西漢大儒毛亨在解釋《詩經》的〈巷伯〉一詩時，說了個故事：魯國有一個獨居的男子，他的鄰居是一位獨居的寡婦。有一天，風雨打壞了寡婦的屋子，寡婦就要求暫住男子家中。男子以避嫌為理由，不肯開戶接納寡婦。寡婦說：「從前柳下惠坐懷不亂，雖然整夜和女子獨處，都沒有做出違禮的舉動。你為什麼不學他呢？」男子說：「柳下惠做得到的事，我不一定做得到。我又怎麼學他呢？」

用法說明 「魯男子」指的是不好色的男子，「粗魯男子」則是指做事草率隨便的男子。兩者意思大不相同。

例一：林醫生的條件很好，是醫院裡許多護士的偶像，但是他卻從來沒有和任何人傳出緋聞。其他人都說他是個魯男子。例二：她最不喜歡粗魯的男子，偏偏喜歡她的都是些粗魯男子，真讓她感到無可奈何。

麾下（ㄏㄨㄟ ㄒㄧㄚˋ）

出處 西漢・司馬遷《史記・項羽本紀》：「於是項王乃上馬騎，麾下壯士，騎從者八百餘人。」

解釋 本指在將帥旗下，借指將帥的部屬。麾，旌旗之屬，是將帥用以指揮的旗幟。

近義 帳下

放大鏡 飛將軍李廣

李廣出身將門世家，漢文帝十四年（西元前一六五年）從軍，死於漢武帝元狩四年（西元前一一九年）。一生與匈奴交戰四十餘年，大小七十餘戰，匈奴人畏其英勇，稱之為「飛將軍」。

據《史記・李將軍列傳》記載，李廣身高過人，猿臂善射，愛惜士卒，深得士兵的愛戴，「得賞賜輒分其麾下，飲食與士共之。終廣之身，為二千石四十餘年，家無餘財」。李廣為人廉潔，戰功所得的賞賜都分給跟隨他拚戰的士兵，從來不中飽私囊。《史記》記載李廣關外狩獵時，以弓箭射穿石虎的故事，也使得李廣成為後世神射手的代名詞。

用法說明 麾下一詞以前多用在軍隊中，現在也可用作隸屬在某人之下，是對某人的敬稱。例一：我已經在王老師麾下學習十年了。例二：匈奴來襲，大家紛紛投效在飛將軍李廣的麾下，奮勇報國。

豎子（ㄕㄨˋ ㄗˇ）

出處 《左傳・成公十年》：「公夢疾為二豎子，曰：『彼良醫也，懼傷我焉。』」

解釋 豎子原指孩童，後指僮僕，更進一步成為罵人的話。

搭配詞 豎子不足與謀

放大鏡

范增口中的「豎子」

楚漢相爭時，項羽在鴻門擺下宴席，招待劉邦。先前，項羽的謀臣范增力勸項羽盡早除去劉邦。宴會上，項羽卻遲遲不肯動手，范增就找來了項莊，要他以舞劍為藉口，趁機刺殺劉邦。因為項伯從中作梗，劉邦逃回自己的營中，而派張良獻上禮品，以表歉意。項羽接受了劉邦的禮物，范增不但不肯接受，還砸了劉邦送的禮物，大罵：「豎子不足與謀。」有人認為他表面上罵項莊沒有完成任務，實際上是罵項羽決斷不足。若是說他表面上罵的是劉邦，實際上罵的是項羽，也可以說得通。

用法說明 「豎子」和「孽子」都是罵人的話，但前者罵的是一般人，後者罵的是不孝的兒子。例一：我明明都已經分析得很清楚了，他還是不肯照著我的法子去做，真是豎子不足與謀。例二：他因為孽子的不孝行徑而心灰意懶，立下遺囑，把所有財產都捐出去，一塊錢也不留給兒子。

壁上觀（ㄅㄧˋ ㄕㄤˋ ㄍㄨㄢ）

出處 西漢・司馬遷《史記・項羽本紀》：「諸侯皆從壁上觀。」

解釋 比喻坐觀成敗，不幫助任何一方。

近義 袖手旁觀、隔岸觀火、坐觀成敗、隔山觀虎鬥

反義 拔刀相助、見義勇為、挺身而出

搭配詞 作壁上觀

放大鏡

項羽與壁上觀

秦朝末年，二世在位時，因統治殘暴，迫使陳勝等人揭竿起義，各地農民紛紛響應，起兵抗暴。項羽是秦末下相人，力大能舉鼎，才氣超人，和叔父項梁在吳中起兵。後來，項梁找到楚國後代熊心，立他為楚懷王，項梁自己號稱武信君，輔佐楚王。

後來，楚王任命宋義為上將軍，項羽為魯公，任次將，范增任末將，去援助趙國。其他各路將領也都隸屬於宋義，號稱「卿子冠軍」。但是，宋義與項羽對秦國的作戰策略有很大的歧見。宋義堅持先觀望，讓秦、趙相鬥後利用秦軍的疲憊，再殲滅秦軍。而項羽認為如果趙國被攻佔，秦國將更強大，屆時楚國再出兵可能就會戰敗。

項羽非常反對宋義的做法，於是就在營中斬下宋義的頭。將領們都畏服項羽，沒人敢反抗，大家一起立項羽為代理上將軍。當時，楚軍兵力強大是諸侯之首，但前來鉅鹿援救的諸侯，雖然攻下十幾座營壘，卻沒有一個敢發兵出戰。到楚軍攻打秦軍時，他們都只在自己的營壘中觀望。

項羽打敗秦軍後，召見各諸侯國將領，當他們進入營門時，都跪著用膝蓋行走，不敢抬頭仰視。自此，項羽真正成為諸侯的上將軍，各路諸侯都隸屬於他。

「作壁上觀」這句成語就是

從這裡演變而來，用來比喻在一旁觀看，不幫助任何一方。

用法說明 「作壁上觀」與「拔刀相助」互為反義。例一：別人有困難時，我們要熱心幫助，絕不能作壁上觀。例二：小林為人非常有義氣，只要路見不平，定會拔刀相助。

燕雀安知鴻鵠之志
（ㄧㄢˋ ㄑㄩㄝˋ ㄢ ㄓ ㄏㄨㄥˊ ㄏㄨˊ ㄓ ㄓˋ）

出處 西漢・司馬遷《史記・陳涉世家》：「陳涉太息曰：『嗟呼，燕雀安知鴻鵠之志哉！』」

解釋 此句用以比喻平庸之人，又怎會知道英雄人物的遠大志向呢？燕雀，喻志向短淺之人。鴻鵠，喻志向遠大之人。

近義 有眼不識泰山

反義 慧眼識英雄

放大鏡

寓言故事：燕子與麻雀誰是誰非

從前從前，燕子和麻雀一起去叼田裡的稻穀吃，可是，狡猾的麻雀不僅吃掉了自己叼來的穀子，還搶走了燕子的穀物。燕子不服，於是飛上天庭，向玉皇大帝告御狀。誰知糊里糊塗的玉皇大帝，不但始終沒搞清楚事情真相，居然還表揚了麻雀，責怪燕子的不是。只有老百姓知道燕子心中滿腹委屈，所以都十分同情燕子的處境，因而喜歡善良無辜的燕子，對於顛倒黑白的麻雀則不那麼友善。這就是人們為什麼喜愛燕子、討厭麻雀的傳說。

用法說明 「燕雀安知鴻鵠之志」，是說小麻雀只能飛那麼一丁點兒高，怎麼能了解大鴻鳥振翅高飛的心情呢？畢竟彼此所能力有別，所見到的世界不同，故用來比喻凡夫是不能理解大人物心中的志向與想法。而「慧眼識英雄」，謂具有智慧的人，眼光特別精準，立刻可辨識出誰將來是不可一世的大英雄。兩者語義相反。例一：哼！「燕雀安知鴻鵠之志」，不與你一般見識！例二：她當年慧眼識英雄，嫁給一個賣米的小販，如今成為人人稱羨的董事長夫人。

親炙（ㄑㄧㄣ ㄓˋ）

出處 《孟子・盡心下》：「非聖人而若是乎，而況於親炙之者乎？」

解釋 以火比喻尊長的德性學問，以肉比喻自己，有親自受到薰染、陶冶，親承教誨之意。炙，以火烤肉。

放大鏡　長於炙魚的太和公

「炙」原是烹煮食物的一種方法，即燒烤、燒灼，《詩經・小雅・瓠葉》有云：「有兔斯首，燔之炙之。」中國古代十大名廚之一的太和公，是春秋末年的吳國名廚，尤其以「炙魚」佳餚聞名於天下，尤得吳王僚的喜愛。吳公子光（**即吳王闔閭**）欲殺吳王僚以自立，便命專諸刺殺吳王僚。專諸得悉吳王僚愛吃炙魚，便在太湖畔拜太和公為師，三個月後終於學成手藝。吳王僚貪食這道好菜，特來參加公子光的家宴，不想專諸將短劍置於烤好的鯉魚腹內，借上菜之機近身行刺得逞。此後，凡是宴請賓客時，都習慣將魚腹對著主客，以示善意。

用法說明 我們在使用「親炙」這個詞的時候，所述對象多半是某個領域的佼佼者，因此語句間時常帶有慶

幸的意味。例一：我真是幸運，得以在國際會議中親炙當代世界經濟學大師的風采。例二：經由上司的引薦，我得以親炙同領域的頂尖大師，學習重大計畫的規劃與執行，真是獲益良多。

親者痛，仇者快（ㄑㄧㄣ ㄓㄜˇ ㄊㄨㄥˋ，ㄔㄡˊ ㄓㄜˇ ㄎㄨㄞˋ）

出處 南朝宋・范曄《後漢書・朱浮列傳》：「凡舉事無為親厚者所痛，而為見讎者所快。」

解釋 （行為）讓親人感到痛苦，讓仇人感到快樂。

放大鏡

親痛仇快

西漢末年時，彭寵協助劉秀運糧草，解除了劉秀大軍缺糧的狀況。彭寵自認立下大功，但光武帝只封他為「漁陽太守」，彭寵因此非常不滿。朱浮將彭寵的不滿稟告光武帝，光武帝於是召彭寵回京。彭寵大怒，不但不打算聽從命令回到京城，還要攻打朱浮。朱浮寫了封信勸告彭寵：「如今天下稍定，百姓希望過安穩的日子。不要為了私仇而興兵謀反，誤了自己的前途。這樣做只會使親人傷心，仇人高興啊！」「親痛仇快」一詞即出於此。

用法說明 「親者痛，仇者快」一詞是說使親人痛心，仇人快樂。例如：因為受到小人言語刺激就憤而辭職，只是讓親者痛，仇者快罷了。

選賢與能（ㄒㄩㄢˇ ㄒㄧㄢˊ ㄩˇ ㄋㄥˊ）

出處 《禮記・禮運》：「選賢與能，講信修睦。」

解釋 選出品行高超、能力卓越的人，將政事託付給他們。與，同「舉」，推舉。

反義 所託非人

放大鏡

古代的選拔人才制度

民主的投票選舉方式一直到了民國，才成為我國正式的政治制度。從清朝回溯至唐朝，一直是以科舉考試為主要的選拔人才制度。

漢代曾經實施過「察舉」這種選拔人才的制度。「察舉」是由地方推舉有能力或有品德的人出任官職。常見的科目有秀才、孝廉等。秀才又稱茂才，著重於個人的才能，尤其是文學方面的才華。孝廉著重於個人的品行，尤其是孝順父母，敬愛兄長等品德。

東漢末年，「察舉」制度逐漸敗壞，出現許多名不副實的現象，使得「察舉」制度終告廢除。

「選賢與能」和「招賢納士」都是將政事託付給有品德、才能的人，但是前者在今日大多用於由公眾推舉人才，後者則指在上位者延攬人才。例一：民主制度實施後，表面上是選賢與能，但是許多候選人只著重攻擊對手的品德，拙於提出好的政見，令人失望。例二：在競爭激烈的商場上，各個公司無不採取積極的手段，招賢納士，以求公司營運順利。

醍醐灌頂 ㄊㄧˊ ㄏㄨˊ ㄍㄨㄢˋ ㄉㄧㄥˇ

出處 明・吳承恩《西遊記》：第三十一回：「那沙僧一聞孫悟空的三個字，好便是醍醐灌頂，甘露滋心。」

解釋 源於佛教用語，比喻灌輸智慧，使人得到啟發醒悟。醍醐，指乳汁中的精華，用來比喻智慧。

放大鏡

醍醐與灌頂

「醍醐」是指從乳汁中反覆提煉出的精華。在《涅槃經》中，把它比喻作佛性，並將它視為世間第一上味。佛教常用「醍醐」比喻「無上法味」、「佛性」等。「灌頂」原來是古印度新王登基時的儀式：取四海之水裝在寶瓶中，流注新王之頂，象徵新王已享有四海的統治權力。密宗沿用此法，在僧人升任阿捨黎時，以甘露水灌佛子之頂，令佛種永不斷絕。

用法說明 「醍醐灌頂」常用來比喻灌輸智慧使人得到啟發；「醍醐味」一詞則常用來形容美味的佳餚。例一：聽了老師一席話，我有如醍醐灌頂，一切瞭然於心。例二：再怎麼奢華的筵席，總比不上家鄉的醍醐味。

錯愛 ㄘㄨㄛˋ ㄞˋ

出處 元・關漢卿《望江亭》第三折：「量（音ㄌㄧㄤˊ）媳婦有何才能，著相公如此般錯愛也。」

解釋 感謝對方愛護照顧、培養、提拔賞識的言辭。

近義 謬愛

搭配詞 錯愛仍是愛、錯愛一家親

放大鏡

楊衙內自作自受

才貌雙全的譚記兒不願意嫁給楊衙內，為逃避楊衙內的糾纏，譚記兒請清安觀白道姑收留她，白道姑見她聰明乖巧，便讓她在清安觀抄寫經卷。白道姑侄兒白士中要到潭州擔任太守，路過道觀時，順便去探訪她，當白道姑得知侄媳婦去世時，便從中撮合白士中與譚記兒，使兩人結為夫妻。

楊衙內對白士中懷恨在心，奏明聖上，前往潭州取白士中首級，幸有李老丞相通風報信，白士中才能提早得知消息，但他卻苦無因應對策。譚記兒聽到消息，為了報答白士中的錯愛，喬裝成漁婦張二嫂，在望江亭等候楊衙內及其隨從，虛與委蛇，幾杯黃湯下肚後，酩酊大醉的楊衙內掏出了一張紙，說：「等我殺了潭州太守，把他的媳婦譚記兒弄到手後，收你作三房，好嗎？」然後便倒在地上呼呼大睡。譚記兒趁機竊走聖旨與金牌。

第二天，楊衙內到潭州太守的府衙內，大喝：「把白士中綁起來」。白士中問：「有什麼憑證？」楊衙內拿不出聖旨，藉口：「還在船上」，沒想到，抽出的寶劍，也變成一把短刀，白士中趁勢大吼：「把這個假冒的欽差，給我拿下！重責四十大板。」楊衙內被打得皮開肉綻，哀號連連，白士中說：「你假造聖旨，圖謀殺害朝廷命官，不動大刑，諒你也不肯招認。」楊衙內受刑不過，只好全部招認畫押。

用法說明 「錯愛」是表示感謝對方的照護，而「愛錯」則是愛上不該愛的人。例一：他感謝長官們的錯愛，讓他苦盡甘來。例二：他愛錯了人，成了第三者，因此痛苦不已。

黔驢技窮（ㄑㄧㄢˊ ㄌㄩˊ ㄐㄧˋ ㄑㄩㄥˊ）

出處 唐・柳宗元〈三戒・黔之驢〉：「虎因喜，計之曰：『技止此耳。』」

解釋 已用盡拙劣的計謀，無技可施，被人看穿。

近義 黔驢之技

放大鏡

虛張聲勢的驢子

唐人柳宗元著名的寓言〈三戒〉中，有一篇名為〈黔之驢〉。內容描述貴州本來沒有驢子，後來有人從外地帶來一頭驢子養在山下，被一隻老虎發現了。起初，老虎看牠是個龐然大物，還不清楚這是什麼動物，有什麼能耐，不敢貿然接近。之後老虎漸漸發現：這動物除了會大聲鳴叫，再走近一點，牠也只會生氣地踢個幾下，沒有什麼其他的本領，於是就撲上去把牠吃掉了。柳宗元認為，黔驢如果不自曝其短，或許，老虎就不會發現牠的無能，進而吃掉牠了。

用法說明 「黔驢技窮」一詞指用盡拙劣技能而後被人識破。「無技可施」則是說已無方法可運用，並不表示原本的能力低下。例一：能力不足就不要自曝其短，以免招來黔驢技窮之譏。例二：面對叛逆、貪玩的兒子，這位母親已無技可施。

龍戰（ㄌㄨㄥˊ ㄓㄢˋ）

出處 《易經・坤卦》：「龍戰於野，其血玄黃。」

解釋 指列強的混戰。

近義 逐鹿

反義 太平、承平、昇平

搭配詞 龍戰於野、龍戰虎爭

放大鏡

「龍」與皇帝

古來帝王多以「龍」自居，其實這和漢高祖劉邦有莫大的關係。《史記》記載，劉邦的母親有一天到了野外，因為走了很遠的路，所以就在路邊休息。她做了一個夢，夢到了神仙。這時，劉邦的父親來找她，看到天上有龍在飛翔。劉邦的母親回家後就有了身孕，生下了劉邦。劉邦的樣子也不平凡，看起來就像是龍一樣。他年輕時，常到酒店喝酒，醉倒後，老闆就會發現他身上有龍……

這些傳奇神話，或許是為了增加劉邦的神聖性而捏造出來的，但是卻影響了後人，以致後來的帝王都把「龍」視為自己的象徵。因為這個緣故，想要爭奪帝位而發生的混亂，就借用了《易經》裡的名詞，稱為「龍戰」。

用法說明 「龍」與「虎」經常並稱，許多成語都和「龍」、「虎」有關，如「龍戰虎爭」、「龍吟虎嘯」等。前者指列強的混戰，後者指聲音嘹亮。例一：晚唐五代時，龍戰虎爭，最後由趙匡胤得到最後的勝利，建立了宋朝。例二：軍歌比賽時，各班無不全力以赴，嘹亮的聲音直如龍吟虎嘯。

【十七畫】

優伶 ㄧㄡ ㄌㄧㄥˊ

出處 唐・段安節《樂府雜錄・俳優》：「弄參軍，始自後漢館陶令石耽。耽有贓犯，和帝惜其才，免罪。每宴樂，即令衣白夾衫，命優伶戲弄，辱之。經年，乃放。」

解釋 指從事表演的人。

近義 俳優、伶人、戲子、演員、優人

搭配詞 優伶戲子、優伶之舞

放大鏡 粉墨登場的參軍

東晉石勒時期，有一個名叫周延的館陶縣令，他因私藏官絹被逮入獄中，後雖無罪釋放，但每有群臣集會

時，石勒就會讓優伶戴著書生巾、穿著黃絹單衣，問他：「你是什麼官?為什麼在我們優伶中間？」周延邊抖動自己的衣服，一邊回答：「我因為貪污官絹，所以被罰為優伶，跟你們一起表演。」這種表演形式，後來發展成為具有諷諫作用的表演，又因為周延官至參軍，故而被稱為「弄參軍」。

用法說明 「優伶」是指演戲的人，而「幽靈」則是指靈魂。字音雖相同，但意思不同。例一：唐玄宗曾在宮中設置梨園，培養優伶，故有戲神之稱。例二：每到選舉時，總會出現許多影響選舉公正、公平的幽靈人口。

優孟衣冠（ㄧㄡ ㄇㄥˋ ㄧ ㄍㄨㄢ）

出處 西漢‧司馬遷《史記‧滑稽列傳》云：「（優孟）即為孫叔敖衣冠，抵（音ㄓˇ，拍）掌談語，歲餘，像孫叔敖，楚王及左右不能別也。」

解釋 原指伶人優孟穿戴楚國故相孫叔敖的衣冠，並模仿他的神情姿態，作歌以諷刺楚王。後世用來比喻假扮古人或模仿他人，也可以指登場演戲。優孟，春秋時楚國的伶人。

近義 粉墨登場

放大鏡

孫叔敖的分身優孟

春秋時，孫叔敖是一位賢明的宰相，曾經輔佐楚莊王建立霸業。孫叔敖過世後，楚莊王也將他淡忘了。當時有一位著名的演員名叫優孟，很機伶，又富有同情心，他是孫叔敖生前的老朋友。當孫叔敖病重時，再三叮嚀兒子：「我死後，你一定會變得無依無靠，那麼可以去找優孟幫忙，就說你是我孫叔敖的兒子。」

沒多久，孫叔敖走了，並沒有留下任何遺產，他的兒子只能每天靠打柴維生。有一天，孫叔敖的兒子背著柴薪在路上，遇到了優孟，便對優孟述說了自己的境況。優孟對他說：「你不要到遠處去，以免楚王以後找不到你。」優孟回家後，立刻做了孫叔敖的衣服帽子穿戴起來，並模仿起孫叔敖的言談笑貌。過了一年多，優孟已完全掌握了孫叔敖的語態神情。

某天，楚王大宴群臣，優孟化妝成孫叔敖的樣子去向楚王敬酒。楚王大吃一驚，以為孫叔敖又復活了。楚王這時又懷念起孫叔敖，想再用他做宰相。優孟卻說要回家和妻子商量，三天後才能決定。

三天後，他的答案竟是：「我的妻子叫我不要做宰相，像孫叔敖那樣盡忠又廉潔，使楚國稱霸諸侯又如何？如今他死了，他兒子卻窮得沒有立錐之地，每天得靠打柴來維持生活。如果做楚相會像孫叔敖那樣，還不如自殺！」隨即脫口唱出一首譏諷的歌。楚王聽了很有感觸，於是召見孫叔敖的兒子，並封了寢丘四百戶的地方給他。

用法說明 「優孟衣冠」，可用來形容裝扮成他人的模樣很逼真；亦可指演員登場演戲。例一：你這麼一打扮起來，幾乎和小姑姑一模一樣，簡直是「優孟衣冠」。例二：他從事「優孟衣冠」的行業，扮演任何角色都難不倒他。

壓歲錢（ㄧㄚ　ㄙㄨㄟˋ　ㄑㄧㄢˊ）

出處 清・富察敦崇《燕京

歲時記・壓歲錢》：「以綵繩穿錢，編作龍形，置於床腳，謂之壓歲錢。尊長之賜小兒者，亦謂之壓歲錢。」

解釋 舊俗於除夕夜，尊長給小孩的錢。

近義 紅包

放大鏡

「壓歲錢」之由來

最早出現於唐朝宮廷，當時宮中有散錢之風。王仁裕在《開元天寶遺事》中云：唐玄宗天寶年，「內廷嬪妃，每於春時，各于禁中結伴三人至五人擲錢為戲。」王建在《宮詞》中載：「宿妝殘粉未明天，總立昭陽花樹邊。春日內人長打白，庫中先散與金錢。」從春日「擲錢為戲」，到「散與金錢」，後又發展到贈「洗兒錢」。據司馬光《資治通鑑》稱，楊貴妃認安祿山為義子時，「玄宗親視之，喜贈貴妃洗兒錢」，以賀喜驅邪。至宋、元，便形成一種民俗。它與正月初一春節結合，形成早期的「壓歲錢」。但當時還沒有流通的貨幣，而只是一種特製的「壓歲錢」。

用法說明 「壓歲錢」與「紅包」皆可指除夕夜長輩給予兒孫的錢，但「紅包」又可指婚宴喜慶送予他人的禮金，或對某人行賄時所送的禮金，故涵義較廣。例一：外婆因為今年在股市中獲利不少，所以，除夕夜發了不少壓歲錢給孫子們。例二：平日交情不錯的同事即將結婚，得要準備一個大紅包才行。

彌封 ㄇㄧˊ ㄈㄥ

出處 北宋・高承《事物紀原》：「武后以吏部選人多不實，乃令試日自糊其名，

暗考以定其等第。蓋糊名考校，自唐始也，今貢舉發解，皆用其事曰彌封。」

解釋 將試卷上的編號或應考人的姓名密封起來，不讓閱卷者知道是誰的考卷，藉以防止舞弊。

近義 封彌

反義 公開

放大鏡

武則天與「彌封」

唐代主要是以科舉考試選拔官吏，但是，演變到後來，常有身分地位較高或有權有勢者，藉由威脅、賄賂主考官而獲取官爵，使得科場風氣日益敗壞。武則天執政時，警覺事態嚴重，如果不盡快杜絕這種舞弊的歪風，國家勢必選不到真正的人才。所以，她就下了一道聖旨，宣布最高一級的殿試試卷，必須用漿糊將考生的姓名黏住，讓主考官在不知道考生姓名的情況下批閱，待等第名次評定後，才公布考生的姓名。這種方式一直沿用至今，可說是防止重大考試舞弊的有效方法。

用法說明 「彌封」與「公開」意思相反。例一：學校研究所考試，通常是由教務處協助試卷的彌封與考場分配。例二：政府所有公共工程的招標作業流程，都應秉持公正、公平、公開的原則。

應聲蟲（ㄧㄥˋ ㄕㄥ ㄔㄨㄥˊ）

出處 北宋・范正敏《遯齋閑覽・人事・應聲蟲》：「（楊勔）自言中年得異疾，每發言應答，腹中輒有小聲效之。數年間其聲浸大。有道士見之驚曰：『此應聲蟲也。久不治，延及妻子。宜讀本草，遇蟲所不應者，當取服之。』」

解釋 指沒有主見，隨聲附和他人意見者。亦比喻自己胸無主張，隨聲附和他人。

近義 人云亦云、隨聲附和

反義 自成一家、自出機杼

放大鏡

「雷丸」解決應聲蟲

現代社會，常常把那些喜歡隨聲附和的人稱為「應聲蟲」，但事實上，應聲蟲卻是民間傳說中的一種怪蟲。它藏在人的肚子中，能模仿人的言語。宋代《遯齋閑覽》記載：有個姓楊的淮西人，中年時得了一種怪病。每當他說話時，肚子中便有東西小聲模仿他的聲音。幾年後，肚子中的聲音越來越大。

有一個道士對他說，這是應聲蟲，如果不及時治療，就會禍及他的妻子。道士讓他專心讀專門記載藥物的著作。當讀到某一種藥材而肚子中沒有回音時，就立即停止，然後服下該藥，這樣應聲蟲就會被除掉了。楊姓之人按照道士的方法讀專門記載藥物的著作，當讀到「雷丸」時，肚子中沒了聲音。他馬上服下此藥，從此怪病解除。

用法說明 「應聲蟲」與「自成一家」意思相反。前者常比喻沒有主見，隨聲附和他人意見的人，後者則謂有獨特見解、風格，且能自成一派者。例一：在高壓強權的統治下，人民為了自保，只得當應聲蟲，隨聲附和。例二：張愛玲的小說，不僅風格獨特，且足以自成一家。

斂跡 ㄌㄧㄢˋ ㄐㄧ

出處 《三國志・魏書・武帝紀》裴松之注引《曹瞞傳》：「有犯禁，不避豪彊，皆棒殺之。後數月……京師斂迹，莫敢犯者。」

解釋 原作「斂迹」。收斂形跡，意謂不敢放肆。或指藏匿的意思。

反義 飛揚跋扈、肆行無忌、和尚打傘（歇後語：無法無天）

放大鏡

曹孟德新除校尉，五色棒罪犯斂跡

曹操年輕時擔任典軍校尉，負責宮門的守衛。他到任後立刻修繕四座宮門、打造五色刑棒，在每座宮門左右各懸掛十幾枝這樣的棒子。只要有人違犯宮禁，不管對方的地位身分，一律用五色刑棒打死。幾個月後，有人因為在夜間行走、犯了宵禁被捕，那人的姪子雖是皇帝十分寵幸的宦官，但曹操仍然殺了他。從此以後，京城人都收斂形跡，小心翼翼地不敢犯禁；皇帝身邊一些寵臣都對曹操嚴厲的執法很頭痛，卻想不到中傷他的方法。但過不了多久，其中有人反其道而行，讓大家一同說曹操的好話，推薦他出任地方首長，結果曹操就被調派為頓丘縣縣令了。

名義上為推薦，但實際上卻是把曹操這個「酷吏」趕出京城。然而，時代的風向豈是一、二人之力足以扭轉？這些人此時雖然讓曹操離開京城，變成一介無足輕重的地方官，但是對於年輕的曹操來說，往後數十年風起雲湧、群雄逐鹿的霸主之路，才正要開始呢！

用法說明 「斂跡」與「斂手」都有收斂行為，保持低調的意思。但除了用以指本來有作惡意圖的人，因畏懼處罰而不敢放肆之外，「斂手」還有拱手，表示恭敬之意。例一：警察大舉掃黑、嚴厲執法，使地痞流氓一時斂跡！例二：看到賓客進門，他斂了斂手，趕緊請人入座。

濫觴（ㄌㄢˋ ㄕㄤ）

出處 南朝梁・鍾嶸《詩品・序》：「雖詩體未全，然略是五言之濫觴也。」

解釋 原指水流發源的地方，後比喻事物的開端、起源。濫，浮起、浮現。觴，古代飲酒器。

近義 發軔、先導、先河

放大鏡

曲水流觴的蘭亭會

曲水流觴是古代上巳節的習俗，上巳是夏曆三月的第一個巳日，是古代祓禊祈福的節日。東晉永和九年（西元三五三年），王羲之偕親友謝安、孫綽等四十二人，於蘭亭清溪旁席地而坐，將盛了酒的酒觴放入溪中，由上游浮水徐徐而下，經過彎彎曲曲的小溪流，酒觴在誰的面前打轉或停下，他就要即興賦詩，否則處罰飲酒。據史載這次遊戲中有十一人各賦詩兩篇、十五人各成詩一篇、十六人作不出詩，罰酒三觥。後來王羲之將此次聚會的詩歌匯集成冊，並為之作序，即是聞名的〈蘭亭集序〉。

用法說明 「濫觴」一詞的原意是指長江發源於岷山的時候，只是能浮起酒杯的涓涓細流，後來用作比喻事物的開端。例一：中國文化的濫觴大抵始於殷商時代。例二：洞里薩湖是吳哥文明的濫觴。

糟糠妻（ㄗㄠ ㄎㄤ ㄑㄧ）

出處 南朝宋・范曄《後漢書・宋弘傳》：「臣聞貧賤之知不可忘，糟糠之妻不下堂。」

解釋 比喻貧賤時共患難的妻子。糟，酒滓；糠，穀皮。糟糠，比喻粗食。

近義 拙荊、賢妻

反義 姘頭、小三

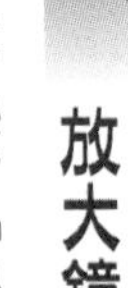

放大鏡

宋弘不「換妻」

東漢・宋弘品格剛毅，正直敢言，操守又十分廉潔，因此頗受光武帝器重。光武帝的姊姊湖陽公主雖然貴為金枝玉葉，卻死了丈夫，過著孤單守寡的日子。某天，公主回宮探親，與光武帝一起閒聊，談到朝中幾位大臣的人品。公主表示十分仰慕宋弘，說他儀表端莊，才德兼備，滿朝文武沒人可比。

光武帝明白姊姊的心意，於是召見宋弘，並讓湖陽公主躲在屏風後窺視。光武帝試探宋弘道：「俗語說：『人們一旦有權有勢，就要換一批身分尊貴的朋友；男人一旦有錢了，就要換個如花似玉的妻子。』這是人之常情吧？」宋弘回答：「臣聽說：一個有良心的人，在貧困時曾經共患難的朋友，理當永遠不忘記；與自己一起吃苦、打拼的糟糠妻，更不可輕言拋棄！」

宋弘告退後，光武帝失望地對姊姊說：「我看這事情辦不成了。」湖陽公主雖然難掩落寞之情，但不由得暗自敬重宋弘的為人。

用法說明 「姘頭」指暗通款曲、私自結合，不合禮法的男女關係；而「糟糠妻」意思相反，謂與自己共貧賤、同患難的妻子。例一：他到外地工作不久，就與姘頭同居，把家中黃臉婆忘得一乾二淨。例二：老人家臥病在床，一直守候在身邊的，是他那年過半百的糟糠妻。

聰明反被聰明誤（ㄘㄨㄥ ㄇㄧㄥˊ ㄈㄢˇ ㄅㄟˋ ㄘㄨㄥ ㄇㄧㄥˊ ㄨˋ）

出處 北宋・蘇軾〈洗兒〉：「人皆養子望聰明，我被聰明誤一生。」

解釋 指聰明人容易自恃天資聰穎，而不肯付出心力求上進，以致到頭來一事無成，後悔莫及。

近義 弄巧成拙

反義 大智若愚、大巧若拙

放大鏡

蘇東坡希望兒子又愚又魯？

大文豪蘇東坡曾經寫過一首〈洗兒〉：「人皆養子望聰明，我被聰明誤一生。惟願孩兒愚且魯，無災無難到公卿。」蘇東坡初出道時，連當時文壇領袖歐陽脩都說「吾當避此人出一頭地」，可見他的光芒四射，大放異彩，也許因為鋒芒畢露，而經常因語言和文字罹禍，所以有「我被聰明誤一生」的深切感慨，他試圖藉由這首〈洗兒〉詩來發洩心中不滿的情緒。然而，他真的希望自己的兒子又愚又魯嗎？那倒未必！畢竟天下父母心，哪有不「望子成龍，望女成鳳」的？

用法說明

「聰明反被聰明誤」含有弄巧成拙的意思；「大智若愚」，是說外表看起來好像愚昧的樣子，其實是鋒芒內斂，不輕易表現出來而已。兩者語意相反。例一：他仗著一點小聰明，以為光靠投資就可一夕致富，誰知「聰明反被聰明誤」，到頭來竟賠光了所有家產。例二：別看老王一副傻里傻氣模樣，他可是好幾家連鎖店的負責人，真是個大智若愚的人物。

臨財毋苟得（ㄌㄧㄣˊ ㄘㄞˊ ㄨˊ ㄍㄡˇ ㄉㄜˊ）

出處 《禮記・曲禮上》：

「臨財毋（不）苟得，臨難毋苟免。」

解釋 意謂遇到錢財不隨便收受，遇到危難也不苟且逃避，勉人心存正理。

近義 君子愛財，取之有道、臨財不苟

反義 臨財苟得

放大鏡

來生甘願做母狗

從前從前，私塾先生對著一群略識之無的學童講課。突然，先生問大家如果人生可以自己選擇，你們想成為一個什麼樣的人呢？

某甲說：「我要考科舉，將來做大官，揚名聲，顯父母。」

某乙說：「我要孝順父母，娶妻生子，平平凡凡過一生。」

某丙說：「……。」

先生看大家都踴躍回答，只有二愣子一聲不響地呆坐著，於是問道：「二愣子，你的想法呢？」

二愣子回答：「我……跟他們……不一樣……。」

先生說：「沒關係，說說看呀。」

他立刻說：「我要做母狗。」

「為什麼呢？」

「因為《禮記》上說：『臨財，母狗得；臨難，母狗免。』看來世界上只有母狗最幸運的了。」

用法說明 「臨財苟得」謂嗜財如命，貪得輕取；與「臨財毋苟得」之意正好相反。例如：他就是見錢眼開，臨財苟得，結果因為貪汙弊案被起訴。

謙謙（ㄑㄢ ㄑㄢ）

出處 《易經・謙卦》：「初六。謙謙君子，用涉大川，吉。」

解釋 指態度謙和的樣子。

近義 謙遜、謙和

反義 驕橫、傲慢

搭配詞 謙謙君子、謙謙下士

放大鏡

謙謙君子的代表

自古文人大多愛竹，如東晉王子猷說：「何可一日無此君。」北宋蘇軾說：「可使食無肉，不可使居無竹。」這是因為竹子中空，如同君子的虛心；有節，如同君子的重氣節。加上竹子不畏嚴寒，終年常青等特質，確實有如謙謙的君子。除了竹以外，堅貞的梅、幽雅的蘭、高潔的菊，都被視為君子的代表，而與竹並稱為「四君子」。

用法說明 「謙謙君子」和「謙謙下士」都屬「謙謙」的搭配詞，但用法有異。謙謙君子是名詞，形容態度謙和而有修養的人。謙謙下士則是動詞，指重視賢人，以謙卑的態度對待他們。例一：他是個謙謙君子，即使受到侮辱，也不會輕易動怒。例二：企業主要懂得謙謙下士的道理，才能招攬到最佳的人才，締造出營運上的佳績。

鍥而不捨

出處 《荀子・勸學》：「鍥而不舍，金石可鏤。」

解釋 比喻努力堅持到最後。也作「鍥而不舍」。

近義 持之以恆、貫徹始終

反義 半途而廢、中道而廢、虎頭蛇尾

放大鏡

鏤刻的技術

《爾雅・釋器》中說：「金謂之鏤，木謂之刻。」鏤和刻指的是同樣的技法，只是材質不同罷了。玉石也可以刻，所以有句成語說：「鏤金刻玉」。鏤金的技法

起源很早，如《左傳・哀公元年》就曾提到：「器不彤鏤，宮室不觀。」意思是說，沒有經過鏤刻的器物，就不夠華美。更早之前的事物，如商代的甲骨、周代的鐘鼎等，裡面的文字也是刻鏤而成。

用法說明 「鍥而不捨」和「始終不渝」都指堅持到最後，但是前者多指做事能努力到最後，後者多指精神上的從未改變而言，如「他對她的愛『始終不渝』」，就不宜改為「他對她的愛『鍥而不捨』」。例一：經過警方鍥而不捨的偵辦，終於使得案情水落石出。例二：即使妻子長年臥病在床，他對她的愛始終不渝。

鴻門宴（ㄏㄨㄥˊ ㄇㄣˊ ㄧㄢˋ）

出處 西漢・司馬遷《史記・項羽本紀》：「沛公旦日從百餘騎來見項王，至鴻門……項王即日因留沛公與飲。」

解釋 本是楚漢相爭之際，項羽、劉邦間的一場宴會，如今引申為事先設下圈套，故意陷害別人的約會。

近義 宴無好宴、鴻門會、死亡約會

放大鏡 劉邦鴻門會項羽

劉邦平定關中後，派兵留守函谷關。不久，項羽也派四十萬大軍攻入，駐守鴻門，準備消滅劉邦的勢力。經過項羽的叔叔項伯從中調解，劉邦親自到鴻門去會見項羽。在宴會中，亞父范增命項莊舞劍，並計劃趁機刺殺劉邦。項伯見狀，也拔劍起舞，並用自己的身體掩護劉邦。最後漢營的樊噲帶劍持盾闖入，劉邦終於得以順利脫逃，後世便稱劉邦這場

有驚無險的約會為「鴻門宴」。

鴻門宴上，除了雙方陣營的領導人項羽和劉邦以外，項羽有謀士范增，劉邦則有謀士張良。范增勸項羽除掉劉邦，但項羽遲遲不願動手；張良勸劉邦到鴻門赴宴，劉邦明知危險卻聽從了張良的建議。在武將方面，項羽有項莊，劉邦有樊噲。項莊舞劍，意在行刺劉邦，卻未得到項羽的支持；樊噲闖帳，不僅保護劉邦，折服項羽，還協助劉邦藉尿遁逃走。從這些事可以看出來，劉邦懂得善用人才，項羽則不然，反而是對吃裡扒外的項伯言聽計從。劉邦後來得以擊敗項羽，稱霸天下，從鴻門宴上的情形，已經可以看出端倪了。

用法說明 俗語說：「宴無好宴，會無好會」，「鴻門宴」和「死亡約會」都不是好的邀宴，不過「鴻門宴」不一定攸關性命，且仍有生還機會，「死亡約會」則不同，「赴死亡約會」幾乎等於有去無回。例一：接到久違的老友小志來電邀宴，小明卻遲遲不肯答應出席，因為不知道那到底是不是一場鴻門宴。例二：七夕時，李後主在不知情的狀況下答應了宋太宗安排下的死亡約會。用餐結束，回到宮中，李後主隨即毒發身亡。

尷尬（ㄍㄢ ㄍㄚ）

出處 元末明初・施耐庵《水滸傳》第十六回：「前日行的須是好地面，如今正是尷尬去處。」

解釋 使人為難的情況或心情。

近義 困窘

反義 自在

搭配詞 處境尷尬、局面尷尬

放大鏡

《水滸傳》所說的「尷尬去處」

在《水滸傳》十六回中，提到了楊志押送生辰綱的情況。晁蓋等一行人準備打劫生辰綱，預先埋伏在黃泥岡。楊志帶著兩名部下，一路趕往東京。原先幾天，都是等天氣稍涼才趕路，後來卻是在炎熱的大白天趕路。部下忍不住抱怨。楊志解釋說，先前走的是治安情況較好的「好地面」，如今已經到了治安不佳的「尷尬去處」，所以非得大白天趕路不可。即使如此小心，後來楊志還是中了計，丟失了生辰綱。由這段描述可知，「尷尬」本有不平安的意思，和現今專指為難情形的用法不同。

用法說明 「尷尬」與「難為情」兩者有互通之處，但是前者意思較廣，凡事讓人為難，無法決斷的情形都可以稱作「尷尬」，後者則專指讓人丟臉或出醜的事情。例一：夾在彼此的不合的婆媳關係中，他的處境十分尷尬。例二：出了家門，他才發現自己穿的是睡衣拖鞋，真是讓人難為情。

臨文（ㄌㄧㄣˊ ㄨㄣˊ）

出處 《禮記・曲禮》：「詩書不諱，臨文不諱，廟中不諱。」

解釋 寫作的時候。

搭配詞 臨文不諱、臨文嗟悼

放大鏡

古人對尊長的避諱

從前為了表示對國君或尊長的尊重，都會刻意不直呼對方的名字，稱為「避諱」。《禮記》說：「臨文不諱」，認為寫作時不必刻意避諱，不過，後世避諱的情形卻日益嚴重。唐朝時有位才子，名叫李賀。因為他的父親名叫李晉肅，當政者認為「晉肅」和「進士」讀音相近，就不准他考進士，以示避諱。雖然韓愈寫了一篇〈諱辯〉來替李賀說話，可惜還是沒能發揮作用，致使李賀年紀輕輕就抑鬱而終。

用法說明 「臨文」指的是寫作的時候，「作文」則是指寫作的動作或完成的作品，通常後者可以取代前者，但是前者不能取代後者。例一：臨文要留意詞句的典雅，「我手寫我口」只是個大原則，全用日常口語，絲毫不加修飾，未必是一篇好文章。例二：批改作文時，李老師對於現在學生造句能力的低落，感到十分憂心。

臨池 ㄌㄧㄣˊ ㄔˊ

出處 唐・房玄齡等《晉書・衛瓘傳》：「臨池學書，池水盡黑。」

解釋 指學習書法。

搭配詞 臨池學書

放大鏡

連書聖都佩服的書法家張芝

在《晉書・衛瓘傳》中記載了一些古代的書法家，其中一位是張芝。張芝，字伯英，有「草聖」之稱。他學習書法的態度十分勤奮，由於常在池子裡洗筆洗硯，所以連池子都染黑了。書聖王羲之認為，歷史上能和自己的書法程度相當的，只有張芝和鍾繇兩個人。由於張芝比他用功，或許還勝他一籌。後人認為張芝的草書勝過王羲之，鍾繇的楷書也勝過王羲之，但是王羲之擅長各體書法，又是兩人所遠遠不及的。

用法說明 「臨池」指學習

書法，「臨淵」則是面臨著深谷。後者通常搭配「履薄」或「羨魚」兩個詞詞，意思全不相同。「臨淵履薄」指的是戒慎小心的態度，「臨淵羨魚」則是指有願望卻沒去設法實踐。例一：經過多年的臨池，他終於成為一代書法大家。例二：商場上有著太多陷阱，即使抱著臨淵履薄的態度，仍有可能因為一時大意而遭到重挫。例三：想要成功，就要付出努力，空有臨淵羨魚的心，是絕不可能有機會的。

【十八畫】

壘塊 ㄌㄟˇ ㄎㄨㄞˋ

出處 南朝宋・劉義慶《世說新語・任誕》：「王孝伯問王大：『阮籍何如司馬相如？』王大曰：『阮籍胸中壘塊，故須酒澆之。』」

解釋 壘塊即是土石。古人文章中多以心、胸與壘塊連用，指心中被土石所佔據，表示內心積鬱沉重的煩憂。也說「塊壘」。

放大鏡

用酒麻醉自己的阮籍

竹林七賢之一的阮籍，雖然給人率性而為的印象，但他年少時也懷著救國濟世的志向。然而身處魏晉亂世，天下變故不斷，許多名士都捲入政治糾紛而死亡，阮籍在名士間有很高的聲望，與當權者司馬家族的關係也不錯，但阮籍深知政途險惡，他為了保全家族與自身，只好不問世事，選擇用酒精來麻醉自己。

他聽說步兵校尉一職出現空缺，而步兵營人有擅長釀酒的，所以廚房裡屯滿了美酒，於是他便向司馬昭請求出任步兵校尉。從此之後，他更是日日沉醉，完全不理會政治上的事。可是私底下，阮籍時常獨自駕著馬車出門，卻不依循既有的路徑，一直走到了荒郊野外、絲毫不見人跡，他往往痛哭一場，然後才駕著車回家。

或許阮籍其實是個滿腔熱血、但是又小心翼翼的人。眼看時局紛亂，他卻無能為力，只能醉酒佯狂，避禍全身。這樣的日子想必是相當難熬的！正因為這樣，他才會有率意駕車，然後痛哭而返的表現；也正因為這樣，明知道醉酒無濟於事，他還是一杯接著一杯，希望酒水能能澆散、沖走胸中澱積的壘塊。

用法說明 例一：黃山的山形奇特，有許多地方不生林木，反倒層層疊疊著壘塊奇岩，令人讚嘆造物者的鬼斧神工！例二：白居易寫〈琵琶行〉，對歌女的際遇深表同情，其實是借他人酒杯，澆自己心中的壘塊呀。

翻臉 ㄈㄢ ㄌㄧㄢˇ

出處 清・曹雪芹《紅樓夢》第五十九回：「他一翻臉，嫂子你吃不了兜著走。」

解釋 意指因生氣，而改變原來的態度。

近義 翻腔、決裂、反臉

反義 和好

搭配詞 翻臉不認人、翻臉無情、翻臉像翻書一樣快

放大鏡

管教小孩的事件

「翻臉」這個詞彙，在《紅樓夢》裡有個故事：鶯兒採了許多的嫩條，坐在山石上編柳籃時，春燕要鶯兒不要攀折花木，春燕的母親十分心疼所掌管的柳條被採，但因不能責難他人，於是把氣全出在女兒春燕身

上。不堪母親責罰的春燕，哭著跑去找寶玉，一旁不知如何是好的麝月派人請平兒姑娘來評斷，春燕母親不認識平兒，認為自己是在管教女兒，別人不能、也無法置喙，眾人紛紛勸她：「平兒一翻臉，嫂子你吃不了兜著走！」但她仍一意孤行。直到小丫頭回報，平兒姑娘說：「攆她出去，並打她四十板子。」她才淚流滿面，央求大家原諒。寶玉見她可憐，答應留下她，並要她不可再鬧。

用法說明 「翻臉」是指因生氣，而改變原來的態度，而「變臉」則是指川劇表演的獨門絕技。兩者意思不同，不可以混用。例一：他好意扶她起身，但竟被栽贓成色狼，氣得他當場翻臉走人。例二：「變臉」是川劇藝術獨門絕技，也是最吸引外國遊客的地方。

覆巢之下無完卵（ㄈㄨˋ ㄔㄠˊ ㄓ ㄒㄧㄚˋ ㄨˊ ㄨㄢˊ ㄌㄨㄢˇ）

出處 南朝宋・劉義慶《世說新語》：「孔融被收，……謂使者曰：『冀（希望）罪止於身，二兒可得全不？』兒徐進曰：『大人豈見覆巢之下，復有完卵乎？』尋亦被收。」

解釋 指鳥巢一旦翻覆了，裡面的鳥蛋必然也跟著摔爛，沒有一顆能夠倖免。用來比喻當大團體瓦解了，團體中的每一份子亦無法倖免於難，肯定會跟著遭殃。

近義 唇亡齒寒、皮之不存，毛將焉附

反義 各人造業各人擔

放大鏡

孔融的兒子探監

孔融有一次被人羅織罪名，遭到收押，家中上下都感到惶恐不安。只有他那兩

個兒子，大的九歲，小的八歲，依舊嬉戲玩耍，一點兒也沒有露出著急的神色。

某天，兩個孩子一起來探望父親，孔融向獄卒請求道：「所有的罪狀讓我一個人承擔，希望別牽連到兩個無辜的孩子！」他的兒子從容不迫地說：「父親大人，您難道曾經看見過翻覆的鳥巢底下，還有完整的鳥蛋嗎？」過了不久，果然連兩個孩子都難逃此劫，也都被關進牢裡。

用法說明 「覆巢之下無完卵」與「唇亡齒寒」同意，都有互相依存的意思。例一：老師經常告誡我們：「覆巢之下無完卵」，所以我們要以國家興亡為己任。例二：老王和老李合夥做生意，如今老王信用破產了，老李深刻體會出「唇亡齒寒」的道理。

雙鯉魚（ㄕㄨㄤ ㄌㄧˇ ㄩˊ）

出處 《樂府詩集・相和歌辭・飲馬長城窟行》：「客從遠方來，遺我雙鯉魚。呼兒烹鯉魚，中有尺素書。」

解釋 古人常將書信結成雙鯉形或將書信夾在鯉魚形的木板中寄出，故以雙鯉魚為書信的代稱。

近義 雙魚、魚雁書

放大鏡 魚雁往返

「魚雁」二字代稱書信，由來已久。中國古代在紙張未發明前，書信多寫在白色絲絹上，為了在傳遞過程中不致損毀，古人常把書信紮在兩片竹木簡中，竹簡多刻成魚形（即「雙鯉魚」），因此魚便成為書信的代稱，又稱「魚書」。

至於用「雁」字代替為信，則與雁鳥秋去春還的本性有關。古人思念親人時，常幻想自己能傳遞信息，如南宋戴復古有詩云：「西飛吹過雁，千萬寄平安。」此外，古代還有「鴻雁傳書」的故事，典故出於《漢書・蘇武傳》：「言天子射上林中，得雁，足繫帛書，言武等在某澤中。」此後人們便將魚雁合起來，代稱書信。於是，後人在描述親友間以書信互相聯繫時，常以「魚雁往返」稱之。

用法說明 「雙鯉魚」是書信的代稱；「魚雁往返」則多了收信者、授信者間相互聯繫的動態描述。例一：小文第一次獨自負笈離家這麼久，時常與家人魚雁往返，以解思鄉之情。例二：現代網路發達，但使用e-mail與親友魚雁往返、相互聯繫還是不可免的日常習慣。

顏色（ㄧㄢˊ ㄙㄜˋ）

出處 《論語・泰伯》：「正顏色，斯近信矣。」

解釋 原為面容、臉色。後指色彩。

搭配詞 還以顏色、得了些顏色就開起染房來

放大鏡 染絲的領悟

墨子在經過一家染坊時，看見染匠們將雪白的絲浸泡在染缸裡，取出時就變成不同顏色的絲線。墨子從中頓悟，不覺長嘆一聲說：「本來都是雪白的絲線，放到青色顏料的染缸裡浸泡後就變成了青色；放到黃色顏料的染缸裡浸泡後就變成了黃色。所用的顏料不同，染出來的顏色也隨之不同。如果將白絲先後放到五種不同顏色的染缸裡，它就會改變五次顏色。因此人們染絲時

不能不謹慎啊。」

用法說明 我們現在常用「還以顏色」來比喻以同樣的手段或行動回報對方；「給某人一點顏色」一詞也被用來形容厲害的手段。例一：在對方得分之後，我們也不甘示弱，馬上還以顏色。例二：那個欺善怕惡的壞人專門欺侮老弱婦孺，附近幾個打抱不平的年輕人決定給他一點顏色瞧瞧。

鯉魚躍龍門（ㄌㄧˇ ㄩˊ ㄩㄝˋ ㄌㄨㄥˊ ㄇㄣˊ）

出處 元．伊世珍《瑯嬛記》：「鯉魚躍龍門，必雷神與燒其尾乃得成龍。」

解釋 指經歷過一段嚴峻的考驗，便能夠脫胎換骨。

放大鏡

哪種魚躍龍門？

先秦時期的尸佼曾有《尸子》一文，其中提到：「夫龍門，魚之難也，太行，牛之難也，以德報怨，人之難也」，就是指對魚來說，龍門是一個相當艱困的考驗，而對牛來說，最困難的是走過太行山，對人來說，最困難的就是以德報怨。

而漢代劉安的《淮南鴻烈解》中，則較為詳細地說到，龍門是一個水門，而魚在其中逆流上行，如果能上行越過這道門的，就能從魚化爲龍，所以稱為「龍門」。後來則逐漸形成「鯉魚躍龍門」一語，指一尾魚逆流上游之後，一旦翻越過龍門，就能脫胎換骨、一飛沖天。但究竟是哪一種魚能化為龍？其實文章常常描述一種「概念」，現今多使用「鯉魚躍龍門」，就姑且使用「鯉魚」吧。

用法說明 「鯉魚躍龍門」

常用來形容一個人經過嚴峻考驗之後得以成長，或者因此變得身價不凡。例一：雖然其實經過了一段時間的教育改革，大家對於考上明星大學猶如「鯉魚躍龍門」的觀念仍然沒有改變。例二：挫折與困頓是人生的必經之路，越多的失敗就能造就越堅強的心志，終有一天定能如同「鯉魚躍龍門」一般，跨越人生的難關進入下個嶄新的階段。

【十九畫】

壞事傳千里（ㄏㄨㄞˋ ㄕˋ ㄔㄨㄢˊ ㄑㄧㄢ ㄌㄧˇ）

出處 清・佚名《檮杌（音ㄊㄠˊ ㄨˋ）閑評》：「好事不出門，壞事傳千里。」

解釋 指消息傳得快的，通常都是壞事或負面消息，好消息通常不容易傳遞。

放大鏡

八卦歪風

現在八卦新聞當道，加上大眾的口味被養得嗜血、腥羶，似乎沒有「驚人內幕」的新聞就沒有太多吸引民眾的「爆點」。其實新聞媒體為了要引起民眾的興趣，常常會將某些小事放大，雖然街頭巷里之間本來就會流傳一些小道消息，可是經過媒體的大肆渲染，卻更加助長歪風，令社會文化日趨下流。

好奇心人皆有之，但為什麼會說「好事不出門，壞事傳千里」，也許帶有一種人類窺伺別人秘密的天性吧！而身為一國公民，應該要更加懂得辨別新聞的內容，使良善的好事留在大家心裡，懂得拒絕驚悚的新聞。

用法說明 通常壞事或負面消息容易成為別人茶餘飯後的話題，「好事不出門，壞事傳千里」有警告別人不要做壞事的意味在。例一：隔壁房常常傳來女人與小孩的哭聲，似乎有家暴的跡象。我正在納悶中，沒想到「好事不出門，壞事傳千里」，與樓下幾戶住戶相遇時，他們也聊到此事。例二：無恥政客竟然將人民辛苦賺來的血汗錢中飽私囊，「好事不出門，壞事傳千里」，這消息竟然還傳到了國外，令我們國家的國際形象大受損傷哪！

懷橘（ㄏㄨㄞˊ ㄐㄩˊ）

出處 西晉・陳壽《三國志・吳志・陸績傳》：「績年六歲，於九江見袁術。術出橘，績懷三枚，去，拜辭墮地，術謂曰：『陸郎作賓客而懷橘乎？』績跪答曰：『欲歸遺母。』術大奇之。」

解釋 比喻孝敬父母。

近義 反哺、跪乳、菽水承歡

搭配詞 懷橘遺親

放大鏡

當了太守，只賺到一顆大石頭？

小時候懷橘以孝順母親的陸績字公紀，三國時吳郡人，年少時便以思慮敏捷著稱。他曾出任太守，卸任乘船返鄉時，因為身無長物，船隻太輕，只好搬一塊大石頭鎮著船艙，以減少風浪顛簸。由此可見其為官之廉潔。

用法說明 雖然私藏橘子的舉動不夠光明磊落，不過六歲的陸績或許不知何謂偷竊？因此「懷橘」一詞仍然是取其正面的孝親意義，「陸郎橘」則用來形容孝親之物。例一：父母親過世得早，如今自己雖然事業有成，但想要懷橘遺親，卻再也辦不到了！例二：他們兩兄弟認真經營餐館，在父母親結婚三十周年紀念那天，更親手調治了一桌好菜，當作「陸郎橘」來孝敬雙親。

爆竹（ㄅㄠˋ ㄓㄨˊ）

出處 南朝梁・宗懍（音ㄌㄧㄣˇ）《荊楚歲時記》：「雞鳴而起，先於庭前爆竹，以辟山臊惡鬼。」

解釋 古時以火燃竹，劈作響，用以驅鬼。今則用紙捲裹火藥做成，點燃引線就會爆裂，發出巨大聲響，常在喜慶時燃放。

近義 爆仗、炮竹、爆竿

搭配詞 爆竹一聲除舊歲

放大鏡

爆竹嚇山臊

相傳古時山中有一種名為山臊的鬼怪，人們只要看了山臊就會生病。但是，山臊卻喜歡偷用人們的鹽和火堆來燒烤蝦、蟹，怎麼趕都趕不走，所以，住在山裡的居民很懊惱。有一次，人們無意中發現：將竹子丟到火堆裏，發出的嗶剝聲響，居然把山臊嚇跑了。從此，人們就用這種方式驅趕鬼怪，漸漸地形成一種風俗，而且逢年過節時，也用這種方式以避邪，因為是把竹子丟進火中發出的爆裂聲，所以，稱之為爆竹或爆竿。到了宋朝，則是用紙捲成筒狀，裏面再包上火藥，稱之為爆仗，後來，遂有人將爆仗連成一串，成為今日所謂的鞭炮。

用法說明 昔日所謂的「爆竹」，今日多以「鞭炮」稱之，只是過去用於驅魔避邪的「爆竹」，已廣泛運用於婚喪喜慶和各類慶典、廟會，也就是如今通稱的「鞭炮」。例一：古時候，人們是用猛烈的爆竹聲來驅逐鬼怪的。例二：中國人的婚俗中，新郎迎娶新娘時，必須沿路燃放鞭炮，以示慶賀。

羅織（ㄌㄨㄛˊ ㄓ）

出處 北宋・王溥《唐會要・酷吏》：「共為羅織，以陷良善。」

解釋 虛構種種罪名，誣陷無辜者。

近義 誣陷、栽贓

反義 開脫

搭配詞 羅織罪名、羅織構陷

放大鏡

來俊臣與《羅織經》

武則天是唐朝有名的雄才女皇，她當上皇帝後，深怕有人不服、造中造反，於是，鼓勵大家密告企圖謀反的人，其中以來俊臣、周興的手段最殘忍。據說，他們手下養了幾百個流氓，只要認為誰有謀反的嫌疑，就捏造各種證據，進行告密。甚至，來俊臣還編了一本《羅織經》，專門傳授網羅罪名的手段。前後共殺了幾千人，可謂殘酷到極點。

用法說明 「羅織」與「開脫」意思相反。例一：就算身為檢察官，也不能隨意羅織罪名、草率結案。例二：風流成性的他，恐怕很難開脫得了花心的罪名。

藝人（ㄧˋ ㄖㄣˊ）

出處 《尚書・立政》：「大都小伯、藝人表臣、百司。」

解釋 原意泛指有專門技術的人，現多用來指稱將表演技藝作為職業的人。

近義 伶人、戲子、演員、演藝人員

搭配詞 江湖藝人、大牌藝人

放大鏡

西周的官制

三公（太師、太傅、太保）是西周最高的官職，其下設有六卿、五官，來分掌國家事務。再下一層則是大都、小伯、藝人、表臣百司、太史、尹伯、庶常吉士等官員。大都，是管理諸侯及周天子宗親們的采邑；小伯，是管理卿、大夫的采邑；藝人，乃泛指有專門技術的人，如卜、祝、巫師、工師等官員；表臣百司，則泛指在六卿、五官家中執行具體事務的官員；太史，是撰寫國史、記錄周天子和百官的行事作為，並草撰周天子的命令；尹伯，是五官的總執行官；庶常吉士，地位次於大夫，是最低級的世襲官員。

用法說明 「藝人」是以表演作為職業的人，而「異人」則是懷有異才、特殊本領的人。字音雖相同，但意思不同，不可以混用。例一：臺灣設置「金馬特別貢獻獎」，來表彰、肯定演藝人員的付出。例二：聽說山中住著一位異人，能預言未來二十年的事，因此許多人爬山時，都希望能與他不期而遇。

蟾宮折桂（ㄔㄢˊ ㄍㄨㄥ ㄓㄜˊ ㄍㄨㄟˋ）

出處 元・施惠《幽閨記》第十一齣：「胸中書富五車，筆下句高千古，鎮朝經暮史，寐晚興夙，擬蟾宮折桂雲梯步。」

解釋 蟾宮，月宮，指月亮。古代稱讀書人考中科舉為「登蟾宮」，如明・胡繼宗《書言故事大全・科第類》云：「及第之榮，比步蟾宮。」折桂，比喻書生科舉及第。出自唐・房玄齡《晉書・郤詵（音ㄒㄧˋ ㄕㄣ）傳》：郤詵曾以「桂林之一枝」，比喻自己舉賢良對策的才能，為天下第一。

近義 鯉躍龍門、金榜題名

反義 名落孫山、榜上無名

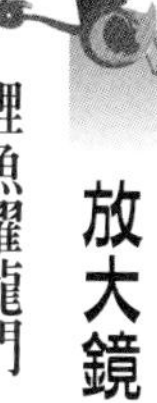

放大鏡

鯉魚躍龍門

由於黃河挾帶大量黃土高原的泥沙順流而下，水質十分渾濁，只有鯉魚能生長其中，其他魚類都無法生存；又因黃色泥水的關係，黃河中的鯉魚都長出金黃色鱗片，在陽光照耀下，金光閃閃，格外動人。古人發現金色鯉魚經常逆游而上，在龍門瀑布附近，出現一群爭相跳躍的魚兒，所以出現了「鯉躍龍門」的傳說：想像這些金色的鯉魚跳過龍門後，可能都化身成一條條金龍而羽化升天了。如唐朝李白〈與韓荊州書〉云：「一登龍門，身價十倍。」後來用以比喻書生科舉及第，踏入仕途，平步青雲，飛黃騰達，從此擺脫寒窗苦讀的窮困生活。

用法說明 「蟾宮折桂」亦作「攀蟾折桂」，指參加考試金榜題名的意思；與「名落孫山」正好相反，後者是說榜上無名，考場失意也。例一：他榮登今年大學指考社會組的榜首，一如古代蟾宮折桂的狀元郎，春風得意，令人稱羨！例二：你在這次考試中名落孫山，不過別灰心，捲土重來，一切仍大有可為！

識荊（ㄕˋ ㄐㄧㄥ）

出處 唐・李白〈與韓荊州書〉：「生不用封萬戶侯，但願一識韓荊州。」

解釋 初次見面的客套用

語。

近義 識韓、識面、結識

搭配詞 無緣識荊、識荊恨晚

放大鏡

高姿態的求職者

世人皆知李白是個很有才華的人，但是他在成名之前，也曾經碰過壁。事情是這樣的，李白曾經想請當時頗富盛名的韓朝宗向中央引薦他，於是寫了一封信給他。信中以「生不用封萬戶侯，但願一識韓荊州」稱讚韓朝宗的受人仰慕，並以「請日試萬言，倚馬可待」來強調自己的才華洋溢。據說，韓朝宗讀了這封信以後，本想接見李白，看看這個年輕人到底有什麼本領，為什麼這麼有自信。不過，正逢李白喝醉了酒，誰也不想理，於是錯失了機會。幸好，上天沒有就此埋沒了李白的才華，後來他遇上了和他聲氣相投的賀知章，得到了「天上謫仙人」的稱讚，從此名揚天下。

用法說明 「識荊」一詞是把對方比喻成極富盛名的韓荊州，所以使用這個詞有稱讚對方的意味。然而，「識才」的「才」字雖指對方有才華，但「識」字的意思不同，指的是「辨識」，因此兩個詞的意思全不相同。「識荊」指結識對方，「識才」指辨識人才，不可混用。例一：我早知道他到了這裡，可是一再錯失了碰面的機會，終究還是無緣識荊。例二：他雖然很有能力，可是碰上不識才的主管，所以始終沒有伸展抱負的機會。

鏡花水月（ㄐㄧㄥˋ ㄏㄨㄚ ㄕㄨㄟˇ ㄩㄝˋ）

出處 清・曹雪芹《紅樓夢・枉凝眉》：「一個是水中

月，一個是鏡中花。想眼中能有多少淚珠兒，怎經得秋流到冬盡，春流到夏？」

解釋 如同鏡中花、水中月，皆含有虛幻不實之意。

近義 海市蜃樓、空中樓閣

反義 腳踏實地、實事求是

放大鏡

鏡花水月之戀

《紅樓夢》從寶玉、黛玉與寶釵三人之間的愛情糾葛，寫出賈、史、王三大家族的興衰故事。其中〈枉凝眉〉一曲，是寶玉夢遊太虛仙境，聆聽《紅樓夢》曲中，象徵黛玉一生的應曲文，云：

> 一個是閬苑仙葩，一個是美玉無瑕。若說沒奇緣，今生偏又遇著他；若說有奇緣，如何心事終虛話？一個枉自嗟呀，一個空勞牽掛。一個是水中月，一個是鏡中花。想眼中能有多少淚珠兒，怎經得秋流到冬盡，春流到夏？

寶玉原為青埂峰下，女媧補天剩下的一顆頑石，後修成人形，名為神瑛侍者。而黛玉的前生是一株絳珠仙草，因受神瑛侍者甘露灌溉，幻化為人，她要以一生的眼淚，償還他雨露之恩。所以，這一生黛玉眼中能有多少淚珠兒，註定都要為他而流，無論春流到夏，秋流到冬……；直到淚水流盡，灌溉之恩也報答了，她的生命便走到盡頭，魂歸離恨天，把無限情思留給寶玉。這段愛情之所以美，就美在它如鏡中花、水中月般虛幻不實，美在它如鏡中花、水中月般意境空靈，故為人們所嚮往。

用法說明 「海市蜃樓」，指沙漠或海邊常發生光線折射，而把遠方景物顯示在空中或地面，形成奇異的幻景；因此用來比喻虛幻、不可靠的事。與「鏡花水月」同義。例一：儘管他講得天花亂墜，在我看來，如同海市蜃樓一般，不過是個美麗的幻景而已！例二：他是個實事求是的商人，對於這般鏡花水月的提案，自然毫不感興趣。

鏡裡孤鸞（ㄐㄧㄥˋ ㄌㄧˇ ㄍㄨ ㄌㄨㄢˊ）

出處 南朝宋・范泰〈鸞鳥詩・序〉：「其夫人曰：『嘗聞鳥見其類而後鳴，何不懸鏡以映之？』王從其言。鸞睹形感契，慨然悲鳴，哀響中霄，一奮而絕。」

解釋 孤單的鸞鳥照鏡悲鳴，比喻失偶的悲哀。

放大鏡

喪偶之悲

范泰的〈鸞鳥詩・序〉中有一則故事：罽（音ㄐㄧˋ）賓王捕獲了一隻鸞鳥。罽賓王很喜愛這隻鳥，希望能聽到牠鳴叫，卻一直無法如願。於是把牠關進了金鳥籠，給牠吃珍貴的食物，時常親近牠。可是，過了三年，這隻鸞鳥依然不鳴叫。罽賓王夫人建議道：「我曾聽說鳥看見牠的同類才會鳴叫，何不懸掛鏡子讓牠照照？」罽賓王聽從了夫人的意見。鸞鳥看到鏡中的形影之後，慨然悲鳴，叫聲響徹雲霄，接著奮力振翅而死。後人就以「鏡裡孤鸞」描寫失偶之悲。

用法說明 「鏡裡孤鸞」一詞是指失偶之悲；「紅鸞照命」一詞則是指會有喜事發生。例一：喪夫之後，她始終無法從鏡裡孤鸞的傷痛中走出來。例二：算命先生說她今年紅鸞照命，會遇見真命天子。

關節（ㄍㄨㄢ ㄐㄧㄝˊ）

出處 南宋・楊澤民〈滿路花〉：「雙眼灩秋波，兩臉凝春雪。尊前初見處，琴心絕。千磨百難，石上瓊簪折。人非天樣闊。車馬難通，奈何沒個關節。」

解釋 原為通賄請託之義。亦指身體中骨與骨相銜合而可轉動的部分。

近義 門路、賄賂

搭配詞 打通關節、買關節（用金錢財物買通他人、進行賄賂）

放大鏡

「關節」之古今義

今人對「關節」一詞，運用較廣的是指身體中骨與骨相銜合且可以轉動的部分。但在中國古典文學作品中，「關節」卻有暗中請託、賄賂的意思，譬如「關節不到，有閻羅包老」（《宋史・包拯傳》）；亦可解釋為「暗號」，如「我想燕人不曉秦聲，不免即在琴聲之內，暗送一個關節」（明・葉憲祖《易水寒》第四折）；同時，還有「計謀」的涵義，如「你為公差事來到這裡，不知你怎生做兀的關節」（元・關漢卿《望江亭》第三折）。可惜，時至今日，大家只知曉「膝關節」、「手關節」等用法，渾然不知原來「關節」一詞，竟有如此豐富多樣之涵義。

用法說明 就「通賄請託」之義而言，「關節」與「賄賂」意思相近。例一：在戰亂過後，人們都想逃離家鄉，奈何沒個關節，可以如願離開！例二：為了順利通過這次的面試，他想盡辦法賄賂相關的主管。

麒麟兒（ㄑㄧˊ ㄌㄧㄣˊ ㄦˊ）

出處 唐・杜甫〈徐卿二子歌〉：「君不見徐卿二子生絕奇，感應吉夢相追隨。孔子釋氏親抱送，並是天上麒麟兒。」又見〈和江陵宋大少府暮春雨後同諸公及舍弟宴書齋〉：「渥洼（音ㄨㄛˋ ㄨㄚ，代指神馬）汗血種，天上麒麟兒。才士得神秀，書齋聞爾為。棣華晴雨好，彩服暮春宜。朋酒日歡會，老夫今始知。」

解釋 指天資穎異的小孩。

近義 天上石麟

放大鏡

麒麟兒的由來

唐肅宗上元二年（西元七六一年），杜甫寫詩祝賀徐卿生子。當時徐知道擔任西川兵馬使，徐卿可能正是此人。詩中的「並是天上麒麟兒」除了呼應徐卿的「二子」，也雙承孔子、釋氏而言。怎麼說呢？當時流行一則關於孔子的傳說，說孔子在出生前，有麒麟出現於鄉里，孔子的母親還在麟角繫上織繡，因此麒麟與孔子的誕生有關。再者，南北朝時，得道高僧寶誌上人曾以「天上石麒麟」，預示年幼的徐陵（後來成為知名文學家）聰明穎異。杜甫在此，就同時用了孔子、釋氏（佛徒）與麒麟兒有關的兩則典故來稱美徐卿的兩個兒子。

用法說明 「麒麟兒」用來比喻天資聰穎的小孩，所以當然適合用來祝賀對方得子，「喜獲麟兒」一詞就是由此而來。例一：徐陵八歲能寫文章，十二歲就通曉老子、莊子的思想精義，真不愧有麒麟兒之稱。例二：辦公室裡有位同事最近生了兒子，大家紛紛祝賀他喜獲麟兒。

【二十畫】

瀟灑 ㄒㄧㄠ ㄙㄚˇ

出處 唐・杜甫〈飲中八僊歌〉：「宗之瀟灑美少年，舉觴白眼望青天。」

解釋 形容人的品性自然不受拘束，姿容儀態清高絕俗、灑脫不羈。

近義 飄逸、俊逸、超脫、灑脫

反義 呆鈍、落拓

搭配詞 風流瀟灑、瀟灑自若

放大鏡

瀟灑的王子猷

東晉王子猷居住在當時的山陰，一次夜下大雪，他從睡眠中醒來，打開窗戶，命僕人斟上酒。四處望去，一片潔白銀亮，於是起身徘徊吟誦左思的〈招隱詩〉。忽然他想到了朋友戴逵，當時戴逵遠在曹娥江上游的剡（音ㄕㄢˋ）縣，王子猷便連夜乘小船前往。經過一夜的時間才到，但在戴逵家門前卻又轉身返回。有人問他為何這樣，王子猷說：「我本來是乘著興致前往，興致已盡自然返回，何必一定要見到戴逵呢？」

用法說明 「瀟灑」常用來形容人風度大方，氣度絕俗的樣子；「灑脫」一詞則較具超脫傳統規範的含意。例一：小華風度翩翩，待人處世態度大方，真是個瀟灑的少年。例二：他從來都不在意世俗的成見，隨任自己的創意而行，真是灑脫不羈。

懸羊頭賣狗肉 ㄒㄩㄢˊ ㄧㄤˊ ㄊㄡˊ ㄇㄞˋ ㄍㄡˇ ㄖㄡˋ

出處 南宋・釋普濟《五燈會元・元豐清滿禪師》：「有般名利之徒，為人天師，懸羊頭賣狗肉，壞後進初機，滅先聖洪範。」《晏

子春秋・內篇・雜下》另有「懸牛首賣馬肉」之說。

解釋 比喻表裡不一、名不符實的人和事。

近義 掛羊頭賣狗肉、掛羊頭煮狗肉、羊頭狗肉

放大鏡

中國古代的招幌

招幌，也稱幌子，就是今日所說的「招牌」。和現今城市美學中講求形式統一的招牌有所不同的是，中國古代的招幌具有代表經營內容、特點、價格、檔次等資訊的標誌，更稱得上是一種特殊的民俗藝術。古代招幌大致可分做「實物幌」、「模型幌」和「特定標誌幌」三大類型，「實物幌」是將商品實物直接陳設懸掛在店外的幌子，如絨線莊常在門前掛上一匝各色絨線、肉鋪直接將羊頭、牛首懸掛於店鋪外。「模型幌」多為不便直接懸掛實物的行業使用，例如：收生婆門外的紙糊雙鞋模型、古代郎中行醫時懸掛的葫蘆等。「特定標誌幌」是以約定俗成的以一種特定標誌為幌，常與商店經營的內容並無直接關連，如酒家所掛的酒旗、清真飯館的藍色招幌等。

用法說明 狗肉相對於羊肉來說是很便宜的肉品，有些不肖店家會打著賣羊肉的旗幟高價賣出廉價的物品，當人說出「懸羊頭賣狗肉」這個詞的時候，多指的是物品有內外表裡不符的情形，且有暗指遭到欺騙的意思。例一：這家店做生意很不老實，將成本便宜的次等貨高價賣出，真是懸羊頭賣狗肉的黑心店家。例二：消費者要多留意惡質商家懸羊頭賣狗肉的銷售技巧，以免被文字表象矇騙了，得不償失。

懸魚（ㄒㄩㄢˊ ㄩˊ）

出處 三國・謝承《後漢書・羊續傳》：「羊續好食生魚，為南陽太守，丞侯儉貢鯉，續受而懸之一歲。儉復致一枚，續乃以所懸枯魚以示儉，終身不復食魚。」

解釋 原指懸掛的魚，後多用來比喻為官清白廉潔，拒絕賄賂。

近義 羊續懸枯、掛府丞魚

反義 臭魚貪官

搭配詞 懸魚絕、羊續懸魚、香餌之下必有懸魚、懸魚廉令

放大鏡

羊續懸魚

後漢羊續擔任南陽太守時，府丞焦儉送給他一條白河鯉魚，雖然他推讓再三，但焦儉仍執意要太守收下，羊續只好將這條大鯉魚，懸掛在屋外柱子上，任由風吹日曬，終變成魚乾。後來，焦儉又送來一條更大的白河鯉魚，羊續把他帶到屋外柱子前，指著柱上的魚乾：「請你一起拿回去吧！」府丞明白羊續的清儉德操，從此不再送魚來了，此事傳開後，南陽郡百姓紛紛稱他為「懸魚太守」。

用法說明 「懸魚」是指為官清廉、拒絕受賄，同音詞「鹹魚」則是指用鹽醃漬後，再晒乾的魚製品。兩者意思不同，不可混同。例一：如果能多一點像「懸魚太守」羊續一樣的官員，那麼貪腐事件就會少一點。例二：雖然母親去世多年，但小豪依然很懷念母親的拿手料理——鹹魚炒飯。

懸壺（ㄒㄩㄢˊ ㄏㄨˊ）

出處 南朝宋・范曄《後漢

書・費長房傳》：「費長房者，汝南人也。曾為市掾（音ㄩㄢˋ，古代官府屬員的通稱）。市中有老翁賣藥，懸一壺於肆頭，及市罷，輒跳入壺中。市人莫之見，唯長房於樓上覩之，異焉，因往再拜……遂能醫療眾病。」

解釋 指行醫、賣藥。

近義 杏林春暖、橘井泉香

搭配詞 懸壺濟世

放大鏡

「懸壺」為何是中醫的標誌

《後漢書・費長房傳》記載，費長房原本是一個管理市場的小官吏。有一天，市集上來了一個行醫賣藥的老翁，醫術相當高明。因為在他看病賣藥的棚頂上經常掛著一個葫蘆，所以人們就叫他「壺公」。費長房發現到了天黑人潮散後，壺公就會跳進葫蘆裡。費長房知道此人必是奇人，於是準備了酒菜款待壺公。壺公知道費長房跟自己有緣，就收費長房為徒，教他醫術及修道之術。學成之後，費長房也開始懸壺行醫濟世了。因為壺公當時懸掛葫蘆賣藥行醫，於是後人便紛紛仿效，行醫或賣藥的人都在自己的店鋪前掛上葫蘆標誌，藉以表明自己的醫術高明，藥石靈驗。「懸壺」一詞就因此被沿用下來了。

用法說明 「懸壺」是行醫、賣藥的表徵，運用在句子中時，往往是使用「懸壺濟世」一詞，表示行醫救人的工作。例一：他從小就立下懸壺濟世，救助貧病的宏願。例二：李醫師一生懸壺濟世，解除了無數病人的痛苦，深受人們的愛戴。

獻殷勤（ㄒㄧㄢˋ ㄧㄣ ㄑㄧㄣˊ）

出處 元・無名氏《凍蘇秦》第四折：「便待要獻殷勤，笑吟吟敘弟昆。」

解釋 意指違反自己的意願、想法，而去討好或迎合別人的喜好。

近義 拍馬屁、獻勤、取媚、說矮話、猴子扮戲、來事兒

反義 不佞

搭配詞 沒事獻殷勤，非奸即盜

放大鏡

張儀的激將法

窮困潦倒的蘇秦，到秦國拜訪已成為宰相的好友張儀，張儀為激勵他，故意不獻殷勤，對他很刻薄，使得他負氣而走，再暗中派僕人陳用協助，果然使不堪受辱的蘇秦發憤進取，終獲六國相印。衣錦榮歸時，受到張儀與陳用的道賀，陳用告訴蘇秦「這一切都是張儀的功勞」，於是兩人重修舊好，一同慶祝。

用法說明 「獻殷勤」是指阿諛奉承，討人歡心的行為，而「刀子嘴」則是指說話很利害。前者，話說的很好聽，但實際上卻不真心；後者則是話說的很難聽，且惹人討厭。例一：俗話說：「沒事獻殷勤，非奸即盜」，意思是要我們小心提防，沒事獻殷勤的人！例二：他是「刀子嘴，豆腐心」，別被他的外表嚇壞了！

飄飄欲仙（ㄆㄧㄠ ㄆㄧㄠ ㄩˋ ㄒㄧㄢ）

出處 北宋・蘇軾〈赤壁賦〉：「飄飄乎如遺世獨立，羽化而登仙。」

解釋 形容非常舒暢的感覺。

近義 渾然忘我

放大鏡

羽化成仙

西漢的淮南王劉安喜歡鍊丹成仙之類的道術。某年的正月上午，八位老者上門求見。劉安派人對八位老者說：「我喜歡的是能夠春青永駐的道術，不願意見你們八位老人家。」八位老者立刻把自己變成八個童子。八個童子來到劉安的面前，唱了一首歌〈淮南操〉。歌中有幾句：「公將與余，生羽毛兮。升騰青雲，蹈梁甫兮。」「生羽化兮」象徵身上長出了翅膀，可以飛翔在空中。後人就把「羽化」一詞借代為「成仙」。古人以為仙人能自由自在地飛到各處，非常快樂，再加上蘇軾〈赤壁賦〉有「飄飄乎」、「羽化而登仙」等句，所以用「飄飄欲仙」形容非常舒暢的感覺。

用法說明 「飄飄欲仙」指的是感覺的舒暢，「飄飄然」則是指內心的得意，兩者意思不同，不可混用。例一：飯後來上一杯頂級的烏龍茶，讓人有飄飄欲仙的感覺。例二：在無數下屬的吹捧下，他不禁飄飄然了起來，以為自己真的是舉世無雙的絕佳領導者。

齟齬 ㄐㄩˇ ㄩˇ

出處 唐．白居易〈達理詩〉二首之一：「誰能坐自苦？齟齬在其中。」

解釋 牙齒上下不整齊。比喻彼此不合。

近義 爭執、口角

放大鏡

王恕斷案

明朝時揚州知府王恕，斷案能依情理衡量定奪，因而少有錯失，深受百姓的愛戴。有次兩人爭一頭牛爭得厲害，王恕一時無法確認真相，便假裝生氣要將牛收繳官庫，命左右僕役立刻將牛拖走。聽到判決的兩人一人沉默不語，一人卻爭吵不休，於是王恕將牛判給了爭吵的人，原因是他認為：只有真正屬於自己的東西，才會珍惜不已、努力辯護。後來果然證明他的判決正確，鄉里的人都為之嘆服。

用法說明 齟齬一詞常用來說明雙方不合的狀況。例一：父母親過世了，他們兄弟卻為了財產的所有權而齟齬不休，真讓人搖頭嘆息。

例二：小吳夫妻感情很好，向來都以禮相待，從來不曾相互齟齬，真是大家的模範。

【二十一畫】

蠟鎗頭（ㄌㄚˋ ㄑㄧㄤ ㄊㄡˊ）

出處 元・無名氏《百花亭》第二折：「柳秀才你是個麗春園除了名的敗柳，我王煥是個百花亭墜了榜的鑞鎗頭。」

解釋 原意是指用鉛錫合金所製成的鎗頭，現用比喻以假亂真，或指虛有其表，中看不中用的物品。

近義 中看不中用、臘鎗頭、鑞鎗頭

反義 實至名歸

搭配詞 銀樣蠟鎗頭

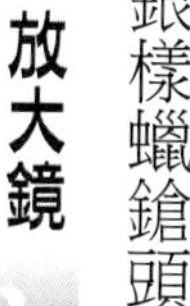

放大鏡

王煥與憐憐的愛情故事

清明節，汴梁人王煥與妓女賀憐憐在百花亭相遇，兩人一見鍾情，在王小二的撮合下，兩人結為夫妻。半年後，王煥花光了所有的錢，勢利眼的鴇母覺得王煥是個銀樣蠟鎗頭，幾次想將王煥趕出去，但礙於憐憐在場，始終沒能如願。西延邊將高邈來洛陽購買軍需物

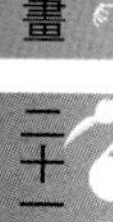

品，覬覦憐憐美色，挪用公款想娶她為妾，見錢眼開的鴇母設下計謀，趕走王煥，逼憐憐嫁給高邈。

高邈得到憐憐後，將其安置在承天寺內。一日，王小二來寺裡賣東西，憐憐托他送一封信給王煥，約他前來相會。王煥改扮成小販，乘高邈外出採買軍需時，與憐憐相見。憐憐勸王煥到西延投軍立功，並致贈盤纏。王煥來到西延後，屢立戰功，被封為西涼節度使。後來，高邈因挪用公款獲罪，憐憐與王煥才得以團聚。

用法說明 「蠟鎗頭」是指中看不中用，「蒼頭」則是指以青頭巾裹頭的兵卒。例一：如果陸戰隊不到一分鐘就昏倒了，會被譏為蠟鎗頭中看不中用。例二：若想成為將軍，從蒼頭時期，就要開始自我訓練。

護短（ㄏㄨˋ ㄉㄨㄢˇ）

出處 晉・葛洪《抱朴子・勤求》：「諸虛名之道士，既善為誑（音ㄎㄨㄤˊ，欺騙）詐，以欺學者；又多護短匿（隱藏）愚，恥於不知。」

解釋 為別人的缺點或過失辯解、開脫、袒護甚至縱容。指故意避開別人的短處或缺點，亦引申為不顧是非，只是一味袒護自己人。

近義 偏護、偏袒、袒護

反義 公正、無私

搭配詞 護短匿愚

放大鏡

孔子護子夏之短

孔子是中國歷史上影響最大的教育家與思想家，他非常善於運用日常生活上的小事，啟發、引導、教育學生。據說，有一次，他正想出門時，外面突然下起大雨，由於沒有雨具，只好等雨停了再出門。結果，有學生告訴他：「子夏有一把傘，老師可向他借用一下。」沒想到，孔子搖頭說道：「子夏非常珍惜自己的財物，所以，不要向他借用任何東西比較好。與人為友，要宣揚他人的優點，避開他人的缺點，這樣，友情才能長長久久。」後來，晉朝文人嵇康在〈與山巨源絕交書〉中，就直言：「仲尼不假蓋於子夏，護其短也。」

用法說明 「護短」與「容短」雖然只有一字之差，但兩者意義截然不同，前者是指為別人的缺點、過失辯護；後者則指包容別人的缺點和不足。例一：孩子若在言行舉止上有過失或錯誤，家長不應護短。例二：張總經理對待新進人員，處處展現出寬廣的胸懷與容短的氣度。

露出馬腳（ㄌㄡˋ ㄔㄨ ㄇㄚˇ ㄐㄧㄠˇ）

出處 元・無名氏《陳州糶（音ㄊㄧㄠˋ，賣穀物）米》：「這一來則怕我們露出馬腳來了。」

解釋 計謀或謊言出現了破綻或漏洞。

放大鏡

「露出馬腳」的出處

有人認為「露出馬腳」一詞來自明太祖朱元璋的妻子馬皇后。她因為家境不好，沒有裹腳，所以腳很大。為了掩飾，她經常穿著長裙出外。有一回，不小心被風吹開了裙角，旁人就說：「露出馬腳了。」就文獻來看，「露出馬腳」一詞早在元朝就出現了，由此可知以馬皇后的事為典故的來源是不正確的。一說，古代有一種表演是把馬裝扮成其

他生物，如麒麟等。「露出馬腳」指的是沒有裝扮好，被人看出了破綻。這種說法倒是比較合理。

用法說明 「露出馬腳」指的是出現了計謀或謊言出現了破綻，但是不一定完全揭露了真相。「東窗事發」指奸計或罪惡被人識破，無可逃避。例一：為了圓一個謊，他的謊言越說越多，終於露出馬腳了。例二：他本以為收賄的事不會被發現，沒想到法網恢恢，到後來東窗事發，他也只得乖乖住進監獄了。

顧名思義（ㄍㄨˋ ㄇㄧㄥˊ ㄙ ㄧˋ）

出處 西晉・陳壽《三國志・魏書・徐胡二王傳・王昶》：「欲使汝曹立身行己，遵儒者之教，履道家之言，故以玄默沖虛為名，欲使汝曹顧名思義，不敢違越也。」

解釋 原指看到自己的名字，就能想到這個名的含義。後指看到名稱，就想到所包含的意義。

放大鏡

顧「名」思義

三國時，魏國的王昶為人謹慎淳厚，因此他將自己的兩個兒子，一個取名為渾，字玄沖。一個取名為深，字道沖。又替任子取名，一取名為默，字處靜；一取名沈，字處道。同時還寫了一篇文章訓誡他們說：「我希望你們未來處世為人，皆能遵循儒家的義理，實踐道家思想的智慧，所以才以玄默沖虛四字的涵義為你們取名字。你們以後看到自己的名字，就要能想到其中的含義，並且無所違背。」王昶所說的「欲使汝曹顧名思義」，其中「玄默」之義就是「深沉靜默」，「沖虛」之義則是

「淡泊謙虛」。

用法說明 「顧名思義」的原義是看到自己的名字，就能想到這個名字的含義和期許，但後來「顧名思義」使用的範圍擴大，被廣泛地用來比喻看到名稱，就聯想到它的含義。例一：「財神」，顧名思義就可了解那是掌管財富之神。例二：有些詞的名和義差異很大，需要藉字、辭典來幫忙，單靠顧名思義是會鬧笑話的。

顧影 ㄍㄨˋ ㄧㄥˇ

出處 南朝宋・范曄《後漢書・南匈奴傳》：「昭君豐容靚飾，光明漢宮，顧景（影）裴回（即徘徊，來回走動），竦（音ㄙㄨㄥˇ，驚）動左右。」

解釋 看著自己的形影。

搭配詞 顧影自憐、顧影弄姿

放大鏡

顧影自憐的王昭君

王昭君是漢元帝的妃子，進宮多年，都沒能見到皇帝一面。過了許久，南匈奴的呼韓邪單于前來朝見漢元帝。漢元帝下旨送給他五名宮女當作禮物。王昭君主動請求嫁給單于。當漢元帝在大殿上見到美麗的王昭君時，十分想把她留下來，卻又不能失信於人，只得眼睜睜看著呼韓邪單于帶走王昭君。後人為了這件事，還編造出相當多的故事，用以同情顧影自憐的王昭君或歌誦她與漢元帝的愛情。

用法說明 「顧影」指的是看著自己的形影，「弄影」指的是光線搖曳使得影子也搖擺不定。例一：那位女演員雖然長得漂亮，卻沒有適當的演出機會，只得成天顧影自憐，盼著有朝一日能大

紅大紫。例二：微風徐徐吹來，花兒在月下弄影，美麗極了。

【二十二畫】

囊括（ㄋㄤˊ ㄍㄨㄚ）

出處 《易經．坤卦》：「六四。括囊，无（音ㄨˊ）咎无譽。」

解釋 囊括原作「括囊」，本指將袋口打結，引申作閉口不言。後來，因為將東西裝入袋中，才會將袋口打結，所以也引申作涵蓋一切。現在多半採後者的解釋，閉口不言的解釋幾乎不再使用。

近義 席捲、包舉、包羅、涵蓋

放大鏡

秦國囊括天下的野心

西漢的賈誼在〈過秦論〉中說：「有席卷天下，包舉宇內，囊括四海之意，并吞八荒之心。」指秦國野心極大，打算併吞六國。「席捲」、「包舉」、「囊括」等詞，指用席子捲起來帶走、用袋子裝起來扛走，形容得非常生動。且「席捲」、「包舉」、「囊括」等詞意思相同，「天下」、「宇內」、「四海」等詞意思相同，字面的變化使文章不致顯得單調，寫作技巧十分高明。

用法說明 「囊括」和「包容」都有涵蓋一切的意思，但後者可用於表達接納不同的想法與意見的意思，前者不可以。例一：在這次的運動會中，本班的目標是囊括一切獎項。例二：他的妻子一定很愛他，才有可能包容他那暴躁的脾氣。

權衡（ㄑㄩㄢˊ ㄏㄥˊ）

出處 南朝梁・劉勰《文心雕龍・鎔裁》：「權衡損益，斟酌濃淡。」

解釋 原指秤量物品的工具，引申作比較事情的好壞利弊等。

近義 衡量、評估、斟酌

搭配詞 權衡輕重、權衡得失

放大鏡

古代的權衡

古代的秤由「權」、「衡」兩個部件組成。「權」是秤錘，「衡」是秤桿。秤桿的一端掛上待測量的物體，另一端掛上秤錘，就可以利用槓桿原理測出物體的重量。在《墨經》一書中曾講述秤的基本原理，近代在長沙附近的楚國墓室發現了戰國時的秤，由此可見秤的起源十分早。秦國時曾統一度量衡，規定秤錘的標準重量，但許多貪官在收稅時會故意加重秤錘的重量，以斂取更多人民納稅用的米，中飽私囊。民間的奸商也往往故意調整秤錘的重量，以獲取不當的利潤。

用法說明 「權衡」和「計較」兩個詞語看起意思接近，但前者只是在判斷事情的得失，後者則在意事情的得失。例一：即將畢業的他，必須在升學與就業這兩條路中作出選擇。衡量得失後，他決定先就業，等到累積足夠的資本以後，再決定是否繼續深造。例二：凡事只要盡力就好，至於成功或失敗，並不需要計較太多。

【二十三畫】

戀棧 ㄌㄧㄢˋ ㄓㄢˋ

出處 唐・房玄齡等《晉書・宣帝紀》：「駑馬戀棧豆。」

解釋 喻貪戀權勢或官位。

搭配詞 無心戀棧

放大鏡

駑馬戀棧豆

曹魏末年，司馬懿與曹爽爭權，司馬懿雖然足智多謀，但曹爽既是皇親國戚，又掌握兵馬大權，雙方僵持不下。好不容易司馬懿令曹爽失去戒心，一口氣奪回兵權、控制朝廷，眼看只要擒下曹爽，就會結束政爭。這時卻有人建議曹爽放棄京城，回到根據地再捲土重來。司馬懿聽聞此事，憂心政爭又將持續，一旁的蔣濟卻說：「曹爽這人既平庸又貪戀權位，好比『駑馬戀棧豆』，一定吃不了苦。」司馬懿趕緊派人安撫曹爽，曹爽果然態度軟化，拒絕放棄京城，向司馬懿投降了。

用法說明 從出處本義來說，「戀棧」即是貪戀，貪戀的對象是指含有私心在內的權力、勢力，或有實際報酬的官位、職務。因此，「戀棧」通常有負面的意義。例一：他對公司毫無貢獻，只懂得戀棧現在的薪水、職位，真讓人看不下去！例二：謝安帶領東晉打贏了淝水之戰後，功成身退，毫不戀棧權勢，實在令人尊敬。

戀舊 ㄌㄧㄢˋ ㄐㄧㄡˋ

出處 南朝宋・范曄《守後漢書・董卓列傳》：「小人戀舊，非欲沮（音ㄐㄩˇ，敗壞）國事也，請以不及為罪。」

解釋 留戀、思慕故土或老朋友。

放大鏡

董卓之亂

東漢末年，西涼董卓以平亂的名義帶兵進入洛陽，把持國政。袁紹與各州刺史聯合興兵攻打董卓。當時兵力懸殊，加上洛陽附近盜賊流竄，於是董卓主張遷都長安。朝廷眾臣以黃琬、楊彪為首，紛紛勸阻。董卓一氣之下，就以陰謀勾結各州刺史的罪名，殺了反對遷都的其中幾人。黃琬等人擔心大禍臨頭，趕緊向董卓謝罪，說自己是因為留戀故土才不希望遷都，絕無陰謀勾結之事。終於，董卓還是一把火燒了洛陽，挾持皇帝到了長安。眾臣雖然逃過殺身之禍，但是看著百年都城付之一炬，心中想必百感交集啊！

用法說明 「戀棧」與「戀舊」雖然都有留戀之意，但前者為貶義，後者則是顧念舊情，意義較中性。例一：她年輕時就遠赴國外求學、工作，四十歲以後，本著戀舊的心情，決定回故鄉的學校教書。例二：人們會戀舊，也許是懂得飲水思源、希望落葉歸根的表現，但如果太戀棧過往，也可能阻礙生命前進的腳步。

變泰（ㄅㄧㄢˋ ㄊㄞˋ）

出處 明・馮夢龍《警世通言・趙太祖千里送京娘》：「自他未曾發跡變泰的時節，也就是個鐵錚錚（音ㄓㄥ ㄓㄥ）的好漢，直道而行，一邪不染。」

解釋 意即從窮困潦倒，變成飛黃騰達、有所成就。

近義 發跡

反義 潦倒、落魄

搭配詞 發跡變泰

放大鏡

終至發跡變泰的趙匡胤

趙匡胤發跡變泰前，借住在叔父趙景清的道觀中，一日閒逛時聽到女人的哭泣聲，探詢後得知：這哭泣的女子名叫趙京娘，她跟著父親去北嶽，沒想到半路遇上了強盜，想強娶她為妻。了解京娘的遭遇後，趙匡胤決定護送其返家，為避免他人異樣的眼光，二人以兄妹相稱，趙匡胤仗義助人的襟懷，贏得京娘的愛慕。安全返家後，京娘的父親欲成全女兒的心事，但趙匡胤怕別人誤解助人乃為求圖報，故予以嚴詞拒絕。趙匡胤即位後，得知京娘因此事自縊身亡，十分傷心，故為其立祠。

用法說明 「變泰」是指從窮困潦倒，變成有所成就，但「變態」則是從正常變成不正常的狀態。兩字詞雖然音相同，但前者是開心的事，而後者卻是指不好的行事作為，千萬別因為音同而混為一詞。例一：努力了很久，他終於發跡變泰，苦盡甘來。例二：父母沒有糾正他順手牽羊的偏差行為，沒想到竟使他產生了變態的偷竊行為。

【二十五畫】

觀棋不語真君子（ㄍㄨㄢ ㄑㄧˊ ㄅㄨˋ ㄩˇ ㄓㄣ ㄐㄩㄣ ㄗˇ）

出處 明・馮夢龍《醒世恆言・陳多壽生死夫妻》：「觀棋不語眞君子，把酒多言是小人」。

解釋 指觀看別人的棋局時，不隨意出言批評、指點，才是真正具有君子風度的人。

放大鏡

沉默的哲學

馮夢龍在這回合寫到，陳青與朱世遠兩人是對門鄰居，都算是老實、本分的人，平常不隨便管別人的閒事，也不會隨便招惹是非，消遣度日的方式就是下盤棋。而街坊鄰居有個叫王三老，年紀稍長，已達花甲之年，少年時棋下得相當好，但因為年歲大了，怕下棋動了肝火，於是收手。卻也會偶爾看著別人下棋，思索棋局。於是作者在小說中，插入了一段話道，下棋時最怕別人觀看，有時因為旁觀者的話語，該贏的卻輸了，該輸的卻贏了，並且援引古人話語：「觀棋不語眞君子，把酒多言是小人」，來說明真正的君子該當如此。

用法說明 「觀棋不語真君子」這句話，常用在觀看別人下棋時，勸告別人勿多評論的狀況，或者是用在告訴別人不要多言，自以為是地指導別人。例一：現在兩方正在激烈的交戰中，走錯一子棋，可能全盤皆輸，不過，下棋是兩人對弈的時候，觀棋不語真君子，旁觀者用眼看，用心計較就可以了。例二：你覺得你的想法高於他嗎？不是當事者，不要自以為是地下指導棋，觀棋不語真君子，有些事是外人不瞭解的。

【二十六畫】

驢券（ㄌㄩˊ ㄑㄩㄢˋ）

出處 北朝齊・顏之推《顏氏家訓・勉學篇》引鄴下諺語：「博士買驢，書券三紙，未有驢字。」

解釋 用來形容空洞浮誇、不能切中要旨的言詞。

近義 博士買驢、三紙無驢

放大鏡

博士買驢，囉哩囉嗦

北齊的顏之推，曾經撰寫了一本《顏氏家訓》，以自己從小的家教和經歷，教導子孫修身、處事、做學問的道理。他在〈勉學〉一篇中曾提到當時儒學的末流，已演變為空守章句的情形，一個問題可以洋洋灑灑回答

上百字，但是一點內容也沒有。就像鄴下俗諺「博士買驢，書券三張，未有驢字」——熟讀經書的博士要買驢子，在寫契約時居然引了一堆經文典故、聖賢名句，結果寫了三大張紙都沒提到「驢」字，全是廢話。顏之推認為，研讀儒家經典要明瞭其中大義，使言行合道，如果只是一味的鑽研字句解釋，不能切中要旨，像那個「三紙無驢」的博士一樣，可真讓人不知該說什麼才好呢。

用法說明 驢券作名詞，指浮泛不實、不能切中要旨的言詞，而博士買驢、三紙無驢的意義相似，在句中則當作形容詞使用。例一：那個「名嘴」每天夸夸其談，其實毫無真才實學，聽他談話的內容，猶如驢券。例二：一些態度不誠懇的官員好打官腔，回答民眾問題時，往往是三紙無驢，言不及義。

分杯羹給我吧！

榮獲新聞局第３４次中小學生優良課外讀物推介

作　者　周姚萍
書　號　1AA5
頁　數　216頁
裝　幀　20開本（23CM長*17CM寬）／平裝
　　　　雙色精美印刷
版　次　100年12月初版1刷
定　價　二三〇元

100 則詞在有意思，
解開 100 個史上的祕密！
你，知道多少？

- 「三寸不爛之舌」到底有多厲害？
- 項羽煮什麼羹，劉邦想「分杯羹」？
- 中國經典文學中，誰有「及時雨」的雅號，媲美超人？
- 「太歲頭上動土」，為什麼是好大的膽子？
- 「打秋風」，要有什麼技巧？
- 咦，「吃閉門羹」也要分等級？
- 為什麼官員戴上「烏紗帽」，誰也不敢聊天？

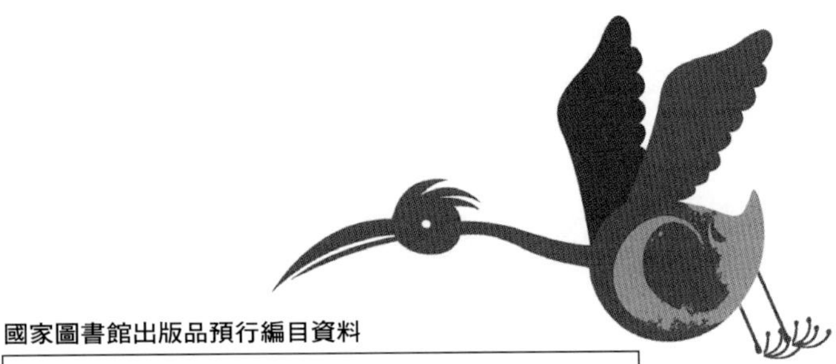

國家圖書館出版品預行編目資料

今人說古話——文言文趣味典源 / 潘麗珠等合著.

－－初版. －－臺北市：五南，民 101.06

面；公分

ISBN 978-957-11-6663-6（平裝）

1.文言文　2.讀本

802.82　　101007735

今人說古話 文言文趣味典源

總策畫　潘麗珠
總編輯　王翠華
執行主編　黃文瓊
封面設計　吳佳臻

出版者　五南圖書出版股份有限公司
發行人　楊榮川
地　址：台北市大安區 106 和平東路二段三三九號四樓
電　話：〇二－二七〇五五〇六六（代表號）
傳　真：〇二－二七〇六六一〇〇
郵政劃撥：〇一〇六八九五－三
網　址：http://www.wunan.com.tw
電子信箱：wunan@wunan.com.tw

顧　問　元貞聯合法律事務所　張澤平律師
版　刷　中華民國一〇一年六月初版一刷
定　價　四五〇元